U0147172

大秦帝國

孫皓暉 著

全新增訂版

第四部《陽謀春秋》上

目錄

第三章　邯鄲異謀

第四章　咸陽初動

第七章　流火迷離

楔子

秦昭王五十一年，白露一場森森霜霧，天氣頓時冷了。

霜降八月初，時令乖戾天下失序也。尋常庶民雖不諳此等天人玄機，卻對年景冷暖看得一清二楚。十幾年間大戰連綿，天下疲軟失形，天道時令豈能不亂？先是燕齊六年苦戰，兩國同時衰敗。緊跟著秦趙兩強大鏖兵，長平血戰趙國奄奄一息。戰後秦國兩次攻趙兵敗，也是垂垂無力。倏忽之間，戰國中期號稱天下四強的秦趙齊燕一齊衰落，天下頓時沒了光彩。大軍對壘的廣袤戰場沉寂了，使節縱橫的寬闊官道冷清了，逃窮避戰的難民潮消失了，商旅交錯人馬喧囂的關隘也蕭疏了。人鬥累了，天看累了，連大河南北莽莽叢林中的大象都蟄伏到山坳裡去了。大國小國強國弱國，都成了卸套老牛，粗重地喘息著，連向夙敵嘶吼一聲的力氣都沒有了。

天地翻覆的戰國之世，第一次進入了令人戰慄的寂然峽谷。

這個寒冷的秋日，燕趙邊境人跡寥落，從北方群山銀線般抽出的燕趙官道一進易水河谷便埋進了茫茫輕靄，清晨的太陽也變得紅濛濛混沌起來。一陣清脆激烈的馬蹄聲如急雨而來，倏忽從北方官道掠進了河谷山口。堪堪兩個轉彎，一陣大笑聲在高處突兀蕩開，茫茫霜霧中恍若天外之音。驟然之間駿馬一聲長嘶，急雨般的馬蹄聲驟然收斂，騎士高聲喝問：「何方高士？現身說話！」

「蔡澤離燕，欲投何處？」靄中聲音渾厚悠遠。

「閣下何人？知我蔡澤之名！」

「落拓不遇，燕山蔡澤也。唐舉豈能不知？」

騎士頓時一陣大笑：「易學大家中途截道，卻是為何？」

「足下匆匆南下，未免操之過急也。」話音落點，一個身影已經站在了騎士對面的大石上，依稀可見一領青袍一頂斗笠一支竹杖，分明一個世外隱者。

「足下何意？蔡澤不明。」紅衣騎士一臉不屑的微笑。

「弱冠離家，遊說諸侯十五年不遇，足下不思因由何在？」

「天下昏昏，不識我長策大謀也，豈有他哉！」

青袍者哈哈大笑：「怨天尤人，唯不責己，孔孟之迂闊也。」

「唐舉！」騎士馬鞭直指，「我計然家與孔孟一轍麼？」

「計然之學重經濟，輕法治，與秦國南轅北轍也。」

騎士臉色倏忽一變，跳下馬來一拱手道：「先生教我。」

青袍者篤篤一點竹杖：「秦以法治立國，治秦得以固法為本。法固，而後行計然長策，固法與富國並舉，咸陽方可立足矣。」

騎士臉色倏忽又是一變：「先生莫非為范雎預謀退路？」

「才大心小，蔡澤也。」青袍老者悠然一笑轉身而去。

「且慢！」騎士深深一躬，「蔡澤尚有一請。」

「老夫知無不言。」老者悠然一笑。

騎士語態昂昂：「聞先生易學精深，相人如神，曾相李兌百日之內必任趙國丞相，此後應驗無差！蔡澤敢請先生一相。」

「大丈夫當為則為。預斷吉凶，非名士之道也。」

「先生差矣！」騎士驕傲地笑著，「蔡澤不憂功業不成，何求預斷吉凶。吾所憂者，人生苦短也！唯請先生明示，蔡澤人壽幾何？」

「既然如此，老夫做一回相師也罷。」目光從騎士身上掃過，青袍者淡淡一笑，「足下身形五官特異不群：鼻粗仰天，脖頸奇短，肩寬高聳，膝攣羅圈，眉眼擁擠，面色焦黑透紅。此相謂之『魋顏蹙齃』，為異人異相，可享高壽也。」騎士兩手漫不經心地絞著馬鞭不以為然地搖搖頭：「高壽之說模糊無定，不當出自大師之口。料事能測百日之期，相壽豈一個『高』字了得？」青袍者微微一笑道：「足下既要詰難相學之深淺，老夫便直言不諱了：自今而後，足下尚有四十三年生期，當在七十八歲時壽終正寢。」騎士片刻愣怔卻又立即一陣哈哈大笑：「佩相印，結紫綬，膏粱齒肥，四十三年足矣！」

青袍老者一點竹杖：「然則，老夫尚有一言……」

「功業之事，無須先生指點。」騎士一拱手，說聲告辭飛身上馬。那匹雪白的駿馬一聲長嘶，風馳電掣般去了。青袍者看得一陣，搖頭歎息著消失在了雲霧山中。

旬日之後，蔡澤進了咸陽，在尚商坊的燕山社寓住了下來。社寓者，商社寓所也。燕山社寓，燕國商社公寓也。此時燕國商旅大見萎縮，咸陽燕商已經遠遠沒有了燕昭王時的聲勢，皇皇一片燕式庭院，空蕩蕩日見蕭瑟。不意有故國名士入住，燕商們不禁大喜過望，捐金大宴，將赫赫有名的六國大商與旅居咸陽的山東名士們一撥撥請來，川流不息地與蔡澤做風雅盤桓。蔡澤卓爾不群，第一次宴席高談闊論：「即墨大戰，燕齊兩衰。長平大戰，秦趙兩衰。若無變身新法，秦國不能再起也！」有士子問先生志向，蔡澤更是語驚四座：「秦相范睢，可取而代之也！」

一時席間譁然。不消幾日，蔡澤公然謀求秦國丞相的勃勃雄心，在咸陽巷閭流傳開來，成了轟動秦人的一則奇聞。消息傳到丞相府，范睢笑了：「狂狷之士多奇才，此人倒是值得一見。」於是，家老奉命駕著六尺傘蓋的青銅軺車，請來了這位燕國名士。

蔡澤灑脫不羈，下得軺車不待通報，站在門廳一陣大笑道：「應侯何在？燕山蔡澤來也！」逕自搖著奇特的羅圈步悠悠然進了兩廂燈火之中。方入第三進大庭院，一陣笑聲從迎面風燈搖曳處飄了過來：「未飛先振翼，聲聞三千里，必是燕山鴻鵠來也！」隨著笑聲，一人布衣散髮大步走到面前。蔡澤一拱手高聲道：「其翼若垂天之雲，不振焉得高飛？」范雎不禁大笑：「驚世大言，天下無出其右也！」蔡澤呵呵笑了：「豈敢豈敢，原是在下心虛，大言壯膽而已。」范雎揶揄笑道：「老夫讚為鴻鵠，足下竟自認北溟鯤鵬，一驚一乍，果是遊說有術也。」蔡澤這才肅然一躬：「不敢班門弄斧，在下原是為進言丞相而來。」范雎虛手一扶笑道：「既是有備而來，廳中說話。」

進得廳中，范雎吩咐女僕煮茶。蔡澤一聳鼻頭笑道：「秦有太一山，這茶香算得純正。」范雎道：「飲得太一茶，差強秦人了。」蔡澤大搖其頭：「未必未必，在下縱是吃得肥羊燉，也還是燕人一個。」范雎笑道：「做得秦國事，自是秦國人，何在乎吃羊吃茶？」蔡澤又是大搖其頭：「未必未必。應侯為秦做事十餘年，莫非秦人了？」說話間女僕將熱騰騰茶水捧了上來，范雎揚手一個虛請，悠然笑道：「先生左右遮擋，看來是有話在心不吐不快也。有何說辭，老夫洗耳恭聽。」

蔡澤對著大陶杯冒出的騰騰茶氣深深地做了一個吐納，方才悠然笑道：「應侯天下大器，何以見事如此遲緩？」見范雎只似笑非笑地盯著自己，又是一笑，「天有四時，人有代謝。功成者退，後來者進，君以為然否？」

范雎鼻頭哼了一聲，還是沒有說話。

「心境高遠，方得名士人生也！應侯以為然否？」

「……」

「功業千秋傳頌，天年善終無災，可是人生善事？」

「……」

蔡澤大是尷尬，終於不甘這種有問無答的自說自話，細長的手指叩著座案一瀉直下：「五百年來，天下強國之功臣莫過於越之文種、楚之吳起、秦之商鞅也！然三人皆功成慘死，餘恨悠悠。細究三人政行，皆是建功之才有餘，立身之道不足也！雖有功業刻於史書，終無大德流傳後世，誠為憾事哉！」

范雎笑了：「足下鯤鵬高遠，敢問何為傳世大德？」

「功成而能身全，名士之大德也！」蔡澤詞鋒大展，「功成身死，是為小德。無功身全，是為無德。惡行遺臭，等而下之。大丈夫建功立業，當以全身而終為上。功成身死，人生至境之泰半，與賢哲極致相去甚遠，不足效法也！」

「以鯤鵬高見，五百年來何人當可效法？」

「陶朱公范蠡，武信君張儀，全功全德也。」

「啪！」的一聲，范雎拍案而起：「蔡澤大謬也！大丈夫不以天下興亡為己任，唯以個人安危為至高，談何大德傳世？文種治越安民，寧自殺於相位而不隨范蠡隱退。吳起變楚，明知與貴族為敵而不避凶殺。商君變秦，寧取殺身之禍而止息秦國內亂。此三人者，極身無二慮，盡公不顧私，寧負重屈己而不荒政誤民，寧作犧牲而不亂政誤國，堪稱大德之最高風範，忠節之千古楷模也！至於范蠡張儀者流，知難而退，見禍而走，狗苟蠅營於山野林泉，竟有爾等視為全功全德，當真令范雎汗顏也！足下自詡展翼鯤鵬，說辭卻如蓬間雀，如此欲取范雎而代之，未免小瞧這顆秦國相印了！」

「應侯之見，何為名士大德？」面色通紅的蔡澤勉力支應著。

「以義死難，以身全國！」范雎齒縫間擲出八個字，大袖一揮，說聲家老送客，逕自去了。蔡澤難堪愣怔，一時茫然不知所措，及至家老道一聲先生請，才惶惶然跟著家老搖了出去。

是夜月明星稀，范雎被蔡澤攪得心緒不寧，在後園池邊漫步遐思。正在徘徊，卻聞婆娑竹林中一陣笑聲：「望水者，心在山野林泉也。」范雎聞聲不禁大喜：「原是唐舉兄到了，無怪風清月明也！」隨著笑聲，竹林中走出了一個青袍老者，竹杖搭手一拱道：「慣做不速之客，有擾范叔雅興了。」范雎哈哈笑道：「正在憂思難解，哪裡來的雅興？走，書房清靜，痛飲一番。」唐舉笑道：「與人相約遊歷，酒卻免了。順道前來，只是送一卷奇書，供你這書癡消遣罷了。」范雎一聲歎息：「縱有奇書，何消胸中塊壘也！」唐舉從背上解下一個青布包袱遞了過來：「唯讀此書，保范叔心神通泰。」范雎雙手接過青布卷笑道：「也好！唐兄素來神龍見首不見尾，酒，日後再補也罷。」

唐舉哈哈大笑，一聲告辭，倏忽消失在竹林之中。

范雎也不過問，悠悠然回了書房。燈下打開青布包袱，卻見粗粗一卷竹簡，用麻線捆紮得分外仔細，解開繩結抖開竹簡，剛一鋪開，題頭赫然五個大字——評點計然書！范雎大是驚訝，仔細一看，這卷書簡非同尋常：韋編連綴極是精緻講究，搭手摸去，竹簡背後竟沒有一個皮線繩結；紫色竹簡刻正文大字，綠色竹簡刻評點小字，紫綠相間，文評有別，分外簡明清爽；竹簡天地打磨得極為光滑，還分別塗出一道藍色（天）與黃色（地），藍黃天地偶有眉批，朱砂書寫，懸於石粉過白的中間刀刻文字之上，似白璧之上鑲進了顆顆紅色珠玉，上手入眼爽心悅目。范雎書吏出身，嫻熟書房事務，一看便知此書是高人名士凝聚心血之孤本傑作，否則斷不會如此講究。按此書製作之精，外面還當有或銅或木之書函，目下沒有，定然是唐舉背負不便，將函去掉了，殊為可惜。然則，真正令范雎驚訝的，還不是這諸般考究的書式製作，而是這失傳數百年的奇書再現，且有人如此精心評點。

計然者，春秋末期晉國之智謀奇士也。此人遊歷吳越，收了個叫作范蠡的布衣之士做學生。范蠡後來成了越國上大夫，輔助越王勾踐復仇滅吳，成就了一代霸業，後來飄然隱退泛舟湖海，於陶地以「朱公」名號染指商旅，不到十年富甲天下，於是被商旅呼為陶朱公（註：陶，春秋小諸侯國，今山東定陶。《括地志》記載：曹州濟陽縣東南三里有陶朱公塚）。這《計然書》，是范蠡隱退後輯錄老師計然之言論，並參以自己見解所成，全書七策八千餘言，說的是一個邦國致富術。富國富人，字字精到，天下商旅呼之為「絕世富經」，名士則稱之為「計然七策」。

如此一部奇書，兩百年來只聽人說不聞人學。縱是名士大家雲集的稷下學宮，也沒有教習《計然書》的名士大家。這部口碑相傳的奇書，亦如計然、范蠡，湮沒在變幻莫測的人世沉浮中去了。此等奇書突兀面世，范雎如何不驚訝非常？

顧不得細細揣摩，范雎一目十行地瀏覽起來。幾節讀過，發現這《計然書》的評點比本文更是奇特。本文曰：「知戰則修備，時用則知物，二者形，則萬貨之情可得而觀已。」評點云：「今世多戰，修備更在戰後。大戰國乏，唯知養息致富而後起，國可長盛。四強皆衰者何？不諳戰後修備之道也！」隨著本文主旨，評點者又將計然的「修備知物」細化為養息富國之六策：通貨物、振百工、平物價、輕稅賦、重水利、興農桑。每策之後又有細化，林林總總精當齊備。范雎雖非經濟之才，畢竟為相秉政多年，對國計民生之要害關節還是清楚的，一看此等見解，便知評點者決然一個經國致富之行家裡手，不禁連連讚歎，一口氣看了下去。

五更雞鳴，范雎猶在捧著書卷揣摩，品咂端詳之間，突然放聲大笑起來。

蔡澤回到燕山社寓，大商們紛紛聚來聆聽高論，以為這鯤鵬名士的相府之行必是一鳴驚人，都想請這「未冠丞相」先行指點秦國商機。存了這個想頭，商人們分外慷慨熱絡，蔡澤未回時，社寓正廳已是大宴齊備錦衣如雲，紛紛議論如何酬謝這個看重商旅的名士丞相了。燕國商人們更覺光彩過人，興奮呼喝應酬不已。

不想，蔡澤進得大門一臉憤激之色，尚未就座便對著眾人一個長躬：「范雎不識時務，蔡澤愧對諸位，告辭！」一甩紅衣大袖逕自走了。燕商們大是難堪，一陣愣怔連忙追出來勸阻，不想蔡澤出門便飛馬而去，一時蹤跡皆無。山東商人們大覺無趣，頓時紛紛散去，只留下幾個燕商對著滿廳酒宴兀自發呆。

飛馬疾馳，暮色時分蔡澤到了藍田塬下的松林坡。正欲躍馬出林，蔡澤卻驟然勒住馬韁愣在了當道——前方樹下的一方大青石上，一個青袍斗笠的老者正對著他悠然發笑。蔡澤頓覺難堪，走馬上前黑著臉道：「先生笑我麼？」

「足下不當笑麼？」

「蔡澤固當笑，先生更當一笑！」

「噢？」

「唐舉易相大家，料運南轅北轍，豈非可笑！」

「此時尚有如此說辭，無可救藥也！」唐舉一點竹杖站了起來，「守不當志，言不當行。縱有天命，亦當流於無形。足下好自為之，老夫就此別過。」

「且慢！」蔡澤跳下馬一拱手，「蔡澤究竟何錯？」

唐舉無可奈何地一笑：「趙良說商鞅故事，足下可知？」

「何消問得！」

「足下見范叔說辭，不覺與趙良同出一轍麼？」

「敢請明示。」蔡澤依舊一副較真口吻。

「趙良之錯，足下之誤，皆在唯以全身之道勸人急流勇退。殊不知歷來國士入政，最是崇尚忠貞節義之犧牲，最是蔑視明哲保身之中庸。范睢兩次舉薦無節之人，誤國害己，原本已對全身無節者深惡痛絕。足下操流俗猥瑣說辭，卻自以為是，豈能不大大碰壁？就實而論，足下本經濟謀國之士，本當直面闡發治秦主張，宣示富國謀略。明察如范睢者，量君之才，自會一力舉薦。范睢雖計較恩怨，終不失天下胸懷也。否則，孤傲范叔如何能延請足下入府聚談？老夫言盡於此，足下卻自思量。」

蔡澤臉色陣紅陣白，乖戾桀驁之氣倏忽一掃而去，不禁深深一躬：「大師之論，為我十五年遊說撥雲見日。蔡澤明於事而暗於人，離秦後定當惕厲錘鍊，不負大師指點。」

唐舉笑了：「蔡澤命在咸陽，談何離秦而去？」

「大師是說，重返咸陽依然有望？」

「行事守正，自有天道。」

「好！」蔡澤精神一振，「得大師指點，蔡澤絕不會再次鑄錯。告辭！」一拱手翻身上馬絕塵西去了。

林中一陣大笑聲傳來：「唐兄費勁也！善舉已罷，上路了。」唐舉轉身對著林中笑道：「此事若成，全賴那卷奇書之功。只是老夫無法賠你了。」林中人笑道：「只派得用場方算珍奇，我又不想做丞相，要那物事何用？」唐舉邊走邊笑道：「此等事終是盡心也，日後是蔡澤自己了。走，隨你到南國消閒去也。」入得松林片刻，馬蹄沓沓車聲轔轔，一直從藍田塬向東南去了。

蔡澤重回咸陽，作派大變。

頭一椿，蔡澤住進了咸陽國人區的秦人客棧，而後早出晚歸，細心踏勘秦國官市民市百工作坊。看了三日，蔡澤只覺大有裨益，深感自己下車伊始哇啦哇啦實在是狂躁淺薄。從此蔡澤日每入市，將咸陽民生與官府治理摸了個一清二楚。半月之後，蔡澤又西出咸陽到郿縣訪查踏勘。郿縣本是老秦人聚居的第一大縣，關中第一富庶之地。全縣二十八里，里里都有勤耕得爵的官身農夫。秦人將村叫作「里」，二十八里也就是二十八村。蔡澤一里一里訪去，之後又在縣城踏勘三日，一月下來，對秦國耕戰之法有了扎實明晰的見解。第一場大雪降臨時，蔡澤回到了咸陽，埋頭三日，擬就一卷《富秦六法》，要重新拜訪丞相府，與范睢做一番長策較量。

正在第四日清晨，雪花輕柔如柳絮飛揚，一輛青銅軺車轔轔駛到客棧大門。店主匆忙迎出，又立即飛也似的跑進了店中，及至拉著蔡澤出房，一名黑袍官員已經恭敬地站在了庭院中：「在下行人張固，奉王書請先生入宮。」說著將一卷竹簡雙手遞了過來。

「閣下奉王書召我？」蔡澤衝口一問。

「秦王沉痾在身，禮數不周處尚請先生見諒。」

行人恭敬，蔡澤卻一陣不安，倏忽之間有些茫然。這「行人」本是秦國執掌邦交事務的官員，隸屬丞相府，除了涉及邦交，行人不會直奉國君書令辦理具體事務。今日行人前來，莫非此事與范睢相關？果真如此，只怕大壞。素聞范睢睚眥必報，最是計較恩怨，豈能說自己好話？定然是范睢故技重施，要借秦王之手除掉自己！范睢啊范睢，身為天下第一相國，如此胸襟安得立足？蔡澤一介布衣，死則死矣，卻偏是要在秦王面前撕破你的偽君子面具！心念及此，蔡澤再不猶疑，回房揣起書卷隨行人登車去了。

片刻之間，軺車進了王城。蔡澤隨行人進了西偏殿，卻見白髮白鬚的一個老人面色困倦地半躺在一張極大的榻上，想來是赫赫聲威的老秦王了。蔡澤赳赳大步搖上前去，氣昂昂一拱手：「燕山蔡澤，參見秦王！」「先生入座。」蒼老疲憊的秦昭王抬手一指右手大案，待蔡澤入座，淡然一笑，「人言先生有經緯之才，有訪秦之苦。我大秦正在艱危之時，先生何以教我？」蔡澤極是機敏，一看秦昭王氣色，心知此王已耐不得長篇大論，一拱手開門見山道：「蔡澤師計然富國之學，訪秦又擬《富秦六法》，今呈秦王閒來一觀，便知秦國經濟之弊，亦知秦國致富之道也！」蔡澤只尋思盡速撂過這個話題，便可相機揭露范睢之險惡。

「先生不妨大要言之。」秦昭王顯然有延續話題之意。

「大要而言：秦國經濟弊端在於富源閉塞，六年大戰已國庫空虛民力疲弱。秦國重新崛起之道，只在法、富、強、清四字並重，猶如駟馬鐵車之穩固飛馳也！」蔡澤兩句話說完停頓下來，只等老秦王口吻扭轉話題。

秦昭王老眼驟然生光：「何謂富源閉塞？」

蔡澤心無所求，說得分外灑脫利落：「秦之財富，在於近百年積累所成。積累之緩慢，遠不及大戰耗費之所需。其所以如此，在於富源閉塞未開，出入管道不暢。但遇連綿大戰，支出遠大於歲入，一旦不能速勝，或不能從戰敗國掠財補充，元氣便會大衰！何謂富源閉塞？其一，依賴外商周流財貨，限制國人商市，自斷商旅稅源；其二，田雖私有而水利未開，民眾耕耘之力不能生發，賦稅不能擴大；其三，唯知獎勵耕戰，不知獎勵生育，人口來源不豐。此大要也，細目數來，皆在《富秦六法》之中，秦王自看可也。」

「駟馬鐵車，卻是何說？」秦昭王分明意猶未盡。

「秦以法治立國，然唯法不能成天下。固法之外，尚須富、強、清並重，方可長盛不衰。富在開源，強在眾民，清在官吏。法治鞏固，富源大開，人口眾多，吏治清明，此謂駟馬也！有此駟馬駕馭邦國戰車，何懼一戰兩戰之敗哉？」

「好！應侯這次終是沒有走眼。」一拍座榻，秦昭王霍然站了起來，「委屈先生暫做客卿，輔助丞相處置國政如何？」

驟然之間蔡澤心中一亮，立即深深一躬：「蔡澤受命！」

出得王宮，蔡澤根本沒心思去辦理印信府邸等諸般事務，立即來到丞相府拜訪范睢，要做一次坦誠的負荊請罪。誰知相府掌書卻說丞相巡查郡縣去了，走前留得一書，叮囑蔡澤若來便得開啟。蔡澤當即開書，寥寥兩行大字：

蔡澤已受王命，掌書著即安置其代行丞相署理國政。

良久默然，蔡澤對著書簡深深一躬，說聲請掌書稍待，匆匆走了。來到王城，蔡澤請見秦王。守在秦王書房的王室長史卻捧出了一卷竹簡，說是秦王教他看罷定奪。蔡澤覺得蹊蹺，忐忑不安地打開竹簡，一時愣怔了：

〈辭相書〉

范雎頓首：臣任丞相十數年，雖於邦交有尺寸之功，然亦有錯薦兩人之罪。長平大戰後老臣才思枯竭，無良策重振秦國，忝居相位，實為誤國也！今有蔡澤，治國之論特異深刻，察秦之細，過臣多矣！若得其人為相，定有良策興國。老臣請卸任丞相之職，請以蔡澤為相治秦。范雎有先薦之錯，所薦當否，唯王明察決斷。

蔡澤一陣唏噓感慨，對著長史一拱手道：「敢請轉稟秦王：蔡澤雖可暫署丞相府，然願請回應侯領相職，蔡澤輔之可也。」長史笑道：「原是秦王要大人定奪，無須稟報。」一番思忖，蔡澤明白定然是秦王無法挽留范雎，教自己相機行事了。

日色過午，蔡澤不再多說，出王城快馬一鞭，自咸陽東門直向藍田塬而來。

第一章  幕政維艱

一、落拓奇士隱祕出山

日落時分，一輛遮蓋嚴實的黑篷車駛到了丞相府後門。篷車停穩，馭手利落下車輕聲兩句，厚厚的布簾掀開，一個胖大蒼白的黑衣人扶著馭手的肩膀走了下來，頭無高冠，身無佩玉，散髮長鬚，簡約得看不出任何身分。黑衣人低聲吩咐一句，馭手將篷車圈趕到了對面一片柳樹林中。一眼瞄去府門緊閉，黑衣人從容走了過去輕輕叩門。方過三聲，咣噹吱扭兩響，厚重的木門落閂開啟，一顆雪白的頭顱從門縫伸了出來：「先生何人？家主不見後門來客。」黑衣人不說話，只將手掌對門一亮，雪白的頭顱倏地縮了回去。黑衣人一步跨過了門檻，方過影壁，白頭老僕匆匆趕來：「大人且緩行幾步，容老朽稟報家主。」

「不用。」黑衣人大袖一甩，逕自繞過影壁向裡去了。

穿過一片竹林一片水面，一道草木蔥蘢的土石假山橫亙眼前。山麓一座茅亭，亭下一人紅衣高冠，正在暮色中悠悠然自斟自飲。黑衣人遙遙拱手：「燕士齊風，信哉斯然！」亭下紅衣高冠者哈哈大笑：「孟春之月，萬物章章，安國君也活泛了？」黑衣人笑道：「新相秉政，理當恭賀。」紅衣高冠者離座起身，羅圈步搖到茅亭廊下一拱手：「新政未彰，蔡澤愧不敢當。」說罷一招手，「墊氈。」已經碎步趕到亭外的白頭老僕一聲答應，將一方厚厚的毛氈片墊在了茅亭下的石墩上。黑衣人道：「丞相關照入微，多謝了。」在對面石墩上坐了下來。「燕人粗篩孔，何有入微之能？」紅衣高冠者呵呵笑著，「若非應侯多方交代，蔡澤何知安國君畏寒忌熱也。」黑衣人一聲感喟：「應侯離秦，未能相送，誠為憾事矣！」

「逢得此等人物，安國君卻是拘泥俗禮了。」蔡澤悠然一笑，「名士特立獨行者，無如范睢也。

君恩未衰，力請隱退。兩袖清風，不辭而去。何等灑脫！當年穰侯罷黜出秦，十里車馬財貨滿載銅臭熏天，兩廂比照，何異天壤之別？而今想來，范雎在相，曾遭秦人恚罵；范雎離國，秦人萬千惋惜，幾是天下一奇也。此人此行，送與不送都是一般，安國君無須自責。」

「理雖如此，心下終是不安。」安國君歎息一句轉了話頭，「應侯辭官之際，唯丞相與之盤桓三日，不知何以教我？」一副殷殷期待教誨的神色濃濃地堆在了臉上。蔡澤不禁笑道：「三日交接國事，一板一眼，實在是寡淡不當聒噪，豈敢言教？」安國君一聲長吁：「非是嬴柱強人所難，實是丞相有所不知也。父王年邁無斷，丞相新入無威，我雖儲君，游離於國事之外，如此等等，嬴柱寢食難安。原指望應侯指點歧路，不想他卻逕自去了。」蔡澤哈哈大笑：「安國君所慮者，子虛烏有也！秦王滄海胸襟，大事孰能無斷？蔡澤新入無威，亦有國家法度在後，安國君穩住自己便是，無須杞人憂天。」

「敢問丞相方略何在？」嬴柱不覺嘲諷，立即跟上一問。

蔡澤目光一閃：「安國君心下有虛？」

一陣默然，安國君不知如何說了。立儲廢儲素為邦國頭等機密，莫說蔡澤不知情，縱是知情又如何能公然說明？更有一層，蔡澤乃新任丞相，自己是王子封君，此等隱祕造訪雖說不上有違法度，卻也大大的不合時宜，私相談論立儲機密，更是不妥。范雎雖則離秦，也還有「去職不洩國」的天下通例。蔡澤若將范雎做為國事交代的立儲之見洩露出去，豈非種惡於人？想得明白，安國君起身笑道：

「叨擾丞相，告辭了。」

「且慢。」蔡澤突兀一問，「安國君子女中可有能者？」

「我嫡妻華陽夫人向未生育，二十三子十三女，盡皆庶出也。」已經走到廊下的安國君歎息了一聲，憂心忡忡道，「其中兩子尚算有能：一個行六名傒，勤奮好學，文武皆可；一個行十名異人，自幼聰慧，只可惜一直在趙國做人質。」

「兩子師從何人？」

「秦法有定：庶出王子皆由太子傅派員教習。」

蔡澤笑道：「我舉薦一人，做公子傒老師如何？」

「好事！」安國君精神陡然一振，「不知丞相所薦何人？」

「士倉。」

「河西名士，智囊士倉？」

「士倉之學，法墨兼顧，正合秦國。」

安國君蒼白的臉上大起紅潮，深深一躬道：「子嗣若得有成，丞相便是恩公也。」蔡澤一陣哈哈大笑：「薦師之舉，原本與蔡澤無涉。」從大袖中摸出一支銅管遞給安國君，說聲收好，搖著羅圈步湮沒到晚霞竹林去了。安國君恍然一笑，將銅管揣進貼身皮袋，大步出門對馭手低聲吩咐一句，黑篷車向王城轔轔而來。

春寒猶在，暮色中的咸陽城大是蕭瑟。清風過街，車馬稀疏，連入夜燈火汪洋的尚商坊也變得星光寥落，國人區更是湮沒在暮靄的灰黑裡。間或有店鋪官署的燈光閃爍，如點點螢火飛動，更顯這座關西大都的幽暗深邃。若非王城的一片燦爛燈光，任誰不會相信這是往昔車水馬龍熱氣蒸騰的大咸陽。

黑篷車一路駛過空曠的長街，一輛官車也沒有遇上。進入王城，車馬場空蕩蕩一片，燈火煌煌之下，幽靜得彷彿進入了一道世外峽谷。黑篷車木閘咣噹落下，回聲響徹王城，慌得場邊石屋中的中車府（註：中車府，秦國掌管王城車馬的官署，主管官吏為中車府令）吏惶惶然小跑過來，老遠一聲喝問：「非官車不得擅入王城！不知道法令麼？」安國君悠然一笑：「自己沒長眼還怨人不知法令，倒是好執事。」已經跑到面前的中車府吏連忙一躬：「小吏沒想到此刻有車，慌得沒認出安國君，大人毋罪小吏。」安國君一點頭：「不消說得，你去驗車。」轉身匆匆踏上了宮前三十六級天步階。

除了冷清寂寥，王宮一切如常。每個轉角都立著兩座六尺高的銅人風燈，每道大門都筆挺地站著四名帶劍甲士，每間殿口都守著一名面無表情的老內侍。幾個轉彎，安國君到了通向王室書房的長廊，遠遠見肅立在廊下的老內侍一閃身進了書房，及至他從容來到門前，老內侍恰好迎出，拱手低聲道：「我王正在暮寢，請安國君稍候片刻。」

嬴柱輕輕地歎息了一聲，在廊下漫步起來。往昔臣子晉見，只要進入書房長廊，老內侍遠遠一聲報名傳呼，只要事先沒有特殊禁令，只這一聲傳呼，臣子便可徑直入內議事。這原本是父王在長平大戰期間立下的規矩，宗旨只是六個字：「廢冗禮，興時效」，為的是盡量快捷地處置緊急國務。倏忽六年，這講求實效的快捷規矩不知何時沒有了。細細想來，父王確實老了。一個六十餘歲年近古稀的老人，縱然心雄天下，也是難以撐持了。白起死，范雎辭，王齕、王陵兩次攻趙兵敗，再加鄭安平敗軍降趙之大恥，六國合縱復起，秦國重陷孤立。短短六年，風雲突變，秦國出人意料地從頂峰跌到了低谷。在接踵而來的危機面前，父王能夠苦撐不倒已經是不易了，還能要他如何？近年來，父王日暮便犯迷糊，迷糊得一陣醒來，則是徹夜難眠。於是，有了這「朝暮不做」與「宵衣旰食」同時並存的新規矩：日暮初夜，王宮中最是幽靜；一過初更，有急務的臣工方才紛紛進宮，直到四更尾五更頭，王宮書房一直都是燈火通明；次日清晨，父王又是酣然大睡，直過卓午。如此一來，要見父王辦事只有兩段時間：午後一個多時辰，中夜三個多時辰。安國君事有隱祕，這次只想單獨與父王訴說，日暮時來撞撞運氣，但願父王沒有暮寢，不想依然如斯，只有耐心等候了。

「燈亮了。安國君可入也。」老內侍輕步走過來低聲一句。

秦昭王驀然醒來，侍女已經點亮了四座銅燈，捧來了一大銅盆清水。用冰涼的布面巾擦拭一陣，秦昭王頓時清醒，在厚厚的地氈上來回踱步。這是他暮寢之後的例行規矩，或長或短轉得片刻，惺忪之態一去，便要伏身書案徹夜忙碌了。

「兒臣嬴柱，見過父王。」安國君畢恭畢敬地深深一躬。

「呵，柱兒，進來。」秦昭王一指座案，「有事說。」

嬴柱清楚父王厭惡虛冗的稟性，只肅然站著恭謹率直地開了口：「嬴柱庶出子異人，在趙國做人質已經十三年，日前託商賈捎回羽書一件，說在邯鄲備受趙國冷落，生計艱辛，請王命召他回國；若不能召回，則求千金以資生計。嬴柱無奈，特來稟告父王，呈上異人書簡。」

「異人是你的兒子？」秦昭王沙啞的聲音透著一絲驚訝。

蒼白的嘴唇猛然一個抽搐，嬴柱迅速平靜下來，依舊一副平靜率直的國事口吻：「異人乃兒臣之妾夏姬所生。十三年前，異人奉宣太后之命為質於趙，今年已是二十餘歲。」

「商賈傳書？異人沒有侍從？」秦昭王突兀一問。

嬴柱沒有說話，只默默地低著頭。父王與祖母一起做過十幾年人質，人質之艱難何須他說。惟其不說，才是對父王最好的提醒。果然，在這片刻之間，秦昭王搖頭低聲含混嘟囔了一句，回過頭來長吁一聲：「人質難為也！異人書簡交行人署，著其與少內署商議處置（註：行人署，秦國外事官署。少內署，秦國掌管錢財官署。兩署均屬開府丞相管轄）。千金之數，只怕難為也。」咳嗽一聲，蒼老的聲音顯然滯澀了。嬴柱心中一酸，不禁慨然一句秦人老誓：「赳赳老秦，共赴國難！生計維艱，對王子也是歷練，父王無須傷感。」兩道白眉下目光一閃，秦昭王臉上倏忽綻出了一絲笑容：「王族子弟多奢靡。子能體恤邦國困境，難得也。你卻說，異人能召回麼？」

「不能。」

「為何？」

「秦趙兩困，寒鐵僵持，彼不為敵，我不破面。」

「好！」秦昭王難得地讚歎了兒子一句，輕鬆地坐到了寬大的書案前，「捨身赴難，義士之行。王者大道，要洞察全局而決行止。你能窺透秦趙奧祕，以大局決斷異人去留，比赴難之心高了一籌。實在說話，為父沒有想到呵。」

「父王激勵，兒臣不敢懈怠！」嬴柱頓時精神抖擻。

「哪日閒暇，我去看看孫子們。」秦昭王慈和地笑了。驟然之間，嬴柱心下一熱，正要拜謝訴說，聽見書房外腳步輕響，兩名內侍已經將一大案公文書簡抬了進來，按捺下心頭衝動，只深深一躬便要告辭，卻見父王忽然一招手，便大步走到書案前俯下了身子。

「你的病體見輕了？」秦昭王輕聲問了一句。

「稟報父王，兒臣本無大病，只是陰虛畏寒。一年來經扁鵲弟子奇藥治療，已經大為好轉，幾近痊癒。」嬴柱聲音雖低，卻滿面紅光。

「好，你去。」秦昭王說話間已經將銅管大筆提到了手中。

匆匆回到府邸，嬴柱興奮得心頭怦怦亂跳，連晚湯也無心進了，走進池邊柳林漫無目的地轉悠了小半個時辰，方才漸漸平靜下來，吩咐衛士將公子傒找來說話。盞茶工夫，一盞風燈遠遠向石亭飄悠過來，快捷腳步托著一個英挺的身影，已經到了亭外廊柱之下。

「守在路口，任何人不要過來。」嬴柱對衛士輕聲吩咐了一句，對燈下身影一招手，「滅了風燈，進來說話。」英挺身影「嗨」的一聲，將風燈一口吹熄，喀喀兩大步進了石亭。暗夜之中，喁喁低語湮沒在了彌漫天地的春風之中。

次日清晨，一隊騎士簇擁著一輛黑篷車出了咸陽北門，翻上北阪直向北方山塬而去。這片山塬位當關中平川之北，河西高原之南，雖無險峻高峰，卻是土塬連綿林木荒莽越向北越高，直抵北方的雲中大河。時當初春，草木將發未發，溝壑蒼黃蕭瑟，這荒莽山塬又無官道，車馬只有在間不方軌的商旅獵戶小道上艱難跋涉。如此三日，前方突兀一片青山，黑篷車後的騎士們頓時噢呵呵歡呼起來。

「君父，橋山到了！」緊隨車側的英挺騎士翻身下馬，掀開了車簾。

「好。下車。」

篷車中話音落點，一名健壯的少年僕人先行跳下車來，回身將一個胖大的黑衣人背了下來。英挺騎士已經將一方厚厚的毛氈安放到了一棵大松樹下，少年僕人將黑衣人靠著松樹輕輕放下，轉身快步從篷車上拿下一個皮囊，向騎士手中的銅碗注了一碗清水。騎士餵水，少僕捶背，一陣忙碌，黑衣人蒼白虛脹的臉才泛起了一片紅暈，睜開眼睛長吁一聲：「徯，這便是橋山？」英挺騎士笑道：「沒錯！我等兄弟行獵，來過橋山多次。」黑衣人沉下臉道：「黃帝陵寢，是行獵之地麼？」騎士連忙道：「君父誤會，我等兄弟歷來只在橋山外圍狩獵，從來不進橋山松柏林。」黑衣人點頭道：「秦人護黃陵。越人護禹陵。這是天下大規矩，壞不得。」說著話扶著少年僕人站了起來，從懷中摸出一方折疊的羊皮紙抖開：「看看這張圖，能找到麼？」騎士接過羊皮紙圖端詳片刻道：「看圖上地勢，這個所在是黃陵之後，沮水河谷。孩兒沒去過，大略知道。」黑衣人道：「如此便好。吩咐車馬人等在此紮營，只你隨我進山。」騎士急迫道：「君父體虛，不宜跋涉，還是車馬進山好。」黑衣人臉色一沉：「徯呵，你已到加冠之年，不知訪賢求師規矩麼？」騎士紅著臉一躬：「是！孩兒知錯。」轉身馬鞭一揚，「車馬人等在此安營造飯，巡查等候！」眾人一聲領命，開始了忙碌紮營。騎士一回身，見父親已經大步走了，連忙快步趕上，搶前開路進山。

「君父，士倉敢居橋山，忒是怪異。」騎士邊走邊說。

「好在沒犯法。」黑衣人一揮手，「先找見人再說。」

「也是。君父隨我來。」騎士用長劍撥打著枯黃的茅草，沿著山麓繞了過去。

這橋山乃是天下一奇。奇之根源，在於華夏上帝——黃帝陵寢在此。自從黃帝葬於橋山，橋山成了橋陵，秦人呼為黃陵。原本，橋山只是溝壑縱橫的河西高原的一座尋常土山，與周圍山塬一樣，只生雜木野草，每到秋天枯萎蕭瑟茫茫蒼黃。可自從有了黃帝陵寢，這橋山便生出了四季常青的萬千松柏，鬱鬱蔥蔥地覆蓋了方圓十餘里的山頭，加之沮水環山，橋山竟成了四季蒼翠的一座神山。逾千餘年來，遍山松柏株株參天合抱，枝幹虯結糾纏，整個橋山被蒼松翠柏遮蓋得嚴嚴實實。但有山風掠過，遍山松濤如怒潮鼓蕩，聲聞百里之外，那濃郁的松香隨著浩浩長風彌漫了整個河西高原。

自秦人成為東周開國諸侯入主關中，橋山黃陵便成為秦人頂禮膜拜的聖地。在華夏傳說中，黃帝生於上邽軒轅谷（註：上邽，今甘肅天水地帶。軒轅谷，傳說為上邽古城堡以東七十里的河谷）。軒轅者，天龜也，玄武之神也，西方上帝也，四靈之根也（註：遠古以龜龍鳳麟為「四靈」，春秋戰國演變為「五靈」（增加了白虎），與五行相配。依據此說，龜為水位，居北面南，是為四靈之本）。這上邽之地位於華夏西部，恰恰是老秦部族立國之前生存的根基。這軒轅谷，這玄武天龜，這西方上帝，則都是老秦人在西方遊牧部族的包圍中艱難自立時的佑護神靈。黃帝雖非秦人直接先祖，秦人卻是在黃帝根基之地生存壯大而起的。唯其如此，秦人對黃帝的景仰膜拜，與對自己直接先祖的景仰膜拜有過之而無不及。除了祭祀者的足跡與香火，秦法禁止農人獵戶靠近橋山十里居住。秦人尚黑，其源多出，根源之一，甚或第一個根源，是對黃帝玄武之神的崇拜，後來才是陰陽家的水德論證。

如此一座神山聖陵，卻有人在此隱居，如何不令造訪者忐忑不安？

「君父，你看！」

胖大黑衣人順騎士指向看去，遙遙一簾瀑布從對面高山掛下河谷，蒼黃草木中一縷炊煙裊裊直上，其下一座茅屋隱隱可見。端詳有頃，黑衣人笑道：「前有滿山松柏，後有天河飛瀑，腳下滔滔清流，左右修竹成林，好個所在也！」除下皮靴布襪，捲起長袍褲腳，說聲走，大踏步走進河中。騎士高喊一聲：「君父且慢，我背你涉水！」一連忙趕上，見父親頭也不回，也不再說話，只搶到前方趟水去了。

春日河枯，水流清淺，不消片刻二人涉水到了對岸。瀑布茅屋炊煙已經不見，唯聞水聲如隱隱沉雷，面前竹林遍山搖曳，與對岸橋山的萬千松柏恰成遙遙呼應。黑衣人也不整衣衫，赤腳向竹林山坡爬了上來。將到半山，騎士忽然停下：「君父你聽！」

山上傳來悠長的吟誦，在隱隱沉雷中若斷若續：「……古之大化者，乃與無形俱生。反以觀往，復以驗來。反以知古，復以知今。反以知彼，復以知己。動靜虛實之理，不合來今，反古而求之。事有反而得復者，以人之意也，不可不察……言有不合者，反而求之，其應必出。言有象，事有比……象者象其事，比者比其辭也。以無形求有聲，其的語合事，得人實也……」

「咿咿呀呀念叨個甚？」騎士一臉茫然。

默默沉思的黑衣人突然道：「傒兒，還記得為父那篇〈天吟〉麼？」

「記得。」

「好！為父氣力不足，你與他一唱。」

騎士一清嗓子，放喉唱了起來，粗獷的秦音頓時貫滿山川——

天有長風　我無帆篷
天生驚雷　我做困龍
天為廣宇　我思鯤鵬
翼若垂雲　何上蒼穹

歌聲方落之際，山腰傳來一陣哈哈大笑：「好！其志可嘉也！」

黑衣人再不說話，貓腰大步向山坡爬上。精壯騎士連忙飛步搶前，撥草尋路，拉著父親上山。爬得一陣，眼前一片平地，茅屋炊煙隱在竹林深處，那道飛珠濺玉的大瀑布卻掛在茅屋北側的山腰。茅草中一條小道直入竹林，隱隱可見茅屋前發黑的竹籬與幽靜的小庭院。黑衣人喘息打量一陣，深深一躬：「秦，安國君嬴柱，拜會先生。」

「大火不燎燎，王德不堯堯。」

隨著長聲吟誦，瀑布旁的山崖上突兀現出一人，鬚髮散亂虯結，精悍黑瘦，幾是一個山民獵戶。騎士看得一眼，大皺眉頭道：「君父，回去算了。」黑衣人凌厲的目光向騎士一掃，回身遙遙拱手：「敢問先生，何以稱謂？」山崖之人朗聲笑道：「河西士倉，等候安國君多日矣！」黑衣人肅然一躬：「請先生回莊，嬴柱父子登堂拜謁。」山崖人朗朗一笑：「士倉茅舍，向不待客。安國君稍待，我片刻來也。」笑聲落點，倏忽不見了山崖人身影。

客不當道。嬴柱父子剛剛走上竹林旁山坡，一束松枝火把高高拋向林中茅舍屋頂，山坳處一團煙火驟然升騰。伴著撲鼻松香，一陣大笑傳來，茅舍庭院頓時被大火吞沒。

「灑脫不羈，真名士也！」嬴柱不禁高聲讚歎。

「君父，忒煞怪也！」騎士驚訝地嚷嚷起來，「這煙火不向四山蔓延，燒到竹林松柏火便住了！」

嬴柱板著臉：「這是橋山，黃帝陵寢，不知道麼？」

騎士不說話了，只皺起眉頭盯著漸漸飛散的煙火。此時，山坡竹林中一陣婆娑，精悍黑瘦的身影已經站在了小道中間，一身布衣粗針大線地釘滿了各色補丁，肩頭一只包袱髒污得沒了本色，手中一口短劍也是鏽蝕斑斑，加上長髮長鬚赤腳草鞋，活生生一個落荒難民。騎士想笑不敢笑，硬生生憋出一個響亮噴嚏。安國君顧不得呵斥連忙迎了過來：「山路崎嶇，先生頃刻而至，嬴柱佩服。」來者哈哈大笑：「士倉常居山野，與鳥獸爭食，身輕體健而已，安國君謬獎了。」嬴柱笑道：「敢問先生貴庚幾何？」士倉道：「老夫已過耳順之年，六十有三也。」「六十有三？」嬴柱驚訝地打量著勁健輕捷的士倉，無論如何不敢相信自己的眼睛，不禁長長一躬：「先生真世外仙人也！」士倉一擺手道：「范叔扯出老夫，要給哪位王子點撥？」

嬴柱對山坡騎士一招手，回身拱手道：「久聞先生大才，我父子同為先生門下，回到咸陽行拜師大禮。」一指騎士，「此兒乃我六子嬴傒。傒，拜見老師。」

嬴傒板著臉走過來淺淺一躬：「嬴傒拜見老師。」

士倉目光飛快地向嬴傒一掃，淡淡一笑：「公子不好書，不深思，只醉心劍戈騎射，何以稱文武俱佳？」

嬴傒頓時面色脹紅，昂昂高聲道：「刀兵天下，劍戈騎射有何不好？」

「豎子無禮！」嬴柱呵斥一聲，回身頗為難堪地一拱手，「國事幽微，不得已出此考語，尚請先生見諒。若得補上此子學問見識，嬴柱一門永不負先生之恩。」

士倉哈哈大笑道：「此兒不學無術，卻不失本色，老夫姑且一試也。」

嬴柱心中大石頓時落地，當即吩咐嬴傒背老師下山。士倉一擺手，說聲老夫自在山下等候，已從草木間掠下山坡去了。嬴柱板著臉看一眼兒子道：「你既好武，追上先生是本事。」嬴傒頓時精神抖擻，口中好字未落，人已飛身下了山坡。山腰到河谷大約二里許，路程不長，卻是荊棘叢生草木糾纏，要想快步下山談何容易。嬴傒自恃精壯，順著來路趟開的毛道，連跳帶滾地來追落拓老士。說也奇怪，分明看見前方身影悠悠然如履平地，連跳帶滾的嬴傒卻總是無法望其項背。眼看再過一道山坎荊棘便是河谷草地，老士身影還是遙不可及。情急之下，嬴傒一個大跳和身滾過荊棘山坎，要在大下坡的河谷草地追上老士。不想剛滾下山坎荊棘叢，便被一名武士扶起道：「公子莫慌，我正在候你。」

「我慌個甚！」嬴傒一臉汗污一身泥土，又氣又笑，「你說在這裡候我？」

「正是！」武士赳赳挺身，遙遙向河對岸一指，「那個老藥農說的。已經有兩人去接安國君了，公子莫慌。」

「你才慌！」嬴傒沒好氣吼得一聲，大踏步趟水過河去了。上得岸邊，卻見士倉大開兩腿騎坐在一方滾圓的大石上，悠悠然兀自吟誦著嬴傒全然不懂的古奧句子。嬴傒赤腳走過去冷冷一笑：「先生腿腳好利落。」士倉頭也沒回道：「老夫利落，何止腿腳？你小子卻沒得一件利落。」嬴傒紅了臉道：「滾山爬坡算個甚？劍戈騎射才是真功夫！」士倉回身哈哈大笑：「滾山爬坡尚不利落，卻有真功夫？小子當真可人也。」嬴傒憤憤然道：「我是黑鷹劍士！先生知道麼？」士倉呵呵笑道：「縱是鯤鵬名號，你小子也是蠢豬一頭。」嬴傒大急，正要衝上來理論，卻聽身後嘩嘩水響，回頭一看，父親正沉著臉站在河邊，連忙低下頭走到旁邊預備車馬去了。

嬴柱赤腳走過來一拱手道：「先生之意，歇息一日再走，還是即刻便行？」

「但憑安國君。」士倉晃盪著枯樹枝般的大腳，「老夫只一樣，毋得張揚。」

「如此甚好。」安國君笑道，「我不如先生健旺，歇息兩日啟程了。」回身正要吩咐軍士造飯，山道上一馬飛來，片刻已到面前。騎士跳下馬顧不得擦拭淋漓汗水，對迎上來的安國君一陣急促低語。安國君聽罷，回身一聲吩咐：「即刻拔營啟程！嬴傒前騎開路，我與先生同車。」一陣忙碌，騎士小隊護著那輛大黑篷車轟隆隆出了橋山。

二、天地不昭昭　謀國有大道

次日落黑，嬴柱車馬匆匆過了涇水，再向南翻過北阪便是咸陽了。

嬴柱剛剛鬆得一口氣，篷車外馬蹄聲疾，嬴傒在車外低聲急促道：「君父，北阪紮了軍營！是繞道還是停車請令？」嬴柱略一思忖掀開車簾道：「你上車護住先生，無論何事，不許出來！」說話間已經跳下篷車上了嬴傒戰馬，待嬴傒在車中說聲好了，又吩咐二十多名騎士前後護持篷車，便策馬飛馳直向北阪而來。

北阪，原本是咸陽北面一道孤立的土塬，南北寬約十餘里，東西橫亙近百里，南面大下坡是咸陽，北面大下坡是涇水河谷。這道土塬地勢高峻林木蔥蘢，歷來是咸陽北面天然的要塞屏障。雖則如此，北阪卻極少駐軍。尤其是秦惠王之後，北方的河西高原已經被秦國牢牢控制，除了陰山匈奴，來自北方的威脅基本已經消除，北阪只成了「金城湯池」的標誌而已。如今這座軍營突兀駐紮北阪，封鎖了北面進入咸陽的道口，實在令嬴柱莫名其妙。眼看軍營連綿在前，嬴柱絲毫沒有減速，領著身後車馬自顧隆隆衝來。

「車馬停隊！驗令通行！」道中鹿砦後一聲大喝。

「安國君駕到——」一名騎士高舉火把遙遙喝道，車馬隊風一般捲到了鹿砦之前。嬴柱一勒馬，手中一面黑玉牌飛了出去。

「封君令牌，不能放行！」鹿砦後一聲粗喝，黑玉牌又嗖地飛了回來。

「請王陵老將軍出營說話。」嬴柱一瞄那面大纛旗，知道是五大夫王陵大軍。

「大人稍待。」鹿砦後一聲應答，一支響箭帶著哨音直飛軍營深處。頃刻之間馬蹄如雨，一員大將風馳電掣般捲到營門，勒馬間哈哈大笑：「啊呀呀，安國君如何到了這裡？」

「我奉王命，旬日前北山治藥，沒有即時令牌。」

「篷車中是藥材？」

「藥材另車在後，篷車中是為父王診病之神醫。」

「好！打開鹿砦，百人隊送安國君回咸陽！」王陵一揮手，一個百人騎隊從燈影裡飛出鹿砦，兩列夾護住嬴柱車馬。王陵笑著一拱手道：「老夫固與安國君相熟，卻也得按上將軍令行事，尚請見諒。」嬴柱笑道：「何消說得，閒暇時再與老將軍盤桓。」說罷一揮手策馬去了。

一路出營進城，王城區外軍士林立，國人區長街也是甲士遊弋森嚴定街。嬴柱本欲先到丞相府見蔡澤，問清究竟何事召他緊急還都，然一想身邊有王陵的百騎隊「護送」，只有悻悻作罷，回到府中顧不得細想，先忙著親自安頓士倉的衣食居所。

士倉卻是奇特，堅執不住嬴柱原先預備好的華貴庭院，只要住一間茅屋，說辭只一句話：「老夫土性，沾得茅草心踏實。」嬴柱不能勉強，與家老一陣密商，立即騰出了僕役居住的一座小院落，打掃乾淨收拾整齊，請士倉去看。進得小院也沒有影壁，迎面一株合抱粗的大柳樹，柳芽初發，嫩綠清新；柳樹後一座土丘，荒草荊棘交錯，活似一座荒塚；土丘後又是三五株細柳，細柳後一排三間茅屋，屋旁一口青石井臺的老井。

士倉看得呵呵直笑：「好好好，只是太得乾淨也。」旁邊的嬴傒忍不住嗤地一笑。嬴柱瞪了兒子一眼，回身肅然拱手道：「此地原本是修建府邸時的工役棚，土丘是挖池泥土堆積。除了幽靜，實在簡陋得一無是處，先生堅執要沾土，嬴柱慚愧了。」士倉哈哈大笑：「安國君儘管慚愧可也，老夫只管舒坦便是。」一言落點，嬴柱也不禁笑了起來：「先生如此簡約，嬴柱無由效力，心下老大不安。」士倉呵呵笑道：「這吃喝老夫卻是講究，不知安國君何以安頓？」嬴柱鄭重道：「天下珍饈美味，但憑先生指點名目。」士倉連連擺手：「錯錯錯，你說的那些物事不叫珍饈美味，叫爛腸之食。老夫要咥的，是橋山野果。要喝的，是飛瀑山泉。沒得這兩樣，老夫渾身毛病。」嬴柱慨然道：「先生但說個名目數量。」士倉掰著指頭道：「松子、榛子、酸棗、山杏、野梨、羊屎棗、麥李子、山柿子、山栗子、山核桃，等等等等，只要是橋山採摘，老夫都咥得，每日六七斤可也。」嬴柱思忖道：「山水，是否先生莊側瀑布？」「然也！」士倉得意點頭，「水就省事些個，每月三罈，老夫只做水引子用。」嬴柱驚訝道：「先生不食五穀麼？」士倉皺起了眉頭：「沒奈何時也得咥，只是生咥罷了，熟了咥不得。」旁邊嬴傒憋不住大笑了起來，嬴柱正要發作，士倉擺擺手笑道：「不打緊不打緊，此子不笑，非此子也。天性使然，呵斥無用。」嬴柱深深一躬：「先生山川胸襟，此子卻是無狀。」士倉哈哈大笑：「安國君苦心，老夫知道了。」

說話間家老已經將諸般瑣務料理妥當，過來一稟報，嬴柱將士倉送進茅屋，自己帶著嬴傒與家老告辭去了。回到正院已是三更，嬴柱將家老喚到書房，仔細詢問蔡澤密書急召的緣由。家老卻只說了經過：三日前，丞相府文吏夜半送來蔡澤手札一件，叮囑連夜急送安國君，便匆匆離去了。這幾日咸陽大是異常，家老派人四處探聽，莫衷一是，甚也不知。

嬴柱心下鬱悶，不能安寢，一時莫名其妙地恐懼起來。他從來不涉國事，蔡澤祕密手札要他即刻還都，想必是國中發生了與自己有關的大事。此種大事，除了立儲，還能有甚？莫非父王忽生決斷，要廢黜自己這個太子而另立儲君了？極有可能！除了廢立大典自己這個原太子封君當事者必得到場外，其餘國事，自己在不在咸陽有誰過問？蔡澤不明說，便是不好說，若是委任國事，又何須蔡澤密書，早有王命車馬隆重迎接了。

三年前，范雎查勘十一位王子時，曾在嬴柱的太子府多有走動。最後一次臨走時，嬴柱謙恭求教，范雎只說了一句話：「明君在前，謀正道，去虛勢，儲君之本也。」從那以後，嬴柱幡然醒悟，除了潛心讀書，便是著意侍弄自己病體，對外則從來不用太子名號，為的是韜光養晦，以免在父王對自己尚存疑慮之心的情勢下無端招來王子們的猜忌合圍。年前范雎悄然去職，給蔡澤留下了舉薦士倉做自己兒子老師的密簡。那日進宮，父王對自己的身體似乎也流露了滿意神色。如此等等，一切似乎都是順利徵兆，如何突兀便有如此巨大的轉折？果真如此，只有兩個原因：一則是父王對自己病體徹底失望，二則是有了十分中意的儲君人選。仔細揣摩，這兩點恰恰都是順理成章。自己多病虛弱，已經是朝野皆知的事實。正是因了這個緣故，自己從小與軍旅弓馬無緣，純粹是一個文太子。如此一個「孱弱」缺陷，在戰國之世是很難為朝野接受的。父王對自己淡淡疏離而不加國事重任，顯然是一直在猶疑不決。嬴柱不止一次地確信，只要父王有了中意人選，會毫不猶豫地廢黜自己而另立儲君。那麼，這個新太子會是誰？一陣思忖，嬴柱恍然醒悟了，對，嬴輝，非他莫屬。心念及此，嬴柱不禁一陣悲傷，此人為君，我們休矣……

「君父，該練劍了。」嬴傒一陣風似的撞了進來。

「蠢豬！」嬴柱驟然暴怒，劈面一掌，「練劍練劍，頂個鳥用！」

挨了一掌的嬴傒摸摸臉卻呵呵笑了：「君父，還是出粗解氣，我沒說錯也。」

嬴柱不禁又氣又笑：「出粗出粗，你倒粗出個主張來！」

「請來個老土包閒著不用，我能有個甚主意？」嬴傒低著頭小聲嘟囔。

「住口！」嬴柱一聲呵斥，點著兒子額頭痛心疾首道，「嬴傒啊嬴傒，你已加冠成人，立身之道何在？你想過麼！頑劣無行，不敬先生，自甘沉淪，毋寧去死！」

「君父息怒。」嬴傒垂手低頭，「兒子原本景仰名士高人，可此人土俗粗鄙，他若真有才學見識，兒子自然敬他。」

嬴柱板著臉瞪了嬴傒一眼：「走，去見先生。」

父子兩人匆匆來到小庭院，大門敞開茅屋無燈，院落空蕩蕩一片幽靜。嬴柱低聲道：「先生勞累，定是歇息了，明日再來不遲。」正要反身出去，土丘頂一個聲音突兀道：「既來何須走？明日卻遲了。」話方落點，松柴般枯瘦的士倉已經站在院中，「安國君，進屋說話。」嬴柱笑道：「先生喜好天地本色，正有明月當頭，院中也好。」士倉一擺手：「春風送遠，話不當院。進屋。」逕自進了茅屋。嬴柱驀然醒悟，默默跟進了茅屋。士倉也不點燈，指一指腳底大草席：「安國君，坐了說話。」逕自先在大草席東首坐了下來，將嬴柱之位自然留在了對面西首。屋中雖是幽暗不明，嬴柱卻心知此中道理：士倉與他非「官交」，故而不行官禮坐南北位，而將西首尊位讓他，是士倉在這座茅屋以主人自居以待賓客。僅此隨便一禮，這個落拓不羈的老名士的錚錚傲骨可見一斑。嬴柱非但不以為忤，反倒生出了一份敬意，席地而坐，肅然拱手道：「深夜叨擾先生，嬴柱先行致歉。」士倉笑道：「受託盡責，原是要為人決疑解惑，安國君但說不妨。」

「丞相私簡召我緊急還都，嬴柱不明就裡，又無從探聽，不知國中何變？」

「此情此景，必是肘腋之變。」

「何以見得？」

「北阪駐軍，咸陽定街，查官不查私，此三者足證非敵國之患。」

「果真如此，肘腋之患是何等事體？」

「若非王族內亂，則是權臣生變。目下秦無強權重臣，安國君當明白也。」

「先生之見，與廢儲立儲無關涉？」

士倉恍然一笑：「原來安國君心病在此，多慮也。」

「何以見得？」

「安國君身為儲君，不明國政大道，卻如庸常官吏學子，心思盡從權術之道求解政事變化。此非不可也，卻非大道也。適逢明君英主，尤非常道也。」

「先生……能否詳加拆解？」嬴柱面紅過耳，一時囁嚅起來。

士倉悠然笑道：「空言大道，人難上心。待事體明白，老夫再行拆解不遲。」

「好，我明日見蔡澤。」

「錯也錯也。」士倉揶揄笑道，「安國君果然善走權術小道。身為儲君，國生大變不立即朝王協力，卻先做小道試風，此乃自毀其身也。」嬴柱心下一驚，又覺得士倉未免小題大作，一拱手道：「先生之見，嬴柱在心。」一聲告辭，轉身出屋，一直侍立屋門的嬴傒也跟著父親騰騰大步去了。

次日清晨，安國君府中門大開，一輛六尺傘蓋的青銅軺車轔轔駛出，直向王城而來。一路留心，嬴柱已經從旗號兵器甲冑看出，定街甲士只是咸陽守軍，並沒有藍田大營的主力大軍。所謂定街，軍士也只對往來官車盤查，市井國人照常忙碌生計，街市並未驟然冷清。進入王城石坊，多年都是清晨空曠的王宮廣場已經是車馬雲集，僅六尺傘蓋的青銅軺車已密匝匝排了一大片。一眼望去，重臣貴冑們悉數進宮。嬴柱原本以為自己來得夠早，打算在宮門「巧遇」蔡澤，先行探詢一番再覲見父王。此情此景，嬴柱不敢怠慢了，軺車尚未停穩便一跳落地匆匆進宮了。

偌大王城確實忙碌起來了，正殿前東西兩廂百餘間官署全部就位署理職事，吏員出入如梭，時有羽書斥候飛騎直入，恍然如長平大戰時的國事氣象。走過兩廂官署，上得長長高臺便是正殿。正殿前的兩座大銅鼎青煙裊裊，一頭白髮的給事中（註：給事中，戰國時秦國執掌王宮內事的官員，通常由宦官擔任，大體相當內侍總管）肅然站在鼎間殿口。嬴柱心知父王正在與大臣們朝會無疑，便快步登階而來。方過大鼎，老給事中迎了過來輕聲道：「太子請隨我來，我王不在朝會。」嬴柱心下一怔，不及細想跟著老給事中繞過正殿走了。

過了東西兩座偏殿，是總理王室事務的長史官署，穿過長史署的長長甬道，便是國君的書房重地。從秦孝公開始，這裡已經是四代國君書房了，從來沒有變過。一進甬道，嬴柱便知要在書房覲見父王，心下不禁一陣寬慰——父王不與大臣朝會，卻在書房召見自己，這是何等榮寵也。熱流瀰漫心田之際，卻見老給事中分明已經走過了書房道口，卻還是匆匆前行。嬴柱心頭驀然一跳，脫口要喊住給事中，卻咳嗽兩聲生生憋了回去。老給事中回頭一望，依舊腳不停步地走了。大事不好！嬴柱頓時一身冰涼，只有穩住心神跟了上來，雙腿灌鉛般沉重。

書房之後只有一座官署，一座唯一設於王宮書房之後的特異官署，這便是駟車庶長署。商鞅變法之前，秦國有四種庶長：大庶長、右庶長、左庶長、駟車庶長。四種庶長都是職爵一體，既是爵位，又是官職。大庶長襄贊國君，大體相當於早期丞相；右庶長為王族大臣領政，左庶長為非王族大臣領政，駟車庶長則是專門執掌王族事務。四種庶長之中，除了左庶長可由非王族大臣擔任，其餘全部是王族專職。商鞅變法之後，秦國官制仿效中原變革，行開府丞相總攝政務，各庶長虛化為軍功爵位，不再有實職權力。唯獨這庶長之末的駟車庶長，因了職掌特殊，既不能取締，又無法虛化，成為唯一保留下來的職爵一體的祖制庶長，且都是王族老資格大臣擔任。但凡王子王孫與王族貴胄，最敬畏的便是這個地方。此署職司大體有四：其一，登錄王族功爵封賞與罪錯處罰；其二，登錄並調理王族脈系之盈縮變化，處置王族血統糾紛；其三，執掌王族族庫財貨；其四，考校王族子弟節操才具，糾劾王族成員不軌之行。凡此等等，但讓你來，十有八九都是查證糾劾之類的頗煩事體。嬴柱太子之身，被領到如此一個地方，能是好事麼？

「庶長在署等候，太子請，老朽去了。」一句交代，老給事中匆匆走了。

嬴柱黑著臉走進官署，偌大廳中卻沒有一個人影。憋悶沮喪的嬴柱不想在此等地方主動開口問事，正要逕自坐進一張大案等候，大木屏後腳步聲響，一個白髮蒼蒼的老人扶著一支竹杖搖了出來道：「老夫將閒人都支開了，你是太子嬴柱？還記得老夫麼？」嬴柱一拱手道：「王叔別來無恙。」

老人篤篤點著手杖目光驟然一亮：「噢，果真記得？老夫何系何支呵？」一全然一副考校王族宗譜的神色。嬴柱心下又氣又笑，臉卻板得硬邦邦道：「王叔姓嬴名賁，乃父王族弟，排行十三，嫡系庶支。」老人頓時沉下臉氣哼哼道：「跟我治氣算甚本事！王族嫡系出事，不該問你麼？」說著顫巍巍走到中央大案後的特設座榻上落座，竹杖一點大案，「過來，看看這宗物事。」

一聽王族嫡系出事，嬴柱一陣心跳，再不敢怠慢，走過去一打量，案上一只錦繡包裹的方匣——蜀錦！嬴柱顧不得細想，伸手一摁匣前凸起的銅鉚，叮的一聲振音，方匣彈開，一大塊四四方方的棕紅色乾肉赫然現在眼前！

「王叔何意？敢請明示。」驟然之間，嬴柱一頭冷汗。

「這是蜀侯貢品，胙肉（註：胙肉，祭祀天地宗廟時的犧牲〔豬牛羊〕肉。古禮：犧牲正肉祭祀後分食，可得天地祖先庇護）。當真不識？」

「既有胙肉貢品，當是輝弟孝敬父王了。」

「孝敬？你敢咥麼？」

「若得父王賞賜，自是嬴柱之福，安有不咥之理？」

「膽色倒是正。你來聞聞。」

嬴柱上前一步捧起錦匣，一股濃烈的煙熏鹽醃味兒夾雜著一絲隱隱的腥臭撲鼻而來，眉頭一皺道：「巴蜀地原有熏醃治肉之法，數千里之遙貢胙肉，熏醃之後可保不壞，且咥來另有風味。嬴柱以為無涉禮法。」

「你沒有聞出異味兒？」

「沒有。」嬴柱搖搖頭。

老人板著臉不說話，從案頭銅盤中拿過一支白亮亮銀錐，猛然插進匣中胙肉，倏忽一線暗黑宛如蛇舞躥起，頃刻蔓延銀錐！老人拔出銀錐噹啷丟進銅盤，冷冷一笑：「東海方士認定：此毒乃鉤吻草也，蜀山多有。你卻何說？」

嬴柱大驚失色：「父王咥胙肉了？！」

老人不置可否：「你只說，蜀侯嬴輝給太子府進禮為何物？」

嬴柱長吁一聲，咬緊牙關生生壓住了翻翻滾滾的思緒，一拱手道：「駟車庶長明察：輝弟為蜀侯以來，三次祭祀，向太子府的進禮都是蜀山玉佩一套、蜀錦十匹。胙肉為貢品至尊，只能進貢父王。蜀侯此舉合乎法度，嬴柱以為無差。」

「蜀侯與太子府，可有書簡來往？」

「蜀侯軍政繁忙，無有來書，只嬴柱每年一書撫慰輝弟。」

「好，你且自省一時，老夫片刻回來發落。」老人說罷點著竹杖篤篤去了。

說是片刻，嬴柱卻焦躁難熬若漫漫長夜。士倉所料不差，果然是肘腋之患。若父王無事，一切還有得收拾，若父王中了胙肉之毒，一病不起或一命嗚呼，大局就難以收拾了。尋常看父王暮年疏懶，對國事有一搭沒一搭，便想何如沒有這個不理事的老王。如今乍臨危局，頓時便見父王的砥柱基石之力，如果沒有父王，自己這個虛名太子立即大險。今日之事大為蹊蹺，莫非父王彌留，有人要祕密拘禁自己？心念及此，嬴柱一身冷汗。

竹杖篤篤，老王叔搖進來喘息著一擺手：「去，大書房。」

嬴柱蒼白的臉脹紅了，驟然站起，一個踉蹌幾乎跌倒。老庶長嘿嘿冷笑，沉著臉色走過來將竹杖塞到嬴柱手中：「如此定力，成得甚事？」嬴柱勉力穩住心神，推開竹杖道：「我只擔心父王。」說得一句，突兀振作，大步匆匆去了。

大書房的長長甬道依舊那般幽靜，踩著厚厚的地氈，嬴柱有些眩暈。眼看到了書房大門，嬴柱突然一個馬步蹲扎，閉目長呼吸幾次，方覺心神平靜下來。從容走進書房，卻見父王陷在座榻大靠枕中，聳動著兩道雪白的長眉，似睡非睡地半睜著老眼，周圍沒有一個侍女內侍。

「兒臣嬴柱，參見父王。」

一陣默然，陷在靠枕中的秦昭王淡淡道：「事已發作，由他去了，莫管。你只給我謀劃一件事：日後如何治蜀？蜀不大治，秦不得安也。」

嬴柱等待有頃，見父王依舊默然，恭敬答道：「兒臣謹記。」

「旬日之期……」一句話未完，座榻靠枕中傳來斷斷續續的鼾聲。

嬴柱深深一躬，出了書房，略一思忖又來到駟車庶長署，與老王叔說得半個時辰，方才出宮去了。依嬴柱本意，此時最想見蔡澤，請他指點治蜀之策。然蔡澤是開府丞相，要見得去丞相府。想得一陣，似乎不妥，嬴柱逕直回了府邸。

嬴傒已經在府門等候得焦躁不安，見父親軺車駛回，急不可耐地跟在車後一直跑到書房廊下，又搶步上前將父親扶了下來。嬴柱看著一頭大汗毛手毛腳的兒子，一聲歎息進了書房。嬴傒跟進來急匆匆道：「君父，我早間練劍，在池邊柳林遇見士倉先生了。」見父親只唔了一聲不問所以，嬴傒又急匆匆道：「我見他昨夜說得還算有學問，向他說了君父今日進宮，問他有何高見？這老頭兒只點點頭又搖搖頭，轉身走了，怪也！」嬴柱一陣默然，猛然轉身一揮手：「走，去見先生。」

進得小跨院，老井臺上一張草席，旁邊一爐明火幽幽包著吊在鐵支架上的陶罐，院中彌漫出一片清新的異香。一雙黑瘦長腿大叉著半臥半坐在草席旁的井臺石上，卻不見人頭。嬴傒噫的一聲，正要衝上去看個究竟，嬴柱擺擺手笑道：「先生，煮茶麼？」話音落點，一顆散披長髮的頭顱悠然從井口探出，轉身坐正一個深深的吐納，落氣之後方才笑道：「橋山藥茶，須接地氣飲之。這口老井深通渭水，老夫沒有想到。」嬴柱眉頭一皺：「先生之法，頗具方士術氣，不敢苟同。」士倉呵呵笑道：

「惠王之後，秦國對方士深惡痛絕，原是不錯。然則以養生論之，方士之術亦非全無可取。老夫聊做消遣，比劃一二，卻與正道無關，安國君毋得忌憚也。」嬴柱見落拓不羈的士倉說得認真，連忙拱手笑道：「原是嬴柱淺陋無知，先生見諒。」士倉一指井臺草席道：「安國君坐了說話。只怕你這難題老夫不好解也。」

「先生洞若觀火，肘腋之患果然無差。」席地而坐，嬴柱將今日進宮情形說了一遍，末了憂心忡忡道，「不瞞先生，嬴柱雖僥倖躲得一劫，前路卻無以應對也。」士倉一直靜靜地聽著，黑臉枯樹皮一般板著，此時卻突兀一問：「君與蜀侯之糾結，能否實情見告？」嬴柱歎息一聲道：「此事齷齪也！不敢相瞞先生。」想著說著，斷斷續續地說出了一段宮廷祕事——

太子嬴柱與蜀侯嬴輝的恩怨糾葛，可謂紛雜交錯。秦昭王先後有九女，名位分別是：王后（正妻）、夫人、美人、良人、八子、七子、長使、少使、女御。按照天下傳統，王女比爵食祿，除王后至尊之外，所有「王女」都比照官制爵位享受祿米：夫人比爵大良造，年三千石；美人比爵少上造，年兩千石；良人比爵右更，年千五百石；八子比爵中更，千石；八子之下，一律六百石。戰國之世，大國君主動輒「畜女」數千，墨子孟子一班大家無不痛斥有加。相比之下，秦孝公之後的秦國君主實在是簡約了許多，「畜女」大體只在十人上下，大體遵循了「天子十二女，諸侯九女」的古老傳統。

周禮有定制：男子三十而娶，女子二十而嫁，天子與庶民同禮。然自春秋以降，婚禮已經在各諸侯國大大鬆動。為了增加人口，各邦國紛紛降低嫁娶年齡以獎勵生育。越王勾踐以民少為患，嚴令國中男子必於二十歲之前娶妻，女子十七歲出嫁，否則治父母以重罪。在這數百年的鬆動中，諸多新的早婚禮法逐漸形成，其中最顯眼的一則，是國君可十五歲大婚，以利多子。秦昭王從燕國回來即位時，恰恰是十五歲，宣太后為他娶了一個楚國王族的十四歲少女。宣太后本是楚國王族女子，這位十四歲少女理所當然地成了秦王正妻，宮中稱為芈后。兩年後，這位芈后生下了秦昭王的第一個王子，自己卻因大血崩而死了。二十歲時，秦昭王加冠大禮，宣太后一次為秦昭王冊封了四個嬪妃，品級卻都在「八子」之下。十年之中，四個王妃生下了兩子四女。一個兒子是嬴柱，另一個兒子便是嬴輝。嬴柱的生母是唐國後裔，品級是八子，被宮中稱為唐八子。嬴輝的生母是故蜀王後裔，品級是少使，被宮中稱為王少使。由於沒有王后，三個王子由品級最高的唐八子執撫養職責，都在唐八子的涇苑吃住讀書，嬉戲習武，相處得很是快樂。

倏忽十餘年，秦昭王又先後增立了四個王妃，陸續生下了十個王子、六個公主。此時宣太后已死，秦昭王親政，重行排定嬪妃品級：王后空位，以示對宣太后主婚的敬意；原先的四位老王妃依次遞進，嬴柱生母做了夫人，其餘三女分別做了美人、良人、八子。不料，那位王少使剛剛做了半年八子，卻莫名其妙地死了。

王少使的突然病逝，開始了嬴柱與嬴輝之間的齟齬糾葛。

在三個年長王子中，原本各有心病，越是長大，心病越重。長子嬴倬與次子嬴柱都是體弱身虛，從小經不起摔打，連秦國王子人人必需的練武都不堪重負，軍旅磨練更談不上了。三子嬴輝精壯敏捷，醉心劍戈搏擊，十三歲入蒙驁軍中歷練，十分得秦昭王鍾愛。然則，嬴輝生性惡學，見讀書便喊頭疼。管教嚴厲的唐八子多次責打嬴輝，有次竟連竹尺也打劈了。兩手鮮血的嬴輝逃出涇苑，對生母王少使大哭大嚎。王少使大是痛惜，立即領著兒子到秦昭王面前哭訴。秦昭王無可奈何，破例允准王少使執嬴輝教習職責。雖說兩家由此生疏冷漠，畢竟無甚深仇大恨，還算相安無事。

王少使突然身亡，正在河內戰場的嬴輝連夜回到咸陽晉見父王，一口咬定生母是唐八子謀害致死，理由是，為生母診病的太醫是唐八子族叔。秦昭王頓生疑惑，立即下令密查。查來查去一個月，始終都是子虛烏有。可嬴輝依然咬定唐八子不鬆口，私下揚言要為生母手刃仇人。隱忍一月的嬴柱母子聞訊大怒。唐八子不見秦昭王，徑直闖進廷尉府狀告王子誣陷養母，忤逆難容，罪在不赦。嬴柱請見國尉，舉發嬴輝因私逃軍，請以軍法治其罪。

如此一來，王室家醜舉朝皆知，自然也演變成了一樁國事。秦昭王惱則惱矣，對這訴諸國法軍法的嬴柱母子卻也實在無奈，只有下令廷尉府秉公徹查。三月之後，廷尉府會同太醫令聯名具奏：王八子（死後追認品級）為寒熱瘟病致死，診治太醫藥方藥物煎藥器皿，均查證無疑，當依法處嬴輝流刑千里。秦昭王半晌默然，突兀厲聲下令：「嬴輝流蜀！三年不得返國！」

在老秦人眼中，蜀地山高水險蠻荒僻遠甚於隴西。流放蜀地，顯然是最嚴厲的處罰了。嬴柱母子非但無話可說，反倒是隱隱生出了一絲悔意。畢竟，唐八子一手將嬴輝撫養到十歲，眼見自己親生兒子虛弱，心下存了好生撫養嬴輝以使兒子將來有個得力幫襯的念想；如今畫虎不成反類犬，自己也落了個絕情寡恩的惡名，如何不心痛追悔？

嬴輝被放逐一月之後，秦昭王突然冊立長子嬴倬為太子，冊封嬴柱為安國君。一時之間，三位年長王子都有了自己的結局，事情似乎也就平息了。

然則，三年之後，秦昭王又突然冊封嬴輝為蜀侯，就地赴任，不需來朝。這一重大變故，嬴柱母子事先毫不知情。若不是嬴柱與赴蜀特使有交誼，還真不知道父王會在何時告知他們。唐八子滿腹狐疑，藉著太子探視養母的時機詢問太子，太子也是事先不知。如此一來，嬴柱母子與太子一起突生疑懼：莫非老秦王準備教嬴輝做儲君？果真如此，以嬴輝的頑韌剛猛，一旦君臨秦國，嬴柱母子必是永無寧日了。太子原也不滿，卻因體弱性柔，只吭吭哧哧埋頭歎息，半晌沒有一句話。

「只要太子安心，我倒是樂得你等兄弟一心幫襯。」嬴柱記得很清楚，母親淡淡說完這句話，丟下他和太子逕自走了。從此以後，母親在任何人面前都只誇讚嬴輝，即或太子有幾次探視欲言又止，母親也照樣誇讚不休，說完便走，再沒有與太子做過母子談。

嬴輝做蜀侯一年之後，太子嬴倬出使魏國，突然死在了大梁。太子孱弱萎縮，秦國上下原不看好，今番猝死，朝野波瀾不驚。秦昭王一番傷痛，為太子舉行了隆重的葬禮，下書白起、范雎等一班股肱大臣舉薦太子人選。正在此時，回咸陽奔喪太子的嬴輝卻突然祕密上書，指太子使魏前曾入宮拜辭養母，安國君嬴柱也曾為太子餞行，請徹查太子死因。正在嬴柱母子驚恐不安之時，王室書房吏密報消息：秦昭王怒斥嬴輝「不識時務不讀書」，下令其即刻回蜀，無王書不得返國。

唐八子大感困惑，多方祕密探聽，終於弄明白了一個天大的祕密：秦昭王對嬴倬、嬴柱兩個兒子的孱弱一直耿耿於懷，始終對強悍精明的嬴輝寄予厚望；當初將嬴輝放逐巴蜀，實際上是要保護嬴輝不受宮廷爭鬥的傷害；這次重臣議舉太子，秦昭王密令駟車庶長著意查核嬴輝在蜀之言行政績，並即時通報范雎白起；不想正在此時，嬴輝卻急不可耐地跳了出來上書糾劾嬴柱母子，反而使自己落了個「覬覦儲君」的朝議。秦昭王大為光火，將嬴輝趕回了蜀地，立太子的事自然也就擱置了。

嬴柱母子度過了險關，從此更加小心翼翼，非但不和嬴輝疏遠，反倒是藉著禮數關節一力修補與嬴輝的親情，在公開場合更是時時留心維護手足之情。久而久之，國中大臣們漸漸淡忘了王子們之間的齟齬，安國君的賢名也漸漸在朝野流傳開來。

三年後，秦國與趙國大爭上黨，戰雲密布，長平大戰已是箭在弦上。白起范雎連袂上書請立太子，以安定大局凝聚國人戰心。秦昭王當機立斷，沒有絲毫猶豫，將安國君嬴柱立為太子，並當即書告朝野。做了太子的嬴柱，第一樁大事是在父王祕密開赴河內後鎮守咸陽。那時候，嬴柱全力以赴，多方督察關中軍政，得到了父王與朝臣的一致褒揚。可是，在長平大戰後與趙國拉鋸三年，秦國三次大敗，嬴柱終於支撐不住，又一次病倒了。從此以後，嬴柱再沒有參與過任何一件國事，連太子身分似乎也被父王遺忘了。直到這次朝局突變，關中嚴密布防，嬴柱一直都是局外之人。若非今日進宮，嬴柱還是不知道嬴輝之變的真相。

原來，在長平大戰後的三四年裡，嬴輝一直與父王有著緊密的信使往來。絡繹不絕的各種消息給了秦昭王一個強烈印象：蜀地大富，人口大增，可做秦國征戰中原的雄厚根基。有此政績，嬴輝在父王的心頭重新活泛起來。去年，父王特派最忠實的王族大將嬴摎為祕密特使，前往蜀地查核。嬴輝聞得密報，卻找不見特使在蜀地何處查核，情急之下，以來春舉行祭天大禮為由，在蜀地遍索特使摎。遍索兩月，嬴摎依舊沒有現身。無奈之下，嬴輝只有孟春祭天，之後依照規矩給父王進貢了祭天的胙肉。

駟車庶長告訴嬴柱：胙肉貢來之時，特使嬴摎尚未回到咸陽。秦昭王接到嬴輝貢品很是高興，邀了幾位王室元老共用這難得的祭天胙肉。當侍女捧來兩只熱氣蒸騰肉香撲鼻的大鼎，老給事中依例插入銀針檢驗，秦昭王呵呵笑道：「驗個甚？祭天正肉，親子之貢，還能有毒不成？」元老們一陣大笑喧譁：「多餘多餘！蛇足也！」誰想便在君臣笑語之時，那支六寸銀針驟然通體變黑，宛如一支焦炭，舉座無不大驚失色。

「豈有此理！」父王臉色一沉，「銀針定然有誤，牽隻狗來。」

一隻高大的陰山牧羊犬剛剛吞下一塊紅亮的大肉，便怪叫著夾著尾巴打旋，沒轉兩圈倒在廳中一命嗚呼了。元老們目瞪口呆，一時無一人說話。秦昭王臉色鐵青地站了起來，大袖一拂逕自去了。當晚，王族老將嬴豹率領一個鐵騎百人隊兼程出大散嶺，直下蜀地去了。然後，有了關中腹地的大軍布防……

「除此而外，我甚也不知道了。」喋喋說完，嬴柱一聲粗長的歎息。

故事說完，已是暮色將至。士倉卸下早已熄火的鐵架上的陶罐，向井邊兩只陶碗中斟滿了紅亮的汁液，一指陶碗道：「亦茶亦藥，安國君來一碗如何？」嬴柱道：「先生茶果有定數，安敢掠美，但請自便。」士倉道：「怕藥味兒麼？」嬴柱擺手道：「哪裡話來，我吃的藥，只怕比先生吃的橋山野果還多。」士倉呵呵笑道：「你藥我藥，非一藥也。你喝下這碗，只日後別向老夫討要便是。」嬴柱一笑：「如此承情。」端過靠近自己的一碗咕咚咚喝了下去，咳嗽一聲大皺眉頭，「苦澀酸甜，還有些許腐草氣息，先生喝得下去？」士倉哈哈大笑道：「安國君硬口一個，這便好！」一抹嘴岔了話題，「說說，安國君如何應對老王？」

沉吟片刻，嬴柱終是搖了搖頭：「我已心亂如麻，如何拿得出治蜀之策？」

士倉不屑地一撇嘴：「陰溝已過，太子已經平安，亂個甚？」

「先生說甚來！」嬴柱眼睛驟然瞪起，「嬴輝必要返國糾纏，到時還不是誣陷我母子害他！此等事誰又說得清楚？還不是父王一念決斷？如此險境，我能平安麼？」

「噗」的一聲響，士倉噴出了一口藥茶哈哈大笑道：「真道事中迷也。嬴輝已經死了，事情已經完了，老王已經在想如何治蜀了。偏你安國君還兀自神道道將心懸在半空，好笑也！」

「嬴輝死了？你你你如何知曉？」極是整潔的嬴柱顧不得噴灑一身的藥茶，急得有些口吃起來。士倉枯樹皮般的黑臉倏忽板平了：「特使匿蹤，必是蜀地政績有假；祭天胙肉有毒，關中大軍布防，必是嬴輝要謀逆反國；嬴豹鐵騎南下，必是奉密書調兵定蜀。老夫料定，不多日必有嬴輝死訊。老王急求治蜀之策，必是蜀地民不聊生。如此這般而已，安國君信也不信？」寥寥數語，嬴柱頓時醒悟過來，伏身草席納頭一拜：「先生之言，醍醐灌頂。如何應對老王，敢請先生教我！」

對這番大禮士倉視若不見，只悠然一笑道：「安國君，可知老夫師何家學問？」嬴柱坐正了身子答道：「人言先生法墨兼通，想必兩家學問了。」士倉笑道：「法家之士，施政為本，豈能隱居深山？」嬴柱道：「既然如此，先生自是墨家大師了。」「大師？」士倉嘴角撇出一絲揶揄，「秦人熟知後墨，你可曾聽說過老夫這個墨家大師名號？」嬴柱搖搖頭道：「我對諸子百家原是無知，敢請先生指點。」士倉道：「老夫原本無師無派，後讀墨子大作，生出景仰之心，士人們便認老夫做了墨家，如此而已。」嬴柱恍然大悟：「如此說來，先生原是自成一家！」士倉哈哈大笑著連連搖頭：

「不不不，老夫還是墨家便了。方才安國君之難題，老夫便請老墨子教你，聽好也！」咳嗽一聲笑容收斂，厚重平直的河西秦音在庭院中激盪開來：

「雖有賢君，不愛無功之臣。雖有慈父，不愛無益之子。是故，不勝其任而處其位，非此位之人也；不勝其爵而處其祿，非此祿之主也。良弓難張，然可以及高入深。良馬難乘，然可以任重致遠。良才難令，然可以致君見尊。是故，江河不惡小谷之滿己也，故能大。國士賢才，事無辭也，物無違也，故能為天下器。天地不昭昭，大水不潦潦，大火不燎燎，王德不堯堯者。千人之長者，其直如矢，其平如砥，不足以覆萬物。是故，溪狹者速涸，流淺者速竭，磽确者其地不育。王者之能，不出宮中，則不能覆國矣！」

尾音長長一甩，士倉目光盯住了嬴柱。嬴柱聽得一頭霧水，茫然搖頭道：「似懂非懂，還請先生詳加拆解。」

「不學若此，難為哉！」士倉歎息一聲，枯樹般的指節將井臺石叩得梆梆響，「這是《墨子》開宗明義第一篇，名曰〈親士〉，說的是正才大道。老夫方才所念，大要三層：其一，為臣為子者，當以功業正道自立，而不能希圖明君慈父垂憐自己，若是依靠垂憐賞賜而得高位，最終也將一無所得。其二，要成正道，便得尋覓依靠有鋒芒的國士人才，雖然難以駕馭，然卻是功業根基。其三最為要緊，說的是天地萬物皆有瑕疵，並非總是昭昭蕩蕩，大水有陰溝，大火有煙瘴，王道有陰謀。身為衝要人物，既不能因諸般瑕疵而陷入宵小之道，唯以權術對國事；又不能如箭矢般筆直，磨刀石般平板。只有正道謀事，才能博大宏闊伸展自如，才能親士成事。最後是一句警語：但為王者，其才能若不能施展於王城之外的治國大道，功業威望便不能覆蓋邦國，立身立國便是空談！」

良久默然，滿面通紅的嬴柱喟然一聲長歎：「先生之言，再造之恩，嬴柱沒齒不忘也！」士倉狡黠地呵呵一笑：「安國君，可知范雎對君之考語？」見嬴柱愕然搖頭，士倉一字一板念出：「精明無道，愚鈍有明，學而能知，可教也。今夜一談，方知范叔之明矣！」嬴柱既慚愧又高興，嘿嘿笑道：「若非應侯這考語，只怕先生不肯出山了。」

「然也！」士倉得意地笑了，「豎子可教，老夫便值了。」

「只是，」嬴柱囁嚅著，「這治蜀之策……」

「大道既立，對策何難？」士倉枯樹般的大手一揮，「走，老夫教你看樣物事！」說罷霍然離席，大步噔噔進了茅屋。嬴傒連忙扶起父親跟了進去，自己石樁一般守在了茅屋門口。直到月落星稀雄雞高唱，嬴柱父子方才離開了茅屋庭院。

三、布衣水工震撼了咸陽君臣

秦昭王終於緩過了勁來，可以批閱文書了。

展卷一看大題，他便沒了興致，一卷卷撂將過去。目下最使他焦灼的，是治蜀無策。自惠王九年司馬錯出奇兵定巴蜀，至今已經六十年，秦國對巴蜀兩地一直都採取類似於封地的王侯自治——先是以巴蜀兩頭領分別為蜀王巴王，再派出兩名強幹大臣分別為蜀相巴相執掌實權，除了不許成軍，民政全部自治，基本上不向國府上繳賦稅。後來，丞相甘茂擔心巴蜀尾大不掉，奏請秦武王將巴蜀兩君降格為侯爵，並改由王族大臣擔任，領地自治卻沒有任何改變。也就是說，秦國的郡縣制一直沒有推行於巴蜀。僅僅如此還則罷了，要緊的是，原指望這方富庶之地與關中一起成為秦國的金城天府，如今卻成了民不聊生頻繁生亂的危地。而這一切，又恰恰都是在嬴輝騙局破解之後才真相大白的。貢肉有毒，秦昭王還只是大生疑惑，派出嬴豹為特使徹查而已。及至查勘蜀地的嬴摎祕密返回咸陽，帶來大量翔實證據，證實了蜀地十餘年來窮亂不堪的危局，秦昭王才真正地勃然大怒了。嬴輝不堪！豎子該殺也！盛怒之下，他當即密令駐守漢水的大將桓齕率軍一萬直下蜀中，「請回」嬴輝明正典刑。誰料兵馬方入蜀地，蜀人大起風聲，說蜀侯貢品被養母下毒，蜀侯只有起兵殺回咸陽，肅清宮廷大患。桓齕率軍兼程疾進，抵達蜀中，烏合之眾的叛軍一哄而散，嬴輝也畏罪自裁了。當那顆淤血的人頭擺在案頭時，秦昭王天旋地轉，頓時昏厥了過去。

半月臥榻，秦昭王越發堅定了徹底治蜀的主張。

仔細想來，嬴輝固然有罪，可要說蜀地窮困是嬴輝一人之失也未免牽強。六十年一直如此，嬴輝並未改弦更張，縱然浮躁添亂，窮亂根基卻遠非自他釀成。若不徹底治蜀，這方山水將永遠成為秦國的巨大亂源，不說饑民流竄，僅是長駐一支大軍，便是不堪重負，如此下去，秦國何安？要在中原逐鹿，更是白日作夢也。

噫，這是何人上書？秦昭王白眉突然一聳，嘩啦一聲攤開竹簡，題頭大字赫然入目——治蜀方略書！愣怔有頃，秦昭王迫不及待地一眼掃到書簡卷末，卻是「兒臣嬴柱頓首」幾個字。揉揉老眼再看一遍，還是嬴柱，沒錯。秦昭王的驚喜之情頓時煙消雲散：嬴柱雖有長進，然素來不學無術，唯求明哲保身，能有甚個治蜀長策？還不是被自己逼得急了，來虛應故事。然則，嬴柱畢竟還是太子，且看看他如何說法再做道理。

看得兩行，秦昭王精神一振，說得不錯！再看下去，竟被書簡深深吸引了：

〈治蜀方略書〉

臣奉王命應對蜀策：蜀地原本富庶山川，然入秦六十年而貧瘠生亂，非蜀人之過也，皆國府之失也！國府治蜀之失者三：其一，侯相領蜀自治，幾與封地無異，國府法令無以直達民治，反釀王族禍亂之源；其二，蜀道艱難僻遠，關山重重，消息閉鎖，財貨難通，幾同海外之邦，無以一體流通；其三，蜀地平川沃野，號為綠海，然水患頻仍，庶民無積年衣食，常陷饑饉荒年，但有變故，不亂奈何？更兼封君唯求坐鎮之權，無視庶民憂患，不思為國開源，蜀地便成累贅重負矣！臣嘗聞昔年司馬錯取蜀功成，惠文王曾言：得蜀易，治蜀難。我得蜀地六十年而未大治，不亦明哉？唯其如此，臣斗膽直陳治蜀方略：力行郡縣，大開蜀道，根治水患。此三策若行，蜀地必得大治也！王若納臣之言，臣當舉一人入蜀治水，以解庶民倒懸。兒臣嬴柱頓首。

「來人！」秦昭王啪地一拍書案，「宣安國君即刻進宮。」

給事中匆匆出去傳令。秦昭王又埋首書案，再三咀嚼，覺得嬴柱這治蜀書洞若觀火，道理說得徹裡徹外地明白，方略又能扎扎實實地推行，無大言虛文，無掩飾造作，分明一個醫國名士。怪矣哉，這是嬴柱麼？這是那個只知唯唯保身而對國事退避三舍的王子安國君麼？這是那個孱弱多病深居簡出始終不被自己看好的太子麼？莫非此子大器晚成，這幾年修習得道？又莫非此子遇到了高人，竟至點石成金？一時間思緒紛繁，秦昭王罕見地在書房大廳踱步起來。

「父王離榻舉步，兒臣欣慰之至。」

秦昭王轉身笑道：「二子呵，快，進來說話。」

嬴柱一答謝禮，進了書房，步態輕捷精神抖擻，連蒼白虛脹的大臉也透出了結實的黑紅色，恍然換了個人一般。秦昭王老眼一亮，點點頭喟然一歎：「非天意也，孰能為之哉！」接著一指書案上攤開的竹簡，「這是誰人主見？」嬴柱望著老王的炯炯目光，一拱手坦然道：「父王明察：兒臣原本為病體所困，憂戚在心而不學無術。然自兄長病故、長平戰後三敗於趙國以來，兒臣痛感父王心力交瘁，遂生發奮雪恥之心，一面求醫強身，一面讀書體察國情。近年來，兒臣對《商君書》、《法經》、《鬼谷子》、《墨子》並秦國法典反覆揣摩，多有心得。當初，父王以三弟嬴輝為蜀侯，兒臣深感不安。然三弟與兒臣母子齟齬，兒臣勸諫，父王未必聽之。無奈之下，兒臣多方搜羅巴蜀圖書，處處留心蜀地民治，方對治蜀有所主張。然兒臣多年疏離國事，不敢貿然進言，若非父王限期上書，兒臣依舊不敢言事。此次上書，乃兒臣留心蜀治之多年心得，無敢欺瞞。」

大書房靜如幽谷。默然良久，秦昭王疲憊地倚上座榻一聲長吁：「二子呵，數年之間有此魚龍變化，不易也！兒抱病謀國，精進如斯，為父卻熟視無睹，實在抱愧了。」

「父王……」嬴柱一聲哽咽，不禁拜倒在地。

「起來了，坐。」秦昭王輕鬆地笑了，「說說，你舉薦何人入蜀治水？」

「水家名士李冰。」

「水家？」秦昭王驚訝了，「我只聞許由之農家，如何還有個水家？」

「水家詳情兒臣不甚清楚，只知李冰有《治水三經》，士人呼為水家。」

「立經成家，諒是不差。說說此人來由，你如何識得了？」

嬴柱坐直了身子，對父王說起了一則往事：十年前，他南下楚國湘山求醫採藥，在洞庭澤北岸遇見一片修浚河溝的民伕營。其時陰雨連綿，嬴柱一行三人隨帶軍食已經耗盡，想在這裡買一些乾肉。指路老人說：「找官沒用，只有找水神。前方那院石屋是縣令，旁邊那間干欄是水神，看好了，別拜錯廟門。」依老人指點，嬴柱來到那間楚人稱為「干欄」的吊腳竹樓前，高聲詢問，裡邊卻空無一人。正在等候之際，大雨滂沱而至。兩名衛士將虛弱的嬴柱扶進了干欄避雨，然後守在了干欄下繼續等候。

滂沱大雨直下了一天一夜，吶喊呼喝聲在遍野閃爍無定的火把中遙遙傳來，干欄主人卻始終沒有回來。第三日雨過天晴，清晨便聞干欄外人聲大起，一群泥猴似的民伕驚慌哭喊著：「水神升天！小龍歸位！」擁向干欄而來。嬴柱聞聲出來，漫山遍野的泥人哭喊著潮水般圍了過來，片刻之間將干欄前一片平地塞得水洩不通，咒罵官府與哭喊水神的叫嚷洶洶動地。

嬴柱正在干欄廊下，俯瞰人群中間的兩具屍體分外清楚，稍一端詳，不禁一聲高喊：「此人有救！莫要動他，我來！」回身衝進干欄，提著藥包跑了下來。嬴柱原是久病成醫，孜孜不倦地尋藥問醫，幾十年下來，對醫道倒是比尋常太醫還來得精熟。此番南下，非但隨身攜帶救急奇效藥，沿途所採名貴藥石也有些許。此刻一聲高喊驚動眾人，灰濛濛的泥人群中便聽一個熟悉的老人聲音大喊：「天意也！快閃開！」眾人閃開一條通道，嬴柱呼呼大喘著衝了進來，打開藥包，先將三根閃亮的銀針撚進了長鬍鬚男子的腎俞、大腸俞、膀胱俞三處大穴；接著來看黝黑細瘦的少年，右手四指立即掐住了少年左手的四縫穴。片刻之間，少年睜開了眼睛，叫一聲「我父！」猛然翻身坐起。嬴柱連忙摁住道：「小哥莫急，老者是臟腑絞痛，稍待片刻便當蘇醒。」少年瞪著眼睛打量著嬴柱，突然翻身撲地大拜：「先生神醫！我父得救，二郎永世感恩也！」遍野泥人立即由近及遠嘩啦啦跪倒，一片亂紛紛哭喊：「先生救活水神，洞庭郡恩公！」

嬴柱起身團團一拱，顧不得多說，來看那長鬍鬚男子。撚動銀針之間，男子已經悠悠醒轉，睜開眼睛不勝驚訝：「噫，我去見了東海龍王，如何便回來了？」周圍灰濛濛泥人立即歡呼雀躍起來，「水神回來了！」「水神萬歲！」的呼喊隆隆蕩開在大澤高山。嬴柱見長鬚男子神祕兮兮的模樣，皺著眉頭擺擺手道：「這位兄臺莫得心急，你經年勞累，食水太差，腎腸胃皆有痼疾，若不好生調治，只怕撐持不了許久。」男子目光一閃低聲道：「先生莫得聲張，到干欄再說。」突然坐起一揮手高聲大喊，「海龍王召我，密授洞庭水道！旬日之間，毋近干欄！」灰濛濛泥人群齊齊地吼了一聲「謹遵水神！」轟隆隆片刻散去了。

進得干欄，嬴柱告誡男子臥榻禁言，立即開始了治藥配藥煎藥的一番忙碌。三日之間三換藥方，男子終於有了起色。少年也變得生龍活虎，裡裡外外地漿洗起炊，將一干人的衣食弄得分外妥帖。嬴柱得以分身，又精心配製了一劑補養元神的草藥，教給少年煎藥服藥之法。少年大有天賦，一說便會，做得極是到家，完全不用嬴柱插手勞累。

到得第九日，長鬚男子精神大見好轉，少年治了一席洞庭鱖燉蓮藕，又打來了六桶楚國蘭陵酒，滿當當擺滿了一張大草席，恭恭敬敬地請嬴柱三人入席。嬴柱方得席地落座，沐浴之後的男子已經脫去了一身髒污的短打，身著一領黑色麻布長袍，步履穩健神色莊重地從內間走了出來，領著少年對著嬴柱撲地拜倒，連連叩頭：「恩公再造生身，我父子粉身碎骨無以回報也！」

嬴柱連忙扶住男子道：「醫家救人，原是本分，水神言重了。」

男子起身肅然一躬：「在下李冰，一水工而已，不敢當恩公如此稱呼。」

嬴柱見男子氣度敦厚，全然沒有了那日的神祕兮兮，不禁笑了：「原是隨眾人景仰呼之，必是足下治水若神，何須過謙？」

「先生有所不知也！」男子席地而坐一聲感歎，「大凡治水，皆是犯難赴險，多有生死關頭，須捨身赴死方可為之。當年大禹治水，多殺方國頭領，以至最後誅殺共工。非大禹好殺戮也，誠為立威也。在下庶民水工，無令行禁止之權，若不能使眾人懾服，這水家之學便做永世虛幻了……」言猶未盡，卻又打住不說了。

嬴柱恍然大悟，又驚訝莫名：「足下如何是庶民之身？治水大事，官府不管麼？」

「來！」男子捧起了大陶碗，「恩公舉酒，三爵之後，我再細說。」

「好！三碗為限，祝足下康復如初！」

喝著蘭陵酒，咥著洞庭鱖，男子斷斷續續地說起了自己的往事。男子姓李名冰，祖上原是蜀地之民。因不堪蜀地經年水患，祖父輩打造了十幾艘小船，舉族三百餘人順江東下逃奔楚國。不想在船行大江峽谷險灘時，驟遇橫貫江面的漩渦激流，十幾艘小船全數被捲入江底，舉族三百餘人頃刻沉沒。

李冰後來才知道，在那次大劫難中，只有一個新婚三個月的少婦神奇地被漩渦激出了水面，漂到了岸邊。這個少婦，便是李冰的母親岷灌女。出蜀之時，岷灌女已經知道自己有了身孕，在江邊埋下了一塊白色大石，割破手掌在白石上摁下了一個血手印。做好族人犧牲的印記，少婦岷灌女爬上了南岸的高山，千辛萬苦地跋涉到了夷陵，在蜀地難民的狩獵村莊住了下來，第二年生下了一個兒子。岷灌女給兒子取名一個冰字，自此有了李冰。

李冰一生下來，跟著立誓不嫁的母親開始了顛沛流離。婚俗極為開化的蜀人獵戶們，容不下這莫名其妙的守身少婦。岷灌女帶著三歲的李冰，跋涉到了人煙稀少的沅水谷地，在一個漁民村寨住了下來。母親為漁民織網洗衣，日每只掙得三尾魚兩碗米，艱難地撫養著舉族唯一的根苗。艱難之中，李冰漸漸長大，母子竟成了洞庭郡的名人。

李冰天賦奇才，水性奇佳，入水摸魚一個時辰，比漁網捕撈半日還多。更有一樣，李冰悟性極高，但教一字，過目不忘。到八歲時，已經將方圓數十里內識得一半個字的老人的「學問」全數吞沒，成了識得六十三個字的布衣小先生。風聲漸漸傳開，李冰在十五歲那年被官府徵發去，破例做了洞庭郡治水民伕營的抱帳官僕，以官府僕人之身署理民伕們的炊事帳目。按照常例，李冰熬得幾年，便可入官身做最低級的小吏了。

然則此時，李冰卻突然失蹤了，一去十三年音信皆無。在岷灌女奄奄一息的時候，一個黝黑精瘦的後生回到了沅水谷地，尋到了破舊茅屋。茅屋的燈火整整亮了一夜。次日清晨，白髮蒼蒼的岷灌女帶著滿足的笑容永遠地去了。安葬了母親，黝黑精瘦的李冰又匆匆去了。

這一年秋天，百年不遇的大洪水從洞庭澤倒撲出來，三湘千里汪洋，六畜盡成魚鱉，萬千漁民山民皆做了背井離鄉的流浪群落。此時，一個布衣士子走進了洞庭郡官府，自請為總水工，要官府徵發十萬民伕交自己統領，五年之內根治洞庭湖水患。其時楚國剛剛丟失郢都北遷壽春，楚懷王得報勃然大怒：「十萬精壯民伕，五年統領，豎子要反叛啦！豈有此理！民亂大於水患，曉得啦？不行！」就這樣，治水不成，布衣士子反倒被郡守急惶惶「送」出了官府，責令其永不得擅自「統領治水」。

眼看遍地汪洋治水無望，流浪庶民圍著布衣士子嚷嚷起來，不讓他離開洞庭澤。突然，布衣士子踴身跳入洞庭湖的萬丈狂濤。一個時辰後，士子竟騎著一條小船般的巨魚，飛出波濤直抵岸邊高山！在流浪人群驚愕不已之時，布衣士子突然高喊自己是水神下界，民眾只要服從水神號令，便能根治水患恢復田園。山塬之間立即響徹狂熱的歡呼，族長們絡繹不絕地前來拜見水神，立誓跟定水神治水。

三年之後，幾條通往洞庭湖的大水服服帖帖地歸了原本水道，只要每水再引出一兩條大渠，洞庭郡盆地便成可四季灌溉的沃野良田了。然則數萬民伕全靠各族自己謀糧，與當年大禹治水如出一轍。此法初時尚可，時日一長便捉襟見肘了。眼見水患大體消失，民伕們不耐饑饉，漸漸散去了。從此，李冰的水神名聲傳遍湘楚，各地但有溝洫之謀，便來請李冰出任水工統攝水利。雖則如此，楚國官府卻始終不敢起用李冰。李冰始終只是一個布衣水工。這次疏浚沅水，縣令祕請李冰，不敢上報楚王。李冰依舊是布衣之身，行官府之事。一番話說完，李冰淚光瑩然，嬴柱也是一時沉默。

「倘得統領一方水事，足下志向若何？」嬴柱突然問了一句。

「但能統水十年，其地一座陸海糧倉！」慷慨一句，李冰回頭一揮手，「二郎，拿我的《治水三經》來。」少年飛步入內，捧來一方木匣打開，李冰撿出一卷卷展開遞過，「先生但看，這是治河卷，這是治湖卷，這是溝洫卷……」突然哽咽，李冰一拳捶地，揪心的一聲歎息，「天生我才，何其無用也！」

嬴柱心頭一顫：「他年若有相求，何處尋找足下？」

少年一拍掌笑道：「最好找也！普天之下，哪裡有水患，哪裡有水神！」

那日，李冰醉了。二郎說，水工生涯酒作伴，父親這是生平第一次醉在了水事之外。

……

故事說完了，秦昭王喘息著沒有說話。

良久默然，秦昭王輕聲問了一句：「這個李冰，現在何處？」嬴柱道：「去年濟水河道淤塞，氾濫淹沒齊趙兩國數十萬畝良田。李冰正在那裡修浚河道，還是庶民水工。」秦昭王一雙白眉猛然一聳：「你沒有請他到咸陽？」嬴柱低聲道：「用人事大，兒臣不敢擅自做主。」秦昭王凌厲的目光一閃，又平靜了下來淡淡道：「說說，你既舉薦李冰，欲任他何職？」嬴柱道：「蜀郡水工。民伕可由郡守統領，李冰只司治水，以防萬一。」

「誰來做郡守？」

「郡守事關重大，兒臣尚未有舉薦之人。」

「嬴柱啊嬴柱，」秦昭王一聲歎息，「你長了謀國之見識，卻沒長擔待國事之膽魄也。法令既定，用人任事便是國君第一難題。一個好國君，見識不高有能臣可補。用人無識無斷，雖上天無法補也！」

嬴柱肅然一躬：「兒臣謹受教。」

「記住了，」秦昭王叩著座榻扶手，「旬日之內請回李冰。如何任用，應對之後再定。」

「是！」嬴柱慨然挺胸，「兒臣當即親赴濟水。」

四月初旬，一支商旅車馬隊匆匆進了咸陽，直抵幽靜的驛館。秦昭王夜半得報，當即拍案下令：即時就寢，清晨卯時在正殿舉行應對朝會。多年來，秦昭王天亮就寢午後方起，已經成了咸陽宮不成文的辦事規矩。清晨時分百事停擺，禁止任何響動，金紅的朝霞穿破層層宮殿峽谷，彌漫出一片輝煌的幽靜與落寞。

今日卻是不同，寅時首刻宮中內侍全體出動，灑掃庭除預備朝會。封閉多年的正殿隆隆打開，寬大厚重的紅氈可著三十六級白玉階直鋪到車馬廣場，殿外平臺上的兩隻大銅鼎又變得皇皇鋥亮，粗大的香柱升起了裊裊青煙，神聖的廟堂氣息頓時隨著裊裊青煙彌漫開來。寅時末刻，宮門車馬轔轔，應召大臣已經陸續進宮，魚貫進入正殿，在自己的座案前肅然就座。卯時鐘聲剛剛蕩開，殿前給事中一聲長長的宣呼：「卯時正點，秦王登殿朝會——！」座中朝臣齊齊拱手一呼：「參見我王！」目光齊刷刷聚向了王座後巨大的黑鷹木屏。長平大戰後，秦昭王再也沒有舉行過朝會，都是單獨召見大臣決事，諸多不涉實際事務與不幹急務的大臣，已很難見到秦昭王了。昨夜驟聞朝會書令，大臣們驚疑不定忐忑不安紛紛揣測事由，但最要緊的，還是要看看老秦王身體究竟如何。畢竟，老秦王已經年近古稀了，無論出於何種想頭，目睹老秦王氣色如何都是第一要緊的大事。

肅然無聲的寂靜中，黑鷹大屏後傳來隱隱腳步聲，雖顯緩慢遲滯然卻不失堅實。隨即一個高大而略顯佝僂的身軀拄著一支竹杖穩穩地走了出來，一領黑色麻布大袍顯然已經比著王制改短，一頭蒼蒼白髮散披在肩頭，一臉溝壑縱橫的紋路上赫然印出了大片的黑斑，頭上無冠，腳下無靴，腰中無劍，全然一個山居老人。然則如此一個老人，站在王座前目光緩緩一掃，舉殿大臣們立即陡然振作。

「諸位大臣，」秦昭王坐進了特製的座榻，伸展開雙腿點著竹杖沉穩開口，「今日朝會，只為一事：定我治蜀之策。事由緣起，由丞相、太子對諸位申明。」說罷向東方首座一點頭，微微閉上了一雙老眼。

蔡澤離座起身，轉身面對朝臣高聲道：「列位同僚：巴蜀入秦六十年，無增國家府庫，反是禍亂迭起，以致成我累贅。秦王欲改治蜀之策，太子上書以對。今日朝會，是議決定策：先議太子三策以定總則，再議蜀地水患治理之法。太子上書已發各署閱過，諸位暢所欲言，盡可質詢。」

片刻沉默，大田令（註：大田令，戰國秦官，執掌農事，與魏國「司土」相當）站起道：「臣啟我王：太子三策，至為妥當。老臣擔心者，只是蜀地水患難治，民風刁悍，須得妥選郡守。否則，可能重蹈覆轍。」

「臣等贊同太子三策！」殿中一口聲呼應。

蔡澤笑道：「人同此心，心同此理，此事也實在無爭無議。太子請。」

嬴柱第一次在重大國事中居於首倡位置，又被舉朝大臣同聲擁戴，心下很是振奮，將自己的治蜀三策再次闡發了一遍，而後轉到了治水，將李冰其人其事扼要說了一遍，末了道：「蜀制之改，實同變法，且需十數年之功，非舉國同心無以撐持。蜀制之變，以水患至大。水患不除，變法便會落空。唯其如此，嬴柱舉薦李冰治水。其人能否擔承水工重任，尚請朝議決之，父王斷之。」

秦昭王竹杖篤地一點：「宣李冰。」

隨著「李冰晉見」的迭次傳呼，殿前司禮導引著一個人走進殿來。大臣們驚訝得異口同聲地噫了一聲。此人一身黑色麻布短衣，手中一支粗長閃亮的鐵杖，身背斗笠，腳下草鞋，黝黑乾瘦又細長，活似一根大火餘燼中撿出的枯枝木炭。眾目睽睽之下，此人毫無窘色，坦然走到殿中一拱手：「布衣李冰，參見秦王。」

秦昭王笑道：「老夫年邁，未得遠迎，先生見諒，請入座。」

司禮官員將李冰領到秦昭王左手側下的大案前，將李冰虛扶入座，轉身去了。這張座案比蔡澤的首相座案還靠前三步，且正在兩方大臣的中央位置，顯然是國士應對的最尊貴位置。按照秦國傳統，只有諸如蘇秦張儀范雎這般山東名士被秦王召見，才有此等禮遇。今日這李冰顯然一個村夫漁樵，竟得如此尊貴，大臣們如何不驚訝莫名？李冰一入座，大臣們便交頭接耳地嘀咕起來。

蔡澤機敏，拱手笑道：「先生扶鐵執杖，莫非體有內傷？」

「這是探水鐵尺，並非鐵杖。」李冰淡淡一句。

「探水？」一位白髮老臣不禁噗地笑出聲來，「四尺鐵棍，也能探量江河之水？」

「前輩以為，江河之水，常深幾許？」李冰依舊淡漠如前。

「嘗聞：河之常深三丈餘，江之常深五丈餘。」

李冰也不說話，手中物事向殿門一伸，喀喀連聲，那支閃亮的鐵尺竟一節節連續暴長，頃刻之間直抵正殿門檻，光閃閃足有六丈餘，又一伸手，鐵尺喀喀喀縮回，又成了一支鐵杖。

「奇哉怪哉！如此神奇探水尺，老夫孤陋寡聞也！」

「業有專精，術有專攻，如此而已，何足道哉。」

只此一句，這個布衣水工的傲骨錚錚角出。大臣們一時愣怔，卻也不禁肅然起敬。蔡澤見秦昭王瞇縫著一雙老眼，心知應對不能太長，否則老王在朝會上打起呼嚕來可是有失大雅，思忖間向李冰一拱手：「先生有水神之號，敢問天下水患，大勢若何？」

「九州水流，一千二百五十二條。流程八百里以上者，一百三十七條。」李冰肅然正容，方才的淡漠散漫一掃而去，略帶楚地口音的雅言響亮清晰地迴盪在大殿，「天以一生水，浮天載地，高下無所不至，萬物無所不潤。是故，水為物先也。自古及今，水乃不可須臾離者也。然則，水之為善也大，水之為害也烈。盤古生人三大患，水也，火也，獸也。察其為害之烈，水之劫難，世間第一大患也。水之為害，懷山襄陵，浩浩滔天，漂沒財貨吞噬生靈，莫此為甚！天下水流，皆可生利。天下水流，皆可為害。興水利而去水患，經國第一大計也。禹之為大，與天地同在者，疏導百川入海，出入於高山洞穴也。查方今天下，列國災難十之八九在水患：中原魏韓周有大河之患，趙國有汾濟之患，東方齊國有海患濟患，北方燕國有遼水易水之患，南方楚國有江患澤患，秦有涇渭之患蜀水之患，吳越有震澤之患與海難之患。嶺南之地，更是水患荒漭及於太古。凡此等等，九州之內凡得水利者，水患無處不在！此為天下水患之大勢也。」

「天下水患，皆可治乎？」蒼邁的駟車庶長急不可待地插了一句。

「世無不治之水患，全在為與不為之間也。」

蔡澤趕緊追回了話題：「先生之見，天下水患，何地最烈？」

「天下水患之烈，以楚地洞庭之患、蜀水之患為最。」李冰斷然一句，看著大臣們困惑的目光，侃侃拆解道，「楚地雲夢、洞庭、彭蠡、具區四大澤（註：彭蠡澤，今日鄱陽湖；具區澤，又名震澤，今日太湖；雲夢澤於兩漢後漸漸乾涸，化為今日湖北無數小湖），本為大江溢水彌漫生成，實乃吐納江水之天地神器也。江水旱涸，四澤出水入江。江水氾濫，四澤盡數吸納。若以天地之道，四澤之地盡占水利，何有洞庭水患？然則，要得水利，便得使四澤通江之水道暢通無阻，時時疏通淤塞。楚國唯知盡占水利，卻不思維護水利之源，聽任地裂之變堵塞洞庭水道百餘年而熟視無睹，以致江水與洞庭水每年雨季碰撞噴溢，滔滔彌漫南楚，淹沒庶民財貨不計其數。積年累代，洞庭水患成天下第一大害也。」

「先生差矣！」大田令突然高聲插話，「老夫執掌農事，對水之利害尚知一二。自大禹治水始，大河便是天下水患之首，江水次之也！先生既師水家之學，卻獨以自家治理未就之洞庭與自家祖籍之蜀水，為天下水患之首，豈不怪哉！」

「前輩但知其一，不知其二也。」李冰非但毫無懊惱之色，反倒是第一次爽朗地笑了起來，語態也是平和莊重，「大禹之時，河患自是最烈。然自大禹合天下民力十三年全力疏導，大河入海之道已框定大勢，險難河段業已明白如畫，河決之患已是百不遇一。是故，自夏商周三代以來千餘年，大河清流滔滔，兩岸人口聚攏日甚，村疇繁衍不息，已成我華夏豐腴腹地也。李冰之見：除非山林巨變，大河兩岸山塬多成不毛之地，其時河水成泥，河床日高，定然成為華夏心腹之患。否則，大河永遠都是天下第一水利！」

「有見識！」蔡澤拍案讚歎一句，轉身揶揄地笑了，「大田令也是經濟之臣，如何連『江河雖烈，禹後多利』這句斷語也渾然不知了？」

「丞相學問大矣！」大田令硬邦邦頂了一句，「敢問何方神聖下此斷語？」

「《計然策》。足下讀過麼？」蔡澤一臉輕蔑地微笑。

「虛妄傳聞之書，不足為憑！」大田令雪白的山羊鬍子驟然翹了起來。

蔡澤正待反唇相譏，卻聽背後竹杖篤篤，立時恍然大悟：當此緊要之時，豈能自顧炫示自己學問見識？心下一緊，當即向面紅耳赤的大田令一拱手笑道：「蔡澤魯莽，大令兄見諒，議決正事要緊。」回頭一臉肅然，「先生方才說了洞庭水患，尚未言及蜀地水患。蔡澤敢問：蜀地並無大江大河，如何水患竟與洞庭澤同列天下之最？」

「蜀地水患，實是天下獨一無二也！」李冰粗重地一聲喘息，站起身從懷中抽出一只皮袋打開，拿出一方白色物事嘩啦抖開，題頭大字赫然是「蜀地山水」。殿口給事中極是機敏，揮手低聲吩咐一句，兩個少年內侍立即快步抬來一個圖架在大殿正中支好，將李冰手中的山水圖對著秦昭王掛了起來。兩廂大臣紛紛離座，一齊圍到了圖板前方兩側。

「山為水源，要得知水，須先知山。」李冰走到圖板前用量水鐵尺指點著，「蜀地水患，根源在山。蜀地大勢：四面群山環繞，中央盆地凹陷，地勢北高南低。蜀西昆侖萬仞，為華夏江河之源。蜀北有岷山巴山，江水支流盡出其中，而以岷水（註：岷水，即今岷江，先秦古人除將長江稱江，黃河稱河，其餘河流一律稱為「水」）為最大。蜀南有江水穿行，山巒夾峙東去，自不易為患。蜀地水患，盡在穿行蜀中之岷水也！」李冰喘息一聲，啪地一點圖板，「諸位但看：岷水自北出山，兩岸山高谷深，水流湍急，自無氾濫之災。岷水南下入蜀中一馬平川，水勢浩浩鋪開，驟遇玉壘山阻擋不能東流，汪洋回灌奪路南下；其夾帶泥沙年年淤積，河床年年抬高而成懸壺之勢；雖有千里沃野，然年年淹灌，庶民便呼為『灌地』，或呼為『岷灌』，紛紛舉族遷徙。空有蒼茫綠海，卻無庶民生計可言！而玉壘山以東之平川，因不得岷水，卻又是大旱頻仍土地龜裂，更是貧瘠之地。岷水過蜀中平原而不能得水利，此蜀地所以貧困也。玉壘山阻隔水道，一山而致蜀中水旱兩災。此等水患，天下獨一無二。非萬眾之力十年之期，不足以治也，不亦難乎！」

這番話侃侃說罷，圖板兩廂的大臣們鴉雀無聲了。

自惠文王取巴蜀，秦人一直以蜀地為無垠陸海，以巴地為江水重鎮，前者得富，後者得強，何樂而不為？然得蜀六十年，蜀地非但沒有成為秦國後援府庫，反倒成了倒貼的一個大包袱。於是，朝野上下自然而然地將憤懣歸結到了守蜀的王族大臣身上，對動輒作亂的蜀地怨聲載道，指斥是他們吞噬了蜀地財富。否則，如此陸海豈能民不聊生？基於「亂蜀不生財」的朝野口碑，曾有大臣提出「棄蜀留巴」的甩包袱方略。當年若非上將軍白起以「棄蜀必強楚」為由堅執反對，很可能蜀地已非秦地了。此次，嬴柱對策一出而舉朝贊同，實際上是大臣們長期怨蜀的積累而已。今日聽得李冰剖陳水患，大臣們方知蜀地窮亂由來已久，窮亂根源恰恰在於水患。蜀水之患在山，山乃天成，人豈能治？

「蜀地若此，無救也。」大田令轉身一躬，「老臣之見：蜀水無治，莫若早棄！」

「諸位之見如何？」秦昭王目光緩緩巡睃，大臣們沒有一個人說話，顯然是默認了棄蜀主張。秦昭王目光在太子嬴柱的臉上頓住了，見嬴柱一臉茫然，又在蔡澤臉上頓住了。蔡澤明朗一拱手道：「臣以為，既是水患為本，當先聽李冰之說，而後決之。」

秦昭王點點頭：「先生但說無妨。」

「蜀地水患，看似天災，實乃人禍也！」一雙草鞋在厚厚的紅氈上大跨前兩步，李冰對著王座一拱手慨然高聲語驚四座，「蜀人最是多災多難，與洪水猛獸相搏，於高山密林謀生，世代為水患所累，家家有洪荒之恨，苦思治水若大旱之望雲霓也！然則，昔年蜀王昏聵，視水患為天降不治之災，從無治水之願。蜀地歸秦，庶民厚望治水，秦蜀官府卻屢屢以中原戰事為大而推託，唯知徵賦斂財，不思於民除害，以致岷水河床日高，水患年年加劇。如此世代水患，孰非人禍也！遠古之時，洪水蕩蕩懷山襄陵，天下庶民盡成洞穴之獸。然有大禹出，率民治水，導百川入海，終成華夏之水利偉業。由此觀之，水患雖烈，終可治之。天下水患不足畏，唯畏官不任事。官不任事者，人禍之首也。世間百害皆可除，唯人禍難消也！」

一席話擲地有聲鏗鏘迴盪，大臣們勃然變色。自商鞅變法以來，秦以富民強國傲視天下，何曾被人公然指斥過官不任事人禍成災？今日一個布衣草鞋的小小水工，如此在秦國朝堂斥責秦政，是可忍，孰不可忍！

「老臣請殺李冰，以正天下視聽！」駟車庶長憤憤然喊了一句。

「臣等請殺李冰，為秦政立威！」舉殿一片呼應。

只有太子嬴柱與丞相蔡澤沒有說話。嬴柱實在沒有想到李冰會將水患歸結到如此一個匪夷所思的話題上來，這還是水工麼？如此狂悖之論，父王豈能容得？剎那之間，嬴柱後悔了，自己輕率地舉薦了這個不識大體的水工，完全有可能連自己也給捲了進去，當此之時不能輕舉妄動，只有等父王開口了再說。蔡澤卻是另一番心思，自己新入秦國為相，欲行計然富國之策在關中治理涇渭，卻總是不能雷厲風行。李冰所言「官不任事者，人禍之首也」分明是自己想說而又不敢說的話。目下之策，不能殺了李冰，留下此人，可做自己在關中治水的得力臂膀。

「臣啟我王，」蔡澤在眾目睽睽之下開口了，「李冰雖詆毀秦政，然終是有用之才，當罰為官役，許其在秦中河道戴罪立功。」

「丞相差矣！」大田令直指蔡澤，「詆毀秦政，安可饒恕？」

看著若無其事淡漠微笑的草鞋布衣水工，大臣們義憤填膺，齊齊地吼了一聲：「詆毀秦政，罪不可赦！」將目光一齊轉向了王座。

白眉猛然一聳，似睡非睡的秦昭王倏然睜開了一雙老眼，一聲冷笑道：「詆毀秦政？誰個說說何為秦政？李冰怎個詆毀了？」這冷冷一笑輕輕一問，大殿中驟然死一般寂靜，大臣們張口結舌沒有一個人開口。秦昭王臉色一沉，篤地一點竹杖站了起來，「爾等私心，老夫豈能不知？都怕我這老王臉上掛不住，都來逢迎。卻沒有一個人為國事著想，說一句耿耿直言。極心無二慮，盡公不顧私，商君所開秦政之風也。曾幾何時，以至於斯，痛哉惜哉！商君之風安在哉！」眼睜睜看著鬚髮雪白的老秦王揮袖拭淚，大臣們滿面通紅默然低頭，一時大為尷尬。蔡澤與嬴柱更是如坐針氈無地自容。

良久，秦昭王轉過身來肅然向李冰深深一躬：「先生不世良臣也，嬴稷謹受教。」

李冰不禁撲地拜倒：「蜀人水深火熱，秦王但念之救之，李冰願戴罪效力死不旋踵！」嬴柱連忙衝過來扶起了李冰。秦昭王笑道：「秦政之要，在富民強國，豈有他哉！蜀人亦為秦人，老夫敢不念之？先生耿耿風骨，老夫敢不用之？」篤地一點竹杖一字一頓道，「本王書令：蜀地改行郡縣制。李冰為蜀郡守，爵同左更（註：左更，秦國第十二級軍功爵位。秦軍功爵共二十級，第十級以上為高爵，第二十級〔列侯〕最高），賜鎮秦王劍，軍民統轄以治蜀。」

「我王明斷！」李冰尚未開口，舉殿一聲贊同。

「先生還有何求，儘管說來。」秦昭王只目光炯炯地看著李冰。

「十年之期，李冰定還大秦一座金城天府！」

秦昭王哈哈大笑，蒼老的身軀瑟瑟抖動，一句話沒說點著竹杖逕自去了。

四、昭襄王暮定計然策

蔡澤忙碌著李冰赴任，內心翻騰得江河湖海一般。

入秦為相眼看一年，自己的計然策還沒有任何施展，便被這個不期然冒出來的李冰奪去了富秦首功。雖說蔡澤絕非狹隘忌才之輩，對李冰也是激賞有加，然則總覺得不是滋味。自己挾計然長策入秦，說動應侯范睢讓賢薦賢，雖說也有唐舉襄助之功，畢竟自己是真才實學勝算在胸。做了丞相，蔡澤卻突然覺察到了秦國朝局的錯綜複雜與種種微妙，根基未穩便大張旗鼓做事，完全有可能一事無成先淹沒了自己。警覺之下，蔡澤放棄了立即著手治理關中河渠的方略，而將扎穩根基放在了第一步，決意不急於做事，內心給自己立下了個「切忌急功近利」的規矩。大半年來，朝局奧妙已經看得清楚了。有太子之名而無太子之實的安國君嬴柱，顯然將自己看成了未來股肱。幾方有實力的王族大臣，也都或明或暗地向自己示好。軍中大將們也與自己熟絡了許多，開府丞相的為人口碑眼看著立起來了，一河冰水也眼看著漸漸開了。只要自己摸準老秦王對身後大事的確定安排，蔡澤便可以放開手腳做事了。如此一來，蔡澤很是為自己這種范蠡式的智慧欣然陶醉不已——盈縮自如，明睿保身而後立功，大有陶朱公之風也。

然則，這種欣然陶醉卻被老秦王冷冰冰撕碎了。

當李冰的人禍說震驚朝堂而舉殿喊殺時，唯有蔡澤提出了不殺而役使的主張，斷語是「雖詆毀秦政，然終是有用之才」。在那剎那巨變之時，蔡澤閃出的念頭是：既要給老秦王留足臉面，又要保住李冰為我所用，還要顯示開府丞相的胸襟似海。就官場急智而言，能在間不容髮之際三面皆顧，實在已經是難能可貴了。然則，老秦王冷冰冰一句「何為秦政」，蔡澤立時大感不妙。後面那些痛心責難，雖是面對請殺李冰的大臣們說的，卻更是令蔡澤脊梁骨發涼。其中根由，是老秦王對他這個開府丞相的主張連一個字也沒提。沒提不是遺忘，而是生生顯出了冷落，顯出了他比請殺的臣子們更有私心。更要緊處，事先老秦王已經與他商定了朝會事宜：李冰應對之後，由他與太子嬴柱一起酌情提出對李冰的任用，老秦王首肯而已。可情勢一變之後，老秦王全然拋開了他與太子，斷然親自下書，將李冰這個布衣水工一舉擢升為郡守，且是左更高爵賜鎮秦王劍，直是匪夷所思！書命一宣，老秦王連看也沒看他一眼，逕自大笑去了。此情此景，情何以堪？

畢竟，蔡澤不是平庸之輩。散朝之後冷靜思忖，猛然悟到自己又犯了入秦之初說范睢的大錯：不從謀國做事處著眼，而只以全身自保為念，才有了立足於權術的種種應對。此等作為在山東六國可能不失為高明，然在秦國卻是註定碰壁。為相近年不施展，大才在前無膽魄，所謂的計然策只剩下了吆喝，老秦王何等君主，覺察不來麼？蔡澤啊蔡澤，你在范睢面前已經碰壁了一回，這次又碰一回，當真其蠢如驢也！當日若非唐舉指點，范睢何能隱退而舉薦你入秦為相？目下沒有了唐舉此等高人，你卻如何？難道無可救藥了？果真如此，你蔡澤還有臉做燕山名士麼？

蔡澤狠狠地咒罵了自己一番，靜下心來仔細揣摩，立即明白了該當如何。

第一件事，全力以赴地為李冰入蜀做好鋪墊。老秦王如此重用李冰，給李冰的權力比王族大臣出任的蜀侯還大，顯然是將治蜀重任一舉壓在了李冰肩上。若依原先的立身之道，蔡澤自然也是贊同無疑，然而卻絕對不會周詳謀劃，更不會全力以赴。經此朝堂之變，蔡澤鄭重告誡自己：一定要大道謀國無私做事，否則將一事無成灰溜溜地離開秦國。全面權衡了秦國大勢與蜀地危局，蔡澤確認老秦王決策堪稱明斷，李冰天賦奇才更兼風骨凜然，確是治理蜀郡的上上人選，非但要全力支持李冰，更要將治蜀當作富秦大政，當作該由丞相全局調遣的大事來做，絕不能泛酸掣肘。

雖則如此，蔡澤總覺得此事有失周全。記得老秦王下書之時自己心頭一閃，可當時沒想明白，也不敢說，便將這個疑惑壓了下來。如今公心一起，此事頓時明白如畫——秦法有定：無功，得任事而不得受爵；連張儀之武信君與范睢的應侯，都是在任相建功後封爵的，而蔡澤這個丞相則至今尚無爵位；今李冰固當大任，然尚未赴任便得十二級高爵，秦法豈不錯亂失序？此例一開，後必仿效，秦法豈不淪喪？秦國獎勵軍功，要害便在這爵祿之上，爵祿濫賜，必傷朝野功業報國之心，豈是小事？

想得明白，蔡澤立即上書秦王，剖析了其中利害，直言不諱地「請除李冰爵位，以正秦法」。蔡澤已經想好，秦王若有責難或不予理睬，自己立即請辭。不想上書次日，老秦王緊急召蔡澤進宮，當著太子嬴柱的面，對蔡澤當頭便是一躬：「丞相公心護法，本王謹受教也！」蔡澤熱淚盈眶，當即請命自任蜀道總使之職，以六年之期開通蜀道。秦昭王很是驚訝，但卻呵呵笑了：「丞相甘赴難事，足見已將治蜀納入大局了，老夫欣慰也。然則，此事非綱，丞相還是任用一個屬官去做了。」說罷打著呼嚕睡著了。

怏怏而歸反覆思忖，蔡澤最後還是認定老秦王沒錯。的確，無論這條路多麼重要，畢竟都不是綱，一個丞相做了修路總使，誰卻來統攝全局政事？綱為何物？全局要害也，大廈梁柱也，開府丞相之職責也。開府丞相不總攬全局，卻要做一方路工，老秦王如何不失望？看來，自己的第二件大事應該著手了。

一月之後，丞相府頒布了在蜀地推行郡縣制的法令。開通蜀道的諸般事務也做實了，李冰入蜀的屬員配置也全部就緒。就在五月大忙到來之時，蔡澤與太子嬴柱率領全體朝臣在咸陽南門外郊亭為李冰餞行。李冰爵位被除，大臣們疑懼消散，對李冰變得真誠了許多，紛紛舉著酒爵對李冰諸般叮囑。李冰卻始終都是那種淡淡漠漠的微笑。

蔡澤擔心這位深得老秦王激賞的水神記恨，特意自己駕著軺車將李冰單獨送到了南山腳下，臨別笑道：「公若治水有成，蔡澤第一個為公請命，必使公高爵於國也！」一陣愣怔，李冰哈哈大笑：「原來丞相心病在此，在下何其蠢也！」說罷下馬肅然一躬，「李冰生平之志，唯求一官身水工領民治水。能得郡守之職，統攝一方民力財力，於治水有百利而無一害，故此欣然受之也！水患消除，蜀地富庶之日，秦國便沒有了李冰，何言高爵於國矣！」蔡澤大是驚訝：「先生師陶朱公之風，功成身退？」李冰搖頭笑了：「我為水工，天下水患未盡，安敢言功成身退？」說罷一聲告辭，上馬去了。

愣怔怔看著李冰人馬隱沒在了南山谷口，蔡澤方才長歎一聲，回車進了灞水河道。午後炎熱，走得幾里蔡澤覺得乾渴，在道邊一片樹林中停下軺車，坐在一方大石上打開水囊喝了起來。正在此時，道邊轔轔車聲，一人笑道：「高人便高，丞相果然在此也。」蔡澤抬頭一看，一個胖大的身軀已在眼前，不是嬴柱卻是何人？

「安國君荒野來尋，莫非又來採藥？」蔡澤揶揄地笑著。

「愧對丞相，嬴柱賠禮了。」嬴柱深深一躬，坐在了對面大石上，「丞相舉薦名士助我，嬴柱舉動卻未預聞丞相，實在有違君子之道。然則事有原委：嬴柱原以為丞相不世大才，嬴柱即或出得幾彩，何能掩丞相光華？卻未曾料到，丞相遲遲不行計然長策，竟教嬴柱先出治蜀對策，陷丞相於難堪境地。平心而論，嬴柱實為父王所逼，對策自保，未曾慮及其他，尚請丞相見諒。」

「士別三日，當刮目相看也！」蔡澤瞪起了一雙細長晶亮的三角眼，很想嘲諷地笑一笑，彌漫在臉上的卻是無法掩飾的驚訝，「安國君但說，君之所為，是否士倉指點？」

「是。不全是。」

「此話何意？」

「士倉告誡：謀國有大道，根基在功業，身為儲君重臣，不能盡以權術立身也。自省往昔行徑，嬴柱抱愧無以自容。仔細想來，蜀亂根源原本清楚。水患、路塞、王侯領地自治，此中弊端誰個不知？無人點破者，無非畏懼傷及王族利害而已。得先生訓誡，嬴柱決立公心正道，方有了那卷說真話實話的上書。如此而已，實在平常得緊。」

良久默然，蔡澤一聲喟歎：「謀國有正道，根基在功業。士倉說得好啊！」

「嬴柱今日尋來，是想給丞相一個消息。」

「噢？安國君又要出驚人之舉？」

「哪裡話來！」嬴柱細長的眼睛閃爍著，「父王決意巡視關中，丞相有何見教？」

「如此說來，安國君奉王命隨行？」蔡澤心下驚訝，臉上卻很是淡漠。

嬴柱搖搖頭道：「今晨進宮探視母親，方才得知。」

「沒有大臣隨行？」

「詳情不知。」

「甚時起行？」

「三日之後。」

「好！事或有救！」蔡澤一掌拍下，又連連搖晃生疼發紅的瘦手，「這個機會斷不能錯過，你我都得同行巡視。說說，安國君有何謀劃，要老夫給你讓道麼？」

「兩岔了，兩岔了。」嬴柱連連擺手，「我本無隨行之心，只是不解父王何以甘冒風險老邁出巡，特來向丞相求教而已。丞相懷計然之學入秦，對治秦富秦必有通盤劃策，我爭個甚道？嬴柱今日申明：此後必與丞相協同謀國，助丞相推行長策！」

「安國君果真魚龍之變也！」蔡澤紅著臉哈哈大笑幾聲，站起來在大石前徘徊著，臉色沉了下來，「秦王年逾古稀，絕不會有再次出巡了。執意為之，其意明白不過：治蜀大事上道，秦王已生急迫之心；不知會同行，是對你我失望，豈有他哉？」

「丞相大是！」嬴柱霍然起身，「我正欲全力報國，父王何其不明也？」

蔡澤搖搖頭：「也是事出有因：老夫是蝸身不展，長策虛置。安國君大約是偶有識見而常無膽魄，缺少擔待了。事證在前，怨不得老秦王也。」

「如此說來，一番心血付諸東流了？」嬴柱不禁紅了臉。

「莫急莫急，」蔡澤擺擺手笑了，「目下，你我之於秦王，猶雞肋耳，棄之可惜，啞來無味，明白？」見嬴柱困惑搖頭，蔡澤笑了，「安國君不用費神這等事，只安一顆全力為政知無不言的心便了。」

「不能隨行，對誰個言去？」

「此事老夫擔承，保你三日後隨行出巡。」說罷大手一揮，「走，該回去了。」擺著羅圈步搖出了樹林。片刻之間，兩輛軺車向晚霞中的咸陽城轔轔駛去了。

五月初旬，南風吹拂，關中原野倏地遍野金黃。

咸陽也頓時熱了起來，連晚風中也裹著烘烘的燠熱之氣。秦昭王最是怕熱，要在往昔，早該到章臺去避暑了。然則，章臺雖好，離咸陽也只有百里之遙，卻終是離開了中樞之地。當此國事艱危朝野浮動之際，國王威權便是鎮國利器，秦昭王如何敢須臾離開？說起來，自長平大戰後秦昭王已經是多年沒出王宮了，縱是夏日燠熱，也只有忍了。

熱歸熱，國事還是不能耽擱。給事中幾番選擇，秦昭王允准了在後宮園林的滈池邊召見一班老臣。滈池是東引滈水入宮成池，再南流出王宮園林入渭水，是關中兩水在咸陽王城結成的一顆明珠。池中活水流動，碧綠汪洋。岸邊垂柳成行，時有大石亭面水臨風，實在是比大冰鎮暑的王宮書房還清爽了許多。今日，外圍最寬敞的一座石亭做了小宴鋪排。明月剛剛掛上樹梢，一班應召老臣陸續來了，一時間交錯行禮談笑風生，池邊一片喜慶。

誰也沒有料到，老秦王這番召見的是清一色的經濟老臣：大田令（掌農事土地）、太倉令（掌糧倉）、大內（掌物資儲備）、少內（掌錢財流通）、邦司空（掌工程）、工室丞（掌百工製造）、關市（掌商市交易並稅收）、右採鐵（掌採掘鐵礦石）、左採鐵（掌冶鐵），還有一位駟車庶長，齊楚十位老臣。這十位臣子雖然都是經濟大員，爵位、執掌、隸屬卻大都是三等：駟車庶長為高爵王族大臣，因執掌王族封地生計，關涉經濟而被特召；大田令、太倉令、邦司空三位，為經濟官員之首，位列朝堂大臣，直向秦王奏事；其餘六位，則是開府丞相的屬官，大體皆是大夫級中等爵位，尋常情勢下都是聽命於丞相而不直接面對秦王。此等官員職爵雖低，卻都是實權在握，直接與百業庶民打交道，被坊間國人呼為「業官」，即專精一業之官員。

依國事法度與秦國傳統，這般三等臣子合為一體被國君召見，是從來沒有先例的。也許正是因了這個緣故，老臣子們禮遇寒暄之後，三三兩兩地議論起來：

「足下瞅瞅，召來一班致仕老朽，你說老秦王要做甚？」

「無非要大行敬老之風，老王先自垂範朝野，豈有他哉？」

「老哥哥可笑也！若行敬老，能獨敬我等食貨之老？其餘老臣不算老麼？」

「大是大是！老夫之見，大約老王要謀經邦濟世之策，要我等建言獻策。」

「不不不！」一老連連搖頭，「屬官盡在，丞相缺位，能做朝會謀劃？」

「對也！丞相不來，忒也托大！」一老憤憤然了。

「噤聲噤聲。」一老低聲笑道，「丞相能不來麼？那是未奉王命，不得見召。」

「這就奇了。一年丞相便不見重，匪夷所思也！」

「不召丞相，老秦王有精神？聽得完我等絮叨？」

「聽得完聽不完不打緊，要緊是誰個總攬推行？老秦王自個動手麼？」

「這不對了？說說而已也，聽聽而已也，莫得當真。」

老臣們驚喜憂戚莫衷一是之時，四盞風燈悠悠從池邊而來，老臣們立時肅靜了下來。風燈漸行漸近，老秦王坐在兩名武士抬著的荊山竹榻上，雪白的長髮散披在佝僂的肩頭，寬大的麻布袍袖幾乎苫蓋了小巧精緻的竹榻，一雙老眼始終微微閉著，時不時傳來一聲斷續的呼嚕。看看將近石亭，走在竹榻旁的給事中輕輕咳嗽了一聲，老秦王立即睜開了雙眼，呵呵笑聲隨風飄了過來：「老人都到了，好啊！不用見禮，各自入座，先吃喝著。」說話間竹榻穩穩落地，秦昭王拂開了前來扶他的給事中，竹杖一點站了起來，微微顫抖著霜雪般的頭顱一步步挪了過來。

「參見我王！」老臣們肅立在亭外各自座案旁，齊齊地躬身施禮。

「坐了坐了。」秦昭王呵呵笑著靠近了特設在石亭寬大臺階上的座榻座案，伸展著腿腳掃視了老臣們一眼，「誰不能席地？說一聲，換座榻。」

「臣等尚可。」老臣們齊齊地回了一聲。

「老來能屈伸，好事也！」秦昭王感喟一句，舉起了大爵，「都是一班老人，多年未曾謀面。來，先乾一爵，諸位硬朗康健！」

「我王萬歲！」老臣們興沖沖一呼，紛紛舉爵汩汩飲了下去。

「難得也！」秦昭王悠悠啜了兩口，放下酒爵笑道，「今日月明風清，與昔年老人一聚，實堪欣慰。諸位盡皆經邦濟世之臣，掌事務實，熟悉我土我民，雖致仕有年，時或有上書言事者，足見老人憂國之心未嘗有減也。」激勵一番，秦昭王一聲歎息，「天意也！長平大戰後，老夫有失洞察，三戰皆敗，國力大減，竟不能出函谷關逐鹿中原，誠令山東六國笑耳。當此之時，如何使秦國再起，如何使根基夯實，老夫無良策以對，想請老人一謀。諸位但以國事為重，盡可直言相向，毋得有虛。」

亭下一片寂靜，原本隱隱約約的呱呱蛙鳴與悠悠蟬聲顯得有些聒噪。見老臣們的目光都看著駟車庶長，秦昭王哈哈大笑：「有言在先：今日只論職事所能，不論官爵高低。老庶長不涉實務，懂個甚？請他來還不是為了做起來方便？太子丞相都沒來，就是為了諸位說話方便。毋得多慮，但說無妨。」

「老臣有話。」太倉令顫巍巍站了起來，「長平大戰前老臣掌倉，其時大秦腹地六座倉廩盡皆盈滿，庶民小戶猶有百斛存糧，更不說漢水房陵倉、楚地南郡倉、河內野王倉、陰山雲中倉，倉倉足儲。我王昔年入河內督導長平後援，不患糧秣不足，唯患運力不逮，何等氣象也！倏忽十餘年，秦國腹地倉廩存儲不足三成，山東外倉更是壓倉猶難。近年關中旱澇不均，土地荒蕪，年成大減，庶民家倉消耗殆盡，已成春荒望田之勢。唯其如此，老臣以為，當今第一要務，是增加年成，足倉足食！」一言落點，末座右採鐵已經站了起來：「臣啟我王：自我大軍退回關內，宜陽鐵山復被韓國奪回，鐵石所需難以為繼。咸陽鐵坊開工不足兩成，兵器打造已經停頓，唯能小修小補而已。大型兵器非但十餘年未添一件，且多有鏽蝕壞朽無以修葺。如此再有數年無鐵，大秦之強兵將不復在矣！」

「如何如何？」秦昭王嘴角猛烈一抽搐，「年前國尉尚且有報：鐵石足兵，不足為慮。如何一時如此窘境了？」

左採鐵昂然站起高聲道：「大秦官風今非昔比，我王聽得幾多真話？」

秦昭王臉色倏地陰沉了下來，終是生生忍住，腮幫咬得鼓鼓的獰厲一笑：「諸位但說，兜底兒說真話，老夫要的便是個真字！」

「我王求真，老臣敢不謀國？」關市起身慨然拱手，「自山東六國重起合縱，我軍大敗於信陵君統率的救趙聯軍，關外入秦商旅已銳減八成。咸陽尚商坊原本是萬商雲集，物流如河，而今蕭疏冷清，百不餘一。偌大咸陽南市，原本是與北地胡商交易牛羊戰馬的天下大市，如今也減少了四成上下。商市蕭疏十餘年來，山東大商之稅銳減九成，其餘關市稅金大減六成，若無鹽鐵兩項支撐，大秦商市幾於崩潰矣！」

「老臣也有話說。」老態龍鍾的前少內顫巍巍站了起來，「老臣昔掌錢財，府庫存金三萬六千鎰（註：鎰，戰國重量單位，合二十兩或二十四兩不等，一鎰也做一金），秦半兩通行天下，年鑄六千八百三十四萬枚，珠玉寶藏並各種古董器物一萬六千二百五十三件。但有秦使東出連橫，在在挾金千鎰之上，其時不患無錢，唯患無才，卻是何等氣象！然則，今日之拮据，老臣委實難以出口……」一語未了，期期唏噓語不成聲。

秦昭王白眉猛然一聳：「今日如何？府庫沒錢了？」見舉座無聲，秦昭王不禁勃然大怒，「誰知道今數？說！」旁邊侍立的給事中躬身低聲道：「臣啟我王：秦法有定，府庫存金素為邦國機密，致仕臣子無由過問。臣因王宮用度，與府庫多有來往，大體揣摩，府庫諸項錢財合計，大約只是昔日三成上下。」

「豈有此理！」秦昭王篤篤篤連頓竹杖，滿臉溝壑都抽搐起來，見老臣們一片惶恐，生生咬著牙關壓下了怒火長吁一聲，「老夫非對你等也，說，還是那句話，兜底說！」

一時間老臣們紛紛訴說。大內說器物存儲不足以應對一場大戰。大田令說，關中數萬畝良田變成了荒蕪的鹽鹼地，昔年入秦的山東移民已經開始悄悄外逃。邦司空說，民力維艱，僅靠刑徒勞役根本不足以開通蜀道。工室丞說，百工作坊已經有一半停工待料，連兵器維修的皮革、生鐵、木材等也不足用了。連駟車庶長都說，王族封君的封地這些年也是水旱頻仍年成大減，有幾家非但無力納賦，還得王族府庫倒貼……總之，是人人訴說艱難，緬懷昔日大秦強盛，無不感慨唏噓。

說著聽著，秦昭王的怒火似乎漸漸地平息了，那雙雪白的長眉緊緊縮成了兩個白鑽，聽到末了冷冷一笑：「再難再苦，總得有個出路不是？諸位說說，當此艱危之際，當如何使秦國再起？哭窮哭難，頂個鳥用！」

一句粗魯的罵聲，老臣們驚愕得面面相覷無話可說。驟然之間，老臣們覺得未免也太兜底了，老秦王臉上也是實在擱不住了。可是，要教老臣們當下謀劃對策，卻是談何容易。且不說這些老臣子致仕多年已經不謀其政，縱想謀政，也都是人各一業的事務傳統，誰個能有通盤長策？更兼原本已經覺得說得太多，誰還敢貿然對策？愣怔錯愕之下，都低頭盯著案上的酒菜癡癡發起老呆來。

「散會！」秦昭王竹杖篤地一點，站起身匆匆大步去了，慌得給事中與幾名武士連忙一溜小跑趕了上去，竟將一班老臣丟在了池邊無人理會。

回到書房，秦昭王臉色鐵青，靠在座榻裡泥雕木塑般望著黑沉沉的屋梁，嚇得書房內外的內侍侍女大氣也不敢出。過得頓飯時光，秦昭王猛然站了起來大喊一聲：「傳令長史：明日立即出巡關中！」給事中答應一聲飛步去了。片刻之間，長史捧著一方木匣匆匆來到，進門道：「啟稟我王：丞相蔡澤賫夜緊急上書。」秦昭王冷冷道：「本王在宮，為何不來直說？」長史道：「丞相是要晉見，臣言我王今夜早寢，丞相思忖再三說聲難得，留下書簡去了。」秦昭王掃一眼木匣上的泥封，喘了口粗氣：「打開。」說罷靠在座榻大枕上瞇縫了一雙老眼，「念來聽聽。」

長史念得幾句，秦昭王猛然睜開眼睛連連擺手：「且慢且慢，從頭再念。」長史一點頭，抑揚頓挫的聲音在書房清晰地迴盪起來：

臣蔡澤頓首：入秦有年，臣未展長策，心實有愧。期年揣摩踏勘，臣對再度強秦已有定見，述其大要，王可忖度。長平戰後，秦國大衰，跌至惠王東出以來最低谷。其間根本，在於秦國本土經濟一直未有長足開發。往昔秦之殷實，一在積累，二在擴地，三在掠國。自我王即位，五十年大戰連綿，連奪河東、河內、夷陵、南郡四地，魏楚韓周之累世財貨，泰半入秦矣！上黨與強趙相持三年，而終能長平一戰大勝，多賴秦國財貨囤積之盛耳。然終因未能一鼓滅趙，且失河外之地，財貨自此無所進項也。及至再行滅趙，三戰敗北，舉國積財消耗八成有餘矣！更兼近十餘年六國合縱鎖秦，入秦商旅銳減，咸陽百業蕭條，關中水旱不均，蜀地水患民亂迭生，關外四郡復失，內無食貨之根，外失財貨之源，秦之國計民生終陷凋敝矣！然則，困境並非無救。臣以為：秦欲再起，當一反往昔積財之道，以腹地開發為本，以擴地掠國為末。唯本土民生蓬勃茂盛，強國之根方無以撼動也！唯其如此，臣有七字方略：明法、整田、重河渠。實施於國，則當以關中平川為軸心，蜀中隴西為兩翼，消弭水患，瀉鹵出田，老秦本土當成天府也！蓋秦國新法雖有蛀蝕，然根基堅實，朝野無變亂之虞，唯國策得當，十年之期，強秦再起有望矣！

「念啊！」秦昭王霍然睜開眼睛，敲打著座榻扶手。

「啟稟我王：丞相上書完。」長史將竹簡放上書案，「丞相有言，明日午後入宮晉見，尚有翔實對策說王。」目光一陣閃爍，秦昭王輕輕點了點竹杖：「念也念了，你以為這對策如何？」長史恭謹道：「臣不謀大政，對丞相長策無以置喙，唯覺論秦之失似有太過，郵傳朝野，恐於國不利。」秦昭王目光又是一閃：「你是說，此書不郵傳郡縣？」長史低聲道：「依據秦法，丞相之國事書當郵傳郡縣知曉。然此書指斥歷代秦王國策有失，臣恐徒亂民心。以臣之見，可以『該書未涉實政』為由，留宮不予郵傳。」

秦昭王默然了，凝神思忖片刻，突然一拍座榻扶手：「不！全書抄本照發，並責令各郡縣立即上書以對！」說罷起身向給事中一揮手，「備車，丞相府。」長史尚在愣怔之中，秦昭王已經點著竹杖出了書房。片刻之後，一輛遮蓋嚴實的黑色篷車在幾名便裝武士簇擁下出了王宮，向東面的大街轔轔駛來。

新丞相府坐落在正陽道的北側，七進官邸，屬官官署應有盡有，只是沒有後苑園林，顯得宏闊不夠。其間原由，是蔡澤尚未定爵，入主范睢的應侯丞相府多顯唐突，秦昭王當初便下書另辟了這座閒置官署做了蔡澤丞相府。黑篷車到了府前，便見府門風燈明亮，各色吏員穿梭般出出進進，車馬場也是滿當當沒有空位，秦昭王不禁大是驚訝，低聲吩咐馭手繞道後門進府。

從後院一路前行，後三進院落一片寂靜，廊道轉角連風燈也沒有。將近府邸中段的國事堂，領道的老僕向行榻旁的給事中示意停步，自己要去通稟丞相。秦昭王搖了搖頭，竹杖一點從武士抬著的行榻上站了起來，逕自向燈火通明的大廳走去。給事中低聲吩咐幾句，教武士們原地守候，只帶著一個長衣帶劍武士匆匆跟了上來。

國事堂是丞相府第三進庭院的公務大堂，形制如一座小型宮殿，前有六級寬階；庭院兩側是屬員官署；庭院中央是傳送政令的謁者亭，亭外一車一馬，隨時準備將丞相國事堂用印的政令傳送出去。在整個丞相府，這第三進庭院是中樞所在。此時已經三更末刻，庭院中的每間官署卻都是燈火煌煌大門洞開，遙遙看去，吏員們不是埋頭書案便是匆匆進出，連謁者亭都是燈火通明馭手在車，一副待命出發的模樣。

秦昭王腳步悠悠，心下卻是疑惑：近日並無國事定斷，這蔡澤連夜忙碌個甚來？莫非有了緊急軍情？六國攻秦了？及至扶杖搖上六級寬階，站在廊下向大廳中一望，秦昭王不禁愕然——面對大門的北牆上張掛著一幅巨大的〈秦國山川圖〉，凡有山水交匯處便有大大的紅點綠點。黑瘦的蔡澤正站在圖下對幾名屬官指點著掛圖說話，兩廂一張張書案前的吏員則一邊埋首翻閱卷卷竹簡，一邊不斷地撥動算器，沒有一個人抬頭。大約頓飯時光，蔡澤與屬官們會商完畢，一回頭才看見秦昭王站在廊下，愣怔之下一時張口結舌。

「丞相夤夜忙碌，老夫看得癡迷了。」秦昭王呵呵笑著進了大廳。

「我王這廂坐。」蔡澤恍然醒悟，連忙將秦昭王向自己的主案前領引。無奈主案前卻是相府領書與幾名屬官正在稽核，一邊忙碌一邊爭執，對身後事渾然不覺，滿廳沒有一個空閒處落座。蔡澤正在尷尬，秦昭王抬起竹杖一指朗聲笑道：「好！一派振興氣象也！國事若此，夫復何言？」蔡澤連忙拱手道：「臣未向我王稟報，清理舉國府庫，此時尚未理出頭緒，臣之過也，請我王處置。」秦昭王慨然一歎：「丞相言重也！公心謀國，何過之有？本王當國五十餘年，別無長處，唯這放手臣下任事，還是說得也。前有太后穰侯，後有武安君應侯，無論本王親政與否，何曾因大臣集權任事而生齟齬？天下人才，唯敢任事者方可成事。丞相振作，老夫高興尚且不及，談何罪過處置矣。」蔡澤低聲道：「臣有一上書，言及先王之失，心下正在惶恐不安。」秦昭王點著竹杖哈哈大笑：「丞相沒讀過先君孝公之〈求賢令〉麼？不數先君之錯失，安有秦國變法！邦國要富強，自當因時而變，祖宗之法何足畏也？」

「臣謹受教！」蔡澤大感振奮，當即深深一躬。

「秦王萬歲！」大廳吏員們一片歡呼。

「好好好，萬歲一回。」秦昭王雪白的頭顱顫動著呵呵笑了，「你等忙了，我與丞相另找個地方說話。」蔡澤連忙一拱手：「前四進皆滿，臣冒昧請我王入臣寢廳。」秦昭王點杖笑道：「好，寢廳，左右好歇息。」

直到雄雞高唱天色發白，那輛黑篷車才轔轔離開了丞相府。

三日之後，秦昭王在丞相蔡澤與太子嬴柱陪同下出巡關中，在任經濟大臣十五人一體隨行。除了老秦王一輛寬大結實的轀涼車，其餘官員盡皆輕騎，出了咸陽東門沿著渭水河道向東而來。這轀涼車是特製的寬大車輛，人在其中可坐可臥，車廂的弧形頂蓋有可閉可合的天窗，左右兩邊也有窗牖，外有粗麻布車衣，垂衣閉窗則溫，去衣開窗則涼，故曰轀涼車，也叫轀車。後來始皇帝死於酷暑，屍體用這轀涼車運回，轀涼車漸漸演變為喪車，也叫安車，這是後話。

車馬東出咸陽數十里，是關中大縣高陵地面。高陵縣正在涇水入渭水的交匯地帶，東接秦國故都櫟陽，一馬平川，也算得秦國腹地的上等縣了。秦昭王怕熱，一直坐在大開的車廂天窗之外，四野風光盡收眼底，眼見城池外的田禾已經收割淨盡，農人們正忙著引水灌田，田疇中卻時不時傳來一陣激烈的吵嚷，不禁大奇：「夏灌好事，農人們吵鬧個甚？」

車旁蔡澤馬鞭遙指答道：「關中水荒，歷來夏灌爭水，吵鬧家常便飯了。」秦昭王不禁大皺眉頭：「怪也！關中八水環繞，如何有水荒？」蔡澤一拱手道：「我王醉心戰事，未嘗詳察關中山水農事。關中雖有八水十三池，然引水灌田之河渠卻始終只有一條，便是穆公時百里奚在郿縣修成的百里渠。其餘各縣庶民灌田，全部依賴老井田制遺留的殘渠，與民戶自開的毛渠。這殘渠毛渠，管道窄淺，極易淤塞。戰事多發，縣吏、亭長、里正等一班吏員忙於催納賦稅，民眾則忙於收種與戰時徭役，眾多殘渠毛渠無暇修葺，夏灌之時引水極少，自然爭吵起來。」蔡澤說得扎實，秦昭王不禁紅了臉道：「那井田制裡外四層水網，井渠、里渠、社渠、成渠，外接河流，如何目下成了殘渠？」蔡澤笑道：「我王有所不知也。三代之時，地多民少，井田制水利自然規整。然千年之下，江河水流人口土地已經滄桑巨變，井田制已成古董廢墟，其裡外四層水渠早成荒草乾溝，無引水灌田之利，有助長洪水之患，且大占田土。是以才有商鞅變法的『廢井田，開阡陌』。這開阡陌，便是平整井田制遺留的廢路廢渠為耕田。據臣踏勘，關中二十三縣，保留的井田殘渠只有五條，每條寬不過六尺，長不過二十里，對於搶時搶種之夏灌，無異於杯水車薪也！」

秦昭王默然了，咣噹咣噹的車輪沉重地碾在心頭，良久無語。多少年來，秦昭王都自信自己是個明君，知國知人洞察燭照，對秦國的操持絕不會有差。然今日一到高陵櫟陽，自己對民情民生已如此生疏，遑論偏遠之地？一時百感交集，秦昭王一聲歎息：「邦國生計，卿能如數家珍，實堪欣慰矣！」閉起一雙老眼不再說話了。

蔡澤說一句我來領道，匹馬前行，出了官道兩層護林向田間村路東去。

半個時辰後，車馬從渭水北岸的田野接近了櫟陽地面。突兀一陣白茫茫塵霧捲來，秦昭王「噫」的一聲揉揉眼睛，接著幾個響亮的噴嚏，連連搖手吭哧道：「甚地方？有白毛風！」蔡澤咳嗽著高聲道：「渭北斥鹵地，民人呼為硝鹼灘（註：斥鹵地，先秦對鹽鹼地的官稱，語出《史記・夏本紀》。

硝鹼灘，秦地古代俗稱，流傳至今）！我王看了——」

秦昭王費力睜開老眼，臉色倏地沉了下來。遙遙望去，白如雪地的鹽鹼灘茫茫無涯，間或有大片荒草形成的雪中綠洲，極目而盡，沒有一個村莊，只有一片片粼粼水光在陽光下閃亮。時有大風掠過，片片白色塵霧從茫茫荒草滲出的鹽鹼漬水灘捲地撲面而來，森森可怖。

「如此硝鹼灘，關中幾多？」秦昭王嘶啞地喊了一句。

蔡澤揮舞胳膊指點著：「咸陽以東六十里開始，再向東三百里，渭北平川斷斷續續全部如此。關中耕地，主要在渭水兩岸，渭北占一大半，差不多白白扔了。」

秦昭王陰沉著臉一指：「走，塬上看！」

車馬上得一座樹木稀疏的土塬，但見北方天際山塬如黛，背後是渭水滔滔，這茫茫白地夾在渭水與北山之間斷斷續續向東綿延，活脫脫關中沃野的一片片醜陋禿疤！在這片片禿疤中，綠兮兮的是茫茫荒草，白森森的是厚厚鹼花覆蓋的寸草不生的白毛地，明亮亮的是滲出草地的比鹽汁還要鹹的惡水。水草之間蓬蒿及腰狐兔出沒蛙鳴陣陣，偏偏是不生五穀。

「這這這，關中沃野，何以有此惡地？」秦昭王生平第一次茫然了。

蔡澤馬鞭指點著渭水南北道：「關中八水，五水在渭南，渭北唯涇水洛水也。自周人建豐京鎬京始，河渠灌溉多在渭水以南，然渭南之地多為山林，多為王室園囿。渭北則因河流少開墾多，多為旱田荒原。渭水流經關中中央地帶，河床南高而北低，但有洪水，便向北溢流蔓延，在草木荒地中淤積成灘，無以排洩。久而久之便積漬成這種白土斥鹵地，民人呼之為硝鹼灘者是也。」

凝望之下，秦昭王突然瞇縫起老眼一指：「那片白灘有星星黑點，是人？」

「那是掃鹼民人。」蔡澤接道，「硝鹼成害，也有一蠅頭小利，出鹼。渭北庶民除了耕耘僅存坡地，憑掃鹼熬鹼謀生。」

「掃鹼熬鹼能謀生？」嬴柱驚訝地插了一句。

蔡澤指著白茫茫灘地道：「這白地寸草不生，卻有浸出的晶晶鹼花。民以枯乾蓬蒿結成掃帚，在灘地掃回鹼花，加水以大鍋大火熬之，泥土沉於鍋底，鹼汁浮於其上。將鹼汁盛滿一個個陶碗，一夜凝結，便成一個大坨，秦人呼為『鹼坨子』。鹼坨子化開，便是鹼水。精者可以廚下和麵防止麵酸，粗者可以鞣皮。非但咸陽皮坊常來購買，即便胡人入秦，也必來收購鹼坨子帶回。渭北農人之生計，大多賴此蠅頭小利，以艱難度日矣。」

「好事也！艱難個甚？」嬴柱更是困惑了，「天生硝鹼，不費耕耘之力，大掃賣錢便是，錢換百物，如何還是艱難度日？」

「安國君有所不知，」蔡澤歎息一聲，「就成鹼而言，這白茫茫灘地也分為幾等，並非處處都有鹼花可掃。你看，蓬蒿荒草之地沒有鹼花，漬水過甚處也沒有鹼花，唯有那浸透鹽硝卻又未漬出咸水，潮濕泛白而又寸草不生的不毛之地，才有鹼花生出。更有一樣，鹼花也是夏秋多生，冬春則成白土煙塵。如此一來，能掃鹼者也是寥寥幾處，何能大掃大賣做搖錢樹了？」

秦昭王不禁悚然動容：「老夫生為秦人，五十餘年過秦無數，卻是熟視無睹也！卿本燕人，對秦地卻有如此深徹了解，孰非天意使然矣！」

「人各用心，原不足奇也。」蔡澤第一次在老秦王面前顯出了天下名士的灑脫不羈，「計然之學，講究的便是察民生知利害。臣師計然之學，悉心勘察天下各國之經濟民生近二十年。入秦之先，臣曾在渭水涇水間奔走兩年有餘。否則，臣何敢入秦爭相？」

「名士本色也！」秦昭王哈哈大笑，「老夫幾乎走眼矣。」

「原是臣公心有差，亦不諳官道所致。」蔡澤紅著臉深深一躬。

「好事多磨，何消說得！」秦昭王慨然一點竹杖，「你只說，秦國出路何在？」

「遠近兩策，可保秦中富甲天下！」

「近策？」

「三年之內，大力整修渭北殘渠毛渠，確保可耕之田足水保收！」

「遠策？」

「十年之期，引涇出山，東來瀉鹵，成秦中良田三百萬頃！」

嬴柱急迫插話：「丞相慎言！三百萬頃，豈非癡人說夢？」

蔡澤悠然一笑，馬鞭遙指西北道：「我王且看，涇水遙出故義渠國山地，經中山瓠口東南流入渭水。若得西引涇水出中山瓠口，於塬坡高地修幹渠三百里，向東注入洛水。再於三百里幹渠上開百餘條支渠，向南灌溉沖刷，此謂瀉鹵成田之法也。此渠但成，不出十年之期，關中當盡現良田沃野，天府陸海便在秦川！」

默然有頃，秦昭王向蔡澤深深一躬：「果能如此，丞相再造之功也！」不等蔡澤說話，秦昭王轉身點著竹杖連續下令，「長史快馬羽書：立召渭北十縣縣令急赴櫟陽，太子襄助長史準備櫟陽朝會；丞相準備三年近策之實施方略，屆時全權部署，老夫只為你坐鎮便是。走，我等車馬立回櫟陽！」

於是，一行車馬在夕陽晚照中下山了。夏日晚風漫捲著秦軍的黑色旌旗，櫟陽的閉城晚號粗糲地迴盪在渭水山塬，轔轔車馬融進了火紅的晚霞，融進了暮色中的幽幽城堡。

五、華陽夫人憋出了一字策

嬴柱憂心忡忡地說完了視察關中之行，士倉不禁哈哈大笑。

「先生笑從何來？」

「安國君何憂之有？老夫實在不明。」士倉一拍草席，「櫟陽朝會，大勢已定，老秦王明是要將治國大權交出，安國君當真覺察不出？」

「交給蔡澤麼？他還沒有封爵，只怕眾望難孚。」

「有此策劃之功，蔡澤爵位，只怕便在旬日之間。」

「此等情勢，我何求也？」一陣默然，嬴柱粗重地歎息了一聲，「櫟陽朝會，但以蔡澤為軸心，我只一個呼喝進退的司禮大臣。事後，父王也未對我有任何國事叮囑。先生但想，蔡澤總領國政實權，年邁父王一旦不測，我這空爵太子如何應對？如此局面，豈不大憂也。」

「安國君當真杞人憂天也！」士倉搖搖頭無可奈何地笑了，「久病在身，惶惶不可終日，疑心重了，是也不是？」見嬴柱苦笑著不說話，士倉拍著井臺急道，「分明是監國重任即將上肩，你卻疑老王疑蔡澤疑自身，萎靡怠惰不見振作，當真老秦王一朝不測，你卻如何當國？」

「愧對先生了。」嬴柱紅著臉拱手一笑，「父王總是不冷不熱，我不得安寧。」

「不冷不熱？」士倉微微冷笑，「一個治蜀好謀略，一個治水好人物，安國君卻做得如此沒有膽魄，竟教老秦王黑著臉出馬方才化開一河冰水，你遇得如此一個兒子，能視若柱石麼？吾師老墨子的訓誡，看來安國君還是沒有上心也。」

嬴柱大窘，默然良久，突然迸出一句：「先生說我將監國，有何憑據？」

「沒有憑據。」士倉搖搖頭，「安國君自去揣摩，不信也就罷了。」

嬴柱天生的沒脾氣，非但絲毫不以士倉的冷落不耐為忤，一張稍見起色的大臉反倒是堆滿了謙和的笑容：「先生高才，遇我這等悟性低劣不堪教誨者，尚請見諒了。」

「言重也。」士倉笑著擺擺手，「安國君之長，在折中平和，只不過大爭之世要立見高低，一味折中顯得沒力氣罷了。但能好自為之，未嘗沒有幾年好局。」說罷將一雙黑瘦的長腿箕張開來，兩隻碩大乾枯的赤腳幾乎伸到了嬴柱眼前，一回身拿過一只大陶碗舉起，「來一碗麼？」分明是不想再這般費力地解說國事了。

嬴柱恍然醒悟，接過陶碗汩汩飲乾，也像士倉那樣伸手一抹嘴道：「先生這土藥茶卻是奇特，喝得幾次，我竟自覺精神見長。」士倉嘿嘿一笑：「如何？老夫說過，日後別向我討喝便好。」嬴柱道：「先生說說方子與煎法，日後我自己動手，也省了叨擾先生。」士倉又是嘿嘿一笑：「安國君通曉醫道，不知『水土三分藥』麼？老夫試過，離了橋山水土，這藥茶便平庸得緊了。」嬴柱慨然道：「這卻不打緊，我將橋山果、藥、茶、水連連搬來咸陽便是。」「難矣哉！」士倉歎息一聲，「橋山聚天地精華之氣，離山即散，人力不可為也。」

說得片刻，月亮已經掛在了老樹梢頭，士倉似乎沒了興致，嬴柱便告辭去了。雖說多受士倉冷落嘲諷，嬴柱心中卻踏實多了，從櫟陽朝會生出的鬱悶心緒不知不覺地消散了。畢竟，嬴柱心底也隱隱約約地遊蕩著一絲光亮，一經士倉這般多謀名士印證，自然化為一片光明了。大勢既然明朗，嬴柱想起了多日不曾督導的兒子嬴傒，匆匆來到了後園大池邊的雙林苑。

這雙林苑是後園最小的一座庭院，因有一片柳林一片竹林而得名，原本是嬴柱自己的太子書房。當初應侯范雎查勘所有王子王孫，嬴柱隱隱明白了其中奧妙，立即下令可望成材的公子傒搬到了雙林苑，半日讀書，半日習武。本來，嬴傒住在寬敞粗簡如演武場一般的兵苑，對這座幽靜斯文的庭院一百個看不順眼，聽得家老教他換住處，硬邦邦撂出一句話：「竹林柳林，沒力氣得緊，不去！」嬴柱思忖，此等事也不能硬扯強弓，親自與兒子密談了一番，這個剛勇粗猛的少年武癖才皺著眉頭說了一句：「先住三個月，不行我還走。」

也是無巧不巧，嬴傒剛剛搬進雙林苑一月，應侯范雎來太子府訾議國事。說是訾議國事，范雎卻只拉著嬴柱在府邸後園中轉，海闊天空地閒談議論中，巧遇了一個個王孫公子。那日，范雎對雙林苑的「書劍兩全」大加讚賞，連說這位六公子是可造之才。不久，給事中頒給了嬴傒一面可隨時進出王城典籍館的權杖，宮中也傳出了安國君教子有方的嘉許議論，重立太子的種種議論也漸漸平息了。少年嬴傒第一次得到老王垂青，在王孫公子中有了「才兼文武」的名頭，不禁大是興奮，衝進父親書房搖晃著令牌笑叫：「做得做得！雙林苑是我的，任誰不給！」雖是浮躁，卻也天真率直，嬴柱將它看作了兒子「可造」的徵兆，於是有了拜訪蔡澤、橋山求師的種種苦心，也才有了士倉如此一位風塵謀士的襄助。若非天意，豈有這般一路巧合？

然則，士倉入府多有謀劃，卻從來沒有與自己說起過兒子，嬴柱總覺有些蹊蹺。風塵名士但為人師，那是比吃官俸的王命之師更上心的。對於前者，學生是他們本門學問與治世主張的傳承者，是他們畢生希望的凝聚。對於後者，學生只不過是奉命教習的對象而已，一樁國事而已，認真固認真，嘔心瀝血卻是說不上的。唯其如此，風塵名士但有弟子，大多視若己出骨血，關切之心溢於言表，遇事遇人多有評點，鮮有絕口不提者。這個士倉入府有年，正身本是嬴傒之師，卻從來不對自己的學生有褒貶之辭，豈非有違師道？

越想越是不對，嬴柱不由自主地加快了腳步。

「父親？」嬴傒一身甲冑提著一口吳鉤從柳林中跑了出來，滿頭汗水淋漓氣喘噓噓，「二更頭了你還沒歇息，甚事？」

「又練上吳鉤了？」嬴柱淡淡一句。

「這吳鉤卻怪！」嬴傒一揮手中那口瘦月般的彎劍，劃出了一道清冷的弧光，「與胡人戰刀、中原長劍大異其趣，我練了一個月才堪堪會了一個『劃』字，那劈、鉤、刺、挑諸般功夫還不沾邊……」

「就想做個劍士？」嬴柱冷冷一笑。

「縱是做大將，不通曉諸般兵器，也是沒力氣得緊。」

「縱然精通天下百兵，也做不得白起那般大將，充其量一個教習而已。」

「我又沒想做白起。」嬴傒嘟囔一句，「左右父親看我不入眼。」

「到亭下去，有事問你。」嬴柱黑著臉走到竹林旁茅亭下坐在了一方石墩上，冷冷問了一句：「說說，這段時日跟先生讀了甚書？」見跟過來的嬴傒只站在對面低著頭面紅耳赤不說話，嬴柱不禁心下來氣，「說！出甚事了？」

「沒，沒甚事。」嬴傒囁嚅著終於迸出一句，「我不想他教我。」

「究竟甚事？說！」

嬴傒一咬牙，竹筒倒豆子般說了起來：「老士倉分明會武，也通曉兵學，可就是不教我！只塞給我一卷《墨子》，要我三個月倒背如流，而後再看能否教我。那老墨子分明是天下異端，老是兼愛、非攻、民生憂患，不涉一句治國理民，看著都嘔心，我背它做甚？我不背，他就不睬我，就是這般，誰也沒理誰。」

「誰也不理誰，就這麼耗過去了？」嬴柱哭笑不得地問了一句。

「如此老朽，理他做甚！」嬴傒理直氣壯。

「豈有此理！」嬴柱勃然變色，「你小子如此托大做硬，還不是仗恃個王子王孫？可這是秦國，不是魏國楚國，縱是王子王孫，也得有才具功業說話，否則你只布衣白丁一個！會舞弄幾樣兵器就牛氣了？鳥！秦武王倒是拔山扛鼎，到頭來甚個下場！你你你，你全然忘記了當初我如何對你叮囑……」憤然嘶喊之下，嬴柱只覺血氣上湧，一口鮮血突然噴出，頹然軟倒在了石案上。

「太醫！」嬴傒大驚，一聲大叫撲上去攬住了父親沉重胖大的身軀，要背起去找太醫。正在此時，卻聽竹林中傳來一聲清亮的吳語呵斥：「莫要動他！曉得無？」嬴傒愣怔回身，婆娑竹林中婀娜搖出了一個黃衫長髮的窈窕女子，一臉肅殺，月下又令人怦然心動。

「娘？」嬴傒驚訝地叫了一聲，肅立在亭下不動了。

「莫叫我娘。」黃衫女子冷冷一句，逕自走進石亭攬住了昏厥的嬴柱。女子右手翻開了嬴柱眼皮略一打量，左手兩粒藥丸塞進了嬴柱口中，隨即又拉過腰間一只小皮囊利落咬去囊塞，自己咕嚕喝得一口，對著嬴柱微微張開的嘴縫餵了進去。如此三五口水餵下，嬴柱喉間斷斷續續的幾聲呻吟，眼睛卻始終沒有睜開。女子偏過頭聞了聞噴濺在石案上的血跡，冷冷道：「血跡自己收拾，儂曉得？」說罷也不待嬴傒答話，一蹲身將嬴柱碩大的身軀背了起來。

「娘，你不行，我來！」嬴傒恍然醒悟，大步過來要接過父親。

「此等事用不得牛力，莫添亂。」黃衫女子淡淡一句，出了茅亭，回頭又是一句，「毋叫娘，曉得無？」一步步搖出了庭院，居然連腳步聲也沒有。嬴傒愣怔怔看著父親龐大的身軀覆蓋著那個細柳般的女子悠悠去了，分明想追上去看護，雙腳卻被釘住了一般不能動彈。良久木然，嬴傒大步回房，片刻後一身輕軟布衣出來，悄無聲息地穿過庭院外的胡楊林，沿著波光粼粼的大池消失在了一片紅濛濛的甘棠林裡。

雞鳴時分，嬴柱終於醒轉過來，驀然開眼驚訝地坐了起來：「夫人？你？我如何到了這裡？」黃衫女子正好捧著一只細陶碗來到榻前，摸摸嬴柱額頭笑道：「不燒了便好，來，該服藥了。」說著攬住嬴柱脖子，將陶碗藥汁喝得一口，右手細長的手指嫻熟地撥開虬結的鬍鬚，將紅紅的嘴唇壓上嬴柱肥厚闊大的嘴縫，只聽吱的一聲輕響，一口藥餵了進去。如此十多口餵下，嬴柱額頭已經有了晶晶汗珠，黃衫女子放下陶碗，拍拍嬴柱額頭咯咯笑道：「發汗了，曉得熱了，好也！夜來冷得瑟瑟抖，多怕人，曉得無？來，大墊子靠上說話。」利落地在嬴柱背後塞進了一方厚厚的絲棉墊兒，自己坐在了榻下毛氈上，手扶著榻邊，笑吟吟地看著嬴柱。

「夫人呵，」嬴柱粗重地喘息了一聲，「夜來你一直跟著我麼？」

「喲，儂卻好稀罕！」黃衫女子笑了，「人在池中泛舟賞月，儂牛吼般嚷嚷，誰個聽不見了？不作興過去瞧瞧？」

「傒兒沒跟你說甚？」

「傒兒沒跟你過來？」

「毛手毛腳只添亂，要他來毋得用。」

「顧得麼？真是。」黃衫女子嬌嗔地笑著，「將息自己要緊，忒操心！」

「夫人有所不知也。」嬴柱疲憊地搖搖頭，「傒兒是我門根基，他若學無所成，我這儲君之位也是難保。若非如此，我對他何須如此苛責？」

黃衫女子笑道：「這個嬴傒不成材，曉得無？儂關心則亂，心盲罷了。」

「夫人差矣！」嬴柱喟然一歎，「你是王命封爵的華陽夫人，太子正妻，兒女們的正身母親，身負課責教養之責，如此淡漠，你我垂暮之年何處寄託？」

「莫憂心，曉得無？」黃衫女子輕柔地拍了拍嬴柱的大手，「天命如斯，急得沒了自個管用了？只可惜也，我沒能生出個兒子……」

「莫亂說！」嬴柱板著臉一把攥住了那隻滑膩細嫩的小手，「你小我二十歲，嫁我時已經遲了，怨你甚來？沒有你，嬴柱也許早沒了……」

「好了好了，不說了。」黃衫女子跪起在榻前細心地拭去了嬴柱臉上的淚水，「儂再睡得一個時辰，我喚儂起來服藥。」

「不，不能睡了。」嬴柱撩開薄被站了起來，「我要去見士倉，商定個辦法。」

黃衫女子略一思忖道：「儂勿亂動，要去我送你。」說罷回身一聲吩咐，「推車進來。」外間一聲應是，片刻間一個侍女推進了一輛兩輪小車，車身恰恰容得一人坐進，座位扶手包了麻布，車輪被厚厚的皮革包得嚴嚴實實。黃衫女子也不說話，只將一個大棉墊豎起在座位中道：「來，坐好了。」將嬴柱龐大的身軀扶進了小車，回身又對侍女吩咐一聲，「煎好藥等著。」推起小車出了寢室向後園而來。

嬴柱坐在車上，既不覺絲毫顛簸，也聽不見咯噔咣噹的車輪聲，悠悠前行如同泛舟池水一般，不禁一聲感喟：「夫人呵，難為你也！這車何時打造？」

黃衫女子笑道：「打造多年了，給老來預備的，今日教你撞上了。聽說孫臏當年便坐得這兩輪推車，我託人從臨淄尚坊搞來了圖樣，在咸陽打造了一輛。只這皮革包輪是我的思謀，曉得無？坐著愜意麼？」

「好好好，愜意之極也！」嬴柱拍著扶手連連誇讚，「只是呵，要個侍女推便了，你推太累了。」「毋好毋好。」黃衫女子笑得咯咯脆亮，「儂是爺了，我卻誰也信不過，曉得無？」嬴柱不禁哈哈大笑，學著楚音道：「儂個小妮子，是顆甘棠果，曉得無？」身後女子咯咯笑應：「甘棠便甘棠，儂毋得軟倒牙好了。」

談笑間到了後園門外，停車舉步，嬴柱已經大感輕鬆，吩咐華陽夫人不要等他，大步匆匆地走進了簡樸的小庭院，一個長躬一聲請見，卻聞庭院中一片寂然了無聲息。嬴柱心下困惑，輕輕推開了中間大屋虛掩的木門，一眼看去，榻案皆空，不見士倉。仔細打量，空蕩蕩的書案上一張羊皮紙在晨風中啪啪拍打著壓在上面的石硯，快步走上去拿起了羊皮紙，一眼瞥去，目光癡癡地釘在了紙上：

安國君臺鑒：老夫出山有年，對公子多方導引，卻無矯正之法，有愧於君矣！先墨而後法，此乃消弭公子乖戾浮躁稟性之唯一途徑。奈何公子惡文如骨，嗜武如命，聞大道而輒生輕薄，不堪以國士待之也。老夫縱有謀國之學，終非廟堂之器，空耗宮廷，無異刻舟求劍，何如早去矣！雖負君之敦誠，終不敢欺心為師。雖負范叔之託，終不敢以治國大道非人而教。不期相逢，老夫寧負荊范叔之前，亦無意空謀於君也！

嬴柱的雙手瑟瑟發抖，臉色脹紅得無地自容。能說甚？老士倉的話句句帶刺，字字中的，對他父子一片赤裸裸的蔑視嘲諷，尖刻辛辣，情何以堪？然則，老士倉說得不對麼？嬴傒不是乖戾浮躁麼？自己不是空耗宮廷麼？士倉為自己設謀，自己卻遮遮掩掩，不能大刀闊斧地建言力主，老士倉如何不覺得「空謀於君」？嬴柱啊嬴柱，你比兒子強麼？還不是一般的「不堪以國士待之」……

「曉得又有事了。」

隨著一句柔軟的楚語飄來，華陽夫人拿過了那張羊皮紙，端詳一陣咻地笑了，「這老兒倒是扎實，毋轉虛文。」嬴柱臉色頓時難看起來，冷冰冰一句：「扎實個甚？分明辱我父子。」「喲！」華陽夫人驚訝地嬌笑一聲，一隻手摩挲到了嬴柱胸口，「儂毋上氣，良藥苦口，儂整日教我的。」嬴柱不禁紅著臉勉強地笑了：「只這老士倉不辭而別，未免太教人難堪也。」華陽夫人笑道：「悄悄然又無誰個曉得，難堪甚了？自己跟自己過不去！」「也是。」嬴柱長吁一氣終是釋然笑了，「這難堪丟開它了，只日後卻是難也。傒兒文武兼通的名聲已經沸沸揚揚，一朝露相如何收場？父王暮年操政，常有旦夕之變，身邊沒個大謀之士，處處捉襟見肘。你說，不難麼？」

「滿好，想到這廂才是個正理。」華陽夫人偎著嬴柱，一隻手在嬴柱胸口肚腹上下摩挲，兩汪大眼睛卻只滴溜溜轉著，「這樣好毋好？還在這老兒身上謀出路。」

「人已經走了，如何謀法？真是！」

「追！」華陽夫人嘩嘩搖著羊皮紙，「你聽，『不期相逢，老夫寧負荊范叔之前』，這老兒定然是找范雎去了。若跟著老兒找到范雎，他能不幫你麼？想想。」

「對也！」嬴柱恍然拍掌，「應侯一定會幫我，好主意。」一轉身大步出了庭院，匆匆往前院書房去了。華陽夫人衝著嬴柱背影淡淡地笑了笑，慢悠悠地推著兩輪車消失在庭院外的林間小道中。

暮色時分，兩輛輜車（註：輜車，戰國時帶篷簾的小型輕便座車）各帶一名便裝騎士出了太子府後門，出了咸陽東門，在寬闊的秦中官道向東疾馳而去。

第二章 商旅大士

一、名士逢楚頭　慷慨說山東

初夏的鴻溝兩岸，滿眼都是莽莽蒼蒼的綠。

鴻溝（註：鴻溝，今河南省中部賈魯河〔因元代賈魯領導修浚鴻溝而得名〕。鴻溝自秦末戰亂後漸漸淤塞斷流，所以後世聲名與水利史地位，不如至今仍在發揮作用的都江堰與鄭國渠顯赫）也叫大溝，是戰國之世赫赫有名的一條人工河流。北邊的進水溝口，開在大河南岸的廣武，東南穿過大梁城外，再南下三四百里連接潁水入淮，實際上是連接大河與淮水的一條人工運河。這條赫赫大水南北全長近千里，貫穿魏國全境，堪稱戰國之世最大的水利工程。魏國西南富甲天下，十有八九是得利於滔滔鴻溝灌溉了兩岸的無垠良田，促成了大梁城的水陸大都會。鴻溝修建之時，正是魏惠王即位的第一個十年（惠王在位五十餘年），銳氣正盛，國力最強，歷時二十有一年，直到魏惠王三十一年，這條引水大溝方才竣工。至今歷經八十餘年風雨滄桑，這鴻溝依然是巍巍然大有氣象——堤岸寬三丈高三丈，比尋常城堡的城牆還要堅固雄峻；堤岸林木夾持，綠樹參天，每隔三里便有一道引水支渠伸向東西兩岸的原野。東岸大堤是一條再拓寬六丈的南北官道，道邊三層白楊遮天蔽日，傍著鴻溝官道一直伸向了淮北的無垠平川。透過護道白楊，鴻溝的滾滾碧波在明亮的陽光下如一面面銅鏡閃爍。車馬路人行於道中，白楊林遮天蔽日，清風吹拂，流水滔滔，教人感喟不絕。

此時正當午後，車馬絡繹不絕。時有商旅在道，運貨牛車銜尾相連，動輒兩三里長，鴻溝大道一片不絕於耳的轟隆咣噹聲，秀美深邃的白楊林峽谷也顯得燥熱起來。這車馬如流的大道上，一紅一白兩匹駿馬靠著道邊一路飛馳南下，及至路人抬頭觀望，紅白兩騎已如兩朵流雲飄了過去。

「好騎術！」輜車中有人嘖嘖稱讚。

「采——」牛車夫們坊間博戲般高喝一嗓子，道中轟轟然連綿不絕。

饒是如此，兩騎依舊如飛掠過，隻言片語樹葉般飄了過來：

「又不是逃跑，歇息一陣也。」一個柔和清亮的聲音笑著喘著。

「前面是陽夏地（註：陽夏，戰國前期魏縣，中後期楚縣，後來的起義軍領袖吳廣生於此地。今河南太康縣），山岡歇馬。」

前行騎士話音方落，座下駿馬一聲長嘶四蹄大展，一團火焰般飛出了夾道層林，飛上了鴻溝東岸的一座山頭。後行白馬銜尾急追，紅衣騎士勒馬之際，白馬也長嘶一聲人立在側。一個白衣女子飄然下馬，指著山頭一柱高大的石刻驚訝道：「魏尾楚頭？鴻溝還沒完，這是楚國地界了？」紅衣騎士笑道：「三五十年前，別說鴻溝，就是淮北也有一半是魏國。那時候，這鴻溝以南的淮北地面叫作『魏尾楚頭』。近二三十年來，魏國萎縮乏力，楚國趁機蠶食了整個淮北。這一方『魏尾楚頭』石，也被楚人北移到陽夏來了。」白衣女子一撇嘴笑道：「剛打個盹兒世事就變了，真是。」

「說得好！」紅衣騎士哈哈大笑，「倒真是剛打了個盹兒也。」一聲笑歎又指點道，「大道車馬多，忒憋悶。這山岡多好，大石有得睡，山溪有得喝，比滿路商人車馬在眼前晃悠，強得多也！」白衣女子笑笑，從馬背上拿下一個皮褡褳放在了一方大青石上：「你自酒肉，我去打水。」拿著空水囊向山腰的淙淙山溪走了過去，剛要汲水，突然凝神側耳一陣，回身笑道：「仲連，山谷裡有歌聲，耳熟也！」

紅衣騎士放下手中褡褳大步走了過來，搭眼望去，只見谷底樹林旁的草地上支著一頂白布帳篷，一輛黑篷輜車停在旁邊，兩匹紅馬在草地上悠閒啃草，炊煙裊裊，歌聲隱隱，只是不見人影走動。

「楚歌也。」白衣女子輕聲笑道。

「聽！」紅衣騎士一擺手，兩人屏息凝神，散漫歌聲從谷底隱隱飄來：

布衣遨遊兮　瓦釜不鳴
長策未盡兮　山河難定
魚龍百變兮　恩怨叢生
遠去大邦兮　悠悠清風
……

聽得一陣，紅衣騎士哈哈大笑，放聲喊道：「范叔——，你不當官了？」歌聲戛然而止，谷底樹林中影影綽綽一個身影走出來揮著大袖喊道：「山上，莫非魯仲連乎？」「果然范叔，天意也！」紅衣騎士一拍掌蹽開大步向山坡下流星般飛來。山下身影也大笑著快步迎來。片刻之間，黑紅兩個身影在山腳下擁在了一起。

「去國遨遊，瓦釜不鳴。范叔堪稱大雅也！」

「布衣縱橫，無冕將相。仲連依舊本色也！」

兩人互相打量著。曾幾何時，范睢已經是兩鬢斑白，往昔英挺的身材已經顯出了隱隱的佝僂，一領寬大的麻布袍分明是前長後短了，久坐書房的白皙面容也是溝壑縱橫寫滿了風塵滄桑。魯仲連更是見老，一張古銅色的大臉上虯結著灰白的長髮長鬚，一領大紅斗篷襯著隆起的肚腹，身材更顯得粗壯高大，若非那雙依然炯炯有神的豹眼與一口渾厚的齊魯口音，任誰也想不到這便是當年英風凜凜的布衣將相魯仲連。

「仲連，光陰如白駒過隙，不覺老去也！」

「范叔，逝者如斯夫，我輩風雲不再矣！」

癡癡打量之間，兩人一聲感喟，唏噓不能自已。正在此時，山坡上遙遙飛來一陣明亮的笑聲，裙裾飄飄，白衣女子已經從山坡輕盈地飛到了兩人身後，笑吟吟奚落道：「不期相逢，老友白髮，枉自嗟呀！」聞聲回頭，兩人俱各開懷大笑。魯仲連正待介紹，范睢卻擺擺手，兀自上下將白衣女子打量一番，不勝驚訝道：「呀！這便是小越女麼？青山不老，綠水長春，活生生南國仙姑，我等孫女也！」認真、誇張而又諧謔，白衣女子不禁紅著臉咯咯笑彎了腰：「喲喲喲，那我也來猜猜，一臉滄桑，金石嗓音天下獨一無二。分明昔年咸陽應侯府那個范睢了！」「噫！」范睢困惑地大聳著肩膀攤開著兩手，「老夫知你易，千里駒小越女如影隨形兩不離。你卻何以識得我了？」魯仲連笑道：「范叔不明白，但凡我與要人密談，她都守在門外或窗下。當年我入咸陽，也是一般。」范睢恍然大悟，不禁哈哈大笑道：「十年不忘一聽之音，弟妹好耳力也！」

小越女笑笑，回身一個呼哨，山岡上兩匹駿馬一聲嘶鳴從山坡上飛了下來。小越女從馬上拿下兩個長大的皮褡，笑吟吟道：「范叔有炊鍋大好，今日你倆口福也。」范睢恍然笑道：「我是閒散遊，酒肉炊具齊全，都在車廂帳篷，弟妹根本不用添甚，只動手便了。」小越女粲然一笑：「別個不用，只怕這酒是要添的了。」范睢拊掌笑道：「說得好！楚頭逢老友，敢不醉千盅？不管甚酒，只管上。」魯仲連興奮得大手一拍笑道：「好！只一路臭汗濕衣，這道水綠得誘人，先清涼一番再來痛飲如何？」「妙極！」范睢頓時來了精神，「我車上有乾爽衣衫，走！」

這傍山小河是潁水的一條支流，雖然湍急水深，卻清澈得連河床的鵝卵石都清晰可見。魯仲連三兩下剝光衣衫跳入水中一陣費力撲騰，水花四濺聲勢驚人，卻只在原地打轉。岸邊大石上正脫衣衫的范睢不禁哈哈大笑：「東海千里駒，原是個笨狗刨也！」躍身入水，便如一條頎長的白魚飄到了兀自四濺不休的水花中。「噫！」魯仲連抹甩著臉上的水珠站了起來，「范叔不是旱鴨子麼？」范睢一邊劃水一邊道：「祖上三代都是大河船民，能不會水麼？」魯仲連恍然笑道：「噢——怪道我祖上是獵戶，原是我不會水害得也！」驟然之間，范雎咯咯兩聲咳嗽踩水站了起來，笑得腰都彎了下去，一句話也說不出來。魯仲連渾然不覺，大喊一聲又兀自撲騰起來，沉雷般的水聲夾著范雎的大笑聲彌漫了幽靜的河谷。

「開席也——」遙遙傳來小越女清亮的呼喚聲。

兩人上得岸來各自換上乾爽麻布長袍，一身清涼大見精神，一路笑聲到了裊裊炊煙處。帳篷外草地上已經鋪好了一張大草席，草席上滿當當熱騰騰四個大盆，一盆清燉鯉魚雪白雪白，一盆燉肥羊飄著嫩綠的小蔥，一盆臨淄魯雞烤得紅亮焦黃，一盆藿菜米飯團金黃翠綠；四大盆之外，還有一片荷葉上整齊碼著的三五斤切片醬乾牛肉，一大木盤小蔥小蒜，一大碗醋泡秦椒，兩大罈老秦鳳酒外加滿當當一個酒囊，直是色色誘人。

「彩！」范雎喝得一聲，指點讚歎，「一席齊楚秦，弟妹好本事。」

「嘖嘖嘖！」魯仲連笑道，「不遇范叔，只怕我這老饕還沒有此等口福。」

「一路風火逃兵禍一般，有得空了？」小越女笑吟吟解下腰間布圍裙，走過來將手中幾片荷葉在席邊擺好，「來，荷葉後就座。范兄開鼎了。」

「坐。」魯仲連一拉范雎，在草席上大盤腿坐了下來，見范雎還是一撩大袍壓著腳跟挺身跪坐，不禁揶揄地笑了，「范兄終是官場勢派撂不開，那般坐法得勁麼？若非這草席太小，我這粗漢便大伸腿了，那何等愜意也！」「說得是。」范雎臉一紅笑了，「這禮坐等閒也只半個時辰，否則兩臀壓得雙腳發麻，站都站不起來。」小越女驚訝道：「喲，怪道貴人們起身要侍女扶持，原本是腳麻也。」范雎不禁哈哈大笑：「布衣沒有侍女，大盤腿了。」說著一屁股坐實在地盤起兩腿，「好實在，好舒坦！來，開鼎——」說罷拿起粗大的竹筷當地一敲陶盆，舉起了面前的大陶碗，「楚頭逢故交，風塵兩布衣，快哉快哉！乾！」

「好酒辭！」魯仲連舉碗一句讚歎，「老布衣與你新布衣乾了。」說罷兩碗一碰，兩人汩汩乾了。見小越女沒有舉碗，范睢慨然道：「南墨小越女名滿士林，今日第一次謀面，來，老夫與弟妹乾了這一碗！」正要舉碗盡飲，小越女卻一把拉住范睢胳膊笑道：「范兄且慢，我是從來不沾酒，只能用白水替代了。」說罷捧起面前陶碗，將一碗清亮的涼水只輕輕呷了一口放在了面前。「噫！」范睢大是驚奇，「白水也只飲一口？」魯仲連呵呵笑道：「范兄不知，她是三日一餐，一日三水，由得她了，你我只管痛飲。」范睢更是驚奇：「弟妹南墨名士，如何修習道家辟穀之術？」「范兄兩岔矣！」魯仲連笑道：「她這是幼時一段奇遇所成，來日方長，有暇教她說給你聽。來，再乾！」

小越女岔開話題笑問：「范兄遨遊，夫人何不共行？」

「雙飛比翼者，豈能人人為之也！」范睢慨然一歎，「我已將家人送回故鄉了，河谷一莊，桑園百畝，也夠得她母子生計了。」

小越女驚訝道：「都說魏安釐王要給你百里封地，范兄沒有就封？」

范睢搖搖頭：「我為秦相十餘年，出遠交近攻之策，奪三晉土地城池無數，與魏趙韓結下了山海冤仇。三晉迫於強秦之威，一力示好於我，我卻如何能陷進這個泥沼？」

「好！」魯仲連一拍大腿，「范兄終是明澈也。魏國連一個信陵君都容不下，你縱然就封不理事，也是安寧不得。走得好！」轉而又是一聲歎息，「若非長平撤軍，秦王當不會見疑於范兄。說到底，是仲連將你拖進了六國泥沼也。」

范睢一笑，搖搖頭一臉肅然：「仲連差矣！長平撤軍，基於秦可勝趙然卻無力滅趙之大勢也。如秦有滅趙之力，范睢豈能主張撤兵？況仲連兄入咸陽見我，秦王盡知。若非如此，我一己之策豈能不見疑於朝野？說到底，長平撤軍原是將計就計，豈有他哉！」

「妙也！」魯仲連哈哈大笑，「自以為范兄中計，卻是我鑽了圈套，好！兩清。」

范雎又是一歎：「誰料秦王無端反悔，驟然三次起兵滅趙，皆大敗於趙軍與合縱聯軍。其間又逼死白起，以致秦國朝野洶洶，以我為替罪犧牲也。當此之時，秦王固不疑我，然我卻已經沒有了資望根基。秦王一旦有變，我豈非白起第二？當真說起來，我之離秦，不在秦王疑我，而在我疑秦王也。」

「范兄此話有理！」魯仲連欽佩間又是慨然一歎，「范兄呵，你知道山東六國最驚詫最疑惑處在何處麼？」

「先殺白起，再放范雎，豈有他哉！」

「著！」魯仲連一拍大腿，「如此昏庸老王，守著他等死麼？走得好！」

范雎一陣默然，又淡淡一笑道：「好也不好，不好也好，不說它了。說說你老兄弟，不是趙國要對你與信陵君封地授爵麼，如何跑到楚國來了？」

「先乾一碗再說！」魯仲連猛灌一大碗，頓時滿面脹紅氣咻咻嚷了起來，「鳥個封地授爵！不要者塞給你，真要者不給你，如此趙王，安得沒有長平大敗？秦國若是再爬起來，這山東六國我看便真是完了。范兄且看，早晚總有那一天。」

「如何，救亡圖存千里駒，也對山東六國沒信心了？」

「左右你不是秦國丞相了，有沒有，你又能如何？」魯仲連黑著臉嘟嚷了一句。

范雎不禁哈哈大笑：「我能如何，該當是你能如何，還為六國周旋麼？」

「范兄呵，仲連這次可是真傷心也。」小越女幽幽一歎，「自秦趙兩強上黨對峙，我就再沒有回過會稽，一直跟著他奔波了十幾年。可任誰也不能預料，合縱成了，聯軍勝了，原先的一切指望竟都化成了泡影。」魯仲連黑著臉只是飲酒，范雎默默地看著小越女，目光中盡是疑惑關切。小越女便斷斷續續地說起了她所看到的故事——

白起死了，老秦王又執意滅趙，山東六國的有識之士看到了恢復合縱的大好時機。魯仲連飛赴楚國，邀春申君北上邯鄲會見平原君共商大計。三人密商一日，魯仲連與春申君星夜南下大梁，祕密見到了信陵君。此時的信陵君已經賦閒多年，對合縱抗秦幾乎已經喪失了希望。然則，當魯仲連將雄心勃勃的合縱謀劃通盤說完時，信陵君還是怦然心動了。魯仲連的謀劃是：由他與春申君、平原君出面聯結五國出兵救趙，信陵君做聯軍統帥；敗秦之後，趙國出面以合縱聯軍護送信陵君回魏國，脅迫魏安釐王讓位於信陵君；信陵君做魏王之後，與趙國共同成為合縱軸心，全力振興山東，十年之期，一舉滅秦！

於是，才有了威勢最大的這次合縱救趙，也有了六國一舉擊敗秦國主力大軍的皇皇大勝。可是，當聯軍班師邯鄲時，一切卻都變了。

邯鄲舉行了隆重的犒賞大典。一路黃土墊道，清水灑塵，鼓樂大作，民眾夾道歡呼。王城箭樓還懸掛了兩幅足足六丈的大布，右為「存魏救趙」，左為「功高天下」。趙國君臣光燦燦排列於王城正門兩側，孝成王大紅胡服居中，平原君親自做了司禮大臣。在一道三丈寬的紅氈大道中，信陵君、春申君、魯仲連等被趙國君臣簇擁著進了王宮大殿。

可是，大宴開始後趙王卻始終不提聯軍護送信陵君回魏之事。魯仲連幾次向平原君眼神示意，平原君渾然不覺。眼見信陵君臉色陰沉下來，魯仲連將大爵嗵地一砸大案，一聲高喊：「樂舞停！」

樂聲歌聲驟然止息，大殿裡靜悄悄如幽谷一般。平原君看一眼魯仲連便高聲宣呼：「犒賞有功，行王封書令——」趙孝成王一揮手，一名王室大臣捧著王書高聲念了起來，從頭念到尾，關乎信陵君魯仲連者只有三句話：「……救趙大功，首推信陵君與仲連義士。特封鎬城六萬戶，為信陵君食邑。特封仲連義士為武定君，享三萬戶食邑……」

王書念完，卻無人謝恩，等待恭賀的趙國大臣們愣怔了。正在舉殿寂然之時，魯仲連仰天一陣哈哈大笑，長身站起，一甩大紅斗篷對趙王高聲道：「魯仲連縱橫列國二十餘年，從不受官任爵，想來趙王未必不知也！」

趙孝成王淡淡一笑：「區區衣食之源，義士何須清高？」

魯仲連不理睬趙王，炯炯目光只盯住平原君：「合縱有約，信陵君之事如何落腳？」平原君滿面脹紅，一拱手正要說話，卻見信陵君從座中站起向趙王一拱：「魏無忌素來不愁衣食，不敢受六萬戶封邑。今日不勝酒力，就此告辭。」說罷昂昂去了。一直驚訝沉默的春申君恍然大笑：「噢呀，這趙酒變味啦！喝不得，告辭！」也昂昂去了。兩位統帥一走，各國聯軍大將頓覺難堪，也紛紛去了。

眼見救趙功臣片刻散去，平原君拉住了魯仲連不放，硬是將魯仲連小越女請到了府邸小宴。席間平原君大訴趙國難處，請魯仲連設法勸說信陵君先留在趙國閒居，容後緩圖。魯仲連一改談笑風生的豪俠氣象，硬是一句話不說，只埋頭飲酒。平原君無奈，以老友名義贈送兩萬金，要魯仲連擇地定居，以為答謝。及至黃燦燦兩萬金抬到面前，魯仲連硬邦邦道：「人言平原君高義謀國，今日看來，連商旅之道也是不及。魯仲連除兵不圖報，今日告辭，終身不復見君也！」說罷騰騰騰砸了出去。

……

范雎良久默然，灰白的鬚髮隨風亂飛在肩頭，捧起大陶碗咕咚咚一飲而盡，放下陶碗一聲喟然長歎：「世固不乏良謀長策，惜乎不逢其時，不遇其人。人算乎，天算乎？」

「鳥！」魯仲連笑罵一句，「人算也好，天算也罷，左右我是不再摻和這齷齪合縱了。來，飲酒是正經！」大碗與范雎一磕，汩汩飲乾。

范雎放下碗一笑：「仲連此話當真，從此不再布衣縱橫？」

「不信老兄弟？」魯仲連哈哈大笑，「仲連布衣，只沒個辭官處便了。」

「范兄，仲連可是真要歸山了。」小越女笑道，「他與我說好的，南下陳縣拜會一位好友，而後隨我到會稽山隱居治學。」

「雄奇入世，節義歸槽，壯哉千里駒也！」范雎衷心讚歎一句舉起了大碗，「來，浮一大白！」兩人一氣飲乾，范雎慨然道：「今日既知仲連歸山，我當千里送君，直下會稽！」魯仲連哈哈大笑：「好！左右你也是雲遊四海，先跟我到陳縣會會這位風塵大士。」

「大士？」范雎驚訝了，「何人當得大士名號？」

「此人當今奇才，若假以時日，必成當今陶朱公也！」

「噢，原是一個商人。」范雎微微一笑，「縱然富絕古今，又能如何？」

「范兄差矣！」魯仲連一臉正色，「春秋以來四百餘年，商旅蓬勃興起，非但周流天下財貨而利國利民，且多守節義大道，每每在邦國危難之時挺身而出，義報消息、捐獻財貨、捨生從戎。更有一點，但凡商人，身行天下而扎根本土，極少遷出弱小祖國，是故方有當今天下弱國多富商之異象也。凡此等等，雖我等士人，亦未必人人能及，范兄何獨以商道牟利而輕之乎？」

「糊塗也！」范雎不禁哈哈大笑，「倒是忘了，仲連生平唯受一人錢財，這便是號稱商旅孫吳的田單。對麼？」

「不然，後來還有這個商旅大士。否則，我喝西北風周旋列國麼？」

「慚愧慚愧！」范雎呵呵笑著抱拳一拱，又是輕輕一歎，「老哥哥書吏根底，委實是不解商旅，心下實遠之。說說，你老兄弟生平至交，如何偏偏是兩個商人？」

「天意也！我何能知之？」魯仲連詭祕地笑笑，「也許，見了此人你自明白。」

范雎慨然拍掌：「既入得仲連法眼，自然要見識一番。」

倏忽間已經是暮色降臨。小越女燃起了一堆篝火，幽暗的河谷閃爍出一片亮光。魯仲連與范雎還是無休止地說著無休止地喝著，一個話題接一個話題，誰也沒有睡意，不知不覺間，天漸漸亮了。

「晨風清涼，莫如直下陳縣。」魯仲連霍然起身。

「妙！你快馬我輕車，到了陳縣再大睡。」范雎欣然贊同。

小越女咯咯笑道：「虧你好盤算也，到陳縣你卻困不得了。」

「我不信，誰能擋得睡神大駕？」范雎呵呵笑著。三人便動手收拾車馬物事，片刻就緒，兩馬一車飛出陽夏河谷，從鴻溝官道轔轔南下了。

二、天府鬼蜮　滄桑陳城

鴻溝南入潁水的交匯地帶，巍巍然矗立著一座大城，其名曰陳。

陳雖縣城，卻是楚國北部重鎮。天下人但說「楚頭」，十有八九指的都是這陳縣。其所以如此，在於陳非尋常縣城，而是一個風華古國的大都城。這個古國，便是陳國。周武王滅商後首封八個諸侯國：燕（召公奭）、殷（武庚）、管（叔鮮）、蔡（叔度）、霍（霍叔）、康（康叔）、曹（叔振鐸）、陳（胡公滿〔註：胡公滿，胡公為姓，源不可考，滿為名〕）。八大諸侯中，陳國雖位列最末，卻是赫赫然別有風光。其特異處，一則是位次雖末，卻與王族諸侯同享一等公爵，領百里之地；二則是周武王將自己的元女（長女）大姬婚配給了胡公滿，陳國成了外戚諸侯，尊享王族榮耀。而胡公滿部族所以成為首封八諸侯，最根本處，在於這個部族是舜帝後裔；其次，在於曾出兵孟津助周滅商。遠古之時，舜部族居住在河東的嬀水（註：嬀水，古水名，發源於今山西永濟縣歷山，西流入黃河）河谷。古俗以地為姓，族人姓了嬀。出了個舜帝之後，嬀部族卻一直平平淡淡地蝸居在嬀水河谷耕耘，再沒有興起過風浪了。驟然立國為諸侯，自然以國號為大，整個嬀部族也以國號「陳」做了姓，天下從此有了陳氏。

周武王於滅商第二年病逝，第一批諸侯中的六大諸侯（管、蔡、霍、康、曹、殷）竟一齊叛亂發難。於是，引出了周公東征平亂。陳國也決然加入了王師東征大軍。靖亂之後，六大諸侯悉數湮滅，首封八諸侯只剩下了燕、陳兩國。周公以周成王名義再行分封，才有了魯、齊、衛、宋、晉、楚、鄭、蔡等一班諸侯。從此，陳國有了忠勤王室克難靖亂的無上榮耀，一舉成為西周初期諸侯中的赫赫棟梁。

世事滄桑，也是難料。自此以後，這陳國再也不出彩了。到了西周二百七十餘年的末期，陳國悄無聲息地淪落為二三等諸侯了。誰知到了春秋之世，陳國卻又一次聲名鵲起，成了大名鼎鼎的諸侯。其間因由，一則是陳國地處潁水兩岸，土地肥沃多有溝洫，陳人又善於耕作，農事興旺，國人豐衣足食。於是，陳有了「足食之邦」的大名，小國輒遇水旱饑饉，多向陳國借糧。二則，陳國都城修得堅實雄峻，春秋之世又幾次擴建，氣勢超過了一等一的老王族諸侯魯國鄭國的都城，自是分外顯赫。三則，陳國公室以先祖閼父曾在周武王時做陶正（註：陶正，掌製作、銷售陶器的官員）為榮耀，自詡陳人「善營作」，君主代代好商，為商旅大開國門：免去關隘稅收，大召列國商旅入陳，官市之外大建自由交易的民市。漸漸地，陳國成了中原以南的第一富庶風華之地。

若僅僅如此，陳國倒也暗合了天下潮流，天下人也絕不會如後來那般蔑視陳國。偏偏是風華浸淫之下，陳國君臣耽於奢靡，國君大臣聚相以玩樂為能事，淫靡之風大興，種種醜聞不斷隨著商旅車馬流布開來。流風日久，陳國終於漸漸糜爛了。

傳到第十八代君主，陳國終於出大事了。

這第十八代君主是陳靈公。靈者，竊國之謂也。以「靈」字謚號於國君，大體都是亂國失國之輩。古人很睿智，創制了謚法，是在人死之後將其生前作為品行給予一個總評定，加給死者一個稱號，從而弘揚王道君德，貶斥奸惡劣跡。《逸周書》云：「謚者，行之跡也。號者，功之表也。車服者，位之彰也。是以大行受大名，細行受細名。行出於己，名生於人。」國君之號，由禮官提出經大臣公議而定。臣下之號，則由國君頒賜。應當說，直到秦漢之世，古人對諡法還是很實在的，所加稱號，大體百不失一。不若後世將諡法變成了歌功頌德的廉價伎倆。譬如春秋之世還有一個晉靈公，同樣是一個忠奸不辨昏聵致亂的國君，釀出了「趙氏孤兒」的悲劇，導致晉國從此衰亡。這個陳靈公更是荒誕乖戾，即位之後一件正事未做，卻生出了一件天下所不齒的最大醜聞——

時有鄭國少女名姬，貌美癡淫，嫁給了陳國臣子夏御叔，時人呼為夏姬。夏姬生下了一個兒子夏徵舒，其夫夏御叔便死了。府中童僕有傳言，說是家主不堪夏姬晝夜癡淫，硬是給累死了。流言不脛而走，喜好淫樂的陳靈公以撫慰亡臣之名進入夏府，與夏姬私通了。另有兩個大臣，一個叫孔寧，一個叫儀行父，都是陳靈公尋常淫樂的伴當，聞得消息，也先後與夏姬私通了。君臣三人各自藏了一件夏姬的貼身衣衫，在大殿朝會後相互觀瞻品評，看誰的藏品是真正的褻物。後來，君臣三人索性不再避諱，公然與夏姬一起宣淫於夏府，指著在廳廊外習武的夏徵舒，高聲談笑爭論是誰的兒子。話隨風出，夏徵舒聽得清楚，心中怒不可遏。一天夜裡，陳靈公從夏姬寢室剛剛出來，被夏徵舒一箭射殺。趕來接活兒的孔寧、儀行父大驚失色，連夜逃亡楚國去了。

其時，楚國正是雄心勃勃的楚莊王在位的第十六年。一聞消息，楚莊王立即帶領大軍入陳靖亂，殺夏徵舒，滅了陳國，將陳地變成了楚國的陳縣（註：楚國第一次滅陳，在西元前五九九年）。不久，中原以晉國為首的諸侯聯盟聲討楚國「不奉王命，僭越滅陳」，要出兵干預。面對強大壓力，楚莊王將陳靈公的兒子陳午拉出來重新做了國君，算是恢復了陳國，這是陳成公。

雖則復國，陳國的名聲卻因這一特大醜聞而一落千丈，始終只能戰戰兢兢地做楚國的附庸，在諸侯爭霸的夾縫裡生存。又過了五代一百二十年，晉國的四大部族（智、魏、趙、韓）已經將這個最大的老諸侯掏空，晉國再也無力主持諸侯紛爭的「公道」了。其時楚國勢力大漲，又一舉出兵滅了陳國，再一次將陳國變成了陳縣。傳了二十四代六百四十五年的陳國，永遠地消失在戰國前夜了。

這一年，是楚惠王十年，距三家分晉天下進入戰國只有四年（註：楚國第二次滅陳，在西元前四七九年，也有記載作西元前四七八年）。

陳國歸楚，楚國在淮北有了立足之地。其時楚國的腹地雖然在荊山雲夢澤一帶，被天下稱為「荊楚」，但因長江下游有吳越兩國，長江中游的洞庭湖兩岸與嶺南之地尚是蠻荒未開發之地，要謀取豐腴土地與人口財貨，只有向中原拓展。春秋數百年，楚國的有為君主從來都將北上中原爭霸當作拓展楚國的第一要務。對楚國而言，爭奪中原只有兩個方向最理想，其一是老路，從東北上與齊國爭土；其二是新路，越過淮水北上，正面進入中原與三晉爭奪土地人口。然則，三百餘年過去，楚國始終沒有大勝過齊國，這條老路眼看是勞師費力而沒有結果了。要北上，楚國只有打通淮北。

天緣巧合，壓在淮北的最大諸侯國便是陳國。滅陳而占據淮北，是春秋戰國之交楚國最大的夢想。楚莊王聞陳之亂而毫不猶豫起兵，這是根本原因。歷時百餘年，楚國終於夢想成真，陳國變成了楚國陳縣，楚國如何不大喜過望？

滅陳得地，楚國的第一要務是延續陳城的商旅都會傳統，將陳地變為楚國汲取中原財富的最大吸盤。為此，楚惠王將陳縣令升格為「上執圭」爵位的大臣，由左尹擔任。上執圭是楚國第三等高爵，僅次於君、侯兩級，因有楚王親賜圭（長條形禮器玉）而得名，封地相當於附庸小國之君。左尹，則是令尹之副。也就是說，陳縣令實際上是由做過副丞相（左尹）的大臣擔任，其爵位比做左尹時還高。就實而論，楚國是將陳地陳城看作重鎮經營的。但在名義上，卻只將它作一個縣。這是楚國君臣的高明處：麻痺中原諸侯，宣示自己對中原垂涎的陳地並不如何看重。

如此一來，陳縣成了中原邊緣最為繁華的商旅都會，與大梁、洛陽、新鄭這三個最大的中原都市比翼鼎足，成了天下最著名的商旅都會之一。其所以著名，在於陳城雖非當時都城，卻有大諸侯都城的文化底蘊與商旅傳統；純粹的商旅天下，幾乎沒有任何交易限制，更沒有大都城的諸多官府與關節的必須應酬，商人只要繳了稅金，便再也無人過問其他了。久而久之，陳城成了天下商人的福地樂園，非但中原各國商旅雲集，戎胡商人也如過江之鯽，大凡在大國都城官市不能交易的物資財貨，在這裡應有盡有。白晝大市，夜來海市，吞金吐玉出鐵進鹽聚斂財貨醉死夢生。陳城的每個時刻，都是商人心醉神迷而又心驚膽戰的生死關頭。

商旅大都，自然也是百業作坊的淵藪之地。作坊雲集，自然有各式工匠紛至沓來尋覓生計。這裡沒有「料民」（註：料民，古代戶口登記法，始於西周）法度，對所有人口都不盤不查，不管你是逃亡奴隸，還是饑民逃國，抑或殺人越貨的罪犯，只要有人雇用收留，無人問你的來龍去脈。如此一來，這陳城人口紛雜無計，冠帶軺車如雲，販夫走卒如流，錦衣滿街，饑民當道，各色人等匯成了汪洋恣肆的大海。

於是，天下商旅有了「楚頭陳城，天府鬼蜮」的說法。

說也奇怪，如此一個長鯨飲川般吐納天下金錢財貨的商都鬼蜮，矗在中原邊緣，楚國卻沒有大軍駐防。直到戰國末世楚國將都城北遷到陳，陳城一直都是兵不過萬，吏不過百，幾乎是無為而治。更令人不解的是，進入戰國近二百年，沒有一個國家試圖爭奪陳城，也沒有一個國家聲討楚國壞了世道人心，更沒有列國盟約壓迫楚國改變規矩。大國小國都對陳城視而不見，也從沒有一個邦國限制過商旅入陳。

倏忽之間，陳城商風蓬蓬勃勃地彌漫了淮北。

三、天計寓三傑聚酒

魯仲連一行進入陳城，正是涼爽的早晨，也正是陳城街市最熱鬧的辰光。

長街兩側全是大木搭起的連綿板棚，棚外人頭攢動熙熙攘攘，幾乎望不到盡頭。每段板棚便是一家坐賈商鋪，柑橘、絲綢、獸皮、麻布不一而足。最顯眼者，是短兵器商鋪顯然多於其他商鋪。一眼望去，吳鉤、越劍、胡刀、韓弓、兵矢的幌子隨風搖盪相連，令人目不暇接。拐過街角是一條寬闊的石板街，青磚大屋鱗次櫛比，市人略少，大店比鄰而立，鹽社、鐵社、木社、穀社，每家都是一大排店面，街中多有錦衣商人的精巧軺車與運貨牛車交相往來，轔轔隆隆之聲連綿不絕，氣勢比板棚街市大過許多。來往行人的服飾色彩紛繁，既不是楚國郢都的滿街黃衣，也決然看不出任何一種色彩的服飾占據主流，恍若草原河谷的蝴蝶漫天飛舞，教人眼花繚亂。

「四海雜陳，竟不知誰家之天下也！」范雎不禁一聲感歎。

「只要不是一片黑，范兄左右不好受。」魯仲連不無揶揄地一句，指點著車馬人流高聲笑道，「唯其五湖四海，才是真天下也！」

范雎微微一笑：「浩浩之勢也，岌岌之危也，見仁見智了。」見無回話，范雎回頭看去，原來已經到了又一條街口，旁邊牽著馬的魯仲連目光只在人群中巡睃，便問一句，「仲連找人麼？」

魯仲連遙遙一指：「看！那裡。」

一眼望去，只見前方十字路口的熱鬧處豎著一面大木板。木板左右的大石上各站一名白衣人正在大聲喊話：「進山伐木，日賺五錢，願去報名啦！」木板周圍聚著一群又一群衣衫破舊身背小包袱的青壯男丁，圍著木板指指劃劃。距木板丈許之地，立著一頂大帳篷，一名麻布長袍的中年人正在給一些人發放小木牌。領到木牌者依次坐到大帳旁的草席上，此刻已經坐了一大片人。

「差不多，走！」魯仲連將馬韁交給小越女，「你且等等。」拉著范雎過了路口。

路口大木板上赫然一幅粗黑的木炭畫：左上方是三人伐木（兩人拉鋸，一人斧砍），右中間是兩枚刀幣光芒四射，直指木板下方最大最顯眼的畫面——農人蓋屋的熱鬧景象。

一個粗黑的男子向同伴嚷道：「一年伐木，能蓋三間磚瓦房，值！」

同伴連連點頭：「值值值！快走，報名！」拉著粗黑男子向大帳篷擠了過去。

魯仲連笑了：「又有新點子了，妙！」

「伐木耳耳，千年舊事，妙個甚來？」范睢不以為然地笑了。

「范兄慢慢品味。隨我來！」

魯仲連哈哈一笑，拉著范睢的手向大帳篷走了過去。帳篷前的中年人連忙迎了上來拱手笑道：「二位先生，在下這裡不做生意，尚請見諒。」魯仲連也不說話，只從腰間皮袋摸出了一枚小銅牌向中年人眼前一亮。中年人略一打量深深一躬：「先生風塵勞頓，在下卻是魯莽。敢問，先生可是欲找先生？」魯仲連一拱手道：「多有叨擾，敢問先生在否？」中年人笑道：「二位稍待。」匆匆過去對幾個正在忙碌的短衣人吩咐幾句，回頭過來一拱手，「先生，請隨我來。」魯仲連笑道：「我等還有車馬在街。莫耽擱足下活計，你只指個路徑。」中年人謙恭笑道：「先生初來，只怕我說了先生也是難找。車馬在下已經看見了，自有人隨後趕來，先生無須操心。」堪堪說罷，小越女笑吟吟走了過來道：「車馬妥了，走。」白衣人一聲請了，領著三人向一條稍許僻靜的石板街走去。

范睢心下忐忑，拉著魯仲連低聲道：「你沒來過陳城麼？」

「陳城找人，天下一難。」魯仲連笑道，「你倒是來過，不也一抹黑了？」

「我說的是，你與他們相熟麼？」范睢不禁有些著急。

魯仲連嘿嘿笑了：「莫擔心，此人辦事之周密，不下於你那秦國法度。我倒是盼著他有一個疏漏處，好揚眉吐氣地罵他一頓，可十幾年都沒等著，你說喪氣不？」

見魯仲連如此篤定，范睢也不再說話，只打量著街巷走路。范睢細心縝密，對陳城老街市的格局還是清楚的，走著走著，心下不禁一緊，此人有何神通，如何能住進這等所在？陳城是不法商旅之天府，江洋大盜之淵藪，莫非魯仲連結交了個游俠道人物？

原來，走出這條林蔭夾道的幽靜石板街，左拐是一條磚鋪小巷，入口處兩排厚實簡樸的青磚瓦屋，臨街牆上有兩個大字「死巷」。分明死巷，麻布長袍的中年人卻悠悠然絲毫沒有停步。數十步之後，兩邊沒有了一間房屋，只是一色的老磚高牆，遮得巷道幽暗得如同深深峽谷。幽暗中行來，范雎驀然想起了章臺宮的永巷密道，心下頓時恍然，這是進入了古陳國的老宮殿區。

出得這條大約兩三百步的峽谷巷道，果然一片高牆包圍的宮城。一眼望去，面南城牆連續五六個城門，東邊幾個城門車馬不絕，眼前兩個城門卻是幽靜非常，碩大的銅釘木門都緊緊關閉著。跟著麻布長袍者走到最西邊門洞前，城門正中鑲著一方銅牌，卻是沒有字的銅塊。長袍中年人走進門洞，用一支長大的銅鑰匙打開牆上一方鐵板，伸手進去一扳，沉重的大門軋軋開了。

走出幽深的城門洞，眼前一道橫寬十餘丈的巨大青石影壁，影壁上赫然鑲嵌著四方鑄鐵，也是一字皆無。小越女咯咯笑道：「銅鐵上牆卻沒有字，這位老兄甚個名堂？」范雎笑道：「有底無字，字在心中，左右不是暴殄天物。」魯仲連哈哈大笑：「還是范兄了得。此公正有口頭語，大道在心。」范雎點點頭道：「平和不彰，也算難得也。」

說話間繞過影壁，眼界大開：一片高大厚重的磚石房屋沿著中間一片碧綠的水面繞成大半圈，大屋後面一片參天大樹，遮住了來自任何方面的視線；整個所在幽靜空曠之極，看不見一人走動，彷彿進入了山谷一般。范雎四面打量，微笑點頭。

「范叔看出了奧妙？」魯仲連饒有興味地問。

范雎指點著道：「這片高房大屋該當是一片儲物倉庫，中間水池或是防火而設。後面大樹成蔭，確保庫房陰涼乾燥。主人倒是用心也。只是，唯有一處不解。」

「范叔也有難題麼？」魯仲連不禁笑了起來。

范雎伸手一指兩座很高的石屋：「如此之高，又是石牆，儲存何物？」

魯仲連回身向中年人問道：「你說，高大石屋儲存何物？」

「我等各司其事，在下不知屋中何物。」

范雎笑道：「此乃老陳國宮城，也許本來就有那些高房大屋了。」

「非也。」麻布長袍者搖頭，「這是先生後來特意加高的，並非本物。」

魯仲連一揮手：「走，找到正主兒自會明白，我等嘮叨個何來。」

麻布長袍的中年人一抬手，一支響箭帶著長長的嘯音與紅色火焰掠過水面直飛對岸。片刻之間，一隻烏篷小舟悠然漂來泊在了眼前一方石碼頭前。中年人拱手說聲請，三人相繼上船。小船划開，卻見岸上的中年人已經匆匆去了。小越女不禁笑了：「這老兄行徑，很有些墨家風味也。」范雎搖搖頭道：「同是軍法節制，墨家講求一個義字，此公卻是講求效率以牟利也。那人如不及時回去，街市雇傭伐木事豈不誤了？」魯仲連不以為然地笑了：「商旅為牟利而生，誰能外之？然此公有言：義為百事之始，萬利之本。你說他求不求一個義字？」范雎哈哈大笑：「奇哉！自來義利相悖，此公卻將義做萬利之本？」「還有，」魯仲連高聲吟誦著，「不及義則事不和，不知義則趨利。趨利固不可必也。以義動，則無曠事矣！如何？」范雎驚訝道：「此公能文？」魯仲連笑道：「我只看過他寫下的兩三篇，也不知寫了多少？」范雎喟然一歎：「如此立論，匪夷所思也！」小越女笑道：「若無特異言行，田單如何交得他了？」「怪也。」范雎笑了，「田單以商從武，此公以商從文，這商旅奇人如何都教你魯仲連撞上了？」魯仲連哈哈大笑：「以范兄輕商之見，只怕撞上了也是白撞。」范雎正要辯駁，小越女突然一指岸上道：「仲連，那不是他麼？」

此時小舟將近岸邊一箭之地，范雎已經看得清楚，岸邊大柳樹下正站著一人，白衣飄飄正如玉樹

「仲連兄，我已等候多時了。」

朗朗笑聲隨風飄來，白衣人大步走到岸邊遙遙拱手：「仲連兄，我已等候多時了。」

小舟如飛靠岸，魯仲連笑道：「足下耳報何其速也！」

「仲連兄載譽南歸，不韋豈敢怠慢？」

說話間魯仲連小越女已經飛身上岸，與白衣人執手相握，一陣豪爽大笑：「嗚呼哀哉！偏呂子常有妙辭，罵魯仲連逃官逃金，是為沽名釣譽麼？」

小越女不禁笑道：「仲連心穴，只有呂子瞅得準也！」三人一陣快意笑聲。

范雎緩步登岸，隨意打量得岸上人一眼，不禁有些驚異了。此人身穿一領白中帶黃的本色麻布長袍，腳下一雙尋常布履，長髮整齊地紮成一束搭在背後，頭頂沒有任何冠帶，通身沒有一件佩玉，身材不高不矮不胖不瘦，膚色不黑不白，頷下沒有鬍鬚，臉上沒有痣記，一身素淨清雅，通體周正平和，分明沒有一處扎人眼目，卻教人看得一眼再也不能忘記。范雎看多了周身珠寶錦衣燦爛的商人，實在是沒有見過如此寒素布衣的大商，一時竟有些疑惑迷糊起來，彷彿走進了一座幽靜的山谷書院，面對著一個經年修習的莘莘學子。

「老兄快來！」魯仲連大步過來拉住了范雎的手，「來，這位是此間主人，商旅大士呂不韋。不韋兄，這位是我一個老友，張睢，魏國隱士。」

范雎一拱手道：「一路多聞呂子言行，今日幸會。」

呂不韋謙和地笑著一拱手：「先生不世高人，不韋何敢當一『子』字？若蒙不棄，先生便如仲連兄一般，但呼我不韋便是。」

「不韋真有說辭。」小越女一笑，「但凡先生，就是不世高人？」

呂不韋依舊謙和地笑著：「先生清華峻峭，決然大有來歷，日後尚請多多指教。」

「書劍漂泊，胸無長物，豈敢言教。」范雎心下驚詫臉上卻淡淡一笑。

魯仲連左右望望兩人，向范雎丟個眼色，得意地縱聲大笑起來。呂不韋渾然不覺，只微微笑著逐一拱手：「先生、仲連兄、越姊，請。」領著三人走進了涼風悠悠的樹林。出得樹林，尋著一條草地小道到了一座庭院前。庭院門廳並不高大，一色青石板砌成，厚實得古堡一般，門額正中鑲嵌著三個斗大的銅字——天計寓。

「天計寓，出自何典？」魯仲連興致勃勃地打量著。

「天道成計然。」呂不韋笑著，「執事們都說有個名字好說事，我湊了一個。」

「妙極！」魯仲連拍掌讚歎一句回頭道，「張兄講究大，可有斧斤之削？」

范雎揶揄地笑了：「智辯莫如千里駒，你都妙極了，老夫說甚？」

「呀！下回偏要你先說。」魯仲連哈哈大笑，「不聒噪了，進去說話。」

這是一座全部由小間房屋組成的緊湊庭院。一過影壁是頭進，兩廂房屋時有身影進出，雖都是腳步匆匆，卻毫無忙亂嘈雜之象。穿過北面廳堂，第二進依舊如故。呂不韋指著第二進廳堂道：「這是總事堂，與後院不直通。這廂請。」領著三人從廳堂東邊的一道拱形石門入了第三進，剛繞過一道影壁，眼前竹林婆娑清風灑灑，暑氣頓去一片清爽。

魯仲連笑歎一聲道：「幾時得如此清幽所在，直是一座學宮也！」呂不韋笑道：「那幾年仲連兄正忙著即墨抗燕，還不知道陳城魚龍變化。這裡原本是老陳國舊宮，楚國為招攬商旅，劃作六門高價開賣，我買下了這最後兩門。」小越女粲然一笑：「喲！毋曉得你是王侯商人也，宮殿何處？」「越姊想住宮殿，難矣哉！」呂不韋一陣爽朗大笑，「四門宮殿的主人，目下是楚國猗頓、趙國卓氏、魏國白氏、秦國寡婦清。我這兩門，只是原來的宮室府庫與一片園林空地，沒有一座宮殿。」小越女驚訝道：「如此說來，你與天下四巨商比肩了？」呂不韋搖頭微微一笑：「若論財力根基，不韋尚遜一籌。」旁邊一直不說話的范雎突兀插進一句：「若論心志謀劃，足下卻不屑與之比肩也。」呂不韋一個愣怔，魯仲連哈哈大笑：「有理有理！你只說，何以見得？」范雎侃侃道：「買府庫而不買宮殿，求實用而不務虛名，此乃商家大道也。不若四巨，徒然昭彰天下，實則置身於火山之口也。此等謀劃，此等心志，豈是只知彰顯財力之商人可及？」「高明也！」魯仲連不禁拍掌讚歎，「老兄總算揣摩著不韋根底了。」呂不韋悠然一笑：「先生如此說，不韋卻也無從辯解了。這廂請。」

從碎石小徑穿過竹林，一片碧綠的草地上一座茅屋庭院，屋前兩座茅亭，四周高大筆直的白楊林參天掩映，幽靜肅穆如草原河谷。魯仲連搖頭道：「宮城起茅屋，不覺刻意麼？」呂不韋笑道：「這是一片廢棄園囿，將勢就勢而已，管不得別人如何想了。」小越女對魯仲連咯咯笑道：「曉得無？這可是四重茅草也，冬暖夏涼不透不漏，與竹林草地正是相得益彰。就曉得青磚大瓦好！」

三人一陣大笑，說話間到了茅屋庭院，只見正中門額上赫然三個銅字——利本堂。魯仲連嘿嘿笑道：「老兄，此番你先說，其意如何？」范雎最是急智出色，略一端詳道：「足下是濮陽衛人了。」小越女先驚訝了：「噫！你如何曉得？」范雎指著門額大字道：「此乃魏字。濮陽衛國，文字從魏，只是將右立刀外勾，這『利』字正是其形。商旅在外，心懷故國，方有此等懷鄉之刻。」呂不韋一拱手笑道：「先生洞察燭照，在下正是衛國濮陽人氏。」魯仲連一揮手道：「莫得敲邊鼓，你只說，其意如何？」范雎笑道：「唯知其一，不知其二。」

「其一如何？」

「明刻利本，寓藏大義，其間真意，義為商根。」

「其二？」

「如此立論，有斷無解，其意終究難明。」

「老兄是說，義為利本，道理不通？」

「若能將『義為利本』之立論著一大文，剖析透徹，天下一大家也。」

「好！」魯仲連拊掌大笑，「不韋，看來你這立論還不扎實也。」

「談何立論。」呂不韋謙和地笑了，「我是隨心而發，一句算一句。著文立說，那是先生仲連兄此等大家之事，不韋卻是不敢想。」

「呀！」小越女一聲笑叫，「述而不作，不韋豈非孔夫子也！」

四人一齊大笑。呂不韋道：「走，三位先沐浴一番消乏一個時辰，日昳（註：日昳，古人對午後的稱謂，大體在午後兩三點之間）時聚首痛飲如何？」時當正午，魯仲連三人一路車馬顛簸，倒也真是汗濕重衣身心疲累，聽得呂不韋如此安頓，一齊點頭說好。立即有一男一女兩個少年僕人過來，將三人領到了茅屋後廳。片刻之後，粗重的鼾聲便從幽靜的後廳彌漫了出來。

片時之後，小越女先醒了過來，看看院中茅亭的日影，叫醒了魯仲連，正要再去叫醒范睢，卻見范睢長袍散髮悠然到了門口。小越女訝然道：「范兄自己醒了？」范睢笑道：「假寐片刻也就是了，真到夢鄉一個時辰能回來？」尚在懵懂的魯仲連嘟噥道：「老天也是怪了，分明炎炎夏日，卻涼得通透，倒頭便不想起來。」范睢揶揄笑道：「仲連兄幾時做了村叟，沒看見榻後那個大銅櫃麼？」魯仲連打量一眼恍然笑道：「噢，如此大一個冰櫃，怪道涼爽得三秋一般。」范睢道：「我那丞相府也只是大木桶盛冰消暑，何有此等冰櫃？你來看，」走過去喀噠拉開了大銅櫃指點著，「這冰櫃內分三層，每層盛冰足足兩大桶。屋內但有涼氣彌散，卻是一滴水也沒有。墨家善工，弟妹說說，這化冰之水何處去了？」小越女在涼冰冰的高大銅櫃上敲打了一番笑道：「這銅櫃層層密封，櫃底當有一支銅管接出，埋在地下引出屋外，尋常但管添冰，無須理會水路，當真機巧也。」「呂不韋，異能之士也！」范睢感歎一聲，「我是揣摩這冰櫃奧祕，竟沒得合眼也。」魯仲連不禁哈哈大笑：「范兄做了一番丞相，便以為天下技能盡在王室官府也，該當開眼！」

正在笑談，一個鬚髮雪白的紅衣老人在門外深深一躬：「三位貴客，先生有請。」魯仲連說聲走，三人隨老人來到了茅屋正廳。

呂不韋正在廳門前六步之地相迎，所不同者僅僅是頭上增加了一頂竹皮冠，頓時平添了一份肅穆敬客的莊重。范睢心知呂不韋與魯仲連夫婦交誼甚深，此番禮敬皆因自己是初交賓朋而起，遙遙躬身，虛空做捧物狀肅然道：「張睢惜無腒頭以敬，謹奉魯子之命一見。」雖只寥寥一句，卻是大有講究。依據古老的周禮：士初相見，主人當衣冠齊楚迎之，來者則當以雉（野雞）為禮物；冬日用帶長羽的活雉，夏天便用腒（風乾的雉）；拜見之時依據時令，來者面北對主人將雉或腒橫捧於雙手，雉頭或腒頭朝左（左手為東為陽），禮辭是「某也願見，無由達，某子以命命見。」范睢堪稱飽學，此刻見呂不韋戴冠迎出，便以此等拜會古禮作答，心思只看呂不韋如何應對。

呂不韋謙和地笑著迎了上來拱手道：「先生博古通今，不韋何能應對得當？尋常只知衣冠禮敬這句老話，便拎了頂竹皮冠扣上，不成想平添拘謹，先生見笑了。」說罷順手解開冠帶拿下竹冠，「還是隨意好，與先生一般的散髮布衣。」

魯仲連笑了起來：「雖說張兄把得細，終究是不韋迂腐了一回，好！」

「說人迂腐，還有個『好』字？」小越女笑著瞪了魯仲連一眼。

「當真好也。」魯仲連一臉正色，「多少年都等不到不韋一個疏漏，今日教張兄了卻了我這心願，能不好麼？」

四人一陣大笑，相繼進了茅屋正廳。略一打量，魯仲連笑了起來：「四菜一酒，不多不多。」范睢卻只盯著北面牆下一柱與人等高的白石端詳。呂不韋滿面春風地走過來請范睢入座北面的主客尊位。范睢恍然，連忙推著魯仲連坐進了主客位，自己坐了東手側席，小越女自然是西手側席。呂不韋是主人，與魯仲連相對，坐了南席。

一時坐定，呂不韋笑著舉起了面前銅爵：「仲連兄與越姊偕先生南來，不韋為三位洗塵。今日快意之時，來，先乾此一爵！」說罷雙手抱爵環敬一周，一飲而盡。魯仲連與范雎自是二話不說，舉起銅爵汩汩飲乾。小越女也捧起面前一隻碧綠的玉碗一氣飲了，見范雎驚訝地看著自己，一笑道：「不韋曉得我不沾酒，這是琅邪山石泉水。」范雎困惑道：「千里迢迢，這石泉水縱然運得過來，存得幾日豈不餿了？」呂不韋笑道：「我有三層冰櫃車，兩層堅冰，一層泉水，兼程運到後冰窖存儲，半年之內保得原味絲毫不差。」范雎喟然一歎：「足下如此作派，雖王侯宮室猶有不及也。」說話間臉上一片陰影掠過。呂不韋眼睛驟然一亮笑道：「不韋布衣，焉敢虛勢？原是今年有幾位老友來會，卻都是林泉山人飲不得酒，方有此舉，先生見笑了。」魯仲連頓時興致勃勃：「說說，都有誰個要來？」呂不韋道：「一個唐舉已經走了，一個士倉還沒來，一個越姊正在當前。」

「且慢！」范雎向正要大發議論的魯仲連擺擺手，驚訝地看著呂不韋，「足下識得唐舉、士倉？」

「唐舉兄與我是書交，士倉兄與我是另交。」

「何謂書交？何謂另交？」

「以書成友，謂之書交。以另類隱事成友，謂之另交。」

「敢問足下與唐舉以何書成友？」

「我得《計然書》評點本，請唐舉兄品評。唐舉兄時有急用，我送了他。」

「可知唐舉要《計然書》何用？」

「信人便送人，送人則由人。問之，非友道也。」

「足下與士倉以何事而交？」

「老友之隱，不韋不便相告，先生見諒。」呂不韋不卑不亢滿面微笑，顯然不打算再說下去的模樣。

此間分際頗是微妙：以賓主通行禮節，范睢本不當對嶗山泉水事語帶譏諷；然則戰國之世的名士風範恰恰是坦誠犀利，況范睢之譏諷畢竟是基於節用本色而發，呂不韋渾然不覺，誠心說明緣由；范睢再次突兀插問交友之情由，則必是與所說之人相熟，依尋常禮節，呂不韋當坦然告之，以使宴席間皆大歡喜；然則，這看似一團和氣的呂不韋卻突然不卑不亢地拒絕了范睢最後一問。范睢心性恩怨分明睚眥必報，若要再追問一句甚或反唇相譏，便是當下尷尬。

正在呂不韋話音落點之時，魯仲連一舉大爵高聲道：「來！痛飲一爵再說！等士倉這老兄來了，我教他自己說給張兄。」

「天意也！」范睢一聲感喟，站起來對著呂不韋深深一躬，「若非足下高義，范睢豈能舉薦蔡澤而辭官隱身？今日知情，容當一謝。」

「妙也！」魯仲連哈哈大笑，「不韋，赫赫應侯現身，你當如何？」

呂不韋絲毫不見驚訝，只悠然一笑站起身來也是深深一躬：「世間典藏珍奇，歸宿原有定數。應侯既得，便是天意，與不韋卻不相關，何敢當得一謝？」

范睢猛然拉住了呂不韋的手道：「遇合者天意也！你我與仲連越妹一般，莫再先生應侯的客套了，如何？」

「承蒙范兄不棄，不韋敢不從命！」

「啊呀呀！」魯仲連大笑著走過來將大手搭在兩人手上，「執手如刎頸，頃刻交生死。好！」話方落點，小越女捧著一個大銅盤輕盈飄到了面前：「來，人各一爵！」三人執手大笑，各取一爵當地一撞說聲乾，一齊汩汩飲盡了。

此時，席間因范睢而起的些許生分一掃而去，四人重新落座，一通豪飲饕餮。堪堪半個時辰，呂不韋抬頭恍然笑道：「越姊如何不下箸？試試了，你都吃得也。」魯仲連道：「她是三日一食，由得她。」范睢看去，小越女案上銅鼎中一隻熱氣騰騰的整形蒸雞，鼎腳下的細木炭冒著紅亮的火苗，另有一鼎油亮鮮紅的燉棗，呵呵笑道：「不韋呵，不飲酒有備，不食肉卻無備，該罰也。」呂不韋已經飲得滿臉脹紅，拭著額頭汗水笑道：「越姊，此物乃嶺南伺潮雞，你但嚐得一口，或許破戒也未可知。」小越女端詳著銅鼎笑道：「生平毋得吃肉，蒸雞能吃麼？」猶豫片刻，小越女終是伸出了細白的手指。

「越姊，下箸夾得下來。」呂不韋興奮地提示了一句。

「她從來不會用筷，只會上手。吃便好，就用手！」魯仲連笑得開心極了。

小越女飛快地瞟了魯仲連一眼，臉上飛過一片紅暈，小心翼翼地撕下了一絲雞肉，閉著眼輕輕放到了嘴裡，輕輕地嚼著。三個男子都屏住了氣息看著小越女，一時間人人緊張得如臨大敵一般。眼見小越女臉上滲出了一片細汗，輕輕地吁了一口氣，「呵，還真好吃也。」隨著話音落地，三人不約而同如釋重負地長吁一聲，接著一陣哄然大笑。小越女緋紅著臉咯咯笑道：「好吃便好吃，笑我也吃！」兩手撕下一大塊雞肉，旁若無人地大吃了起來。

呂不韋對魯仲連一拱手笑道：「越姊始食肉，仲連兄一大幸事也！」

「不韋……」魯仲連眼中閃爍著淚光，一口氣飲乾了一爵。

范睢大惑不解：「不韋呵，這雞肉有何特異，竟能使辟穀者破戒？」

呂不韋興奮笑道：「此雞產於南楚蒼梧大山，俗稱長鳴雞，叫聲清亮貫耳，一聲之鳴能穿海潮呼嘯之威。然則，此雞不鳴於晦明交替，唯在大海漲潮之際隨著潮聲長鳴，嶺南楚人呼其為伺潮雞。」

「天地之大，竟有此等奇雞？」

「伺潮雞以銅鼎蒸之，其肉若魚之鮮，若筍之清，為食素者嚐肉之佳品。不韋嘗聞，中原一隱士深入嶺南，嚐此雞而戒辟穀，便為越姊一試了。」

「此等神異之物，定然極難覓得。」

「得此雞有三難。」呂不韋輕輕叩著案頭，「其一，山高水險，千里迢迢，等閒人到不得蒼梧山海間。其二，捕捉難。此雞半家半野，漲潮時飛到海岸長鳴竟夜，潮將退去之時，鳴叫分外高亢悲切，唯有此時捕捉，雞肉才與常雞迥然有異。其三，飼養難。伺潮雞離海不能超過十日，否則聲啞而亡。」

「如此說來，此雞剛剛運回？」一直看著小越女的魯仲連驀然插來一句。

「不韋得仲連兄行止，掐著時日從嶺南運回，今日是伺潮雞離海第八日。」

良久默然，范雎大是感慨：「這般用心，不韋難得也！」

呂不韋神色鄭重道：「仲連兄者，天下士也。擔待大義，糞土爵祿，勇於赴難，羞於苟且。士林如魯仲連之風骨卓然者，唯此一人耳！不韋一介商賈而與天下士交臂，能盡綿薄之心，幸何如之？」

小越女扮個鬼臉笑道：「不韋莫說了，仲連再逃，我可跑不得了。」

范雎揶揄道：「此地沒有兩萬金，逃跑做甚？」

「我只備了千金之數，是否太少？」呂不韋亦莊亦諧一句。魯仲連陡地睜眼，目光炯炯地盯住了他。呂不韋迎著魯仲連目光坦誠地笑了：「仲連兄，凡事適可而止，過猶不及也。縱是聖賢，也須衣食住行有靠，方能心憂天下。兄與越姊平生無積財，今去東海隱居，何能不需錢財？兄若果真變做赤腳操勞之漁人獵人，魯仲連價值何在也！」一聲喟歎，呂不韋輕輕叩著大案，「千金之數，大體建得一座莊院，打造得一條好船，養得兩匹良馬，維持得十年衣食無憂。但能如此，仲連兄方可讀書修身，亦可聞警而出。否則，閉塞山林，只做得衣食囚徒也。」

一時舉座默然。小越女是聽憑夫君決斷。范雎覺得呂不韋說得實在，然想到魯仲連輒遇爵祿金錢從不聽人，一言不合便揚長而去，也只好聽其自然。不想魯仲連思忖一陣，慨然拍案：「不韋千金，我受了！」

「好！」范雎哈哈大笑，「一日三奇，我等浮一大白！」

「范兄說說，何謂三奇？」小越女笑得燦爛，手中也舉起了那只泉水玉碗。

范雎一副肅然地指點道：「食氣者竟食肉，一奇。魯仲連糞土爵祿，今日卻受千金，二奇。商人揮金不圖利，卻圖義，三奇！如此三則，可算得戰國奇聞？」

「再加一奇。」魯仲連一副揶揄笑容，「睚眥必報者，今日渾不計較。」

「采！」呂不韋與小越女一聲喝采，范雎哈哈大笑，個個痛飲了一爵。呂不韋最是快意，一連飲了三大爵。范雎嚷嚷著不行，也跟著飲了三大爵。魯仲連哈哈大笑，二話不說跟著大飲三爵。一時席間談笑風生海闊天空，不知不覺地暮色降臨了。呂不韋吩咐掌燈，茅屋大廳頓時一片大亮。

范雎本是豪飲海量，為秦相十餘年處處謹慎幾乎戒酒，今日萬事俱去身心空明，加之遇上了天下一等一酒量的魯仲連，倒是真做了酒逢知己千盅少，一個一個由頭地連連舉爵，直飲得不亦樂乎。偏是呂不韋特異，雖很少提起舉爵由頭，卻是一爵不落，爵爵奉陪，飲得多時，六只五斤裝的空酒桶已經赫然在廳，呂不韋依舊是爵爵奉陪，依舊是滿面春風，與魯仲連范雎的酒後狂放判若兩人。

「噫！奇也！」范雎舉著酒爵搖了過來，「不韋呵，你爵爵同飲，當真未醉？」

「范兄之見，不韋醉了？」

「好！老夫試得一試。仲連，你也過來。」范雎舉著大爵搖到北面牆下一指，「不韋，這柱白石，刻得甚字？」

「堅白石。」

「對公孫龍子的『離堅白』不以為然麼？」

「玄辨之學，不韋不通。堅白石者，自勉也。」

「取何意自勉？」

「堅不可奪，白不可磨，石不可破。」柔和實在，擲地有聲。

「堅不可奪，白不可磨，石不可破。」范睢搖晃著大爵念叨了一遍，一臉肅然，「三者若得合一，千古神話也！不韋呵，不覺太難麼？」

呂不韋依舊是柔和實在：「世事不難，我輩何用？」

「好！堅白石壯我心志，浮一大白！」魯仲連一句讚歎，逕自飲乾了一爵。范睢欲言又止，內心卻被眼前這個看來不顯山露水的英年商人在瞬間迸發的豪氣深深觸動了，不禁一聲感喟：「嗚呼！其勢蕩蕩，何堪一商？不韋當大出天下也！」呂不韋哈哈大笑，搖搖晃晃地嘟囔著多了多了，軟軟地撲倒在了厚厚的地氈上。

盤桓得幾日，魯仲連要去了。

呂不韋要他消夏完畢再走，魯仲連卻說還要南下郢都與春申君辭別，趕到吳越也就立秋了。遇到此等天馬行空之士，呂不韋也不再阻攔，一應物事備好，送魯仲連小越女上了潁水官道。范睢本欲與魯仲連夫婦南下，卻接到了一管莫名其妙的飛鴿傳書，要他務必等候旬日，卻沒有具名。范睢思忖一陣，只好放棄了南下遨遊，與呂不韋一起做了餞行東道。

這一日清晨，潁水兩岸綠野無垠，城南十里楊柳清風，一通餞行酒在郊亭飲得感慨唏噓不勝依依。范睢最是心緒翻滾，與魯仲連不停舉爵痛飲，眼見紅日高升人當上路，不期一聲長歎：「仲連一去，天下縱橫家不復見矣！」說罷放聲痛哭。魯仲連卻是一陣大笑：「時也勢也，後浪勃勃連天，前浪消弭沙灘，此乃天地大道，范兄何須傷感也！」呂不韋慨然道：「范兄傷感也是該當。縱橫原是連體而生，山東無合縱抗秦，關西幾無遠交近攻。仲連兄一去，合縱大潮消退，范兄縱是復出，也是落寞無對，不亦悲乎！」范雎哽咽著連連點頭：「仲連將去，我心空空也！」魯仲連不禁一聲歎息：「范叔呵，六國已成朽木之勢，秦國也是垂垂衰落，無數十年之功，天下風雲難起也。我輩縱然復出，徒歎奈何！」

亭下良久默然。小越女抬頭看看時辰，向呂不韋看了一眼走出亭外。呂不韋跟出來笑道：「越姊莫急，索性暮色時分上路了。」小越女低聲笑道：「他二人說話，我只要送你一樣物事。」呂不韋呵呵笑著一拱手：「越姊有贈，不韋大幸也。」

小越女走到大樹下紅馬旁，從馬背皮囊中抽出一個小布包雙手捧了過來。呂不韋連忙整整頭上竹冠，雙手接過打開布包，卻是一冊陳舊發黃的羊皮書，一瞄書皮大字，竟是《范子計然術》，不禁驚訝道：「越姊，這是陶朱公范蠡的真跡麼？」小越女笑著點點頭：「不錯也。范蠡所作，西施手抄。」

「西施抄本？」呂不韋翻開書頁，見字跡娟秀勁健，與士子書寫的宏大結構迥然不同，肅然一拱手道，「越姊與仲連兄歸隱林泉，正當切磋學問以傳後世。不韋一介商旅，得此奇異珍本，明是暴殄天物，何敢受之？」

「曉得無？」小越女一笑，「世間計然書多有抄本，然卻脫漏錯訛太多。你送給唐舉的那本也是一樣，唯此真本一字不差，堪當治世之學也。」見呂不韋似乎還要推託，小越女認真擺了擺手，「我是越國若耶溪邊女，也就是出了西施而被越人稱為浣紗溪的地方。《范子計然術》，是我十三歲那年在若耶溪邊的山谷中撿到的。後來我成了南墨子弟，將此書交給了老師。五年前老師辭世，臨終前又將此書贈還與我。老師鄭重囑託：計然書天下奇學，非商政兼通之士不能得其真諦，我輩難通此學。若天下果無此等人物，天絕計然也……不韋，此書不當你麼？」

「越姊，不韋只是商人，不通政事，亦不會入仕。」

小越女笑道：「毋曉得你竟如此迂闊！我要歸山，書便給你。你若不任，不能選一個合適人物了？如何與仲連一般，受人贈與便退避三舍！」

呂不韋頓時輕鬆地大笑起來：「既是如此，我受了。」

此時亭下也是一陣笑聲，魯仲連與范雎又開始了海闊天空。小越女道：「要不啟程，你等沒完沒了。」遙遙招手一喊，「范兄，放仲連上路也！」呂不韋連忙大步來到亭下：「仲連兄稍待，我還有一宗俗物送你。」說罷一招手，一少僕捧來了兩只撐得脹鼓鼓的雪白絲袋。魯仲連目光一閃道：「不韋，要再多事，我真要逃之夭夭也。」

「且放寬心，不是金錢。」呂不韋笑著解開了一只絲袋，掌中一捧紅亮的大棗道：「此物是齊國特產，名叫樂氏棗，那日越姊嚐過的。樂毅當年長困即墨，在即墨城外栽種燕國棗樹。每年打棗時節，樂毅都要用這種大紅棗佐酒，宴請遠征將士，同時還要送給田單一筐。後來燕惠王疑忌樂毅，樂毅派專使送給了燕惠王一袋紅棗，以表赤心不移……」

「樂氏棗，赤心棗也！」魯仲連雙手顫抖，捧起一捧大紅棗兒淚眼矇矓，「那時我常在即墨，每與田單共嚐樂毅送棗，都要大醉一回，哭笑一回……」

「不韋此禮，當真暖心也！」范雎唏噓一歎，「齊人恨燕，卻記掛幾乎滅齊的樂毅，可見天下公道，自在人心也。」

呂不韋殷殷笑道：「仲連兄去國遠居，唯以赤心棗做個念想。」

小越女小心翼翼地摩挲著赤紅的大棗，低聲道：「再過三五年，我教這赤心棗紅遍房前屋後，那時，你等再來……」一聲哽咽，猛然回頭去了。

看著兩馬一車轔轔南下，在潁水官道漸漸遠去，范雎與呂不韋大步登上山岡，癡癡地凝望了大半個時辰。魯仲連是蘇秦張儀之後的又一個縱橫大家，先救奄奄齊國，再救岌岌趙國，使戰國大爭之格局又一次保持了數十年的大體平衡，其特立獨行的高遠志節更是天下有口皆碑，成為戰國名士的一道奇異風景。魯仲連的退隱，標誌著戰國縱橫家的全面衰落。自此以後，山東六國救亡圖存的合縱大業，再也沒有出現過波瀾壯闊的整體行動局面。這是後話了。

四、曠古未聞的商戰故事

呂不韋范雎兩人回到天計寓，一時無話。范雎年近花甲連日縱酒，一旦鬆心一身軟黏昏昏欲睡。呂不韋也不多說，只將范雎安頓在一間幽靜的臥房，派一個精細少僕專司看護侍奉，便匆匆去了天計寓書房。

「先生，去邯鄲車隊已經準備妥當，可否準時啟程？」呂不韋剛剛翻開案頭報事策，一個白髮蒼蒼精神矍鑠的老人輕步走了進來。

「老總事，能否遲得旬日啟程？」

「赴趙商隊是大宗生意，已於邯鄲議好交貨日期。」老人簡短一句。

「說的是。」呂不韋沉吟片刻斷然拍案，「老總事安排車隊後日啟程。旬日之後，我兼程北上，大約可在濮陽會齊，如何？」

「如此甚好。老朽先行押隊北上，先生只需準時趕來交割貨物。」

「不。」呂不韋搖搖頭，「老總事年事已高，只坐鎮陳城照應可也。邯鄲商隊教荊雲兄勞頓一場。」

「先生，」老人似有猶疑，「商隊公行，關關勘驗照身，荊雲義士……」

「老總事莫得擔心，此事我來安頓。」說罷霍然離座，「走，驗看商隊。」與老人匆匆出了天計寓，來到前院高大的庫房區。

長長的車隊整齊排列在倉儲高房外的林陰道下，繞著湖邊成了一個巨大的扇形。每輛都是鐵皮包輪的大車，棕色牛皮將貨物苫蓋得嚴嚴實實，粗大的麻繩又將牛皮捆紮得穩穩當當，每車相距兩丈，只要犍牛入車上套，立時一支聲勢浩大的商旅車隊。老總事道：「總共三百輛鐵輪堅車，裝載一千具物事，只待先生做最後勘驗。」

呂不韋點點頭，隨意走到一輛車前奮力用肩膀一撞，長約三丈高約一丈的龐大貨車紋絲不動毫無鬆垮喀啦的響動，滿意地笑了：「橫載平裝，老總事的法子果然見效。」老總事肅然道：「這是十六名大工匠親自動手，連續三晝夜裝成的，確保千里顛簸，毫髮無損。」「好！」呂不韋轉身大步走上湖邊山亭，「只這一宗生意，開了山東先例，做得五六筆如何？」老總事驚訝得連連搖頭：「此等生意風險太大，先生不可貪多，一筆足矣！」呂不韋打量著湖邊車隊笑道：「老總事未免小心過餘也。此等生意我縱放手，別家可是做得來？」老總事惶恐道：「老主東曾立下規矩：財不聚一家，大宗生意一筆為限，要給同行留有利路，以免商家相殘。先生要六國盡做，老朽難以承命。」呂不韋驀然回頭哈哈大笑：「老總事何其迂闊也！商事如戰，家父如同商戰之宋襄公。商家不爭利，猶如兵家不爭地，本業大道尚且不立，談何留利規矩？」老總事卻昂昂辯駁道：「先生有言，義為萬利之本。若一家盡攬天下之財，商道大義何在？」呂不韋哭笑不得，一揮手道：「兩回事，回頭再說。犍牛車夫都齊全了？」

「四百名精壯車夫，八百頭秦川犍牛，全數在城外紮營三日，養息得好精神。」

「沿途糧秣？」

「商丘、陶邑、濮陽、朝歌、安陽、邯鄲、巨鹿七大站，均已備足糧草。」

「沿途關隘？」

「北上千里，楚魏韓趙四國二十三關，全數打點暢通，花費萬二千金。」

「好。」呂不韋輕鬆地笑了，「老總事只管照應好陳城根基，入山伐木、作坊打造兩件大事萬萬不可有差，北上押隊我來處置。」說罷大步下了山亭，逕自進了湖邊那片莽蒼蒼的白楊林。

白楊林的深處有一座幽靜的小庭院。呂不韋踏上林間小徑，遙遙望見庭院屋脊時打了一個響亮的呼哨。呼哨飄盪間一陣短暫低沉的喉鳴聲傳來，待呂不韋走近庭院門前，一隻戴著鐵鏈的威猛黑犬已經蹲在了門廳一側，毫無聲息地打量著來人。呂不韋笑著一拱手：「獒兄，我可以進去麼？」黑犬威嚴地聳了聳鼻頭，嘩啷一聲躍上了門廳，頭只一頂，兩扇厚重的木門咣噹開了。「多謝獒兄。」呂不韋又一拱手，走了進去。黑犬昂頭蹲伏在門廳下，如一尊石像般巋然不動了。

半個時辰後，一個黑色長袍黑布蒙面者送呂不韋走了出來，到得門口止步問道：「呂公，我可否帶荊獒同行？」呂不韋笑道：「只要於事有利，一切但憑荊兄。」長袍蒙面人道：「此獒神異非常，與我失散有年而能尋覓到陳城，遠道大是有用。」呂不韋對著黑犬肅然一躬：「獒兄如此忠義，不韋敬佩不已。」此時黑犬已經蹲在了門側，對著呂不韋也是兩隻前爪一併一搖。呂不韋不禁笑道：「獒兄啊，你但隨行，第一位是保護主人。荊兄但出差錯，我卻找你要人。」威猛黑犬卻陡地一噴鼻，轉過臉連呂不韋看也不看了。「獒子，不得對恩公無禮。」長袍蒙面人低聲呵斥一句，黑犬立即趴在了地上，頭卻正對著呂不韋。呂不韋一拱手笑道：「獒兄對我之叮囑嗤之以鼻，足見神異無雙，何罪之有？不敢當了。」又回頭道，「如此神犬，荊兄何須鐵鏈囚禁？」長袍蒙面人歎息一聲道：「荊雲大罪在身，恩公卻以義士待我，自當隱匿形跡。它若自由，便會巡視整座莊園，若不慎惹事，荊雲何顏面對恩公？」「荊兄差矣！」呂不韋頓時肅然，「荊兄誅殺惡吏，為民除害，原是任俠仗義。不韋援手，亦是為天下正道張目。你我盡皆坦坦蕩蕩，何須隱匿行跡？這神獒，也莫委屈了它。偌大商戰谷，有獒兄晝夜巡視，豈非大大一樁美事？」

「好。但憑呂公。」荊雲走過去拍了拍黑犬頭，「獒子，恩公給你開鏈了。」大獒（註：獒，春秋便有記載的猛犬。《爾雅・釋畜》：「狗四尺為獒。」《公羊傳・宣公六年》：「（晉）靈公有周狗謂之獒。」周狗，經過訓練聽從指揮的猛犬。後世《博物志・器名考》亦有記載）聞聲霍然起身。荊雲撩起長袍從皮靴中抽出一把短劍，青光一閃，挑開了鐵鏈皮條。隨著鐵鏈嘩啷落地，大獒汪汪兩聲對著呂不韋翻了兩個滾兒，嗖地躥了出去消失在樹林中了。

「荊兄，我也去了。」呂不韋大笑著一拱手，出了白楊林。

兩日後，商隊逶迤北上。呂不韋親自送到陳城北門外十里郊亭，給初上商道的荊雲壯行。諸般事體完畢，呂不韋回到天計寓匆匆來看望范睢。范睢大睡三日方醒，一番沐浴之後，一領寬鬆大袍一頭蓬鬆散髮，正在廊下悠悠漫步。呂不韋遙遙拱手笑道：「范兄，好清爽。」范睢情不自禁地伸了個長長的懶腰，回頭樂呵呵道：「不韋呵，出世之樂，仲連之明，今日始得感悟也，不亦樂乎？」呂不韋道：「難得范兄如此空明心境。走，亭下老陳湯等著你。」范睢說聲好，大袖飄飄地跟著呂不韋來到了前院。

四面三層白楊林遮住了夏日的炎炎天光，綠草如茵，清風徐來，茅亭下一案美酒佳餚，當真是撩人胃口。范睢大步上前一番打量，大聳鼻翼：「噫！這味兒卻是特異，似酸似甜還夾帶著異樣肉香，聞所未聞也！」呂不韋笑道：「滿案佳品，范兄獨賞老陳湯，高人。」范睢也算講究食儀，思忖道：「老陳湯甚個講究？陳年老湯麼？」呂不韋搖頭笑道：「范兄也有不食之盲，難得難得！老陳湯者，非陳年之陳，乃陳國之陳，曉得無？」「噢——」范睢見事極快，頓時恍然大悟，「那定是陳國宮廷所創，流播民間之美味了？」「終是拎得清嘞。」呂不韋又轉了一句楚語，「陳靈公別無所能，唯對食、色二字天賦異稟。日日美酒，夜夜佳麗，一朝亡國，只留下了這酒後湯去了。陳國遺民呼為

『老陳湯』了。」范雎不禁莞爾：「如此說來，這是亡國湯了，你也不怕晦氣？」呂不韋一陣大笑：「好！晦氣均沾。」說著打開石案中間那只絲棉套包裹的碩大銅鼎，「來，嚐嚐。」

范雎一看，鼎中雪白碧綠金黃的一汪。拿起旁邊大木盤中的細長木勺，小心翼翼地向自己的玉碗中打了半勺，一口下喉，冰涼酸甜又肥厚，休眠三日的肚腹立時咕嚕嚕一陣大響，不禁一聲讚歎：「好個老陳湯，妙不可言！」說罷也不謙讓，一碗一碗地呼嚕嚕大喝。片刻之間，一大鼎空空如也。

「沒有了，再上！」范雎一伸勺叫了起來。

呂不韋笑不可遏：「范兄呵，老陳湯三日治一鼎，現做只怕來不及。」

范雎品咂著碗底湯汁驚訝道：「三日一鼎，如此周章麼？」

「你且聽聽。」呂不韋掰著指頭，「精米三合、芋子一升、乾紅棗一合、竹筍一支、小鴨六頭、逢澤麋鹿肉八兩、薑十兩、鮮蔥十兩、苦酒五合、井鹽一合、豉汁五合、淮南橘皮三葉。如此備齊，先分別製成素湯羹與肉湯羹，再合成。以極文木炭火煨得六個時辰，再入冰窖冷藏六個時辰，方可得一斗老陳湯。一斗兩鼎。荊雲前夜與我痛飲大醉，為怕誤事，醒後請他喝了一鼎。」

「荊雲何人？也有如此口福？」

「至交義士，我請他總押商隊北上。」

「噢，商隊北上，你如何沒走？」

「范兄與士倉相會後，我再兼程北上不遲。」

范雎一陣默然，與呂不韋飲了幾爵溫醇的楚國蘭陵酒，良久一聲歎息：「不韋呵，我雖不通商，然秉國多年，也算略知商道。嘗聞：商家言不及義。非不義也，實在是義利兩難也。你如此看重一個義字，對人對事盡皆如此，卻能與天下四大巨商比肩而立，匪夷所思也。」漫漫不經意之間，關切疑惑俱在。

「范兄，不韋說說商道，你可願聽？」

「求之不得也。」范雎慨然道，「我任秦相，所短正在富國通商，否則我還真不想舉薦蔡澤。如今雖已學不當時，卻願師法孔老夫子：朝聞道，夕死可矣！」

「只要范兄願聽，我和盤托出。」呂不韋見范雎誠心責己虛懷若谷，不禁大是感奮，「左右范兄對我知之甚少，不韋從頭道來。」飲得一爵蘭陵酒，娓娓說了起來。

十多年前，呂不韋接手老父生意而入商旅。

其時，呂氏的家業只有濮陽的三家麻布作坊與千金活錢，在商旅之中只算得一個三等小康罷了。老父終生固守一行，守定時令收麻製麻，再織麻賣布。呂不韋很不滿意這般小本生計，接手伊始改弦更張，留下一個老執事維持麻坊，自己帶著兩個年輕精明的執事，來到了商旅汪洋的陳城。在街市作坊轉了三日，呂不韋以年金一百的高價，租下了陳城最繁華老街的一座臨街庭院。兩個年輕執事大惑不解，少東做的是甚生意，未見一個主顧便闊綽出手，八百本金當得折騰麼？呂不韋卻不理會，只吩咐兩人細細訪查，將所有厚利大生意悉數摸清來報。兩個執事連日奔波，每晚回來稟報，都不見少東人面。

一月之後，呂不韋突然夜半歸來，將兩個執事喚醒要聽稟報。兩個執事備細說了大半個時辰，最終都是一句話：「大生意甚多，獲利最厚者首推兵、鐵、鹽。我們本金甚微，還是收購苧麻做老布行為上策。」滿面風塵的呂不韋問：「六百本金收苧麻，其利幾何？」抱帳執事答：「麻布六分利，六百金進料，出貨得利三百餘金，已是我們最大宗生意了，甚是穩當。」呂不韋又問：「得利十萬金，要得幾多時日？」驟然之間，兩執事眼睛瞪得溜圓，只盯著呂不韋愣怔。「如何，算不出來？」呂不韋追得一句。抱帳執事囁嚅道：「苧麻年產一料，縱是年投千金做本，利金大體六百金上下，得十萬之利，要，要，要得百五十年上下。」呂不韋鼻息一哼冷笑道：「一百五十年，五六代人，不愧老東打磨的石蝸牛，也不覺空耗了這大爭之世！」那出貨執事稟性利落，忍不住問：「少東之意，不做麻布了？」「正是。」呂不韋斷然拍案，「先做鹽，再做鐵，再做兵，三年要見萬！」抱帳執事翕動著嘴唇說不出話來，良久脹紅著臉期期艾艾道：「少，少東要做三大行，有，有，有幾多本錢？」

「本錢幾多，你不知道？」呂不韋又氣又笑。

「在下原以為少東籌措到了巨金，若是本錢如故，在下勸少東莫得作夢。」抱帳執事頓時清醒，說話也利落起來，「三大行利厚是實，可都是各國官市經營專利，尋常私商極難染指。不說其餘，頭一道關口是要得官府特許。我們與各國官府素無瓜葛，區區六百金還不夠關節酬酢，哪裡還有本錢採鹽、曬鹽、護鹽、運鹽？為呂門長遠計，少東老實做個麻布商為是。」

「不。」呂不韋搖頭，「我已謀好齊國海鹽路數，只需三百本金便可進貨。」

「恕在下不敢從命。」抱帳執事紅著臉道，「老東臨行叮囑：大險不出金。」

呂不韋恍然大悟，才知這抱帳執事奉有臨機監控自己的大權，不禁對老父的迂腐哭笑不得，思忖一陣歎息道：「既是如此，徒歎奈何？只有做麻布生意了。」抱帳執事見主人回歸正道，有些歉疚：「少東若是買進苧麻，用盡本金也是該當。」呂不韋怏怏道：「明日踏勘一番再說。」說罷丟下二人去了寢室。

次日正午，呂不韋方才悠然起來。梳洗一番用罷「早餐」，已經是日昳之時。剛要出門，出貨執事匆匆進院，說他們兩人已經覓得一大宗上好的生麻，抱帳執事守在那裡，請少東前去定奪。呂不韋淡淡笑道：「上好貨色我已謀定，你先吃飯，完了跟我走。」出貨執事一聽二話不說，揣起幾個舂米餅跟著呂不韋走了。

次日清晨，兩人風塵僕僕地趕回。趁著呂不韋沐浴，出貨執事向抱帳執事詳細敘說了少東在淮北兩縣定下的生麻貨色如何好，價錢如何低，就是一樣：要委託亭長從麻農手中直接收購，時日上費些周折。抱帳執事空等一日一夜，原本有些委屈，一聽之後舒心地笑了：「麻布生意小本薄利，進料最是該節省的一關。少東能不辭勞苦下市買麻，實在是呂門大幸。說不得，你我都要全力襄助。」飯後三人商議，呂不韋做了分派：他與出貨執事攜帶六百金到淮北收麻，抱帳執事坐鎮陳城，看護運來的生麻並雇三百輛牛車，一俟生麻收齊，三人一起押車回濮陽。如此分派乃商家老規矩，誰也沒有異議。當晚，呂不韋將六百金打進輜車銅箱，帶著出貨執事意氣風發地轔轔去了。

一出陳城南門，呂不韋輜車不去淮北，卻向東北的齊國兼程疾上。

原是呂不韋多日訪查陳城商市，已經敏銳嗅出了這天府鬼蜮目下的行情要害。鹽、鐵、馬、皮革四宗貨色日漸見漲，幾家大店存貨眼看已經見了倉底，都在競相抬價；饒是如此，依然被來路頗為神祕的貨主源源不斷地吞噬淨盡。呂不韋謹細縝密，做了一個遊學的南楚布衣士子，每日去那家最豪闊的南國酒社盤桓。沒出旬日，與一個經常出入大店的黑瘦胡商成了海闊天空的酒友。每次共飲，都是胡商慷慨付帳。這一日，呂不韋堅執要自己做東請老哥哥痛飲。胡商大是不悅：「小兄弟讀書遊學，幾個錢何等艱難，在這一擲千金之地做得甚東？嫌棄老哥哥銅臭太重麼？」呂不韋溫潤地笑了：「交友在情義，老哥哥縱是堆金成山，兄弟何能坦然受之？不割肉一次，兄弟何顏再聚？」胡商哈哈大笑：「士人果然有道，好！小兄弟割肉一次，老哥哥受了！」

呂不韋一副不諳商旅模樣，飲酒間求教胡商指點陳城商道風習，以做論學談資。胡商得士子小兄弟求教，大是欣慰，滔滔不絕說出了個中奧祕：目下左右天下商市行情者，齊燕兩國；燕國要復仇，齊國要稱霸，各自大肆擴軍，一應成軍貨物大大令人眼熱；各大國官市對成軍物資控制極嚴，這天府鬼蜮的陳城自然成了三大行大吞大吐的上佳之地。末了，胡商拍著呂不韋肩膀哈哈大笑：「小兄弟遊個甚學，謀得百車海鹽，你一輩子酒錢也！」呂不韋脹紅著臉呵呵笑道：「兄弟倒是有幾個閒錢，只沒個門路，毋曉得如何個謀法？」「迂！」胡商又是哈哈大笑，「如今何等年月，小兄弟倒像個出土老古董。老哥哥明說，大賈主肚皮空得嗷嗷叫，只要能倒騰出鹽、鐵、馬、皮任何一宗，自有人追著你買，要個甚門路？」「兄弟還是拎勿清。」呂不韋一臉迷糊，「老哥哥方才也說各國官市卡得緊。譬如兄弟在齊國買幾車海鹽，出得關隘麼？老哥哥說大賈主追著買，如何兄弟在這裡沒見一個人說買賣？」「蠢蠢蠢！」胡商又氣又笑，「關卡、門路，那是對三百車以上之特大宗貨物，都卡死了誰做買賣？各國如何來錢？民貨如何周流？至於大賈主，哼哼，老哥哥便是一個！」呂不韋驚訝道：「你不是說齊燕商賈是大賈主麼？老哥哥是個林胡商人，如何也成了大賈主？」胡商冷冷一笑：「都說士人有學問，我看狗屎不如。」呂不韋呵呵笑道：「兄弟若非狗屎，老哥哥罵誰去？」胡商不禁拍案大笑：「小兄弟好脾性，倒能入商。」

那日，兩人直到子夜方散。當酒社侍女用銅盤捧來一支精緻的竹簡時，胡商瞥得一眼一臉肅然：「小兄弟，二十金當得尋常人家半生花銷，你……」呂不韋卻拿起竹簡笑道：「有約在先，老哥哥只管痛飲。」一回頭對侍女一笑，扔過一支碩大的銅鑰匙，「車馬場呂氏輜車，開了錢箱去拿。」「噫！」胡商驚愕笑歎，「小兄弟倒是有錢人做派也！」呂不韋哈哈大笑：「有錢不花，也是無錢。沒錢敢花，便是有錢。老哥哥以為然否？」「大然！」胡商慨然拍案，「小兄弟，對老哥哥脾胃！記住了，他日若想變錢，來找老哥哥！」說罷從皮靴中摸出一方巴掌大的物事往呂不韋案頭一丟，「無論在陳城哪個酒肆，只要將此物放置案頭，半個時辰內便會有人找你。」

經此一夜，呂不韋心中已經有了一個雄心勃勃的謀劃，不想還沒跨出門檻，便被對老父忠心耿耿的抱帳執事冷冰冰擋了回來。然則，呂不韋豈能就此知難而退？次日夜裡，他帶著出貨執事又來到了南國酒社，一邊飲酒一邊慷慨訴說，終是將那個樸實精明又忠心的年輕執事說得心服口服，立誓跟著少東闖蕩一番。於是，有了兩人合謀騙得抱帳執事出金的「淮北買麻」故事。

兼程五日，呂不韋趕到了齊國東部的商旅重鎮——即墨。

即墨近海，是齊國的海鹽集散地。城中商鋪一大半都是鹽店，鹽店一大半又都是私店。齊國官市由來已久，自春秋姜齊時的齊桓公任用管仲治國起，首先建立了天下最大的官市，將鹽、鐵、穀、兵器、布帛、山林水面等國計民生之基本物資全數納入官營。最令天下驚奇的是，管仲連新創的妓院也由官府經營。管仲的一統官市，看似矯正了春秋時期無序湧起的私商，有效保護了邦國賦稅，實際上卻恢復了西周的極端官市制，大大限制了正在蓬勃興起的私商潮流。唯其如此，齊桓公管仲死後，一統官市轟然解體，齊國的私家經濟無可阻擋地彌漫滲透成長壯大起來。及至最大的私家勢力田氏取代了姜氏國君，齊國的官市一統便永遠地壽終正寢了。進入戰國之世，齊國私家商旅大興，尚未變法之際，已成了首先以商而富的大國，與率先變法而兼以農商致富的魏國一起，同時成為戰國初期中原文明的兩個軸心。

呂不韋初到齊國，正是齊湣王號稱東帝齊國氣勢正盛的時日。其時，秦國蜀中的井鹽尚未大量開採，燕國遼東與已屬楚地的吳越海鹽出貨也很少，嶺南海濱尚無鹽業，而池鹽、岩鹽在戰國之世更少。如此大勢之下，即墨海鹽幾乎占去天下鹽產的十分之七八，即墨鹽市自然成為天下第一鹽市。若僅從鹽業看去，齊國是天下命脈。若齊國禁絕海鹽出境，只怕天下得淡出鳥來。然則，齊國卻硬是不敢，原因在齊國缺鐵。戰國之世，鐵為新軍司命，鐵多鐵少，往往直接決定著新軍強弱。韓國雖小，卻因有天下著名的宜陽鐵山，有強兵利器而成「勁韓」。齊國雖大雖富，缺鐵卻是一個致命缺陷。無鐵不成軍。各大戰國正是瞅準了齊國這一致命缺陷，在事實上達成了制約齊國的默契：齊國若禁鹽，各國便禁鐵。正因了大勢明白如畫，齊國對鹽市始終是半官營半私營——官店對內，私店對外。所謂私家鹽店，十有八九都是外國鹽商。外國鹽商的一大半又都是官商私身，也就是官府以私商名義駐紮齊國，為本國保障鹽路。其中最大的私家鹽商，是在吳越海濱治鹽起家的楚國巨商猗頓氏。即墨鹽商誰都明白，猗頓的鹽業便是楚國的鹽路。

三兩日走下來，呂不韋對即墨鹽市的路數有了底，而後與出貨執事仔細踏勘了各種鹽價。六日之後，呂不韋決意出手：直下海濱鹽場，一次買下大顆精鹽二百六十車。

鹽市頗有講究。用鹽商的話說，是「價分三等，貨分五色」。所謂價分三等，便是：在海濱開鹽場曬鹽的官商私商一個價，直接在海濱鹽戶手中收購一個價，在即墨鹽市大批買鹽而運往他國者一個價。若僅以當地價錢論，鹽場鹽價最低，鹽戶稍高，鹽市最貴。然無論以何種方式購鹽，若以獲利薄厚論，三者最終卻是不相上下。其中因由，在於鹽場出貨價格雖低，量卻極大；鹽戶出貨價格稍高，大多卻是小場精鹽，收購者再出手時抬價幅度便大；鹽市價格最高，然卻省去了海濱到即墨的運貨費用。所謂貨分五色，是直曬鹽以顆粒大小分做三色：大顆粒謂之精鹽，豆粒鹽謂之粗鹽，粉鹽謂之場底鹽；作坊製鹽分兩色：印鹽、花鹽。印鹽是經多道工序精製成的鹽塊，其正四方，晶瑩透亮，宛若白玉官印。花鹽則是將鹽鋪排於石板屋頂，加適量水於炎陽之下暴曬，鹽汁垂下如鐘乳之光澤，因成形各異而被呼為花鹽。這特殊製作的印鹽花鹽價格最高，大多是各國王室貴族與富商大賈包攬了。

除了價錢貨色的考量，還有金錢的講究。

戰國之世，商旅交易被視為商戰，其豐富多變與激烈復雜，遠非後世商業可比。其間最直接的原因，是多幣種、多價格、多關隘、多習俗、多法令。凡此等等相互組合，每一個商人的每一宗生意，可能都會因種種因素而結局不同。以目下呂不韋正在進行的海鹽買賣論，一面是貨色價格的不同，另一面是幣制的不同。也就是說，用何種錢幣來做這樁生意，其結果便會有諸多不同。

呂氏家族本是衛國小商。衛國小而弱，本國貨幣很難通行天下，衛國商人多用魏幣或楚幣。呂不韋老父積累的「金」，是楚國的「盧金」。盧金是楚國在戰國中期鑄造的一種餅金，圓形金板如餅狀，時人又呼為金餅。這金餅上打有一個或數個圓形印記，印記內刻有「盧金」二字。「盧」者，楚國產金之地，又與「爐」通，意謂盧地鑄造的爐火精煉之金。盧金與楚國早期鑄造的餅金「郢爰」並用，是楚國的兩種金幣。戰國後期楚國遷都陳城，又鑄造了一種新金幣叫「陳爰」，這是後話。

其時各國貨幣不一，齊國仍然通行中原各國已經不再鑄造的刀幣。齊國的刀幣有兩種三式。所謂兩種，一種是齊刀，另一種是即墨刀。所謂三式，齊刀分兩式：一式是立國初期鑄造的刀幣，刻字為「齊建邦造法化」；一式是戰國齊刀，刻字為「齊法化」。即墨刀，是齊國在這個鹽業重鎮專門鑄造的刀幣，刻字為「節墨之法化」（註：節墨，原字如此，為即墨之古寫。「法」字在齊刀上的字形為「灋」）。法者，法定也準則也。化者，取「貨」之頭，貨也。「法化」即「法貨」，法定之標準貨幣也。齊國一直只使用刀幣，幣值數百年很少變動，在天下信譽極高，購買力也很強。物平之年，一枚即墨刀可買海鹽二十二斤半（註：戰國量制，相當今日將近十四市斤），買粟二百五十餘斤（註：戰國量制，相當今日一百一十五斤多）。

即墨為通商大市，各國貨幣皆可使用。尋常商旅入齊，但做百車以上的生意，決計都是金幣支付。一則金幣幣值大，易於攜帶，結算不摳毫釐來得快捷，二則可省兌換之煩。然則，呂不韋卻精明縝密，尋思既然直下海濱鹽場從鹽戶手中買鹽，必是一宗宗小買賣積少成多，若用金幣，非但羞於壓價，且要莫名其妙地流去很多找頭，一宗宗漏下來，價錢便接近即墨大市了。如此思謀已定，立即找到了一家齊國最大的田氏鹽社，按照鹽社開價，一舉將三百金幣換成了六萬枚即墨刀。見這個年輕商人果斷利落絲毫不討價還價，田氏鹽社的老執事很是讚賞，破例派出了鹽社運錢的兩輛鐵車並一百馬隊，將呂不韋與六萬即墨刀護送到了海濱鹽場。見老執事也是忠厚長者，呂不韋便出五十金，委託老執事代雇二百六十輛牛車，每日向鹽場發去五十輛，鹽車回即墨後由鹽社代管存儲。老人慨然應允，且執意只收了三十金。

出貨執事原本沒經過如此大宗的生意，面對即墨汪洋大海般的鹽市聲勢，懵懂得手足無措。如今見呂不韋半日之間解決了最大的運貨難題，不禁對這個少東敬佩得五體投地，到了海濱鹽場頓時生龍活虎，一宗宗買鹽生意做得乾淨利落分毫不差，鹽場之行順利得大大出乎意料。旬日之間，主僕二人趕回即墨，二百六十輛鹽車已經整齊屯紮在鹽社車場，大牛皮苫蓋得嚴嚴實實，兩場大雨滴水未滲。

呂不韋心存感激，請老執事到即墨最大的酒樓飲酒。誰知老執事卻歉疚地笑了：「公子莫請我，我家主東歸來，正要請公子赴宴。」呂不韋道：「在下與主東素昧平生，如何當得一個請字？」老人淡淡一笑：「商家無虛情，有請便有事，有何當得當不得？」呂不韋不禁笑道：「老執事如此說法，在下便叨擾了。」

回到寓所一說，出貨執事大是緊張，說齊人貪粗好勇，定是要算計少東。呂不韋一陣大笑，心下卻也存了幾分疑慮，叮囑出貨執事：若是自己三更未回，立即知會衛國商社報官。安頓妥當正是暮色時分，呂不韋登上老執事的接客輜車如約而去。

呂不韋早已清楚，這田氏鹽社是赫赫大名的即墨田氏的產業。在整個即墨鹽市，這家鹽社是齊國本邦最大的私家鹽商。由於田氏是王族支脈，雖然經商，實際上卻起著襄助官府節制鹽市的巨大作用。但是，即墨田氏是天下大商，生意遍布列國，田氏總社也設在臨淄，即墨鹽社事實上只不過是根基之地的一個分店而已，族長主東極少前來，即墨鹽事慣常都是那個老執事全權處置。呂不韋相信，主東回即墨絕不會是因了他這個小商人的一宗小生意，只能是聽了老執事稟報，臨機決斷要見他。猜不透的是，如此一個名聞天下的田氏主東，究竟有何事要請他，而且是在私家府邸？既是臨機決斷，也就只有目下這宗生意是根由，可是，這宗生意又有何處不妥呢？呂不韋一路想來，不得要領。

輜車直入府邸，一個布衣散髮者正站在廊下，黝黑沉穩身板筆直，分明正在三十歲剛出頭的英年之期。老執事剛剛低聲說得一句：「廊下我家主東。」布衣散髮者已迎了上來拱手笑道：「在下田單，有失遠迎。」呂不韋心下驚訝這田氏掌族主東竟是如此年輕，卻也笑吟吟報名見禮，被田單請進了燈火通明的正廳。

開宴幾句寒暄，田單開門見山道：「今日相請，原為兩事，公子幸毋介懷。」呂不韋畢竟初出商道，心下忐忑，臉上不動聲色道：「先生貴為地主，但說無妨。」話中卻暗含著委婉的警告：你若以地主之勢欺行，我也未必懼之。田單笑道：「正因了田氏有地主之身，此事才須得一說。其一，公子以盧金換刀，老執事一口報價原也不錯，然卻是一年前老行情，按時下盧金比價，當換得即墨刀六萬六千，今日補回，並向公子致歉。」說罷一拍手，老執事帶著兩個壯僕抬進來一口大鐵箱，深深一躬道：「公子明鑒，此事原是老朽欺心。主東決斷：補回公子六千刀，並退回傭金三十，以表歉意。老朽這便將錢箱運回公子寓所。」

「且慢！」呂不韋脹紅著臉霍然站起，向著田單一拱手一口氣說了下去，「先生之斷，在下愧不敢當。不韋初入商道，更是初入齊國，慮及舉目生疏，恐誤入陷阱遭人暗算，方才有意到貴社兌錢，以圖讓利結交。兌價我本知曉，心下卻只圖兌得五萬八千即可。不韋本意：雖折損八千刀，卻得貴社援手，保我初出不敗，已是大利。及至老執事報價六萬，不韋思謀此乃兩廂得利，遂一口應允，又以五十金請老執事代雇車隊，而老執事只收了三十金。商戰之道，以牟利為本，兩廂得利，皆大歡喜，何有補償退金一說？要說欺心，也是在下算計在先，與老執事毫無關涉。不韋敢請先生收回成命，否則在下立即退宴！」呂不韋愧疚難當，一席話辭色激昂，額頭汗水涔涔。

「且慢。」田單驚訝地盯住呂不韋上下打量，「足下初入商道？初入齊國？」

「正是。」呂不韋粗重地喘息了一聲，「在下初接父業，操持第一筆生意。」

「來！為足下初展鴻圖，乾此一爵！」田單慨然舉爵，與依然紅著臉的呂不韋汩汩飲了一爵，拱手誠懇道，「足下若不介意，能否見告：為何初出商道便來涉足鹽市？」

「在下卻要先問先生。」呂不韋執拗地脹紅著臉，「雙方已然得利，先生卻要退金補錢，既是得不償失，又是小題大作。在下不明：田氏若素來如此，分明有違商道，何以竟能成為天下大商？」

「足下以為，我社此舉乃得不償失小題大作，且有違商道？」

「正是。」

一陣默然，田單起身一拱手：「足下請隨我來。」

在兩盞碩大的風燈導引下，田單領著呂不韋來到正廳之後的大庭院。院中古樹參天，森森然籠罩著一座巍然石亭。田單一擺手，兩個僕人的風燈舉在了亭口。明亮的燈光之下，只見亭下一柱碩大青石，石上赫然八個大字——商德唯信，利末義本！

「這，這出自何典？」一陣愣怔，呂不韋有些惶恐了。

「此乃田氏族訓，先祖所立，至今已經二百餘年。」田單面色肅穆，語氣緩慢而沉重，「田氏根基原本在陳，以商旅入齊，在即墨治鹽而立足。其時齊國商風敗壞，商家唯利是圖，多以白石顆粒碾碎，再以海水浸泡後入鹽，牟取暴利。久而久之，天下傳出商諺：『鹹不鹹，即墨鹽，五石兩水三成鹽。』各國官市為避坑害，紛紛禁止本國私商涉足鹽業，而一律以官商進入即墨，自建鹽場採鹽。齊國畏懼列國斷鐵，自是不能拒絕。不到二十年，赫赫大名的即墨海鹽臭名昭彰，列國一律拒收，國人則唾罵有加。倏忽之間，『即墨鹽商』在天下成了無信無義之同義語，唯有奄奄待斃。眼睜睜看著如此巨大之鹽利盡行教列國瓜分，齊國便將即墨鹽業統歸官營，將私家鹽商悉數趕出即墨。饒是如此，齊國官商的海鹽列國還是拒收，官市鹽只有賣給齊國人自己了。足下精明過人，當可想見，對齊國賦稅，此乃何等慘痛之一擊也！」田單長長地歎息了一聲，看看目光閃爍臉色不定的呂不韋慘澹地一笑，「那次，田氏也被趕出了即墨，被迫改做了布帛生意。先祖痛切自省，族長斷指立下了這柱血字刻石，並為族中留下了一條戒律：田氏子孫但有一人一事欺心牟利，死後不得入族墓族廟……此後幾近百年，田氏之誠信商道才漸漸為天下所知。大父回遷即墨，重操鹽業，也將這柱血石刻移回了即墨，以戒後世永不欺心。」

呂不韋聽得驚心動魄，一時間無地自容，不由自主地對著大石深深一躬，回頭對著田單也是深深一躬，躬罷回身便走。

「且慢。」田單扯住了呂不韋衣袖笑道，「足下的故事尚沒說，能去麼？」

「先生……」呂不韋眼中噙著淚水，「卑微之心，何顏面對泰山滄海？」

「足下差矣！」田單誠懇地笑著，「縱是聖賢，孰能無過？人能自省，愧色便是赤心。走，你我再痛飲一番！」

重回正廳，感慨唏噓的呂不韋從進入陳城說起，一口氣說了自己初掌商事一個多月的經歷，末了道：「不韋十五歲隨老父奔波商旅，一心只要改換門庭，使濮陽呂氏成為天下大商，以為只需對商家牟利之種種機巧揣摩透徹，便可翻雲覆雨伸我鴻圖。今日得遇先生，方知商戰有大道，不循大道，終將敗亡也！」

「足下尚未加冠？」神色專注的田單突兀問了一句。

「在下今歲十九，明年行加冠大禮。」

「足下悟性之高，實屬罕見也！」田單拍案讚歎一句笑了，「足下何愧之有？田單今歲三十有六，二十歲前讀書，二十歲後入商，跌跌撞撞八九年，才悟得了一些商戰之道。兩年前接掌田氏商社，我才開始做萬金之上的大宗生意。你方入道，便一擲千金揮灑自如，且眼見已是做成了。如此大手筆，他日必是商旅奇才也！」說著舉起了大爵，「來，為足下少年大才，乾此一爵！」

「先生獎掖後進，在下委實汗顏也！」呂不韋舉起酒爵紅著臉先自汩汩飲盡，「若非今日得先生教誨，呂氏敗亡也只在早晚之間。若蒙先生不棄，不韋願投師門下，追隨先生修習商道。」

「足下差矣！」田單爽朗大笑，「你乃天賦之才，非學而知之者也。方今天下大爭，商旅之道更是陵谷交替瓦釜雷鳴。當此之時，師法天地可也。入身田氏此等數百年老商，種種戒律束縛之下，鯤鵬何能展翅九萬里！」

呂不韋見田單絕非推託，而是真心對他寄予厚望，也不再堅持，只惋惜歎道：「在下只是心儀先生，盼能多有裨益也。」

田單淡淡笑道：「守本同道，自是知音同心，又何在乎名分？」

呂不韋倏地站起：「不韋立誓：終生與先生同道守本，但違商德，天誅地滅！」

「好！」田單拍案大笑，「如此我來說第二件事。」

正在此時，三更刁斗隨風傳來，呂不韋驀然想起臨行時對出貨執事的叮囑，匆忙便要告辭，卻又不好對田單公然說明，臉紅得重棗一般。田單也不多問，立即親自送呂不韋回去。寬大的輜車中，田單說起了今日請呂不韋的第二件事。未及說完，到了寓所門口，進了寓所直說到四更。田單離去，呂不韋卻是無論如何也不能入睡，竟在寓所小庭院中直看著殘月褪盡東方發白。

原來，田單給呂不韋的生意指了一條匪夷所思的路徑——

其時，齊燕交惡之勢已經彰明。眼見燕國朝野仇視齊國意欲復仇，齊湣王下了一道王書：齊國官商私商全部撤出燕國，封鎖齊燕通商的全部關隘。即墨田氏有王族支脈的名號，只有奉命離燕，薊城商社只留下了幾個執事善後。齊燕兩國的商旅往來便這樣突然一朝終止了。說起來，燕齊兩國都是老諸侯，自西周立國，是華夏東北的兩大屏障。兩國的國計民生也是互相契合補充，切入極深。齊國的海鹽、布帛、粟穀、兵器、海魚等，向來是燕國的主要進路。燕國的皮革、木材、馬匹、牛羊等，也歷來都是齊國的主要貨源。齊威王之後，齊國日見強盛，燕國日見衰落，燕國對齊國的依賴更深了。實力雄厚的齊國商旅，幾乎占據了燕國商市的十分之七八。如今齊國突然禁絕市易，燕國頓時捉襟見肘了。不說別宗，單是鹽路斷絕，燕國就難以撐持。本來，燕國的遼東在西周與春秋早期也是海鹽產地，但後來被林胡部落占據，中原商旅斷絕，遼東海鹽場也就自然停頓荒蕪了。戰國中期燕國驅逐林胡收復遼東，本欲重新恢復遼東鹽業。奈何燕國屢經內亂，又被齊國趁著平亂之機大肆劫掠了一番，國府空虛私商乏力，拚盡全力也只是恢復了兩個最小的鹽場，產鹽有一搭沒一搭，連遼東庶民都嗷嗷喊淡，何能供得舉國之鹽？

田單建言的路徑是：以大船裝鹽出海，直下遼東，為燕國新軍供鹽！

「遼東冰天雪地，能有燕國大軍？」呂不韋大是驚訝。

田單諱莫如深地笑了：「燕齊交惡，早有奇能異士從中斡旋探察，此等大事斷無虛言。足下若是不信，我也不能多說。」

「我非疑慮先生，只是驚奇而已。」呂不韋笑著開釋一句又皺起了眉頭，「此事於我有兩難：一則無巨金做本，打造海船，雇用一應水手，首買一船之鹽，少說也得六千金之上，而我目下只有三百活金可用。二則，我無海路生意之閱歷，對遼東從來陌生，既不通關隘，更不識燕軍輜重大將……」

「不韋只說，這樁生意本身如何？」田單叩著書案打斷了呂不韋。

「大手筆，大謀劃，一本萬利！」

「好！」田單拍案讚歎，「你有此斷，我便細說了此事根底。」及至田單侃侃說完，呂不韋愣怔無話，良久默然，方才站起來對著田單深深一躬。

海路輸鹽，原本是田氏鹽社的大宗生意之一。田氏擁有三條大海船，一通遼東，一通吳越，一通高麗與東瀛，數十年從無間斷。齊國突然禁絕了與燕國通商，田氏的北上海船自然便停頓了下來。目下，田氏想將這艘海船交給一個可靠而又有能事的商家繼續運營。其所以如此決斷，在於齊國的有識之士以為：齊國君主暴虐多行不義，已成外強中乾之勢，在齊燕交惡中極可能面臨不期厄運。未雨綢繆，與其教燕國對齊人深惡痛絕，以齊國封鎖鹽路為名發動合縱滅齊，不若改頭換面維持燕國鹽路；

一則不激起列國公憤使燕國合縱難成，二則使燕軍將士有感於齊人與齊國君主有別而仇恨稍減，萬一齊軍戰敗，齊人可免被大肆屠戮的劫難。唯其如此，田單與有識之士計議，出動海船下遼東，維持燕國鹽路。

田單坦言，選中呂不韋是臨機決斷。他說了三個因由：其一，衛國小邦，衛商不易引起列國猜測；其二，呂氏在商旅道無名，雲集即墨的各國鹽商也不會在意；更要緊處，呂不韋初出商道便有能事之才、罕見悟性與願循商旅大道的一片赤心。末了，田單一聲感喟：「與君而言，此事雖有一舉成名之利，也有一朝湮沒於兵災之險。君若為之，誠為商旅義士也。君若不為，田單亦當引為同道之交也。君自斷之，毋得介懷矣！」

「我做。」呂不韋平靜地點了點頭，聲音有些喑啞，「生身一世，何處無險？刀兵連綿之世，初出商道便能追隨先生，為生民免遭塗炭盡一己之力，不韋何其大幸也！」

從此，呂不韋成了衛國鹽商，在海濱專開了一個呂氏大鹽場，專一地做遼東海路鹽生意。三年下來，竟成了赫赫有名的後起鹽商。按照約定：呂不韋與田氏鹽社對半分成，六年之後視情勢再定。可在第四年開春之時，燕國合縱五國聯軍大舉南下，一時戰雲驟起，齊國人心惶惶。此時，田單趕回了臨淄，派出快馬執事星夜趕赴即墨，將田氏鹽社的庫存三萬金並兩車刀幣全數裝車交給呂不韋，催促他立刻離開即墨。田單的泥封密書只有短短兩行：「齊國危矣！田氏與國共存亡。全金交君，毋得推辭，即速海船出齊，切切此意！」沒有任何約定，沒有任何叮囑。呂不韋要趕赴臨淄與田單告別，快馬執事堅執搖頭冷冷道：「齊軍告敗，流民塞道，公縱一死，與事何益！」呂不韋噙著淚光一跺腳：「走！」裝金上船連夜南下了。鹽社的田姓族人全數留在了危城即墨，與呂不韋同行的只有非田姓的三十一個執事僕人。

就是這樣，呂不韋重新回到了陳城。

兩年之後，一個不速之客風塵僕僕地匆匆登門，不意竟是大名鼎鼎的魯仲連。魯仲連告訴呂不韋：田單在即墨孤城抗燕，目下陷入了極大困境，極需外援；他雖聯結楚國海路援齊，深感力不從心。魯仲連給呂不韋帶來了一封密書，破舊的牛皮紙上只有寥寥兩句：「不韋但能援手，即墨生民之福。田單頓首。」驟然之間，呂不韋淚如泉湧，二話不說擔承了全部採購事宜。那時，楚國也在觀望勝負，說好援救齊國只以庫存器物為限，不能大肆購買而開罪列國。齊楚國情原本兩樣，如此一來，即墨需要的器物楚國往往沒有，楚國多餘的陳貨即墨又不需要，開援一年，竟只運去了兩船破破爛爛的兵器甲胄與一百石發霉的稻穀。魯仲連氣得吐血頓足，楚國君臣卻無動於衷。

呂不韋沒有慷慨激昂的宣示，只與魯仲連約定每三月起運一次貨物，由他的呂氏商社直運到琅邪裝上海船，由魯仲連押運北上。三言兩語一說，呂不韋便匆匆去了。半月之後，魯仲連在琅邪接收了第一船物資。看著驟然精瘦黝黑滿面風塵的呂不韋，看著滿當當一船救戰救命的貨物，魯仲連哽咽了，一句「真義士也」尚未說完，揮淚去了。

從此，呂不韋在商道大顯身手。兵器甲胄、布帛粟菽、醬醋烈酒、菜蔬乾肉、皮革猛火油甚或牛馬草料，舉凡困境所需種種，呂氏商社都盡行收購，且件件都是長流水的大宗生意。一時間，這天府鬼蜮的萬商之城議論蜂起爭相猜測。郢都楚王得報，頓時大起疑心，為怕開罪於氣勢正盛的燕國，給陳縣令下了一道密書：立即驅逐呂不韋！正在此時，魯仲連聞訊兼程南下，向楚王痛陳利害，才說得楚王勉強贊同放手。經此一挫，呂不韋索性操起了遊商生計，一車駟馬，馬不停蹄地奔波在中原各大商市之間，各色貨物照樣源源不斷地運往琅邪裝船。如此這般只出不進，四年多之後，偌大的呂氏商社山窮水盡了。堪堪此時，田單火牛陣大破燕軍，齊國復國了。

消息傳到陳城，呂不韋頓時癱倒臥榻，三月未起。

春暖花開的時節，魯仲連來了，已被封為安平君的田單的特使也來了。形銷骨立的呂不韋，被隆重接到了臨淄。新齊王要呂不韋做客卿頤養，呂不韋婉言辭謝了。田單要呂不韋入丞相府總掌商市，呂不韋也辭謝了。田單不解，呂不韋笑道：「義舉不圖報，士之道也，商之德也。不韋正在盛年，何愁不能自立於商道？為官累君，不韋不為也。但能攬得即墨重建生意，不韋足矣。」田單默然良久，一聲感喟：「昔日弱冠之呂不韋，今日果成商旅大士也！」說罷當即下令：即墨官市之大宗物資，統經呂氏商社進出。

此後，呂不韋重開商路，三五年間又蓬蓬勃勃地發了起來。

所不同的是，經過援齊搜購的幾年錘鍊，呂不韋對兵、鐵、鹽三大行洞悉備至，重入商旅便專做這三大行生意。即墨重建一了，呂不韋將總社又遷回了陳城。說到底，他讚賞這個萬商雲集居南北樞要的古城，駐紮在這裡，他便頓生運籌商戰的勃勃雄心……

故事完了，呂不韋疲憊地靠在石柱上閉上了眼睛。范雎聽得心潮難平，逕自飲了一爵，興致勃勃問道：「如此說來，你的十萬金雄心已經成功？」

「十萬？」呂不韋睜開眼睛搖搖頭，臉上漾著難以琢磨的微笑，「不瞞范兄，截至目下，呂氏商社累金已逾三十萬，作坊店鋪四十餘家遍及七大戰國，執事雇員兩千六百餘人。」

「三十萬？」范雎驚訝得鬍子都翹了起來，「一個韓國存金尚無三十萬，你……」

「不可比也。」呂不韋悠然一笑，「邦國財富在土地、城池、大軍、官吏、庶民，豈是區區幾十萬金可比？若比活金，莫說韓國，便是目下秦國，也未必有三十萬，是麼？」

「如此說來，天下四大巨商都是數十萬金之富？」范雎立即跟上一句岔開話題。

「我來數數。」呂不韋也是渾然不經意般笑著掰著指頭，「楚國猗頓氏煮鹽起家，目下已是第六代鹽商，累金當在五六十萬之間。趙國卓氏，主做戰馬生意，兼及木材石料布帛，目下第五代，累金當在四五十萬之間。秦國寡婦清，主做丹砂車船生意，兼及採玉木材絲綢，目下第四代，累金當在六十萬上下。魏國白氏，以鐵行起家，兼及酒店珠寶，白圭時幾為天下首富，目下第五代已經大為衰落，僅以祖先盛名躋身四大巨商。要說活金，實則已在十萬之下。」

「即墨田氏算不得天下巨商麼？」

「自然算得也！」呂不韋喟然一歎，「范兄有所不知，所謂幾大巨商者，也是天下士人的一種大體揣摩罷了，何能絲絲入扣？天下大商，唯獨即墨田氏是王族支脈。只是王族有顧忌，素來不事張揚，然做的卻都是實實在在的鹽鐵大生意，僅海鹽一宗，至少是天下最大鹽商。如此十餘代，你說累積財富有多少？若非六年抗燕打光了家底，田氏才算得真正的天下第一巨商。」

「不韋，你為何不願做官，當真志在經商？」范雎突兀問了一句。

「說不清楚。」呂不韋笑了笑，「那時，只覺得我不是田單，我只是個商人。」

話語如流，不知不覺間夜色降臨，初升的月亮已經掛在了白楊林的樹梢。

五、呂不韋豪爽地接受了落魄者的託付

一連三四日，范雎都饒有興致地跟著呂不韋在陳城轉。凡遇呂不韋處置商事，范雎便在一邊聽著看著，無人時一連串究底尋根的詢問。呂不韋有問必答，每一宗都說得明明白白。幾天下來，范雎對汪洋大海般的商市已有了大體的說道，直做天外有天之歎。

這一日無事，范雎問呂不韋商戰谷那兩座奇高庫房有何祕密？呂不韋二話不說，將范雎領到湖邊高房前。也不見呂不韋任何號令，恰恰一名精壯執事從白楊林跑來，兩扇三丈多高的包鐵木門也自動地隆隆打開。當門一座及闇幾乎等高的影壁，影壁兩側的青石地面有寸許深的車轍。走過影壁，屋頂

有大片陽光灑下，偌大屋宇絲毫不顯幽暗，一排排幾乎挨著屋頂的高大物事分成了三個區域密匝匝整齊排列，區域之間幾道深深的室內峽谷，人立其下也顯得渺小起來。

「四輪雲梯！」范睢驚訝地喊了一聲。

「范兄，人說秦國大兵精良，你且看看我這貨色如何，可入得藍田大營？」

所謂「大兵」，是大型兵器的時稱。范睢曾經是秦國開府丞相，自然熟悉秦軍主要兵器，加之平日也喜歡談兵，見呂不韋有意請他品評，走近靠邊一架仔細端詳敲打一陣，嘖嘖讚歎道：「雲梯能做得如此精細講究，天下罕見也！一輛開價幾何？」

「大兵行情范兄當知，以為當值幾何？」

「四十金。比尋常雲梯多十金，公平交易。」

「范兄果然知兵。」呂不韋一笑，「按貨色論價，四十金不差上下。我這雲梯，車輪、兵倉均用精鐵包裹，車身、梯身盡是嶺南水霧硬材所製，非但其堅如鐵，且極難燃燒，除了猛火油，尋常火把根本奈何不得。若真要出價，五十金也是供不應求。然則，我做兵器交易從來是一國一價，不定死價。賣給楚國是三十金，賣給趙國是二十金。若要賣給秦國，大約得百金之數了。」

范睢目光閃爍著揶揄笑道：「足下還是墨家弟子，兼愛非攻，抗秦義士？」

「范兄，墨家弟子無商人。」呂不韋笑著搖搖頭，「趙有滅國之危，楚有困厄之衰，自當別論。秦國嘛，恃強凌弱，總該不當助力了。」

范睢淡淡一笑：「秦國歷來不從商家手中買兵器。」

「……」呂不韋驚訝了。

「不韋，在秦國有生意麼？」

「沒有。」

「去過秦國麼？」

「沒有。」

「可惜也！」范雎長歎一聲，「爭名於朝，爭利於市。天下最大商市，堂堂商旅大士竟視而不見，嗚呼哀哉！」

呂不韋哈哈大笑：「好好好，只要有了大生意，我便去咸陽爭利。」

范雎正待開口，一個鬚髮雪白的老人輕步匆匆地走了進來，在呂不韋耳邊低語了幾句。呂不韋點點頭轉身拱手道：「范兄自看，我片時便回。」說罷跟著鬚髮雪白的老人去了。

暮色時分，范雎正在白楊林邊漫步眺望晚霞，見呂不韋從湖畔走來，便迎了過去：「不韋行色匆匆，莫非商旅有變？」呂不韋笑道：「范兄半隻腳還在泥沼裡，只怕還要拔得一陣。」范雎目光一閃，慵懶閒適一掃而去：「士倉有消息？」

「並非士倉。」呂不韋搖搖頭，「一個楚商正在陳城尋覓范兄蹤跡。」

「楚商？」范雎大是困惑，「我與商旅素無交往，識得甚個楚商？」

「商人是假，探察是真。范兄只想，還有何事未盡？」

范雎皺著眉頭道：「未盡之事，只有妻小莊園了。」

「不會。」呂不韋又搖搖頭，「范兄家事妥當，並無急難之所。」

「噫！」范雎大是驚訝，「你卻如何知曉？」

呂不韋不禁笑了：「商旅通四海，得個消息何難？」

「不韋呵，我終是明白：魯仲連天馬行空，如何卻交了你這個商人朋友。」

「此等小事不足掛齒。」呂不韋一句撂過，語色有些急迫，「我只擔心，會不會是老秦王狐疑反覆，起了……」卻又突然打住，只看著范雎不再說了。

一陣默然，范雎字斟句酌道：「老秦王稟性，只要功業有人撐持，做事倒是大器。當初殺白起，也是為了白起臨危不受命，實在說，內中並無私怨。我若不薦蔡澤便揚長而去，倒是當真有身危之患。目下有了蔡澤撐持，該當不會異常。」呂不韋思忖道：「雖則如此，卻也不能大意。與其教此人神祕遊蕩，不若先發制人。」范雎眼睛頓時一亮：「你且說說。」待呂不韋低聲說罷，范雎笑了：「謀人之道，不韋倒是通達。便是如此。」

當夜三更，一個楚商裝束的中年人被「請」進了天計寓書房。

呂不韋板著臉沉聲問：「敢問足下，為何在我莊園內夜半遊蕩？」

「事出有因，先生見諒。」中年人操著一口魏國話不慌不忙笑道，「我乃大梁人氏，在荊楚做珠寶生意。三年前，一位大人在我店定製上等荊山玉佩九套，約定一年之期金玉兩清。此後，大人音信皆無。今夜初更，在下於南國酒社外，不意發現那位大人的輜車，尾隨而來。尋思這是大人府邸，欲與這位大人了清生意。不意輜車進莊，幾個彎道不知去向，在下四處尋覓。既見先生，尚請見告：那位大人可是貴莊莊主？若能一見，了卻生意，在下當即便走。中也不中？」

「那位大人高名上姓？」

「大人密定生意，商家不得顯客官姓名。」

「我莊客人甚多，不知姓名如何查找？」

「在下只請輜車主人一見便中。」

「密定生意，必有信物。足下若拿得出，在下去請大人辨認。」

「中。」黃衫客思忖一陣，從貼身皮袋中摸出一物雙手遞了過來，神態十分恭謹。呂不韋將絲繩一提，此物在銅燈下赫然閃爍出奇異的光芒，端詳之下，卻是一只銘文交錯的黑色橢圓形玉璧。呂不韋慢悠悠地端詳著問：「玉璧銘文，是甚文字？」

黃衫客臉色頓時陰沉：「此乃大人訂貨信物，先生不當問，在下不當說。」

「好，足下稍待，我這便去。」

「不中！」黃衫客目光一閃，「先生有詐，還我玉璧！」說話同時突然閃電般一個凌空飛身，呂不韋手中玉璧不翼而飛，黃衫客卻已經飛步到了門廳。兩側便有身影一齊飛出，堪堪左右夾住了黃衫客。「爾等何人！」黃衫客大吼一聲，一口短劍閃電般橫掠左右身影。

「西乞休得無理。」隨著一聲咳嗽，鬚髮灰白的范雎從大屏後悠然走了出來。

黃衫客驟然收勢，目光瞥過，深深一躬：「在下西乞木，參見應侯。」

「這般行徑，到此做甚？」

「在下奉命尋覓應侯，有要事稟報。」

呂不韋笑道：「書房清靜無人，范兄在這裡與客官盤桓。我去安頓酒菜。」范雎多經祕事，知道這是呂不韋的以防萬一之想，打消了要將西乞木帶到自己小庭院的念頭，說聲你隨我來，帶著西乞進了大屏後的書房密室。

四更時分，呂不韋吩咐家老請范雎與客人小酌。家老卻來稟報說，書房裡已經無人，先生的小庭院也黑燈了。正在此時，隱蔽在書房外白楊林中的執事也來稟報，說客人已經走了，先生獨自在湖邊轉了一陣回小院去了。呂不韋疲累已極，一時來不及多想，倒頭在榻鼾聲大起。直到將近午時，呂不韋才被家老喚醒，說先生在天計寓茅亭下備了酒席正在等他。呂不韋連忙離榻冷水沐浴了一番，散髮大袖來到了茅亭之下。

范雎在亭廊下拱手笑道：「今日反客為主，不韋嚐嚐我大梁風味。」

呂不韋入亭一看，偌大石案上幾色大梁名菜分外齊整：麋鹿燉、鼎方肉、大河鯉、藿菜羹、春麵餅，還有一大盤金燦燦的米飯團、兩桶大梁老酒，名貴與家常兼具，分外誘人。呂不韋不禁恍然笑道：「大梁酒肆廚藝精湛，在陳城大大有名。我倒是忘記了請范兄前去一了鄉情，慚愧慚愧。」范睢哈哈大笑：「我何有如此周章？這是大梁酒肆送來也。」

「噢，那個『中不中』，沒走？」

「此時定然走了。」范睢笑道，「此人也是奇特，分明一個老秦人，平日也是頗木訥一個人，昨夜卻是一口純正大梁話，且辯才赳赳，實在令人揣摩不透。」

「如此說來，此人是秦國黑冰臺。」

「噫！你知道黑冰臺？」

「商旅道人人皆知。」呂不韋坐進了石案前，「黑冰臺頗多奇能異士，出道之初，山東大商很是震驚，紛紛重金延攬死士護衛。後來見黑冰臺做事講規矩，只入列國官署府邸，從來不擾商擾民，便也無人計較了。」見范睢若有所思，呂不韋心下一緊，「這個『中不中』既是黑冰臺，莫非老秦王又盯上了范兄？」

范睢搖搖頭：「是太子，嬴柱。」

「太子？」呂不韋驚訝莫名，「范兄與太子有恩怨糾葛？」

「既非恩怨，亦非糾葛，一番事端而已。」范睢便將長平大戰後的諸般故事說了一遍，末了粗重歎息一聲，「秦自孝公以來，三代四任國君個個強勢，不意到了這第四代，竟是一整茬軟足公子，令人不忍卒睹，數也命也，不亦悲乎！」

呂不韋淡淡道：「君子之澤，三世而斬。范兄當明此理。若依然揪心，便是秦根未斷，不妨回咸陽再做丞相了。」

「刻舟求劍。」范睢板著臉，「餘事未了便要重新做官麼？虧你商旅大士也！」

呂不韋不禁笑了：「看來范兄成算在胸：只了事，不回頭。」

「然也！」范雎頗為得意地一拍案，「此中關節我早料到，舉薦士倉便是善後之舉。不意這位老兄剛上道便撂套，始料未及也。目下看來，當初我若不舉薦士倉，此事便落到了蔡澤肩上。舉薦了士倉，士倉一走，嬴柱反倒是順理成章地黏上了老夫。你說，不了此事行麼？」

「如此看來，這個老太子也還不笨。」

「此話好沒力氣。不笨便是好君主？」

「好君主由不得你我，急個甚來？」呂不韋看范雎焦躁不安，一陣爽朗大笑，「來！轆轆饑腸，先吃先喝，大梁菜講究個熱鮮。」說罷給范雎打滿了一碗香洌的大梁酒笑道，「先乾一碗，范兄再開鼎了。」范雎乾得一碗大梁酒笑道：「分明商旅，卻老儒一般禮數周章，沒有鐘鳴，還要開鼎。」用銅盤中一支銅鉤鉤起了厚重的鼎蓋，燉麋鹿的異香頓時彌漫開來，煞有介事地拱手一禮，「我有嘉賓，示我周行。請。」

「四牡，周道倭遲。」呂不韋也煞有介事地吟誦了一句。

「噫！你也來得？」

「有禮無對，豈非冷落了東道？」

兩人的吟誦應對，原是春秋時期宴席間以詩酬答的一種禮節。范雎吟誦詩句的意思是：我尊貴的客人啊，請你為我指出路徑。呂不韋作答的詩句意思是：雖有駟馬高車如飛，這條路也太遙遠了。范雎原是覺得呂不韋禮數太細，索性以這番古禮難他一番，不想呂不韋應聲作答，范雎自然大是驚奇。兩人笑得一陣開吃，片刻將一案大梁酒菜吃得乾淨。

酒足飯飽，范雎思忖道：「後天已是旬日，士倉不來，我便告辭。」呂不韋道：「何須掐得如此之準，我縱有事，范兄只在這裡等候便了，急個甚來？」范雎目光一閃反問道：「你這次去何地？」呂不韋笑道：「范兄有事但說，何須明知故問。」范雎默然一陣，終是鄭重其事道：「替我找到一個人，視境況援手些許。」呂不韋道：「你只說，如何樣人？」范雎目光左右巡睃一陣，方才低聲道：「嬴異人。」

呂不韋一怔，笑道：「此等人還用找麼？一國人質，大名赫赫。」

「此一時彼一時。你只說，難不難？」

「找人不難。」呂不韋笑了，「我只是不明：一介商旅，對此等人如何援手？不若范兄與我同往邯鄲，你說我做便了。」

「我能入邯鄲，何須煩你？」范雎板著面孔，「且不說趙國祕密斥候，我一動便會滿城風雨，弄得不好還會重新挑起兩強爭端。更有一宗，當年老秦王為我復仇，曾經威逼平原君入秦並囚禁平原君近月，逼趙國交出魏齊頭顱。此舉非但使平原君蒙受恥辱，而且使魏國與趙國反目。你說，我入邯鄲避禍尚且不及，還能伸展手腳辦事？」

呂不韋恍然大笑：「糊塗糊塗，我如何沒想到。不消說得，我辦！」

「若有大宗用度，我知會安國君加倍補償。」范雎認真補充一句。

「范兄差矣！」呂不韋一團春風的笑臉罕見地沉了下來，「我受范兄之託，卻與某君何干？范兄若將此事當作奉命國事待之，恕不韋不能從命。」

「擰了擰了。」范雎連連擺手，「商旅有盈虧。你對秦國原本無好感，若再為此事虧了利市，豈非得不償失？唯此耳耳，萬無國事之想。」

呂不韋哈哈大笑：「范兄試探於我，越描越黑也！若無國事之想，便是陷不韋於不義了。金錢為良友而去，豈能以利市計之？」

「好！老哥哥這廂賠禮了。」范雎說罷，起身深深一躬。

「笑談笑談，折殺我也。」呂不韋呵呵笑著，連忙站起扶住了范雎。

第三章

邯鄲異謀

一、所謂伊人　在水一方

朝陽初起，晨霧淡淡如煙。

千里直下的大河在桃林高地驟然東折，衝破三門大峽谷掠過洛陽王城，進入了一望無際的中原平野，蒼蒼茫茫的水面上白帆點點，分外的壯闊遼遠。中流航道之上，一艘船頭插著半人高紅色菱旗的白帆小船，正不斷在運貨大船與各色官船間穿梭東下。過了虎牢關，精巧的白帆小船漸漸慢了下來。此時艙中走出一人，白衣散髮悠悠然船頭臨風站立，凝神遠望一陣問：「前方可是鴻溝渡口？」

艙口站立的黃衫老者道：「前方正是鴻溝渡。半個時辰便到。」

「我無急務，讓過後面大船。」

黃衫老者似想說話，思忖片刻，終是走到船頭取下了那面紅旗，回頭向艙中一聲呼喝，小船向邊流航道盪了出去。

戰國之世，黃河還是清流滔滔航道寬闊，渭水、洛水、汾水等十餘條主要支流也是水路通暢。其時除了燕國北部與楚國南部，天下貨運十之六七盡在大河水網之內。夏秋兩季，中原河段更見繁忙，貨船官船漁船遊船穿梭交織，一派興旺。雖是列國紛爭割據大河兩岸，然對於天下共用的大河水道，卻都是一力維護，沒有一國敢於荒疏河道。水路航行，也有約定俗成的法則：吃水深的鹽鐵兵器糧食陶器等大船行於中流航道，吃水淺的絲綢麥秸茅草竹竿藥材等貨船左行；官船與遊船右行，漁船可在兩側淺水區拋錨捕撈，但不能在中流定死捕撈；無論中左右，都是雙向航道，上下穿梭避讓，全憑各自權衡。載客小船若有急務，只需在船頭插一面紅旗（夜航則為紅燈），便可在航道間任意插空穿梭。所有船隻都奉行著這些久遠的習俗規則，一切都在古樸自然地流暢運行著。

這艘輕盈的白帆遊船，原是在中流航道快速穿梭行駛，此刻見一艘吃水極深高揚巨帆的大貨船順流直下，遊船主人便拔去紅旗偏出主航道，要讓過滿載貨物的大船。白帆遊船剛剛盪出中流，大貨船水手們雷鳴般一聲齊吼：「謝——」吼聲迴盪間，大貨船一座小山般悠悠壓了過來。

白帆船頭臨風佇立的主人不經意回首，目光驟然一亮。

淡淡晨霧之中，一位綠衣少女跪坐高高的船頭，裙裾隨著河風飄起，宛若雲中仙子。隨著少女舒緩起伏的玉臂，巍巍船頭飛出了盪氣迴腸的樂聲，似琴非琴，低沉舒緩，清麗空闊，幾從幽幽山谷中飄出。未幾，一陣歌聲隨著清涼的晨風彌漫在淡淡晨霧之中，清純柔婉，白帆船頭的主人猛然一顫。

蒹葭蒼蒼　白露為霜
所謂伊人　在水一方
溯洄從之　道阻且長
溯游尋之　宛在水中央
何有伊人　相將共扶桑

「采——」歌聲尚在悠悠迴盪，河面各色船隻上不約而同地長長一吼，立即有人高聲呼喝：「大河國風，誰來對歌——」

驟然之間，雄渾激越的歌聲從白帆船頭飛起，劃破晨霧，直上雲中：

葦草茫茫　大河長長
壯士孤旅　古道如霜

何得伊人　集我苞桑
悠悠大夢　書劍共稻粱

歌聲方起，巍巍船頭樂聲驟然激昂飛揚，跌宕相隨絲絲入扣。歌聲已落，高高船頭悠長空闊的一聲叮咚，依稀不勝惜別。河面驟然幽靜之時，綠衣少女從巍巍船頭站了起來，向著白帆小船遙遙招手。白帆下的白衣散髮人對著巍巍大船也是遙遙一拱，白帆小船箭一般順流直下了。淡淡晨霧中，猶見綠衣少女凝神遠望，良久佇立船頭。

一個時辰之後，滿載貨物的巍巍大船緩慢地靠上了鴻溝碼頭。

戰國之世，所有從水路進出魏國大梁的貨物人口，都要在鴻溝渡口驗關，而後方能交易出入，或出鴻溝而入大河，或入鴻溝而進大梁。大梁是素負盛名的天下大都會，財貨遊客吞吐量極大，鴻溝渡口自然也就成了中原極為重要的物資集散地與水路商埠。

目下，鴻溝碼頭上停泊著各式貨船與官船。那艘巍巍大船緩緩靠穩碼頭，隆隆拋下石錨，船舷中伸出三副寬厚沉重的大木板，分別搭在了岸邊的大條石上。一個身穿紅色短袍的商家執事在船舷搖著一面小綠旗長長一喝：「貨主卸貨也——」

早已在碼頭守候的一名魏國商家一揮手，身後抬著大繩大杠草墊篷布的一百多名精壯雇工圍攏了過來。正在此時，一名紅衣吏帶著一隊甲士匆匆趕來，遠遠一聲大喝：「法度有變！且慢卸貨！」魏國商人立即笑著迎了上來，欲待詢問，被紅衣吏一把推開：「官府驗關，誰敢阻擋！登船！」身後甲士「嗨」的一聲，徑直湧上了卸貨大板。

「敢問關市，有何公幹？」一位身材高大的老人從船艙迎出，緊身胡服，白髮白鬚，分外的矍鑠硬朗，當頭向紅衣吏一拱手。

紅衣吏冷冷一笑：「卓氏巨商天下聞名，竟敢騙關違禁，觸犯大魏法度！」

胡服老人淡淡一笑：「卓原乃趙國商人，如何觸犯魏國法度？」

「私運魏鐵出境，該當何罪？！」紅衣吏一聲厲喝。

「入魏商船，何來出境之罪？」

「在此之前！」

「商船出入，每次驗關。本次追前次，魏國官府可有憑據？」

「休得聒噪！登船便有憑據！」紅衣吏轉身一聲大喝，「拿下老匹夫！其餘登船搜驗！」轟然一聲，幾支長矛逼上，一條鐵鏈嘩啷鎖住了老人手腳。紅衣吏帶著其餘甲士轟隆隆登上了貨船。

「大父——」船頭一聲女子哭喊，綠衣少女飛也似衝了下來抱住老人，轉身一聲怒斥，「爾等無禮，放開我爺爺！」

甲士頭目盯著美麗的少女，嘿嘿笑了：「放開？只怕官市大人想你。來，一起鎖了！」老人臉色驟變，鎖手鐵鏈猛然舉起，聲如雷吼：「大膽！誰敢碰我孫兒！」甲士們猛然一驚退開。少女冷冷一笑：「不鎖我也跟著爺爺，誰怕你等！」

正在此時，紅衣吏黑著臉大踏步下船，將懷裡一方木匣嘭地打開：「老卓原，這是你出境魏鐵之憑據！敢不認罪麼？」

「足下當真好笑也。」老人冷冷地聳著眉頭，嘴角流露出輕蔑的笑意，「此鐵為勵志之物，乃貴國名士孔斌贈送信陵君之禮。信陵君客居邯鄲，老夫受人之託帶貨而已。既非商家貨物，況只區區一錠，也算得魏鐵出境？」

紅衣吏滿面脹紅，收起木匣大喝一聲：「休得狡辯！帶大梁官署論罪！」

綠衣少女正待發作，卓原老人冷冷道：「昭兒少安毋躁，看好貨船，大父不會有事。走！」綠衣少女哭喊一聲抱住了老人：「不！我要跟著爺爺！」紅衣吏煩躁地一把拉開少女：「若再糾纏，一起帶走！」綠衣少女臉色驟變，嗖地拔出一口雪亮的短劍：「豎子無禮！」一劍當胸刺來，快如閃電。紅衣吏尖叫一聲就地滾出連忙嘶喊：「快鎖上！帶走！」一隊甲士長矛齊伸，哄然一聲圍住了綠衣少女。

「住手！」隨著一聲斷喝，一個白衣散髮者快步走了過來。甲士們愣怔之間，白衣人悠然走近紅衣吏，頓時滿面春風：「敢問關市，這位前輩何事犯官？」

紅衣吏冷笑道：「足下何人？走開！否則一起帶走！」

白衣人不卑不亢道：「在下也是趙商。敢請關市告我，前輩究竟何罪？」

綠衣少女目光飛快地一瞥：「他誣我大父出境魏鐵！」

在白衣人問話時，一個黃衫老者悄悄走近紅衣小吏，極其稔熟地向紅衣吏衣袋中一伸手，又輕輕拍了一下他的手背。紅衣吏覺得腰間皮袋猛然一沉，面色頓時溫和，顧不得斥責綠衣少女，向白衣人拱手笑道：「小吏奉丞相府差遣，拘押卓氏，因由麼……」湊近白衣人耳邊一陣低語。白衣人一拱手道：「敢請關市稍候，我半個時辰回來。」一轉身上了黃衫老者牽著的一匹白馬如飛馳去。

黃衫老者向紅衣吏拱手笑道：「敢請大人開了這位老人家鎖鏈，我家主人必有重謝。」紅衣吏遲疑片刻一揮手：「開了。你等上船，本官在此守候。」黃衫老者向開了鎖鏈的老人一躬：「老人家但請回船，一個時辰內定會完事。」老人慨然搖頭：「那位先生仗義執言，老夫豈能先回？」綠衣少女頑皮地一笑：「爺爺歇息去，我在船下等候。」老人略一思忖道：「如此也好。這位老哥哥請隨我飲茶去。」拉著黃衫老者登上了大船。

堪堪大半個時辰，白衣人飛馬馳回，尚未下馬揚手拋出一支金燦燦令箭。紅衣吏抄手接穩一看，陰沉沉的冷臉立即雪消冰開，對著白衣人當頭一躬：「大人能討得丞相金令箭，在下卻是唐突了。」

白衣人溫文爾雅地拱手一笑：「關市奉命行事，原是多有辛勞。幾個郢金，弟兄們飲酒了。」從馬背皮褡褳中摸出一只極為考究的棕色小皮袋，嘩啷一搖，塞到了紅衣吏手中。紅衣吏大是惶恐，滿臉笑著欲待推託，卻被白衣人笑呵呵一拍，渾身酥軟得一句推辭話也說不出來，轉身一喝：「走！在這定樁麼！」帶著一隊甲士轟隆隆去了。

「耶！揮金如土。」綠衣少女一撇嘴揶揄地笑了。

凝神盯著甲士遠去的白衣人恍然轉身，拱手笑道：「姑娘見笑了。大梁官風如此，在下也是不得已耳。」

「誰卻說你了？」綠衣少女一臉燦爛的笑容。

白衣人揮袖一沾額頭的津津汗水，略一喘息平靜笑道：「你社貨船已經無事，盡可卸貨了。在下告辭。」說罷轉身便走。

「哎哎哎！」綠衣少女飛步跑過來攔在了白衣人面前，紅著臉急匆匆道，「你的家老我的爺爺還在船上，你如何走得？也不留個姓名，爺爺要人，知道你是誰也？」

白衣人道：「天下商旅，原本一家，誰是誰無甚打緊。家老自會回來。在下尚有急務，容當告辭，後會有期。」

「哎哎哎，」綠衣少女大急，回身一喊，「爺爺快來，他要走！」

「先生留步，卓原這廂有禮了。」老人在船舷遙遙一拱，快步下船走到白衣人面前道，「萍水相逢，先生義舉令老夫感佩！若無急務，敢請先生到我艙中小酌片刻。」

白衣人拱手笑道：「商旅之道，逢危互救，前輩無須介懷。在下有急務欲去邯鄲，不能與前輩共飲，尚請見諒。」

老人上下打量一番笑道：「若老夫沒有猜錯，先生是濮陽呂氏之少東？」

白衣人略一思忖深深一躬：「素聞前輩大名，呂不韋見過前輩。」

「果然不錯也！」老卓原一伸手扶住呂不韋，一陣哈哈大笑，「老夫家居邯鄲三世，敢請先生急務之後，來府盤桓幾日如何？」

「謝過前輩相邀。」呂不韋拱手作禮，「急務之後，在下定然前來求教。」

綠衣少女笑吟吟遞過來一方竹板：「車道圖。莫錯了地方。」

「謝過姑娘。」呂不韋收起竹板，向卓原爺孫一拱手，「在下告辭。」與黃衫老者翻身上馬去了。綠衣少女怔怔地望著呂不韋背影，小聲嘟囔著：「哼，一個不問，一個不說，一對老少糊塗。」老卓原不禁哈哈大笑：「大父不說，他亦不問，奧妙在此間也。」「爺爺！」綠衣少女嬌嗔一句，紅著臉咯咯笑了。

二、邯鄲遇奇　謹言慎行

一支龐大的車隊在邯鄲南門外的谷地紮下了營帳。

當呂不韋幾騎快馬進入山谷時，這片營帳已經紮了三日。與押車總事荊雲一聚首，呂不韋帶著老總事與三名年輕執事立即清點貨物。暮色降臨時，三百六十四輛馬車全部清點完畢，車貨無一摧折損傷。呂不韋大是滿意，當晚在總事大帳設宴犒勞荊雲騎隊，全部車夫也在月光下的草地上聚酒痛飲。呂不韋吩咐老總事發放工錢，每個車夫在約定工錢之外再加十枚最實惠的「臨淄刀」。山谷中頓時歡呼雀躍，車夫們舉著酒碗可著勁兒喊「少東萬歲」！呂不韋卻不敢酣暢，飲得幾爵，留下荊雲與老總事照應各方，到自己的帳篷裡去歇息了。

次日清晨，一輛華貴的青銅輜車轔轔駛出山谷，不疾不徐地進了邯鄲南門。

此時的邯鄲，與長平大戰前另一番氣象。戰後趙國雖然元氣大傷，但與山東列國的邦交卻達到了最好狀態。鑒於趙國以幾乎亡國的慘痛代價，扛住了強秦席捲山東的風暴，列國在合縱敗秦之後紛紛對趙國示好，除了緊缺物資的援助，又鼓勵商旅進入趙國。對於一戰打光了六十萬大軍，又連續三年遭受秦國猛攻而滿目瘡痍的趙國，些許援助實在是杯水車薪。只是在山東商旅大舉入趙之後，趙國才真正地起死回生漸漸地復甦過來。而今，邯鄲城內外雖然還是到處可見大戰廢墟，但街市交易已是一片生機，店鋪連綿車馬川流市聲鼎沸，分外熱鬧。

青銅輜車一進南門長街，避開鬧市，拐進了一條僻靜的街巷，曲曲折折地向王城大街而來。趙國王宮也同所有的宮城一樣，坐北面南，城樓之外一條林陰籠罩寬闊幽靜的石板大街，顯赫王族大臣的府邸幾乎都在這條街上。奇特的是，這條大街東西兩側的大樹之後卻都是斷斷續續的紅牆，沒有一座東西府門臨街而開。原來，這條大街只是一條車馬大道，所有的府邸都在大道兩側的十多條街巷中。青銅輜車在林陰大道行駛一陣，彎進了東首第三條石板巷。這條街巷只有一座府邸，氣勢很是宏大，巍峨的橫開六間門廳幾乎與小諸侯宮室一般，門廳前立著一柱丈餘高的白玉大石，石上鑲嵌著四個大銅字——平原君府。

青銅輜車轔轔駛入門廳對面的車馬場，在入口一個帶劍吏的導引下停在了進出便利的最合適位置上。車方停穩，不待武士馭手回身，白衣玉冠的呂不韋推開銅包木檔悠然下車。正在此時，一輛破舊的單馬黑篷車咣噹咣噹地進了車馬場，向著青銅輜車的旁邊便要停車。帶劍吏回身一聲低喝：「停役車那邊，不能停官車場！」駕車的老人面色脹紅，正要爭辯，卻聽車中人低聲一句，只有將老馬圈轉，咣噹咣噹地駛到旁邊的工役車場去了。

呂不韋好奇心大起，向工役車場打量了一番，只見雜亂排列的牛馬車中走出了一個清瘦蒼白的年輕人，頭上的竹冠暗淡髒污，一領黑袍綴滿了各色補丁，腳步匆匆，卻又顯得虛浮猶疑，分明要進府邸，目光卻不斷瞟向大門兩側的長矛甲士，瞟向矗在門廳臺階中央的光鮮門吏。

突然，呂不韋心中一動，遠遠跟在黑衣人身後從容走了過去。

門吏傲慢地揮了揮手，分明要黑衣人趕快走開。雖然猶疑畏縮，黑衣人還是走到了六級臺階之下，一拱手尚未開口，門吏已嫌惡地吆喝起來：「沒看見後面有貴客麼？走開走開，橫在中間也不覺寒碜！」黑衣人默然遲疑片刻，終是走到大門邊空曠處孤零零地站下了。呂不韋轉身對跟來的黃衫老者低聲吩咐了幾句，老者匆匆向車馬場去了。

呂不韋走到門前剛一報名，門吏的胖臉立即堆滿了笑容：「府君有命：先生若來可直入正廳，無須通稟。先生請。」呂不韋悠然進府，方入第二進庭院，遙遙便聞正廳一片慷慨議論之聲。正在此時，一名精幹的書吏迎了上來：「政事廳多有不便，先生請隨我來。」將呂不韋引領到政事廳東面的一座大屋。呂不韋知道，政事廳是平原君會聚大臣處置國務的殿堂，官員書吏接踵不斷，幾乎沒有空閒。這片胡楊林中的書房兼客廳，才是平原君會見重要客人的所在。

方到長廊盡頭，一陣蒼老的笑聲從屋中飛來：「不韋先生，別來無恙乎！」

「平原君別來無恙。」呂不韋笑應一句，繞過迎門大木屏深深一躬，「不韋沿途跌宕，比約定之期遲到三日，尚請平原君見諒。」

「不韋請入座。上茶。」鬚髮雪白的平原君靠在座榻上虛手一禮，待呂不韋在左手長案前坐定，悠然笑了，「諺云：千里商旅，旬日不約。商家非兵家，三日之期算延誤，先生自責過甚也。」

「平原君如此胸襟，不韋感佩之至。」呂不韋謙和恭敬地笑著，「我已將趙國去歲預訂器物運到邯鄲，敢問在何處交接？」

「一次運到？」平原君驚訝地坐直了身子，「各有幾多？」

「大型雲梯三百架、雲車六十輛、塞門刀車六百輛、機發連弩一千張、六寸精鐵箭鏃十萬枚、精鐵胡刀六千口，六色共計十萬七千九百六十件。」呂不韋一口報完，毫無拖泥帶水。

「好！」平原君拍案方罷呵呵笑了，「總金幾何，如何未報？」

呂不韋利落答道：「去歲訂貨價格略高，今歲物價落平。趙國大宗兵器生意，當按今歲物價斟酌計之，是以未報。」

「豈有此理！」平原君哈哈大笑，「訂貨之價便是價，斟酌計之，豈非坑商？老夫只一句話：兵器乃邦國性命，只要貨色上乘，老夫只有加價賞商，斷無減價之說！」

呂不韋肅然一拱：「平原君敬商，不韋何能愧對趙國？敢請君家一道書令，不韋將兵器直接運往巨鹿軍營，經李牧將軍悉數檢驗並試用一月。果然合意，不韋憑將軍公書前來結算。若有一件不合，不韋分文不取。」

「不韋經商，真義士也！」平原君喟然一歎，疲憊地靠在了座榻大墊上，「不韋呵，若非在長平大戰全軍覆沒，軍輜耗盡，趙國何能進購商家兵器？雖說魯仲連當初舉薦了你，可老夫還是忐忑不安。九年連綿大戰後，老夫再度開府攝政，第一要務便是重建新軍，這兵器是重中之重。當此緊要之時，商家兵器若能使大軍將士滿意，足下便是中興趙國之功臣也。老夫縱是讓得萬金之利，夫復何言！」

呂不韋座中深深一躬：「君以公心言商，不韋終當無愧於君。」

平原君慨然一歎：「老夫識人多矣！足下之於天下商旅，實乃鳳毛麟角。圓和其外，堅實其內，泱泱大器局也。縱是范蠡、白圭再生，亦未必能及矣！」面對風華才俊，這位老公子似對自己倏忽消逝的英風不勝懷戀。

「平原君謬獎，晚輩愧不敢當。」

平原君哈哈大笑：「老夫倨傲，謬獎於人素來不為也！」

笑聲未落，一名文吏匆匆走了進來低語幾句，平原君雪白的濃眉頓時一皺：「也好，帶他進來。」呂不韋見狀道：「君忙國事，不韋告辭。」平原君頗為神祕地搖搖手：「莫走莫走，你且見個稀奇。」呂不韋饒有興趣地笑道：「得見奇人，自是大幸，不韋何敢推辭？」又順勢坐了下來。

大木屏外一陣輕微的窸窣腳步聲，一個年輕黑衣人竹竿般搖了進來：「秦國質使嬴異人，見過平原君。」深深一躬，蒼白的臉色頓時脹得通紅。

平原君大靠在座榻上「哼」了一聲，連身子也不曾欠得一下。

「啟稟平原君，」嬴異人謙恭地一躬身，「異人入趙為質，業已十年。十年之間兩國大戰連綿，邦交中斷。其間，秦國輾轉運來的衣食財貨，大半被貴國扣押，發到我手不足十分之一。長此以往，異人將客死他鄉。異人身為人質，無處求助，唯求平原君過問此事，給異人一條生路。」

「人質？」平原君冷冷一笑驟然爆發，「老秦王發動連番大戰，幾曾顧忌你這人質死活？不能止戰，你還算得人質麼？早知你嬴異人在秦國如此輕賤，當初該索你父親來做人質！戰後三年，秦國何曾送過你衣食財貨？秦人殺我趙國子弟血流成河，若非老夫著意照應，你早被邯鄲國人萬刃零剮！能活到今日？」

說也奇怪，在老平原君的霹靂電閃之下，這個細瘦蒼白神態畏縮的年輕人倒是舒展了些許，慘澹一笑道：「平原君說得不差，嬴異人業已成了咸陽棄兒，本不當苟活於異國他鄉。然則，求生之念，人皆有之。今日異人最後一請，平原君輕我辱我，異人縱是厚顏求生，亦當抱愧了之！」說話間牙關已經咬破，一縷鮮血從嘴角流出，轉身一頭撞向了廳中大柱。

「且慢！」呂不韋早已看出端倪，一個飛身箭步撲上去抱住了嬴異人。饒是如此，死心之力竟帶著呂不韋一起撞上了大柱。「咚」的一聲，嬴異人的額頭撞起了一個大青包。呂不韋憤憤然道：「大膽秦人！要陷平原君於不仁不義麼？」

電光石火之間，平原君臉色大變。無論如何嬴異人也還是秦國人質，若果真死在自己廳堂，且不說列國如何紛紜閒話，單是給秦國一個大大的口實，便是邦交大忌。心念閃動，正要大喝來人，卻見呂不韋已經抱住了那個沒有幾分力氣的黑瘦子，長吁一聲離座，走到癱在地氈上呼呼大喘的嬴異人面前，淡漠地笑道：「安國君嬴柱早做了秦國太子，他是你父親，為何不求趙國放你回去？」

嬴異人大喘著粗氣道：「秦國朝局你自清楚，為何明知故問？」

思忖片刻，平原君淡淡地笑了笑：「方才老夫言語不當，公子見諒。自下月始，老夫知會邯鄲令，每月支你些許衣食器物。你也可自向咸陽帶信，老秦王若記得你這個王孫，或者你那太子父親還記得你這個王子，自是你的富貴之期。好自為之，去吧。」轉身又是一聲吩咐，「來人，給公子隨帶三日傷藥，送他出府。」

沮喪的嬴異人被一名武士扶了起來，涕淚唏噓地走了。

「今日開眼。」呂不韋笑了，「此等人物平原君親自打理，也是奇事一樁。」

「不韋有所不知也，入座聽老夫說來。」驟然降臨的麻煩消除，平原君對呂不韋大有好感，靠上座榻一聲歎息，「不韋呵，莫看這個人質王子乞丐一般，卻是秦趙之間一個暗結。老秦王歹毒，丟下個人質不管不顧，分明是丟給趙國一桶猛火油。老秦王如意盤算：趙人仇秦，必置秦國人質於死地，只要這個人質死於趙國，無論你是殺了他還是餓死他，秦國便要大起事端。老夫偏不入彀！不殺不放不死不活，教爾老嬴稷翻臉無轍，要王孫無門，便是這般乾耗著，他卻能奈我何！」

「平原君縱橫捭闔，不韋佩服。」

「老夫難矣！」平原君大搖其頭，「秦趙山海血仇，教這小子活下來談何容易！大兵護持麼，將士憤懣在心，不定哪天一矛捅死了他，屆時你能如何？放任不管麼，必是碎屍街頭。豐衣足食麼，小子優遊自在，國人卻要罵聲載道。交邯鄲官署管轄麼，也與交軍營將士一般麻煩，不定哪天又餓死毒死了他。上下左右都難，只有老夫親自把持這個分寸了。如此一來，卻又得祕密操持，既不能教此兒知道，又不能教朝野知道。此兒若知老夫親自料理他，會有恃無恐日日登門。朝野若知，又會罵老夫小題大作親秦無度……你說，老夫難也不難？」

看著平原君雪白的鬚髮抖抖索索，紅臉倏忽變黑，黑臉倏忽變紅，呂不韋無言以對了。良久默然，呂不韋慨然歎息道：「天道昭彰，君老成謀國，終有善報也！」

「求此善報，老夫慚愧也！」平原君一陣大笑，「你解老夫一難，老夫訴說一番，如此而已，豈有他哉！」

「平原君胸襟韜略，不韋謹受教。」呂不韋離座肅然一躬，分外恭謹。

「多禮多禮。」平原君伸手一個虛扶，起身呵呵笑道，「足下為商，老夫為政，嘮叨些許，又不怕洩露機密，不亦樂乎！」

「不韋牟利之人，縱有此心，亦無此膽。」

「笑談笑談。」平原君轉身一揮手，「家老，用我軺車送先生出府。」

這輛六尺傘蓋的四馬青銅軺車轔轔出府，引得車馬場官員一片豔羨驚歎。自信陵君蝸居、孟嘗君過世、魯仲連歸隱，老平原君已隱隱然成為天下縱橫家領袖，更兼暮年重掌趙國大權，威望蒸蒸日上，等閒不出門送客。這輛邯鄲國人盡皆熟知的四馬軺車，也是極少出府。軺車有蓋無篷，乘者可坐可站，路人市人對車上人也是一目了然。平原君軺車送客，便恰恰是要給客人這種萬眾觀瞻的榮耀。這輛軺車既高且大，青銅車身粲然生光，六尺傘蓋華貴無比，四匹清一色的火紅胡馬更是雄駿無倫。一旦轔轔過市，這位客人頃刻便會成為名滿邯鄲的尊貴人物。如此榮耀，進出官員如何不驚愕駐足？

然則，呂不韋卻皺起了眉頭。軺車方出府邸，他便輕跺右腳叫了停車。下得車來，呂不韋滿面春風地對著家老一拱：「不韋要去城外商營，不敢暴殄天物，敢請家老回車，不韋改日向府君謝罪。」

說罷一揮手，對面車馬場的黃衫老者快步過來，在轀車外檔的小銅箱裡咯噔放入了一件物事。原本一臉不悅的家老頓時釋然：「先生既要自便出城，老朽不遠送了。」說罷一圈絲韁，四匹火紅的駿馬一聲嘶鳴，整齊劃一地轉身向府門去了。

上得自家轀車，呂不韋長吁一聲，頓時靠在了勁軟的大墊上，輕跺一腳，這輛四面銅格垂簾的特製馬車輕盈駛出了街巷，直向南門外飛去。暮色時分，這輛轀車又飛出山谷營地，進了邯鄲南門，向燈火燦爛馬鳴蕭蕭的胡坊而來。

邯鄲胡坊，是胡人聚居的區域。趙國胡風源遠流長，趙武靈王胡服騎射之後，趙國相繼征服北方諸胡。林胡羌胡東胡等諸多崩潰星散的胡人部族紛紛移居趙國北部草原，胡人商旅也紛紛進入了趙國腹地城池。其時人口是強盛根基，任何邦國都不會拒絕外族進入定居。一時間邯鄲胡風極盛，胡人聚居區幾乎占據了整個邯鄲的西北城區。胡人商旅以從大草原輸入馬匹牛羊皮革兵刃，從趙國輸出鹽鐵布帛五穀烈酒為主要生意。久而久之，邯鄲胡坊成了中原列國對草原胡人商路的一個根基之地。胡人商旅淳厚粗糲，最認打過交道又守信用的老客，加之酒風極盛，於是這胡坊之中多有胡地酒肆客寓。舉凡大宗生意，胡商將客商邀入酒肆先痛飲一番，成交之後，再以熱辣辣的胡女將客商留宿一夜。次日雙方皆大歡喜，生意磐石一般穩固。邯鄲市諺云：「胡酒胡女，伊於胡底，泱泱胡坊，熱風蕩蕩。」說的便是這胡坊區的特異風景。

轀車駛進了最寬闊的一條石板街，又拐進了一條風燈搖曳的小巷。進得小巷半箭之地，便見「岱海胡寓」四個大字隨著風燈搖曳閃爍。轀車到得門前，門廳風燈下肅立著四名紅色胡服的金髮女子。當先兩人笑吟吟走了上來，一人打起車簾，另一人伸手攙扶車中貴客。

「免了。」呂不韋撥開了那隻雪白豐腴的手臂，跨步下車，「雲廬。」

一名胡服虬髯的男子殷勤迎來：「雲廬在後，主人請隨我來。」

胡寓散漫寬敞，與中原寓所大異其趣。進了燈火煌煌的門廳，是一條寬約三丈長約一箭之地的竹籬甬道，胡人呼為箭道。常有客商酒後技癢，在盡頭栽一草靶炫耀箭法。穿過甬道，一片數十畝地大的綠油油草地，挺拔的胡楊疏密有致地圍出了大大小小諸多「院落」，一盞盞風燈在林間院落閃爍飛動，風燈之後的帳篷便是胡寓獨特的客房。

穿過一條幽靜的林間小徑，兩盞風燈吊在兩根拙樸的青石燈柱上，「雲廬」二字隨風搖曳，恍惚間陰山牧場一般。進了燈柱一箭之地，是一大三小四頂帳篷。虬髯男子在中間一頂白色大帳前停下腳步，昂昂拱手道：「稟報主人：雲廬六畝草地，右帳三名侍女，左帳兩名炊師，後帳是主人家老僕役。若有不時需求，搖動帳前風燈，奴僕即刻便到。稟報主人，稟報完畢。」

「胡人也學得周章了。」呂不韋笑著一揮手，「三侍女退去，右帳留下。」

「主人！」虬髯男子頓時紅臉，「三女白得像陰山雪，嫩得像岱海草，溫順得像綿羊，酸熱的馬奶子像汩汩泉水。主人要退，瞧不起我岱海林胡！」

大笑一陣，呂不韋突然壓低聲音道：「生意成交之後再要。不少你金。」

「嗨！」虬髯男子昂昂一聲，大步去了右帳。此時安置好車馬的黃衫老者正好趕來，在右帳外與虬髯男子嘀咕得幾句。片刻之後，三名胡女歡天喜地地跟著虬髯男子去了。

進得大帳一踏上六寸厚的羊毛地氈，呂不韋周身一陣痠軟，不由分說躺倒在地長長地伸展了一番。黃衫老者輕步進帳，歎息一聲道：「先生實在該有個女僕也。老朽之意，這便物色一個胡女進來。」呂不韋驟然翻身坐起，笑道：「展個懶，卻與女僕何干？」黃衫老者歉疚道：「先生萬金之身，出行唯帶老朽一人，身邊諸事多有不便。老朽之見，一劍士、一女僕必不可少。」呂不韋思忖片刻道：「女僕作罷。劍士倒是有一個也好，只是一時尚無適當之人。」

「老朽之見，荊雲義士最好。」

「荊雲？大材小用。」呂不韋搖搖頭卻又恍然，「對也，請他舉薦一個。」

「好，此事老朽辦理。」黃衫老者笑道，「先生疲憊若此，晚餐用些甚個？」

「疲憊個甚？」呂不韋心不在焉地一揮手，「胡餅羊骨湯，薛甘醪。」老者轉身正要走，呂不韋又突兀一句，「今日之事辦得好！居所清楚了麼？」黃衫老者恍然笑道：「些許小事，先生如此記掛？一切都清楚了，老朽明日稟報。」呂不韋搖搖手：「不，晚餐用完便說。」老者無可奈何地搖搖頭，出帳去了。

片刻之後，一大盆濃稠雪白的羊骨湯、一盤黑厚勁軟的燕麥餅、一桶異香彌漫的甘醪捧進了帳篷。呂不韋狼吞虎嚥一陣，頓時周身汗水，起身在後帳用熱水一番沐浴，換上一領寬鬆的絲綢大袍，喚來老總事會商。半個時辰後，黃衫老者匆匆出了雲廬。呂不韋也漫步出了白色大帳，悠悠然進了樹葉嘩嘩的胡楊林。

雖是初秋，邯鄲的清晨已經有了幾分蕭瑟的涼意。

一輛極是尋常的兩馬輜車出了岱海胡寓，幾經曲折轔轔駛進了一條隱祕幽靜的長街，長街將盡，又驟然折進了一條石板小巷。小巷盡頭又是一折，輜車戛然剎住了。馭手回首低聲道：「稟報先生：巷套巷，道窄不能回車。」車中一聲咳嗽，一個白衣散髮人走下車來，對馭手低聲吩咐了幾句，輜車丟下白衣人轔轔折了回去。

白衣人站在巷口一番打量，不禁皺起了眉頭。這條深藏長街之後的小巷煞是奇特：兩側是一色清森森的石板牆，高得足以遮擋四周屋頂的視線，原本只有一車之路的小巷，在高牆夾峙下成了一條深邃的峽谷。小巷口守著兩棵冠蓋碩大的老榆樹，枝杈伸展相擁，將深邃的巷道峽谷變得一片幽暗，若是路人匆匆而過，站在老樹之外決然看不進巷口一丈。老榆樹的葉子已經開始飄落，零星黃葉在巷中隨風飛旋，沙沙之聲倍顯落寞空曠。

思忖片刻，白衣人踏進了幽暗的巷道。

走進小巷丈許，一股腐葉氣息撲面而來。分明是石板巷道，腳下卻沒有絲毫聲息，靜得教人心跳。低頭打量，年復一年的落葉已經堆起了兩三尺深，唯有中間的腐敗落葉有隱隱足跡，算是一條不甚明顯的小徑。幾乎用不著揣摩，便知這條小巷極少有人進出。白衣人無聲無息地走得一陣，驀然見右手石牆中一個門洞，一片黝黑的物事牢牢鑲嵌在兩邊石牆之中。仔細一看，黝黑物事竟是兩扇堅實的木門，門廳入深三五尺，外邊還有三級臺階。

白衣人略一思忖，用力拍門：「開門，我是債主——」

連喊數聲，黝黑的鐵包木門咣噹打開一方小窗。一個紅衣小吏模樣的中年人探出頭來將來人端詳一陣，拉長了聲調：「公子欠你帳了？幾多呵？」

白衣人憤憤嚷了起來：「這個公子欠債不還，還住得如此僻背，若不是我下勢跟蹤，誰個能找到這狗也嗅不出的巷子！快還我來，你等護著他我也不怕！我是外邦商人，我有邯鄲官署的經商官文……」

「聒噪個甚！」紅衣吏沉著臉，「說，欠你幾多？」

「百金之數！長平大戰時借的，快十年了。若是目下誰借他！」

「聒噪！」紅衣吏又是一聲呵斥，「說，關金幾多？」作勢便要關窗。

「且慢。」白衣人頓時一臉笑容，「依著討債行情，討百出五，門關五金。可我怕一次討不回，只有做常索之想，不能教秦人占了便宜。我要常來，付關金二十。」

「好，拿將過來。」紅衣吏作勢又要關了那窗。

「來了來了。」白衣人連忙遞上一只鏘鏘響又沉甸甸的精緻皮袋，臉上一副心疼不忍的模樣。紅衣吏不禁呵呵笑了起來：「先生當真可人。實話說，你不會有虧。若是沒有我等酒錢，不說欠你百金，便是欠你萬金，你也休想跨進這門洞半步！明白？」

「何消說得！」白衣人一拍胸脯，「只要買賣順暢，你等酒錢在下包了！」

大門嘎吱吱大響著拉開，紅衣吏在門洞一臉神祕地壓低聲音道：「此人雖窮，脾氣卻古怪。若有不測，你只大喊一聲，我等弟兄便來。左右小心。」

白衣人答應著走進了庭院。這座庭院很狹小，四面高房，中間一方天井，險峻幽暗得及閒外石板巷絕無二致。天井中零亂安著幾方石案石凳，顯然是看守吏員兵士們吃飯的場所。繞過庭院影壁，是半個雜草叢生的小院。院中停著一輛破舊的黑篷車，正北三開間大屋，廊柱油漆斑駁脫落得破廟一般。廊下晃悠著一個老人，衣衫襤褸內侍模樣，正在一只大燎爐前生火，潮濕的木柴煙氣繚繞，熏得老人咳嗽不止。

白衣人一拱手高聲道：「行商債主請見公子，煩請通稟。」

衣衫襤褸的老人轉過身來，呆滯的目光盯住來人，彷彿打量一個天外怪客。良久，蒼老的聲音終是從煙霧中飄了過來：「足下何人，要見公子？」

「十年前胡寓痛飲，公子心知肚明！」白衣人昂昂高聲，其勢不勝其煩。

老內侍擦了擦被煙氣熏嗆出的淚水，默默向幽暗的大屋中去了。片刻之後，大屋中高聲嚷嚷：「豈有此理！甚個胡寓？教他進來！窮得叮噹，我卻怕甚！」白衣人聽得嚷叫，回身看一眼靠著影壁瞧熱鬧的紅衣吏，狡黠地招手一笑，不待老人出來，赳赳大步走了進去。

幽暗的正廳空曠得只有一榻一案，黑瘦蒼白的年輕公子兀自在煩躁地嚷嚷著，突見白衣人背光走進，一個踉蹌幾乎跌倒，「你你你，你不是那人麼？我甚時欠你金了？」見白衣人只是瞄著他上下端詳，又是一陣嚷嚷：「你要討人情？我卻不認！我活著不如死了好，不領你情分！你要不忿，院中那輛破車還有那匹瘦馬，都給你！」

「公子少安毋躁。」白衣人微微一笑，聲調醇厚平和，「此前之言，自是虛妄，皆為請見公子而出，尚請見諒。實不相瞞，我乃濮陽行商呂不韋。見過公子。」說罷深深一躬。黑瘦蒼白的年輕人愣怔了，看著這個氣度沉穩衣飾華貴的人物，兩隻細長的秦人眼眨動得飛快，終是板著臉冷冷道：「足下請回，嬴異人無生意可做。」

「在下欲大公子門庭。」呂不韋突兀一句。

「如何如何，再說一遍？」嬴異人嘻嘻笑著，只上下打量呂不韋，心中飛快地思忖著如何應對這惡毒的捉弄。

「在下可大公子門庭。」呂不韋一字一頓地又說了一遍。

嬴異人蒼白的面容突然脹紅，竭力壓抑著怒火揶揄地笑了：「大我門庭？請先自大君之門庭，而後再來大我門庭可也。」

「公子差矣！」呂不韋認真地搖搖頭，「我門待公子之門而大，故得先大子門。」

嬴異人微微一怔，思忖良久，深深一躬：「願聞先生高見。請。」

此時，門外老人搬進了終於生好火的大燎爐，陰冷潮濕的大屋終是有了些許熱氣。只有一張破舊的長案，兩人對頭跪坐在同樣破舊的草席上。嬴異人吩咐一聲「上茶」，一名鉛華褪盡滿臉褶皺的乾瘦侍女走來，用一個漆色斑駁的木盤捧來了幾色煮茶器具，卻只跪坐在銅爐前低頭不語。

「煮茶。愣怔個甚？」嬴異人不耐地叩著破案。

「稟報公子：沒，沒茶。」乾瘦侍女聲音細小得蚊鳴一般。

呂不韋爽朗笑道：「此地陰冷，大碗熱白開最好不過也。」滿面愧色的嬴異人這才回過神來道：

「快，燒開水去也。」乾瘦侍女連忙匆匆去了。

「困厄若此，先生見笑也！」嬴異人長長地歎息一聲。

「龍飛天海，尚有潛伏之期，公子一時之困，何頹唐若此？」

「先生有所不知也。」一語未了，嬴異人涕淚唏噓，「我十餘歲尚未加冠，便入趙為質，至今十二年過去，已近而立之年也！自長平大戰開始，我形同監禁，求生不能，求死不得，不死不活地在這座活墳墓中消磨。我雖英年，卻已兩鬢白髮，心如死灰……巷口那兩棵老樹都快要枯萎了，年年敗葉，歲歲死心，樹猶如此，人何以堪！」一語未了，嬴異人伏案大哭。

良久默然，呂不韋慨然一歎：「魚龍變化，不可測也。不韋只問：公子一應王器是否在身？其中有無老秦王親贈之物？」

嬴異人哽咽點頭：「趙人當初搜刮了所有錢財，唯獨此等器物一件未動。我派老內侍幾次拿去市賣換錢，竟無一人願買，奇也！」

「奇也不奇，日後自明。」呂不韋笑得一句，肅然叮囑，「此等器物，公子當妥為收藏，萬勿輕忽市易，更勿隨手送人。」

「好，記住了。」

呂不韋低聲道：「此地不宜久談，三日後我請公子做客再敘。」

「難也。」嬴異人連連搖頭，「我要出巷，須平原君老匹夫說話，來回折騰半個月，也討不來放行牌一張。」

「此事公子無須上心，只養息好自己為是。」說話間呂不韋已經站了起來一拱手，「我當告辭。無須送。」嬴異人尚在愣怔，呂不韋已經出門，在門廊下對老內侍低聲幾句，領著老人去了。大約一個時辰，老內侍趕著那輛破車咣噹咣噹地回來，卸下了幾大麻袋物事。乾瘦的侍女嘿嘿直笑，忙得腳不沾地。片刻間，庭院中彌漫出久違了的肉香菜香與酒香。嬴異人餓腸轆轆，沒飲得一碗便醉了，軟軟倒在榻上猶兀自喃喃：「怪也，怪也……」

三、奇貨可居　綢繆束薪

呂不韋第一次失眠了。

又大又圓的月亮掛在胡楊林樹梢，雲廬的草地在腳下已經有了秋日的乾爽。在平原君府門第一次看見那個黑瘦蒼白的公子，他的心頭便是猛然一跳。那一跳，他心血來潮，要老總事探明此人身分，若真是秦國公子嬴異人，設法教他進府見到平原君。說不清為何要這般做法，當時只有一個閃念：看看這位公子在平原君面前如何境況？當那個嬴異人在平原君的尖刻奚落下猶自低聲下氣時，呂不韋油然生出了一種蔑視。然則，當嬴異人最終不甘受辱咬破牙關而撞柱自戕時，呂不韋心頭又是猛然一跳，幾乎不假思索地撲上去抱住了他。若非這一撞一抱，呂不韋決計不會留下來聽平原君說叨。

多年磨練，他已經有了一個確定不移的約束：與官謀商，不涉政事。這一約束，來自與田單多年交往的閱歷。商人一旦涉政，輕則影響對市利的判斷，重則毀滅商家大業的根基。然則，要做曠世大商，不做官府生意便是空談；要做官府生意，不與官員來往還是空談；要與官員來往，不言及政事則幾乎無從結交。這便是天下大商的共同路數：以牟利需要而接觸官員，不期然言及政事，漸漸地由淺入深生出來往情誼，最終相互為援，皆大輝煌。然則，呂不韋對這種路數大不以為然。大爭之世，政無恆勢，顯官大臣最是動盪無常。此其時也，周流財貨之商旅，是天下最需要的行道。舉凡鏖兵大戰，大臣官員便是肅殺換代之期，商人卻是大發利市之時。兩相比較，以興旺恆長之業，就動盪無常之道，豈非火中取栗？思謀揣摩之下，呂不韋有了自己與顯官權臣交往的獨特方式：讓利守信，不涉政務。這個「不涉」，大要有三：其一，洽談商事單獨晉見當事官員，絕不在官員與部屬會商政事時晉見；其二，商事交接妥當便行告辭，絕不海闊天空；其三，談商期間，官員若有即時公務，則即行告辭，約期另談，絕不留場等候。多少年了，呂不韋都是一以貫之，在列國官場留下了極好的口碑：持重幹練，不起事端，輕利重義，商旅大士也！

可是，那日他竟留了下來，聽完了平原君的全部說叨。

呂不韋突兀生出一個奇妙的評判——奇貨可居，嬴異人也！

按照范雎的說法：這個嬴異人稟賦不差，尚未加冠便做了「質使」，十餘年過去，已經成了秦國棄兒；此子若無大變，或可立為安國君世子，以固安國君的太子地位。范雎介入此事，自然有他不得已的苦衷。當初范雎主張老秦王仍然以安國君為太子，除了他自己與安國君交好這一根基，最硬實的理由是：安國君有兩子堪稱眾多王孫中的人才。如今，那個嬴傒已經被士倉斷為「不堪」，安國君大起恐慌，只有密求范雎謀劃。范雎多方思謀，想到了托呂不韋打探嬴異人境況這條路子，以圖了結此事。范雎一再向呂不韋申明：他對這個做了十多年人質的嬴異人不抱厚望，只要有個消息知會安國君即可，其餘交安國君自己決斷，范雎決計不再陷入其中。那日范雎感慨良多，最後幾句話不勝唏噓：「立嫡換代，風險難測也！老秦王尚遺忘此子，我與嬴異人素昧平生，若再度錯舉不堪之人，地下何顏面對老秦王矣！」基於此念，范雎托給呂不韋的事也實在不難：找到此人，查勘一番境況，接濟救困，而後再將消息密書告知范雎，呂不韋便算完成了又一樁義舉。

然則，呂不韋卻有了完全不同於范雎的判斷。最主要者在三處：一則，老秦王非但沒有遺忘這個王孫，恰恰是銘刻在心的一顆邦交棋子。呂不韋相信，做為邦交敵對方的趙國，平原君的評判比已經是局外人的范雎更準確。二則，嬴異人心志尚未全然泯滅，長期忍辱負重，隱隱然有能屈能伸之相。僅是這番閱歷積澱的品性，也必然強於那個「不堪」的嬴傒。果真此子入得秦國，做安國君嫡世子大有可能。三則，老秦王年近古稀，隨時可能薨去，安國君五十有餘，虛弱多病，也可能幾年便去。如此看去，嬴異人由世子而太子而秦王，絕不是一條不可預測風險的漫漫長路。以呂不韋之獨特眼光，十年之期，大體可成。

果然如此，呂不韋前路何在？

每每如此一問，他便是猛然地一陣心跳。

功業之心，人皆有之。所不同者，因境況而異，功業目標色色不同罷了。農夫以桑麻有成豐衣足食為功業，從軍兵卒以執掌將軍印信為功業，士子以入仕為官為功業，大臣以治國理民之政績為功業，國君以稱霸天下為功業，學派以踐履信仰為功業，商旅以財富累積為功業……凡此等等，醞釀成了蓬勃壯闊而又生生不息的天下大潮。大爭之世，此其謂也。而所有這些五光十色的功業之舉，都可以一言以蔽之——大我門庭，耀我族類。

若是沒有與田單、魯仲連的共事根基，若是沒有因此而生出的長達十餘年的兵器生意中與列國官府的往來周旋，也許呂不韋不會有這種心跳，而只會奔天下第一大商而去，心無旁騖，無怨無悔。偏偏有了如此一番閱歷，有了洞察官場的獨特眼光，有了周旋官場的實際才幹，驟遇可能使自己像田單一樣步入廟堂的大機遇，心田便會突兀激盪起來。

商人縱是富甲天下，何如一代功業名臣光耀千古？

在這一次又一次的心跳中，呂不韋做了最後的決斷，親自走進了嬴異人的囚居之所，用獨具一格的說辭，打動了這個形同枯槁心如死灰的人質公子。「大子之門」，誰都能聽得懂，卻又絕不涉及難以言傳的雲霧絕頂。這便是呂不韋的獨特語言，最直白，而又最隱晦，最淺顯，而又最深奧。

既然聽從了魂靈的召喚，便當義無反顧地走下去。

雄雞開始第一聲長鳴的時分，淡淡的晨霧輕紗般籠住了雲廬草原，也籠住了軍陣一般的胡楊林。

終於，呂不韋披著一身細濛濛的露水回到了雲廬大帳。

「先生，老朽已經將邯鄲帳目結清。」老總事也一身露水走了進來，將一本厚厚的羊皮紙帳冊放到了長案上，「先生當歇息了，老朽午時再來。」

「西門老爹，請坐。」呂不韋毫無倦意，從後帳提出兩袋馬奶子，「來，一人一袋喝了。雲廬之內，你老何須跟著我轉。」

老人搖搖頭笑道：「這是胡寓，得謹細。好在荊雲舉薦之人三兩日就到了。」

「我商社在趙國存金幾多？」呂不韋啜著馬奶子突兀一問。

「連同本次獲利，邯鄲大庫共有十三萬金，列國錢幣十二萬枚。」

「陳城、濮陽兩庫加列國商號，可集金幾多？」

老人掰著指頭一口氣報導：「陳城存金十六萬三千，濮陽老宅存金三萬；列國商號二十三家，可隨時調遣者，金十六萬，錢幣六十餘萬枚。」

「假若十年之間只花錢不進帳，老爹以為境況如何？」

老人肅然道：「若只自家生計，終生也花銷不完。」

呂不韋淡然一笑：「不。有大宗支出。能否支撐十年？」

老人目光一閃，蒼老的聲音微微發抖：「大要計之，每年支出五萬金上下，足夠支撐十年。此等開銷，幾與邦國比肩……先生何事，需得如此巨額支出？」

「也就是說，十年後若不能回收，呂氏將家徒四壁。」

「正是。」老人額頭滲出了涔涔汗珠，「何等交易，竟有十年不能回收者？如此風險，商家大忌，先生慎之戒之也。」

呂不韋大笑：「世無風險，呂不韋這般商人何用也！」

「先生，慎之戒之。」老人惶恐地重複一句，默然了。

呂不韋離座，掛起喝空的馬奶子皮袋，又從後帳拿出一支精緻的銅管：「西門老爹，明日即派員將此信送回陳城，交范雎即可。先生接信，若要離開，妥加護送，萬不能出錯。」

「先生毋憂。萬無一失。」老人分外認真。

「西門老爹呵，不韋一言，姑且聽之。」呂不韋感慨中來，不禁一聲歎息，「你隨我父經商多年，又隨我經商十八年，可謂呂門商賈生涯之擎天柱矣！如今，老爹已是花甲之年，暮歲擔驚歷險，不韋於心何安？此戰風險難測，不韋只有請老爹自立商社了。」說罷，從袖中掏出折疊成方的羊皮紙抖開，雙手一拱，遞到了老人面前，「這是不韋所立書契……一個月後，陳城商戰谷就是老爹的西門商社了。」

「先生差矣！」老人早已離座站起，臉色頓時脹得通紅，「當年，老朽一個出貨執事而已，幸得追隨先生克難歷險，方盡籌算之能，在天下商旅得享薄名，富庶惠及我族。當此之時，老朽正當追隨先生赴湯蹈火，何能受此重產退避三舍！」

「西門老爹……」呂不韋深深一躬。

老總事猛然跪地托住了呂不韋雙手：「先生定然如此，是信我不過也！老朽自當引咎辭去，決然不受先生分文錢財！」

驟然之間，呂不韋淚水湧滿了眼眶，連忙扶起了老人：「西門老爹……既然如此，我等就一起往前走也。」

老人頓時高興得嘿嘿笑了：「先生看見了大魚，老夫也想跟著摸！」

「好！」呂不韋不禁大笑，「摸這條大魚！」

第三日清晨，兩輛青銅轀車隆隆駛進了空曠的小巷。

嬴異人分明聽見了天井中的說話聲，卻實在不敢相信這是接自己來的。更令他驚訝的，是連看守的小吏也帶著兩個換成了便裝的兵士坐進了另一輛轀車。看著小吏兵士受寵若驚的嘿嘿笑模樣，嬴異人硬是憋住了舒心的笑容，矜持地咳嗽了一聲，坐進了銅窗垂簾的華貴轀車。

兩輛轀車輕快地進了雲廬草原。老總事笑吟吟地將他們迎進大帳，立即安頓打尖壓餓。說是打尖，分明是一頓罕見的豐盛酒席，還有四名熱辣辣的胡女侍飲。看著滿案名貴的食具與天下聞名的珍饈美味，嬴異人恍然覺得自己是當年錦衣玉食的少年王子了，實在想吟唱一番，再饕餮大咥。但是，看著小吏與兵士摟著胡女大呼小叫，狂放失態，嬴異人莫名其妙地沒了胃口，只飲了一袋馬奶子，吃了兩塊燕麥胡餅，特意安置在他案前的一桶濃香甘醪酒一滴未沾。

在這片時之間，三名高大鮮嫩的胡女已經將三個男人抱在懷裡，做起了坊間男女的「口杯」飲。滾圓雪白的大奶子裸露著，緊緊擠在男人的胸口，豐潤肥厚的豔紅大嘴含著凜冽的趙酒，熱騰騰地包住了男人的半個臉膛。「猛士哥，喝也！」一聲肉味十足的叫嚷，半碗做一口的老趙酒汩汩灌進了男人的骨肉酒器。大約是生平第一次如此這般地消受女人，紅衣小吏與兩個兵士筋骨酥麻，豪氣陡長，手腳並用，大呑大笑，不亦樂乎。看著近在咫尺的男女放肆折騰，嬴異人心下怦怦大跳，實在想摟過偎在身邊的胡女也放浪一番，終究沒有伸出手去。心煩意亂間，嬴異人正要起身出帳，卻見三個胡女一陣咯咯長笑，三個男人竟都軟軟地撲在了她們腳下，大紅臉膛尚兀自蕩著濃濃的笑意。

「公子請隨我來。」老總事輕步進來，逕自領著嬴異人出了大帳，「請公子登車。」細長的眼睛眨了幾眨，嬴異人終是沒有說話鑽進了轀車。一個不辨年齡的黝黑男子坐上車轅，四馬青銅車嘩啷飛了出去。嬴異人一直盯著窗格望孔外的景象，眼看轀車出了邯鄲北門，駛向郊野的隱隱青山，漸漸地山道青黃峽谷幽深，似乎進了人跡罕至的荒山，山林風聲中隱隱約約的猛獸嘯吼與蕭蕭馬鳴。嬴異人不禁渾身一抖，想說話終是咬緊了牙關。後座的老總事低聲一句：「公子，這是野馬川，百獸出沒之地。」

片刻之後輜車停穩，老總事先行下車，打開車門說聲「到了」。尚未伸手，嬴異人已經自己下車了。揉揉眼睛四面打量，嬴異人不禁大是驚愕——來處草木荒莽，這駟馬高車竟能進得山谷！再看眼前，輜車停在一方突兀伸出的巨大岩石平臺上，岩石旁一棵三五人不能合抱的大樹，枝杈如箭，直是一個碩大無比的綠色刺蝟。

「先生在此？」嬴異人終於忍不住問了一句。

「公子隨我來。」老總事手中一支長杆撥打著茅草，繞到了那隻綠色「刺蝟」的背後，撥開隨風搖曳的茅草，現出了一個廢墟般的淺小山洞，進得三兩丈便到了盡頭。嬴異人正在狐疑觀望，老總事袖中伸出一只小鐵錘，走到洞盡頭壁立的山石前向左側猛然一擊，那方黑色大石轟隆隆向右滑開，洞底驀然現出一個與人等高的洞口，一股乾爽的熱氣頓時撲面而出。

老總事避身一側，一拱手道：「公子請。」

嬴異人雖則不再惶惶然，卻也是小心翼翼地進了山洞。一入洞嬴異人驚訝莫名，腳下是勁軟的胡氈，兩側洞壁間隔鑲嵌的風燈竟毫無油煙，恍然之間，彷彿是少年時曾經走過的章臺永巷。過了三五丈幽暗處，一個拐彎，前方遙遙一片光亮，彷彿又要出洞。走到光亮近前，竟是一方深不可測的天井。向上看去，一片蔚藍孤懸高天，一朵白雲悠悠蕩蕩，一片陽光直灑而下，透過天井半腰的細密銅網，落在洞底成了一片整齊排列的「光磚」，明亮和煦的天井隱隱彌漫出一種奇特的神祕。

「幽幽斯井，顧日月之恆光。」嬴異人不禁低聲吟誦了一句。

「慨其歎矣！遇人之艱難。」對面鏗鏘一句，呂不韋倏忽站在眼前。

「哀心無志，異人謹受教。」

「公子有此悟性，不韋甚是欣慰。」呂不韋扶住了嬴異人笑道，「那日未及謀劃，公子心下必是忐忑。今日請公子到此，是要給公子一方腳石。」說罷向西門老總事已經打開的天井四面石洞一指，「公子且看，此乃呂氏之邯鄲金庫。北洞存趙金六萬餘，南洞存楚金六萬餘，西洞存魏錢齊刀共計十二萬，東洞存各色珠寶玉璧珍奇古董三百餘件。一併計之，大體在二十萬金上下。」

「天！先生富可敵國矣！」嬴異人一聲驚歎。

「不。這只是呂氏商社的金庫之一。」

「……」

「公子請入座。你我謀劃完畢，西門老總事會帶你逐一驗看。」

兩人在天井正中的石案前席地對坐。老總事捧來一只大銅盤，盤中是兩大碗飄著甘醪異香的果酒。呂不韋笑道：「此乃邯鄲甘醪薛特釀的山果醪，已經窖藏了五十年。我遇大計，飲酒只限一碗。公子另論，盡可一醉也。」

「先生差矣！」嬴異人拍案慨然，「公為我而計，異人豈能醉生夢死？公之規矩，也是異人規矩，一碗了事。」

「好！」呂不韋原是多方試探嬴異人稟賦心志是否可造，如若委實不堪扶植，自當退而重操商旅，此刻見這位王孫舉一反三，於酒色二字尚能自律，心下十分高興。兩人碰得一碗，呂不韋問：「咸陽朝局大勢，公子可否清楚？」見嬴異人連連搖頭，呂不韋便將范雎魯仲連平原君等所說情勢，加上自己的條分縷析，從長平大戰後說起，一氣說了半個時辰，彷彿親歷親見。嬴異人聽得感慨唏噓不能自已，末了一聲哽咽道：「嬴氏凋零如斯，異人於心何安？先生若有良謀長策，自當決計聽從！」

呂不韋叩著石案道：「長策遠圖，也須以第一步為根基。目下只說起步：三年之期，全力使公子重回咸陽。開步最難。我之謀劃：不韋營咸陽，公子營邯鄲，全心周旋，力謀勝算。」

「我？我……卻如何周旋？」

「公子毋憂也。」呂不韋悠然一笑，「旬日之後，這座金庫的主人便是公子。公子當在邯鄲廣交名士，疏通國府，教異人的賢名傳遍列國，更傳到秦國。」

「先生……」嬴異人的臉刷地白了。

「公子毋得他想。」呂不韋搖搖手打斷了嬴異人的急切表白，沉重地一聲歎息，「坦誠相告：不韋不吝金錢，唯一擔心處，是公子心志不堅，一朝金錢在手，玩物喪志，捨大事而圖享樂……若有那一日，嬴異人、呂不韋，將成為天下笑柄也。」

「先生！」嬴異人嘴唇猛烈地抖動著，從腰間大帶猛然抽出一把短劍，「先生引我起死回生，嬴異人若自甘沉淪，當為天地不容！」說話間左手在石案上一攤，短劍一閃，左手小指蹦出了丈餘之外。

呂不韋肅然站起深深一躬：「公子有此壯士之心，不韋夫復何言？」

西門老總事已經匆匆過來，將嬴異人的傷口上藥包紮。不消片刻，嬴異人疼痛全消神色如常。呂不韋笑道：「公子若有精神，今日尚有最後一事。」

「先生但說無妨。」

「敢請公子，將十六年的王孫生涯細細敘說一遍。」

一聲歎息，嬴異人點點頭，斷斷續續地說了起來，直說到天井的日光變成了月光，月光又變成了日光。

四、博徒賣漿　風塵兩奇

太陽初升，呂不韋的單馬軺車輕快地進了博酒道。

博酒道者，廣聚天下美酒之大市也。這是邯鄲城名聞天下的一條三里長街，列國酒鋪比肩相連，酒香幾乎彌漫了半個邯鄲。商市規矩：酒市不開飲。也就是說，這博酒道之市易，只做整桶整車的買賣，沒有飲酒場所。如此一來，大酒市不會奪了諸多飯鋪酒肆客寓的聚飲生意，商旅之間相安無事。然則，氣勢如此宏闊的酒市，果真沒有酒商酒癡與遊人的品啜之處，也是煞了風景。歲月磨合，這博酒道兩側便有了三條小巷，卻是專一的賣漿去處，市人一律呼為「漿巷」，堪稱別有趣味的飲者佳境。

漿者，淡酒也，時人俗稱「醪」，後世流變為「醪糟」。漿者醪者醪糟者，實則都是酵釀的米酒，其歷史實在是源遠流長。《周禮》記載：天子六飲，水、漿、醴（甜酒）、涼（以水調酒）、醫（藥汁）、酏（粥）。其中的「漿人」一職，便是專司釀造這種甜淡米酒的作坊。漿之釀製，三兩日便能成酒，只能鮮飲，不能長途販運。見之於酒市，自然只能是邯鄲國人的小買賣，既不會傷及諸多飯鋪酒肆客寓，也給博酒道增添了幾分飲者神韻，便成了邯鄲酒市的一道特異風景。深深小巷，且釀且飲，時鮮家常，別有神韻，大得市人青睞。

軺車在博酒道走得片刻，到了中間一條漿巷。這是一條石板小巷，乾淨整潔，兩側小店挑出各色酒旗，醇香酒氣騰騰彌漫。巷中無車無馬，盡是各色酒癡遊盪，進進出出，呼喝熙攘，比大街還多了幾分熱鬧。軺車停在了街巷相接的空闊處，呂不韋信步進了小巷。邊走邊打量間，酒旗林中一面菱角黃旗飄盪，「甘醪薛」三個大紅字招搖奪目。呂不韋眼睛驟然一亮，徑直向這家酒鋪走來。

甘醪酒鋪在三級青石臺階之上，三開間門面簡樸潔淨。進店三尺處，立著一道及胸高的紅木櫃檯，櫃上一列排開著九只大陶罐，紅布壓口，大碗扣蓋，纖塵不染。櫃後一位長鬚散髮的紅衣中年人，正悠閒地打量著各色行人，毫無尋常酒家招攬市人的殷勤。見呂不韋進店笑吟吟地四處端詳，櫃後紅衣人也只微笑著一點頭。

「敢問酒家，甘醪賣與不賣？」

「買則賣，不買則不賣。」

「店家所答，非經商之道也。」呂不韋一陣大笑，「賣則有買，不賣則無買。何來買則賣，不買則不賣？」

散髮紅衣人不緊不慢：「邯鄲酒諺：甘醪薛，買則賣。此謂酒賣識家。不買者，實則不識。遇不識者，叫賣亦無買。」

「如此說來，不買甘醪，便是不識甘醪？」

「識則買，買則識，不買不識，不識不買，市井交易之道也，何足怪哉！」

「好！敢請酒家賜飲三升！」

紅衣人一點頭，從櫃下拿出三只陶升一字排開：「甘醪兩飲，是涼是熱？」

「一涼，一熱，一溫。」呂不韋指點著三只陶升。

「先生酒道人也！」紅衣人笑得很是開心，捧起櫃上大陶罐，向第一只陶升斟滿了黏稠清亮而又略帶紅色的甘醪。又從身後爐架上提過一個銅壺，向第二只陶升斟滿，酒氣蒸騰，一望即是燙酒。隨後又向店後喊了一句，「溫酒一升——」木屛後一聲答應，轉出了一位中年女子，懷中抱一只絲棉包裹的陶罐，利落地斟滿了第三只陶升。

紅衣人一拱手：「先生，請品甘醪三味。」

雙手捧起涼酒長鯨飲川般一氣而下，呂不韋長長一吁：「冰甜而能出得酒氣，上佳！」紅衣人瞅瞅剩餘兩升，卻不動聲色。呂不韋又捧起了溫酒，一大口一大口地吞飲，一升下肚已是面色微紅，不禁拊掌讚歎：「溫潤利喉，酒力綿長，大妙也！」紅衣人臉上綻開了笑意，雙手捧起熱氣蒸騰的陶升：「先生請。」呂不韋一拱手笑道：「兩飲之後，甘醪須當佐餐品啜，否則大醉三日。甘醪三飲，足下尋常只賜客人兩飲，原是為此。今日在下破例，然卻酒力不勝，敢請見諒。」紅衣人哈哈大笑道：「先生深知甘醪之妙，夫復何言！說，買幾多？」呂不韋笑道：「欲買甘醪三百斤，今日便欲裝車。」紅衣人目光一閃，揶揄地笑了：「甘醪薛百年酒基，日釀一罈。三百斤甘醪，先生要斷我生路？」呂不韋深深一躬：「薛公莫非當真久居酒肆乎？」紅衣人愣怔片刻，肅然拱手：「這升熱酒，敢請先生後堂一飲。」

呂不韋進得店中，才見這位聞名邯鄲的「甘醪薛」原是左腿微瘸，手中一支鐵杖點地，別有一番滄桑氣韻。甘醪酒鋪只有三進。所謂後堂，實是後院作坊與店面之間的一排大屋，右首寢室，通道左首的兩間隔成了待客的廳堂。中年女人熱情地捧來了一大盆燉羊蹄、一大碗時鮮秋葵，甘醪薛便請呂不韋佐餐熱飲。

呂不韋飲得面色紅潤，不禁慨然一歎：「薛公深藏陋巷，暴殄天物也！」

「酒各有品，人各有志。不達，則獨善其身罷了。」

「獨善其身？」呂不韋搖頭一笑，「薛公原本大梁名士，正欲遊學天下一展才具，卻遭官場一班文吏誣陷下獄。雖經信陵君援救脫難，卻為權相魏齊所忌，不得已避居邯鄲市井也。信陵君客居趙國，多次與薛公做布衣暢飲，引得平原君嘲諷信陵君有失風範。薛公不欲累及他人，從此與信陵君不相往來。如此獨善其身，公不以為過乎？」

薛公冷冷一笑：「煞費苦心，探人蹤跡，先生意欲何為？」

呂不韋起身肅然一躬：「大業於前，願先生助我。」

良久默然，薛公扶杖一笑：「先生一介商旅，何事堪稱大業？」

「立君，定國，平天下。」呂不韋一字一頓。

「何國何君，竟容商旅施展？」

「公若有心，自當和盤托出。」

「買則賣。」

「好！甘醪之道也。」呂不韋大笑一陣，重新入座，將諸般事體與自己的謀劃講述了一遍，末了道，「不韋之意，欲請薛公入世，做異人策士，助其扎下根基之名。薛公意下如何？」薛公目光炯炯，爽朗一笑：「識則買，買則賣。先生識我信我，甘醪薛只有賣也。」

「只是，邯鄲從此沒了甘醪薛，酒癡們要罵我了。」

兩人一陣大笑。呂不韋道：「酒鋪善後我立即來做，公全身出山可也。」薛公點點手杖道：「此事倒不忙，須得善後時我自會料理。先生儘管派事便了。」呂不韋慨然道：「好，三日後請公到雲廬一聚。」薛公沉吟道：「我有一老友，智計過人，先生若能見容，大事可成也。」呂不韋肅然拱手道：「不韋若有褊狹處，願先生教我。」薛公搖頭笑道：「先生錯會了。薛某此說，因了此人委實大異常人。縱如信陵君之賢，初見此人也是大皺眉頭。是故，擔心先生不能見容也。」呂不韋笑道：「願聞其詳。」

薛公所說之老友，人呼「毛公」。這個毛公生於書吏世家，自幼喜囫圇讀書，不求甚解卻讀得極快，藉著父親在王宮典籍庫做小官，十六歲時便讀完了所有能見到的藏書，且能說得每書之大要精義。一班弱冠士子交遊論學，毛公論無敵手，一時聲名大噪。列國遊學大梁的士子聞風紛紛約戰，毛公慨然應約大勝三場，從此卻諱莫如深閉門不出。薛公與其交好，或問如何讀盡天下之書？毛公嘿嘿一笑：「只揀明白能懂者，讀得幾處便是。」又問生字如何？毛公又是嘿嘿一笑：「蠢也！繞過便是。它不認我，我何認它？」薛公恍然道：「如此之學，猶如浮萍。我欲遊學天下以增根基，兄若與我共往磨練，大才可期也！」毛公卻哈哈大笑：「我等你歸來，你若論戰勝我，我再出遊不遲。」

薛公將走未走之日，那場誣陷之禍驟然降臨了。毛公挺身而出，奔走官場為他呼籲。也不知走了甚個門路，毛公竟闖到了丞相魏齊的政事堂，當廳指斥大梁官場種種弊端，歷數丞相府一班文吏的斑斑劣跡，引經據典，嬉笑怒罵，激烈敦請立即開釋薛公。魏齊大是驚愕，一時不能決斷。此時，主書老吏在魏齊耳邊低聲嘟囔了一陣，魏齊當即拍案：「一介少年士子，有此才學膽識，大魏之幸也！你且留下，明日隨我進宮，如前對魏王陳述一遍，定然如你所願。」

次日大朝，毛公在魏國君臣聚集的大殿上一氣慷慨激昂了半個時辰。話音落點，舉殿大嘩。大臣們爭相指斥，羅列出毛公引經據典的三十多處謬誤，罪名更是一長串：褻瀆聖賢、玷污典籍、杜撰詩書、臆造史跡、惑亂視聽、心逆而險、行僻而堅，等等，等等。最後是統攝典籍的太史令定論：「此兒險惡，畢竟弱冠，不教之罪在其父：擅攜此子出入典籍重地，肆意截覽，遂成魯莽滅裂之徒。臣等請滅其族，以戒後來！」

在舉族被屠戮的那一日，毛公瘋了……半年之後，出獄的薛公得信陵君援手，找到瘋癲的毛公，星夜北上來到了邯鄲，在市井之中開始了漫長的隱名生涯。

「天磨才士，以至於斯！」呂不韋一聲歎息，「此公靈異，瘋癲必是示人以偽。」

「先生洞明也！」薛公一聲歎息，「雖則不是真瘋，然此公性情行徑也是大變了。他不屑做我這般生計操持，更不願受我接濟，只混跡坊間博戲賭徒之中謀生。也是此公靈慧無雙，逢賭必贏，三兩年間落了個『毛神賭』名號，金錢直是嘩啦啦腳下流淌。」

「奇哉毛公也！」

「偏他作派更奇。」薛公笑道，「此公只求贏賭，不求贏錢。每日賭罷，哈哈大笑著將案上金錢分還輸家，自己只取十錢，一日酒食而已。開始，輸家們不要，他便將錢撒到門前街市任人拾取。如此一來，一班賭癡不怕輸，賭注越來越大，多時一日竟贏千金。金如山錢如水，人卻只是一領布衣一間破屋，日每只要一瓢之飲，樂呵呵神仙一般。久而久之，坊間博者賭者無不視為神異，聚相追隨求技，追隨之眾，絕不下孔夫子三千弟子。」

「諸子百家，可添一賭學也！」

「此公卻不立門不收徒，只硬邦邦一句：『看會才算真本事，教會算個鳥！』年復一年，此公落拓依舊，每日一賭一醉一孤眠。正是此公這等作派，才引得信陵君與平原君幾乎失和。」

「噫，卻是為何？」

原來，合縱敗秦之後，信陵君因竊兵救趙不能回魏，客居邯鄲。得聞毛公薛公隱於邯鄲市井，便著意訪查。那一日，布衣徒步的信陵君突兀進了甘醪薛。薛公大是感慨，兩人一番痛飲。海闊天空一陣，信陵君拉薛公去尋覓毛公。此公原不難找，未過三家博戲賭坊，便聽見了他特異的嘶啞笑聲。信陵君歷來厭惡玩樂無度，只在門廳等候，請薛公進去拉毛公出來，到他府邸聚飲暢敘。不料薛公進去一說，此公卻瞪起眼睛嚷嚷一句：「信陵君是甚？不曉得也！」又埋頭賭案了。薛公心下氣惱，一揮鐵杖挑翻了那張賭案：「你只說，去也不去！」見薛公發怒，毛公卻又突然笑嘻嘻嚷叫起來：「甘醪薛好沒道理，請人可有此等請法？果真敬我，來看我賭三局再說！門廳站樁，我便只是個博徒，兩不相干！」薛公正在愣怔，信陵君已經走了進來，對著毛公當頭一躬：「久聞神賭毛公大名，我與你賭得三局如何？」毛公哈哈大笑：「痛快痛快！侍兒開案設局！」一班風雅賭徒誰不知信陵君大名，立時一片喝采紛紛押賭。聞訊而來的賭坊總事立即親自做了司賭，一清點押下賭金，竟全數都押在了毛公一邊，一案足足三百金之多。司賭笑問信陵君是否足賭？信陵君微微一笑：「區區數百金何足道哉？」

片時之間，信陵君連勝三局！

邯鄲博戲賭坊大是轟動，賭癡們聞風湧來，將這家賭坊圍了個水洩不通。毛公大皺眉頭，卻也是無可奈何，對著信陵君深深一躬：「命也數也，我服君矣！毛公當以誓約，從此戒賭。」信陵君哈哈大笑，拉著毛公出了賭坊。三人招搖過市，一時引來市人觀之如潮。

消息傳開，平原君大不以為然，對夫人大發議論：「夫人兄長天下無雙，今日我卻聽說，他竟與博徒賣漿者同遊，招搖過市，越軌也！妄人也！」夫人原本是信陵君妹妹，將平原君這番議論告知了兄長。信陵君卻道：「趙有平原君，我方敢於竊兵救趙。不想平原君卻只圖豪闊交遊，而不求士也！無忌在大梁，常聞毛公薛公之能，今日居趙，深恐不能相見。我縱與之布衣同遊，尚未必得人。平原君竟以為羞恥，實不足共舉也！」即時便要整裝離開趙國。平原君得知，慚愧不已，當即登門，免冠謝罪，誠懇挽留信陵君。信陵君雖沒有離開趙國，卻也與平原君疏離了許多。平原君門客得知這一番言論，幾乎有一半離開平原君，歸附了信陵君。

「這位毛公，目下居於何處？」呂不韋精神大振。

「先生但能見容，三日後我等聚會。」薛公笑道，「此公戒賭後行蹤無定，倉促訪去，實在未必能見。」

離開博酒道回到雲廬，呂不韋喚來西門老總事商議一番。老總事當即駕車去了嬴異人的幽居小巷。兩日之間，諸事已經安排妥當。第三日清晨，呂不韋親駕一輛寬大輜車到博酒道接來了毛薛二公。進得雲廬，嬴異人殷殷迎出，呂不韋一番仲介，毛公薛公與嬴異人相互見過，進了雲廬大帳品茶會商。

經月餘調養，嬴異人的菜色雖未褪盡，卻也比先前英挺了許多。待各人一落座，對毛薛二人正式地大禮一拜，誠懇謙恭地請求指點。「天也！」一直似睡非睡半閉著眼睛的毛公突然拍案笑叫，「此事大妙！成也成也！你等莫問，天機不可洩露！」薛公倒是不動聲色，只向嬴異人微微點了點頭。呂不韋笑道：「天機者，人謀也。我等還是就事論事，說實在出路。邯鄲不立根基，咸陽便是枉然。」

薛公不緊不慢道：「出頭邯鄲固是根本，然公子蟄居已久，不宜暴起，須得循序漸進。就大勢而言，以兩三年出名為宜。以先生之大時排序，似無不妥。」呂不韋皺著眉頭道：「我明春赴咸陽，須得公子一個賢名，否則無以著手。公之謀劃固是穩妥，只三年後再赴咸陽……」正在沉吟，「啪」的一聲拍案，毛公沙啞的聲音嚷嚷起來：「不行不行！老子云，道可道，非常道。非常之事，豈能以常法處之？老夫之見，此事只在明春之前一舉成名！有個潛龍勿用，還有個亢龍有悔，我只給他個飛龍在天！」薛公不耐地揮揮手：「夾七夾八，生熟並用，老病也！你只說，半年之間如何一舉成名？」

「還不是信陵君……」薛公突然打住了。「著啊著啊，飛龍在天也！先生公子，此事只在我這老哥哥一念了。」薛公悠然一笑道：「這癲狂老說得也是，若與信陵君一交，倒當真是一舉成名也。」

毛公非但絲毫不以為忤，反倒是哈哈大笑：「老薛哥只想，我這勞什子賭神，如何一舉成了名士？」

呂不韋大是振作：「兩公得信陵君激賞，謀劃得當，定然有成。」

「哎哎哎，」毛公連連搖手，「信陵君持重肅殺，雖看得老夫為士，卻不喜老夫狂態。此事老夫無用，非我老哥哥出馬，老夫只抱個龍尾跑跑。」

呂不韋肅然一躬：「薛公穩健縝密，不韋拜託也。」

薛公慨然拍案：「既謀共事，何消說得！」轉身鐵杖一指毛公，「你個老癲既自承抱龍尾，便在一個月內做成一事。」

「但說無妨。」

「尋覓得一部失傳兵書，教得公子爛熟於胸，且須得有幾句真見識。」

「嗚呼哀哉！你老哥哥偏要我讀書麼？」毛公一臉苦笑，大是搖頭。

舉帳哄然大笑。呂不韋向帳口老總事一揮手：「上酒，邊飲邊說。」片刻豐盛酒菜上案，四人一直議論到日暮方散。送走三人，呂不韋疲憊地靠在了座榻上，恍惚之間，矇矓了過去。老總事正要滅燈，呂不韋卻又驀然睜開了眼睛：「西門老爹，正有一段空時，我須得回濮陽一趟。」老總事看了看呂不韋，卻沒有說話。

「有甚不妥麼？」

「先生有卓氏之約，至今未踐……」

「對也！」呂不韋恍然笑了，「一個大轉彎，忙亂了。」

五、商旅說政　女兒生情

秋色斜陽之下，兩騎快馬出了邯鄲北門，直向山塬深處而去。

行得片時，快馬進入了一道河谷，山勢也漸漸高峻起來。後行紅馬騎士高聲一句：「先生，滏陽水！」前行白馬騎士聞聲勒住馬韁，從懷中皮袋摸出一方竹板打量一眼道：「前方東首，走！」一抖馬韁，那匹雪白的駿馬一聲長嘶飛了出去。兩騎前行三五里，東山一道峽谷在望，走馬進得谷口，草木蔥蘢蒼翠，深秋時節毫無蕭瑟氣象。轉過一道山彎，峽谷豁然張開，一片粼粼明澈的大水蕩在眼前，天光雲影山色草木林林總總地重疊倒映，頓時令人心神明朗。白馬騎士觀望一陣，見湖對面兩座山頭若斷若續，便從湖邊草地走馬繞了過去。

「先生，天卓谷！」暮色之中，紅馬騎士揚鞭遙指。

果然，山口東首的白石山崖上「天卓谷」三個大紅字依稀可見。空谷幽幽，谷口沒有任何守護。走馬入谷，已是暮色四合，遙遙便見遠處點點風燈閃爍，一陣似琴非琴的樂音在谷風中漫漫飄來，舒緩深沉綿綿不斷。前行騎士突然一提馬韁，那匹白馬一聲長嘶向燈光處飛去。

漸行漸近，隱隱一片屋樓連脊而去，四角高高的望樓上搖曳著碩大的風燈，隨風傳來刁斗聲聲，一個蒼老的呼喝分外悠長：「初更已至，瓦屋滅燈——」倏忽之間，隨山起伏的低矮瓦屋的燈火一齊熄滅，唯餘山根下的三座木樓閃爍著點點燈光。顯然，這裡是天卓谷的主人莊園。

兩騎到得莊前廣場，白衣騎士翻身下馬，將手中馬韁交給身後紅衣騎士，向莊門而來。此時秋月已上山巔，雄峻的石坊在月光下一片清幽，旁邊一柱高杆上吊著三盞斗大的銅燈，「天卓莊」三個大字赫然在目。石坊內一箭之地是六開間的宏闊莊門，六根合抱粗的廊柱上各懸一盞銅燈，燈上是狀貌奇異的六種神獸——鷹、龍、麟、鳳、虎、龜。燈光明亮，莊門緊閉，偌大門廳既無莊兵，亦無門僕。似琴非琴的樂音從幽深的莊院中飄出，與朦朧山月融匯成一片，使面前這座莊院平添了幾分神祕。

白衣人凝神片刻，和著樂聲擊掌拍了起來，啪啪之聲若合符節。

樂聲戛然而止。片刻之間，大門隆隆拉開。

「嗚呼神哉！果然公子也！」隨著一聲驚歎，鬚髮雪白的老卓原哈哈大笑。

「不韋大哥——」遠遠一聲清亮的呼喚，一個綠裙飄飄的少女飛到了面前，紅著臉氣喘吁吁兀自一陣嚷嚷，「日暮馬鳴，我說是大哥白馬，爺爺偏不信，還說我出神入幻！方才掌聲，還是不信。不信不信，卻比我走得還快！」

「不速之客，有擾卓公。」呂不韋深深一躬。

老卓原快步下階扶住呂不韋笑道：「公子光臨，老夫何其快慰也。來，快快請進。」拉著呂不韋笑呵呵一揮手，「昭兒知會家老，備酒！」少女一聲答應，飛步去了。此時卻聞高處一聲長喝：「貴客夜至，燈火齊明——」呼喝落點，莊中燈火點點燃起，倏忽現出層疊錯落的樓臺亭榭與鱗次櫛比的片片房屋，且行且看，大是不俗。

坐落在半山松林的三重木樓是天卓莊正屋。進得大廳，綠裙少女已經在利落煮茶了。卓原笑道：「公子啊，此乃老夫孫女，名叫卓昭。昭兒過來，見過公子了。」少女紅著臉走過來一禮：「卓昭見過不韋大哥。」老卓原板著臉道：「禮見貴客，昭兒何能僭越輩分！」呂不韋哈哈大笑：「不拘不拘，各隨各叫，說話方便而已。」卓昭粲然一笑：「還是不韋大哥好。」轉身對著爺爺一個鬼臉「孔夫子也！」裙裾一閃飄到茶案前去了。卓原輕輕歎息一聲搖搖頭一笑：「自幼多寵，老夫也是無可奈何也。」呂不韋慨然讚歎：「小妹靈慧率真，文武兼通，原是得卓公真傳也！」「公子此說，老夫卻是慚愧。」卓原搖頭大笑，「此兒言不及商，只將商旅當作遊歷，卻不學商家本事，除了練劍，只對詩樂兩樣癡迷。老夫原指望卓門出個商旅女傑，眼看煙消雲散也。」

說話間兩人入座。卓昭一聲笑叫：「不韋大哥，茶來也！」左手銅盤右手提籃已經到了眼前。左手銅盤是兩只茶盞與一只棉套銅壺，右手提籃是一具茶爐一匣木炭。人到眼前，眨眼之間將諸般物事擺置妥當：一只盛茶銅壺斟出兩盞熱茶上案，精緻的青銅茶爐已經在旁邊案上安好，藍熒熒木炭火已經燃燒起來。

「香！滑！釅！」打開茶盅品啜一口，呂不韋連聲讚歎一番評點，「清香固如越茶，卻比越茶多了幾分粗厚，茶色綠中帶紅，茶汁略帶滑膩，清苦於前，甘甜於後。」

「公子好鑒賞也！」卓原笑得很是快意，「此茶乃越地茶樹苗，二十年前老夫帶回幾株山莊自栽。採得茶葉，不料勁力大大過於越茶，專一地克食利水，尋常人飲得一兩盞，肚腹便呱呱叫了。」

盞茶下肚，呂不韋果然覺得腹中響動起來。正覺尷尬，卓昭笑吟吟捧來一盤白酥鬆軟的胡餅：「這是馬奶子烤餅，爺爺說點茶最好。」呂不韋點點頭夾起一個吃了，腹中頓時舒坦，瞄得一眼有些驚訝：「卓公如何卻沒動靜？」卓昭咯咯笑道：「爺爺鐵肚腸，每日清晨飲茶半個時辰，從來不須點補也。」呂不韋不禁詫異：「噫！此等本事我等卻是望塵莫及。」卓原哈哈大笑：「日久成習，算個甚本事，上酒！」

六盞明亮的銅燈下，兩案酒菜片刻上齊。呂不韋不經意地吸了吸鼻子：「噫！百年趙酒麼？竟能透海生香！」卓原悠然一笑，點點兩座中間的木製酒海：「公子所言不差，此酒正是窖藏百年的趙國陳釀，乃當年趙敬侯特意釀造，獻給魏武侯之禮酒。卓氏祖上與趙國酒監交厚，買下了三桶窖藏，至今當是一百零三年。」呂不韋聞言肅然一拱：「不韋品酒尚可，原不善飲，敢請卓公換得甘醪即可，此酒當留做大用為是。」「公子差矣！」卓原擺手一笑，「十餘年來，老夫多聞呂氏商社之名，惜乎無緣結識。鴻口渡老夫遇劫，若非公子義舉，我爺孫如何得脫困境？老夫商旅五十餘年，也算識得幾多人物，然如公子氣象者，卻是絕無僅有。美酒逢嘉賓，老夫倍感欣慰矣！」卓昭跪坐兩案之間，此時笑道：「不韋大哥，我不夜食，來為你等斟酒。」說話間打開厚重的紅木桶蓋，揭下桶口一層紅布，利落地揮起長把木勺先向卓原案頭爵中斟酒。

「昭兒錯也，公子乃我嘉賓，何能後之？」

卓昭一笑：「大父尊長，不韋大哥，不錯也。」

「又來也。」卓原板著臉，「禮儀有屈，豈是待客之道？」

呂不韋誠懇地一拱手道：「啟稟卓公：不韋原是晚輩，又兼單傳，真高興識得此等一個小妹。尚望卓公許小妹隨心所欲，禮法過甚，不韋也是拘謹。」

「公子既有此言，老夫也就不做孔夫子了。來，乾得一爵！」

呂不韋慨然飲乾，卓昭手中的細長酒勺隨著咯咯笑聲飄了過來：「不韋大哥真好！」一勺清酒如銀線般注向爵中，燦爛的臉上卻驟然掠過一抹紅暈。

卓原一捋雪白的長鬚笑道：「老夫對公子尚有不解之處，不知能否坦誠相向？」

「不韋正欲求卓公指點，自當坦誠以對。」

卓原字斟句酌道：「老夫觀之：公子理財經商，已是天下佼佼；處事圓通幹練，頗似治世能臣；談吐清雅豐文，卻似當今名士；救難披肝瀝膽，又有戰國任俠風骨。以公子才具，凡事皆可大成。然人皆有本，老夫敢問：公子之志，欲以何事為本？」卓原話音落點之時，卓昭兩隻明亮的眼睛盯住了呂不韋，少女的嫵媚驟然變幻成了審視的犀利。

呂不韋手撫酒爵，長駐臉龐的微笑中增添了幾分莊重，突然舉爵一飲而盡，拉過酒巾沾沾嘴角，陷入一陣沉默。「卓公此問好極！」呂不韋終是慨然開口，「十八年前，不韋繼承父業初為商旅，其時之志，是成為天下巨商，與秦國寡婦清、齊國程鄭、魏國孔松、趙國卓公、楚國猗頓相比肩，成為天下屈指可數的大富家族。然則，久歷商旅之後，不韋卻倍感商人之軟弱，以致又生躊躇……」一聲深重歎息，似自責，又似彷徨。

「商人軟弱麼？我看不出也。」卓昭笑得有幾分揶揄，又有幾分頑皮。

「孩子家知道甚來！」卓原臉色一沉，「商家不軟弱，我社貨船如何能在鴻口渡橫遭盤查？大父如何能被官府突兀扣押？」

「不韋所言，卻非此意也。」呂不韋搖頭一歎，「若是此等個人遭際，不韋倒實在不放在心上。關卡盤查，貪官索賄，於商家原是尋常。」

「噢？」老卓原困惑地笑了，「何事之弱，於商家不同尋常了？」

「十年前，一個孤寡的老婦人教不韋明白了此間分際。」呂不韋猛然飲得一爵，斷斷續續地說了起來——

燕國滅齊的第四年，呂不韋隨魯仲連海船祕密進入齊國海岸。卸下援助物資後，呂不韋帶著一個採貨執事進入了齊國，意欲試探一條從琅琊直達即墨的陸上商路。魯仲連說太冒險。呂不韋卻說樂毅要仁政化齊，不妨一試，商旅之身，諒燕軍也不會如何。便上路了。那日黃昏時分，進入了即墨以南的大沽水河谷，遙遙一片殘破的房屋籠罩在暮靄之中，死一般沉寂。村口大道旁，一個白髮散亂的老婦人扶杖佇立，凝望著夕陽一動不動，幾是一具石俑。呂不韋看得心酸，下馬向老婦人深深一躬，從懷中掏出一只金幣叮噹作響的絲織錢袋，雙手恭敬地捧給了老婦人。老婦人緩慢木訥地搖了搖頭，抬起手杖，環著死一般沉寂的村莊轉了一圈。呂不韋順著老人的手杖望去，村外疏疏落落的樹林中吊滿了血肉模糊的屍體，破衣爛衫隨風抖動，慘烈蕭疏不堪卒睹。

「老人家，跟我走吧……」呂不韋哽咽了。

一陣馬蹄聲急驟而來。老婦人身體一抖突然開口：「客官快走！」

呂不韋沒有走，他偏要看看樂毅統率的燕軍是如何「仁政化齊」的。片刻之間，一隊棕色皮甲冑的燕軍騎士飆風般馳來，下馬便來撕扯老婦人。呂不韋憤怒地大喝了一聲：「住手！這是燕軍仁政麼！」騎士頭目打量著呂不韋連連冷笑：「嘿嘿，足下何方牛鼻子，硬插到老子眼裡來？仁政不仁政，是你管得麼？閃開！」呂不韋高聲怒斥：「樂毅明告列國，燕軍仁政化齊，莫非要欺騙天下不成！」騎士頭目目光一陣閃爍，揚著馬鞭吼叫起來：「鳥個仁政！齊軍當年殺燕人，你小子見過麼？我等奉騎劫將軍大令，徵取軍賦，這個村莊無糧無錢還死硬！這個老婦，暗中攛掇民人抗賦，不該殺麼！」

「此村賦稅幾多？我替老人家交。」

騎士頭目一指樹林屍體呱呱大笑：「你交？此村刁民三年不納賦，你全包？」

呂不韋冷冷點頭：「說，折金幾多？」

「嘿嘿，你縱開得金庫，官爺只是不要。」騎士頭目陰險一笑，勃然大怒，「小小商人，甚個鳥貨！竟敢誹謗我燕軍大政，來，一起捆了！」

燕軍騎士不由分說，將呂不韋主僕與老婦人大繩捆起，撂在馬上風馳電掣般去了。在即墨城外的燕軍大營，騎劫一臉不堪地訊問了他們，哈哈大笑著收繳了呂不韋隨身所帶的兩只金幣褡褳，說念他「義舉助燕」，放了他與老婦人一條生路。

老婦人與呂不韋只走回到一片屍體廢墟的故里，再也不走了。呂不韋主僕守候了一夜，老婦人終是圓睜著雙眼去了。彌留之際，老人只斷斷續續留下了一句話：「客官，商家金錢，買，買不來天下太平呵。」

……

老卓原默默叩著大案，眉頭緊緊地鎖著。卓昭已經是隱隱抽泣了。呂不韋沉重地歎息了一聲：「不韋縱然富甲天下，又能如何？救不得老人家一條孤殘性命，止不得小軍頭目一次任意殺戮……金錢，買不來天下太平。老人家這句話，使不韋從天下大商的美夢中驚醒過來。生平第一次，不韋感到了財富與金錢的蒼白軟弱，感到了世間有比金錢更強勢的物事。」

三人默然良久，卓原驀然一句：「老夫忖度，可是公子已經有了從政志向？」

「卓公明鑒。不韋不敢有慮。」

「公子信得老夫，夫復何言！」卓原慨然一歎，「金錢雖則買不來天下太平，然卻可鋪墊權力之路。老夫今日一諾：公子日後若有所需，卓氏錢財盡公子提調。」

驟然之間，呂不韋一陣感奮一陣歉疚，心下頓時吃重。

拜訪卓原的來路上，呂不韋已經想得清楚：放棄業已大獲成功的商旅生涯，扶植嬴異人謀求權力，原本是一種極為冒險的轉折。在常人看來，實在是匪夷所思。過不了一年半載，這件事必將在天下商旅士子中傳開，各種非議也必是沸沸揚揚。商旅生涯固可對任何傳言一笑了之，為政卻是不能。權力是天下公器。器之為公，民心民意是根基。民心者何？士農工商之公議也。謀求權力而不顧及天下公議，那便是背道而馳，在戰國這個大爭之世決然站不住根基。之所以要嬴異人在邯鄲先立名而後動，本意正在於此。嬴異人如此，自己也一樣須得不斷增強名望，沒有大名，進入秦國便會事倍功半。目下自己僅有的名望是商旅之名，無論如何不能因將來的傳聞而毀了這僅有的根基。卓氏是天下巨商之一，老卓原的豪俠與眼光更是為同道欽佩，若得卓氏口碑支撐，自己的根基境況便要舒展許多。存了此等心思，呂不韋決計不對老卓原做任何隱瞞，全然坦誠對之，若得冷遇，也還來得及補救。不想老卓原非但解他情懷，且慨然一諾，許「卓氏錢財盡公子提調」。心存機謀而得對方大德，呂不韋如何不慚愧歉疚？所以吃重者，在於此事前途渺茫，結局實在難料，如何能將卓氏一門再陷將進來？

想到此間，呂不韋離座深深一躬：「卓公高義，不韋銘記在心。然則，入政風險遠過商旅，不韋何敢將卓氏商社拖入無底黑洞？」

「公子差矣！」老卓原哈哈大笑，「錢多了，找條正路花他一番，豈非強如堆在石窟生鏽？公子用它謀得正途，正好替老夫操了這份心也！」笑得一陣又是喟然一歎，「實不相瞞，老夫也曾經有過入政之心，想做個趙國白圭（註：白圭，戰國初期魏國大商，曾在魏武侯時做過丞相）。不想慘澹經營近十年，耗金巨萬，卻是為山九仞功虧一簣，又回頭重操舊業了。」

「啊——」呂不韋輕輕地驚呼了一聲，「卓公有過入政之心？」

卓昭也驚訝地瞪起了眼睛：「大父幾時入政，我如何不知？」

「那時呵，你父親也才十餘歲，你卻在哪裡？」老卓原呵呵一陣詼諧，接過卓昭捧過來的大爵汩汩飲了幾口，悠悠然從頭說了起來——

卓氏祖上本是「秦趙」。秦趙者，秦人入趙也，入趙之秦人也。四百多年前，流落西陲的老秦部族因勤王鎬京，從戎狄兵劫中挽救了周王室，被封為東周的開國諸侯。大舉東遷之時，老秦部族遭遇戎狄餘部的猛烈襲擊，一支秦人被圍困在了大峽谷之中。三月之後，這支秦人得山民援助，從狩獵小道分路突圍，曲曲折折地進入了趙國的北部山地，聚攏之後尚有三萬餘人。對於人口稀少的趙國來說，這支善戰勤勞的老秦人是一筆巨大的人口財富。趙國善待老秦人，特許秦人遷徙到晉陽沃土農耕狩獵放牧生息，入仕從軍與國人等同，毫無歧視。久而久之，這支秦人安定下來，真正地化入了趙國。趙國原有「秦趙同宗」的流傳，說三皇五帝時秦人趙人原本便是同族一脈，秦人入趙，如認祖歸宗。進入戰國，秦國痛感人口單薄，獻公、孝公、惠王三代鍥而不捨地祕密聯絡「秦趙人」返國。終於，在孝公末期，一萬六千餘「秦趙人」回到了秦國。此時，秦趙人在趙國已經繁衍為數十餘萬人的大部族，何去何從，對於兩國都是舉足輕重的大事。

趙成侯慌了，親自巡視「秦趙人」聚居的晉陽、雁門、巨鹿三郡，親自頒行王書，對「秦趙人」中的望族賜爵，遴選「秦趙人」中的能士賢才入仕官府，並特書減輕所有「秦趙人」的三成賦稅。在這次大安撫中，一個商旅家族被賜封為大夫爵位，封地十里，名曰涿鄉。究其實，是涿水上游的一片谷地。從此，有了「涿秦趙氏」這樣一個大夫爵的商旅家族。爵位傳到第二代，已經是趙武靈王胡服騎射之後了。隨著趙國強大，「秦趙人」也終於穩定地化入了趙國，成了名副其實的國人。這「涿秦趙氏」的大夫族長很是明銳，覺得這個族姓族號徒招事端，與族中元老會商，確定了一個新族姓，這便是「卓」。這個姓氏完全擺脫了秦趙烙印，只隱隱約約地留下了對封地淵源的懷戀，大得族人擁戴。

這個族長，是卓原的父親。

其時，卓氏的布帛生意已經擴展到了馬匹與鐵器，商事堪稱蒸蒸日上。然父親深感卓氏一族根基太淺，而刀兵之世的商旅生涯是脆弱的，永遠不會使卓氏成為一國望族，更不會成為天下望族。一番思慮，父親決意教少年卓原讀書入仕，壯大卓氏根基。父親的謀劃是：長子卓桓經商，次子卓原做官，卓氏一族進退兩便。

卓原很有天賦，甚好兵家之學。父親不惜重金覓得了天下有名的十幾部兵書，又請來了一位兵學隱士做卓原老師。十年之後，卓原的兵學劍術俱臻佳境。父親慨然決斷，親送卓原帶十輛重型戰車入軍。此時戰車雖已在戰場上淘汰，但古老的從軍傳統還是保留了下來：國人子弟從軍，若做騎士，須得自備戰馬兵器；若做車士，尋常國人都是十家合力打造一輛戰車，可帶十名子弟入軍；貴胄子弟獨帶戰車從軍，入軍便可做最低爵位的將軍——千夫長。卓原獨帶十輛重型戰車入軍，駕車戰馬四十四、隨車兵卒兩百名，當真是聲威赫赫。

於是，卓原立即做了千騎長，成了騎兵將軍。

其時正逢趙武靈王率軍征戰草原，幾戰下來，卓原晉升為萬騎將軍。因了卓原兵政皆通，趙武靈王破格擢升卓原為平城副將，襄助老將軍牛贊鎮守北長城要塞。趙國法度：要塞大軍之副將，是中大夫爵位，但入朝官，當是該官署的實權主管吏，如同輜重將軍趙奢入朝做田部吏一般。如此勢頭下去，卓原的仕途是不可限量的。然則，便在這踏入大臣門檻的關節點上，廢太子趙章的謀逆罪發，與趙章過從甚密的平城主將牛贊，被視為趙章的軍中根基，整個平城的將軍因此而同受牽連，雖未人人問罪，然升遷之途卻顯然是停滯了。

沒過三五年，做了「主父」的趙武靈王慘死在了沙丘宮。即位的惠文王趙何還是少年，秉持國政的元老大臣趙成，恰恰是在誅殺趙章、剿滅叛亂、逼死主父的三件大功上崛起的，對與趙章有牽連的將軍官員一律查勘問罪。邯鄲的「廢太子黨羽」幾乎悉數被殺。卓原一班將軍卻因實在查不出結連謀逆的罪證，只有不了了之。

此時，卓原在平城接到急報：父親病體垂危，兄長商路罹難。

卓原晝夜兼程地趕回邯鄲時，兄長的屍體已經入殮了，只父親在奄奄一息地撐持著，等著他回來。彌留之際，老父親只斷斷續續地說了兩句話：「時也命也，二子，回，回來。撐持卓氏，非你莫屬……」一言未了，撒手去了。

……

廳中寂然無聲。卓昭顯然是第一次聽大父講述家族的故事，蒼白的臉上掛著淚珠，一句話也說不出來。呂不韋心下一陣悸動，與其說是驚訝，毋寧說是被深深震撼了。天下大商幾乎都知道，面前這個鬚髮雪白的老人是半路入商，行事隱祕，極少親自出面料理商市，因此而得「商隱」之名。可誰能想到，老卓原曾經是一位兵家士子，一員馳騁沙場的戰將，一個即將進入廟堂大臣之列的兵政全才。如此滄海閱歷，雖親如孫女而從未顯露，今日卻和盤托出給他這個僅有一面之交的不速之客，此間深意，能僅僅是報鴻口渡之恩麼？

「從此，老夫掛冠辭軍，做了商人，回歸祖業了。」悠然笑聲中，老卓原大袖一揮，將昔日滄桑輕輕拂去了。

「卓公故事，不韋感佩無以復加。」呂不韋肅然拱手一禮，「滄海桑田之變，不韋一時難以窺透其間奧祕，容當銘刻在心，時時咀嚼。」

「故事而已，公子吃重了。」老卓原哈哈大笑一陣道，「老夫業已不堪長夜，但請公子歇息一晚，明日老夫再行奉陪。昭兒，你與家老照應公子了。」說罷向呂不韋一拱手出廳去了。

與老主人一般鬚髮雪白的家老輕步走了進來，向卓昭看得一眼，顯然是在目詢是否還要繼續夜飲？呂不韋笑道：「家老呵，夜飲是不能了。天亮還有一個多時辰，正好趕邯鄲早門。」卓昭正在若有所思的恍惚之間，猛然跳起來嚷道：「甚甚甚？哪有個四更離門的客人！家老但去歇息，不韋大哥交給我了。」呂不韋笑道：「久在商旅，幾更離門有甚計較？左右也是不能合眼了，何如夜路清風？」「好也！」卓昭一拍手笑道，「我也沒得瞌睡，走，有個好去處，正當其時。」說罷拉著呂不韋便走。

從正廳出來，東首是一條蔥蘢夾道的石板小徑。卓昭興致勃勃地拉著呂不韋從石板道走了上去，漸漸登上了一座渾圓的山頭。這座山頭雖不險峻，卻顯然是河谷的最高處，雖是夜闌，視線也極是開闊。此時，莊園的迎賓燈火已經熄滅，鱗次櫛比的屋樓閃爍著幾處僅存的燈火，使這片在日間極是緊湊的谷地顯得遼遠空曠。一鉤明亮的殘月懸在藍幽幽的夜空，疏疏落落的大星在頭頂閃爍，習習谷風蕩起悠長的林濤，恍惚間人在天上一般。

「好一鉤殘月！」呂不韋長長地一個伸展，深深地一個吐納，頓時精神一振。

「不韋大哥聰明也！」卓昭咯咯笑著，「這裡正是殘月亭，秋夜最好。」

呂不韋哈哈大笑：「我要說星星好，便是笨了麼？」

「可你偏說了月亮好。」

「一鉤殘月，秋夜魂魄呵。」

「殘月之美，勝似滿月。不韋大哥，爺爺這話如何說法？」

呂不韋默然良久，輕聲一歎：「殘缺者，萬事之常也。雖說盈縮有期，滿月之時卻有幾日？卓公感喟，原是至論矣！」

「我卻只喜歡滿月。」卓昭嘟囔一句又是一笑，「美者滿也，滿者美也，便是幾日，又有何妨？不強如殘月蕭疏麼？」

「也是。」呂不韋點頭一笑，「事不求滿，何來奮爭？人不求滿，何來聖賢？唯得其滿，縱然如白駒過隙，夫復何憾。」

「噫——」卓昭頑皮地驚呼了一聲，「你左右逢其源也！」

呂不韋又是大笑一陣，道：「小妹竟然讀過《孟子》，才女了。」

「大父不務商事，老夫子一般整日督我詩書禮樂劍樣樣磨叨，不是才女也由不得人也。」卓昭一陣笑語嬌嗔，「究其實呵，我是只喜歡詩、樂兩樣。劍術嘛，些許喜歡。」

「我在莊外聽到的琴音，定然是你了？」

「不是琴，是箏，秦箏。真是個商人！」

「秦箏？」呂不韋當真驚訝了，「秦國有如此美妙樂器？」

「走！帶你去開開眼界。」卓昭一副得意的神氣，拉起呂不韋便走。

下得殘月亭，順著石板道西彎半箭之地，一座木樓倚在山腳，通向木樓的是一道小巧精緻的竹吊橋，橋上風燈搖曳，橋下水聲淙淙，朦朧殘月之下，依稀仙境一般。呂不韋打量得一眼笑道：「此樓只怕要千金之巨了。」卓昭咯咯笑道：「真是個商人也，銅臭！」拉著呂不韋上了吊橋。走得幾步，呂不韋「噫」的一聲停了下來——分明是竹橋懸空，兩人踩上去卻毫無響動，堅實得與石板道一般無二。堅實則堅實矣，整座橋卻是飄悠輕晃，彷彿一只懸空的搖籃。見呂不韋愣怔端詳，卓昭嬌嗔道：「有甚稀奇也！我原本暈船，大父便造了這座怪橋，教我整日晃悠。說也怪，半年下來我不暈船了。」呂不韋恍然笑道：「卓公智計，當真兵家獨有也。」

過得竹吊橋，是木樓的戶外樓梯，拾級而上，空空之聲在幽靜的山谷分外清晰。上到最高的三層，卓昭道：「這是我的樂房，只是，不能穿靴。」說罷臉卻紅了。呂不韋微微一笑，彎腰摘了兩只皮靴，現出一雙白色高腰布襪：「樂室潔淨，該當。」卓昭拍著手笑道：「比爺爺強，有敬樂之心也！爺爺說我太過周章，從來不進我樂房。」說著話也一彎腰摘了小皮靴，拉著呂不韋推門走了進去。

樂房一片潔白，白牆白帳，中間兩張紅木大案，一案苫蓋著一方白絲，一案赫然顯露著一張比琴更長更大的樂器。卓昭臉一紅笑道：「聽你莊外擊節，沒顧上蓋……這便是秦箏。」

「如此龐然大物？」呂不韋驚訝地笑了。

卓昭頑皮盡斂，換了個人一般溫文肅然：「這是秦人國樂之器，名為秦箏，弦絲較琴弦粗得三倍，共有九弦，音色寬宏豐厚蒼涼深遠。較之琴音，我更喜歡秦箏。」

「能否請小妹奏得一曲？」呂不韋也是肅然一拱。

「從來沒有當人奏樂過……」卓昭的臉又是一紅，「今日，破例了。」說罷對著箏案深深一躬，坐進了案前繡墩之上。

稍一屏息，卓昭揮袖調弦，轟然一聲空闊深遠，餘音不絕於耳。少頃，箏音綿綿而起，初始如月上關山，舒緩圓潤，繼而如荒山空谷蒼涼淒婉，如大河入海悲壯迴旋，如大漠草原金戈鐵馬，漸漸地殘月如鉤，關山隱隱，邊城漠漠，戛然而止卻又餘音嫋嫋。

「好一曲〈秦月關山〉！」呂不韋不禁高聲讚歎一句。

卓昭驀然抬頭：「不韋大哥熟悉此曲？」

呂不韋慨然一歎：「我有一友，雖非秦人卻知秦甚深。每說秦國，他便要對我唱起這支歌。他最恨秦國，然每唱這支歌，他便要感喟一番，說秦人一席好話。於是，這支歌也成了我對秦國的唯一所知。」

「好也！」卓昭興奮得一拍手，「從學曲開始，我就被這支曲子迷住了！偏我不知歌詞，不韋大哥唱一遍，我要永遠記住她！」

「天色欲曉，驚擾卓公好麼？」

「爺爺早起來練劍了，殘月曙色，放歌正當其時！」

呂不韋點點頭，閉目凝神有頃，突然一聲悠長的噓歎，渾厚的嗓音激越破空，悲愴高亢地飛蕩開去——

邪——

巍巍秦關　莽莽秦川

蒼蒼明月　迢迢關山

同耕同戰　浴血何年

銳士鐵衣　女兒桑田

誰謂明月　照我無眠

天地同光　念日月之共圓

歌聲沉寂，卓昭的一雙大眼睛溢滿了淚水。

「采——」樓外遙遙一聲喝采，一個蒼邁的聲音隱隱飛來，「公子這老秦歌唱得好，我莊老秦人都山聽了！」

「卓公？」呂不韋一驚，顧不得卓昭匆匆出得木樓在廊下一望，卻見曙色之中四面山頭站滿了黑紅人群，不禁深深一躬，「不韋狂放，驚擾父老，尚請見諒。」

「公子哪裡話！」站在竹吊橋上的卓原哈哈大笑，「至情至性，原是趙秦本色。公子一歌，慰我莊人等念祖之心，不亦樂乎！」

「公子萬歲——」「秦歌萬歲——」四面山頭一陣吶喊。

此時卓昭已經出來，一拉呂不韋衣袖笑道：「走，下去用飯。」

曙光之中，四山人群漸漸散去，呂不韋過得吊橋便是一禮：「卓公，清晨涼爽，不韋正欲辭行。」老卓原大笑著搖頭：「辭行總歸要辭行，然也不在一個時辰，走，先填了肚腹再說。」不由分說拉著呂不韋走了。

廳中已經備好了幾樣精緻爽口的菜蔬與燙好的甘醪。呂不韋一夜未眠，此刻胃口大開，與卓原禮數完畢埋頭吃了起來，及至吃罷抬頭，對面案前卻沒有了卓原。愣怔著剛剛站起，老卓原大步走了進來，身後跟著的卓昭鼓著小嘴一臉不高興的模樣。卓原打著手勢笑道：「公子且坐得片刻，老夫還有幾句話要說。」

「卓公但說無妨。」

「昭兒，過來，你自己說。」老卓原第一次淡漠得毫無笑意。

卓昭卻落落大方地走了過來：「不韋大哥，我要跟你走。」

「……」呂不韋驚訝得皺起了眉頭。

「我要嫁給你。」

呂不韋頓時愣怔了，看著爺孫兩人誰也不說話只盯著他，呂不韋離座向卓原深深一躬，顯然是賠罪之意，轉身對卓昭溫和平靜地笑道：「小妹，我已三十有六，家有妻室。不韋若有唐突之處，尚請見諒，日後……」

「騙我。你妻室已經在六年前亡故！」卓昭撲閃著大眼睛。

呂不韋又是一陣愣怔，轉身對著卓原又是一躬：「卓公明鑒：小妹年少，此等心潮實乃不韋有失檢點所致，心下慚愧無以復加……」

「公子差矣！」老卓原微微一笑，「昭兒心性，我豈不知，全然與你無干也。老夫雖有三子，但只有次子，也就是昭兒父親才堪商旅。老夫半路歸家，素來不善商事決斷。次子總理卓氏商社，幾乎是長年不歸。為此緣故，昭兒從小由老夫教養。也是老夫不堪泯滅其少年天性，故多有放縱，不想今日禮法皆無也！」一聲歎息，見呂不韋欲待說話，搖搖手慨然一轉，「然則，話說回來，公子獨身，昭兒未嫁，此事亦非荒謬。老夫之心，唯覺昭兒唐突過甚。然此女頑韌不堪，定然要跟了你去，老夫又能如何？公子所慮，則在昭兒年少。為今之計，餘皆不說，只在公子意下如何？公子與昭兒同心，老夫便還有話說。不同心，則公子依舊是老夫忘年至交，何得有他！」

卓昭一句話不說，只撲閃著大眼睛盯住了呂不韋。

此時的呂不韋大費躊躇，原本以為匪夷所思的一件荒唐事，卻教豁達豪邁的老卓原一席話變成了當即便可定奪的婚配。實在說，喪妻六年來呂不韋當真還沒有認真思慮過自己的事，一是商旅大計接踵而來，二是也確實沒有遇見可堪婚配的女子。自邯鄲決策大轉折，心思更在嬴異人身上。與卓氏爺孫相交，雖有機謀之心，卻斷無掠美之意。對卓昭更是看作一個天真無邪的少女，絲毫沒有超越喜歡小妹妹般的情愫之心。而今突兀生出情事，呂不韋心下直是回轉不過那種難以言說的生疏，也就是說，生不出那種熱騰騰的心潮來。然則，呂不韋本能地覺得此事不能輕率決斷，須得仔細思慮一番。

「卓公明鑒。」呂不韋脹紅著臉道，「婚事情事，皆為大事。一則，不韋近日要回濮陽老宅，容我稟報父母得知而後決斷。二則，小妹年少，留得時日再行思慮，原是穩妥。」

「好！」老卓原慨然拍案，「公子決斷，甚是得當，便是如此。」

「只要你來，我便等你。」卓昭做個鬼臉，額頭涔涔細汗。

六、岌岌故土　悠悠我思

暮色之時，呂不韋匆匆回到邯鄲，毛公薛公已經在雲廬等候了。

薛公備細說了幾日來的諸般謀劃，捧出一卷金額用度支付算冊請呂不韋過目定奪。呂不韋將卷冊推過一邊笑道：「公為賢士，卻將不韋做算度商旅待之，原非共事之道也。若是商旅經營，不韋自要算度無差。然則，此事為功業大計，錙銖必較，必敗其事。不韋若惜金錢，何入此等渺茫之途？兩公若信我，放手作為。若信我不過，此事便是敗兆，不韋也無心操持矣！」薛公大是難堪，紅著臉一拱手道：「先生見諒，都是薛某無定見，聽了那個老瘋子。」毛公大樂，呵呵笑道：「兩位急色個甚？不聞『決事未必如臨事』麼？商旅之道，算金愛錢原是本性。說歸說，不試出個本心來，老夫這揮金如土的脾性，如何放得開手腳也。」呂不韋哈哈大笑道：「好好好，偏是這揮金如土四個字正合我意。不韋只要異人賢名大噪，不問支金幾多也。」薛公道：「老夫之見，這嬴異人尚算得明睿沉穩，可堪造就，成其名望，幸無愧疚。只是一樣，老夫心下不安。」

「噢？薛公但說無妨。」

「老夫頗通醫道。嬴異人少年元氣本未豐盈，又兼生計拮据鬱悶日久，身體虧損過甚，縱是從今善加調養，只怕也不能得享高壽。」

「薛公是說，嬴異人可能夭壽？」呂不韋驀然一驚。

「二十年之內了。」

「老哥哥忒沒氣力！」毛公笑著嚷嚷，「人活五十，不算夭壽，嬴異人壽幾五十，已是託天之福也。左右此事用不了十年，憂心個甚？」

「也是。」呂不韋釋然一笑，「謀事在人，成事在天。二十有年，足矣！」

「先生但明白便是。」薛公一笑岔開話題，「毛公雜學甚精，謀劃頗為扎實，幾處細節卻是要緊，先生要預聞決斷才是。」

毛公連忙向呂不韋搖搖手：「此非錢財用度，公莫急色才是！」呂不韋與薛公不禁哈哈大笑，毛公狡黠地一撇嘴，低聲說了起來，一氣半個時辰，末了得意地一問，「公以為如何？」

「妙！」呂不韋拍案讚歎，「毛公智計不著痕跡，卻中要害，便是如此。」三人一番商議，直到夜闌方散。

連日奔波應對，送走兩人呂不韋大感疲累，正要和衣上榻倒頭睡去，卻有一個婀娜身影飄了進來：「熱水已經備好，我來侍奉先生沐浴。」呂不韋驚訝地坐起揉著眼睛問：「你是何人？誰叫你來？」婀娜身影柔柔笑道：「小女莫胡，老總事與荊雲大哥要我來也。」呂不韋打了個長長的哈欠，欲待說話，一陣朦朧襲來頹然撲倒在了臥榻上，立時鼾聲大作。

次日過午，明亮的陽光灑滿了雲廬大帳。呂不韋睜開眼睛坐起，正要下榻，一個紅衣少女飄然進來，一個輕柔的笑靨，過來扶他。呂不韋搖搖手：「你是？」少女笑道：「小女莫胡，先生忘了。」呂不韋恍然，逕自離榻道：「莫胡，來便來了，未必做侍女。待我與老總事商議，教你做點大事。」「不。」少女紅著臉低著頭，「莫胡做不了大事，莫胡只侍奉先生。」呂不韋不禁笑了：「你且先去備飯，飯後再說。」少女一笑：「飯菜酒已經齊備上案，我只侍奉先生整衣梳洗了。」呂不韋一擺手：「整衣梳洗我自來，你去請西門老爹來。」少女莞爾一笑：「老總事已經請在外帳了，只你整衣梳洗便了。」呂不韋不禁驚訝：「你自請西門老爹來得？」少女笑道：「不對麼？先生離開三日，昨夜未及得見，今日自要請來議事了。再說，莫胡不請，老總事也會來。」呂不韋無奈地笑笑，也不說話，逕自到與人等高的一面銅鏡前整衣理髮。可無論他如何自己動手，總有一雙如影隨形的手恰到好處地替他收拾著，片刻之間一切就緒，除了褪去睡袍露出貼身短衣的那一刻有些不自在，幾乎覺察不出是兩個人。待呂不韋回身之際，已經不見了少女，寢帳中卻已經是潔淨整齊日光明亮，與自己一個人時的零亂幾是天壤之別。

「一個活精靈。」呂不韋兀自嘟噥一句，出了寢帳。

老總事過來低聲道：「荊雲義士說，此女靈異過人忠誠可靠。」

「何方人氏？」

「楚國湘水人，生於雲中草原。」

「老爹入座，邊吃邊說。」呂不韋目光一閃，「忠誠可靠之說，從何而起？」

帳中兩案原本擺成了近在咫尺的一排，老總事坐進了稍小的偏案，說話聲恰恰是呂不韋剛剛聽得清楚：「荊雲義士說，此女父親，是先生當年在陳城救下的一個死囚，此人目下是荊雲馬隊的騎士。至於詳情，荊雲義士日後自有稟報。」

呂不韋恍然點頭：「既然如此，教她留下。」略一思忖，突然一陣耳語。

「我自省得。先生莫擔心。」老總事頻頻點頭。

此時，莫胡飄了進來：「先生沒動甘醪？這可是從『甘醪薛』特意新打來也，秋寒時熱飲最好。」說著跪座案邊，抱起棉套包裹的木壺給呂不韋斟酒。呂不韋飲得一口問道：「莫胡還說得吳語麼？」莫胡笑道：「儂毋曉得為弗為？」（註：唐代前古語，儂指我。今江浙上海方言，儂指你。此處從古，儂為我。為弗為，會不會之意）呂不韋大笑：「好！這吳儂軟語原是純正。其餘如衣食住行，還都記得麼？」莫胡道：「曉得些了，儂雖生在雲中，姆媽卻是吳風，儂為弗為也為了。」呂不韋目光一閃：「你母現在何處？」莫胡眼睛一紅：「那年，姆媽將我送到陳城，病累去了。」呂不韋心下一沉，拍拍莫胡肩頭笑道：「莫胡，雲廬便是你家，你不會再苦了。」莫胡粲然一笑一點頭，一雙大眼睛閃爍出晶瑩的淚光。

過得月餘，邯鄲諸事處置妥當，呂不韋輕車南下了。

此時正當小寒節氣，過得安陽，一天彤雲大雪紛飛。官道之上車馬寥落人跡幾絕，三馬輕便輜車轔轔駛過茫茫原野，一路滿目寥落。河內地帶原本已經被秦國奪去做了河內郡，不想長平大戰後老秦王執意滅趙，逼得六國合縱再起，聯軍三敗秦軍，將秦國逼回了函谷關，河內又重新回到了魏國韓國手中。似乎是三十年河東三十年河西，山東六國與不可一世的強秦打了個平手。可仔細參量，這個

「平手」可是百味俱在大有文章。便說這六十餘城的河內之地，原本是三晉腹心，千里沃野村疇相接城池相望，何等的富庶風華。昔年縱是窩冬之期，河內原野也是炊煙裊裊如暮靄飄盪，雞鳴狗吠如市聲喧嚷，毗鄰城池號角遙遙呼應，條條官道車馬絡繹不絕，那一番熱氣蒸騰的氣象，任誰也是眼熱也。然則倏忽之間，河內原野一片蕭瑟落寞，十里不見一村，百里難覓炊煙，唯餘座座城池在連天風雪中孤獨地守望，暮色中一聲聲閉城號角蒼涼得令人心碎。

對天下商旅道，呂不韋最是熟悉不過。對這幾乎是半個故鄉的河內之地，呂不韋更是熟悉得如數家珍閉目也可周遊。最令他感喟的是，河內之地的百姓原本都是魏韓老民，可在秦國的河內郡過了十多年日子，竟不可思議地變成了秦人。長平大戰，河內十五歲以上男子悉數入軍為伕，人人踴躍。秦軍敗退回防，河內之民又是悉數隨秦軍「逃國」，到關中去做了真正的秦人。戰國之世地廣人稀，人口多寡比土地多寡更要害。蓋人可奪地，地卻未必能奪人。河內之地可謂天下僅有的富庶沃野之一，百餘萬魏韓之民卻硬是離了故土隨秦軍而去，何能不令人一聲浩歎！有一次，呂不韋在平原君府邸與幾員趙軍大將會議兵器商事，言及河內之民逃國，大將們異口同聲說這是秦軍裹脅所致。憤激之情，溢於言表。平原君見呂不韋默然不語，問呂不韋以為如何？呂不韋淡淡笑道：「魏國占據秦國河西之地近百年，有幾個秦人入魏？趙國容納一支老秦流部，費力費時三百餘年，最終依然是三四成離趙回秦。秦人裹脅之力，也未免忒是離奇也。」一語落點，大將們臉黑了。平原君尷尬得呵呵笑了一陣，終是沒有說話。

薛公毛公第一次被呂不韋請到雲廬，與呂不韋做了一次長夜談。兩人都不約而同地要呂不韋說說何以看好秦國？按薛公說法，長平大戰秦國大軍死傷過半，三敗之後更是退回函谷關回到了老秦局面，秦勢猶如霜後秋草，五六十年決然不能恢復元氣；當此之時，且不說扶助嬴異人能否成功，縱然成功，又能如何？毛公則嘻嘻笑道：「秦趙兩敗俱傷，然趙有五國後援，復原只在朝夕之間。秦卻是獨木一支，失道之下，能撐得幾日？公攜危人，又入危邦，盲人瞎馬，夜半臨池，有個好麼？老夫之意，莫若我三人全力輔佐信陵君回魏稱王，做一番實在大業！」

「兩公之言差矣！」呂不韋大笑一陣坦率答道，「兩公雖則高才多謀，然蝸居邯鄲市井太久，所執之論，皆為山東士子庸常之見也。不韋久為商旅，唯有一長，長年累月地在各國周遊走動，所見所聞皆是實在無虛。不韋之見，山東士子們的『秦趙大爭，兩敗俱傷』之說，太過輕率也！」

「何以見得？」薛公立即緊跟一句。

「敢問兩公，戰國之世，國本何在？」

「人口。」毛公薛公異口同聲。

「好！」呂不韋淡淡一笑，「十年以來，兩公到過河內麼？」

「但說便是，老夫敢回河內麼？」毛公紅著臉一句嚷嚷。

「千里河內，公之故國，已是空空如也！」呂不韋一聲感喟，「河內昔年之景象，兩公當比不韋知之更深。而今河內，已是唯見城池，不見村疇，百餘萬河內庶民，十有八九都跟著秦軍進了函谷關。殘餘一兩成，也都被官府全部聚集到了城池居住。偌大河內，已比洛陽王畿更過荒涼破敗！秦固三敗，然僅僅敗軍而已，人口根基並未流失幾多。六國固勝，元氣卻是大傷，人口流失之巨更是空前。河內便是一半魏國，如此荒涼蕭瑟，須得多久歲月才蓄積得百萬人口？縱想成軍抗秦，卻是談何容易！如此看去，這『兩敗俱傷』大是不同。秦國外傷，六國內外俱傷。孰輕孰重？公自斷之。」

「他國人口，也同樣流失麼？」薛公重重地歎息了一聲。

「不韋所見，六國人口皆大損傷。」呂不韋掰著指頭數起來，「楚國老郢都區域人口最多，然被秦國奪取而設置南郡近二十年，秦軍回撤之時，七八成庶民溯江而上進了蜀地。那個李冰正在建都江堰，蜀地有望大富，楚人入蜀至今絡繹不絕。東北兩面，燕齊大戰後兩國人口原本已經大大減少，雖無大逃亡，然所餘三四成人口何年才能復原？韓國更不消說得，數十萬庶民連同上黨早歸了趙國，河外之民不斷逃國，總共人口剩餘不到百萬，幾乎不到秦國一個郡！魏國河內已失百餘萬，全部河外人口不過五六百萬。趙國大敗之後慘勝，精壯男子已是十餘其三，舉國人口銳減到不足千萬，勉力重建新軍二十萬，只能一力防範死灰復燃的匈奴。如此大勢，是兩敗俱傷麼？」

「秦國人口有幾多？」薛公又迫不及待地插了一句。

「不韋多年經營兵器鹽鐵，對目下各國人口有一大致推算。」呂不韋笑道，「秦國人口，當在兩千三五百萬，占天下人口泰半也。」

雲廬大帳一陣默然，良久，毛公笑歎一聲：「商人終究務實，先生難得也！」

也就是那一次，呂不韋真正說服了兩個風塵隱士拋卻了山東士子們難以釋懷的仇秦之心，願意與他共事謀劃一件前途渺茫的宏大功業。說到底，但凡戰國名士，自然是首先追求報效祖國，然在報效無門之際卻也不會永遠地拘泥於邦國囹圄。畢竟，戰國之世的天下意識是宏大主流，邦國畛域事實上被士人們看作極為褊狹的迂腐。假若不是如此，呂不韋何能以衛國人之身尋覓得兩個隱居在趙國的魏國名士來謀劃一件秦國大計？

漫天大雪之中，車馬終於到了白馬津渡口。

白馬津者，因神異白馬之傳說而得名也。大河流經中原，到得衛國地面正是中段。衛國都城濮陽在河南，與之遙遙相對的大河對岸有一座山。時人流傳：山下常有白馬如雲群行，白馬悲鳴則大河決口，白馬疾馳則山崩地裂，白馬從容如白雲悠悠，大河滔滔無事。但有河決，官府便招得勇士將山下白馬三匹投沉大河，水患便告平息。唯其如此，這山叫了白馬山，這渡口叫了白馬津，渡口邊的碩大石亭叫了神馬亭。為了不驚擾白馬悠悠以免悲鳴，多少年來白馬津有了一個無聲渡河的習俗——無論風雨霜雪，馬匹都要銜枚裹蹄，車輛都要摘去鈴鐺，號角禁絕，金鼓屏息，船戶旅人不得喧嚷。

大雪漫漫飛舞，天地間唯有綿綿無斷的嚓嚓輕響，縱是高聲說話，丈許之外也難以聽得清楚。駕車執事遙遙一望渡口回頭笑道：「先生，想要個響動都難，還須得整治車馬麼？」呂不韋已經推開車窗走了下來，一揮手道：「鄉俗生天地。下車動手。」說罷走到車前開始摘鈴。執事連忙一縱身下車：「先生莫動，我來。」一帶住馬韁跳下車來開始動手，片刻之間收拾得緊趁利落，回頭正要請先生上車，卻見呂不韋已經在茫茫大雪中向渡口走去，再不說話，輕輕一抖馬韁牽著馬趕了上來。

雖是冰封雪擁，渡口也停泊著幾條客船。呂不韋剛站到空曠的碼頭，一個黝黑精壯的中年人出現在最近的一條小船船頭：「客官要渡河麼？」呂不韋一拱手笑道：「敢問船家，冰凍幾許，船可開得？」船家遙遙一指河面：「冰凍不勻，薄厚無定。先生若有急事，俺便領你過冰。」呂不韋道：「不是我想走冰，是我有一車三馬兩人，不知你船能否載得？」船家搖搖頭道：「俺船載不得車馬。客官若要船渡，俺喚一隻大船過來。」呂不韋點頭笑道：「那便多謝。」話剛落點，黝黑船家舉起手中一面黑色角旗在空中左右擺動了幾下。雪舞之中，南面碼頭一面黑旗也是遙遙擺動。

片刻之間，一隻大船悠然泊來，一個鬚髮雪白的老人站在船頭：「舟柳子，可是你要船？」黝黑船家一拱手道：「衛老伯，是這位客官車馬渡河。你家大船可破冰，俺這小船不中。」老人搖頭道：「風大雪大，老夫舵功不如你，若要渡客，只怕要你掌舵了。」黝黑漢子慨然笑道：「何消說得，中！老伯只督水手號子便了。」說罷一個縱身，竟從兩丈開外的小船飛到了大船船頭，引得呂不韋身後的執事一聲喝采，卻又連忙惶恐噤聲。

車馬上船，呂不韋不進船艙，與老人一起站在船頭。剛要說話，卻聞船尾黝黑漢子一聲低喝：「起船！」船底八支長槳嘩的一聲整齊入水，船頭老人一聲悠長低緩的呼喚：「風雪渡喲——緩起手喲——」八支長槳隨著悠長的節拍劃動起來。大客船喀啦啦衝破半尺厚的冰層，對著東南方駛去。眼看到得中流，冰層漸漸變薄，船行也舒緩了許多。

正在此時，卻見濛濛風雪之中，一座冰山影影綽綽從上游正橫對船腰漂來。呂不韋眼力頗好，又久行舟船，頓時一身冷汗，剛要喊給老船家，便聽船尾一聲炸雷也似的大吼：「深水快槳！起——」船頭老人也驟然緊聲疾呼：「河水洋洋！北流活活！冰山橫波！白馬助我！」節律一字一頓，恰恰是長大木槳最快入水出水的速度，蒼邁鏗鏘如長戈擊盾壯人膽魄。三輪呼號之後，碩大的冰山恰恰擦著船尾丈許之遙漂了過去，底艙頓時一聲歡呼：「白馬助我！萬歲——」

一個時辰後，大船終於在對岸停泊了。

水手的號子聲剛剛平息，呂不韋向老人深深一躬，轉身向執事低聲吩咐幾句，執事從車中捧出來三個精緻的棕色小皮袋。呂不韋慨然拱手道：「衛老伯，諸位風雪破冰，冒死渡河，些許船資請收了。」老人一個躬身笑呵呵道：「如此多謝客官。」轉身高聲一呼，「舟柳子，水頭兒，客官船資，上來領了！」底艙一聲整齊呼喝：「謝了——」呼聲落點，一個精瘦的赤膊後生架著黝黑漢子一瘸一拐地走了上來。老人臉色頓時一變：「舟柳子，腿傷了？」黝黑漢子搖搖頭：「嘿嘿，不成想狗日的冰山吃水忒深。不打緊，三五日便好。」

呂不韋熟悉船上生涯，一聽便知是這舟柳子見雙手把舵不穩，將雙腳蹬住了船身凸起的檔木，將整個身體做了一個伸直的支架死死撐住大舵，才得與冰山擦肩而過。此中險急，尋常人不得而知。呂不韋心下一動，從車中捧出了一個紅木方匣：「柳子，這匣傷藥頗有功效，敢請收了。」

「謝過先生！有傷藥，俺的船資免了。」黝黑漢子豪爽一笑。

「不！」呂不韋一搖手，「足下掌舵負傷，乘客自當盡心，與船資無關。」

「不中！」黝黑漢子也是一搖手，「渡河掌舵，船家生計，死傷都與乘客無關。傷藥船資，俺只能收得一樣，白馬津規矩破不得！」

「好說好說。」老人走過來指著紅木藥匣，「這藥只怕兩份船資也買不來，舟柳子叨光客官了。」

船資嘛，老朽那一份與舟柳子對分。」說著從執事手中拿過一只小皮袋，剛一拎手便是一愣，又拿過另外兩只皮袋一掂，只聽嗆啷一陣，頓時大搖其頭，「客官差也！一渡船資只在五七十錢之間，客官三十個餅金，我等若收，便是欺客！」

「老伯言重。」呂不韋一拱手笑道，「晚輩也是商旅道人。這冬日渡河原本五七十錢，然風雪非常，冰山突兀，險情大增，何能依常價計之。再說，冬日船少，物以稀為貴，縱超得幾錢，也只算得找頭而已。老伯休得再說了。」

此時，水手們也上得船來收拾船面諸般物事，見船家與客官高聲，好奇地圍了過來，聽得幾句，都愣怔沉默了。老人舉起三只皮袋嗆啷一搖：「你等只說，三十個餅金收也不收？」水手們異口同聲一喊：「欺客無道！不收！」老人回頭呵呵笑道：「客官且看，老朽縱是收了，也分不出去，若是獨領，豈非傷天害理？」呂不韋尋思若是再堅執下去，船工們會以為客官小覷他們，無可奈何地笑了笑，轉身向執事一招手：「錢。」

執事快步到車中取來一只稍大的皮袋，向老人一拱手道：「啟稟老伯：這是三十枚臨淄刀，委實太少，再加十個餅金方為妥當，望老伯收了便是。」老人笑道：「臨淄刀值錢了。也好，只取一個餅金，算舟柳子賞金。」說罷接過錢袋又拿出一個餅金，將三個小皮袋遞回給了執事，向呂不韋一個深躬，轉身高聲道：「船資清償，恭送客官登岸——」

「客官登岸，平安大吉——」水手們整齊的一聲呼喝。

風雪止息，紅紅的太陽從厚厚的雲層中爬出了半片額頭。車馬上岸，呂不韋佇立岸邊良久，一直看著那隻空蕩蕩的大船悠悠回航。執事笑道：「莫說先生上心，此等船家原是少見。」呂不韋不禁一聲歎息：「厚德持身，莫如衛人也！何天道無常，邦國淪落如斯！」

輜車轔轔上路，翻過一道白雪皚皚的山梁，濮陽城遙遙在望了。

濮陽是一座古老的城堡。三皇五帝時，這裡是顓頊帝的城邑。顓頊帝歸天，這座城堡得名帝丘。殷商時期，帝丘與國都朝歌隔河相望，一道濮水滔滔流過城北，桑林茂密土地肥沃，文采風華盛極一時，男女風習奔放熱烈。殷商老民多商旅，常於遠足商旅之前與意中女子幽會桑林，踏青放歌晝夜歡娛，一時蔚為獨有風尚，被天下呼為「桑間濮上」，將男女幽會也直呼為「桑濮」。《禮記・樂記》云：「桑間濮上之音，亡國之音也。其政散，其民流。」實在說，這是殷商滅亡後王道之士的正統抨擊，與這座老城堡子民的愉快感受是毫不搭調的。殷商滅亡後，商人遺民不甘周室王道的僵硬禮制，要重新恢復那自由奔放的日月，於是有了大規模的叛亂。後來，叛亂被周公剿滅，全部殷商本土遺民被分作了兩大塊。一塊為「殷商七族」，被限定在已經成為廢墟的故都朝歌地帶居住，國號為「衛」，國君卻是周武王的弟弟康叔，都城依然在朝歌。另一大塊是殷商王族後裔，被專門封作了宋國，以殷商王族做國君。這便是殷商兩分。周公的分治謀略是高明的：真正具有叛亂實力的殷商老民，做了周室王族諸侯的子民；奢靡無能的王族貴冑，卻讓他們獨立城國，以示周人的王道胸懷。究其實，殷商遺風是在衛不在宋。

從此，有了「名周實商」的衛國。

數百年後的春秋之世，戎狄大舉入侵中原。西元前六百六十年，戎狄攻衛，衛軍大敗，朝歌被占，國君衛懿公死於戰亂，「國人」僅有七百三十人泅渡濮水逃生。幸得齊宋兩國援助，衛國立了新君，將帝丘老城堡西南的大河岸邊的曹城（註：曹城，春秋衛國之都城，在今河南滑縣舊縣城東）做了都城。未幾流民紛紛歸來，終於有了五千人眾。從此，衛國淪落成了小邦諸侯。

三十年餘後，戎狄勢力退卻，衛國將都城遷回了帝丘，殷商後裔們又回到了快樂的桑間濮上。進入戰國之世，以地形特徵命名城堡的風氣大盛，帝丘城北有濮水流過，城在濮水之南，帝丘改名叫作了濮陽。

濮陽西臨大河，南望濟水，東臨齊國巨野大澤，北望齊國要塞東阿。方圓三百里，唯濮陽堪稱古老大城一座，水陸盡皆暢通，說起來也算大得地利之便。然則，自封建諸侯始，衛國立國業已六百餘年，濮陽既沒有成為通商大都，也沒有成為糧農大倉，只一座十里城郭孤獨落寞地守望在水陸兩便土地肥沃的衝要之地，令天下直是一聲歎息。士子們但凡說古，總有一句口邊辭：「西有洛陽，東有濮陽。」除了大小不等，這兩座城池簡直就是兩個孿生老姊妹一般，都是老井田制，國人居於城中，隸農居於田疇。戰國百餘年，奴隸們已經逃亡得寥寥無幾。車行官道，大雪覆蓋的無邊田疇中無一縷炊煙飄盪，寂靜荒涼得令人心顫。

「先生，鼓樂之聲！還有儀仗！」駕車執事遙遙向前方一指。

呂不韋推開車窗一陣端詳：「繞道，從城南插過去。」

執事一圈馬韁正要回車，鼓樂隊前遙遙一聲高呼：「先生且慢——」隨著呼喊，一個紅色身影跌跌撞撞地跑了過來，到得車前三五丈處氣喘噓噓地站住，展開一卷竹簡尖聲念了起來，「君上有，有書：先生榮歸故里，賜入國晉見，以全先生大名也！」

「噢，衛君要我晉見？」呂不韋驚訝地笑了，思忖片刻也不下車，只對著內侍使者一拱手，「既是如此，請貴使上車同行。」內侍使者連連拱手道：「卑微小臣，不敢僭越，只當為先生鼓樂開道。」呂不韋笑道：「我本一介商旅，談何僭越？還是上車同行快捷。」內侍使者還是連連拱手：「先生奉書，便是國賓，小臣萬不敢當！」呂不韋笑道：「貴使執意，我便去了。」腳下一跺，三馬輜車轔轔馳向古老的城池。

呂不韋的驚訝不是受寵若驚，而是莫名其妙。

衛國本是西周始封的王族諸侯，立國便是公爵之國。直到春秋之世孔夫子遊說列國，衛國依然是春秋十二大國之一。孔夫子那令人尷尬的「子見南子」的故事，便發生在衛國。然則，自從進入戰國，衛國便江河日下了。第十五代國君時，衛國自貶爵位，做了「侯」國。齊國滅宋後衛國大吃驚嚇，在第十七代時再次自貶，做了「君」國。從此戰戰兢兢如履薄冰，守在濮陽龜縮不出。

庶民卻不然。殷商遺民們雖然成了周室諸侯的子民，卻無心做周人社稷宗廟與僵硬井田的奴隸，對殷商老民駕牛車走天下的傳統一心嚮往之，除了老弱婦幼固守桑麻，精壯男子不是離國經商，便是遊學為士，總之是不安於枯守家園。百十年下來，衛國出了許多大商名士。留在濮陽的老國人，只有嫡系正宗的西周王族血統的子民了。這些守望社稷的君臣「國人」自恃血統高貴，分外矜持，既不能阻止殷商老民外流，也不再理會這些「見利忘義」的商人與士子。殷商血統的大商名士們偶然回歸故里，也從來不入朝拜會衛國君臣，與老周室老國人也是兩不搭界。久而久之，井水不犯河水，老死不相往來。大名士如商鞅者，至死沒有回過衛國。此等老傳統之下，這個衛君卻要「賜」呂不韋「入國晉見」，如何不令人莫名其妙？

說起目下這個衛君，實在是戰國中後期一個奇異人物。

要知奇異處，先得說說末世君道。戰國之世，一大批西周老諸侯國與洛陽王室的天子一道，都進入了風燭殘年之期。同是末世衰微，各個老國的因應之道卻不盡相同。大體說來，有五種法式：其一，燕國式。得地利之便，整軍固守，拓邊擴地而進入「戰國」行列。其二，齊國晉國式。地廣人眾，新地主與士人崛起，廟堂高層恪守王道舊制而不思變革，終於被新貴們推翻替代，晉國成了魏趙韓三國，姜氏的齊國成了田氏的齊國。其三，宋國式。對先祖（殷商）功業念念不忘，不思變革而只圖名號驚人，執意稱王圖霸而遭列強瓜分滅亡。其四，陳、杞式。既非王族諸侯，卻又賴大聖賢祖先之名（陳國以舜帝後裔得封，杞國以大禹後裔得封）不思進取，逐漸被列國蠶食滅亡。最後一式，洛陽天子、魯國、衛國式。此三國都是正宗的西周王族血統，天子王族不消說得，魯國君是周公之後，衛國君是周武王弟康叔之後。進入戰國之世，這三國都是執意恪守祖先舊制，絲毫不思變革，國中始終一片死寂波瀾不驚。其間，魯國雖有新士人新地主崛起之徵兆，但也只是死水微瀾而已，迅速沉寂了下去。三國之君主，也是一色的無為守成，小心翼翼地不開罪任何強國，甚事不做，守到哪日算哪日。雖然如此，魯國終究還是被齊國滅了。

從此之後，洛陽濮陽兩君主更加小心翼翼了。

同是無為守成，洛陽濮陽也是小有不同。洛陽周天子是真正的任事不問，一應「大事」只交給太師處置。王族要依照祖制分封裂土，分便分，一片王畿分封出了「東周」「西周」兩個公爵「諸侯」，王畿之地真正成了孤城一座。縱然如此，周天子依舊是整日沉湎於殘破的樂舞，昏昏大睡絕不問事，此道以周顯王為最甚。

衛君的「君道」不同處，在於孜孜不倦地鼓搗這個小城堡中殘留的臣民。目下這衛君名懷，時人呼為衛懷君。此君癖好權術之道，縱然其天地小若濮陽一城，也是整日折騰樂此不疲。為了使臣下敬畏自己，衛懷君派出十幾個心腹小吏，扮成官僕進入幾個縣令與幾個大臣的府中刺探其隱私。一名縣令很是簡樸，一晚就寢，覺得身下有異，起身點燈，揭起褥墊一看，木榻草席已經破了一個大洞。次日清晨，縣令尚未進入公堂，衛懷君的特使到了。說是特使，其實只傳一句話：「聞卿席破，特送新席一張。」放下草席便走了，直將個縣令驚得一身冷汗。

白馬津是衛國關市設卡收稅之重地。一日，衛懷君派人扮作客商，過關時有意向關吏行賄三件玉佩，免了十金關稅。當晚，關吏被急召濮陽。衛懷君當頭冷冷一句：「神目如電，小吏豈可暗室虧心？三玉何在！」關吏大驚失色，當即奉上尚未帶回家的三件玉佩，並自請重罰。衛懷君卻又是一番大笑：「吏有改過之心，處罰免了。」一小吏敬畏國君神明，也加進了「發私」行列。衛懷君的神明之舉，便越來越多了。

除了「神明」，衛懷君還有一長，在後宮與大臣之間設置「螳螂黃雀」之局。衛懷君很是寵愛美妾洩姬，但又怕洩姬父兄藉勢坐大，便對正妻魏妃表現出異常的尊崇，同時又分別密囑魏妃與洩姬「發其不法」。對於已經零落稀疏的政務，衛懷君很是倚重信任掌管宮廷事務的長史如耳。怕如耳蒙蔽欺君，衛懷君擢升下大夫薄疑為上大夫，名為襄助如耳，實則使之兩相對抗。後來，如耳與薄疑竟鬼使神差地成了同心好友。衛懷君覺察，立即同時罷黜兩人，又擢升了另一對冤家互為「襄助」。人或不解，衛懷君神祕一笑：「螳螂捕蟬，黃雀在後，不亦妙哉！」

衛國有了此等一個神祕兮兮活寶一般的君主，天下名士一片嘲諷。大名赫赫的荀子一針見血地指斥：「衛君，聚斂計數之君也！未及治民也。聚斂者，召寇、肥敵、亡國、危身之道也，故明君不蹈也。」（註：見《荀子·王制》，《資治通鑑》專引荀子此段言論評判衛國君主。）

呂不韋一路忖度，衛懷君狡黠而善祕事，必是探聽得自己商旅有成，要派給自己一個「義舉」。所謂義舉，對於商旅十有八九是「獻金報國」。若僅僅是要錢，呂不韋無論如何是要出的，不管此君做何用場，都得出。否則，此君之口會使你在天下沸沸揚揚五顏六色，你卻找誰個辯駁？然則，此君若是別有所圖，卻該如何應對？從今日之勢看，此君依然是牽絆衡平之術——鼓樂儀仗相迎以示其誠，君不出面以示其威，分明有求於人，卻矜持得要「賜見」於人。此君自以為高明，恩威並出面面俱到，呂不韋卻分明看到了一副蒼白的可憐相如在眼前。

「濮陽義商呂不韋晉見——」內侍尖亮的通報在颼颼冷風中分外刺耳。

呂不韋笑了，未曾謀面已將他定在「義商」之位，除了獻金能有甚事？心下一鬆，跟著導引內侍悠然進了陳舊殘破的大殿，過得一座黑沉沉的大屏緊走幾步，在中央座案前深深一躬：「在下呂不韋，參見君上。」

「先生請起。」鬚髮灰白的衛懷君虛手一扶，又矜持地一笑，「賜座。」

呂不韋正要到最近的案前就座，卻見一名中年侍女悠然走來，伸手示意，將他領到了衛懷君左下側的案前，算是完成了「賜座」禮儀。呂不韋釋然一笑，席地跪座案前，卻只看著衛懷君不說話。衛懷君笑道：「先生達禮，本君卻是待士不周也。」呂不韋知道衛懷君這前半句是說他待君先話，算是通達禮儀，然後半句卻是不明，如此國君果然能自責麼？一拱手道：「君召國人，原是常道，在下大幸也。」衛懷君目光閃爍間又矜持地一笑：「先生，無覺膝下有異乎？」呂不韋不看座案之下，只搖頭道：「在下愚鈍，敢請君上明示。」衛懷君一怔，終於又是一笑：「先生座案之下，草席破洞矣！」

其實，呂不韋入座時早已瞥見了破舊草席上的一個大洞，偏是渾然不覺，要與衛懷君兜兜圈子看他如何做作，此刻肅然一拱：「物力維艱。君上節儉為本，在下感佩不已！」衛懷君似乎愣怔了一下，呵呵笑了：「原是捉襟見肘也，談何節儉。」見這位君主終於顯出困窘之相，呂不韋慨然笑道：「君上既有此言，在下願獻千金，以補宮室之用。」衛懷君卻又矜持地端了起來：「果然，義商無虛也。然則，先生區區千金，與社稷何補？本君之意，欲請先生撐持邦國，不知先生意下如何？」

呂不韋心下一驚，果然來了，這回顯然不是金錢之事，卻要小心應對，謙恭笑道：「在下一介商旅，何能撐持邦國？若是事端之難，敢請君上明示。」

「區區細務，不難不難。」衛懷君笑得分外可人，「本君思忖：先生理財大家，可做我大衛關市大夫，專司十三處關卡稅金。每年若能收得萬金，三成歸先生。先生既有官身，又是公私兩利，豈非立身上策乎！」津津樂道，很有幾分得意。

驟然之間，呂不韋幾乎要放聲大笑，然卻生生憋住，滿臉通紅地皺著眉頭拱手道：「君上妙算，在下愧不敢當。在下小本生意，年利不過百金，如何有運籌萬金之大才？若是一年收不齊稅金，在下傾家蕩產事小，誤國只怕事大。如此重任，在下斷不敢當也。」

「足下大名赫赫，不想如此器局也！」看著呂不韋額頭涔涔汗水，衛懷君不禁哈哈大笑，且立時將稱呼變了，「才不堪任，足下倒也實在。不做便不做，至於大雪天出汗麼！」笑得一陣，衛懷君突然壓低聲音，「然則，足下車馬皇皇，不像小本商人也。」

「君上神明。」呂不韋沮喪地苦笑著，「人云衣錦榮歸，在下原是虛榮也。這皇皇車馬，原本趙國大商卓氏之物，因了寄放在在下的車馬客棧裡，在下趁著窩冬之期用了這車馬。若不是藉這車馬，在下如何能在大雪窩冬時回鄉？誰個不知陽春三月好上路也。」一番話嘮叨仔細，當真一個活生生的小商人。

「噢──」衛懷君恍然點頭長長地一歎，「既是如此，足下千金也就免了。」

「這卻不能。」呂不韋連連搖頭，「商旅遊子，根在故國，獻金原是該當！」

「足下忠心可嘉！然則，何年何月，你才能兌得千金之諾？」

「君上，」呂不韋怪模怪樣地一笑，「在下正有千金在車，原是積攢多年要孝敬父母了，明日我派人送來宮室如何？」

「既是在車，何須明日費時費力？」

「正是正是。」呂不韋恍然拍案，「君上跟我去拿，豈不利落？」

「也好。」衛懷君矜持地一笑，起身離座，「本君成全足下一片忠心。」

呂不韋打量了一眼這個肥肥白白的君主，一揮手：「走。」大步走了出去。衛懷君也再沒了諸般禮儀，跟著呂不韋便出了大殿。到得車馬場，呂不韋向駕車執事低聲吩咐幾句，執事驚愣得說不上話來，愣怔一陣才從車中提出一個沉甸甸的棕色大皮袋，有意一搖，一陣嗆啷金聲奪人耳目。衛懷君一揮手，一個老內侍推著一輛手車走來，衛懷君上前兩步，親自接過大皮袋，要解開袋繩驗看。偏這呂氏錢袋是祖傳手藝，袋口繩是密結暗扣，等閒人休想隨意開得。衛懷君一陣摸索，不得要領，大是尷尬。呂不韋面無表情地向執事一點頭，笑意憋得滿臉脹紅的執事過來擺弄了幾下，大皮袋鬆了口。衛懷君甩手打大袋口，一片粲然金光赫然爍目。衛懷君又一揮手，內侍走過來推走了皮袋。

衛懷君這才輕鬆地笑了：「足下獻國千金，卻要何賞？」

「但憑君上。」

「傳書。」衛懷君轉身高聲吩咐身後的長史，「賜呂門一世子爵，領封地三里。」話音落點，大袖一甩逕自去了。

輜車出了濮陽北門，呂不韋大笑起來，想一陣笑一陣，笑一陣又哭一陣，最後終是軟軟地癱在了座榻上。駕車執事心下不安，時不時回頭透過車窗瞄得一眼，見呂不韋疲累得睡了過去，才從容驅車在雪原上走馬北去。

行得片時暮色來臨，遙見前方凜凜刺天的白楊林披著軟軟的晚霞隱隱紅成了一片。駕車執事回頭道：「先生，前方該當是呂莊了。」呂不韋驀然驚醒，揉揉眼睛跳下了車：「對，正是呂莊！你趕車前行，我後邊走走看看。」

執事答應一聲，輜車悠悠去了。呂不韋長長地展了一番腰身，在冰冷嫣紅的曠野中踏雪走去。雖說大雪盈尺，平原之地已經是極目漠漠，幾乎沒有了任何突兀顯眼的物事，呂不韋放眼望去，卻仍然清晰地辨認出了烙在記憶裡的一草一木一溝一坎，歷歷數來，感慨萬端。

還在大父當家的時候，呂氏一族十三家遷到了濮陽城外。

在濮陽國人中，呂氏既不是周人後裔，也不是殷商老民。殷商時期有呂國，受封國君原為姜姓。庶民以國號為姓，於是有了呂姓。又因國君為姜姓，所以呂、姜成了可以相互置換的姓氏，如同嬴與秦一般。赫赫大名的太公望正是如此，既為呂尚，又為姜尚。因了這個呂尚對西周有滅商大功，非但古老的呂國保留了下來，且太公呂（姜）尚還成為齊國首封國君。如此一來，天下呂氏分作了兩處，一為呂國，一為齊國。後來，齊國公室為了與呂國之呂氏相區別，自認了姜氏為姓，天下呂氏便只有呂國之呂氏了。呂國原本是不足百里的小諸侯，剛剛進入春秋之世，被向北拓展的楚國滅了（註：史家考證，古呂國在今河南省南陽以西，春秋時被楚國吞併）。

呂不韋依稀記得，自己還是總角小兒的時日，大父曾經說過：呂氏失國之後，呂族星散而去了；其中一支逃往齊國，路上有一家族患病難行，脫離主支，留在了濮陽郊野。這個家族，便是呂不韋家族。大父說，當年先祖為何沒有繼續追趕主支，誰也說不清楚了。只有一點是明白的，這支呂氏自做了衛人，農家生計年復一年地衰微了。大父為了振興呂氏，離農為商，與熟識的殷商老民一道駕著牛車奔波生意去了。

十年之後，大父小成，積得三百金，率領已經繁衍為十餘家的呂氏遷出了濮陽城池，在北門外的老井田裡建了一片簡樸的莊園住了下來。大父說，老周人欺客，與其住在城中小心翼翼，何如搬出來自家做生意。

大父臨終時，呂不韋已經是十餘歲少年了。彌留之際，大父撫摩著呂不韋的長髮，氣喘噓噓地說了一句話：「乃父庸才也，光大呂門，在子身也。」至今，呂不韋還清楚地記得這句話，記得大父那殷殷期望的目光。

因了大父的臨終遺命，父親在盛年之期交出了呂氏商社的權力，將尚未加冠的呂不韋推上了商旅之路。就實說，父親的經商才能確實平庸，襄助大父二十年，獨掌生意十年，呂氏商社只積得千金耳。然則，若論自明知人，父親卻實在非同尋常。

呂不韋五歲那年，父親重金聘來了一個曾經在稷下學宮遊學三年的濮陽名士，給呂不韋啟蒙講書。父親對蒙師只有一個規矩：「王道禮儀等虛玄之書，少講不講都可。時下諸般實用之學，多學益善！」濮陽名士原本雜學一派，東家此說大對脾胃，十足勁頭地盯著這個蒙童灌了起來。也是天賦根基，十年之期，呂不韋對商、農、工、醫、水、算等諸般實用之學大體通曉，對辯駁求證學問的名家、雜家與主流顯學法家、墨家、儒家、道家也大體心中有數，若干名篇更能琅琅上口。

老師本欲再教十年，要將呂不韋教成天下一等一的名士。呂不韋也想再學十年，如蘇秦張儀般縱橫天下。不想父親卻堅執搖頭：「此子有商才，通得實學即可，誰卻要做名士？先父遺命不敢違，明年，他便是呂氏商社執掌了。」

三十六年夢幻般過去了。父親已經年逾花甲，他還好麼？

「先生，莊門已閉，我該當先行通稟一聲才是。」執事早已將車停在莊外，人卻返回來一直遠遠跟著呂不韋轉，見晚霞褪去天色黑了下來，過來提醒。

「呵，不用。」呂不韋恍然笑了，「一支響箭即可。」

執事答應一聲，大袖一揚，一支短箭尖銳呼嘯著飛向了莊門望樓的大紅風燈。片刻之間，遙聞望樓一聲長呼：「少東信使到，大開莊門——」呼聲方落，厚重的莊門隆隆拉開，一座吊橋也同時嘎吱大響著悠悠放了下來，結結實實地轟然塌在了雪地上。

「且慢。」呂不韋對啟動車馬的執事一擺手，「跟著我走。」大步上了吊橋。人車馬剛過，身後吊橋已經嘎吱大響著悠了上去，望樓上又一聲長呼：「信使高名上姓——」呂不韋高聲答得一句：「西門老總事差遣，車馬執事越劍無。」望樓紅燈左右三大擺：「信使入莊，莊門關閉——」呂不韋回頭笑道：「越執事，日後回莊，如此這般，記住了？」車馬執事點頭道：「記住了。先生回歸故里，不顯行跡，是……」呂不韋笑道：「並非故里有險。我若報名，今晚休想安寧也。走了。」

這座呂莊雖是呂氏族業，住的卻不僅僅是呂氏四十餘家，還有依附於呂氏各家的田戶百餘家，加上各家僕役、全莊日常生計的十多個作坊的全部工匠，總共有三百餘戶兩千餘口。隨著呂氏商社日見興旺，呂氏莊園建得小城池一般。若以戰國尋常城池的規模——三里之城五里之郭，這呂氏莊園至少當得一座縣城無疑。莊中三條大街十多條小巷，全是一色的青石板道，大街兩側更是多有老樹參天。窩冬之季，日落而息，莊中燈火極是稀疏，但藉著厚厚積雪的濛濛白光，莊園的整肅格局還是清晰可見。

想到族人識得自己者已經不多，呂不韋在雪地中悠悠漫步，領著車馬走街串巷，拐得幾個路口，到了莊園正中的一片老宅前。顯然是已經得到了莊門望樓的燈火信號，老宅大門已經大開，門廳亮著兩盞風燈，一個鬚髮雪白的老人正在階下雪地裡等候觀望。

突然之間，老人愣怔了：「你，你是少東？」

呂不韋緊趕兩步高聲笑道：「相里老爹，我是不韋，識不得了？」

「果是少東也！」老人兩手抓住呂不韋衣袖哽咽起來，「十年也，老朽老眼昏花了。」猛然回身高聲吩咐，「少東回莊，老宅通明——」只聽門廊一聲答應，一聲聲傳呼開去，片刻之間院牆內外燈火大亮。

「相里老爹，不韋當年多有輕慢，尚請老爹見諒了。」呂不韋深深一躬，老人連忙扶住，又是一陣哽咽，「少東哪裡話來，原是老朽迂闊遲暮，多年回思，老朽終是通明。少東若是自責，老朽無顏苟活也！」

原來，這個相里老爹便是呂不韋初出商道時的那個抱帳執事。自呂不韋帶著出貨執事避開他奔赴即墨做成了第一筆鹽生意，這位頗有理財之能的大執事既抱愧在心，又大不服氣。抱愧是對呂不韋，不服氣卻是對著那位出貨執事。從此每有生意，這位相里大執事總與出貨執事暗中較勁，出貨執事自知資歷尚淺，從來都是以忍以讓，不與大執事發生任何爭執，只是唯呂不韋之命行事。幾年後，呂不韋全力承擔了援助即墨田單的祕密商路，經常帶著年輕幹練的出貨執事在外祕密奔波採貨，抱帳大執事更是憤懣了。一次，呂不韋隨魯仲連的大貨船去了齊國，留下出貨執事在陳城繼續採購一批兵器，約定兩個月後立即裝船運出，由呂不韋在之罘接貨，再祕密運往即墨。但兩個月後，貨船杳無音訊。呂不韋大急，星夜兼程趕回陳城，才知是抱帳大執事拒付貨金，理由只有一句：「鐵兵交易須得少東親自出金，他人不支。」出貨執事百般無奈，又不好向少東「舉發」同事，事情便僵持下來。事由查清，呂不韋勃然大怒，叫來抱帳執事嚴厲申斥一頓，當即拿出兩千金要他離開呂氏商社。抱帳執事痛悔不已，再三再四地請求留下。呂不韋卻冷冷一句：「執小氣而毀大義，你不覺慚愧麼？」抱帳執事臉脹得通紅，撇下兩只金袋轉身走了。

三年後，呂不韋接到老父書簡，說相里執事在老莊做了總管。再後來，呂不韋從老莊來人的口中知道了原委。一個夜裡，抱帳執事風塵僕僕趕到老莊，對著老東大拜三拜，一句話也沒說昏厥了過去。老父情知有異，連忙請來莊中醫家好生診治，並吩咐一個年輕僕人加意守護。可是，次日清晨抱帳執事卻不見了蹤跡。老父大急，立即派族人四處尋找，三日三夜找遍了方圓百里，還是沒有蹤跡。老父一番尋思，派了三個得力精壯，甚也不做只專門尋訪大執事。一連三年，終於在即墨海邊找到了已經變成瘋漢的大執事。車馬送回呂莊，老父整日守著這個昔年最是忠誠能事的大執事說道個沒完，幾個月下來，大執事終於漸漸平靜了下來。

當呂不韋知道了這一切的時候，深深為自己的操切輕率自責不已。老父的作為，使他第一次真切地明白了何謂義商。也就是在那時候，他寫下了〈無義〉篇，寫下了那句永遠烙在心頭的話——義者，百事之始也，萬利之本也，中智所不及也。

「不韋呵，是你麼！」一聲顫巍巍的呼叫，使女扶著一個白髮老人從燈影裡匆匆走了過來。「娘！」呂不韋鼻翼頓時一酸，叫得一聲迎面拜倒。「不韋呵，兒起來，甚話別說，教老娘好生看看……」呂不韋默默起身，聽任母親摩挲著自己的臉膛，聽任眼中的淚水灑在母親枯瘦蒼老的手指上。老相里也是傷感得唏噓不已，抹著淚水道：「老夫人，雪後風大，還是進堂說話了。」「也是。」母親哽咽著一點頭，顫巍巍轉過身來，呂不韋連忙扶住母親上得寬大的青石臺階進了正屋廳堂。燈火煌煌之下，偌大廳堂空蕩蕩了無一人。

「娘，老父歇息了？」呂不韋心下頓時一沉。

「只怕是偎著燎爐。你去，娘等著。」

呂不韋將母親交給使女，大步繞過木屏穿過耳房，小心翼翼地推開了書房厚重的木門，再繞過一道大木屏，愣怔得挪不動腳步了——一盞高高的銅人燈下，一具燎爐燃著通紅的木炭，一個雪白的頭顱在蒼老佝僂的身軀前一點再點，一絲細亮的口涎伴著粗重的鼾聲連綿不斷——倏忽十年，父親蒼老如斯！

「父親！」一聲哽咽，呂不韋跪倒在冰涼的石板上。

鼾聲突然終止了，雪白的頭顱驀然抬了起來，搖搖，再搖搖：「是，不韋？」

「父親，不韋回來也！」

「好好好，好呵。」父親呵呵笑了，「忒般大了，哭個甚來，快起來，脫了皮裘輕鬆些個。這大燎爐呵，盛得一斗半木炭火，暖和得緊也。方才還與你娘說話，如何瞌睡了過去？呵，我還撐持得住，莫上心。」老父親兀自嘮叨訴說著，伸出竹杖比劃指點著，卻始終只坐在燎爐前沒有挪動半步。

呂不韋掛好皮裘，轉身一打量恍然變色：「父親，你，癱了？」

「走不得路怕甚。」父親呵呵笑了，「天意也！奔波一生，走路太多，卻又一事無成，上天教我歇了，歇了。」

呂不韋長歎一聲，良久默然。父親不若母親。父親稟性是衛國商旅的老規矩：商人重和，和氣生財，從來不喜怒形於色，永遠都是平和冷靜地處事待人。除了喪葬大禮，衛商是忌諱動輒傷感的。對這樣的父親，任何撫慰都會顯得多餘，除了商旅大計的成功，做為掌家長子，幾乎沒有教父親感到快慰的親情瑣事。

「父親，到廳堂去。」呂不韋推來了書案旁的兩輪手車，扶著父親坐了進去，「飲得幾爵，也好消消寒夜。」父親坐進手車依舊呵呵笑著：「不韋呵，十年不歸，得聽你好好說說外邊的世事了。」呂不韋悠悠地推著輕巧的竹製手車，這才注意到所有的門檻都鋸斷了，所有的臺階旁都有了一條平滑的坡道。父親原本節儉，廳堂寢室書房從來不鋪地氈，只是一色的光潔石板，若非半癱枯守，只怕原先的小燎爐也不會換成一斗半木炭的碩大燎爐。

到得正廳，使女已經將茶煮好。剛飲得一盞，相里家老已指點著廚下僕人上酒上菜。片刻之間，三案酒菜整齊備好。呂不韋看得一眼，叫住僕人吩咐道：「再上一案，相里家老入席。」老相里連忙笑道：「不須不須，老朽在小廳陪越執事也是一樂。左右少東不急走，老朽改日專陪一席如何？」父親笑道：「慢待越執事也是不妥，還是家老明白。不韋有心為敬，也是好事。」兩句話抹個溜平。呂不韋只好一拱手笑道：「如此多謝家老，改日你我痛飲。」老相里連連答應，一拱手笑呵呵走了。

母親指著熱氣騰騰的大爵笑道：「不韋呵，這是家釀清酒，嚐嚐如何？」

呂不韋捧著大爵肅然長跪：「父親，母親，不韋十年不歸，有失孝道。此爵敬我高堂，萬壽無疆！」說罷舉爵一飲而盡。父親卻只輕輕啜得一口笑道：「衛商老話，商旅無孝道。說的便是這經商奔波之人，難以盡尋常孝道。不韋說則說矣，莫為此等事當真上心。大孝者，成先祖之遺願，大我門庭也，豈有他哉！」母親也跟著笑了：「說歸說，你要門庭大，我卻只要兒子好。」此時呂不韋又飲得一口熱酒，對著母親一笑：「家釀清酒果真香醇，上品！」母親高興得瞇起眼睛笑了：「只可惜也，家門無酒徒，娘這釀酒術也無人鑒賞了。」呂不韋哈哈大笑：「娘有幾多存酒，全教我帶走如何？」「好也！差不多一車夠了。」母親開心地絮叨著，「這呂氏清酒，原本是濮陽有名了。你大父遷出濮陽，關了酒鋪，那些呂氏酒癡還追到莊裡來買哩。後來呂氏布帛生意大了，你大父不教娘釀酒，只助你父驗布管布了。這一車，還是那年停釀時藏下的，都快三十年了，是留給你回來……」母親又哽咽了。

「不韋呵，你這十年，緩過勁來麼？」父親呵呵笑著岔開了話題。

「非但緩了過來，且進境多也！」呂不韋喟然一歎，「十年前，我因援齊抗燕，使呂氏商社陷入困頓拮据，幾於倒閉。父親非但不責怪於我，反書簡寬慰我，說此乃天下大義，敗則敗矣，無須上心。後來，父親又派人送來老宅鎮庫底金兩萬，囑我撐持下去。若非父親深明大義，不韋何能撐持到田單復齊……」

父親呵呵笑道：「此等事不說了，我知道。你只說目下如何？」

「後來，商運大開！」呂不韋拍案笑道，「目下，呂氏商社專做三大行生意：鹽、鐵、兵器。絲綢珠寶生意維持日常開銷。除了秦國，山東十八國國國有店，全部執事工匠兩千六百一十三人。」

「鹽、鐵、兵，其利幾何？」

「鹽、鐵之利，十倍上下。兵器之利，三、五、十倍不等。」

「四宗生意，年出貨量幾多？」

「鹽兩萬車上下，鐵百萬斤上下，兵器年成交兩三次，每次百車上下。」

父親默默掐指運算一番，聲音顫抖了：「利金，三十萬上下！」

「不止。」呂不韋搖搖頭，不無驕傲地伸出了拇指小指。

父親默然了，良久，終是粗重地歎息了一聲兀自喃喃不斷：「上天，匪夷所思也匪夷所思也，呂氏終成天下巨商了，天下巨商了，好生想想，好生想想。」

呂不韋笑道：「父親所想，可是金錢之出路？」

「不韋，隨我到書房。」父親斷然一句，逕自搖著車輪走了。

大書房中，紅紅的木炭火映著父親緊鎖的雪白長眉。呂不韋頗是犯難，把不定該如何向父親說明自己的轉折決斷。父親不是昏聵老人，不說，問心有愧。然父親畢竟已經風燭殘年，如此渺茫的冒險說得太透，累他老人家忐忑不安，也是問心有愧。反覆思忖，也只有隨著父親的話頭隨機應變了。

「不韋，六十萬金，堪比一個諸侯國了。」父親第一次沒有了呵呵笑臉。

「活金堪比，真正財富不堪比。」

「商家無閒錢。如此巨金，你要派何方用場？」

呂不韋思忖道：「商家以牟利為本。敢問父親，耕田之利幾何？」

「勞作立身，其利十倍。」

「珠玉之利幾何？」呂不韋問。

「珠玉無價，其利百倍。」

「若得謀國，其利幾何？」

「謀國？」父親大是愣怔，「邦國焉得買賣？何謀之有？」

呂不韋字斟句酌道：「譬如，擁一新君，掌邦國大權。」

「……」父親默然，良久，竹杖篤篤頓地，「如此謀國，其利萬世不竭！」

呂不韋頓時如釋重負，輕鬆笑道：「父親明白若此，不韋便大我門庭，或可做一回范蠡、白圭般的國商。」

「業已選準利市？」

「奇貨可居，唯待上路。」

「不韋呵，」父親竹杖點著石板，「志固可嘉，風險太大也！」

「父親說得對。」呂不韋悠然笑道，「諺云，商險在財，政險在身。以奔波之勞、情義之失、蕩產之危為代價，而謀財貨之利，商人之險也。以心志之累、終身毀譽、身家性命為代價，而謀定國之利，從政之險也。世無風險，雄傑安在？我呂氏積三世之力，累金巨萬，當有大圖謀也！巨財小謀，豈非暴殄天物？大謀者，謀國為上。若不謀及天下蒼生安危，不將呂氏一族刻於青史之上，我金價值何在？你我父子，又於心何安？」

父親靜靜地傾聽著，老眼中閃爍著異乎尋常的光彩，終是拍案長吁一氣：「不韋呵，有志氣！比父親強。老父信你。縱然破財滅族，老父不悔也！」

「父親……」呂不韋淚水盈眶，對著白髮蒼然的老父親深深一躬。

此後幾日，呂不韋沉沉大睡。日上三竿方起，用過飯便與等候在廳堂的族人們飲茶聚談。三五日過去，家主們來遍了，廳堂沒有等候者了，呂不韋便自己在莊中挨家拜會，族人完了便拜會田戶工匠與僕役，一連月餘，忙碌得不沾家。進入臘月，終於將全莊人家走了一遍。大寒這日，呂不韋吩咐廚下在自己的小庭院備好了三案酒菜，特意請來了父親與相里家老，備細說了自己走動月餘所得知的諸多隱情，末了滿腹感慨道：「呂莊生計，囿於衛國之迂腐舊制太深，與天下潮流遠矣！不韋之見，呂莊之法須得有變。否則，呂氏一族終將生出禍亂也！」

呂不韋所說之生計，是呂莊的「田商兩分」現狀。當此之時，天下已經是戰國中後期，衛國卻依然是井田舊制悠悠不變。由於呂氏族人是「國人」，有著一份永遠不變的「王田」——每戶三百畝，不管你是否耕耘，這份根基之田都是世代承襲的。然則，呂氏族人戶戶為商，幾百年下來，幾乎沒有一人耕田了。田土是根基，雖然不耕，卻也得占著。於是，呂氏族人各自容納了多少不等的逃亡隸農，來替代耕耘。這便是所謂的「附庸田戶」。這些田戶，原本大多是他國逃亡的奴隸，替主家耕田，自然只是求得吃飽穿暖而已，田中五穀所收，悉數歸於「國人」主家。若是淺嘗輒止，似乎一切都是平和的天經地義的：逃亡隸農衣食無著，呂氏族人收留了他們，理當為呂氏族人無償耕耘；更何況，呂氏族人並無王族國人作威作福的惡習，善待隸農，與他們同莊而居，雖貧富天壤之別，卻是比濮陽城內王族國人的田戶強得多多了。然則，禍亂之根恰恰便在這裡：濮陽王族國人的田戶，大多是衛國殘留下來的公田老隸農，終生不出國門，根本不知道天下大勢潮流，認定了做牛做馬是隸農的天命；呂氏族人容留的逃亡奴隸卻不一樣，四海漂泊而來，對各國變法潮流與新田制大體上都能說道得一二，留在呂莊，圖的是衛國尚算太平，呂氏族人尚算寬厚；然則世事一旦有變，或起戰端，或遇天災，或是國事之亂，隸農們終究是了無牽掛抬腳便走，輕則逃亡一空，重則劫主造反入山為盜，如同楚國的盜跖軍一般。生計舊制而致滅族之難，呂不韋所說的禍亂根源正在這裡。

一席話說罷，父親與老相里不約而同地倒吸了一口涼氣。

「少東說得是。」這次相里家老先開口，「族人皆商，戶戶累金百千，若果真有動盪之險，後果不堪矣！少東閱歷甚豐，必有良策。」

父親臉色少有地陰沉著：「事雖至大，也得看辦法如何。」

「我意只在八個字：分買田勞，除人隸籍。」呂不韋拍著書案一字一頓，「分買田勞，是一體兩事。其一，分買耕田。族人將耕田分出一半給田戶，以目下田價之五成折算，賣給田戶，許田戶在十年之內以穀物勞役抵消。其二，此後，族人若以田戶代耕，須得出金買勞，如此兩便。除人隸籍，是將族人所握田戶之隸籍證物悉數銷毀，將老壯田戶、隸籍僕役之身軀殘留的印記悉數醫治，不能醫治者則掩蓋，使田戶僕役與我族人同為呂莊庶民。如此做去，禍根消除，呂氏必得平安也！」

「壯哉少東！」老相里拍案讚歎一句，又皺起了眉頭，「這除人隸籍，本是邦國之權。一莊私除，若是衛國官府追究起來，只怕難以應對。」

「此一時彼一時，目下大勢，衛國何敢追究？」呂不韋便將路過濮陽時衛懷君的種種做作說了一遍，末了笑道，「衛國君臣，心思盡在聚斂搜刮，只要收得稅金，何管你是隸籍還是國人？再說，若衛懷君稍有異動，我族便揚言遷徙趙國，他卻捨得麼？」

「好好好。」老相里笑得很是開心，「少東見得透，老朽茅塞頓開也！」

父親又呵呵笑了：「這分買田勞，未免繁瑣。呂氏族人左右不缺那幾個錢，索性將耕田送給田戶一半，也是個世代人情。」

「父親差矣！」呂不韋認真地看著父親，「荀子有言，人之性惡，必待師法而後正。人無師法，則偏險而不正。田戶有勤懶良莠，若無償送田，使唾手而得，反不知珍惜，勤耕勞作之心必滅。作價賣與田戶，則能激勵人人勤耕，爭相早日抵消債金，以使耕田歸己。當年齊國之田氏，正是這般『私制』崛起也。秦國獎勵耕戰，變疲民為銳士，奧祕也正在於獎勤罰懶，豈有他哉！」

父親長吁一聲，竹杖一點：「相里家老，此事你籌劃。宜早不宜遲，來春啟耕前分買田土。」

「老朽遵命！」相里家老慨然一拱手，嘿嘿笑得不亦樂乎。

「笑個甚來？」一語未了，老父親也呵呵笑了。

「老也老也，竟經得一回『呂莊變法』，高興也！」言未落點，三人一齊大笑起來。

整個冬日，呂不韋幫著老相里奔波謀劃，將這「呂莊變法」做得分外扎實細緻。老田戶們感奮不已，全然忘記了窩冬，整日忙碌備耕，偌大呂莊一片熱氣騰騰。大年那日，呂莊社火通宵達旦。父親與老相里硬是被田戶們抬了出去，神靈般坐在火把簇擁的高車上在全莊周遊。呂不韋破例沒有出門，陪著母親在燎爐前守歲。

「不韋呵，娘有一事，你須得有個說法。」老母親第一次這般認真。

「娘，又是婚配事了。」呂不韋笑了。

「婚配事小麼？」母親板著臉，「你業已三十有六，該當續弦了。老話說，不孝有三，無後為大。你當真不教娘看看孫兒了？打實說，我已託家老在濮陽物色得一女，大夫門庭，人家對你也略微知道些個，若是提親，諒來沒有大礙。教娘說，這次便成親，你只要住得三月，妻有身孕你便走，娘不攔你。商旅多別，難為人丁呵……」

「娘……」呂不韋眼睛也紅了，「娘，兒多年未得續娶，並非定要官門之女。目下世事，商旅之家已經不再卑賤了。兒若想做個大夫，立即便能做。兒對母親起誓：兩年之內，定然婚配，否則，聽娘指妻！」

「你呵，」母親點點兒子的額頭笑了，「有可意女子？」

呂不韋一點頭臉卻紅了：「只是，年歲太小，有些不當。」

「太小？二八小女？」

呂不韋點點頭：「若是大得幾歲，也許給娘帶回來了。」

「是這女子要嫁你，對麼？」

「娘說得是。」

「不韋呵，」母親慈和地笑著，「女小不為過。只要她家門有教，能跟你甘苦始終，縱是遲得兩年再娶，又有何妨？娘只擔心，你不用使女，身邊又沒有個女子操持衣食寒暖，終是活得不渾全呵。」

「娘，」呂不韋勉力笑著，「夫妻為人倫之首，兒只是不甘輕率罷了。兩年之後，娘定然滿意便是。」

「好，娘等著。」母親拭了拭眼角，一如既往地笑了。

倏忽之間，冬去春來，雪消冰開，中原大地的啟耕時節來臨了。在這耕牛點點的時刻，一騎快馬出邯鄲，渡大河，從白馬津直下了呂莊。是夜，呂不韋小庭院的燈光直亮到東方發白。清晨時分，駕車執事越劍無一馬去了白馬津渡口。暮色時分，邯鄲來人也飛馬離莊。呂不韋也開始了諸多頭緒的忙碌。

這一日，正是清明節氣，夾道楊柳在紛紛細雨中現出濕漉漉的嫩綠，族中商人的車馬也在細雨中急匆匆地上路了。清晨起來，呂不韋去莊外祭掃了祖先陵園，回來收拾好車馬便要向父母道別。正在此時，相里家老走過來低聲道：「老朽送少東上路，兩位老人從後山去祭祖了。」呂不韋癡癡一陣，對著父母親的庭院深深一躬，回身又對家老深深一躬：「相里老爹，拜託了。」老相里頓時老淚縱橫：「少東毋憂，天佑呂氏，老主家平安大吉。代老朽給西門老兄弟道個好……」呂不韋認真一點頭，轉身大步出門去了。

輜車轔轔出得莊門，呂不韋愣怔了——吊橋內外的大道兩邊，男女老幼齊刷刷夾道而立，除了族中的晚輩少年，全數都是呂莊田戶，細雨濛濛之中，一眼望不到盡頭。驟然之間，呂不韋兩眼酸熱，淚水盈眶湧出，一個挺身站上車轅拱手高聲道：「父老兄弟姊妹們，不韋告辭了！不韋不會忘記故土，不韋還會回來——」

「少東恩公，萬歲——」綠濛濛原野一聲春雷般的吶喊。

「後生們上！抬恩公上路——」一個蒼老的聲音喊了一聲，吊橋裡邊的大群精壯一聲呼喊，黑壓壓圍過來抬起輜車牽走三馬，一聲「萬歲」吶喊，嗨的一聲虎吼，一輛足足兩千斤重的青銅輜車忽悠上了肩頭。

細雨濛濛，號子聲聲，雨水夾著淚水，呂不韋戰慄的心田湮沒在了無邊的綠野之中。

這是西元前二六〇年的春天。呂不韋踏上了西去秦國的漫漫官道，開始了一條亙古未聞的謀國之路。低谷時期的戰國歷史，轟轟然翻開了新的一頁。

第四章

咸陽初動

一、幽幽南山　不寧不令

四月，長史與給事中屬下的兩大官署，隨著老秦王悉數搬到了章臺別宮。

戰國之世，中原大河流域的氣候與今迥異。林木蒼蒼，潮濕炎熱，大象犀牛鱷魚劍齒虎等諸般叢林熱地動物尋常可見。號稱金城湯池的大咸陽，雖占盡兵家地利，然在氣候上卻正好窩在渭水一個臂彎裡，背後是高聳的北阪，東西是構成巨大河灣的林木山塬，唯餘南面來風，卻有遠處的南山（秦嶺）巍巍然橫亙數百里。大風口不利，咸陽的夏日分外濕熱。時人諺云：「金城無風，湯池多水，逢夏流火，燎爐烤背。」說的是這大都咸陽，逢夏火爐一座，整日揮汗如雨。商鞅建造咸陽之初，在南山風口章臺旁為孝公建了避暑的別宮，可見選定咸陽城址並非不知其弊，只是利害權衡更重安危罷了。

年年入夏，秦昭王都要在章臺旁的別宮住得三兩個月，輕車簡從，一有大事立即趕回咸陽。然則今年不同，非但興師動眾地遷去了王室直屬的所有官署，且明書朝野：太子嬴柱鎮國，丞相蔡澤晉爵綱成君，開府總攝政事。書令一發，咸陽老秦人紛紛揣測，然懾於「不得妄議國事」的法令，只能是私相竊竊罷了。

國事不明，國人議論不安，春秋戰國謂之「國疑」。尋常多見者，大多是「主少國疑」，說的是幼主在位，國人對朝局動向多有疑惑揣測。如秦昭王這般雄強君主在位，而使國中撲朔迷離者，當真少見。究其竟，在於秦昭王在位五十餘年，目下已經是年逾七旬，如此明書朝野，大有臨終善後意味。大爭之世，一代君王一代國命，其對庶民生計的作用無論如何估計都是不過分的，更兼太子的平庸孱弱朝野皆知，國人難免疑竇叢生。

老秦人竊竊私議，尚商坊已經響動大起。尚商坊是咸陽建城時特辟的山東六國商賈區，也是六國商人與遊士學子在秦國聚居的坊區，赫赫然十餘萬人，超過了任何一個大都會的外國商旅，只有戰國初期的魏國都城安邑與齊宣王時期的臨淄可與之比肩。尚商坊大商名士雲集，議論國事全然戰國奔放之風，火辣辣熱騰騰以切中要害為能事。秦國每有大舉，尚商坊一片議論一片忙碌。議論之要，是傳播消息辯駁根由論爭對策。忙碌之要，是向本國急發「義報」，警告預為應對。秦昭王書令一發，尚商坊便有了一個驚人傳聞——老秦王風癱了！秦國要亂了！無論是酒肆客寓，還是行商坐賈，到處一片慷慨高聲，話題驚人的一致：秦國勢必衰落，山東該當如何？

風聲很大，咸陽官府卻一如既往的平靜，既沒有依秦國律法追查六國商人「妖言惑眾」，也沒有加強商旅關卡的盤查，更沒有尚商坊傳聞的大舉動——封鎖函谷關，強徵六國商人以重稅，而後盡行驅趕六國商旅，從此閉關自守。如此旬日過去，六國商旅們大惑不解，不敢造次生事，漸漸平靜了下來。

在這主老國疑國人惶惶之中，一支馬隊擁著一輛青銅傳車出了咸陽，直向南山而來。尚商坊又是一則傳聞：謁者傳車非時出城，老秦國必有異動！（註：傳車，裝載王室文書的專用車輛，方正如箱；謁者，職掌傳送文書的官署。）

謁者傳車進得南山河口，谷風習習涼爽宜人，湮沒在遍山林木的章臺更是一片清幽靜謐。傳車從林間大道進入章臺石門，穩穩停在了長史官署廊下。長史大臣桓礫迎了過來，與謁者低聲交接得幾句，從謁者手中接過一只兩尺見方的銅箱，匆匆向秦王書房去了。方到長廊盡頭，桓礫見白髮白鬚的老給事中向他搖了搖手，示意稍候片刻。兩人都是老臣子了，只此一個手勢便清楚：老秦王正在午眠。桓礫一句話不說，肅立在廊下靜候。

過得片時，書房大門無聲滑開，一個少年內侍走出來向老給事中一點頭，給事中又向桓礫一招手，接著長聲一呼：「長史桓礫晉見——」

書房隱隱傳來一聲蒼老的咳嗽，桓礫抱著銅箱走了進去。

章臺的王書房原本寬大簡約，除了高大聳立的紅木書架，便是幾張厚重宏闊的書案。而今，這王書房已經被改得面目全非了：兩進連環，裡間做寢室，外間是書房，中間立著一面黑沉沉的大木屏；縱然寢室近在咫尺，書架環立三面的中央空闊處，還是有一張可坐可臥的特大木榻；木榻前一張長大的書案，案上竹簡碼成了一道連綿「文山」。隱隱之間，說不清是寢室還是書房。自進南山，古稀之年的秦昭王覺得別宮與章臺雖然鄰接，畢竟不便，索性搬進了章臺王書房不動了。自進書房，老秦王終日半臥在那張長大木榻上，時睡時醒，一切都是斷斷續續沒有任何定準，桓礫與老給事中的弓弦始終繃得緊緊的。

國君的隨行官署有兩大系統：一為長史署，是國君處置國務及直屬財政的官吏系統，後世一度演變為中書省；二為給事中署，是以內侍機構為中心的國君生活官署。不管國君走到哪裡，這兩套人馬都是隨行跟進的。所不同的是，秦昭王往年出巡或避暑，都只帶兩署的幾名幹練吏員，主管大臣長史與給事中倒未必跟隨。這次卻是不同，非但兩套官署全數隨行，且事先對章臺做了一番大大的修葺改建。這修葺改建，是王室尚坊直奉老秦王書令祕密進行的，長史與給事中兩位貼身大臣都未曾預聞。悉數官署隨遷章臺，桓礫也只是在臨行前三日，才從老秦王口中得知的。

已經做了二十餘年長史，種種密動跡象已經使桓礫有了一個明晰判斷：老秦王必有特異之變，要長住章臺別宮了。究竟何變？桓礫自然有所揣測，但未奉告知，卻也決然不能說破。進得別宮旬日，老秦王深居簡出，連他這原本時時不離王室書房的樞要大臣，也見不上秦王了。今日若非謁者送來極重要上書，他還是不能晉見，惟其是進駐章臺第一次晉見秦王，桓礫心下有幾分忐忑不安。

進入業已生疏的書房，桓礫正要行禮參見，卻見榻上的秦昭王一指榻側座案，又對身後侍女一招手。侍女輕盈地飄了出去，片刻間帶著老給事中走了進來。

「兩位，皆本王腹心。」蒼老沙啞的聲音飄盪著，「今有一事告知：去冬歲寒，本王不意風癱在榻。當此，非常之時，務須嚴守機密。」

「老臣遵命！」桓礫與給事中異口同聲。

秦昭王瞇起了朦朧的老眼，給事中立即說得聲老臣告退，輕步出了書房。秦昭王微微一抬手：

「長史，甚事？」

「啟稟我王：綱成君與太子上書。」

「噢？」秦昭王白眉一聳，「念來聽。」

「綱成君上書。」桓礫展開一卷念道，「臣奉王命，晉爵開府，大局如常，唯一事頗見蹊蹺，不敢不報：臣三次相約太子議政，太子皆未能如約。臣遂赴太子府就教，方知太子業已臥病不能理事。事關邦國社稷之根本，臣不敢不言：太子年已五旬有餘，沉屙積弱，隱憂已顯。臣不揣冒昧進言，我王當未雨綢繆，早斷太子立嫡大計。綱成君上書完。」

「啪！」秦昭王輕輕一拍榻邊扶手，沒有說話。

「太子上書。」桓礫又展開一卷，「兒臣啟稟父王：嬴柱受命鎮國，政事繁劇，肩負重大，唯任勞任怨以報國家。然唯有一事，兒臣戚戚不能決斷：嬴柱已過天命之年，尚無嫡子，難以為繼，今欲請王命，擬在諸庶子中擇其賢者立嫡，以為社稷存續，敢請父王決斷。太子上書完。」

「……」

默然良久，秦昭王微微開眼，嘶啞緩慢一句：「長史，密召蔡澤。」

桓礫答應一聲匆匆去了。國君祕密召見大臣，歷來都是給事中奉命執行，今日下令長史，桓礫自覺有些異常。不及細想，當即派出幹練吏員駕車奔赴咸陽，暮色時分接來了蔡澤在長史署等候。初夜掌燈，老給事中來傳秦王口諭：長史桓礫，隨同綱成君蔡澤一同晉見。

在給事中導引下，兩人穿過了布幔密封的長長永巷，到了章臺最隱祕的無名室。桓礫知道，這裡是秦昭王當年與范雎密談晝夜的地方，等閒大臣幾乎永遠不可能踏進這個神祕的處所。可是，如今這密室也改得寢室書房含混不清，除了隱祕二字，說不上這是甚個用場的所在。

「臣蔡澤參見我王。」蔡澤的尖亮嗓音在四面密閉的石室也顯得低沉了。

「臣桓礫參見我王。」爵位低得幾級，桓礫只能跟在後面行禮。

秦昭王的眼睛微微啟開了一條細縫：「綱成君，入座。長史，書錄今日對答，交太史令。社稷續斷，總要對先祖後世有個說時也。」

桓礫這才明白，今日是要他代替史官筆錄君臣對策。依照傳統，史官所錄，大體皆為曾經發生的國事，如頒行修改法令、祭祀天地、晉升貶黜大臣、對某國開戰等等。君王之言談尋常不錄，除非國君自認為須得筆錄，或對談臣子以為重要，事後追錄而交太史令。尋常時日，史官並非如影隨形般追隨國君左右。今日應對，要長史大臣親自筆錄，桓礫頓時覺得此事非同尋常——既為密談定策，必是一時不能明告朝野的機密大事；然又要筆錄在案，則是必須顯示：國君曾經就此大事有過決斷。筆錄其所以要交太史令入典籍庫收藏待查，是國君對先祖後世乃至朝野的一個交代憑據。驀然之間，熟讀史籍的桓礫覺得老秦王似乎在仿效當年的周公之法。

西周初年，周武王病勢沉重。周公祭祀天地，默默對天發誓：願代天子身死，祈求上天將自己的壽命續於天子。此事舉動頗大，周公自然得許史官筆錄。然則，祭祀禱告之內容，史官與隨祭大臣卻一無所知。周禮法度：祭祀天地祖廟之禱告書，須交史官入庫待查。所以，大臣與史官誰也沒在意周公的啞禱。不想，周公卻將禱告書當場鎖入金匱密封，而後交太史令入王室典籍庫，嚴令非王命不得打開。於是，周公祭天遂成了一個謎。年餘之後，周武王病逝，年幼的周成王即位，周公總攝國政。

一時流言四起，紛紛詆毀周公居心叵測。有人密告周成王：當年周公啞祭天地，是要詛咒武王早死，以篡奪天子之位。成王大疑，親自進入王室典籍庫，打開了周公密封的禱告書。一看之下真相大白，周成王涕泣不已，從此深信周公不疑。

目下老秦王說要對先祖後世有個說時，分明是有難言之隱而藉此表明心跡。從來都是凜凜斷事的老秦王，今日如此謹慎，足見此事之微妙難測。桓礫雖隱隱地有所意會，但心下依舊是騰騰直跳。

「綱成君。」半臥榻上的秦昭王終於開口了，字斟句酌，分外清晰，「老夫年逾古稀，人生苦短矣！本以為雍城祭天，上蒼會賜老夫些許壽命。不意乍逢風癱，以致病臥不起。天意如此，夫復何言？見君上書，老夫何嘗不憂也！」

「我王毋憂。」蔡澤一聲哽咽，「王執秦政五十有四年，迭克危局，連度險難，使大秦成皇皇大業。縱是今日國事繁難，亦終得上天庇護而安邦定國，何憂之有？」

「綱成君差矣！」蒼老縱橫的溝壑中抽出了秦昭王的一絲笑意，「我即位秦王，前三十餘年為太后、穰侯之功。嬴稷親政，唯成一事：大摧趙國，使秦國最大強敵衰落。餘皆不足論也。然，嬴稷亦有一大缺失：空享高壽，未栽培得一個雄強太子，太子之後，亦無一個才堪繼統的嫡子。後繼乏力，我心何安……查勘王孫，擇賢立嫡，非一日可成之事也。然六國環伺，虎視眈眈，豈容我從容決斷？兩難之境，本王何堪矣！」蒼老顫抖的聲音飄盪在密室，彌漫出一片晚境老人的淒傷。

筆下一抖，桓礫的一滴大淚噗地從羊皮紙激濺起來。

「君若出得良策，當是大秦不世功臣。」秦昭王喘息著補了一句。

「臣啟我王。」蔡澤平靜了許多，從容答道，「太子之弱，王孫之立，臣一時實難就事斷事。然臣為丞相，開府統政，自當有總攬全局之策。臣前出計然七字策，為在富秦。目下之勢，卻在安秦。臣有八字方略，可安秦國十年，以使我王得以轉圜。」

「……」驟然之間，秦昭王目光大亮。

「息兵養國，決內安統。」蔡澤一字一頓。

「姑且說來。」秦昭王語氣平淡，目光連連閃爍。

蔡澤侃侃道：「八字三事，原為一體。大統續斷，社稷安危之頭等大事也。然此事非兵爭擴地，立決立斷反易鑄成大錯，唯假以時日徐徐圖之，可保得當。唯其如此，須外事無憂，國家無戰亂兵爭之危，方可爭得時日。河內、南郡、燕齊、長平，四次曠世大戰後，大秦乏力，山東六國更見衰弱，合縱攻秦業已難以為繼。當此之時，我對山東外可虛張聲勢，而內行息兵養國之策。就實而言，一不擴軍，二不打仗，只圖自守；自守之下，養息民力，整肅吏治，以為未來新君扎下根基。若能持此守勢而息兵養國，我王可從容決內，立定大統繼承，此謂決內安統也。決內須得有時，有時須得息兵，息兵養國，方可得時決內。一生二，二生三，三生萬物。相輔相成，此謂八字三事皆一體也。」

「息兵養國，決內安統。」秦昭王輕聲念叨一句，默然片刻，一拍臥榻扶手，「好！便是這八字方略。綱成君，惜乎老夫垂垂，不能對你一拜了。」

「君上……」蔡澤一聲哽咽拜倒在地。

秦昭王搖搖手，默然片刻，叩著扶手低聲道：「長史起書：綱成君蔡澤得對太子嬴柱諸子詳加查核，擇其賢者，報本王決斷。查核之法，許綱成君酌情行事，太子府無得干預。」

「……」蔡澤頓時驚愕，默然片刻肅然拱手作禮，「臣啟我王：太子立嫡，事關社稷，唯我王會同王族資深大臣決斷處置，方可平息國疑，服膺朝野。臣資望不足，更兼素不熟悉王子王孫，若有失察，縱身死不足以補過也！」

「綱成君，」秦昭王罕見地笑了，「君之八字，解得老夫憂煩，何其操持之功卻要推辭？八字三事，息兵不難，難在養國與決內。兩事相比，養國不難。秦有成法循吏，養息民力盡可交太子督察，諒無大礙。唯立嫡一事，難矣哉！若老夫可一書決斷，豈能等到今日？」喘息得片刻，突然低聲吩咐，「長史，將本王密匱打開，請綱成君過目。」

桓礫一溜碎步從帷幕後搬來了一只銅箱。秦昭王抖索著枯瘦的右手拉開了胸前大領，赫然現出一支晶晶亮的銅鑰匙。桓礫肅然一躬，趨前雙手輕輕取下，噹的一聲打開銅箱捧到了蔡澤案前：「綱成君請。」

小心翼翼地瀏覽完十多卷竹簡，蔡澤額頭汗水涔涔，勉力鎮靜心神道：「臣願奉命，唯有一事，尚請我王允准。」

「何事？」

「兩年之內，許臣隨時晉見。」

「可也。」秦昭王點點頭，「老夫也有一說，綱成君斟酌。」

「願聞王命。」

「至遲三年，須得底定。」

「臣謹奉命！」見老秦王呵呵笑得一陣不再說話，蔡澤一躬，「我王保重，臣告退。」秦昭王對外廳一招手：「給事中駕王車，禮送綱成君。」老給事中隔門一聲答應，領著開門出來的蔡澤去了。

「立即密宣上將軍蒙驁。」秦昭王低聲一句，疲憊地靠著大枕閉上了眼睛。

桓礫當即書令，待王書發出時，長榻上的秦昭王已經發出了粗重的鼾聲。桓礫正待悄然退到外廳，卻聽秦昭王突然一句：「移回書房。」又是鼾聲大起。桓礫正在愣怔不知所以，卻見四名黑衣內侍走來，擁著長大的木榻悠悠然碾過厚厚的地氈，悄無聲息地消失在可牆張掛的帷幕之後去了。

三日之後，上將軍蒙驁從函谷關飛騎趕來，王書房的燈光一直亮到五鼓雞鳴。

二、丞相府來了不速之客

回到咸陽，蔡澤心下總是沉甸甸的。

老秦王採納他的八字安秦新方略，原在意料之中。然則，將最重大的立嫡事務也壓給了他，蔡澤無論如何沒有想到。按照法度，確立太子是國事，大臣得參與議論，或奉命考校候選王子之才德。然，太子立嫡卻沒有定規。戰國傳統，若非牽涉王室權力，貴胄立嫡尋常都做為家事決斷；若立嫡牽涉到王室權力格局，則國君視情形而決定干預程度。齊威王時，丞相靖郭君田嬰無嫡子，齊威王直接下書，立其庶子田文為靖郭君嫡子，爵封孟嘗君。戰國之世，國君親斷王族大臣立嫡事務，這件事最是引人矚目。目下，太子嬴柱的嫡子確立，直接關乎王位大統，遠非孟嘗君之事可比，本當秦王親自處置，誰想卻壓到了蔡澤頭上。若僅僅是事關重大朝野矚目，蔡澤絕不會畏難，名士建功立業，無克危難何見功勳？要害處在於，太子立嫡直接關涉王族各支脈的利害格局，棘手處太多，事事都是投鼠忌器，外臣極難操持。再說，戰國之世崇尚將相之功，名士當國或兵爭擴地，或富民強國，這種宮廷斡旋，天下難見其功，也非名士所長。以范睢斡旋之能，當年奉秦昭王之命考校王子，也是淺嘗輒止，三個月後便辭相歸隱，其間難處可想而知。蔡澤很是內明，深知自己在資歷威望、功業根基、斡旋奇謀等諸般方面，在戰國秦的歷代丞相中都是平庸的，與商鞅、張儀、魏冄、范睢不可同日而語。縱是此等四位赫赫大才，最後也都在雄主末世的宮廷斡旋中敗北而去。蔡澤何能，避之唯恐不及，何曾想過一身承當？

然則，蔡澤還是受命了。

秦昭王教他看的那箱密件，使他不得不接受這一棘手特權。密件有目下老臣們對擇立太子嫡子的上書，有當年范睢對諸王子的查勘上書，有太子嬴柱的自查上書等等。然最令他驚詫的是，竟然還有河西隱者士倉的一卷祕密上書。士倉對太子諸子有八字評判——不習經國，唯好弓馬。最後硬邦邦寫道：「士倉布衣，率性建言：諸王孫若不習計然經國之學，秦國危矣！」正是士倉的上書，使他不得不接下了這件棘手的差事。士倉是范雎祕密舉薦給太子嬴柱的，是通過蔡澤的傳信促成的，依著法度，兩人都是「私舉」。當此局勢，士倉舉薦他督導王孫，他能拒絕麼？且不說這件背著老秦王的「私舉」密行之罪，只有自己接受王命才能化解，只自己憑著精通計然之學入秦為相，便不能拒絕。這個士倉究竟何許人也？果真隱士，走便走矣，何須來此一番狗拿老鼠？

苦思不得其所，蔡澤決計先到太子府知會交接。

蔡澤軺車轔轔到了太子府，家老連忙迎來，說太子正在池畔亭下。蔡澤說聲無須通稟，搖著鴨步逕自向池邊走來，石亭在望，呵呵一笑：「好一股香！誰道良藥苦口也？」嬴柱剛剛放下藥盅，站起來一拱手道：「開府丞相如此逍遙，綱成君無愧大才也！」蔡澤詭祕地搖搖手：「奚落管個甚用？老夫是螞蚱拴得鱉腿，沒個蹦躂。」嬴柱不禁笑了：「足下方得晉爵開府兩樁喜慶，如何卻成了鱉腿螞蚱？」蔡澤坐進了對面石墩，只看著嬴柱不說話。嬴柱大奇，欲待發問，卻聞遙遙一聲長呼：「王書到——」

嬴柱匆匆迎到亭外。一名白髮老內侍已經捧著王書走了過來，接著是尖亮的誦讀：「秦王書命：太子嬴柱，鎮國監政，當以綱成君蔡澤之方略行事，代丞相督察政事。大秦王五十四年夏四月。」老內侍宣罷去了，嬴柱卻捧著王書兀自愣怔。

「安國君明白麼？」石亭傳來蔡澤的嘿嘿笑聲。

「明白個甚！」嬴柱霍然轉身，蒼白浮腫的臉驟然紅了，「我代丞相督察政事，你這丞相做甚？你之方略，我卻如何知道？鎮國監政變成了署理政務，父王分明是老……」

蔡澤悠然自得地笑了：「署理政務者，熟悉國事也，不好麼？」

「甚個好不好，是不合法度！」

「職事變通，與法度無涉。」

「儲君與丞相職事，焉能動輒變通！」

「安國君少安毋躁。」蔡澤虛手一請，將喘著粗氣的嬴柱請進了亭下坐定，淡淡一笑，「敢問安國君，近日可曾上書？」嬴柱目光一陣閃爍，終是點了點頭。蔡澤接道：「如此變通出在安國君上書之後，必與安國君上書相關。只做如此想去，斷無差錯也。言盡於此，老夫告辭。」

「且慢！」嬴柱霍然站了起來，「我署政事，豈非罷黜了丞相？」

「甚個說法？」蔡澤一臉正色，站起身邊走邊說，「老夫依舊開府丞相，足下依舊鎮國太子。敢請安國君明日過府，與老夫交接。」說罷搖著鴨步逕自去了。嬴柱望著蔡澤背影愣怔半日，回不過神來。

蔡澤回到府邸，正是日暮時分，起了咸陽極是難得的徐徐涼風，庭院燥熱之氣大減。蔡澤吩咐書吏將書案搬到庭院寬闊通風處，一張大席四盞風燈，要消受一番夜讀消夏的自在。方得就緒，家老輕步走來道：「家主，有一士子求見，說是帶信而來。」蔡澤夜讀興頭正濃，一揮手道：「不見。信拿回付賞金便了。」家老湊近低聲一句，蔡澤眉頭一皺又笑道：「既是如此，請他進來。」

家老去得片刻，一個白衣人飄飄而來，方近書案一躬道：「濮陽商賈呂不韋，見過綱成君。」初月之下，來人束髮無冠舉止風雅，一團親和之氣如朦朧月光彌漫開來。蔡澤心下一動，虛手做請笑道：「足下入座說話。」

呂不韋一聲「遵命」，撩起麻布長袍跪坐於大席邊緣，離著那張大案還有三尺之遙。蔡澤不禁一個拱手作禮：「先生通得這咫尺為敬之古禮，實屬難得也。」轉身一聲吩咐，「上茶。」呂不韋謙恭地微微一笑：「不韋一介商旅，粗通禮儀而已，不敢當綱成君褒獎。」蔡澤目光一閃笑道：「先生識得范君？」呂不韋一點頭，從長袍襯袋中拿出一支細長銅管，雙手捧起膝行案前：「此為書簡，應侯不便入秦，不韋傳信而已。」

蔡澤接過銅管，見管頭泥封赫然，心下一動，當即用刻刀剔開泥封擰開管蓋抽出一卷羊皮紙打開，眼前分明范睢手跡：

蔡兄如晤：老夫隱退山林湖海，念安國君千里求助之誠，念兄無端受士倉之累，一事唯做消息告之：安國君庶子異人，已在趙國覓得蹤跡；此事賴商旅義士呂不韋之勞，欲知異人之情，盡可詢問之。策斷如何，憑兄自決，老夫自無說事。

蔡澤看得一陣心跳，面色卻是平靜如常，很隨意地捲起羊皮紙塞入銅管，再將銅管丟進了書案邊上的木函，悠然一笑：「先生入秦，欲商？欲居？欲遊？老夫或可助之。」

「先遊。」呂不韋滿面春風地笑著，「或商或居，待後再說。」

「先生寄宿何處？」

「長陽道涇渭坊。」

「噢？」蔡澤不禁驚訝，「尚商坊豪闊客寓多矣！如何住了國人坊？」

「欲知秦風，當知秦人。尚商坊雖在咸陽，卻非秦之真髓也。」

「好！」蔡澤拍案笑道，「先生見識不凡，老夫無須操持了。」

「綱成君國事繁劇，不韋告辭也。」呂不韋說罷起身，肅然一個長躬，逕自去了。蔡澤欲待起身相送，白色身影已經飄然過了池畔山麓，愣怔一陣，重新拿出范睢書簡揣摩起來，思謀一陣，轉到池畔燕山上去了。

范雎這封書簡頗見特異，且不說內中消息，單是這傳信方式便大是蹊蹺。依著商旅帶信規矩，泥封銅管意味著傳信者沒有打開過書簡。若是尋常書簡，蔡澤絕不會生出疑惑之心。然則，這是事關未來君王權力的至大事體，其間有可能出現的權謀往往是匪夷所思。別個不說，那個士倉，分明是范雎舉薦給安國君第六子嬴傒的老師，分明是一個與宮廷毫無瓜葛的橋山隱士，如何生出了一樁上書老秦王的奇事？驟然看到士倉上書，蔡澤如同吃了一記悶棍，一切辭謝立嫡事務的理由都被無邊的疑懼淹沒了，甚至對范雎也生出了一絲隱隱的疑心——此公莫非要藉我之手有所圖？因了這份疑心，蔡澤對范雎的書簡只能不置可否，他要想想看看再說。況且，范雎在書中恰恰提到了呂不韋，從語氣看，還頗為倚重。從其人言談辭色看，呂不韋似乎不知書簡內容。然若果真不知，這書簡如何捎來？莫非是輾轉相託？以范雎之能，要給咸陽丞相府帶一書信原是輕而易舉，如何會輾轉託付這個呂不韋？而呂不韋若知曉此信內容，卻能安然面對，此人此事更見深不可測。

誠然，嬴異人有了下落確實是個好消息。今番奉命操持太子立嫡，有了這個少年聲望頗好而又久無音信的公子的下落，那個嬴傒便不再是唯一人選。只要有「擇」的餘地，對於蔡澤而言，操持起來有利得多，且結果無論如何，至少都可以對朝野有個公正的交代。然則，這個嬴異人，卻不能輕易從這條途徑亮出。此間要害處，在於范雎與呂不韋有無陰謀他圖？若有陰謀，蔡澤寧可選擇邦交途徑去趙國查勘嬴異人，而不願通過范雎呂不韋之「消息」途徑聯絡嬴異人。儘管范雎在書中已經言明只報消息，憑君決斷，蔡澤還是隱隱不安。畢竟，權力斡旋中的言行不一是太多太多了。

漸漸地月上中天，蔡澤終於想得明白，回到書房立即做了一番調遣。清晨時分，兩騎快馬飛出了咸陽東門，一名商旅裝束的書吏也出了丞相府後門。

次日晚間，蔡澤接到了書吏密報：衛國商人呂不韋，確實住在長陽道涇渭坊的櫟陽客寓，入住三日，只出門一次，無任何人拜訪；尚商坊的六國商人，大多不知呂不韋其人，只有楚國大商猗頓氏的老總事略知一二，說此人根基在陳城，根本不會來秦經商。此後一連半月日日密查，報來的消息都一樣：呂不韋每日出門踏街遊市，暮色即歸，從未與任何人交遊往來。

此時，山東兩路祕密斥候快馬回程，密報了兩個消息：其一，范睢隱居河內王屋山，逍遙耕讀，近年多病蝸居，無任何異動；其二，士倉已經離開了橋山，與一個叫作唐舉的士子結伴周遊去了，連橋山的茅屋都燒了，並未查出任何「密士」蹤跡。蔡澤不禁大鬆了一口氣，然一絲疑惑總是揮之不去——均無異常，難道是老夫疑人偷斧了？思忖一番，蔡澤進了一輛密封輜車，從後門轔轔駛出，直奔長陽道而來。

進得櫟陽客寓的車馬場，有侍者殷勤迎上，蔡澤說要拜訪呂姓客官，侍者笑道：「先生居修莊，足下是第一位訪客，請隨我來。」將蔡澤領到了最深處的一座庭院，方到竹籬院門，一柱與人等高的白石上兩個斗大的紅字：修莊。蔡澤點頭讚歎：「客寓好風雅，竟有修莊之名！」侍者謙恭笑道：「足下褒獎，愧不敢當。我寓定規：客官入住，可給自己居所命名，我寓只刻石。」蔡澤原是計然學派，留心諸般民生流俗，聞言大奇：「如此說來，一座庭院豈非有諸多名號了？」侍者笑道：「客官命名，人走名留。後住客官若不滿前客所留名號，可重新命名；若中意於前客名號，便可在這柱名號石上刻得自己姓名，以示認可。」蔡澤細看白石，左下角果然只有「濮陽呂」三個小字，恍然笑道：「看來『修莊』名號，是這位客官新立也。」侍者一點頭，一聲高呼：「修莊有客——」

片刻之間，院內朗朗笑聲，一人布衣散髮大袖軟履，從竹林小徑悠悠走來，分明便是那個傳信商賈呂不韋，只目下看去，卻是比在丞相府多了一分消閒灑脫，全然不似尋常商賈那般珠玉滿身。及至近前，呂不韋顯然有些驚訝，看了一眼侍者，竟沒有說話。

「先生，客人領到，在下告退。」侍者一躬，轉身去了。

呂不韋這才笑著一拱手：「綱成君布衣而來，不慮白龍魚服之患？」

「這是秦國。」蔡澤一副為政者的自信，「走，進莊說話。」

客寓庭院不大，楊柳掩映綠竹婆娑，人行林間石板小徑之上，清風徐來，幽幽然毫無濕熱鬱悶之氣，頓時神清氣爽。蔡澤搖著鴨步道：「足下所取修莊名號，何典何意？」呂不韋從容笑道：「荀子有言：內不修正其所以有，然常欲人之有，如是，則國不免危削。不韋取荀子『修正』之說，命為修莊，尚請綱成君斧正。」蔡澤略顯矜持地一笑：「荀子此言，是在稷下學宮論戰王霸之道時說的，其時老夫在場也。此言乃邦國理財之說，本意在勸人勸國：要自省、改正對自己財富的用途，而不能總是圖謀占有他人財富。否則，在國國危，在人人危。能出此典者，必有兩處異於常人也。」呂不韋笑道：「憑君論斷，兩處何在？」蔡澤站住了腳步正色道：「擁巨萬財貨，讀天下群書。否則，決然不能出得此典。」呂不韋一陣大笑：「一莊之名，在君竟成卦象，綱成君好學問也。」蔡澤一臉板平道：「無打哈哈，老夫所言對也錯也？」呂不韋只笑得不停：「對也錯也，原在君一斷之間，我說有何用？綱成君請——」

一路走來，過了竹林一片楊柳圍起三座茅屋，茅屋小院前一座掩在楊柳濃陰下的茅亭，茅亭下石案上一尊煮茶的銅爐，正悠悠然蒸騰出一片異香。蔡澤一拍掌：「好個修莊，簡潔舒適，有品！」呂不韋笑道：「這是客寓最簡陋、最便宜、最僻背的一座庭院，我稍事收拾了一番而已。」蔡澤連連點頭：「好好好，身在商旅，卻能本色自守。噫！你好棋？」話未落點大步搖到了茅亭下，盯著石案上的棋局不動了。

「閒來無事，自弈而已，綱成君見笑了。」

「黑棋勢好！」蔡澤目光依然盯在棋盤，「足下以為如何？」

「不韋之見，倒是白棋略好。」

「不不不，黑棋好！」說著一招手，「我黑你白，續下。」

「也好。」呂不韋轉身啪啪拍得兩掌，茅屋中應聲飄來一個綠衫少女，跪座案前伺服那尊茶爐了。呂不韋坐進了蔡澤對面一拱手：「請。」

「噫！荊玉也！」蔡澤拈起一枚黑子打下，又撚著兩根指肚驚歎起來。

「好手！」呂不韋由衷讚歎一句，「這荊山玉非上手不知其妙，然若非酷好棋道之個中人，指肚卻實在難有這般功夫。」

「嘖嘖嘖！」蔡澤已經從棋匣中夾起了一黑一白兩子，對著午後陽光自顧端詳，「藍如海天，紅如朝霞，合如七彩霓虹，上品也！」轉身又打下一子，「打得荊山玉，方不枉了老夫平生棋藝，走啊！」

呂不韋拈起白子悠然一笑：「綱成君贏得此局，我當輸君一副好棋。」

「妙！」蔡澤拊掌大笑，「博一彩！不為居官受禮也。」

大約半個時辰，蔡澤在黑白密交的棋盤上打下一子笑道：「最後官子，完了！」一伸腰長吁一氣，端起面前茶水呱的一聲吞了下去，「好茶！」呂不韋端詳盤面片刻，笑道：「我輸大半子。綱成君果然聖手！」蔡澤哈哈大笑：「大半子麼？數數！」呂不韋笑道：「久在商旅，不韋粗通算經，略知心算之術，不用數。」

「圍棋局數，足下可曾算過？」蔡澤立即跟了一句。

「綱成君但說布局基數，不韋試算之。」

「好！見方三路，九子布棋，可演幾多局數？」

「一萬九千六百八十二局。」呂不韋默默掐指，當即作答。

「見方五路，二十五子布棋，可演幾多局數？」

「八千四百七十二億六千八百八十萬九千四百三十局。」

蔡澤目光一閃：「全盤三百六十一路布棋，可演幾多局數？」

呂不韋低頭沉吟片刻，抬頭答道：「圍棋總局，無人算盡。依不韋算來，大約要連寫五十個萬，才是大體數字。五十個萬字，用盡數元，亦無法計之。」

「匪夷所思也！」蔡澤驚訝了，「若非當年聽墨家禽滑釐大師說過圍棋局數，老夫當真不敢信這是一人當下算得！五十個萬呵，第九位才是萬億萬萬垓局。說說，如此浩渺局數，基本算理何在？」呂不韋笑道：「這個卻不難：一路變三局，其後布棋無分橫直，增加一子，一律乘三，增至三百六十一子時，依舊子子乘三，大體是總局數。」蔡澤恍然一笑：「足下果是算經高手，佩服！只是，老夫卻要討彩了。」呂不韋爽朗大笑著一伸手：「綱成君請，西廂茅屋了。」

這茅屋非同尋常，進門一片涼爽，分明三重茅草冬暖夏涼勝過磚石大屋的特建「貴茅」。繞過一道本色竹屏，寬敞明亮的廳堂——青石板鋪地，中央大案上一方棋枰，兩側各一方草墩；西側一具古琴，東側一座香案，細細的青煙猶在廳中繚繞；正面是紅木大牆，兩枚碩大的棋子鑲嵌其中，白黑兩個大字生發著潤澤的亮色——棋廬。

蔡澤矜持地點了點頭，逕自搖到大牆下端詳起來：「黑白兩子玉石琢成。噫！這字，卻是如何進去也？」呂不韋笑道：「此乃楚國製玉名家和氏第三代傳人之絕藝，剖玉刻字，如在鏡中。」「鬼斧神工也！」蔡澤一聲驚歎，「足下識得楚國和氏？」呂不韋道：「呂氏商根在陳，也算得楚商。和氏傳人作璧，只託不韋出手。」蔡澤恍然一笑，欲言又止，搖到中央棋枰前得意笑道：「看來，這副好棋是老夫彩頭也！」

「荊山常玉，如何做得綱成君彩頭？」呂不韋一笑，轉身啪啪啪三掌。須臾之間，一名鬚髮雪白的老人推著一輛小四輪木車進了廳中笑道：「先生終是輸棋了。」呂不韋點頭笑道：「西門老爹，十年彩頭，今日有主，大幸也！」蔡澤眼睛直眨：「如何如何？足下十年未輸一局？」呂不韋一聲笑歎：「聖手者，可遇不可求也！」蔡澤嘿嘿笑道：「聖手不敢當，天下弈者，老夫可居第三。」呂不韋驚訝道：「冠軍聖手，卻是何人？」蔡澤一臉正色：「唐舉第一，士倉第二。老夫不及也。」呂不韋笑道：「依綱成君之見，不韋可算入流？」蔡澤嘿嘿一笑：「論棋藝，足下大約在十座之後。論棋具，足下冠絕天下！」呂不韋不禁一陣大笑：「十座輸三聖，值也！綱成君，看看自家彩頭了。」

蔡澤搖將過來。西門老總事打開了車面木蓋。呂不韋俯身車中，雙手捧出一個青銅鑲邊的長方形木匣。蔡澤鄭重其事地接過，不禁一聲驚歎：「好重也！」端詳一番不禁又是驚訝，「買櫝還珠，竟在今日？四顆海珠，這棋匣價值萬金也！」呂不韋搖搖手笑道：「綱成君，棋為聖人所製，啟迪心智，豈能以市人目光衡價？不韋曾於嶺南海濱伐木，助漁人打造出海大船，漁人送我四顆大珠。若是上市買得，豈非有辱大雅也。」蔡澤哈哈大笑：「好！如此說去，老夫心安理得也！」

說話間，西門老總事已經接過棋匣在車頂打開，從匣中先抽出了一方長方形棋盤。蔡澤正在困惑，老總事兩手一扳，棋盤拼成了方形：棋盤為沉沉紅木，九星之位以紫銅條連線，盤面交織出一個光芒柔和精美絕倫的「田」字。兩函棋子卻是荊山精玉磨成，看去瑩瑩晶晶，摸來溫潤圓柔，確是棋中極品。

「幸虧一副棋具也，否則斷不敢受之。」蔡澤第一次臉紅了。

呂不韋笑道：「好棋入聖手，物得其所也，綱成君何愧之有。」轉身道，「西門老爹，茅亭下擺得一席，為綱成君博彩慶功。」

片時之間，酒菜擺置妥當，兩人在暮色晚風中對飲起來。說得一陣棋趣，蔡澤驀然想起一般問道：「足下與范雎何時相識？」呂不韋道：「三年前，應侯辭相南遊，鴻溝尾巧遇魯仲連夫婦。仲連本我至交，邀應侯一起到陳城聚首。盤桓月餘，應侯自去了。」蔡澤目光一陣閃爍，又道：「足下年來又見范雎，不知他境況如何？」呂不韋歉疚道：「陳城一別，與應侯只通過一書，未及拜訪，不韋也是心下不安。」蔡澤眼睛驟然一亮：「范雎託你捎書，如何沒有謀面？」呂不韋笑道：「四月入秦，我在白馬津接到商旅同道捎來的書簡，應侯並未前來。」轉身高聲道，「西門老爹，將書函拿來。」須臾，老總事將一方木匣捧來。呂不韋打開翻檢一陣，拿出一支竹筒遞過：「應侯書。」蔡澤呵呵笑著打開，卻見羊皮紙上只有寥寥數語：「不韋如晤：聞你商旅過秦，可帶我一書交蔡澤。但能脫得秦事之累，我心安矣！兄若欲擴展商事於秦，可告蔡澤助之，斷不誤事也。」

「范雎信得老夫，足下如何信不得老夫？」蔡澤板著臉將羊皮紙搖得嘩啦響。

「綱成君何出此言？」呂不韋笑道，「是否在秦國經商，我得先踏勘一番再說。商旅之道，並非朝堂有靠便可大成。若決意入秦為商，不韋豈能不求助於綱成君？」

「好也！」蔡澤拍案讚歎一句，卻又突然壓低了聲音，「不韋呵，可知應侯書簡所言何事？」呂不韋搖搖頭：「書簡私件，不告不知。」蔡澤哈哈大笑一陣，滿面紅光：「今日此酒飲得痛快！來日老夫酬答！」

三、奇策考校　太子府一團亂麻

疑團廓清，蔡澤頓時精氣神大爽，當即謀劃入手路徑。

立嫡雖則繁難，根基卻只有一點：在諸王孫中遴選出真正的賢能之才。只要這一根基立定，其餘的利害關涉自有老秦王殺伐決斷。但是，恰恰是遴選賢能這件事最難做，否則，老秦王也不會教一個統政丞相拋開政務來做此事。就實而論，此事難在三處：其一，以何尺度取賢？也就是說，以何家學問為基準查勘考校？戰國之世，百家爭鳴流派紛呈，除了專攻經濟民生（如農家水家工家醫家等）與玄奧之學（如星相家堪輿家陰陽家易家名家等）的諸多流派，其餘「顯學」幾乎家家都是治世經國之學，其中最顯赫者有法、儒、墨、道與王道之學，時人號為「經緯五學」。雖說秦為法治之國，法家之學地位顯赫，但以戰國求賢之道，卻從來無分學派軒輊。當年秦孝公的〈求賢令〉便是範式，只求「能出奇計而強秦者」，而絕不限定學派。自孝公商鞅變法之後，秦國用人之道更趨明朗——只要恪守秦法，無論所持何學。當年的甘茂、魏冄是雜家，而今的蔡澤是計然家，都不是法家，卻都做了丞相。唯其如此，你不能限定某家某派之學為王孫考校之依據，但是，又不能沒有一個學問尺規，這是第一難。

其二，騎射劍術與軍旅之能者算不算賢才？對於君王，若是嫡子自然繼承，或某種無可變易之大勢所既定，不學無術而又異常傑出的馬上國君大有人在，自不存在此等難事。然則，此處要害恰恰是太子無嫡子，要在諸多王孫中遴選，這個難題立即凸顯出來。秦國激勵耕戰，朝野無不尚武，誰能說騎射軍旅之能不是幹才？偏偏是士倉打破了這個禁忌，直然上書老秦王，斷言范睢初選的嬴傒「不堪國君之才」。老秦王決意重選，實際上是肯定了士倉主張。但是，老秦王畢竟沒有明令，更沒有將嬴傒排除在備選者之外，這便成了一個實在的難題。

其三，以何種方式遴選？論學論戰，對策應答，騎射較武，任官試用，組合考校，哪一種方式都牽涉到諸多方面。再說，太子嬴柱有二十六個庶子，十四男十二女，年齒懸殊，最大者三十二歲，最小者八九歲。哪種方式能使王孫及其背後勢力都無可指責？這是大大一個難題。還有，公主在不在遴選之列？十歲以下的幼子在不在備選之列？仔細揣摩，在在都是棘手難題。

思謀得幾日，蔡澤拿不出一個穩妥的方略，決意先到太子府拜訪一番。

軺車到得太子府門，尚未進得車馬場，門吏便將蔡澤軺車直接從側門車道領進了第二進大庭院。蔡澤與嬴柱年歲相當，非但常常共商國是，更有著范睢與士倉的微妙關聯，來往頗為相得。蔡澤下車，徑直進了國事堂。

「稟報綱成君：太子方才午眠，請稍等片時。」主管書吏迎上來一躬。

「午眠？打實說，太子病了麼？」

「綱成君，」主管書吏低聲道，「日前，太子從河西巡視回來病倒了。」

蔡澤再不說話，搖著鴨步去了後園，到得大池邊柳林的大石亭下，果見嬴柱正靠在長大的竹榻上閉目養神，身邊石案上一只藥爐還裊裊飄著藥香。蔡澤一拱手笑道：「安國君，別來無恙？」嬴柱頗艱難地坐起身一招手道：「你消閒了，我能無恙麼？坐了。」轉身對守著藥爐的侍女一揮手，侍女抱著藥爐走了。蔡澤坐進石案前關切道：「如何？是暑氣還是當真大病？」「天磨我也！」嬴柱歎息一聲，「說輕不輕，說重不重，見勞便發，歇息便好。老樣子，不說它也罷。」蔡澤歉疚笑道：「丞相府千頭萬緒，實在是不當勞你。君命如此，老夫奈何？」嬴柱搖搖手道：「綱成君，我終是通了，此事也實在非你莫解。我勞事小，只要你能底定大事，是萬全也。」蔡澤滿面憂色地搖頭道：「難，難乎其難也！」嬴柱不禁呵呵笑道：「綱成君說難，便是有譜（註：譜，先秦時指記事之布。《史記・三代世表》「正義」：「譜，布也，列其事也。」）了。」蔡澤故作神祕地一笑：「便算有譜，非得安國君從權，不能成事也。」嬴柱霍然站起一拱手道：「君奉王命，誰敢掣肘！綱成君只說，是否要我搬出太子府迴避？」「不不不。」蔡澤連忙搖手，「安國君只要通了，一切如常反是好事。只有一樣：王孫及其教習，須得悉數聽從老夫號令。安國君與諸夫人，尤其諸夫人，最好不過問，不說情，以全老夫公道之心。」

「不是『最好』，是必須。」嬴柱板著臉，「此乃父王之命，綱成君何須鬆弛？哪位夫人敢壞大計，綱成君找嬴柱說話。」

「好！」蔡澤大笑，「安國君此時精神否？」

「只說何事？」

「召得幾位教習，老夫想與幾位官師先行議論一番。」

嬴柱略一思忖，轉身喚來府邸總管正色道：「家老聽好：自今日起，綱成君每來我府，你侍奉左右，奉命行事，若有違抗，我必嚴懲！」回頭對蔡澤一笑，「綱成君自己說。」見嬴柱如此認真，蔡澤也不再推辭，當即吩咐家老請各位教習到學館正廳，又對嬴柱慨然一拱：「安國君養息，老夫去也。」

學館在後園大池的西岸，臨水面竹一座庭院，最是幽靜去處。蔡澤悠悠然搖到時，五位王孫師已經在館廳等候了。秦法：太子老師為國臣，分左右傅（太子左傅、太子右傅），王孫輩的教習卻是官師私請——太子若無聘定的名士教習王孫，可請太子傅官署派出「官師」教習王孫；派出官師無法定官職爵位，俸祿依舊歸屬太子傅官署。這便是律法許可的官師私請。嬴柱庶子眾多，請來的官師有五位：兩位武道官師，三位學問官師。

「參見綱成君！」五位官師一齊肅然作禮。

「諸位入座。」蔡澤一拱手答禮，目光巡睃了一圈，但見首座一位四寸玉冠的白髮老者，依次兩位三寸竹冠的中年，末座兩位精瘦黝黑散髮無冠不辨年齡的壯士，心下明白了八九分。蔡澤入得東廂獨座，向對面一字排開的五座打量道：「北座三位文師，南座兩位武師，可是？」

「綱成君明察！」五人齊聲一答。

「敢請五位高名上姓？」

「在下趙嶂，雲陽趙氏之後。」首座老者端嚴中有著幾分矜持。

「在下相里軫，商山人氏。」次座中年人頗為穩健。

「在下莊賸，北楚人氏。」第三座中年人淡淡漠漠。

「在下烏丹，西秦戎人，通騎射。」

「在下孟明桓，郿縣人氏，職劍術教習。」

雖是連珠報來，蔡澤也聽得明白，嬴柱所請這五個人還都有些根基來頭。老者趙幃自稱雲陽趙氏之後，顯然是秦孝公時雲陽名儒趙亢趙良兄弟的後裔了。當年趙亢被商鞅斬首，趙良說商鞅未遂依附甘龍復辟一黨，又被秦惠王根除舊貴族時一併斬首。遭此重創，趙氏卻一直沒有離開秦國，可見一斑。相里軫商山人氏，顯然是墨家名士相里氏後裔。後期墨家在秦國朝野名望頗大，天下呼為「秦墨」，相里軫分明是秦墨弟子了。莊賸北楚人氏，雖則不明源流，然北楚歷來多出名士，如甘茂如莊辛，誰能說這個莊賸與楚國當年的縱橫名士莊辛沒有關聯？兩個武師也是不凡。西秦戎人歸秦已有三百年之久，烏丹能入國為太子傅官署武師，絕非尋常。最後這個孟明桓報出郿縣，顯見是郿縣「孟西白」子弟。郿縣孟西白三族向為秦國軍旅名將淵藪，在朝在國盤根錯節，何能小視？

「敢問趙師，王孫教習取何法式？」蔡澤根本不去理會心下諸般閃念。

「稟報綱成君，」趙幃中規中矩地一拱手，「王孫眾多，無法單獨課讀，無論男女，只以長幼分作三班。已加冠者一班。未加冠者兩班：十歲以上一班，十歲以下之蒙童一班。我等五人以兩月為一週期，每人一旬全督三班，所餘一旬為學子歇息。如此，可保王孫公平受教也。」

「好！人說儒家通教，果然如此！」蔡澤拍案讚歎一句，悠然一笑，「某受王命，欲選王孫之賢才三五人，入官歷練。以諸位官師之見，該當如何遴選？」

廳中一時默然，三位文師誰不看誰，卻也都不說話。終是孟明桓慨然拱手道：「武事好說！拉到校場便見分曉。如何考校，但憑綱成君定奪！」烏丹立即跟道：「正是這般。孟明兄大是！」蔡澤點頭笑道：「如此，武事算定了，屆時老夫自有主意。文事，三位官師沒個說法？」

「綱成君明察。」老者趙幃一拱手正色道，「治學育人，以儒家為上。老朽之見，欲查王孫之賢愚，當考校詩、書、禮、樂、射、御六學，參以德行而定高下。古往今來，唯德才兼備者可謂之賢，捨此無他也。」

「趙師差矣！」相里軫立即介面，「儒家六藝，除射箭駕車兩門尚有實用價值，詩書禮樂四學，與經邦治國幾無用處。考校此等學問，無異使王子王孫食古不化。而所謂德行，若以儒家規矩，人道無異於虛、偽二字。以此選才，賢者何堪也。」

趙幛冷冷一笑：「此非論戰，只說如何考校。駁斥儒家，何勞足下？」

「考校之法，唯在明辨大義。」相里軫口吻極是自信，「天下顯學，唯墨家秉持大義，節儉自律，敬天明鬼，兼愛四海。其耕讀致用、營國建造、百工技藝、兵學攻防諸般學問，無一不堪稱立國之本。若以墨學考校，高下立見！」

「相里之說，未免偏頗也。」莊賸淡淡一笑，「墨家雖顯，實用之學亦高，然根基在野，歷來自外於各國官府，號為『天下公敵』。只此一點，若以墨家為本，王子王孫便要人人自立山頭，誰個卻想到邦國社稷之安危了？」

相里軫揶揄地笑了：「足下那三代王道，也就幾篇《尚書》，比文王八卦還老，莫非靠著那物事能保國安民了？」

「豈有此理！」莊賸勃然拍案，「王道之學，萬世不朽，豈容輕慢？在下敢請綱成君主持正道，懲治此等狂悖之徒！」

「奇哉怪哉！」相里軫哈哈大笑，「詆毀別家危言聳聽，輪到自家不容一言，天下可有如此大雅敦厚之王道？莫說綱成君在場，縱是秦王親臨，墨家論政之風依舊如斯！」

「成何體統也！」趙幛皺著白眉搖著白頭，「君子克己復禮，爾等如此褊狹，卻爭相為學為師，天厭之！天厭之！」一言落點，相里軫與莊賸哄堂大笑，連兩個武師也跟著嘿嘿笑了。

蔡澤學問博雜，熟知各流派掌故，知道這「天厭之」一說，乃孔老夫子當年會晤衛侯夫人南子，事後人疑老夫子與南子曖昧不清，老夫子情急無辭，連呼「天厭之！天厭之！」一時天下傳為笑談。如今這老趙嶂急呼此辭，大是不倫不類。蔡澤忍俊不禁，也跟著呵呵笑了起來。不想老趙嶂大為羞惱，黑著臉霍然站起一拱：「綱成君放縱輕薄，老朽告辭。」大袖一甩，逕自點著竹杖去了。

舉座愕然！良久，沒有一個人說話。

「好說好說。」蔡澤站起來呵呵笑著，「威武不能屈，儒家講究也。老夫子爭此一氣，也是事出有因，左右老夫是不計較了。」

「我等也不計較！」四位官師異口同聲。

「這便好。」蔡澤笑道，「今日初議，雖無定則，也是暢所欲言。諸位儘管如常，屆時老夫自有定見。」說罷搖著鴨步出了大廳，也不再見嬴柱，直然回了丞相府。

修莊庭院蟬鳴聲聲，更顯一片清幽。日色過午，呂不韋寬袍大袖散髮去冠，正在柳林小徑逍遙漫步，西門老總事匆匆趕來，說綱成君已經在茅亭下等候了。呂不韋吩咐一句：「冰甘醪。」匆匆向茅亭來了。

「不韋呵，好灑脫也！」蔡澤在亭廊下招手。

「慚愧慚愧。」呂不韋大步進亭，「有事我去，何勞綱成君暑天奔波。」

「不不不。」蔡澤連連搖手，「人說丞相開府門庭若市，老夫終是領教了。你但想，吏員二百餘時時穿梭，大臣不計數日日進出，看得你眼暈。能有修莊這份清幽？老夫得空便來，做得片刻快活，管他有事無事也。」說話間，蔡澤解開腰間牛皮大帶，脫了長大官衣，摘了頭頂六寸玉冠，輕衫散髮長吁一聲，「峨冠博帶者，不亦累乎！」

呂不韋大笑一陣，指著亭外道：「綱成君且看，快活物事來也。」

一個童僕推著一輛棉套覆蓋的兩輪手車，轔轔到了亭下，揭開三層棉套，一片彌漫的白色冷氣中顯出了一只紫紅的木桶。蔡澤笑道：「冰茶麼？解暑佳品也！秦宮冰茶也是一絕，當年秦惠王所創，這櫟陽客寓也做得了？」呂不韋從童僕手中接過一碗，捧給蔡澤，悠然一笑：「品嚐一番再說了。」蔡澤接過，但覺入手冰涼，白玉大碗中一汪殷紅透亮的汁液，一股冰涼甘甜而又略帶酒香的氣息清晰撲鼻，說一聲好個冰酒，呱地飲了一大口，未及說話咚咚咚牛飲而下，喘息間大是驚喜：「再來一碗！」如此連飲三大碗，蔡澤額頭汗水倏忽間蹤跡皆無，周身盡覺涼風颼颼舒坦無比，不禁驚訝道：「此酒何名？如此神奇！」

呂不韋笑道：「這是邯鄲冰甘醪，產自名家老店甘醪薛。」

「甘醪薛？」蔡澤大惑不解，「老夫過邯鄲多次，也曾飲得幾回，只記是熱飲甘醪，如何還有這冰甘醪？」

呂不韋道：「冰甘醪者，並非僅僅冰鎮，而是特料特釀特窖藏，方可保得暑天冰鎮後原汁原味，最是費事費力，店家尋常不甘賣人也。」

「噫！」蔡澤益發好奇，「莫非你買下了這家老店不成？」

「不韋有酒，便得有店麼？」呂不韋道，「來，此刻亭下對弈，保你涼爽通泰。」

看著童僕從車上拿下棋具擺置，蔡澤一搖手：「且慢，老夫還有兩句話。」呂不韋坐到對面，笑著一點頭。蔡澤道：「范睢書簡說，是你在邯鄲找到了異人下落，其境況如何？」呂不韋道：「不是找到，是在平原君府堂遇到也。過後，我派家老打問一番，給了應侯一封書簡。」蔡澤的燕山大眼不斷地撲閃：「你與平原君有交？」呂不韋笑道：「幾宗生意往來，兌金須得平原君首肯，如此而已。」蔡澤恍然點頭：「不韋說說，家老打問的異人境況如何？」呂不韋笑道：「諸事紛雜，我已記得不甚清楚，還是教家老自己說。」回頭對亭外童僕吩咐道，「請家老過來。」

片刻間，老總事匆匆到來。呂不韋道：「西門老爹，綱成君詢問那個秦國人質境況，你說說。」

西門老總事對著蔡澤深深一躬道：「稟報綱成君：老朽曾請先後看護公子的三個趙軍百夫長飲酒，打問得清。秦趙上黨對峙期間，異人公子被軟禁居所，處境艱難；長平大戰後，趙人復仇之勢洶洶，平原君將異人公子轉移到巨鹿軍營，備受折磨；六國勝秦後，異人公子重回邯鄲，看守有所鬆動，漸漸地有了些許走動。今春離開邯鄲時，老朽聽得坊間傳聞，說信陵君與秦國質公子異人論戰兵法，甚是相得。邯鄲國人議論紛紛，都在私相揣摩信陵君的一句斷語。」

「是何斷語？」蔡澤目光炯炯。

「老朽記得是，『秦失異人，六國之福也！』」

蔡澤目光一閃，默然片刻，又問：「還有何傳聞？」

「老朽已經記不得了。左右是說這個異人公子有才罷了。」

呂不韋笑道：「西門老爹還要回邯鄲，綱成君若覺有用，再打問。」

「便是如此！」蔡澤一拍石案，「西門家老，老夫先行謝過。」

「綱成君折殺老朽了。」西門老總事連忙深深一躬，「老朽告退。」匆匆去了。

「不韋呵，」蔡澤思忖道，「以你之見，這異人能否出得趙國？」

「難說也。」呂不韋道，「聽老總事說，此人雖能走動，但始終有趙國一班護衛。綱成君意欲何為？若要此人回秦，卻有何難？派出秦王特使接回便了，作難個甚？」

「不不不。」蔡澤連連搖手，「邦交正道若是行得，何待今日？你在商旅，卻不知此間奧祕。譬如，你欲得之貨在別人之手，你若急色求購，後果如何？」

呂不韋大笑：「廟堂大器，綱成君也。佩服！」

「此事撂過，老夫想想再說。」蔡澤不無矜持地岔開了話題，「不韋只說，依你商旅閱歷，如何才算得經邦治世之學問？」

「既蒙綱成君垂詢，不韋自無虛言。」呂不韋笑容依舊，語氣很是認真，「自來士子修學，都是先學後行，往往書卷有成之時，對天下世事卻一無所知，此謂書生也。書生之學，縱腹藏五車之書，亦非真學問也。專精一業或可有成，經邦治世，卻是誤國誤民之徒也。此間要害，在於此等書生不知法令，不知民生，不知四時之稼穡，不知人口財貨之周流。譬如趙括，讀盡天下兵書，卻不知上黨長平之地勢利害，空有大軍六十萬，反被白起五十餘萬圍之滅之，豈非紙上談兵耳。如此看去，治國學問只在『真切』二字。空言大道，只是玄奧之學也。」

「說得好！」蔡澤拍案讚歎一句，驟然神祕地一笑，「三日之後，老夫請你做一回督學主考。」見呂不韋驚愕莫名，蔡澤得意地笑笑，一口氣說了小半個時辰，末了兩人不約而同地大笑起來。

這一日清晨，太子府學館大不尋常。

寬敞幽靜的大庭院熱鬧起來了。石案石墩點點布於大樹之下，王孫們都聚在了庭院中忐忑不安地等待著。幾個年長公子峨冠博帶，與各自中意的老師在大樹下莊重地低聲交談。二十歲上下的幾個公子公主，各自拿著一卷竹簡，三三兩兩地議論著。十歲上下的幾個少年公子公主，則是人各一案，在板著臉的書吏督導下高聲吟誦著未熟的《詩》《書》。時有頑劣者喊渴喊餓，遠處樹下的乳母作勢禁止，或噓聲或搖手或低聲呵斥，不一而足。竹林後的一排木屋，原本是王孫們學間用餐處，此刻卻坐滿了身著各式各色華貴服飾的夫人與妾，她們都是王孫生母，關切之心惶惶，無一人安然入座，都擠擠挨挨地站在了門庭下，引頸遙望著學館正廳的大門。

卯時首刻，太子府家老一聲長呼：「綱成君到——」學館庭院頓時寂然無聲，王孫們一齊肅立齊聲：「見過綱成君！」

衣冠整齊的蔡澤帶著兩名書吏進門，大步到了庭院北面的中間石案前站定，悠然一笑問道：「太子府家老，諸位王孫可曾到齊？」家老一躬身高聲道：「稟報綱成君：除公子異人質趙未歸，二十六位公子實到二十五位，悉數到齊！」蔡澤一點頭肅然道：「本君奉王命，考校諸王孫學問才能。老夫無意偏袒，力求公平考校。為此，請得一經世之士做今日主考。請先生入館。」

「先生入館——」家老肅立門廳一聲長呼。

餘音猶在迴盪，呂不韋已經信步走進了門廳，一身布衣一頂竹冠滿面微笑，如一團春風拂過庭院，滿院王孫們竟都莫名其妙地綻開了笑意。蔡澤遙遙地虛手一請：「先生這廂入座。老夫旁觀也。」呂不韋拱手一禮：「謝過綱成君。」進了蔡澤讓出的主案前，環視庭院一周，朗聲說道：「諸位王孫皆廟堂之器，身負經邦治世之重任，根本之學自在務實求治，不在玄談妙思。在下一介布衣，受綱成君之託，擬以實學考校諸位公子，以合大秦治國之法統，諸位以為如何？」

「我等贊同！」第六子嬴傒慷慨高聲，「求學不實，有甚用處？」

「對！我等贊同！」幾個酷好劍術騎射的公子齊聲呼應。

其餘公子公主一片沉默，卻也無人反對。圈外的首席官師趙嶂冷冷道：「王命有定，如何考校聽任綱成君做主，先生客套甚來，開始便了。」

呂不韋微微一笑道：「諸位公子，今日文考共十題。三題起首，不能答三題者作罷；連答三題者，問滿十題。能答八題者，再行考核武學。聽得明白麼？」

「明白。」公子們或回答或點頭，神色各異。

呂不韋從袖中抽出了一個軟皮袋打開，在石案上擺開了一排羊皮紙條，轉身對家老低聲吩咐了幾句，家老高聲道：「諸位公子聽我宣點，點到者上前答問。點名之法：以二十歲為中界，一大一小輪流。第一位，八公子杜！」

二十歲的嬴杜白嫩俊秀，面色通紅地走到了呂不韋案前。呂不韋指著案上的一排羊皮紙條道：「公子任選三張。」嬴杜很是新奇，反覆摸索一陣抽定了三張遞上。呂不韋接過，展開一張高聲念道：「問曰：秦國人口幾何？土地幾何？郡縣幾多？」

驟然之間，庭院一陣寂靜又一陣哄然，見嬴杜抓耳撓腮的難堪模樣，庭院終是人人默然噤聲。在出奇的靜中，嬴杜紅著臉期期艾艾道：「這，這，是否，有土一成，有眾一旅？」話方落點，庭院一陣哄然大笑，一位公主笑叫：「喲！秦國幾時成夏少康也！」哄笑聲中，嬴杜惱羞成怒：「笑甚！《尚書》所載，何錯之有！」轉頭道，「不知道，下問了。」

呂不韋又展開一張：「二問曰：目下天下邦國幾多？七戰國以土地多寡排列，次序如何？」在滿庭院一片竊竊聲中，嬴杜又是面色脹紅：「官師只講《詩》《書》，幾時教得這些瑣碎！」呂不韋不動聲色，又打開一張羊皮紙條：「三問曰：秦國律法幾多？總綱何在？」嬴杜面色煞白，額頭涔涔冒汗，情急大喊一聲：「律法問廷尉！關我甚事！」

家老上前兩步躬身道：「請公子退下。」嬴杜氣咻咻大袖一甩：「鳥！這也叫考校？」昂昂大步去了。家老受命執法，面色頓時尷尬。呂不韋卻笑著擺擺手，示意家老少安毋躁，回頭道：「在座諸位王孫公子，誰能答上此三問？」連問三遍，無人應聲。

「我有話說！」前排嬴傒大步上前。

「公子能答得三問？」呂不韋笑容可掬。

「不！我答不得三問。」嬴傒憤激高聲，「足下此等考校，居心叵測！我等王孫公子，非官非吏，六藝修業，兼習騎射，何須通曉此等微末之學！大秦以耕戰立國，或考校六藝學業，或考校騎射劍術，皆為正道也。今日考校，搬出尋常官吏之雕蟲小技，不言大道，不習矛戈，我等不服！」

「對！我等不服！」十多個成人王孫立即跟上，大喊一聲。

「公子好說辭也。」呂不韋揮手制止了面色不堪的家老，平靜的微笑中帶著顯然的揶揄嘲諷，「敢問公子，你等自命非官非吏，究是何等人物？在下之見，諸位公子王孫絕非甘居一介庶民，實是以廟堂之器自詡也。志存高遠，心在廟堂，自當知廟堂為何物。夫廟堂者，邦國公器也，統官吏而治萬民，制法令而安邦國也。統官吏，制法令，卻不知官吏之真實操持，不知法令之綱目功效，不知邦國之民生運籌，遇事何斷？遇危何克？縱然入得廟堂，執得公器，豈非也是楚懷王一般？諸位公子不服，盡可登高疾呼遍問秦人，誰能信得一個連秦國幾多郡縣幾多民眾幾多法令都一無所知之人，竟能執得廟堂公器？」

「……」嬴傒瞠目結舌，一句話也說不上來。

「好呵。」蔡澤從樹陰下搖過來笑道，「無一人答得三問，不打緊，再學便是。散場！」大袖一揮，搖著鴨步逕自去了。家老連忙過來，恭敬一躬，要護送呂不韋出館。呂不韋卻淡淡笑道：「我自隨綱成君去，家老還是善後為好。」說罷也逕自大步去了。滿庭院王孫公子們眼看著蔡澤呂不韋背影遠去，愣怔著回不過神來。直到竹林後夫人妃妾們一擁出來驚詫打問，庭院才轟然大亂起來。

呂不韋出得學館，來到大池岸邊的柳林道下，正要登車，卻聽林中一聲「先生且慢」，一位綠裙女子倏忽到了面前，體態豐滿，肌膚白皙，一看便是貴胄夫人無疑。呂不韋稍一愣怔，女子明朗笑道：「先生幸毋見疑，我唯一問：先生何方隱士？可否見告高名上姓？」呂不韋一拱手道：「在下濮陽商賈，呂不韋，並非隱士。」女子驚訝地笑了：「喲！可遇著奇人了，一撥姊妹誰不以為先生是名士高人也！」呂不韋笑道：「商賈無反話，夫人有話請直說。」女子撲閃著眼睛神祕地一笑：「錯也！我與她們不是一事。如何，不想知道我是誰麼？」呂不韋淡淡一笑：「夫人毋憂，在下不會無端打問。告辭。」登上輜車去了。

日落嬴柱回府，剛喚來家老要詢問日間考校事，一班嬪妾擁進了書房，憤憤然淒淒然地訴說起來。聽得片刻，嬴柱蒼白的臉色一片鐵青，勃然拍案怒喝：「一群活寶現世！家醜！國醜！竟有臉聒噪！傳於朝野好聽麼？」嬪妾們從來沒見過老太子如此怒火，一時噤若寒蟬，書房大廳一片寂然。喘息一陣，嬴柱冷冰冰道：「都給我聽好：不管坊間如何傳聞，我府任何人不得提及此事。爾等誰敢絮叨抱怨，冷宮苦役，其子同罪。下去！」

嬪妾們悄無聲息地走了。嬴柱長吁一聲，這才吩咐家老將日間考校備細說了一遍，聽得額頭冷汗涔涔直流。良久默然，嬴柱斷然吩咐家老三事：其一，立即辭還五名官師。其二，自明日起，只請一名幹練老吏，專一對王孫們備細教習諸般「實學」。其三，王孫若有不服者，立即家法囚禁。家老奉命去了，嬴柱在臥榻上靜臥片刻，只覺腹下隱隱脹痛，吩咐兩名隨侍健僕將自己用竹榻抬到後園。方進甘棠林，聞琴聲隱隱，嬴柱心下一鬆，琴聲卻戛然而止。

「停下，我來。」林中飄出的黃衫女子輕聲吩咐一句，輕柔地偎上竹榻，將體魄碩大的嬴柱毫不費力地背了起來，說聲你等去，悠悠然進了甘棠林後的庭院。到得院中茅亭下，黃衫女子將嬴柱輕輕放到草席上靠著廊柱，剛要轉身，卻聽嬴柱笑道：「華陽不用拿藥，今日無事，只想來聽聽琴聲。」黃衫女子拍拍嬴柱額頭，藉著月光打量笑道：「毋曉得氣傷肝？常人無大礙，你卻是要調理了。」說罷輕盈飄去，片刻間捧得一只玉碗出來，「舒肝化氣湯，來也。」說著喝得一口湊了過來，嬴柱閉著眼輕車熟路般張開大嘴吞住了肉乎乎鼓起的小嘴，呱的一聲吸了進去，如此三五口，最後竟噃住了肉乎乎的小嘴不放，兩臂一張將女子裹到了懷裡。黃衫女子嬌笑著拍拍嬴柱的臉頰：「急色，一個時辰等不得也！」扒開嬴柱的大手，只跪坐著面紅氣喘地看著嬴柱。

「華陽呵，你要生得一子，何來這般齷齪事也！」嬴柱歎息了一聲。

「又忘了？我命無貴，只能侍奉夫君。」女子咯咯笑著，「一大群兒女，缺得我生一個了？你活我活，你去我去，不憂心了。」

「胡說！」嬴柱低聲呵斥一句，拉起身邊那隻柔膩的小手，「你是夫人，是嬴柱正妻，跟我去做甚？你有才思，要為嬴氏頂住門庭。記住了？說說，只要你看中了哪個庶子，我立他為嫡，你是正儀母親！」

「莫急莫急。」華陽夫人輕輕拍著嬴柱的手笑了，「你也是五十幾歲老太子了，立嫡便是立秦國儲君，能由得我一句話麼？再說，兒女一大群，沒有一個實學幹練之才，我卻選誰去？」

「你，你曉得日間考校事了？」

「學館府中沸沸揚揚，我能不知？」

「天機莫測也！」嬴柱一聲歎息，「原想，嬴傒雖不入士倉之眼，總歸還是實學實幹，不想今日一見真章，竟也是皮厚腹空，庸才一個也！」

「少年看老也。」華陽夫人笑道，「我留心嬴傒十多年了。此子好勇鬥狠，浮躁乖戾，縱是你我選中，也過不得老父王一關。」

良久默然，嬴柱叩著草席一聲長歎：「嬴氏何罪，其無後乎！」

「哪裡話來？毋得亂說！」華陽夫人笑著打了嬴柱一掌，「左右也是二十六子，與後不後何干？萬一不濟，筷子裡挑旗杆，一代弱君也壞不了國運。」

「婦人之見。」嬴柱嘟囔一句，疲憊地閉上了眼睛。

「莫睡莫睡。」華陽夫人搖著嬴柱，「藥行腹要時辰，醒著，我有話。」

「好好好，說，甚事？」一旦鬱悶，嬴柱便止不住睡意。

「兩件事，聽好了。」華陽夫人撫摩著嬴柱笑道，「那個在趙國做人質的異人，有消息了，你卻如何打算？還有，今日考校王孫的這個呂不韋，我看大有蹊蹺。」

嬴柱霍然坐起：「如何如何，再說一遍！」

華陽夫人將家老從蔡澤口中得到的消息說了，又將今日考校的情形備細說了一遍，末了道：「這個呂不韋大異常人。其一，考校之法匪夷所思，細想之下卻又大合情理。其二，見識說辭不虛不妄，大白話說得很是實在，平中見奇，官師王孫們根本無從辯駁。其三，面對貴胄不卑不亢，氣度全然不像尋常商賈。有此三者，又從趙國入秦，我覺有些蹊蹺。」

「說得是。」嬴柱頻頻點頭，思謀一陣道，「蔡澤近來也頗有些異常，這呂不韋是他延攬而來，異人消息也是從他而來，他不報我，卻說給家老，其意何在？」

「若未報你，此事便非國府邦交所能解。」華陽夫人笑道，「你想，稟報太子便是國事，邦交若不能解，豈非朝堂難堪？私下透露給家老，是大有文章了。」

嬴柱突然哈哈大笑：「好！夫人周旋此事，我只做壁上觀。」

四、碧潭廢墟的隱居夫人

秋分時節，蔡澤又一次被祕密召進了章臺。

一到書房廊下，老給事中低聲叮囑：「漏刻兩格，不得延時，綱成君在心了。」蔡澤頓時心下一沉。這漏刻兩格，說的是銅壺滴漏下的箭杆刻度，一格為一刻，一日一夜一百刻（註：漏刻發明於黃帝時期，先秦時廣泛應用，其時將一日分為一百刻，每刻大約今日十四分鐘。漏刻兩格是兩刻，大約也就是頓飯時光），說得清楚甚事？然從老給事中的神情看，顯然是老秦王已經耐不得長時論事，也是無可奈何。心下思忖著簡潔敘說的腹稿，點點頭搖了進去。

聽得腳步，半臥長榻的秦昭王突然白眉一聳睜開了眼睛，緩緩一招手沒有說話。蔡澤心下明白，立即快步到了榻側早已安置好的繡墩旁，正要開口稟報，卻見老秦王又是抬手緩緩一搖，便肅然躬身道：「老臣恭聽王命。」

秦昭王蒼老的聲音飄盪著：「綱成君，考校王孫得法，賜金百鎰。」蔡澤正要說話，蒼老的聲音又飄盪起來，「嬴異人，邦交之道不通，好自為之。」蔡澤精神一振，實在祈望老秦王能就異人事多說幾句，以使他能夠揣摩個大體尺度。僅此一句，只說了不能如何，卻不說可以如何，豈非大大棘手？正在思謀該不該問時，蒼老的聲音又飄盪起來，「呂不韋，才具尚可，似有備而來，慎之慎之。」一聲喘息，兩道雪白的長眉鬆鬆地攏在了一起。

蔡澤一陣默然，想稟報一番，分明老秦王並不需要再知道甚事了，想請命幾句，分明老秦王對三件事都有了口詔，且旁邊大案前還有長史筆錄，請命還能問甚？身後響動，驀然回頭，筆錄的長史桓礫已經收拾起筆墨走了。蔡澤恍然大悟，對著長榻深深一躬，說聲老臣告退，轉身搖出了書房。

回程一路秋風，蔡澤卻燥熱得心煩意亂。身為計然名士，挾長策入秦為相，蔡澤一門心思都在開府治國之上，何嘗想到過今日這般尷尬——高爵開府卻疏離國務，竟做了專職周旋宮廷權謀的人物。歷來名士，皆長於理國而短於權謀，商鞅若此，張儀若此，魏冄若此，連最是機變的范雎，最後也對權謀之爭拙於應對了。入秦之前，蔡澤素無官場閱歷，除了對國計民生有實學之外，對官場應對很是生疏。模稜兩可的話聽不懂，需要揣摩的事不會做。譬如方才，除了賞賜自己百金是明明白白之外，後兩件最要緊的大事始終是朦朧一片，他實在拿不準可否請老秦王明確示下：能不能派出黑冰臺幹員入趙密查？能不能動用府庫重金賄賂趙國權臣？還有呂不韋，老秦王如何就斷他「似有備而來」？可有確切依據？備謀何方？如何「慎之」？是要驅趕此人？疏遠此人？抑或有限制地任用此人？說不清，實在是說不清。

暮色時分進入咸陽，蔡澤一聲吩咐，輜車拐進了長陽道。

「綱成君何其匆匆？」呂不韋驚訝地笑著迎了上來。

「一團亂麻。」蔡澤嘟囔一句笑了，「酒酒酒，餓煞人也。」

「上酒。」呂不韋笑道，「今日請飲呂氏家酒，老母所釀，決然上口。」

須臾，酒菜搬到亭下，蔡澤一陣猛吃猛喝，抬起頭說聲好酒好菜，便哈哈大笑起來。呂不韋只慢條斯理地品咂著微笑著，有一搭沒一搭只問些秋日寒暖之類的話。磨得一陣，蔡澤「噹」的一叩石案：「不韋！也不問老夫前來何事麼？」呂不韋不禁笑道：「綱成君位居廟堂，一身機密，當言則言，不韋何能聒噪？」「也是一說。」蔡澤釋然一笑，「你那考校，攪得太子府上下熙熙攘攘，你卻消閒也。」呂不韋道：「原是臨機幫得綱成君一忙，想他何來？」蔡澤冷冷一笑：「幫老夫一忙？只怕是要將自己幫進去罷了。」呂不韋一陣大笑：「綱成君，你縱不來，我也要向你辭行也。」蔡澤大是驚訝：「如何如何，你要走了？」呂不韋道：「三日之後，南下陳城。」蔡澤一對燕山大眼瞬得溜圓：「咸陽天下大市，你不在此做商？」呂不韋笑道：「行商行商，說的便是個來往奔走，決住一城，經個何商也？」蔡澤長長地出了一口氣，笑道：「不韋才具，做個商人當真可惜也！」呂不韋笑道：「交友盡義，算不得甚個才具了。」蔡澤歉疚笑道：「不韋入秦幾月，老夫一無所助便要匆匆離去，實在慚愧也。」「綱成君見外也！」呂不韋又是一陣大笑，「當年不韋暗助田單魯仲連，也與今日一般，君幸勿介懷也。」

蔡澤思忖一陣，突然笑道：「一王孫官師，偶對老夫丟下兩句話，可想知之？」

「第一句？」

「嬴異人，邦交之道不通，好自為之。」

「第二句？」

「呂不韋，才具尚可，似有備而來，慎之慎之。」

片刻默然，呂不韋拍案笑道：「說得好！綱成君只依這兩句話行事，斷無差錯。」

「噫！」蔡澤驚訝了，「懵懂兩句，讖語一般，如何據以行事？」

「綱成君差矣！」呂不韋笑道，「譬如這第一句，首說邦交之道不通，是要你莫指望通過邦交途徑解此難題。此中又有兩點深意：其一，邦交索討人質，秦趙兩廂為難；其二，嬴異人在趙國不會出事，果真出事，或許正是老秦王所期待也……」

「豈有此理！」蔡澤拍案打斷，「老秦王期望自己孫兒出事麼？」

呂不韋微微一笑：「綱成君只想，秦趙血仇似海，何以一個人質卻安然無恙？二十餘年來秦國常居強勢，想討回人質有何艱難？卻偏偏閉口不提，所為何來？趙國儘管恨秦入骨，殺掉人質也是易如反掌，卻偏偏不殺，所為何來？在秦，是明丟一個『國餌』，待你趙國上鉤，而後大舉伐趙便是正正之旗。在趙，心知肚明絕不上當，既不吞餌，也不放餌，偏是看你秦國如何處置？王孫人質果成棄兒，秦國便是無情無義禽獸之道招天下唾罵。秦國若討人質，趙國便是一宗絕大生意。如此糾結，秦王趙王俱各明白，只綱成君以尋常骨肉之情忖度國事利害，懵懂一時也。」

「不可思議！」蔡澤倒吸了一口涼氣，「好自為之呢？」

「要你相機行事，酌情處置，莫將事情搞得不可收拾。」

「哼！」蔡澤冷笑，「八個字容易，你說，如何個相機行事？」

呂不韋大笑道：「此等事意會可也，言說卻難，不敢班門弄斧。」

蔡澤揶揄一笑：「說說第二句，是否中你要害了？」

「如此斷語，見仁見智也。」呂不韋淡淡笑道，「以說話者之意，分明是要提醒綱成君對不韋要有所戒備。然細加揣測，此話卻非實指不韋，而是實指趙國。也就是說，要綱成君提防呂不韋是趙國斥候，或為趙國所用。」

「啊！說你有備而來，是此意麼？」蔡澤驚訝得鬍子都翹了起來。

「邦交如兵，皆詭道也。綱成君小心便是。」

「鳥！」蔡澤突然罵得一句又哈哈大笑，「走時知會，老夫送你！」

三更時分，呂不韋將蔡澤送出櫟陽客寓，回到書房喚來家老吩咐：明日開始善後，三日後離開咸陽。西門老總事大是不解，張張嘴想說話終是點了點頭。呂不韋皺著眉頭道：「沒住夠預定日期，金錢交足店家。」老總事搖頭道：「此等小事，無須先生操心。老朽只是疑惑，大事方見端倪，離去豈非可惜？」呂不韋恍然笑道：「謀事須得臨機而變，何能守株待兔？我走，西門老爹卻要留下。」西門老總事驚訝莫名，木然愣怔著不說話。呂不韋道：「西門老爹，你留咸陽兩件大事：其一，選擇咸陽城外隱祕處建一莊園，以為日後在秦根基。其二，照應兩隻大船，保得其人其物隨時可用。若有難處，我請荊雲義士過來助你。」老總事又點頭又搖頭：「只要有事，便無難處。老朽不在，荊雲義士正好助先生一臂之力，來咸陽大材小用了。」

正在此時，庭院一陣輕微急促的腳步聲，一身利落的越劍無大步走進書房：「稟報先生：方才有一人影倏忽來去，我沒追上，查看庭院，留下此物。」說著捧過來一支細長的泥封竹管。呂不韋接過便要打開，西門老總事說聲先生且慢，一伸手拿了過去，反覆打量片刻，方用竹刀刮去泥封擰開管蓋抽出一卷羊皮紙遞過。

呂不韋展開一看，寥寥兩行大字：

敢請足下，明日巳時到豐京谷口一晤，毋帶從人。

赴約與否，但憑君斷。

一陣默然，呂不韋笑道：「二位以為如何？」西門老總事鎖著一雙白眉只是沉吟搖頭：「此事大有蹊蹺，不妨靜觀幾日。」越劍無慨然拱手道：「信使身手不凡，主使者必有劍道高士，不帶從人不行。」呂不韋思忖片刻道：「好，容我想想，天亮再說。」

次日清晨，呂不韋梳洗完畢將老總事喚來叮囑一陣，然後吩咐備車。正在此時，越劍無大步匆匆趕來，堅執要換下馭手自己駕車。西門老總事笑道：「天下成例，馭手不為從人，越執事不為違約也。」呂不韋無奈點頭，登上廂窗密閉的輜車轔轔去了。

出得咸陽南門，過得橫臥渭水的白石大橋直插西南，行得半個時辰便是滔滔灃水。灃水南岸，一片松林莽莽蒼蒼覆蓋了一道山塬。這道山塬實則是湮滅了五百餘年的西周豐京廢墟，老秦人呼為松林塬。灃水流經松林塬，恰恰沖刷得一道深深峽谷，灃水湧進，積成了碧綠的深潭，兩岸山塬松柏森森，廢墟城堡倒映水中，虎嘯猿啼飛鳥啁啾，幽靜得令人心顫。

輜車沿著灃水南岸到得豐京谷口，呂不韋下車打量，空山幽幽人跡全無。正在疑惑，一聲悠長的呼哨，一隻小舟從碧綠的水面如飛掠來，隱隱喊聲隨著山鳴谷應飄盪過來：「岸邊可是修莊先生？」呂不韋遙遙回得一聲：「正是。」

應答落點，小舟已經飛到，恰到好處地停泊在一方巨石之前。舟頭一黑衣壯漢打量著兩三丈外的輜車與虎視眈眈的越劍無，皺著眉頭一拱手：「先生帶從人赴約，請回程。」呂不韋一拱手笑道：「馭手不做從人，天下通例也。東道主焉得不明此理？」黑衣壯漢略一思忖笑道：「也是。請先生登舟。」越劍無猛然咳嗽一聲，呂不韋轉身嚴厲地盯了一眼，傳出的聲音淡淡柔和：「執事回去，我自拜客。」回身上了巨石，穩穩地躍上了小舟。

又是一聲呼哨，小舟輕盈轉身，悠悠然漂進了潭水深處。行得片刻，峽谷漸窄潭水漸淺，松柏虬枝與嵯峨古牆已經伸手可及。黑衣壯漢一揚手，一支響箭帶著尖銳的呼嘯飛上了東岸山頭，小舟也應聲停泊在了一段黑黝黝的古牆下。黑衣壯漢拱手說聲請，跨上了古牆下淹在水中的一道石條。呂不韋隨上，見這石條竟是拾級而上的一道山梯，上得二十餘級是一片平臺，松林掩映，一座古老的城門赫然橫在眼前。

呂不韋正在饒有興致地打量古門，卻見城門洞大步出來一位吏員模樣的黑衣中年人，與黑衣壯漢低聲說得兩句，對呂不韋深深一躬：「先生請隨我來。」領著呂不韋進了城門。一路上坡，腳下古磚小徑，兩邊松柏參天，時有爬滿山藤的斷垣殘壁突兀而起，旁邊大石上有斗大的紅字——易臺、文王殿、兵室、虎苑、寢宮等等不一而足。一路看來，呂不韋滿腹滄桑，全然沉浸到亙古皇皇的廢墟古堡裡去了。

「先生稍候。」黑衣中年人一個躬身，匆匆進了又一座古老的城門。

呂不韋恍然醒轉，方見已經到了山頂，松柏林中幾排茅屋隱隱可見，面前城門正中兩個火痕斑駁的殷商古金文大字——王道，不禁又是一陣感慨中來。早周豐京廢墟尚是如此氣象，那隔水相望的大鎬京廢墟卻當何等令人神往！

「多勞先生，本夫人在此賠禮了。」

呂不韋驀然醒悟，卻見眼前一個白皙豐滿的綠裙女子，分明是那日在太子府突兀攔路者，拱手一禮道：「在下呂不韋，敢請夫人名號。」

「華月夫人，可曉得了？」女子笑得清亮可人。

「夫人見諒，不韋未嘗聞也。」

「你去過太子府，可曉得太子夫人名號？」

呂不韋微笑著搖搖頭：「夫人見諒，未嘗聞也。」

「喲！就會一句未嘗聞也？」華月夫人笑得潑辣又親切，「說了無妨，太子妻華陽夫人，是我小妹，曉得了？」

呂不韋一躬：「夫人居於王道之地，在下景仰不及。」

「王道之地？」華月夫人咯咯一笑，「一片廢墟，建幾座茅屋清淨罷了，先生如何做得王道樂土看了？」

「非是在下私度。」呂不韋一指斷垣殘壁的古城門，「夫人請看，這『王道』二字雖經烈火風雨，依然鑿鑿在目。在下不敢唐突，此地便是天下嚮往的王道古聖境。」

「喲！」華月夫人長長地驚歎了一聲，一雙大眼頓時熱辣辣的光彩，「先生好學問，竟識得如此老古字！你不說只怕我老死也毋曉得頭頂『王道』兩字呢，當真慚愧！」

呂不韋一拱手道：「夫人率直古風，在下服膺。此乃殷商老金文也。文王之前，鎬京未建，周都豐京，其時文字便是這般商金文。周得天下，方有了周金文，卻是好認多了。」

「喲！你說，此地風水（註：風水，先秦時對「堪輿」之學的俗稱，後世流布民間，幾乎取代「堪輿」。《葬書》釋義云：「經曰，氣乘風則散，界水則止，古人聚之使不散，行之使有止，故謂之風水。」）如何？我住得麼？」

「風水之說，原在心證。但能敬天尊古，不損先人蹤跡，自得上天庇護也。」

「好！」華月夫人開心地笑了，「此地一草一木我都未敢動，幾座茅屋還建在沒有廢墟的空地上。我只覺看著這些燒焦的城門宮殿又酸楚又舒坦，請了秦王一千金，修葺了兩三年。原本這裡狼蟲虎豹滿山林，誰個敢來？」

「夫人功德，與天地不朽也。」呂不韋深深一躬。

「喲喲喲！」華月夫人連忙笑吟吟扶住，「先生原本那般作勢，睬都不睬我，不想卻在這破爛廢墟上誇讚於我，不是天意麼？此事一定成！」

「夫人貴胄，在下商旅，不知何事示下？」

「不管何事，能在這裡說了？先生隨我來。」華月夫人說罷，領著呂不韋進了王道古門，穿過一片密匝匝松林，到了一座四面無遮攔的茅屋庭院。庭院前一座大亭，亭頂茅草雖有風雨痕跡，卻也能看出是三兩年之物，亭柱亭基與亭底石板及亭中石案石墩，俱各黝黑如漆，傷痕斑駁，分明豐京古亭。

「蓋茅屋時，這裡一片空地，只有這座孤零零的石亭。」華月夫人一邊指點，一邊將呂不韋讓進了古亭，轉身吩咐一聲上茶，坐到了呂不韋對面。

「庭院無牆，夫人不怕山林猛獸？」呂不韋一番打量頗有疑惑。

「先生毋曉得，豐京谷的虎豹狼蟲只在山外吼嘯遊盪，從來不進松林廢墟。」

「天念周德，存恤之心也！」呂不韋不禁感慨一歎。

「湘楚之地，先生可熟？」華月夫人突兀一問。

「不韋生於濮陽，卻久居陳城經商，於湘楚尚熟。」

「可知湘楚人稟性？」

「口不欺心，辣言辣行。」

華月夫人的笑容倏忽消失：「今日相請，卻無難事，只要聽先生真話而已。」

「夫人但問，不韋無虛。」呂不韋莊容一答。

「來，先飲了這盞震澤綠茶。」華月夫人舉起精美的白玉碗，「我有小妹生於吳地，酷好綠茶。我也覺香得可人，比秦茶強多了，先生以為如何？」

「蘭陵酒，震澤茶，天下佳物也。」呂不韋品得一口驀然笑道，「然夫人此茶，卻是兩年前藏品，清醇香氣業已大減。」

「喲！」華月夫人驚訝笑道，「先生果然知楚呢。然你只想，秦楚千里之遙，又時常交惡，如何能年年有新茶？小妹去年送來一籮，先生包涵了。」

「物得行家鍾愛為貴。」呂不韋慨然拍案，「自後年年三月，不韋奉夫人新茶一籮！」

「好也好也！」華月夫人大是開心，「我收，只是無以回報了。」

「好說。夫人得茶，付半兩（註：半兩，秦國鑄幣，鐵錢，每枚重半兩得名，為當時重量最大的圓錢，號為大錢）一籮便了。」

「喲！好辦法，一籮半兩一籮茶，兩不欠。」

「人各無愧，事便可為。也是商旅之道，夫人見諒。」

「先生有見識！」華月夫人讚歎一句，默然片刻又是突兀一問，「先生眼光，那日臨考諸王子，有無可造之才？」

「……」呂不韋默默搖頭。

「先生從趙國來，可曾聽說公子異人？」

呂不韋心下怦然一動，靜神思忖一陣道：「曾在兩處無意聽到公子異人名字。一次，是在平原君府中結交官金，遇到一寒素公子報名請見平原君，始知此人乃秦國質公子異人。另次，與趙國隱士薛公、毛公飲酒，聽兩人議論，又聞公子之名。此外，似乎邯鄲坊間尚有公子傳聞，惜乎沒有留意。」

「兩公議論之言，還能記得麼？」

「毛公稱讚公子異人久困守節，頗具良臣風範。薛公說，公子異人聰慧睿智，腹有經緯……實在記不得許多也。」

「先生說公子寒素，是如何境況？」

「想起來也！」呂不韋拍案一笑，「薛公說得一事：長平大戰後公子初見平原君，瘦削蒼白，黑衣破舊，短而寬大，著身空空蕩蕩。廳中吏員哂笑。公子則說，此乃秦制楚服，何笑之有？平原君責難曰：秦便秦，楚便楚，秦制楚服，不合國禮也！公子答：吾居他邦，思念父母，吾父秦人，吾母楚人，秦色楚服，外不忘父，內不忘母，天地大禮也！一番對答，舉座肅然。平原君方以使節禮待公子。」

華月夫人沉思片刻，離座深深一躬：「謝過先生，兩日後我當回拜。」

呂不韋連忙也是一躬：「不韋三日後離秦，明晚離開修莊上船處置商事，若蒙夫人不棄草莽，敢請夫人到我商船一晤。」

「喲！船上好，便是這般。」華月夫人開心地笑了。

五、霜霧迷離　宮闈權臣竟託一人

甘棠苑的秋色是醉人的，華陽夫人終日徜徉林下，每每忘歸。

甘棠者，棠梨也，古人亦呼杜梨。說是梨，太小，味澀而酸，除了釀酒，很少人吃。果實不起眼的甘棠，有兩樣非凡處：一是材質奇絕，葉可染布，木可製弓，果可釀酒，通身一無廢物。二是花兒開得絕美，白棠似雪，赤棠鮮紅。萬木蒼黃的八月秋日，雪白血紅的棠梨之花如火如荼燦爛燃燒起來，時有片片黃葉墜地，直將淒涼美豔在蕭瑟秋風中淋漓盡致地一片揮灑。

天下甘棠之盛，莫如中原的殷商故都朝歌。當年周武王統率紅色大軍與殷商的白色大軍血戰朝歌郊野，雪白血紅茫茫交織，殷商國人說是甘棠遍野如火如荼。從此有了「如火如荼」這句民謠般的老話。周滅商後，仁慈的王族大臣召伯巡視殷商遺民，常常在已經成為焦土廢墟的朝歌城外的甘棠樹下與農夫工匠盤桓。庶民感念召伯，有了那首流播天下的〈甘棠〉：

蔽芾甘棠　勿翦勿伐　召伯所茇
蔽芾甘棠　勿翦勿敗　召伯所憩
蔽芾甘棠　勿翦勿拜　召伯所說

自舉族隨宣太后進入秦國，華陽夫人愛上了中原的棠梨之花。每逢秋日漫步林間，看著如火如荼的花海，看著飄零墜地的落葉，萬千滋味凝聚心頭。在太子府的妻妾群中，華陽夫人是孤獨的。所以孤獨，不僅僅是她的深居簡出，更在於一種奇特的尷尬。論身分，她是太子正妻。論爵次，她是夫人（註：先秦時，「夫人」是一種女爵，僅次於「后」，後世成為已婚女子的通稱）。無論是禮法還是傳統，她本當都是毫無爭議的主內掌家，太子府的所有女人都當屬她轄制。但是，一個致命的缺失卻使一切都變得面目全非。

為人妻二十三年，她沒有生下一兒一女。

禮法有定：正妻生子為嫡子，嫡長子是本門法定承襲人；其他嬪妾所生子女，即或年長排行在先，也不能取代嫡子的位置；若正妻沒有子女，便要在其他嬪妾所生的「庶子」中遴選出一名做嫡子，承襲本門基業與榮耀。因了始終無子，她在太子府的地位漸漸微妙起來。在嬴柱還不是太子的時日，一切都風平浪靜，她還勸嬴柱多納嬪妾多生子，以利將來選賢立嫡。然自嬴柱做了太子，一切利害關聯驟然放大了：正妻眼見可能成為王后，嬪妾們若不能成為夫人、世婦、八子等封爵女官，便要永遠地沉淪為冷宮活寡；誰是嫡子，眼見便能成為儲君成為國王；若是庶子，註定要成為苦做功勞的臣民。利害天壤，原先潛伏的種種齟齬便如洪水般大肆氾濫了。

嬪妾們個個美豔，且大都生有一兩個兒女，於是生出了覬覦之心，紛紛圖謀取她而代之。戰國之世禮法原本鬆弛，宮廷女眷們的地位也如同朝堂臣工一樣，沒有一成不變的定規，人事隨時隨地都可能新舊代謝。卑微者以能才取代高位貴胄，從來都是再正常不過的事情。遠者不說，秦孝公之後的秦國宮廷便是一路的天翻地覆，毫無常理。

孝公與胡人宮女交，生子秦惠王，若非胡人宮女自己出走，這個胡女自是國后了。惠王正妻惠文后有才無子，將胡女嬪妃所生的嬴蕩（秦武王）認了嫡子，做了太子，那個胡妃便莫名其妙地病逝了。惠王的另一個嬪妃，楚女羋八子生子嬴稷，也因與惠文后不和，母子雙雙去燕國做了人質。嬴蕩（秦武王）舉鼎驟然慘死，縱橫宮廷一生未敗的惠文后，在羋八子母子回秦後莫名其妙地壽終正寢了。羋八子原本是楚國為結好秦國而獻給秦惠王的一個遠支王族女子，入宮一直是「八子」的低等女爵，然其才具過人，機敏幹練潑辣，理亂定國而攝政，成了赫赫大名的宣太后。因了宣太后，秦宮從此多楚女，楚女與胡女成了秦國宮廷的兩個大群。秦昭王的嬪妃中有六名楚女，王后自然也是羋姓楚女。秦昭王立的第一個太子嬴倬，便是楚女王后（羋後）的親生長子。

嬴倬三十歲病死。多年之後，封爵安國君的嬴柱才被立為太子。

由庶子而安國君，由安國君而太子，嬴柱的皇皇飛升，其功全在母親。嬴柱的母親是秦宮女子中又一個另類。她本是唐國女子，也是「八子」低爵，號為唐八子，嬌小玲瓏得玉人也似，聰穎有學，性情可人，很得秦昭王寵愛。然若僅僅是寵愛，遠遠不足以促成孱弱的嬴柱由庶子而成為太子。畢竟，床笫風情與諸般才藝，王宮女子們爭奇鬥妍各領風騷，誰也說不得獨占鰲頭。面對奔放率真的胡女與火熱柔膩的楚女，一個嬌小得如同自己故國一般的唐八子，卻有著非凡的應對。先是以才情得宣太后器重，繼而以課督諸王子修業得秦昭王讚賞。在蜀侯嬴輝屢次發難之際，她都保持了頗具大家風範的包容與忍讓，從來沒有明火執仗地洶洶糾纏。更為難得的是，唐八子在諸般爭鬥的宮廷糾葛之中，猶能在老秦王面前一如既往地純情嬌媚，除非老秦王詢問，自己從來不訴說委屈是非，只全副身心地侍奉老秦王舒坦。與朝中權臣也從來沒有任何交往，只督責兒子嬴柱修身力學培植王孫。老秦王大是感慨，曾經幾次對嬪妃們說：「唐八子才不及太后，德猶過之。你等但如八子，宮廷安矣！」有了唐八子，才有了安國君，有了新太子。有了安國君，有了新太子，也便有了眼見將成事實的唐太后。子以母貴乎？母以子貴乎？在風雲詭譎恩怨似海的深深宮闈，誰卻能說得清楚。

華陽夫人之難，比惠文后宣太后唐八子有過之而無不及。宣太后唐八子雖難，卻都有賴以寄託的兒子。她沒有。惠文后雖然沒有兒子，但有著老秦人的根基勢力，更有著德才兼備的朝野口碑。這兩點，她都沒有。然則事有奇正，華陽夫人也有著自己獨具一格的過人之處，否則她早已經沒有資格為立嫡憂愁了。華陽夫人的獨具一格，在於吳女特有的柔媚細膩舒緩，除了對國事一無才思，詩琴歌舞天賦過人無一不精，臥榻之上風情萬種，太子嬴柱每與相處，大是享受。

然真正使嬴柱離不開她的，卻是她的醫護之術。也是天意玄奧，華陽夫人的父親也是羸弱多病之身，她從小熟悉病榻，不知不覺跟著府中白髮蒼蒼的老醫士學會了諸多救急醫護之法，且操持得極是純熟。初入太子府，聰慧過人的她已嗅出了風中飄盪的草藥氣息，嗅出了夫君身上的獨有病味兒。新婚合巹，嬴柱大汗淋漓地奮力耕耘著柔嫩肥美的處子沃土，卻突然從她胸脯上軟軟地滑了下去。顧不得身下一片飛紅，顧不得說不清的痛楚與喜悅，她連忙翻身爬起，濕漉漉的身子貼上了嬴柱，嘴對嘴地大呼大吸，待夫君稍有喘息，又是兩支雪亮的細針撚進了中府、陰陵泉兩處大穴，再將一顆碩大的蜜煉藥丸咬碎用舌頭頂進了夫君嘴裡。僅僅是小半個時辰，嬴柱又生龍活虎地撲到了她身上。那一夜，她連聲音都喊啞了。事後嬴柱越想越驚奇，問她不召太醫不害怕麼？她只是柔柔一笑：「裸身相擁，要太醫看麼？你毋曉得，太醫治病，救急醫護卻比不得我了。」嬴柱大是欣慰，從此對身邊侍從有了一道祕密指令：在外但有不測，立即告知夫人。

唯其如此，對於正妻地位，華陽夫人沒有感到幾多威脅。使她真正上心而生出憂慮者，是立嫡。

沒有滿意的嫡子，她終究是沒有歸宿的……

「喲！小妹好興致，害我好找耶！」

華陽夫人驀然回身，只見雪白血紅的棠林深處倏然飄動一幅嫩綠，笑著迎了過來：「姊姊有得空了？你毋曉得，小妹正想姊姊呢。」綠裙女子正是華月夫人，高聲大氣笑道：「喲！偏你嘴兒甜，只哄得老姊姊高興。」華陽夫人嬌笑道：「誰教姊姊能事了？你毋高興，我靠誰了？」說罷親暱地拉起了華月夫人的手，「來，姊姊茅亭下坐了，小妹給你操琴唱歌，我自寫詞的〈甘棠〉，聽聽如何？姊姊只說，上茶上酒？」華月夫人進得茅亭，用雪白的汗巾匆匆沾拭著額頭與紅撲撲的臉頰，一邊笑道：「不茶不酒不聽唱，都改日了。今日老姊姊一路趕來，只討個話便走，沒忒多工夫聽你悠悠磨叨。」華陽夫人嬌嗔道：「自來有事都是姊姊了斷，我只聽命，何時要討我話了？」華月夫人咯咯笑著將華陽夫人摁到了石墩上：「喲！誰教你有個好夫君也！小事老姊姊做得主，你的大事不聽你聽誰？」華陽夫人頑皮地做個鬼臉：「耶！好夫君我又沒得獨占，姊姊倒是分得開。」「小妮子！」華月夫人紅了臉一點華陽夫人光潔的額頭，突然低聲，「林中沒有別個人麼？」華陽夫人連連搖頭：「沒沒沒，除了棠梨便是我，只說也！」

華月夫人低聲說了半個時辰，末了笑道：「如何？只看你主意。」

華陽夫人咬著嘴唇默然一陣，長吁一聲道：「姊姊主意無差，方今也只這一條路了，通不通都得試試。知人任事，小妹不如姊姊。姊姊但信得此人，便是他了。」

「老姊姊信！」華月夫人一拍石案，「此等事宜私不宜官，老蔡澤反倒束手束腳。此人只要探清異人底細詳情，回秦事老姊姊再來設法。他縱有詐，老姊姊也留得一手。」說罷又是一陣低聲密語。

「姊姊也忒狠了些。」華陽夫人笑了，「好，但憑姊姊主張。」

「他只實在，我便沒事，老姊姊曉得火候。」華月夫人站了起來，「你只閒晃去了，別慢騰騰送我。」說罷一陣輕風，嫩綠的裙裾消逝在雪白血紅的棠林中了。

次日清晨輕霜灑地，淡淡薄霧籠罩了關中原野。太陽爬上山巔，山山水水無邊無際的朦朧金紅。秋色迷離之中，一艘黑帆小船悠然漂出了豐京谷口，直向東南而來。行得三十餘里，前方大水蒼茫，一線灃水溶進了浩浩渭水。再行片時，咸陽南門箭樓隱隱在望，一道長龍般的白石大橋橫臥渭水，輕霜薄霧中恍如天上宮闕。大橋兩側舟船雲集檣桅如林，四片碼頭排開兩岸，上下連綿二十餘里，彷彿整個原野都成了茫茫水城。輕舟東來，遙遙便聞卸貨號子聲靠岸離岸呼喝聲渡客相互召喚聲橋上橋下車馬聲不絕於耳，熙熙攘攘熱氣騰騰的一片大市，縱是秋風寒涼霜霧迷離，也沒有蕭瑟之氣。

大橋西側乃上游碼頭，船隻稍許稀少，一艘高桅白帆大船分外顯眼。黑帆小船漸漸靠近，船頭一長兩短三聲清亮的牛角號聲。高桅大船立即飄出一面白色大旗，同時兩聲悠揚號角，大船側舷一隻白旗小舟倏然漂出，向黑帆小船迎了過來。片刻之間兩舟相會，一個綠色身影跨過船橋，白旗小舟飛快地靠上了高桅大船。

三聲悠長的號角，高桅大船上一片高呼：「迎我大賓，四海同心！」

「喲！呼喝一片，先生規矩大了。」一領綠色斗篷的女子在船頭笑了。

呂不韋一拱手笑道：「商船老規矩：但有客官，同船大禮，原是個和氣生財。倉促之間未及更改，夫人見諒。」

「新鮮熱火，也是商旅本色，改個甚來。」

「請夫人入艙就座。」呂不韋側身一讓，一名楚衣少女走過來一禮，說聲夫人隨我來，將華月夫人領進了大艙，西門老總事守在了艙門口。

進得艙中也不見呂不韋吩咐，楚衣少女倏忽之間將一切打理妥當，飄然去了，簡潔密閉的船艙只彌漫著一片茶香。華月夫人打量一番笑道：「先生這商旅做得有氣象，一個使女也如此能事，少見呢。」呂不韋笑道：「此女茶道最佳，夫人品嚐這震澤綠茶如何？」華月夫人這才注意到案上茶盞，只見羊脂般的白玉盅中一汪柔和的碧綠，看得一眼大是舒心，端起飲得一口，嘖嘖連聲地驚歎：「喲！好茶！香得清正，醇得溫厚，綠得醉人！」呂不韋爽朗大笑：「夫人行家也！大得震澤綠春之神韻，在下服膺。」華月夫人連連擺手道：「這幾句是我學來的，不作數。要說鑒賞震澤綠春，天下只怕莫過我那小妹了，只可惜她沒這口福了。」呂不韋笑道：「商旅道專一地周流財貨，此等事方便。不韋已為夫人備得一籮震澤新綠春，夫人盡可與小妹共品。來春三月，便有真正的上佳春茶。」華月夫人頓時一拍案笑道：「喲！不早說，我可沒帶一籮半兩來也！」呂不韋大笑：「好說也！有帳，屆時本利一次算。」

笑談之間，華月夫人飲得一盞茶下，那名楚衣女僕恰到好處地飄了進來斟得一盞，又飄然去了。華月夫人倏然正色道：「先生大艙漏風麼？」呂不韋微笑道：「商戰多祕事。此艙乃不韋密室，三重堅木密閉，唯艙門家老、屏後使女與在下三人，夫人盡可放心。」華月夫人一點頭道：「如此便好。」說著離案深深一躬，「我有一事託付先生。」

「夫人但說，在下何敢當此大禮。」呂不韋連忙也是一躬。

「先生入座，且聽我說。」華月夫人坐回案前罕見地字斟句酌著，「前日說起在趙為質的異人公子，原本是我們親侄兒。老身夫君早亡，膝下無子，意欲收異人為嫡，承襲我們根基。奈何秦法有定，王族子弟過門立嫡，須得王室核準其才德閱歷，以免貽誤他們功臣。故此，老身欲託先生，在邯鄲查勘異人公子言行操守，越細越好，盡報老身。不知先生為難否？」

「此事原是不難。」呂不韋思忖點頭，「只在下不甚明白，邯鄲之秦商勢力頗大，夫人何捨近求遠而託付在下？」

「喲！先生好精明。」華月夫人笑了起來，「你是說老身何不動用祕密斥候？那倒不難，可那得老秦王手書。再說了，踏勘人物，官府的斥候小吏也未必做得好，萬一有差，再託他途反倒不便。先生能事明大義，託付先生，比官府牢靠多了。」

「夫人信得不韋，不韋受託了。」

「這才是先生！」華月夫人朗朗一笑，從綠裙衣袋中拿出一個小小銅匣打開，取出一方黑玉製物，「先生可知這是何物？」呂不韋搖搖頭：「玉佩萬千，無人能盡識。」華月夫人拿起黑玉信手一晃，艙中燦然劃過一片藍光：「先生可知黑冰臺？」呂不韋道：「風聞而已，不甚了了。」華月夫人笑道：「先生以商旅之身受託，難保沒有諸多不便，若有為難處，可持此符到邯鄲岱海胡寓求助。」說著遞過玉符，笑吟吟盯住了呂不韋。

呂不韋心下猛然一跳——岱海胡寓是黑冰臺邯鄲根基！臉上卻呵呵笑道：「在下持此玉牌，豈非也變成了秦國官身？此事豈非也成了國事？」

「喲！先生卻是呆。」華月夫人帶著三分嬌嗔，「若是國事何須先生？這是我族私牌，老身一族弟在邯鄲效力，私牌只可動他一人，左右保你有個援手，與國事無關。」呂不韋接過玉牌一拱手笑道：「夫人周詳，不韋謝過。」華月夫人笑吟吟又飲了一盞震澤綠茶，站了起來：「正事已了，我告辭了。」恰逢楚衣女僕又飄進來斟茶，華月夫人笑道：「先生好消受，只可惜老身沒有此等一個侍女了。」

呂不韋大笑一陣道：「莫胡，拜見夫人了。」

「小女莫胡，見過夫人。」楚衣女僕一口楚語，盈盈一拜。

「喲！起來起來，湘楚人氏麼？」

「洞庭郡南，湘西屈氏封地。」莫胡紅撲撲的臉膛分外的動人，「屈原大夫投江，族人星散了，我族逃到了胡地草原……」

華月夫人粗重地一歎：「哀哉楚人，何其多難！」

「不想夫人與莫胡竟是同鄉，難得也！」呂不韋感喟一句笑道，「夫人喜好吳茶楚菜，莫胡正精於茶道，通曉楚菜，將莫胡借給夫人如何？」

「喲！先生好大器。」華月夫人開心得一拍手，「不作興送給我做個女兒！」

呂不韋大笑：「莫胡，夫人要認你做女兒了，你卻如何？」

「女兒拜見母親！」莫胡一頭叩了下去。

「哎喲，還當真撿了個女兒，快起來！」華月夫人一臉燦爛，「可要說好，莫胡若在老身處不慣，先生要許她回來了。」

「自當如此。原本是借了。」呂不韋轉身向艙門高聲吩咐，「西門老總事，那隻輕舟給莫胡姑娘，許她隨時回我商社。」艙門外一聲答應，一陣腳步聲去了。

華月夫人道了告辭，莫胡攙扶著華月夫人出了艙門。華月夫人笑道：「你也不收拾一番自個衣物零碎，如此跟我走麼？」莫胡笑道：「輕舟便是我的家，物事都在船上呢。」華月夫人回頭笑道：「還是先生慮得周全，有了我這女兒，線扯緊了。」呂不韋笑道：「天意如此，在下只是聽憑夫人吩咐。」華月夫人撲閃著大眼笑了：「喲！誰聽誰，老身可是還沒吃準呢！」一陣笑聲，三人上了船頭。

此時霜霧已散，西門老總事正在側舷擺動著白旗調遣船隻。華月夫人向下看去，見自己的黑帆小舟旁泊著一艘打造得極為精巧的白帆輕舟，似乎比自己的五人小船還小了些許，便問：「這輕舟可有水手？」莫胡笑答：「沒。我自個駕船，採茶買菜都是它。」華月夫人驚訝道：「採茶？哪裡採茶？」莫胡笑答：「每年開春，我都隨大商船南下楚吳，駕著這隻輕舟上震澤東山島採茶呢。」華月夫人不禁脫口讚歎：「喲！沒看出還當真楚姑一個了！」呂不韋微微一笑：「夫人，不韋或可有謀，然卻無假。」華月夫人明朗笑道：「只要是個真人，老身決然不負先生。」

此時兩艘小舟並行靠近大船，莫胡攙扶著華月夫人下了側舷板橋，在黑帆船頭深深一躬：「母親慢行，女兒駕舟隨後。」輕身一躍，穩穩地落在了側旁丈許的白帆輕舟之上。大船側舷的呂不韋向黑帆小舟遙遙一拱手，大船一聲高呼：「送我大賓，其利斷金！」呼聲落點，西門老總事白旗揮動，兩艘小舟悠悠去了。

「起錨。」呂不韋輕輕一聲吩咐。

大商船悠悠然漂離碼頭順流東下，出咸陽過櫟陽再過下邽，一天晚霞的時分，進入了林木蒼莽的陝塬（註：陝塬，西周時名陝陌，周公、召公分陝而治，陝東周公，陝西召公。今河南省陝縣高原）河道。呂不韋站在船頭，白衣飄飄極目遠望。陝陌山塬萬木秋色，浩浩大河在山塬東盡頭鋪開，兩岸葦草茫茫起伏，抖動著一片無邊無際的粼粼錦紅。

這個華月夫人實在是個人物，既幹練實在又撲朔迷離，一時難以揣摩得透。實在說，託付探聽贏異人，原是正中下懷，呂不韋自然不會拒絕。然則，呂不韋心下總是飄盪著一絲不安——華月夫人似乎隱隱約約地揣測到了何事，似乎料定了呂不韋不會拒絕，既是明晰託付，又是隱約防範，拋出一個「黑冰臺族侄」便是最大的玄機。呂不韋久做兵器鹽鐵大宗生意，在商旅道也是最需要防範各國暗劫的。為此，呂氏商社對天下七大戰國的「祕兵」歷來探聽得一清二楚，趙國黑衣、魏國蒼獒、韓國鐵士、燕國虎騎、齊國海蛟、楚國吳鉤、秦國黑冰臺。對秦國黑冰臺雖然不如對山東六國「祕兵」那般瞭若指掌，卻也是大體熟悉。比較而言，秦國對祕兵掌控最嚴。自秦惠王與張儀創制黑冰臺，嚴令黑冰臺只隸屬丞相府行人署（註：行人署，秦國執掌外事邦交的官署。黑冰臺之創制過程見第二部《國命縱橫》），只涉外事，嚴禁干政。黑冰臺之調遣，以開府丞相奉秦王祕密兵符為準，其餘任何權臣不得介入。目下，連蔡澤這般已經是封君開府的丞相，尚不能得祕密兵符調遣黑冰臺，一個華月夫人，竟能以族中長輩名義調遣一個黑冰臺武士？呂不韋相信，這個精明的夫人不會是故弄玄虛無中生有，然則果然屬實，這其中可能大有文章。驀然之間心下一抖，呂不韋覺得雲霧之中似乎有一雙深邃的眼睛遙遙俯視著一切……

正在兀自出神，前方一陣似吟似唱的歌聲遙遙傳來：

大道將成兮　天地無情
陶朱泛舟兮　其心難平

隨著一聲激越的長吟，北岸茫茫葦草中倏然盪出一隻獨木小舟，舟頭一人紅衣散髮斗笠長槳，橫在河面厲聲一喝：「呂不韋！爾竟不辭而別！」

呂不韋拱手一陣大笑：「綱成君，做劫道生意麼！」

「老夫要事，你只下來！」蔡澤的聲音尖亮地迴盪在河面。

呂不韋轉身下令：「放下輕舟，大船如舊行進。」片刻之間，大船側舷漂下一葉小舟，呂不韋攀著繩梯下到水面處躍上小舟，逕自操槳盪了過來。靠近蔡澤小舟，呂不韋高聲笑道：「綱成君，我這裡有兩罈老酒，過來如何？」說話間兩隻小舟併攏，呂不韋已經用長鉤搭住了獨木舟，蔡澤黑著臉道：「我船漂走了你賠麼！」呂不韋哈哈大笑：「這叫兩頭鉤，卡住船幫，兩船便是一體，只過來便是。」蔡澤嘿嘿一笑：「商人畢竟有門道。好！老夫過來也。」縱身大步跨越，一個趔趄坐到了呂不韋對面，兩人不禁一陣大笑。

呂不韋輕輕扶櫓，又將小舟盪進了茫茫葦草，坐下來提過兩罈酒打開：「綱成君，呂氏老家酒，一人一罈。」蔡澤接過揚起脖子咕咚咚喝得幾大口，說聲好酒，喘息著道：「那個華月夫人，有託於你了？」呂不韋一笑：「綱成君此話何意？」蔡澤黑著臉：「你只說，是有是無。」「有。」呂不韋一副坦然，「私事相託，有違秦法麼？」蔡澤嘿嘿冷笑：「遴選儲君，好大私事也！」呂不韋笑道：「夫人所託，梢書問事而已，並非教不韋遴選儲君。綱成君，有事直說。」蔡澤鎖著眉頭冷冷道：「今日我被急召章臺，老秦王只一句話：異人之事，宜私不宜公，君可徐徐圖之。你只說，此話何意？」

呂不韋思忖道：「綱成君之意，是老秦王密令？」

「說不得。」蔡澤又是冷冷一句。

「縱是老秦王密令，與不韋何妨？」呂不韋笑道，「為各國捎帶傳書問事，商旅道上比比皆是。綱成君，何至如此不安？」

「商旅之道，怎知其中奧祕？」蔡澤喟然一歎，「你只想，『徐徐圖之』其意何在？還不是要老夫撒手！既要老夫撒手此事，便當重新開府領政，可又沒有明書，丞相府還在太子嬴柱手裡。你說，老夫不是分明被閒置了？你自是不急！」

「事中迷矣！」呂不韋不禁大笑連連搖頭，「不韋遠觀，這與綱成君事權無關，無非目下稍閒而已。若無意外，一年半載間，綱成君依舊是開府丞相。」

「何以見得？」蔡澤立即追上一句。

「帝王執掌公器，事理之心卻於常人無異。」呂不韋侃侃道，「綱成君但想，老秦王旦夕無定，何嘗不想看看這個老太子處置政務之才幹？若僅僅鎮國，下有丞相，上有秦王，太子便是優哉遊哉。藉立嫡之機閒置丞相，一肩重擔壓給太子，老秦王所圖謀者，是要看太子能否擔得繁劇國務。足下爵位擢升反而閒置，看來不可思議，實則卻是老秦王暗伏的一著妙棋：權臣淡出，但有國亂，便是安邦砥柱也！」

「噫——！」蔡澤奮然中透著狐疑，「老秦王何不明言？」

一陣默然，呂不韋生生嚥下了衝到口邊的一句話，只是淡淡一笑：「雄主權謀，鬼神難明，不韋何能盡知？」

蔡澤遙望著西天晚霞，兀自喃喃道：「莫非也不放心老夫，要試探老夫臨危應變之膽魄？然則教老夫自己揣摩，也不怕諸事不備臨危抓瞎？老秦王，說不清說不清也。」呂不韋看著蔡澤又是淡淡一笑，依然沒有說話。

「不韋啊，」蔡澤歎息一聲，「老夫看來，你似商非商，倒是從政之才也。」

呂不韋又一陣大笑：「就事論理罷了，綱成君折殺我也。」

蔡澤突然正色道：「餘事不說，老夫截你，是有事託你。」

「噢——？」呂不韋大感意外。

「請在邯鄲著實查勘，有無近期祕密接回異人公子之路徑？」

「秦有黑冰臺，何須我做祕密斥候？」

「黑冰臺？」蔡澤冷冷一笑，又恢復了慣常口吻，「趙國還有黑衣！再說，黑冰臺要老秦王祕密兵符兼手書，方能啟動。老夫卻只想動用屬下之力，祕密了結此事。只要異人公子回秦，這番立嫡糾葛便告完結，老夫只安心做丞相治國了。」

「綱成君，還是水到渠成者好。」呂不韋少有的正色一句。

「你自不急！」蔡澤脹紅著臉，「名士當國，陷在此等泥沼雲霧中成何體統？百年以來，計然派唯一為相者，便是老夫！若不能治理出一個富強之邦，計然派聲譽何存？李冰已經修成了都江堰，蜀郡大富！若不能在關中大興水利，縱立得一個好秦王，老夫有何顏面做這個丞相！」

良久默然，呂不韋淡淡一笑：「綱成君如此想，不韋受託一試了。」

「好！」蔡澤哈哈大笑間一拱手，「老夫去也。」

秋日的晚霞消逝，獨木小舟倏忽融進北岸黝黑的陝塬，一輪明月悠悠然掛在了山頭。呂不韋望著秋月愣怔良久，放舟而去，在三門大峽追上大船揚帆東下了。

第五章

情變橫生

一、弭兵論戰　嬴子楚聲名鵲起

每年立秋，都是邯鄲最紅火熱鬧的日子。

涼風至，白露降，寒蟬鳴，是為孟秋。孟者，排行之大也，以時令論，乃四季之首月。正月、四月、七月、十月皆為孟月。七月為孟秋之月，第一個節氣便是立秋。陰陽家云：「立秋之日，盛德在金。天地始肅，不可以贏。」也就是說，從七月開始，天地之氣轉為肅殺（縮），人之言行亦當順天應時，由飽滿伸張轉為收縮內斂。於是，邦國決獄訟論有功，農家收五穀入倉廩，商旅清貨倉盤收支，士人論學問推賢能。舉凡朝野百業之言行，都圍著大收穫轉向大收斂這一主旨，在熱氣騰騰地進行著一年中最後的大忙碌。

立秋掄材是趙國士林一年一度的大典，也是邯鄲孟秋月最大的盛會。

戰國之世，士人領潮流之先，挾長策以遊說諸侯，不鑽營，不苟且，不出違心之論，不為違心之行，合則留，不合則去，邦國擇士，士擇邦國，其人格之獨立，其精神之自由，雖千古之下亦令人神往。治國名士如此，治學名士亦如此——或投學宮以立身修學，或居山林以收徒教人，或遊天下以傳布信仰，或專藝業而躬行實踐，恆專恆信，矢志不移，代代傳承，遂成大家。如工師之技，如農家之藝，如治水之工，如醫藥之道，如營國（註：營國，先秦築城學派，規劃兼施工，時稱營國術）之學，如格物之辯，如堪輿之術，如音律器樂，如私學育才，盡成亙古之奇偉高峰。於是，天下有共識：一國能否強盛，根本處在於聚士召賢。

戰國諺云：「得士人者得天下。」說的便是戰國士人的潮頭風光。

中原士林之盛，原本以魏國大梁、齊國臨淄居先。戰國口碑云：「經邦名士多出魏，天下學問盡在齊。」說的便是當年魏國齊國的士林盛況。李悝、樂羊、吳起、白圭、商鞅、孫臏、張儀、范雎，這些赫赫名士即或不是魏人，也是先入魏國成名而後出走。而齊國臨淄之稷下學宮，則匯聚了除墨家之外的天下幾乎所有的學派，學問大家一時蔚為奇觀：儒家孟子，法家慎到，儒法兼具的荀子，陰陽家的鄒衍，縱橫家的魯仲連，名家淳于髡，黃老學派的田駢、宋鈃、伊文、環淵，雜家的田巴、接子，等等等等。惜乎魏齊兩家好景不長，自魏惠王後期，魏國大梁失去了中原文化中心的地位。自齊宣王之後，齊國經六年抗燕大戰而全面衰落，稷下學宮士子紛紛流失，臨淄也風光不再了。

如今，中原士林的中心轉到了趙國邯鄲。

趙國尚武之風最為濃烈，士風原本尋常。然自趙惠文王起，趙國成為唯一能與秦國抗衡的山東強國，加之齊魏兩國衰落，名士爭相流向邯鄲。數十年間，趙國官署的文吏大多被中原士子取代，王族貴胄的門客大大增多，各種學館也雨後春筍般遍布邯鄲。六國合縱敗秦後，更有一變數推波助瀾，使邯鄲士風不期然蔚為大觀，一時居天下之冠。

這個變數，是「戰國四大公子」之首的信陵君魏無忌客居邯鄲，與平原君趙勝互為呼應，使邯鄲士風大盛。戰國四大公子者，信陵君魏無忌（魏國）、孟嘗君田文（齊國）、平原君趙勝（趙國）、春申君黃歇（楚國）也。四人當年與蘇秦、張儀斡旋於合縱連橫，從此成風雲之士，天下呼為「四大公子」。四公子以信陵君才具最高，知兵善戰而通曉政務。秦趙對抗後期，信陵君又統率六國聯軍救趙敗秦，堪稱名重天下。其餘三人則因種種因由，此時已經黯淡了許多。孟嘗君田文俠風過甚，柔韌不足，治國領政也是尋常，罷職後心志頹唐，在燕齊六年對抗中匿居封地，鬱悶病死。春申君黃歇，善於斡旋廟堂，軍政才能卻盡皆平庸，隨著楚國衰落淡出中原邦交，小心翼翼地固守著自己最後的封地與權力。平原君趙勝，雖歷經危難而矗立領政之位，然卻因治民乏力、長平大戰贊同去廉頗用趙括、合縱敗秦後對信陵君魯仲連多有不當等諸多瑕疵，名望一時大損。

於是，信陵君如一株參天老松，巍巍然矗立中原。

盛夏之時，信陵君與一班門客開始了大典謀劃。本心而論，信陵君並不想在邯鄲張揚過甚。畢竟，趙國離魏國太近了，自己在趙國的一舉一動都會立即傳到大梁，生出種種難以預料的議論。議論越多名望越大，回到魏國的可能就愈加渺茫。審時度勢，信陵君抱定了一個方略：布衣客居，常道交士。就前者說，在趙國不受封地不任官爵，只做布衣遊士般客居。如此，既可向魏國昭示自己依舊是故國之身，又可使趙國覺得自己沒有野心圖謀，而減少對自己的猜忌。就後者說，與士子們常態交往，是向天下昭示信陵君還是信陵君，本色無改。危難之時，自己能竊取兵符誅殺大將一呼百應而奪兵救趙，靠的還不是平日的信義威望？若過分收斂，做成一副苟且行狀，信陵君還是信陵君麼？

心中底定，信陵君一如既往地與賢能之士多方結交，布衣入市井，覓得了薛公、毛公做座上賓。昔日星散的門客得信，也紛紛從大梁與各國都城來到邯鄲重新投奔門下。對於去而復返的眾多門客，信陵君沒有孟嘗君那種「士態炎涼」之怨，一概慨然接納。縱是平原君的門客改主來投，他也是毫無顧忌地接納。如此三五年，信陵君的門客士子蕩蕩乎三千餘人，超過了昔年養士最多的孟嘗君，成為戰國養士之最。

戰國養士之要，首在權臣的封地根基。沒有封地，士子來投衣食無著，自然談不上接納門客。門客士子三千，其衣食住行之費用比同等數量的軍兵大了數倍。沒有百里以上封地的尋常貴胄，根本無能為力。此養士之難也。

信陵君在趙國沒有封地，尋常看去無法養士。然則，一切難題都水到渠成般化解了。其時信陵君救趙敗秦，功勞聲望名重山東。趙孝成王因不敢兌現原先對救趙功臣的封地承諾，已經使天下議論紛紛，此時做出了分外慷慨的姿態，非但將邯鄲最大的一片王宮園林撥給了信陵君做府邸，號為「信陵園」，且月支千金以為衣食。山東各國唯恐不能結交信陵君這般救亡名臣，此時風聞其招士納賢，一時紛紛贈金贈物。列國巨商大賈為昭示義舉，也個個慷慨解囊。倏忽幾年，信陵君財力反倒是比在大梁還要充盈，足堪蕩蕩三千門客了。

自然而然地，信陵園成了每年立秋掄材大典的不二會場。

掄材者，遴選木材也。《周禮・地官》規範其山林土地官員之職責云：「凡邦工入山林而掄材，不禁。」也就是說，邦國工匠在特定時節進入山林挑選木材，是法度允許的。進入春秋戰國，掄材一詞流變為考校遴選人才的專用語。雖說百業都有掄材之說，都有掄材之舉，然最引國人關注的，還是士子們的掄材大典。

這種掄材盛會，並不是為某國某郡具體地選拔賢能，而是以大聚會大論戰的形式，切磋探究天下大勢，一年一個主旨議題，各家各派暢所欲言，個中翹楚則一舉成為天下名士，周遊列國身價百倍。如此功效，非但士子們人人視為一舉成名之盛典，各個邦國也是深為關注，紛紛派出祕密特使或各種形式的斥候到會踏勘，以求有用之才。

依著傳統，掄材大會的主旨議題，由東道主會同公認的名士大家商定。

夏至時節，信陵君正與毛公薛公等一班名士會商論戰議題，有門客報來，說荀況大師過趙，將南下楚國。信陵君頓時一振，立即親自駕車趕赴邯鄲郊亭，大禮將荀子迎入信陵園上賓館入住。此時孟子已去，荀況是最有名望的學問大家，天下皆呼為荀子。這荀子非但學問淵深，論戰犀利，年輕時已是孟子理念的論戰勁敵，更有一樣過人處，為人平實本色，全然不似過世的老孟子那般霸氣逼人。有荀子坐鎮，掄材大典會少去諸多麻煩。

當晚，信陵園大宴邯鄲名士，為荀子接風洗塵。當信陵君陪著荀子步出廳堂時，士子們的目光齊刷刷掃了過去——荀子正當盛年，頎長挺拔，不胖不瘦，苧麻布衣，短腰布靴，一頂久經風吹日曬已經由綠變白的竹冠壓著略見灰白的鬚髮，滄桑風塵刻在溝壑縱橫的黝黑臉膛，明澈的目光漾出一片深沉平和的笑意，方到廊下拱手一周：「荀況過趙，特來拜會信陵君，就教諸位同人。」

僅此一句，可見荀子謙和。幾百名士子一齊拱手高呼：「恭迎先生入趙！」

宴席設在大池邊的胡楊林下，天中明月高懸，林間風燈高挑，晚風徐徐，蛙鳴聲聲，一派夏夜風光。酒過三巡，信陵君起身向荀子肅然一躬：「子為天下大家，領袖士林。無忌敢請先生為今秋掄材大會點題，以孚眾望也。」

荀子一拱手笑道：「天下士子，八九在趙，況何能獨孚眾望？願先聞諸位擬議，以開我茅塞。」

信陵君知荀子謙和，拍得一掌笑道：「也好！有題議者先說來，先生評點定奪。」

「我等有議。」一個藍衣士子從一片藍衣大案中站起，揮手向身後一圈高聲道，「我等皆從稷下學宮入趙，人稱『邯鄲稷下』是也。我等以為：昔年孟子與各派大家，在稷下學宮論戰人性未了。而今天下人欲橫流，善惡不分，急需以正視聽。今秋論戰議題當為：人性孰善孰惡？何以克惡揚善？」

「好！正是如此！」話方落點，藍衣士子身後一片高聲叫好。林下目光也一齊聚向荀子，以為這個議題荀子必然贊同無疑。誰知荀子只是淡淡一笑，毫無開口之意。

「我等趙國士子。」與主案遙遙相對的紅衣案群中一人挺身站起，慷慨高聲道，「我等議題：何以重振合縱？何以復興中原？諸位但想：自古亂象，莫如今日！山東危難，莫如今日！自長平大戰趙國失利，幸得信陵君奮起合縱，擊敗秦國。然則，山東六國畢竟已是大衰，若不思振興，中原文明（註：文明，源出《易・乾・文言》：「見龍在田，天下文明。」意為光明文采。孔穎達疏：「天下文明者，陽氣在田，始生萬物，故天下有文章而光明也。」）必將被蠻秦吞沒！我等中原士子，當以救亡圖存為己任，尋求振作六國之長策。空議人性善惡，全然不著邊際也。」

「采——」胡楊林下的趙國士子們轟然一聲喝采。

荀子看看信陵君，依舊只是淡淡一笑。

「我有一題，就教諸位。」東首毛公案旁站起一人，寬短的黑色楚服在風燈下分外顯眼，士子們頓時一片嘖嘖稱奇。黑衣楚服者渾然不覺，向信陵君與荀子兩座一拱手高聲道，「天下息兵，邦國止戰。化為議題總歸一句：弭兵之道可否救世？在下以為：戰國禍亂之源在戰，戰而不息之根在兵；若有長策息兵止戰，天下自安；若集眾議而不得一策，我等士人便當重新思謀天下出路！」

「敢問足下何人？」一個稷下士子霍然站起。

「在下子楚，老秦士子一個。」黑衣楚服者悠然一笑。

胡楊林下頓時譁然，哄嗡議論聲如潮水拍岸。哄嗡潮水中，稷下學宮的紅衣士子群中一人高聲笑道：「老秦士子，未嘗聞也！蠻勇無文，連名字都要沾著一個楚字，侈談弭兵救世，只怕杞人憂天了。」話音落點，胡楊林間哄然一片大笑。

「足下差矣！」黑衣楚服者正色高聲道，「文化文明者，絕非士子多寡學風厚薄所定也。邦國法制、民風民俗、農工勞作、財富分配、國人治亂者，方為文明之根也。秦國士風固不如中原，然文明之根強壯中原多矣！子楚才學固不如足下，然，何至於藉一『楚』字立得姓名？吾母楚人，子楚之名，懷念母親而已，豈有他哉！」

胡楊林下一片寂靜，士子們顯然驚訝了。百年以來，但逢士子聚會，何曾有過一個秦國士子登堂入室高談闊論？今日天下名士雲集，竟有秦士突然出現，且引出了如此一個重大的文明話題，如何能不令士子們大為意外？一片默然之際，信陵君環顧四周高聲道：「今日並非論戰之期，諸位養精蓄銳，且聽先生評點議題。」轉身鄭重拱手道，「方才三方擬題，先生以為如何？」荀子正在饒有興致地注視著子楚，回頭悠然笑道：「方才三題，人性善惡之論，失之太虛，虛則難見真才實學；重振合縱之論，失之太實，實則多利害之爭，難見天下胸懷。老夫之見，秦士所擬弭兵之論較為中和平實，既切中天下時弊，又脫出邦國利害，誠為名士胸懷也。尤為可貴處在於最後匿伏之問：若無弭兵長策，天下出路何在？老夫粗淺之見，究竟何選，信陵君定奪。」

荀子話雖謙和，論斷卻極是扎實，話未落點，士子們的目光齊刷刷聚到了子楚身上。信陵君略一思忖起身笑道：「先生有斷，大是幸事！無忌當會同各方商定議題，於大典之前旬日通告各館。」

「信陵君明斷！」全場不約而同的一聲呼喝，轟隆隆散去了。士子們原本對秦人的議題不以為然，不料名高望重的荀子卻評價甚高，顯是一片不快。料想信陵君最是敬賢，況且事先言明請荀子「評點定奪」，定然會當場立斷定下議題，使這個秦士一夜成名；誰想信陵君竟破例食言，硬是迴旋了過來，士子們頓時舒心，誰還去管信陵君是否食言，想都不想便同聲擁戴。

眾人散盡，湖風掠過，胡楊林下一片清幽。信陵君正自凝望著漸漸遠去的人群，卻聽身後響亮快意的呱嘖品咂聲，回頭一看，薛公毛公在悠悠然自斟自飲，不禁驚訝笑道：「兩位好興致也！」毛公左手噹噹敲著銅爵，右手翻轉一亮手中陶碗：「真喝酒，還是大碗來神！」信陵君慨然道：「好！我陪毛公再來一桶！」薛公連連搖手：「且慢且慢，飲酒是個由頭，我二人留下，實在是想助君一臂之力也。」信陵君目光閃爍道：「兩位與子楚交好，要定下議題是也不是？」毛公哈哈大笑：「鳥！敢小覷老夫！不想留下老夫子麼？」信陵君恍然點頭：「難為兩位想到此事。好，這便去。」說罷喚過家老一陣低聲吩咐，帶著毛公薛公向胡楊林深處匆匆去了。

明月當頭，沿著大湖東岸蜿蜒前行，進了胡楊林深處，點點風燈閃爍在一片金紅色的朦朧之中，黝黑的屋脊若隱若現，鐵馬叮咚落葉婆娑，座座庭院如海市蜃樓一般。薛公不禁笑道：「這上賓館清幽隱祕，倒是對老荀子脾胃了。」信陵君道：「這幾座庭院，原本是趙王安頓各國逃亡大臣所在。當年魏齊被范雎追殺，也被平原君塞在此處。」毛公突然一擺手道：「不對，只怕老荀子要走！」薛公一拉信陵君道：「毛公賊耳，定有動靜，快。」

上賓館是大莊園套小庭院，一道低矮的白石牆曲曲折折圈進了一大片胡楊林，進得大門是若干條通幽曲徑，不經門吏引導，等閒人找不見任何一座庭院。信陵君通曉五行奇門之術，熟悉其中奧妙，一進大門領著兩人匆匆繞進了東北角一座庭院。小庭院都是竹籬做牆圓木為門，古樸得山居一般。三人匆匆而來，卻見圓木大門洞開，院中風燈穿梭腳步雜沓，信陵君不禁一陣愣怔。

毛公大步進門笑嘻嘻拉住了一個少年：「後生呵，夜半三更忙個甚來？」

「我師有命：天亮啟程，我等正在收拾書車。」

薛公對著正北廳堂一拱手高呼：「信陵君拜會荀夫子——」

廳堂正門咣噹拉開，廊下風燈映出了荀子瘦削的身影：「寅時末刻，荀況自當辭行，何勞信陵君夤夜走動也。」

「攪擾清興，先生見諒。」信陵君當頭深深一躬，「無忌有棘手之難，兩公有難言之隱，尚請先生賜教。」

荀子淡淡笑道：「老夫唯知青燈黃卷，何有斷事之能？三位請回。」

「老夫子差矣！」毛公醉態十足地擺著手搖到廊下，「國非國，事非事，非常之時不常法，曉得麼？老，老夫子！」

「也是。」荀子目光驟然一亮，「三位請。」

進得書房，荀子拍得兩掌，一個少年僕人出來煮茶斟茶。薛公低聲道：「夫子弟子們可知今日宴席之事？」荀子搖頭道：「潼萌是僕，非修學弟子也。老夫弟子不執雜務，不入世俗應酬，唯學而已。」毛公指著薛公嘿嘿笑道：「你個老哥哥，不知道老夫子規矩麼？荀子教人，講究個冥冥之志、惛惛之事。說的是治學要專心致志，深沉其心，自省自悟，不為熱鬧事務所亂心亂神。此所謂『君子博學，而日參省乎己，則知明而行無過矣！』對麼老夫子？」荀子不禁點頭笑道：「毛公說得不差。除了論學論戰，老夫從來不帶弟子入賓客宴席。今日之事，弟子們並不知曉。」薛公不禁大是感慨：

「先生清嚴若此，無愧一代大家！嘗聞昔日孟夫子，舉凡宴會都是隨行弟子盡數出席，且位次要在陪席名士之前，當真滿得過分也。」信陵君笑道：「孟子荀子，道不同也。孟子弱於政而富於學，治學便有霸氣。荀子強於政而弱於學，治學虛懷若谷。究其實，荀子學道謙遜而入世強銳，強過孟子多矣！」荀子大笑道：「信陵君謬獎也！老夫只不想與士子們糾纏無端是非，如足下一說，老夫竟是圖謀淵深了，何敢當之？」

四人一陣大笑，信陵君鄭重一拱道：「今日議題之事，原是我客居趙國，顧忌邯鄲士林，沒有當場立斷。食言失信，無忌委實慚愧，尚請先生見諒。」薛公接道：「信陵君也只是給平原君留個顏面。今日邯鄲士子，大多都是平原君門客。所擬議題，自然也是平原君首肯了。此公老邁褊狹，原本便對門客流入信陵君門下憤憤作色。慮及魏趙盟約，信陵君方才推延幾日，先生萬莫上心。」毛公一拍酒葫蘆笑道：「嘿嘿，老夫子何等睿智，用得你等如此聒噪？」荀子不禁朗聲大笑：「還是毛公，不愧神生也！『國非國，事非事，非常之時不常法』，有此警語，荀況安得不悟？」

「如此說，夫子可以留趙了？」薛公釘鉚分明。

「難也！」荀子喟然一歎，「老夫也是趙人，投鼠者忌器，既不能長策正國，何如避走他邦治學，或可育得一二大才，以為祖國進言圖存也。」

「鳥！偏是這趙國難整。」毛公笑罵道，「當年一出稷下，荀夫子便為趙惠文王進策，力主二度變法，師法秦國徹底取締貴冑封地。嘿嘿，趙國君臣議論月餘，不置可否。荀夫子又能如何？走，走了好！留在邯鄲吃氣！」

「報國之心，志士終不能免矣！」薛公一聲歎息，「荀夫子不為祖國所用，卻思培育弟子以接踵報國，赤子之心（註：語出先秦。《尚書・康誥》：「若保赤子，唯民其康。」孔穎達疏：「子生赤色，故言赤子。」《孟子・離婁下》：「大人者，不失其赤子之心者也。」），我等自愧弗如也！」

默然良久的信陵君肅然一拱道：「敢請先生立秋之後南下，無忌決意不負先生厚望。」

「好！老夫拭目以待也。」

荀子一言落點，各人心下頓時舒展，縱橫笑談，不知不覺地雄雞高唱了。信陵君吩咐幾句，上賓館執事送來了四案邯鄲最有名的胡餅羊骨湯。胡餅是胡人遠行攜帶的一種麵餅，以鐵板或陶片燒烤而成，巴掌大小焦黃乾脆，等閒一月不霉不餿。無論放牧行軍，野炊胡餅配以燉羊湯或馬奶子，當即一頓結實的美食。胡服騎射之後，胡人衣食習俗大行趙國，胡餅羊骨湯便成了邯鄲人最風行的便捷早餐。寒涼的清晨，一鼎熱騰騰撒著翠綠小蔥的雪白羊骨湯呼嚕嚕下肚，再大嚼幾只焦黃乾脆的胡餅，通身細汗，頓時人人精神大振。

信陵君拭著額頭汗水道：「先生且與毛公薛公盤桓，我去見平原君了。」

荀子一拱手：「公子但去，老夫正要與兩公手談一番。」

昨夜信陵園散場，平原君聽了門客總管毛遂的一番稟報，心下大是懊悶，一夜不能安枕，聽得樓頭五更刁斗打響，到胡楊林下跑馬練劍去了。

去歲冬日，呂不韋特意請見，向平原君祕密建言：目下秦國利市最大，呂不韋欲藉嬴異人之力進入秦國經商，所得利市願與平原君均分；呂不韋所求者，唯請平原君解除禁錮，允准嬴異人以自由身在邯鄲交往走動。平原君一番思忖，當晚進了王宮請見趙孝成王，祕密會商一個時辰，次日答應了呂不韋所請。平原君與孝成王的謀劃是：呂不韋入秦經商，可給趙國府庫平添一大筆歲入；讓嬴異人自由交往，既無損於趙國，又能試探秦國動靜。正是將計就計。平原君的最大期望是：秦國聞風而提出要嬴異人回秦，趙國藉機與秦國重開會商，打開長平之戰後的對抗僵局。畢竟，秦國之強大已遠非昔日，趙國硬生生將這座大山扛在自己肩上，山東六國也未必領情。當年趙國在長平浴血抗秦，山東五國落井下石，無論趙國如何苦苦相求，糧草援兵一概沒有。直到白起死去秦軍力衰，五國才在盜竊兵符的信陵君感召下出兵「救趙」。僥倖戰勝，又一片鼓噪，紛紛將自己當作了趙國的「存亡恩邦」。趙王負氣，平原君寒心，沒有給信陵君封地，不想竟惹來天下同聲譴責，儼然趙國欠著山東五國的救命大恩一般。如此山東，趙國朝野早已寒心透了。若能與秦國重新媾和，天下秦趙兩強並立，瓜分山東五國，與趙國沒有任何損傷，何樂而不為？再說，人質的價值在於使對方有所顧忌，當真將這個人質囚禁死困，使對方無望救回人質而放開手腳大打，豈非事與願違？

誰想，這個嬴異人解困出山，以「子楚」之名在邯鄲交遊，短短幾個月竟頗有聲名。按照平原君本意，嬴異人出名能引起秦國注意，原是好事。可這嬴異人卻與信陵君攪在了一起，平原君大大的不是滋味了。

無論如何，信陵君是當今山東柱石，是唯一真正體察大局的威望名臣。有信陵君在，至少魏趙兩大國的盟約不會解體。雖然魏王嫉恨信陵君，而信陵君只能暫時地客居趙國，但在事實上，誰也不會將信陵君做白身士子對待。因為山東六國都明白，但有危機，信陵君的威望與號召力是無可匹敵的。正因了如此，趙國對客居邯鄲的信陵君不能不禮敬有加。可是，平原君內心卻總是有著幾分顧忌，時常忐忑不安。

平原君深深知道信陵君對魏國的堅貞。當趙魏利害衝突之時，信陵君決然會堅定不移地為魏國謀劃，而絕不會將三晉當作一家。魏趙韓三家分晉一百多年來，血肉相爭者多，同氣連枝而結盟者少。基於這一根基，平原君對信陵君始終保持著應有的警覺。

同為戰國四大公子，信陵君入趙而使平原君光芒大減，平原君總覺得不是滋味。尤其是門客紛紛投奔信陵君，自己的士林聲望急劇下降，平原君最為惱火沮喪。然則，惱火歸惱火，沮喪歸沮喪，戰國之世便是這等自由奔放，合則留不合則去，你卻又能如何？既無力改變，又不能得罪，一陣憤懣之後，平原君也就放開了，對門客士子任其來去，對信陵君聽之任之。唯有一條不能懵懂，不傷及趙國利益。

誰想恰恰此時，這個子楚竟成了信陵君的座上賓，平原君心下頓時一個激靈。萬一子楚做了信陵君與秦國祕密聯絡的通道，趙國豈非大大麻煩？從大局著眼，趙國是不允許山東任何一國與秦國單獨溝通的。只有趙國，只有付出了近百萬生命鮮血從而抵擋了秦國風暴的趙國，才有以山東六國宗主國的資格與秦國會商斡旋。一番思忖，平原君與毛遂等一班心腹門客商議，要在掄材大典時試探信陵君。

這個試探，是策動趙國士子提出論戰議題：何以重振合縱抗秦，進而振興六國？平原君要看的是，信陵君將如何在這個關乎六國存亡的重大議題上的說辭？無論其說法如何，只要信陵君說辭一出，便是趙國遊說策動六國的最佳時機，重振合縱的聲勢一旦形成，會構成逼迫秦國媾和的巨大壓力。再加上這個人質子楚的誘惑，秦國會處於極為被動的態勢。同時，抗秦議題對這個子楚也是當頭一記警鐘。如此一箭三雕，平原君自然很是滿意這個謀劃。

不成想，信陵君在大庭廣眾之下擱置了議題，平原君心下頓時一沉。儘管幾個心腹門客都說，信陵君是為了搪塞老荀子才不做決斷的。平原君卻大不以為然，認定信陵君恰恰是搪塞趙國、搪塞他才如此做法。信陵君的威望根基，在重信義敢擔當，既言明請老荀子點題，能出爾反爾麼？臨時擱置，只能是顧忌趙國顏面，顧忌平原君顏面，豈有他哉！教平原君警覺的是，信陵君此舉究竟有何圖謀？

此君客居趙國已經五年，魏國依然冷淡如初，絲毫沒有請他返國之意。以信陵君之文韜武略，客居他國尚且養士三千，能耐得這般寂寞？設身處地去想，信陵君的最佳出路是早日回魏國秉政，若魏國權力在信陵君之手，天下完全可能是另一番格局，至少山東六國定然是另一番格局。這種格局是趙國所不願意看到的，也是平原君所不願意看到的。以魏國之根基實力與地利，一旦有英主能臣，必將成為中原軸心，其時趙國地位必然大大衰落。而有權力在手的信陵君斡旋天下，平原君也必將更為黯淡。

當初，信陵君統率六國聯軍戰勝凱旋之時，平原君與孝成王叔侄已經將未來格局看破，也才有了那番奇特應對——不實封信陵君土地人口，卻又像神一般供奉著這位功臣。前者怕他羽翼豐滿，後者是做給天下人看。這是趙國樂意重金供奉信陵君的真正原由，也是孝成王與平原君的最大機密。明知此等作為有負信陵君，平原君卻是毫無愧色——為了趙國的根本利益，他只能如此。平原君相信，若是信陵君處在自己的位置，也會同樣如此做法。

以信陵君之能，不可能體察不出其中奧妙，也不可能不向重回魏國的皇皇目標全力靠近。然則，五年之中，信陵君卻始終沒有「出格」動靜，趙孝成王與平原君一時鬆了心神，疏於防範了。如今看來，信陵君果真要動了。否則，斷不可能在關乎邦交走向的「士論」大題上擱置趙國動議。可是，動向目標何在？平原君一時揣摩不出個所以然。

「稟報主君，信陵君拜會！」門客總管毛遂大步匆匆報得一聲。

「噢？」平原君驀然回身，「人在何處？帶門客幾多？」

「單車一人，已到府門。」

「好！你立即出迎，親自駕車將信陵君接到弭兵亭。」

毛遂快步而去，片刻之間駕著一輛青銅軺車轔轔入府，直向林間草地的大石亭駛來。軺車停穩，毛遂來扶信陵君下車，信陵君指著亭額三個大紅字笑道：「弭兵亭，何時建造？」說著一步下了軺車。毛遂笑道：「長平大戰後，平原君有感於生民塗炭列國旁觀，故建此亭，以明息兵之志。」「想起來也。」信陵君恍然點頭，「正是那時，先生脫穎而出，一劍廷逼楚王會盟出兵，無忌佩服！」毛遂拱手一禮道：「公子天下柱石，正當重振合縱中興六國，何獨重子楚迂腐之論也！」信陵君不禁呵呵一笑：「昔年，先生鼓動平原君建這弭兵亭，也是迂腐麼？」毛遂慨然道：「此一時，彼一時，公子當體察大勢而後斷。」信陵君悠然一笑：「先生以為，大勢要害何在？」毛遂毫不猶豫接道：「秦國獨大，六國皆弱，結眾弱以抗獨霸，大勢之要也。」信陵君笑道：「蘇秦以來，六國斷續合縱數十年，越合越弱，先生以為因由何在？」驟然之間，毛遂語塞，紅著臉道：「此中因由，在下尚未揣摩得清楚。」信陵君不禁一陣大笑：「老話一句，此一時彼一時也，合縱並非萬年良藥，也該有條新路子了。」

「新路何在？願君教我。」服飾整肅的平原君在亭下遙遙拱手。

毛遂笑道：「兩公子且入亭敘談，我去備酒。」匆匆去了。

「請君入座。」平原君笑得分外爽朗，待信陵君進亭入座，落座正色道，「趙王之意：若能重開合縱，趙國欲請君為王命特使，斡旋天下會盟，功成之日，趙國力促君為六國丞相，如蘇秦在世也！」平原君慷慨一句，語氣分外地誠懇親切，「為弟思忖，此乃姊夫回魏執政之最佳途徑，姊夫以為如何？」

「趙勝呵，你叔侄果真期望我回到魏國？」信陵君淡淡地笑了。

「姊夫何意？趙國若有不周，但請明言。」

「逢場作戲，趙勝長進了。」信陵君冷冷一笑，「你我皆過花甲之年，自少時縱橫邦交，成名於天下，些許小伎也能障眼？趙國若當真想無忌回魏，何須如此雲霧大做？只以『不再援手』對魏國施壓，無忌便可重回大梁也。無忌領政，力促魏國再度變法，中原便是趙魏兩強並立結盟之格局，其時秦國奈何？此等大局大計，你叔侄當真揣摩不得？非也。為維持趙國山東獨強，你叔侄寧願無忌老死趙國！」

平原君大是難堪，面色時紅時白，片刻無言以對。正在這尷尬沉默之際，毛遂領著兩名僕人送來了酒菜。平原君頓時舒緩，指點石案笑道：「姊夫，熱甘醪，甘醪薛打得，先來一碗。」信陵君說聲好，逕自舉碗汩汩飲下。旁邊毛遂看在眼裡，立即為信陵君再打滿一碗，又是肅然一躬：「敢請信陵君指點：昨夜所提三題，君似對弭兵議題有所偏愛，不知因由何在？」

信陵君明知這是毛遂代平原君說話，也不辯駁偏愛之說，只悠然一笑道：「弭兵之議，人皆以為虛妄而不切時務之要害。實則大不然也。方今天下塗炭，生民厭戰。山東士林若能大起弭兵議論，六國官府隨即大舉呼應。足下試想，其勢如何？」

「出其不意！好！」毛遂目光炯炯地一拍掌，「撂給秦國一個火炭團：他要加兵山東，便是天下公憤，激我合縱立成！他若息兵，是給我變法富強之機遇！」

「若公然高喊重振合縱，又當如何？」

毛遂紅了臉，聲音也低了下去：「以此想去，公然昌明重振合縱，是給了秦國大舉整軍經武的口實，似對山東不利。」

「毛遂真名士也！」信陵君哈哈大笑，逕自揚長而去。

小暑大暑一過，立秋接踵而至。立秋之日，最大的忌諱是雷、雨、風。中原三諺說的便是這三樣禁忌。一云：「立秋一雷，晚禾折半。」二云：「雨打立秋，多澇不收。」三云：「秋日一風，田土乾底。」年年歲歲立秋日，朝野臣民盼的自是個風和日麗。

今歲立秋恰是如此，清晨太陽上山，天空萬里碧藍，邯鄲城平添了三分喜慶。卯時剛到，通往信陵園的大道車馬如流，服色各異的士子們從邯鄲的大街小巷淙淙流入此時已顯得狹窄的六開間大門，流入湖邊那片金色的胡楊林，人頭攢動，衣袂相連，熱鬧得大市一般。胡楊林的空闊處早已辟成了一個方圓百十丈的大會場，正北中央一座竹木高臺，十二個斗大的鮮紅木字高懸在臺額與兩側，臺額是

「立秋掄材」，東首是「論戰無道」，西首是「文野有法」。高臺西角矗立著一座丈餘高的木架，架上一面牛皮大鼓，兩名紅衣司鼓雄赳赳立在兩旁，與當年稷下學宮的論戰大會一般無二。

鼓報辰時，司禮薛公走到臺中高聲一呼：「秋日辰時，掄材開典，士子明誓——」隨著話音，大場中的千餘名士子從木墩整齊站起，肅然拱手向天高誦：「昊天在上，違心之言，天地誅之！」一齊刷刷落座。薛公又是長聲一呼：「祭酒入席——」鬚髮灰白清臒健旺的荀子從大屏後穩步走出，被信陵君的執事門客引入中央大案前就座。

祭酒者，原本是遠古時期饗宴時酹酒祭神的長者。舉凡村社大宴，必公推一位德高望重的老人在天地神位前代村社眾人灑酒祭拜，此人呼作「祭酒」。進入春秋，「祭酒」漸漸成為各業團體領頭人的稱謂，儘管還不是官府職爵，卻是行業團體公認的威望長者。戰國之世，士人大起，士林聚宴之「祭酒」成為最引人關注的人物。此人未必一定要年歲最大，卻一定要是自成一家且為士子們服膺的學問大師。一旦做了「祭酒」，也不再僅僅是宴會祭酒而已，而是事實上的士林領袖。荀子之學問、見識、人品盡皆為人稱道，在稷下學宮時曾三為「祭酒」（註：祭酒在東漢時成為正式學官，西晉改稱國子祭酒，隋改為國子監祭酒，沿襲至清代），齊國將其等同於上大夫職爵，事實上便是稷下學宮的學宮令。因了荀子在稷下學宮的巨大聲望，自然毫無爭議地做了這次大論戰的祭酒，坐鎮論壇，仲裁可能出現的糾葛，掌控論戰進程。

荀子入座，場中肅靜了下來。薛公又是一聲高呼：「東君入席——」隨著呼聲，執事門客領著信陵君與平原君走出，在高臺東側的兩張大案前入座。

「祭酒宣題——」

荀子從座中站起高聲道：「諸位同人（註：同人，語出《易·同人》：「象曰：天與火，同人。」後亦稱共事或志趣相同者），今秋掄材論戰，議定論題為：天下多難，當否弭兵息戰？在座士子或以邦國為本位，或以學派為本位，出一人闡發；邦國學派但有持論不同者，盡可單獨上臺駁論。高下文野，唯任天下士子公議也！」

「掄材論戰起——」

薛公一聲高呼，兩名鼓手隆隆擂動牛皮大鼓。三通鼓罷，前排一個三綹長鬚大紅長袍的中年士子走上了高臺，一拱手高聲道：「諸位同道，在下環淵，稷下學宮法家士子，師從慎子門下。我等稷下士子以為：今秋論題荒誕虛妄，實為不著邊際之空談！弭兵之論，自春秋宋國之華元、向戌奔波首倡，至今已經三百餘年，何曾有過一日弭兵？便是華元向戌的弭兵之會，也是晉楚爭霸兩敗俱傷，尋求喘息而已！息兵止戰未滿一年，晉國恢復四軍；未滿三年，楚國大攻鄭、衛兩國，次年晉楚舉國大戰！三十年後，諸侯不堪刀兵連綿，又有十三國弭兵大會（註：春秋弭兵之會兩次，第一次西元前五七九年〔宋共公十年〕，第二次西元前五四六年〔宋平公三十年〕）。然在弭兵八年之後，天下戰端再起，弭兵終成空文！春秋尚且如此，方今戰國大爭之世，舉國大戰如火如荼，我等士人不思變法圖強之道，卻來空談息兵止戰，匪夷所思也！兩位東君名重天下，荀夫子更是當今大家，三為稷下學宮之祭酒，竟能點此議題以為掄材，實乃滑稽笑談也！我等不屑此等海外奇談，告辭！」說罷大袖一揮逕自下臺，連臺上三老看也未看一眼。

臺下頓時譁然一片！自來論戰再烈，也從來沒有過對論題本身大加撻伐。今日第一人直指論題發難，且直名指斥信陵君平原君與荀子，確實是誰也沒有預料到的局面。發難者又是赫赫大名的稷下學宮元老級法家大師慎到門下的老弟子，更見非同尋常。這環淵名望雖遠不如荀子，卻與荀子是同輩學者，也算得是天下名士了。稷下學宮士子們兩三百人都在會場中心，若當真隨他退場，豈非未曾論戰便是一場「虛席」醜聞？一時之間，士子們亂了起來。

「諸位同人，我有異議！」場中一個身著寬大黑衣者霍然站起，一聲高喊場中靜了下來，正在騷動猶豫的稷下學宮士子們也頓時站住不動了。依著論戰傳統形成的習俗，但有敵手提出異議，發論方須得應戰，若要脫身，得先行認輸表示折服，否則會被公認為不堪禮儀之人，為士林所不齒。黑衣士子高喊異議，實則公然宣戰，稷下士子豈能就此便走？

「在下秦士子楚。」黑衣人也不上臺，只站上座墩向四周一拱手，「弭兵之題，當初由在下動議。東君與各方磋商採納，子楚以為，極是妥當！春秋戰國以來，刀兵不斷，息兵呼聲也從來未斷。兵爭越演越烈是事實，非兵之論接踵而起也是事實。老子以兵為不祥之器，惡之。墨子大倡兼愛非攻，呼籲天下太平。吳子列暴兵逆兵，指斥兵災。孟子云，春秋無義戰。尉繚子直言，兵為凶器，戰為逆德。司馬穰苴則說，國雖大，好戰必亡。更有諸如華元向戍一班志士仁人奮勇奔波，大呼弭兵不止。凡此種種，弭兵何錯？至於方才環淵所言，弭兵之論荒誕虛妄不著邊際，大謬也！老子云：人法地，地法天，天法道，道法自然。何謂自然？生民性命，萬千家園，世人大同，向善安樂也！敢問環淵：法家變法圖強，所為何來？不為庶民康寧，不為邦國富庶，不為天下太平，何人要爾等變法？至於能否弭兵，如何弭兵，正賴我等熱血士子為天下謀劃：或以戰止戰，或以義兵蕩暴兵，或以我等熱誠奔波弭兵之會。總歸是要天下弭兵，庶民太平。稷下環淵身為赫赫法家名士，束手無策倒也罷了，反來指斥弭兵之論荒誕虛妄，倒是當真令人汗顏也！」

「子楚之論，居心叵測！」環淵直指高高站在人海中的子楚，「爾為秦士，分明要藉弭兵之論迷惑山東，使六國息兵偃戰，聽任秦國宰割，何其陰鷙也！」

「論戰誅心，非正道也！」子楚遙遙一指環淵，「弭兵息戰，包容天下，秦國何能自外？敢問環淵：子楚說過秦國不在弭兵之列麼？除非夫子自甘陋習，依然將秦國看作中原異類。否則，斷無此等推理。」

「吾觀子楚，終是為秦國說話！」稷下士子群中霍然站起一人，「環淵學兄雖有偏頗，終不為過。長平大戰後秦趙俱弱，譬如當初之晉楚兩霸也。當此之時，子楚出弭兵之議，分明是要為秦國爭得喘息之機！」

「我等贊同！」稷下士子一片附和。

「掩耳盜鈴，今日始聞也。」子楚一陣大笑，「長平大戰秦國勝，合縱救趙六國勝。結局並非秦趙兩弱，而是七國俱弱。若論實情，只怕秦國之疲弱，尚稍好於山東六國也。秦國固需喘息，六國不需喘息麼？審時度勢，此時縱然六國合縱攻秦，依然是無分勝負兩不奈何。更有甚者，若內政不修而致庶民饑荒離亂，不定哪國便有滅國之禍！當此之時，縱有爭雄之心，何如各方先行息兵止戰休養生息，恢復國力之日，再堂堂正正決戰疆場！」

「如此說來，弭兵終是虛妄！」

「稷下名士，何多迂腐也？」子楚冷冷笑道，「弭兵者，天下自救之道也。兵爭者，天下王霸之道也。一張一弛，輪迴不止，人世之鐵則也。子楚倡弭兵，不敢聲言永世弭兵，卻依然力主目下弭兵。爾等稷下名士，既不敢面對生民苦難而主目下弭兵，又不敢正視將起之兵爭而指斥弭兵虛妄。譬如人之肚腹，吃了瀉，瀉了吃，永無休止也。以君之論，吃了又瀉，何如不吃？瀉了又吃，何如不瀉？果真如此，安得人世生生不息也！」

「采——」整個會場可勁兒一聲喝采，趙國士子群尤為響亮。

環淵面色頓時脹紅，思忖片刻昂昂拱手道：「今日之論，算我等敗君一合！」說罷一擺大袖落座，稷下士子群也紛紛落座，會場頓時整肅下來。

「我有一說，求教諸位。」會場中心的趙國士子群中走出一人大步上臺，拱手高聲道：「在下毛遂。我等趙國士子以為：弭兵之論，當看時勢，時也勢也，可也不可也！今日時勢，七強傷痕累累，列國委頓不堪，天下生民苦若倒懸。再起兵爭，玉石俱焚同歸於盡。我等士人，當為天地立心，為生民立命，為亂世開太平。弭兵之會，此其時也！趙國士子呼籲：今秋掄材論戰，天下士人當大倡休戰，力促七國行弭兵會盟，解民倒懸，天下生息！諸位以為如何？」

「采——」趙國士子群排山倒海般呼嘯一聲。

合縱敗秦之後，毛遂大名早已隨著「脫穎而出」的故事與劍逼楚王盟約出兵的壯舉傳遍了列國。山東士子們都知道他做了平原君的門客總管，為平原君斡旋一應大事，與當年孟嘗君的門客總管馮驩一般模樣。今日毛遂出面以趙國士林的名義倡言，顯然是代平原君說話，也就是代趙國說話。目下趙國是山東屏障，趙國倡行息兵，他國如何能有爭議？戰國士子們都與本國權力層盤根錯節，對本邦利益心中有譜，一看趙國士林拿出定見，不再猶豫，齊齊地喝了一聲采，到邯鄲遊歷的散士們也紛紛呼應，場中響起此起彼伏的喝采叫好聲。

此時唯有稷下學宮的士子群沉默著。稷下學宮雖已衰落，但仍然是各種純學問派別的淵藪之地，保持著疏離仕途而專心治學的百年傳統。今歲稷下士子們大舉入趙，原本也是提出了一個大大的文明論題——人性善惡，要為天下廓清一個最根本的界限。然則幾番論戰，他們的學問心法已經被攪得鬆動了根基。尤其是祭酒環淵被那個子楚問得無言可對，儘管內心不服，畢竟承認了失敗。如今趙國士林出面呼籲，天下士子盡皆回應，稷下士子群能佯裝不睬麼？再說，弭兵之論若能形成聲浪，總是人心所向，素來有天下胸懷的稷下學宮士子群如何能漠然置之？聲浪掀起之時，士子們的目光齊刷刷聚向了環淵。環淵目光一掃，見士子們紛紛點頭，跳上座墩向主臺遙遙拱手高聲道：「弭兵之議，稷下士子贊同！」

「我等贊同——」稷下士子群一片呼應。

高臺上的荀子看看信陵君與平原君，三人不約而同地哈哈大笑起來。

二、秋夜高樓　秦箏忽起

白露時節，呂不韋回到了邯鄲。

一過朝歌河段，各種傳聞紛至沓來，最多最活的是有關子楚的故事。呂不韋大是振奮，立即吩咐鼓帆快槳，兩三個時辰到了白馬津渡口。拋錨停泊，呂不韋上岸登車，於當夜初更時分進了邯鄲的胡寓雲廬。未曾沐浴梳洗，呂不韋立即吩咐越劍無駕車去接嬴異人。不想一個時辰過去，越劍無才匆匆回來，稟報說公子出去與一班士人夜飲了，他等候得半個時辰，那名老內侍卻來說公子可能不回來了。呂不韋呵呵笑道：「成名士了，應酬多了，好事呵。走，去看看毛公薛公。」

毛公正在薛公家飲茶閒話，突見呂不韋風塵僕僕而來，不禁喜出望外。薛公喊出夫人一番吩咐，片刻之間滿當當三案接風酒菜擺上了廳堂。三碗熱騰騰甘醪下肚，毛公繪聲繪色地說起了子楚論戰的情景，薛公時而打幾個補丁，未過片時，將年來子楚發奮的諸般情形說了個八九不離十。呂不韋大是感慨，一拍案舉起大碗道：「兩公樹人於落拓不濟之時，發才於平庸萎縮之日，真義士也！不韋敬兩公一碗！」大碗一揚，汩汩飲了。薛公慨然道：「我等避禍他鄉，自甘市井風塵，若非呂公宏圖大謀，何得重入士林也！」毛公晃著空碗笑道：「嘿嘿，我等何足掛齒。要說還得說嬴異人那小子可造！一教便會，一點便透，錦衣玉食，高車駟馬，嗨嗨，還當真有一番氣象，成了個人物也！」呂不韋哈哈大笑：「好！只怕此子不是個人物，是個人物便好說。」薛公向毛公一搖手：「先別亂岔，聽呂公說說咸陽情形。」呂不韋悠然一笑，將大半年來在咸陽的諸般周旋大體說了一遍，末了道：「歸總說，咸陽時勢仍在兩可之間。以我揣摩，老秦王對嬴異人已經上心，然不會拿一個身在敵國的人質公子做孤注一擲。也就是說，秦國宮廷必定同時在其他王子中遴選儲君。嬴異人能否成事，還需我等全力周旋。」薛公沉吟道：「以老夫忖度，老秦王明知嬴異人安然在趙，而不以邦交途徑索回公子，無非是顧忌趙國開價過高。若是別國，定然早就軟硬兼施了。老秦王不動聲色，委實老辣也！」毛公拍案笑道：「老辣個鳥！秦趙血海冤仇，老嬴稷敢提索回人質，只怕平原君叔侄便要提割讓崤山函谷關。嘿嘿，趙勝這老小子不怕嬴異人成名，分明是要餵一口肥豬好要高價！老哥哥說得也是，老嬴稷是老辣，寧可不要這個王子，也不尿趙國這一壺。鳥！這便是君王，生生的鐵石心腸也！」「粗也粗也。」薛公皺著眉頭搖搖手，「老夫以為，此事要害在兩處：一則是公子成名成事以增身價，二則是如何返秦？目下看來，成名成事不難，只怕後來最大的難處在回秦。」

「兩公所言極是。」呂不韋思忖道，「回秦事我來謀劃。兩公只管教公子藉弭兵之議，有所作為。」

「嘿嘿，老夫還得說一句。」毛公聳動著一雙白眉，「這小子近日來可是有些神不守舍，老夫給他擬的新說辭，三日還不順溜。」

「你是說嬴異人？」薛公驚訝了。

「不是這鳥人還能是我！」毛公一瞪眼紅了臉。

「毛公可人也！」呂不韋哈哈大笑，「十年落難，一朝成名，招搖分心也是在所難免也。不韋明日找他說話。」

「如何？異人公子不知道呂公回來？」薛公又驚訝了。

「我是晝夜兼程，他如何知道。」呂不韋一拱手笑道，「業已四更，告辭。」起身去了。

回到雲廬，呂不韋頭暈腿沉很是疲憊，倒身臥榻呼呼大睡，直到次日正午方才醒來。走進連接寢帳的浴房一看，碩大的紅木盆中已經備滿了騰騰熱水，伸手一試，涼熱得當，立即丟開寬大睡袍躺了進去，浸泡得小半個時辰，精神頓時振作，長髮拭乾，穿上細布內衣，外罩一件輕軟的苧麻長夾袍出了寢帳。方到前廳，見一案酒後美食已經擺置就緒：一摞焦黃的胡餅，一盆脂玉般的牛骨茶，一盤肥白的蒸蔓菁，一盅碎綠的胡荽。鮮香實惠，是這胡寓的名吃，時人呼之為「蔓菁牛茶餅」。牛骨茶者，乃胡人以牛骨湯與牛油為基，配以春麥麵與北地粗茶炒製而成乾粉，俗謂「炒油麵」，食前加水煮開，便是香濃異常強身健胃之湯食。胡人但出遠門，三只皮囊必備，馬奶子、牛骨茶、胡餅乾肉。馬奶子隨時解渴，牛骨茶與胡餅乾肉，則是紮營野炊的正食。胡服騎射之後，趙人一應接納了胡人的簡便衣食習俗，牛骨茶經趙國而傳入中原，後世廣為流傳。蔓菁則是中原胡地都有的根菜，與蘿蔔並稱。《詩》云：「采葑采菲。」這葑是蔓菁，菲便是蘿蔔。後來呂不韋在《呂氏春秋．本味篇》中說：「菜之美者，具區（註：具區，今太湖一帶，可見蔓菁乃中國古代遍及大江南北的蔬菜）之菁。」後世杜甫亦云：「冬菁飯之半。」說的是蔓菁可以頂糧食。這是後話。胡荽卻是西方胡人一種有奇異香味的菜，莖葉翠綠細嫩，些許碎葉入湯，牛羊之腥膻大減，美味益增，胡人直呼為「香菜」，中原人卻稱之為「胡荽」（註：胡荽，戰國稱謂，後世學名為芫荽。香菜，當時與後世之俗稱）。

呂不韋熟悉胡人風習，將一撮翠綠的胡荽撒在熱騰騰的牛骨茶上，大喝一口牛骨茶，大嚼一口脆黃胡餅，一大盆呼嚕嚕下肚額頭津津熱汗，再捧起一只肥白勁韌清淡爽口的蒸蔓菁吞下，通身舒坦無比。

「先生，我已去過秦寓，公子尚在酣睡。」

呂不韋驀然回身，見越劍無一副難堪神色不禁笑道：「夜來聚酒，貪睡也是常情。」越劍無卻道：「我已問過侍女，公子五更天方回，根本沒飲酒。」呂不韋笑道：「走，我去看他。」稍事收拾了衣冠，由越劍無駕著輜車直奔邯鄲吏士坊而來。

邯鄲城原本格局粗放，除了王城獨居正北，其餘士農工商與胡人流民自由雜居，大街小巷交錯無序，腥膻彌漫，是天下有名的「亂邦」。武靈王變法之後趙國富庶強盛，城郭幾經修葺整治，格局也漸漸整肅起來，全城大體形成了北王城、東吏士、南工商、西農牧的格局。這吏士坊是大小官吏與士子們的居住區，北望王城南臨商市，既清幽又方便，實在是邯鄲城內最好的坊區。去冬呂不韋回鄉之前，在吏士坊給嬴異人買下了一座不大不小的三進庭院，嬴異人禁錮解除之後已經搬了進來。越劍無車技精熟，輕盈地拐過兩個街口到了這條幽靜的石板巷。巷中共有四座府邸，最深處的一家是嬴異人庭院。方到門前，正有三五輛軺車駛出車馬場，遠遠便聽見了駕車者的說話聲。

「這個子楚也忒迷糊，日頭偏西了還睡，比信陵君都難見！」

「怪也！這子楚原本很勤謹，如何突兀輕慢起來？」

「人一成名，勢派大了，懶得見我等，還能有甚！」

「狗屁公子！一論成名，未必真本事！」

一陣笑罵聲隨著轔轔車輪飛出了石板巷。呂不韋從車窗探出頭來著意望了一眼，見都是幾個年輕士子，不禁微微皺起了眉頭。越劍無剛剛將車停穩，呂不韋一步跨了下來徑直到了兩開間的門廊。府邸僕人是荊雲精心遴選，都識得呂不韋，見越劍無駕車來到，門房僕人早已經迎到了階下。

「公子昨夜幾時回來？」呂不韋當頭一問。

「寅時首刻，雞叫兩遍。」

「幾日了？」

「十三日，早則夜半，晚則五更。」

呂不韋大袖一拂逕自跨進了門檻。繞過影壁一片庭院，幾棵黃葉飄零的老樹下，那個白髮蒼蒼的老內侍正在北屋廊下遙遙向西側招手。呂不韋回頭打量，那個已經變得白皙豐滿的中年侍女正在一棵老樹下的石案上擺弄收拾一件物事，竟是沒有看見。老內侍蒼老尖銳的嗓音喊出了聲：「少使，備沐浴了！」中年侍女驀然回身應得一聲，急匆匆到正屋去了。

「敢請家老通稟：呂不韋拜會公子。」

「呵，恩公到了。」老內侍顫巍巍一躬滿臉堆著笑意，「請廳中入座，老朽煮茶。」

「不用煮茶。」呂不韋一擺手進了正廳，「家老請坐，我有幾句話問。」

「不用，站著方便，恩公但問。」

「公子連日晚歸，白日高臥，是何因由？」呂不韋淡淡地笑著。

「恩公……」老內侍一陣木訥，兩道白眉猛然聳動起來，面色脹紅粗重急促地喘息著，「恩公呵，你勸勸公子了。老朽跟隨公子二十餘年，沒見過他如此失魂落魄也！如此下去，公子毀在邯鄲了，還回甚個秦國？老朽心痛啊……」

「家老莫急。」呂不韋扶住只要跪拜下去的老內侍，「你只說甚個因由。」

「只可惜老朽不知呵。」老內侍唏噓拭淚，「公子出門，素來都是武僕一人駕車跟隨。旬日以來，老朽只聞公子每夜必出，飲酒一通，便下令武僕駕車原地等候，而後便獨自一人出酒肆去了。如此三五日，老朽心急，暗中跟隨公子要看個究竟。不想老朽遲笨，被公子在酒肆外覺察。公子發怒，一頓皮鞭打得老朽差點走不回來……恩公呵，老朽急，可老朽不知道因由也！」

良久默然，幾乎永遠都是一團春風的呂不韋漸漸沒有了笑意。老內侍悄悄捧來煮好的茶汁斟好，見呂不韋依舊石人般佇立沉思，張嘴想說幾句，終是沒有開口悄悄去了。正在此時，木屏後一陣拖沓的腳步聲，一人寬袍大袖披散著濕漉漉的長髮走了出來，當頭一躬：「先生久候，恕異人不周。」

呂不韋不禁驚訝了，這是嬴異人麼？雙眼紅腫腳步虛浮神色恍惚，連說話都沒了力氣。呂不韋記得清楚，便是當初困窘之時，嬴異人眼中也時時閃爍著困獸猶鬥的賊亮光芒，言談舉止在絕望中透著一種苦苦支撐的淒然之力。立秋論戰之時，此子還是生氣勃勃。如何短短一月之間萎靡如此？思忖之間，呂不韋又浮現出了平和的微笑：「公子交遊日多，疲累也是尋常，瑣碎禮儀不必上心。」說罷逕自入座西側客位笑道，「如何？這裡還住得慣麼？」「甚好。」嬴異人淡淡一句，心不在焉地笑了笑，在呂不韋身旁案前落座，「先生商旅勞頓，異人本當為先生洗塵，奈何晚間又有酬答，先生見諒了。」

「晚間酬答，何人？」

「噢，平原君門下毛遂，大約還有那個環淵。」

「三日前，毛遂代平原君出使燕國，回到邯鄲了？」

「如何如何？毛遂不，不在邯鄲麼？」嬴異人大是困窘，滿臉頓時紅布一般。

呂不韋笑意倏忽褪去，輕輕叩著大案道：「我等大事正在要害之際，不韋從咸陽歸來，正待與公子計議諸多事端，公子卻不聞不問，當真匪夷所思也！不韋生為商賈，素來不喜臨大事而心猿意馬。公子如此神不守舍，究竟所為何事？若能明告，不韋自信世間無不解之難題。若是公子心志頹喪，或自感功成名就而甘於安居趙國，不韋從此退身，只做從來沒有識得公子便了。」

「先生……」嬴異人唏噓伏案，「先生救我於將死，異人安能忘懷？」哽咽間一拳砸案，「先生啊，我中邪也！」一時放聲大哭。

待嬴異人哭聲稍緩，呂不韋一聲歎息：「王子王孫，心多淒苦也！公子少年入敵國為質，無天倫之親，無親友之誼，無可做之事，無常人之樂，形同幽禁，孤獨困頓。唯一能做的，便是抵押生命，淒涼憂憤處，實非尋常人所能體味矣！目下形似伸展，實則漂泊難定，致公子生出空蕩蕩無處著落之傷感。不韋粗疏，竟未曾體諒，實在有愧也。」

「不！不！」嬴異人哭喊一聲，「先生，我中邪也！定是上天派他來也！」

思忖一陣，呂不韋走過去扶著嬴異人坐好，輕輕拍著他肩頭撫慰道：「公子莫得傷感，你只說出甚事，但有不韋，萬事可解。來，慢慢說。」嬴異人住了哭聲，接過呂不韋遞過來的茶水咕咚一口，抹抹淚水長吁一聲斷斷續續地說了起來。

半月之前的一日夜晚，嬴異人與薛公毛公一道拜訪信陵君，茅亭風燈下飲宴敘談，評點天下兵法。這本是毛公謀劃，意圖是教嬴異人拜個兵學大家為師。信陵君坦蕩豪爽，從太公呂尚的《六韜》說起，逐一地評點了《孫子》《吳子》《孫臏兵法》《司馬法》，精當簡約，處處透著深邃。嬴異人大是敬佩，謙恭地提出想借抄信陵君自己撰寫的兵法。不料，信陵君一陣大笑：「老夫一戰而得虛名也！若是戰勝白起尚有一說，偏偏只勝得王齕王陵之輩，何敢自認兵家？不提兵法也罷！」連說飲酒，避開了這個話題。

那夜散席，嬴異人心下有些煩悶，覺得自己與六國人士終究是隔膜一層。趁著濃濃的酒意，嬴異人驅車到了南城大湖邊，將輜車停在湖畔大道，逕自搖進了那片紅濛濛的胡楊林。走著走著，嬴異人突然一陣愣怔，釘在林間挪不開腳步了——

秋月之下，胡楊林深處飄來了奇妙的樂聲。沒錯，是秦箏，魂牽夢縈的秦箏！蒼涼悠遠激越悲愴，直教人熱血沸騰！驟然之間，嬴異人淚如泉湧，一聲長喝放喉唱了起來。沙啞的吼聲破空迴盪，和著沉沉秦箏迴旋在寒涼的秋夜。在嬴異人如癡如醉地吼唱時，箏聲卻突然沉寂了。長風掠林，嬴異人頓時渾身發軟，倒在了飄零飛舞的落葉之中。良久醒來，他覺得整個身心空蕩蕩地只要飛將起來，朦朧之中又低聲哼起了那首老秦歌謠：「北阪有桑，南隰有楊。有車轔轔，遠別我邦。黑髮老去，烈士相將。西望關山，念我故鄉。」低沉的哼唱幽幽迴盪，叮咚箏聲竟也悠悠地飄了過來，隱隱相隨若合符節，竟似撫慰他這個離家遊子一般。那一刻，每個音符都甘霖般滲進他乾涸的心田，敲擊著他已經麻木的思鄉心弦，激起無以言喻的震顫。

就這樣朦朧地快意地低哼著，嬴異人幾乎唱遍了倏忽浮現在記憶中的秦國民謠。直到邯鄲城樓的刁斗打響了五更，他才帶著一身秋露戀戀不捨地離開了胡楊林。回到府邸，他失魂落魄般在庭院直坐到濛濛朝霧散去。

秦箏，是嬴異人的少年夢幻，是故國咸陽留給他的最深印記。

八歲那年，父親安國君特意帶嬴異人去了當時還是五大夫將軍的蒙驁府邸。原因只有一個：這個兒子醉心秦箏，而蒙氏家族則是秦國最有名的箏器世家。當蒙驁將軍聽說這個少年五歲時便能操箏彈奏〈國風〉的所有樂章時，高興得哈哈大笑：「異人異人，其名如實也！」立即爽快答應將嬴異人收做學生，並喚來自己十歲的兒子蒙武與嬴異人相見，叮囑他兩人一起習箏。此時，異人的生母常臥病榻，父親又忙於國事周旋，根本無法督責這個庶出兒子的學業。見蒙驁將軍父子都很喜歡異人，父親索性將兒子的一應幼學都交給了蒙驁將軍，請將軍如同他兒子一般督責自己的兒子。從那以後，嬴異人每日早出晚歸，除了在自家夜宿，整日都在蒙氏府邸習箏修學。兩年之後，已經是太子的伯父死了，父親有可能立為太子，合府上下都在忙碌周旋，父親更是沒有心力督責一班庶出兒女了。嬴異人請准父命，搬到了蒙氏府邸與蒙武同吃同住同修學，分外的暢快。

蒙氏祖上原本是齊國士人，素有家學。自蒙驁入秦國，蒙氏族人進入軍旅者日多，成了文武兼修的家風。蒙驁持重縝密，承襲族長，對族中子弟的學業歷練督責極嚴，以致後來的蒙氏子弟個個都是文武全才。這蒙武也是個聰明少年，刻苦好學，非但通達《詩》《樂》，彈得一手好箏，且對父親交下的兵書修習也是絕不誤事。嬴異人一入蒙氏府邸，立時覺得了自己的蒼白，除了箏樂，自己對其他學問一無所知。幸運的是，比異人大得兩歲的蒙武厚重稟性，從來不嘲笑譏諷異人，只小老師一般認認真真地為異人補學。

五更雞鳴，蒙武一骨碌爬起來拉異人起來。練劍半個時辰，梳洗之後早飯，之後是晨課、午飯、午課、晚湯。只有晚湯之後暮色來臨，兩人才到池畔林下談箏對歌，直到三更。如此三年，嬴異人大體補上了蒙武學過的所有課業，兩人也都長成了一派英風的少年。一次，蒙驁將軍隨大軍班師回到咸陽，請來安國君一起查核兩人學業。舉凡課業，兩人都對答如流，劍術箏樂也大有長進，將軍破例地讚歎了一番。見這個昔日只會躲在母親小院子默默彈箏的庶出兒子有了如此長進，安國君大是感慨，宴席間連續三次向蒙驁將軍敬酒，還執意將自己隨身的一件名貴玉佩贈給了少年蒙武。末了父親誠懇請求蒙驁，許嬴異人在蒙氏府邸繼續修學，直到加冠成人。

「好！」蒙驁爽朗拍案，「兩子共學，切磋激勵，好事！」

嬴異人大是歡欣，從此與蒙武又開始了親如兄弟般的快樂日子。蒙驁將軍慮及自己常在軍旅，請了族中一個曾經修學稷下學宮的飽學老士長住府中，做了兩人的業師。這位老士非但文武兩學，精通秦箏，更有一種自由奔放的稷下學風，實在是難得的良師。在業師督責之下，異人與蒙武開始了重修天下學問的成人治學：諸子百家一一涉獵，關鍵只在兩學，蒙武主修兵家，異人主修法家，共同兼修箏樂之學。

每日晨課，都是各自的正式課業。一到午後，老師帶著兩個弟子出了咸陽，或到北阪的蒼蒼松林，或到渭水泛舟清流。選得一處清幽之地，老師講得半個時辰樂書樂理，便教兩名弟子彈箏競奏，然後逐一評點。每到春日踏青，老師會停了主課，帶兩人走遍關中村社，聽農夫士子田間放歌，聽牧童少女的春日吟唱，遇動聽歌謠便彈箏相和，記譜保存。堪堪五個年頭，嬴異人幾乎學會了所有的秦風歌謠。更有回味處，是他與蒙武每春歸來，必要商討給那些沒有歌詞的「野曲」寫詞兒，一詞寫完，兩人你彈我唱我彈你唱不亦樂乎……

不料，快樂的少年生活突然中斷了。

那年，風聞韓國要將韓上黨拱手讓給趙國，進而三晉結盟對抗秦國。壓力之下，主司邦交縱橫的丞相范睢主張：先行結好趙國，進而威逼韓魏，最終拆散這場對秦國極為不利的上黨交易。祕密特使幾番斡旋，趙國卻指斥秦國反覆無常，提出若能單方（不互換）派出一位王子入趙做人質，方可結盟修好。秦昭王思忖再三，一咬牙答應了下來。戰國人質有公認傳統，不是在位國君的兒子，便必須是太子的兒子，大國索要的人質尤其如此。其時秦昭王的幾個老兒子都已經四十出頭，各據實職，不宜也不想做人質，異口同聲地推舉已經做了太子的安國君遴選駐趙人質。安國君無奈，在庶子中選定了嬴異人。

消息傳出，少年嬴異人頓時蒙了，與蒙武抱頭痛哭。

那年秋天，嬴異人的「質使」車馬離開了咸陽。蒙武在十里郊亭為他隆重餞行。席間，蒙武鄭重地將一副秦箏贈給了異人。蒙武說，這副秦箏是蒙氏祖傳寶器，南山古松精製，箏板專門嵌進了自己的祝詞與異人的名號，望上天護佑異人抱箏而歸。異人大是感奮，親自彈起秦箏，與蒙武一起唱了那首盪氣迴腸的〈北阪有桑〉……

誰也不能預料的是，嬴異人入趙兩年之後，秦趙兩國便開始了上黨對峙，成了勢不兩立的死敵。從此，異人與咸陽的官方來往切斷了，像斷了線的紙鷂般飄搖在趙國風雨之中。長平大戰後，秦趙仇深似海，嬴異人被趙國轉移到邯鄲北山的一處祕密洞窟囚禁了起來。為防走漏消息，守護軍士嚴禁異人彈奏秦箏。他每日能做的唯一事情，只是面壁靜坐，低聲哼唱那些烙在心頭的秦風歌謠。

六國聯軍勝秦後，嬴異人雖然被轉回了邯鄲，但境況卻大大惡化了。行同囚居不說，趙國撥付的些許物事分明僅僅夠一個人用度，卻偏偏說是給十個質使隨員的，嬴異人是王子，趙國不管。兩年下來，老內侍賣光了所有隨行之物，八名年輕力壯的隨員還是在凍餓病交加中一個個死了。一次，那個侍女也餓得氣息奄奄。嬴異人一咬牙，將那副形影不離的秦箏交給了老內侍……

老內侍腳步蹣跚地走了。嬴異人水穀不進，整整昏睡了三天三夜，醒來時形銷骨立，老內侍與侍女心碎得嚎啕大哭。從那時起，囚居的小院死一般沉寂，再也沒有了叮咚秦箏的蒼涼鄉音。

「胡楊林下，是我秦箏！」嬴異人一拳砸下，淚如泉湧。

「一耳之聽，你能斷定？」呂不韋驚訝了。

「能！」嬴異人哽咽著，「尋常秦箏九弦，蒙氏秦箏十弦，音色力道大是不同！那南山紅木，原本天下奇材，做成箏板弦柱，宏大幽深如空谷瀑布，別個秦箏如何能有？不說聽得一夜，便是撥得一弦，我也斷不會聽錯！」

「於是乎，你夜夜去聽？」

「是。」嬴異人輕輕點頭，幾乎是在喃喃自語，「我箏新主人一定是個聰慧奇人。除了力道稍欠火候，那箏聲美得令人心醉。我唱，他彈。他不熟秦音，隨我走，三五日之後，他便能伴我唱任何一曲了。先生，聽著那秦箏，蒙武公子在我眼前了……」

「公子既是此人知音，前去拜訪便了，至於如此麼？」

「我去過。」嬴異人拭著淚水，「次日中夜箏聲又起，我循聲尋到了胡楊林深處，月下一座高樓四面石牆，沒有一絲燈光。無論我如何喊話唱歌，樓內始終死寂一般。可在我怏怏離去之後，那秦箏卻又悠悠然飄盪了過來，忒煞怪也！那天，我白日去了。石牆依舊，高樓依舊，可沒有一道進出的門，我爬上了一棵大樹查看。忒煞怪！林中看去，樓閣高聳，高處一看，卻只有交錯參天的一片胡楊林，荒草藤蔓糾纏，落葉盈尺飄零，全然一座廢墟古宅……當時一看，我一身冷汗……可是，那天晚上，我還是不由自主地去了胡楊林。當月亮升起的時候，那秦箏又叮咚飄盪了，我也忘乎所以地唱了起來，直到五更。」嬴異人蒼白的臉上泛起一片紅暈，「先生，你說，他是人，還是鬼……」一言未了，軟軟地倒在了地氈上。

「沒事。」呂不韋對匆匆進來嚇得不知所措的老內侍搖搖手，蹲身試了嬴異人的鼻息與額頭，回身吩咐道，「夜受風寒，心悸失神。先煮一碗濃薑湯、一鼎靈芝安神湯，先後餵下，而後安置公子臥榻歇息。再煎一劑散寒祛風湯等候，公子醒來後服用。家老記住，我明晨便來，在此之前，任何人不得以任何事體攪擾公子！」

老內侍惶恐道：「若公子暮色醒來，又要出去，如何是好？」

「家老莫擔心。」呂不韋邊走邊說，「請一個名醫守在這裡，務必讓公子一次睡透。一夜之間，我料他不會醒來。」

三、胡楊林中的落寞庭院

回到雲廬，呂不韋立即吩咐越劍無帶幾個精幹執事訪查城南湖邊胡楊林中的彈箏之人，務必於明日午時之前確實回報。越劍無一走，呂不韋喚來原本是邯鄲呂氏商社總執事的老僕，叮囑他帶人收拾新買的居所，三五日之後立即搬出胡寓雲廬。諸事安頓妥當，呂不韋登上輜車匆匆來見薛公毛公。

薛公雖然沒有搬出舊居，卻也聽從了呂不韋的建言，自己脫出了賣酒行當，又接受了呂不韋為他買下的相鄰三進大庭院。兩院打通，大兒子帶著一個老釀酒工住在原先小院，維持「甘醪薛」酒鋪。薛公夫婦帶著小女兒住進了三進大庭院。毛公原是獨身一人，堅執拒絕了呂不韋為他購置居所，只樂呵呵地住進了薛公後園，說是省得日每煙火之累，強如一人快活也。尋常時日除了為嬴異人謀劃奔波，兩人便在後園茅亭下聚酒對弈，其樂陶陶。

呂不韋進園，見兩老正在面紅耳赤地爭執一塊角地的殺法。默默看得一陣，呂不韋清楚了其中奧妙，拿起一枚黑子「啪」地打下。毛公頓時愕然，繼而高聲嚷嚷：「哎呀好！你老哥哥能事，如何看不到這一步？如此一點，不是明擺著死棋麼！」薛公哈哈大笑：「你倒是看到了，只胡亂鼓搗也！」

毛公雙手一拱：「先生這招神妙！老夫空有神生之名，慚愧！」薛公揶揄道：「你那神生是賭，棋何時神過了？」呂不韋笑道：「棋局但臨廝殺，要害便在算路。毛公大局出色，然此等角地無關大局，僅在廝殺算路，便失之於粗疏了。不韋算學尚可，是以看得明白，豈有他哉！」三人一陣大笑，薛公喚來女兒煮茶。

飲得兩盅熱茶，呂不韋已經將嬴異人走神原由大體說得清楚，末了道：「看來不是大事，只是思鄉過甚也。我已派越執事訪查此人，引他與公子做個知音之誼，諒來便可安神。兩公以為如何？」薛公笑道：「如此好，有了唱和，也省去毛公曲高和寡也。」毛公卻只瞪著老眼默默搖頭。

「毛公以為不然？」呂不韋笑問一句。

「正是。」毛公少有的鄭重其事，「老夫也是少逢劫難，理會得此等心境。你等卻是難以體察。大凡少年遭遇巨變，長成便有兩途：或狂放不羈如老夫，或壓抑心志如公子。如老夫人等，流浪漂泊遊戲人生，涉邪放縱肆意發洩，久而久之，少時傷痛也就變做了厚厚的老繭。如公子人等卻是不同，放縱不能，發洩無門，受盡人世炎涼之態，卻只能死死憋在心頭，但有出口發作，只怕糾葛甚多，等閒不能了結也。」

「糾葛？至於麼？」呂不韋頗有些茫然，「毛公之意何在？」

「嘿嘿，今日看來，先生卻是精於事而疏於情也。」毛公詭祕地一笑，「其一，此人少年拋家離國，從無天倫之情撫慰。其二，此人年近而立，從未有過男女情欲之樂。其三，此人身為王孫且有歌樂稟賦，卻從無聲色犬馬鐘鳴鼎食之消受。凡此種種，心中自是冰山一座，能至今日，全在一個『挺』字。若有誘發而處置不當，心河潰決，洶洶之勢難當，先生將前功盡棄也！」

「你且說個實在，如何叫處置不當？」薛公急迫插得一句。

「譬如，彈箏者若是個女子，大大麻煩。」

「異想天開！」薛公一拍案，「秦箏粗豪宏大，哪有女子操持此物？」

「嘿嘿，」毛公詭祕地搖搖頭，「天下事，難說也。」

陡然之間，呂不韋想起了「神生毛公」這個名號。雖則是賭徒們叫響的名號，但邯鄲坊間卻流傳著毛公種種未卜先知的奇異傳聞。此時所言，誰能說不是靈異所至？心念及此，呂不韋笑道：「若是女子，教她隨了異人，或妻或妾，左右公子安心事大也。」

「嘿嘿，這話卻要慢說。」毛公又鄭重其事地搖著一顆碩大的白頭，「先生若是要公子為君為王，便莫輕言許妻。妻者，王后也，國母也，坤首也，宮闈之主也。若與先生嫌隙，後患無窮。」

「海外奇談也！」呂不韋不禁大笑，「異人之妻，莫非還要與我等同心？」

「不是與我等，是與先生。」

「遠了遠了。」薛公搖搖手，「只要先生心下有備，是女子又如何？左右有個知音友人，公子便可安寧。眼下大事，還是謀劃下一步要緊。」

「也是。」呂不韋悠然一笑，「兩公只管謀劃，公子安神之事我自當慎重。天色已晚，不韋還須照拂那頭，來日搬入新居再與兩公盤桓。」說罷告辭去了。

回到雲廬已是初更，異人府老內侍差人來報：公子服藥之後睡得極深，醫家說一兩日不會醒來。呂不韋心下鬆泛，獨自小酌一壺安然臥榻，一覺醒來卻再也不能安枕，沐浴一番出帳漫步，見繁星閃爍霜霧迷離，正是拂曉最黑暗之時。信步走出竹籬，執事與僕役的幾座帳篷也沒有燈光，越劍無沒有回來還是沒有起來？心念一閃，呂不韋笑了。一個彈箏之人的消息，至於如此上心麼？呂不韋也呂不韋，你是否也中邪了？一邊嘲諷自己，一邊卻又頑固地猜測揣摩那個神祕的彈箏者，當真好笑。將日間事仔細回味，呂不韋心頭驀然一亮，對了，是毛公！是那個突兀的女人話題！自從謀定嬴異人奇貨可居並付諸行動以來，呂不韋從來沒有從男女情欲處想過嬴異人處境，若非毛公一番話，也許永遠都不會想起。當初若是想得一想，那個機敏可人的莫胡一定送給嬴異人了……

「稟報先生，彈箏者尚無下落。」

踽踽獨行的呂不韋恍然回身，見是一個年輕執事，問：「越執事何在？」

「越執事帶著三個兄弟仍在訪查，日中時最後回報。」

「那座林中庭院的主人是誰？」

「那是一座廢棄府邸，二十年前已經無人居住。」

「好。」呂不韋微笑點頭，「我已吩咐廚下備了蔓菁牛茶餅隨時等候。夜來風寒，你先去喝得幾碗，出一番大汗再睡。」

「謝過先生！」年輕人一拱手去了。

將到午時，越劍無回來稟報，說整個城南商賈人家都沒有操持秦箏之人，舉凡酒肆客寓官署府邸都一一問過，操琴者多有，沒有一個擺弄秦箏者。那座廢棄庭院的主人也不能確定，只有一個老商賈說，這座庭院五六十年前曾經是一座將軍府邸，後來沒有人住了。呂不韋見越劍無一臉愧疚，呵呵笑道：「沒了蹤跡也好，我還真怕他時不時冒出來攪擾。今日沒事了，你先去飽睡一覺。」越劍無慨然道：「一個時辰便可，先生有事隨時喚我。」大步匆匆地去了。

心下輕鬆，呂不韋要去看望嬴異人。車馬備好正要出門，老執事碎步跑了過來：「先生且慢，無名羽書！」呂不韋驚訝道：「何人送來？沒留姓名？」老執事氣喘噓噓道：「釘在大帳頂上的，若非胡寓僕人給帳頂加毛皮，誰個都不知道，忒煞怪也！」呂不韋不禁笑了：「如此頑劣手法，能有個正經？啟封看看。」老執事從隨身皮袋拿出一柄細長閃亮的記事刻刀，小心翼翼地剝去銅管泥封，抽出的卻是一卷白絹，抖開掃得一眼遞了過來：「先生，此乃私書，老朽不當看了。」

呂不韋疑惑接過，只見白絹上赫然一顆紅心。端詳之下，原是紅字繞成了一個大大的紅心，從心底看去，卻是一封詩信：

闊別有年　白露又霜　言猶在耳　伊人何方

驀然之間，呂不韋心下猛烈一跳！靜神思忖片刻，轉身吩咐道：「老執事，越執事醒來後請他去公子府邸探望，有異情立即回報。我有要事，出門半日。」說罷跳上輜車轔轔飛出了雲廬草地，直向城南而來。

邯鄲南門裡有一片大湖，是從城外牛首水（註：牛首水，戰國時趙國河流，流經邯鄲西北入彰水。《水經注》：「又有牛首水入（彰水）焉，水出邯鄲縣西堵山，東流分為二水，洪湍雙逝，澄映兩川。」）引進的活水湖，趙人呼為「南池」。南池東西橫貫邯鄲，池北縱橫交錯四條大街形成了一個大「井」字，這便是邯鄲的商市區，國人呼為「井字坊」。南池最東部的北岸是一片三四百畝地大的胡楊林，林中巷道交錯，坐落著大大小小的庭院府邸，是邯鄲的外邦商賈區，趙人喚作「雲商林」，說的是此間人家流動無定如天上雲彩。

雖非趙人，呂不韋對這片坊區卻很是熟悉，驅車沿著湖濱大道直入東頭胡楊林，將車停在林間一處車馬場，疾步匆匆地向胡楊林深處去了。秋氣蕭瑟，株株胡楊都是一團瑟瑟抖動的火焰，腳下紅葉飄零，置身林中如飄進了無邊的火海沐進了漫天的落霞。此刻的呂不韋全然無心欣賞這秋日奇觀，只顧循著嬴異人所說的路徑尋向了一條荒僻的青石小徑，曲曲折折走得一陣，火紅的林木中隱約露出了一座發黑的高樓。漸行漸近，一圈灰色的石牆便在眼前。呂不韋繞著石牆走了一圈，果然如嬴異人所說，是一道沒有門戶可入的死牆。午後斜陽穿過林木，點點灑落林間，呂不韋終於發現了原先門戶被拆被封時留在牆上的痕跡。沿著「門戶」一處仔細端詳，地上除了飛舞的紅葉便是黃白的枯草，沒有任何痕跡可尋。

正在疑惑處，呂不韋突然覺得腳下有異，撥開落葉一看，草地上顯出一柱三五寸高的圓形石墩。呂不韋眼前頓時一亮，圍著石墩轉繞著端詳揣摩起來。突然之間，他看見褐色石柱的額頭有一抹白雲狀的紋路悠悠然飄向落日方向。

試試再說。呂不韋嘟囔一句定定神氣，蹲下身子雙手抱緊石墩，用力向西手一旋，石墩只喀啦啦轉了半圈，再也不動了。剛一鬆手，石墩卻又喀啦啦轉了回來，回頭看石牆「門戶」，也沒有任何動靜。略一思忖，蹲身再轉一次，石墩喀啦啦轉了大半圈又喀啦啦轉了回來。心頭一亮，呂不韋突然明白了這是墨家的方圓四季術：一轉比一轉接近圓周，第四轉便可轉滿退滿！想得清楚，呂不韋頓時精神一振，全力再轉兩轉，恰在石墩第四轉喀啦啦倒回之時，南面石牆的「門戶」隆隆洞開。

「好！」呂不韋直起腰身，只見門後臺階荒草搖搖，一道高大的青石影壁赫然橫在臺階上擋住了視線。大步過了影壁，呂不韋不禁有些驚訝——正北臺地上矗立著一座久經風霜雨雪而顯得黑白斑駁的木樓，兩邊各有一排低矮的石板房，秋風掃過落葉沙沙，庭院一片寂靜。庭院簡約樸實，落葉尚未完全覆蓋的石板地面很是乾淨，縫隙中沒有一根雜草，雖說不上整肅，卻也不像嬴異人說的那般荒蕪，顯然是時常有人收拾。

「客入主家，有人在麼？」呂不韋高聲一問，庭院空有回聲。

猶疑片刻，呂不韋進了庭院。兩排石板房空蕩蕩了無一物，推開木樓沉重的大門，隨著咣噹一聲一團灰塵迎面撲散。煙塵散盡，呂不韋小心翼翼走了進去，四面打量，樓內雖然也是空空蕩蕩，卻沒有灰塵，中間還鋪著四張發白的草席，屋角有一道木樓梯還鋪著紅地氈，釘鑲地氈的銅片兩邊雖有鏽蝕，中間卻有蹭磨出的亮色。呂不韋不再猶疑，踏著紅氈木梯到了樓上，眼前豁然一亮。

大廳東半張草席鋪地，席中一張本色木案，案上整齊擺置著刻刀竹簡石硯竹筆，左首一方鎮紙壓著一張三尺見方的羊皮圖。案後有一張窄小的軍榻，榻側一副堅實的紅木劍架，劍架上橫亙著一口近似吳鉤的三尺戰刀，銅箍包皮的刀鞘已經變成了沉沉黑色。寥寥幾物，滲透著舊時主人的簡樸奮發。與此不協調的是，大廳西面卻被一幅落地白紗隔開，紅氈鋪地，靠牆處一張碩大的銅製臥榻，臨窗中央的空闊處是一方精緻的玉案，除了案後一方錦繡燦爛的坐墊，案上空無一物。雖則也是寥寥幾樣，與東邊舊主的做派卻是天壤之別。

突然之間，呂不韋不禁哈哈大笑起來。微風吹來，一陣熟悉的氣息拂過，不是她卻是何人？這個小妮子！走到榻前帳口聳聳鼻頭，呂不韋心下一顫，不錯，正是那特有的永遠都令他不能忘懷的體香！略一思忖，呂不韋從隨身皮袋拿出一支銅管，擰開管蓋倒出一支木炭，兩步走到西面牆下揮灑開兩行大字——

我方回趙　莫得頑劣

見字即來　早則獎遲則罰

寫罷下樓出門，又將機關恢復作石牆，回了雲廬。

四、法度精嚴兮　萬綠家邦

掌燈時分，越劍無來報：異人公子已經退熱，仍在酣睡，醫家說大約明日暮色可醒轉。呂不韋心下頓時輕鬆，立即著手已經思謀好的第二件事，一陣低聲吩咐，越劍無當即去準備了。半個時辰後，那輛密封輜車飛出了雲廬，直向邯鄲井字坊而來。

武靈王之後，趙國市易大是擴展。三五十年之間，邯鄲成了咸陽之後又一個新興的商賈雲集的大都會。其時，大梁、臨淄已經相繼衰落，山東六國的商賈名士游俠麗人能工巧匠以及種種失意官吏紛紛湧入邯鄲，加上草原諸胡歷來以趙國為與中原交易窗口，邯鄲成了名副其實的萬商之都，比咸陽另有一番汪洋恣肆的氣象。天下商賈的說法是：「咸陽利市大，邯鄲人市大。」利市大者，生義大利金大也。然則咸陽法度森嚴，商賈區與國人區兩分，非但商賈流士遊客之種種奢靡享受只能在尚商坊一地，且不能融入秦人，始終似一張外貼的膏藥而已，未免有些缺憾。邯鄲是山東老傳統，雖則也有劃定的商賈區——井字坊，然對商賈與國人之間的來往市易卻沒有任何限制。只要商賈能買得地皮，可將店鋪開在邯鄲任何地方。只要國人有錢，便可如外邦商賈一般盡情消受種種樂事。趙人近胡，風習奔放粗豪，加之不斷有胡人融入，朝野國人少有畛域之分與無端禁忌，大得商旅流士之青睞。即或在咸陽賺大利的商賈，也必同時在邯鄲買得宅院立下根基，寧可在邯鄲不做生意，也要在邯鄲消受這難得的人生奢靡。如此外邦遊客大增，邯鄲百業圍繞著種種遊客的種種消受大肆擴展，形形色色的酒肆飯鋪社寓客棧百工作坊如雨後春筍般蓬勃起來，一到夜間，則更見風情萬種。

輜車進入井字坊的中心地帶，遙遙一片風燈海洋中映出了三座成「品」字形排列的綠樓，四個斗大的風燈紅字高高在樓頂搖曳——萬綠家邦。

越劍無駕著輜車緩緩穿過一道十字街口，剛將車頭對準綠樓大道口，立即有一個紅衣侍者從燈海裡飛出，笑吟吟招手引導輜車進入車馬場，轉過兩排高車，才覓得一個剛剛空出的車位。越劍無車技精熟，籠著馬韁碎步走馬，無須進退折騰徑直將兩馬輜車停得妥當。

「足下高手！」紅衣侍者讚歎一聲，走到車側打開垂簾畢恭畢敬地一聲請大人出車，跪地扶住了車底踏板。呂不韋一腳伸出笑道：「綠樓從臨淄搬來邯鄲，花式見長也。」侍者起身間紅衣大袖作勢一拂呂不韋膝下，挺身低頭恭敬笑道：「大人送利，我等恆敬之，原本天職也。」呂不韋不禁哈哈大笑：「說辭文雅，好！賞一金。」越劍無一步跨前，將一個沉甸甸的餅金打到侍者掌心。侍者昂昂一聲謝大人賞金，回身向車馬場外一擺衣袖，燈海深處兩個長裙女子推著一輛竹車飄了過來，左右偎著將呂不韋扶上了座車，悠悠進了燈火煌煌的庭院深處。

「大人，左姝右姝也？」長裙女子聲音甜美得令人心醉。

「長青樓。」呂不韋淡漠地一笑。

萬綠家邦是邯鄲最大的色藝場，原是臨淄「綠商」入趙所開，氣勢之大已經遠遠超過了當年的臨淄綠街。女子以色藝謀生存，古已有之。但將女子出賣色藝做成了專一的行業，卻是春秋時期齊國的首創。其時，齊桓公姜小白以管仲為丞相大行變法。為了廣開稅源，管仲將齊國各城堡賣色賣藝的女子全數徵召到臨淄，在官市區的一條大街專門築起了二十餘座綠竹樓；再由官府徵召商賈，接收官府分配給的色藝女子，在綠樓街開辦專門出賣色藝的客寓酒肆，與所有商賈市易一樣向官府繳納稅金。這便是被列國大加嘲笑的「國營色藝」。進入戰國風氣大開，私商汪洋恣肆般彌漫開來，出賣色藝也很快演變為一個私商行業。因了色藝客寓大都沿襲了以綠竹蓋樓的傳統，時人將此等行業呼之為「綠行」，將此等商賈呼之為「綠商」。呂不韋久在商旅，曾經風聞楚國大商猗頓氏、秦國大商寡婦清都暗中染指綠行，這萬綠家邦之所以如此顯赫，背後勢力可能便是這兩個大商中的一個。

雖然從來沒有踏入過這錦繡靡靡之地，呂不韋對萬綠家邦的諸般規矩講究卻也是耳熟能詳。三座綠樓名稱不一，消受也不一。前面兩座掩映在大片竹林的綠樓隔湖遙遙並立，號為雙姝樓，分為左姝、右姝。左姝蓄養天下形形色色之美女，號為賣色。右姝則雲集各國歌女舞女樂女，專供風雅者指定歌舞樂曲款待賓客，號為賣藝。後面一座小樓叫作長青樓，是一個頗神祕的去處，除非客人自請前往，侍者從不引領客人進入此樓。

見呂不韋要去長青樓，兩個綠衣侍女倍加恭謹，一人悠悠推車，一人搖曳在前領道，再也沒有說一句話。竹車在兩廂風燈中繞過了一片大池，在一片竹林前的路口停了下來。前行領道的侍女停下腳步，一聲吟誦：「我有嘉賓，鼓瑟吹笙。」竹林中立即傳來一個女子回應：「我有醇酒，以燕樂嘉賓之心——」隨著曼妙吟誦，一個裙裾拖地的紅衣女子飄然出來，對著呂不韋深深一躬：「小女恭迎大賓。」說罷虛扶呂不韋站起，轉身款款進了竹林小徑。

呂不韋也不說話，向身後越劍無一招手跟了進去。出了竹林，面前一片空闊的草地上矗立著一座已經發白的小竹樓，既不是此行傳統的翠綠色，也沒有前院兩樓的奢靡豪華，只一排風燈將門廳映照得溫馨如春。進得門廊繞過大屏，寬敞的大廳別致而堂皇：六盞銅人高燈下，六張綠玉案恰到好處地各自占據了一個角落，全然沒有整肅的賓主席次；迎面大牆鑲嵌著一面巨大的銅鏡，大廳更顯開闊深邃；左首牆下一張琴案，右首牆下一列完整的編鐘，中央空闊處則是兩丈見方的一片大紅地氈，沒有一張座案。

「先生這廂請。」長裙女子將呂不韋領到了東南角玉案前落座，回身一拍掌，一名黃衫少女出來煮茶，長裙女子回眸一笑飄然去了。茶香堪堪彌漫，隔開座案的大屏後轉出了一個衣著極為考究的大鬍鬚中年人，對著呂不韋拱手一禮，又親自斟了一盞茶雙手捧到呂不韋案頭，這才謙恭笑道：「先生順便踏勘，還是買心已定？」

「買。」呂不韋只淡淡一個字。

大鬍鬚立即轉身，對紅木大屏肅然一躬：「客官業已定奪。」

須臾，大木屏後傳來柔和清麗的笑聲：「先生氣度高華，果是不凡。」

呂不韋早已看出大木屏下方有一個鑲嵌著同色細紗的窗口，心知這個女人便坐在屏後案前，叩著長案笑道：「女東隱身，豈是敬客之道？」

「看來先生是第一次涉足了。」清麗聲音一笑，「長青樓主例不見客，非不敬客，實乃兩便也。

買賣一畢，永不相干。先生果真成交，自當知曉我樓規矩實乃體貼客官也。」

「客隨主便，便說買賣。」

「先生要討何等品級？」

「初涉此道，敢問品級之說？」

「先生且聽。」清麗聲音舒緩柔和，「女子才藝，文野有差。女子體性，天下無一人相同。女子門第貴賤閱歷深淺，也是人所看重。如此三者糅合之不同情境，便是才女品級也。長青樓目下共有三十六位，人人皆是才女。然三者糅合，便分出了三等：美豔之才、清醇之才、曼妙奇才。美豔之才者，火焰胡女也。此等女子肌膚如雪，三峰高聳，豐腴肥嫩，非但精通胡歌胡樂，臥榻之間更是一團烈火。更有一奇：體格勁韌，任騎任打，樂於做臥榻女奴，若主人樂意，也可做女王無休止蹂躪主人。清醇之才者，中原處子麗人也。此等女子通達詩書，熟知禮儀，精於歌舞器樂；體貌亭亭玉立如畫中人，處子花蕊含苞待放。曼妙之才者，或公主，或豪門之女也。」

「此處能有公主？」呂不韋大是驚訝，脫口而出。

「先生未免迂腐也。」清麗聲音咯咯笑了，「萬綠家邦出言無虛，不會毀了自家招牌。先生但想：天下大戰連綿，岌岌可危之小諸侯尚有二十餘個，邦國公主流落離散者正不知幾多。我樓所選公主只有三人，身世血統純正可考，才貌色藝俱佳，臥榻間曼妙不可方物。若非如此，三十個也有得了。」

「願聞其短。」呂不韋淡漠如常。

「先生如此清醒，難得也。」清麗聲音停頓了片刻，「美豔胡女，皆非處子。清醇之才，性情端正而不涉狎邪，性事樂趣稍有缺憾。曼妙之才身世高貴，非名士豪俠不委身，且是待價沽之。」

「其價幾多？」

「美豔才女千金之數。清醇才女三千金之數。曼妙之才麼，人各不同：豪門才女六千金，一公主八千金，一公主萬金。」

呂不韋微微一笑：「曼妙三人，敢請女東告知其身世來路。」

「向無此例。」大屏後的清麗聲音咯咯一笑，「曼妙生意之規矩：除非先生明定書契，此三女姓名身世，事先不能告知。」

「但定書契，若不中意，如何處置？」

「先生差矣！」清麗聲音顯然不悅，「萬綠家邦信義昭著於天下，百年以來從無一例買賣糾葛，更無一客不中意。今日先生既疑，本東單定規矩：若不中意，本東加倍償還；然則，三女有露面不成交之險，須得價外先交三千金。此金本東分毫不取，只為撫慰三女之心。先生以為如何？」

「可也。」呂不韋向身後一招手。赳赳挺立的越劍無對大鬍鬚中年人一拱手：「請隨我車上取金。」大屏後清麗聲音卻道：「先生隨帶重金，其誠可見，無須多費周折。鯨執事，立約。」大鬍鬚恭敬地挺身一諾，向身後一招手，原先那名長裙女子捧著一個大銅盤飄了進來，跪在長案旁將幾樣物事在呂不韋面前擺開：一條六寸寬寸許厚的翠綠竹簡、一把雪亮的刻刀、一方盛著朱砂的玉盞、一支打磨精緻的竹筆、一方鋪好墨汁的石硯、一根細亮的銅絲、一盞火苗粗大的猛火油燈、一個一尺多高的銅支架。

呂不韋雖不熟悉綠行細則，然對商道立約卻是久經滄海，待案上物事擺置妥當，便拿起了那片綠竹。只見竹片中間一道朱紅粗線，一個大大的「約」字橫跨粗紅線，紅線兩邊各是兩行相同文字：「兩方約定以□□金市□□□女，兩清之期，再無相擾。」下方是兩方空闊的留白。

「先生且聽三女之情，而後決之可也。」大屏後清麗聲音又柔和地傳了出來，「六千金豪門才女者，趙國安平君之孫女也。八千金公主者，安陵國公主也。萬金公主者，衛國公主也。先生可先選品級了。」

呂不韋笑道：「主東周詳謹細，步步成法，不妨一次說完，通盤斟酌。」

「人市貴在細密，先生見諒。」清麗聲音一聲喟歎，「鯨執事說了。」

大鬍鬚拱手一禮道：「客官選定女子品級，便可立約。立約之後，可與選定之女晤面敘談半個時辰，我行謂之『初相』。初相中意，則踐約。初相不中意，則交付一半金額，再與另一女子晤面敘談。如此可三次初相。初相之法：可觸肌膚以品色，可談詩書以定才，可觀歌舞以試藝；然有兩禁：其一不得性事狎邪，其二不得詢問女子身世周折。若三相不中，主東之金全數退還，且可無償贈送客官一上佳歌女。一旦選中踐約，客官須在半月之內領走市女，逾期有罰，每日百金。最後一禁：無論成交與否，客官都不能對外說及長青樓諸般情景，我方亦絕不外洩與客官交往之情。這便是『買賣一畢，永不相干』。先生若能理會此間諸般深意，便可選品立約了。」一番交代條分縷明，老到幹練，顯然是綠行執事高手。

呂不韋聽得分明，不禁對這長青樓女主東生出了幾分敬意。普天之下，人市兩行：一行是奴隸買賣，因了奴隸大多有黑色烙印，商道呼之為「黑行」；另一行便是被呼為「綠行」的女色買賣。春秋戰國五百年，這兩行此消彼長。春秋時奴隸市場興旺，居於人市主流，女色買賣尚在萌發之期。戰國之世，奴隸人口根基已崩潰，隨著官府奴隸市場的消亡與各國法令對奴隸買賣的嚴厲禁止，奴隸買賣大為衰微，淪落為極少數不法商賈的隱密黑市。當此之時，女色買賣蓬勃而起，各國大市都有法令許可的綠行，且成為許多中小諸侯國的重要稅源。然則，無論利市如何豐厚，黑綠兩行從來都沒有逃脫過天下公議的抨擊，也從來都為正道商賈所蔑視。非但呂不韋這樣的富商大賈絕不會涉足此等齷齪利市，呂不韋所熟悉的戰國大商，也沒有一家捲入綠行。假若沒有今日特殊之需，他註定永遠都不會踏入萬綠家邦，更不會直入長青樓。然今夜一番見識，卻使他驀然對這長青樓有了一種異樣的感覺——

不是商家大手筆，斷不會有此等經營之道。戰國商賈，除了秦國寡婦清這個久聞其名未見其人的奇女子，難道還有別個女商有如此氣魄？剎那之間，呂不韋對大屏後的主東生出了一種強烈的好奇。

「長青樓法度甚是得當。」呂不韋淡淡一笑，「只是，我欲與主東晤面一談。」

大鬍鬚眼光飛快地向大屏一瞄，正色拱手道：「先生見諒，主東從不與客官晤面。無論何等心願，只要涉及市易，盡可與在下磋商。」呂不韋沒有理會大鬍鬚，只注視著大屏默然微笑。「先生，主東業已退聽了。」大鬍鬚的炯炯目光盯住了呂不韋，「主東不見客，這也是長青樓法度之一。客官若不見諒，買賣就此完結。客官只需交三千金而已。」

呂不韋大笑：「既然如此，客隨主便。豪門趙女。立約。」

「先生明斷。」大鬍鬚頓時恢復了恭謹神態，跪坐在呂不韋對面，從大案上拿起竹筆在石硯墨汁中輕輕一蘸，在寬條竹簡兩行字的留空處分別填寫上了「六千金」與「豪門趙女」七個字，恭敬地雙手將竹簡捧到呂不韋面前：「請先生留名烙記。」

呂不韋接過竹簡，從懷中皮袋拿出一方銅印，在猛火油燈上烤得片刻，在竹簡右半下方的空白處一摁，嗤的一聲輕響，抬起銅印，竹簡上赫然現出了一個焦黃的奇特記號，似山水環繞，又似怪獸糾纏；再拿起竹筆，在記號下寫上了四個古老的篆字——呂氏不韋。如法炮製，又在左下方烙記留名，將竹簡推給了大案對面。大鬍鬚笑道：「先生印記大雅，書法工穩，我等望塵莫及。」說罷從腰間鞶帶摳出一方墨綠色石印，也在猛火油燈烤得片刻，在呂不韋印記旁一摁，一個似黃發白的印記清晰凸現出來。烙好兩方印記，大鬍鬚拿起竹筆又寫了兩次，恭謹地遞過來道：「請先生驗證。」

略一端詳，呂不韋心下一跳！這方印記線條古奧紛繁交錯，粗看似江河流淌又似群山嵯峨，實則卻是一種已經消失的文字——籀文！呂不韋少學博雜，知道這籀文原本是夏商周三代刻在鐘鼎上的一種銘文，因其古奧難寫，日常書寫多不採用，春秋之後已經漸漸消失，唯能在三代青銅器上見到，故此也被士人稱為「金文」，也有人稱之為「大篆」。進入戰國，各國文字紛紛簡化，這種古奧的文字已經少有人識得了。眼下這個籀文古字呂不韋似曾相識，一時卻想不起來。

「足下印記倒是有趣。」呂不韋淡淡一笑遞過竹簡，「割契。」

「這是主東印記，在下也不識形。名字是在下，鯨桑麻。」大鬍鬚說著話，左手拿起案上那根細亮的銅絲在猛火油燈上一陣燒灼，待銅絲中段燒紅，右手將竹簡啪地卡進那座銅支架，燒紅的銅絲對準竹簡中間的粗線勒了下去。如此兩次，寬大的竹簡在一陣淡淡青煙中分作兩半，中間那個「約」字也恰恰被勒為兩半。

「立約已成，先生收好。」大鬍鬚遞過一半竹簡，拱手笑道，「請移尊駕，初相。」

「不必了。」呂不韋將竹簡插進懷中皮袋，起身一擺手道，「我信得長青樓，足下只隨我搬金。人，半月之內來接。」

「這如何使得？」大鬍鬚惶恐道，「先生原本說好三選，故而多收三千金，如今先生不選不相，長青樓有負先生。在下只怕要請主東示下，方可做主。」

「足下未免聒噪。」呂不韋笑道，「自來買賣，成交前隨主，成交後隨客。我已立約，交付你九千金便了，折騰個甚來？」說罷逕自大步出門。越劍無一拱手說聲請，陪著大鬍鬚匆匆跟了出來。到得萬綠家邦大門外的車馬場，呂不韋的車旁已經新停下了一輛封閉嚴實的鐵輪車。呂不韋對大鬍鬚道：「這是全數，越執事隨足下清金，我先告辭。」大鬍鬚連忙深深一躬：「先生走好。一月之內，在下隨時聽候先生吩咐。」

「不。半月。」呂不韋一擺手踏上輜車轔轔去了。

五、情之有契　心之唯艱

秋夜寒涼，車馬行人稀少，輜車穿街走巷，不消片刻到了薛公小巷。

偏院茅屋的燈火仍然亮著，毛公正在燈下自弈，一手白一手黑，落得一子舉起酒葫蘆大飲一口，搖晃著長髮散亂的雪白頭顱，兀自好棋臭棋地品評一番，饒有興味。

「夤夜自弈，老哥哥好興致也！」

毛公驀然回頭，見是呂不韋站在身後，跳起來哈哈大笑：「呀！竟還有一隻夜鼠竄遊，好好好！來，先乾一口！坐坐坐！」酒葫蘆剛塞到呂不韋嘴邊，又拉著摁著呂不韋坐到了草席上，光著腳紅著臉嚷嚷起來，「你老兄弟說說，人活到這份上有甚個興頭？吃了睡、睡了吃，日落臥榻黎明即起，拋灑了多好的靜夜辰光，分明不是農夫工匠，卻非得農夫工匠一般折騰自己，酒也不吃，棋也不下，有甚個活頭！老夫憋氣，明日搬出這破園子！要不是你個老兄弟夜貓子來，老夫這就找人吃酒下棋去！」

呂不韋不禁噗地笑了：「薛公一夜不陪，老哥哥耐不得了？」

「嘿嘿，那老小子牛筋一根，忒沒勁！」毛公紅著臉兀自嘟囔一句，坐到了大案對面，「說，甚事又發了？」

「甚事沒有，陪老哥哥廝殺一番宵夜。」

「嘿嘿，別哄弄老夫。罵一通作罷，你只說事。」

呂不韋不再說笑，從懷中皮袋抽出那支竹簡遞了過去。毛公接過一瞄，白眉猛然聳動，一聲長長的歎息：「老兄弟苦心也！謀事如此扎實。」呂不韋笑道：「下邊那個烙印似曾相識，只想不起來，老哥哥指點了。」毛公瞇縫起老眼一陣端詳：「這是個籀文，『清』字，斷無差錯！」呂不韋思忖道：「少時聽老師講書，籀文業已失傳，唯一班嗜好鐘鼎銘文者能辨識些許。一個綠行商賈，以籀文為記，豈非蹊蹺？」毛公搖頭道：「你老兄弟知其一不知其二。所謂籀文失傳，只是天下官府與治學士子不再書寫。庶民市井之間，卻並未絕跡。」「如何如何？」呂不韋大是驚訝，「庶民市井間竟有此等古文流傳？」毛公嘿嘿笑道：「老夫少時遭逢巨變，曾遠遁秦國巴蜀。秦之商旅老號，立約大都是這種籀文，常人看去天書一般，極是隱祕。老夫還聽說，嶺南楚人、高麗人中多有夏商周三代敗落貴胄之逃亡部族，此等人也通行這種古奧的籀文，只是不曾親見而已。老兄弟通曉商旅，對秦國卻恰恰生疏，不知者也是常情。」

「清字？」呂不韋思忖間突然拍案，「寡婦清！秦國大商！」

「八九不離十。」

「赫赫巨商，捲入人市綠行，匪夷所思也！」

「關你甚事，不坑客不害民不違法，誰說大商不能綠行了？」

「老哥哥懵懂也！」呂不韋一拍案道，「公然綠行，原是無甚關涉。然則長青樓買賣豪門女子、諸侯公主，哪國法令能允許了？」

「嘿嘿嘿，」毛公連連搖手，「話雖如此，卻也是當今亂世使然。你老兄弟覺得這老寡婦丟了大商臉面，可你買了人家物事救急，終不成還去告發？大事當前，操那般閒心甚用？果真有朝一日，你老兄弟做了秦國丞相，再去找這個老寡婦理會便了。」

「老哥哥說得是。」呂不韋釋然道，「車馬各路，目下管不得許多也。」

「這就對了。」毛公嘿嘿一笑，轉身從屋角拉過一口木箱打開，「看看，《質趙大事錄》。只等那小子醒過神來，老夫教他弄得順溜。」

呂不韋看著滿當當一箱破舊的竹簡，心頭驀然一熱，不禁一歎：「老哥哥如此心血，但願贏異人迷途知返。」

「怪也！」毛公手中酒葫蘆一頓，「你老兄弟也有沮喪之時？沒底了？」

「實不相瞞，不韋確是不安。」呂不韋輕輕叩著棋案，「男女之事紛雜，不韋素來不諳此道，當真拿不準異人能否過得此關。」

「嗚呼哀哉！」毛公一陣大笑，「老夫以為天塌地陷也，卻是苟苟男女之事！莫看我這老鰥夫，最能揣摩兒女之事，你老兄弟到時只聽老哥哥招呼，斷無差錯！」

見毛公如此篤定，呂不韋心下頓時舒暢，本當立即告辭，卻聞雄雞長鳴，尋思此時回雲廬未免動靜太過，欣然提出與毛公對弈一局。毛公高興得連呼快哉快哉，嘩啦抹了自弈棋局，提起一子便啪地打下。呂不韋欣然應對，兩人酣暢淋漓地廝殺起來，待到東方曙光托出朦朧溫潤的秋陽，呂不韋才離開了小巷。

回到雲廬，越劍無來報，將長青樓一支鐫刻著「收訖」兩字的銅牌交來。呂不韋接過銅牌，見底端一片水紋狀的線條隱隱也是個古籀文「清」字，心下又是一動，著意將書契竹簡與銅牌一起收藏進了密件銅箱。一切妥當，喝了一鼎熱滾滾的牛骨茶，茸茸細汗中泛起了濃濃倦意。正要臥榻安睡片時，老執事匆匆來報說，接到飛鴿傳書，西門老總事已經從咸陽啟程，估摸三兩日內可趕回邯鄲。呂不韋雖感意外，一時卻也想不明白，搖搖手進了後帳，片刻之間鼾聲大起。

掌燈時分，呂不韋矇朧初醒，聽得一陣熟悉的說話聲隱隱傳來，霍然起身來到前帳，果然見西門老總事正在燈下站立，老執事與越劍無的匆匆背影剛剛消失在帳口。呂不韋大步過來拉住老總事笑道：「西門老爹歸來，不韋鬆泛也！」西門老總事一躬身道：「咸陽情勢蹊蹺，老朽不及請准先生，放下手頭事星夜趕回。」呂不韋心頭不禁一跳，呵呵笑道：「不打緊，先為老爹接風，事情慢慢說。」正要轉身吩咐雲廬僕人，西門老總事卻道：「先生惺忪倦怠，不妨沐浴一番，酒飯之事有老朽。」呂不韋心中一熱，說聲好便進後帳去了。

片刻出來，燈下兩張大案酒菜已經齊備，寒暄幾句飲得兩爵，西門老總事低聲道：「入秋以來，咸陽風傳老秦王風癱加重，失憶失語，不能料理國務。官府也不正視聽，聽任風傳彌漫朝野。恰在此時，綱成君蔡澤又前往蜀郡，視察李冰的都江堰去了。起行那日，太子嬴柱率百官在郊亭餞行，聲勢很是鋪排。送走蔡澤之後，太子嬴柱卸去了『暫署丞相府』職事，住進了章臺，丞相府竟無人主事了。老朽不明所以，與莫胡姑娘祕密通聯，囑其留心打探。旬日前，莫胡傳出消息：華陽夫人三次前往豐京谷與華月夫人密談，詳情無從得知。老朽難解其中奧祕，星夜趕了回來。」

默然片刻，呂不韋笑問一句：「咸陽莊園建得如何？」

「大體完工，唯餘內飾善後。密道之事，先生定準路徑，老朽再找荊雲義士。」西門老總事從腰間皮袋摸出一張羊皮紙遞過，「這是莊園地理圖，先生定個方向出口。」

呂不韋接過地圖燈下端詳，見莊園前臨大水後依山塬，不禁笑道：「老爹所選，分明一處形勝之地也！這莊園北臨渭水，密道只要東西兩路，出得遠些，隱祕些便是。」

「省得。」老總事收起羊皮紙，「邯鄲新居有越執事等料理，老朽明日去會荊雲義士，商定後順道趕回咸陽。」

「莫急莫急。」呂不韋擺手笑道，「業已入冬，百工停做，莊園又不是等用，趕個甚？老爹多日不在，不韋還真有些左右不濟。既然回來了，留下來明春再說。不管咸陽如何變化，我等明春都要動。邯鄲這邊，離不開老爹。」西門總事的一雙老眼淚光瑩然，可勁兒一點頭，逕自飲下一大爵趙酒，一句話也沒有說。呂不韋慨然一歎，也陪著飲了一大爵。西門老總事低聲道：「先生毋憂，異人公子醒來後已經大體如常，該當不會有事了。」呂不韋恍然一笑，一時竟無從說起。

正在此時，帳外一陣急促腳步聲，越劍無已到了面前，一句稟報先生尚未說完，一陣頑皮的笑聲隨著一個紅色身影輕盈曼妙地飄飛進來。呂不韋猛地站起，笑聲驟然打住，紅色身影已經撲到了呂不韋懷裡。片刻愣怔之間，呂不韋已經清醒了過來，親切地拍著懷中顫抖的肩膀笑道：「昭妹呵，來了就好。來，坐了說話。」

來者正是卓昭。她撅著嘴嘟囔了一句，不但沒有就座，反而摟著呂不韋脖子咯咯笑了起來：「大哥孔夫子一般，我不怕，偏要抱你！」呂不韋紅著臉道：「孩子家性情，莫玩鬧。」說著話拉開了纏在脖子上的柔嫩的臂膊，將卓昭摁到了座案裡，轉身正要吩咐備酒，卻發現老總事與越劍無已經不在大帳了。

「左看右看，心不在焉，沒勁！」卓昭生氣地撅起了小嘴。

「無法無天。」呂不韋沉著臉，「說，大父何在？我去接人。」

「爺爺又不是影子，不作興一個人來麼？」

「如何如何，你一個人來？」

「如何如何，不能來麼？」卓昭頑皮學舌的臉上一片燦爛。

「你呀你！」呂不韋頓時著急，「邯鄲何事？我陪你去辦，完了即刻送你回去！」

「何事？你不明白？」卓昭的臉驀然紅了，「上年說得好，偏這時你忘了。一春一秋，你只泥牛入海，不作興我來麼？」

「便為這等事？」呂不韋驚訝了。

「呵。」卓昭目光一閃又頑皮地一笑，「悠悠萬事，唯此為大。」

「上天也！」呂不韋又氣又笑，「此等事急個甚？大父知不知道你來邯鄲？」

「你說，這是小事？」驟然之間，卓昭一雙明眸溢滿了淚水。

「莫非還是大事?」

「當然大事!大事——!」卓昭猛然哭喊一聲,衝出了大帳。

「……」呂不韋想喊一聲回來卻沒有聲音,想抬腳去追卻黑著臉釘在了帳口。

不知過了多長時間,越劍無輕步走來稟報說,西門老總事攔下了卓昭姑娘,已經派一名雲廬女僕侍奉她住進了那頂最厚實的牛皮單帳,用餐已罷,目下正在沐浴。木然呆坐的呂不韋長吁一聲,對越劍無低聲吩咐了幾句,徑直到雲廬西南角的單帳去了。

所謂單帳,是只供人居而沒有議事帳廳的小型帳篷。這頂牛皮單帳,原本是專為嬴異人來雲廬長談夜宿預備的。慮及嬴異人體格單薄,呂不韋刻意吩咐西門老總事給單帳外多加了兩層翻毛羊皮,帳門也特意做成了厚木板外釘翻毛皮的防風門,入冬燃起木炭燎爐,大寒時節帳內也是暖烘烘一片。

呂不韋信步而來,見虛掩的帳門在呼嘯的北風中吱呀開合,徑直推門走了進去。幽暗的帳中一片涼意,只後帳口直直站著一個捧著衣盤的少年胡女。見呂不韋進來,小胡女一躬身柔聲道:「稟報先生:公主正在沐浴,她執意要開著帳門的。」

「姑娘去了,這裡有我。」呂不韋笑著點點頭,從懷中皮袋摸出兩個沉甸甸的秦半兩塞進小胡女裙袋中,小胡女說聲多謝,一溜碎步去了。

呂不韋關了帳門,給燎爐加了木炭,又點亮了兩盞銅人紗燈,明亮的帳中頓時暖烘烘一片。左右打量,又拿來帳角一個木架,將小胡女所捧衣盤中的雪白皮裘掛在了後帳口。一切妥當,這才坐在案前斟茶自飲默默思忖。

「衣裳。」後帳傳來一聲隱隱約約的呼喚。

呂不韋急忙起身,打開絲棉帳簾,一隻手將皮裘伸了進去。「噫——」只聽簾後驚訝的一聲,厚厚的綿布簾忽地掀開,一個明豔美麗的少女隨著一團撲面的香風水霧飄到了呂不韋面前。一身紅紗長裙，一頭如雲長髮，雪茸茸的皮裘擁著白中泛紅的細嫩肌膚，燦爛的笑靨點著一雙汪汪墨亮的大眼，纖細輕盈的身姿鼓蕩著誘人的豐滿婀娜，天上仙子一般。

「你，終是來了……」柔美的聲音在微微顫抖。

「昭妹，來，坐下說話。」呂不韋木然站著，笑得有些尷尬。

「不韋大哥……」卓昭輕輕歎息一聲，裹起皮裘快快跪坐在了案前。

呂不韋親切隨和地跪坐到了對面，欲待捧起茶爐上的陶壺給卓昭斟茶，手卻伸到了壺身，燙得自己噓的一聲縮了回來。卓昭噗地笑了：「笨也。我來。你只坐了。」說罷利落斟了兩盞茶，將一盞茶捧到對面，笑吟吟地盯住了呂不韋，「我不生氣，聽你審問便了。」呂不韋笑了笑，皺起了眉頭道：「先說，你是如何逃了出來，不怕大父憂急麼？」「虧了爺爺不是你也。」卓昭頑皮地一笑，「說便說，遲早的事。你走後一春沒得消息，我急得整日求爺爺想辦法，爺爺只罵我沒出息沉不住氣。到了立秋，父親商路傳回消息，說你在咸陽奔走於官府之間。爺爺揣測你事情上路，歸期沒個準頭。沒多久又聽說你與丞相蔡澤成了好友，還進太子府考校一群王孫。爺爺說大功可期，只擔心你財力不足。我纏著要爺爺帶我去咸陽找你。爺爺不答應，說不能給你添亂。我生氣了，不吃飯。爺爺沒轍，想了三日，終於答應我來邯鄲等你。我便來了。沒了。」

「纏人也！」呂不韋笑歎一聲，「那座老宅煙火不舉，卻顯然有你的寢室臥榻，你一人住在廢棄老宅裡，萬一出事如何是好？沒個操持！」

「老夫子大哥擔心我，好也！」卓昭咯咯笑道，「那座廢棄老宅離你這雲廬近便，我天天只去那裡打探你的消息。晚間我便離開，住在卓氏商社，甚事沒有。」

「你晚間不住老宅？」

「是呵，不住。」

「這卻奇也！老宅夜半有秦箏之聲，不是你麼？」

「噫！」卓昭大是驚訝，「你卻如何知道？」

「先說，秦箏是你彈奏了？」

「真個審問也！」卓昭做個鬼臉一笑，又是輕輕一聲歎息，「不知道是人是仙還是命，左右我也想不明白了。那日入夜，我在雲廬外轉了整整一個時辰，見確實沒有你的消息，回到了老宅。本說三更走，只是天上秋月明亮澄澈得玉盤一般，秋風掠過胡楊林，片片金紅的樹葉飄進蕭疏的老宅，恍惚是月宮中飛來的花瓣。那一刻，忽然想起第一次遇見你時我在大河船頭彈箏放歌，便操起了秦箏，只想或許你又能神奇地出現……不成想，一曲未了，胡楊林中竟有歌聲唱和！嘶啞高亢，激越蒼涼，一聲聲直往人心頭叩打，比你當日唱給我的秦歌還悽楚動人！一時之間，我是真被那歌聲打動了。也是好奇，我順著秦風音律奏了下去，想到哪一曲彈哪一曲。說也怪哉！不管我彈哪一曲，那歌聲都是絲絲入扣如影隨形，且都是我沒聽過的老秦古詞兒。他越唱越見純熟，一口氣唱了十六支歌兒，我的手都彈得瘆了，他還在唱！那一晚，我沒有回商社。我想記下那些歌詞，次日晚上沒有再彈，只在老宅樓上備好了筆墨等候。實在說，我也不知道他會不會來。誰想，方到三更，那歌聲又幽幽地飄了過來。沒有秦箏，歌聲分外清楚，秦音咬字又重，我全部記了下來。第三日晚上，我還是沒彈秦箏只等候。我想，他一定不會再唱了。可是，三更刁斗剛打，歌聲又飛了過來。一連六個晚上，他都獨自唱到落霜降霧濛濛曙光。我心下實在不忍，在第七日為他再彈了一夜。說是我彈他唱，實則是他引領著我不斷糾正偏離秦風的音律。後來，我彈他唱，我不彈他也唱。」卓昭驟然打住，粗重地歎息了一聲，「我罵自己沒出息，可我忍不住……後來，我終是離開了老宅，再也不去了。畢竟，我不能不找你……」

呂不韋靜靜地聽著，心中怦怦大跳！

卓昭說得滿面通紅神采飛揚，最後淚光瑩瑩，這是呂不韋從來沒有見到過的。自大河唱和得以神交，他與卓昭僅僅有過短暫的兩次直面相處。在他眼中，卓昭是溫婉沉靜而又不失熱烈奔放的一個少女。然則，自今晚驟然闖來，卓昭的一言一行一笑一顰，卻使他感到了一種難以捉摸的陌生——淘氣任性得像一塊無法染色的頑石，扶搖衝動得又像嘩嘩作響流淌無形的浪花。婚約之事，本來是一件徐圖之從容計議的大事，她竟能一意孤行隻身亂闖；夜半入老宅，本來已經夠荒唐，她竟能心血來潮，與一個陌生歌者做半月之久的晝夜唱和。驀然之間，呂不韋想到了嬴異人的癡迷病臥，一個念頭轟然湧到了心頭——如此二人忘情如一，倒真是一對兒！

心念一閃，呂不韋心頭大跳起來——畢竟，他也是深深愛著這個少女的，更不要說，他還在天卓莊當著卓原老人的面許諾了婚事，豈能生出如此荒唐想法？倏忽之間，呂不韋勉力平息了自己的心潮湧動，此時此刻，自己若再把持不住，事情可能亂得無法收拾。想得清楚，呂不韋親切地笑了：「老宅之事，倒是奇遇一樁，沒準是上天開恩，派樂師教昭妹秦風音律也。不說了。新宅搬定，我便陪你回天卓莊。」說罷起身一擺手，「昭妹該歇息了，我清晨過來說話。」

「哎，莫走！」卓昭一伸手扯住了呂不韋衣襟，「正事還沒說也。」

「頑鬧！」呂不韋沉著臉，「不是說陪你回天卓莊麼？等幾日說不遲。」

「老夫子！」卓昭咯咯笑道，「卓昭就知道要嫁人麼？」

「真有正事？」

「看！」卓昭小手一揚，「你之所愛所想。」

呂不韋哈哈大笑：「一方羊皮紙，是我之所愛？」

「看看再說嘛。」卓昭嬌憨地將一個白色方塊拍到了呂不韋手心。

呂不韋嘩地抖開一瞄：「這是甚個物事？堪輿圖麼？」

「呀呀呀，村夫一個！看仔細也。」卓昭笑得直打跌。

呂不韋將羊皮紙拿到燈下，見紙上一幅暗紅色大圖，線條粗大硬實，接頭處有明顯的再筆痕跡，全圖沒有一個字，只有山水樹木與幾種奇異的記號。端詳有頃，呂不韋轉身皺著眉頭道：「此圖詭異，似乎是用竹片木棒之類物事蘸著血畫成。這條粗線走向，似乎是漳水。除此而外，實在看不出所以然。」卓昭道：「再看這塊山峰，像甚來？」呂不韋不假思索道：「一枚老刀幣。」卓昭咯咯笑道：「老商天性，就認錢也！我說不韋大哥保準一眼認出，爺爺還不信，說他分明畫得一柱怪峰。」呂不韋不禁笑道：「近看是山，遠看是錢，原是都沒錯。」卓昭一撇嘴：「能事也！你說，這錢山位置在何處？」呂不韋思忖道：「看山水走向，大體當在巨鹿沙丘以東、太行井陘口以西之群山地帶。」卓昭咯咯笑道：「東西三百里，你老牛耕耘，慢慢翻也！」呂不韋搖搖頭：「此等祕圖，原是只畫給作者備忘，等閒破解不得，誰能說得準確位置？」卓昭噗地一笑：「你抱抱我，領你去。」一語未了，滿臉脹得通紅。呂不韋一怔，親切地拍拍卓昭肩膀笑道：「沙丘井陘間好山水，只是，要去遊玩，也得明春天暖了才好。」卓昭頭一低，頓時淚水盈眶，猛然將一支銅管打進呂不韋掌心：「誰要去遊玩？拿去看也！」

呂不韋心中有事，實在有些不耐，無奈勉力一笑：「好，我回去看看，明晨再說。」轉身匆匆去了。卓昭臉色通紅，一跺腳坐在地氈上哇地大哭起來。呂不韋連忙回身，撿起掉落在地的皮裘包住卓昭，不由分說一把將她抱起來，大步走進後帳丟在了榻上，只黑著臉站在帳中不說話。卓昭咯咯一陣嬌笑，飛身上來緊緊抱住了呂不韋：「不怕你打我罵我，只要你抱我！」呂不韋木然站在那裡，任卓昭親暱笑鬧只是一句話不說。片刻之間，卓昭悄無聲息地鬆開了雙手，頹然跌坐在榻上面色脹紅急促地喘息著。

「四更了。有事明日再說。」呂不韋勉力笑得一笑，匆匆去了。

回到雲廬大帳，呂不韋立即拿出了那支粗短的銅管，燈下一看，見銅管蓋口有紫紅色的泥封印鑒，割開泥封抽出一卷羊皮紙抖開，正是卓原老人熟悉的筆跡：

不韋君如晤：昭兒癡心，我亦無轍。此兒至情至性，多有黏纏處。君正遠圖，若感難處，可不必拘泥婚約之言，但有一信，老夫自來說她。另囑：老夫半生商賈，所積財富無得大用，君之大謀，長我商賈志氣，老夫之財，便憑君調遣。畫圖之祕，老夫已盡告昭兒，只她領你起財便是。此事與你等婚約無關，唯老夫率性之舉而已。卓原手字。

捧著羊皮紙，呂不韋不禁愣怔了。顯然，這是卓原老人給自己的私密信件，卓昭肯定沒有看過。回味咀嚼，呂不韋一時感慨萬千，無以決斷。卓原老人曠達豪放，與自己一見如故，彼慨然解囊，我坦然受之，也無虧一個「義」字，反倒可能是一段商旅佳話。然則，夾進了卓昭婚約一層，想起來終是有愧。更要緊者，卓昭初顯任性，已經使他深感黏纏，如他這般押定人生榮辱與舉族財富而全力以赴謀一件大事者，能否奉陪得此等女子，心中還真沒個分寸。輾轉反側，眼見得晨曦初露，呂不韋還是一團亂麻，索性起身沐浴一番，漫步隱沒到雲廬帳外的漫天霜霧中去了。

紅日初起，西門老總事尋來稟報，說城外新居已經內修妥當，請先生擇吉日喬遷。呂不韋笑道：「吉凶不在選，三日後遷居。」話方落點，一領紅裙從草地火焰般飛了過來，遠遠一聲高喊：「不韋大哥，你好難找也！」呂不韋還來不及說話，火紅長裙已經隨著一陣咯咯笑聲繞在了他脖子上。呂不韋紅著臉剝開那雙柔嫩的玉臂笑道：「昭妹別頑鬧。走，我帶你去城外，看新居。」卓昭高興得一拍手又猛然一撇嘴：「哎，你不去巨鹿山了？」呂不韋撫摸著卓昭被晨風吹得散亂的長髮笑道：「這幾日事多，遷完新居再去不遲，左右不缺錢，不用急。」卓昭長髮一甩道：「用錢者不急，我急麼？出城才是好事，走！」拉著呂不韋風風火火去了。

出得邯鄲西門，雙馬輜車在官道奔馳得小半個時辰，向北拐進了一道河谷。莽莽蒼蒼的胡楊林在料峭北風中一片火紅，沿著山嶺河谷鋪展開去，彷彿似一天霞光。兩山間一道水流碧波滾滾，淡淡熱氣如煙雲般蒸騰彌漫，兩岸綠草茸茸彩蝶翻飛，冬日的蕭疏蕩然無存。行得片刻，紅林綠草的深處，一座高達山腰的竹樓佇立在一片淡黃色的屋頂之中，鐵馬叮咚之聲隱隱傳來，河谷山林倍顯幽深。

「美也！仙境一般！」卓昭一聲驚歎，掀開車簾跳了下去。

「這是倉谷溪，天成地熱，冬暖夏涼。」呂不韋也跟著下了車。

「倉谷溪？好怪的名字！」

「春秋時，這道河谷曾經是晉國趙氏的祕密穀倉。趙人立國，擴建了巨橋老倉，儲糧數十萬斛，這裡的穀倉也併入了巨橋。穀倉沒了，名字卻留了下來。」

「這等老古董，偏你最清楚！」

呂不韋遙遙一指遠處竹樓屋頂：「那裡便是新居，比天卓莊如何？」

「妙極！」卓昭一句讚歎又猛然皺眉，「你，想要我在這裡隱居麼？」

「隱居？沒想過。」呂不韋悠然一笑，「昭妹有隱居之志？」

「深山住久了，膩也！」卓昭連連搖頭，「我只想遊歷世面，不想隱居。」

「好！」呂不韋哈哈大笑，「昭妹但有此心，世面有得見！」

「怪也！不想隱居，何須將莊園建在這等隱僻之地？」

呂不韋淡淡一笑：「不與其事，不知其心。總有你明白時日，不用急。」

「只要你不賣了我，我便不急。」卓昭明媚地一笑，猛然抱住了呂不韋。

「莫鬧莫鬧。」呂不韋急忙剝開卓昭雙手，「越執事車在後邊。」

「老夫子！」卓昭嬌嗔地撒手撇嘴，「沒勁道。」

「真小孩子家，莫怪大父說……」呂不韋突然打住，尷尬地笑了。

「爺爺說我壞話！信上寫甚？快說快說！」卓昭的小拳頭雨點般砸在了呂不韋胸口。

「真鬧也！」呂不韋大袖攬住了卓昭的一雙小拳頭，低聲訓斥道，「爺爺說你孩子氣太重，要我好生管教，知道麼！」

「呸呸呸！」卓昭抽出雙手咯咯笑道，「你管教？將我教成女夫子麼？」

「你還真得孔夫子來教教。」呂不韋板著臉，「知道夫子如何說女子麼？」

「你定然知道了，說來我聽。」卓昭頑皮地笑著。

呂不韋拉長聲調吟誦道：「唯女子難養也，近之，則不遜（註：遜，謙恭順從。《書・舜典》：「百姓不親，五品不遜。」《後漢書・胡廣傳》有「常遜言恭色」之說），遠之，則生怨。」吟誦罷不禁一笑，「如何？像你這個小女子麼？」

「呸呸呸！」卓昭滿臉脹紅，「真當我不知道也，孔夫子說的是『唯女子與小人難養也』。自家迂腐板正得像具僵屍，還怨女子，老壞蟲一個！你便去了小人二字，也沒甚個好！男女相好，發乎情，生乎心，相悅相戲，能有個『遜』了？要得遜，除非他是個老閹宦！我偏不遜，氣死老夫子也！」一雙明亮的大眼溢滿淚水，一串話響噹噹炒豆一般。

呂不韋大是難堪，說聲慚愧，深深一躬：「大哥哥說錯了，向小妹賠罪也。其實，我也厭煩孔老夫子，只是鬼迷心竅，想到了那句話而已。」

卓昭噗地笑了，飛身過來啪地親了呂不韋一口：「老夫子，偏不遜！」

無可奈何又哭笑不得的呂不韋，臉上雖是滿不在乎的微笑，心下卻已經煩亂不堪，勉力一笑道：「今日風大，莊園也沒齊整，喬遷之日一併看，如何？」

「隨你。」卓昭咯咯笑道，「山莊都一個樣，我只看人看心。」

呂不韋立即轉身吩咐跟上來的越劍無：「越執事，將馭馬卸下，我與昭妹騎馬回程。你在莊裡換馬回來。」越劍無答應一聲，卸下兩匹紅色胡馬備好鞍轡，大步向莊園去了。呂不韋將一根馬韁交給卓昭，兩人飛身上馬馳去。

將近谷口，卻聞遙遙嘶鳴馬蹄急驟。呂不韋心下一驚，喊一聲跟我來，一馬飛上了左岸邊山頭。立馬向山下谷口觀望，呂不韋不禁皺起了眉頭——蒼黃見綠的草地上，一匹黑亮的駿馬在狂奔嘶鳴，馬上騎士光著身子狂暴地揮舞著馬鞭，連綿不斷的吼叫聲迴盪在河谷，撕心裂肺般淒慘。突然之間，駿馬如閃電般飛進胡楊林又閃電般飛出，頹然滾倒在了蒼黃的草地。騎士的黑色馬鞭如雨點般抽打在駿馬身上，淒慘的吼叫聲聲入耳：「起來！起來！我要死了！死了！你也得死！你也得死！」

「誰？他要死？」卓昭身子猛然一抖。

「成何體統！」呂不韋面色鐵青。

「你認識此人？」

「日後你也會認識。」

「瘋子一個！我才不想認識他。」卓昭咯咯笑了。

呂不韋默默眺望谷中，猛然回身打了個長長的呼哨。片刻之間，越劍無飛馬趕到，呂不韋低聲吩咐道：「輕車快馬，立即將他送回邯鄲靜臥。我隨後便到。」越劍無嗨的一聲，飛馬下山去了。呂不韋轉身道：「昭妹，我們從這邊出山。」說罷上馬，從另一面山坡飛了下去。

午後時分回到邯鄲，呂不韋將卓昭送到雲廬，立即輕車來見毛公。兩人說得片刻，同乘輜車到了嬴異人府邸。進得正廳，濃郁的草藥氣息彌漫過來，喚來老醫者一問，回說公子服藥方罷，正在臥榻養息。毛公嘿嘿一笑，也不多問，拉著呂不韋進了第三進。

寢室拉著落地的帷紗，雖然幽暗，顯而易見的豪華。毛公踩在外廊厚厚的紅地氈上沒有一點兒聲息，覺得有些眩暈，不禁嘟囔一句：「鋪排得宮殿一般，能不生事？多此一舉也！」呂不韋一扯低聲道：「先要他熟悉了貴胄奢華才好，曉得？」毛公嘿嘿一笑：「飽暖思淫欲，只怕你不得安生了。」說著話已經進了中門，當年那個乾瘦黝黑如今已經肥肥白白的老侍女正板著臉肅立在虛掩的門外，乍見一個衣衫邋遢雪白鬚髮散亂虯結的老翁顛著閃著撞來，連忙橫在門前一聲低喝：「你是何人？退下！」毛公正在嘿嘿打量這個滿身錦繡髮髻齊整的肥白女子，呂不韋已經大步趕了上來：「少使大姊，此乃名士毛公，公子老師，今日識得便了。」融融笑意倏忽彌漫了老侍女的肥白臉膛：「哎喲！我這少使還沒得咸陽正名，先生倒是上口了。見過毛公，見過呂公。公子正在臥榻，尚未安枕，兩公請。」一回身輕輕推開中門，將兩人讓了進去。

中門之內橫著一道黑色大屏，繞過大屏是帷幕低垂的寢室。一架碩大的燎爐燃著紅亮的木炭，整個寢室熱烘烘暖春一般。毛公大袖一抹額頭正要嚷嚷，呂不韋卻指了指帳榻，毛公便笑嘻嘻地到了榻前。

「又來擾我好夢！滾開！」榻帳裡一聲嘶啞的吼叫。

「嘿嘿，夢見仙子乎？無鹽女（註：無鹽，本名鍾離春，齊國醜女，因居齊國無鹽邑而被呼為無鹽女，後嫁齊宣王）乎？」

「該死！」紗帳猛然撩開，一人赤身裸體鬚髮散亂大汗淋漓臉色血紅地跳了出來，兩眼一瞪，「噫！」的一聲，軟軟地倒在了地上。

呂不韋正要搶步上前，毛公嘻嘻擺手：「莫急莫急，看老夫治他。」說罷一蹲身，掄圓胳膊對著倒地人啪啪兩個響亮的耳光，「教你作夢！你是誰！」倒地人猛然彈坐起身，搖搖頭粗長地喘息了一聲，彷彿溺入深水剛剛浮起一般：「我，我是，嬴異人呵。你……」毛公冷森森道：「老夫是誰？你自說了。」嬴異人木然盯著毛公片刻，雙手猛然摀住眼睛嚎啕大哭起來：「老師啊，悶死我也！異人不肖！不肖……」

呂不韋走過來笑道：「大丈夫哭個甚？來，別冒了風寒。」說罷蹲身抱起嬴異人放入帳榻，又為他蓋上了大被，「靜靜神，有話慢慢說，天下哪有個過不了的門檻？」

「呂公，異人有愧於你。我，恨我自己！」嬴異人牙齒咬得咯咯響。

「小子蠢也！」毛公罵一句又嘿嘿笑了，「不就個彈箏女子麼，值得如此瘋癲？你小子給我聽好了：呂公業已找到了那個寶貝兒，果然是箏琴樂舞樣樣精通，人更是仙子一般。你但如常，老夫與呂公便為你主婚，成全你小子如何？」

「呂公！果真如此麼？」嬴異人驟然翻身坐了起來。

「公子大事，豈有戲言？」呂不韋正色點頭。

「公之恩德，沒齒不忘！」嬴異人翻身撲地，頭叩得厚厚的地氈咚咚響。

「好出息也！」毛公不禁嘎嘎大笑，「幽王、夫差（註：幽王，西周最後一王，因寵愛褒姒而致諸侯生亂戎狄入侵，西周滅亡。夫差，春秋吳王，因寵愛越女西施而對越國疏於防範，終被越國滅亡）在前，不意又見來者！呂公呵，老夫勸你收手便了，莫得白費心機也！」

「老師差矣！」嬴異人霍然爬起身子，目光炯炯地盯住毛公指斥一句，慷慨激昂彷彿換了個人一般，「縱是一國之君，愛心何錯之有！情欲何罪之有！幽王夫差之誤，原不在鍾情可心女子，而在猜忌良臣，處政荒誕。但能倚重良臣，同心謀國，何能有失政亡國之禍？老師天下名士，卻與儒家一般，將亡國失政之罪責歸於君王癡情之心，豈非大謬也！」

「……」放蕩不拘形跡的毛公一時瞪起老眼無話可說，愣怔片刻終是笑了，「嘿嘿，小子行也，堂裡倒是沒亂。你說，你小子能做到癡於情而明於國？」

「能！」

「嘿嘿，老夫只怕你是未必。」

「蒼天在上，嬴異人但溺情亂國，死於萬箭穿心！」

「指天發誓，也好！嘿嘿，小子靈醒，只怕呂公那寶貝兒到不了手也。」

一直不動聲色的呂不韋突然一陣大笑，一拱手道：「公子神志清明，可喜可賀！三日之後，我遷新居，保公子解得心結。」

「若得如此，唯公是從。」嬴異人肅然一個長躬。

六、殷殷宴席生出了無端波瀾

冬至這日，呂不韋搬出雲廬，遷入了倉谷溪河谷。

冬至者，冬日到也。此後經小寒大寒兩個節氣，便到了萬物復蘇的立春。春秋戰國之世，中原各國（齊國特殊曆法除外）將冬至節氣分別稱為至日、長至、短至。「至日」取其本意——此日最冷，冬日至矣！「長至」，取其一年中此日夜晚最長之特點。短至，取其一年中此日白晝最短之特點。無論如何稱謂，在古人眼裡，冬至都是極為重要的一個節氣。其根本處，在於冬至是寒冬將到一元復始的轉換時節，漫長休眠的窩冬期即將結束，勃勃生機的春日即將來臨。因了冬至至冷，且具寒盡春來之象徵，中原各國有冬日暖湯酺的習俗。暖湯者，熱食也。酺者，聚飲也。實則是親友相聚，大吃一頓熱熱火火的滾湯飯。此風流播後世，有了冬至吃熱湯餃子的習俗，不吃熱餃子，便是「不過冬」。也有了俗諺：「冬至不過冬，揚場沒正風。」這是後話。

呂不韋雖不在意吉凶之說，西門老總事卻是老商旅的老規矩，事事總要踩個吉祥的步點。喬遷如同動土，都是居家日月的大事，左右旬日之內沒有大吉之日，便將日子定在了冬至日。呂不韋一聽老總事稟報笑道：「冬至好啊！歲將更始，以待來春，大吉也！」

有西門老總事操持，諸般事務極是整順。冬至這日正午，幽靜的倉谷溪河谷一片喜慶祥和。呂不韋沒有知會任何商旅老友與趙國熟識人士，只請來了毛公、薛公、嬴異人與荊雲四位小宴。客人不多，但加上呂氏商社的一班老執事老僕人，小小河谷也頓時熱鬧起來。

正午時分，一輛紅色車簾的輜車輕盈駛入了莊園偏門。呂不韋對西門老總事低聲吩咐幾句，來到庭院對正在前後呼喝僕人的毛公笑道：「瑣事忙不完，開席。」毛公滿面紅光嚷嚷道：「老夫好容易呼喝主事一回，急個甚來？今日須聽老夫號令行事，不得亂了規矩！」呂不韋哈哈大笑：「軍令大如山，自然要聽毛公！那我去陪客了？」「只管去也，保你片時開席。」毛公嚷嚷一句，又頓著藤杖呼喝去了。

新居莊園是沿山而上的六進宅院，前門第一進與最後兩進都是執事僕役居所。呂不韋的中間三進恰恰坐落在山腰，飛瀑流泉淙淙而下，竹林青綠，胡楊金紅，茅屋亭臺錯落於山水之間，一派清幽脫俗的出世氣象。第二進六開間一排青磚大屋是正廳，寬敞明亮，除了嶄新的大紅地氈與一色的烏木大案，廳中沒有任何風雅陳設。

正廳被毛公封了門，說不到開席，任何人不許入廳，待客處放在了第三進書房外的竹林茅亭。呂不韋繞過正廳來到茅亭下，卻見薛公與嬴異人正在對弈，黑方嬴異人部伍散亂多頭出逃，顯然劣勢。荊雲只默默靜坐觀看，石雕一般。薛公端詳著盤面道：「呂公高手，說說這棋局如何？」呂不韋淡淡一笑：「無陣無形，焉得好棋？」嬴異人一推棋匣起身道：「潰不成軍，還是呂公來。」呂不韋說聲也好，正要入座，毛公遙遙一聲嘶喊：「大賓下山，入廳待座——」薛公嘟囔道：「入廳便入廳，還要待座？偏這老兄能折騰也。」呂不韋推枰笑道：「司儀如將，當心受罰，走。」四人說笑著下了山道。

大廳中門已經洞開。四人見毛公正色站立門廳石階之上，正在對廳中急促地比劃著，不禁一陣哄然大笑。素來不修邊幅的毛公，今日一領大紅錦袍一頂四寸竹冠一雙嶄新皮靴；正衣正冠之外，手中依然是那支不離不棄歪歪扭扭的古藤杖；僅是如此還則罷了，偏偏又是滿頭大汗鬚髮散亂，一手拄著藤杖，一手提著大袍襟扇風涼，反倒比尋常補衲褶皺的布衣更見邋遢，模樣兒分外滑稽。

「誰再笑得第二聲，罰酒一石！」毛公藤杖指來，聲色俱厲。

四人片刻噤聲，卻又忍俊不禁，不禁一片竊竊嬉笑。薛公勉力忍住笑意，一拱手道：「敢問司儀夫子大人，入廳待座，出自何典？甚個講究？」

「老夫出令，典個鳥也！」毛公紅著臉罵得一句，篤地一跺藤杖，「今日過冬，適逢東公喬遷，諸位大賓入廳，先當同賀，而後待本司指定爵位。這便是入廳待座。」

「合理合禮，我師當真學問！」嬴異人著意響亮地讚歎了一句。

「小子乖巧，偏老夫饒不得你。」毛公嘟囔一句，突然一側身高聲呼喝，「賓主入廳，大賓先行——」喊聲方落，薛公、嬴異人與荊雲魚貫入廳。呂不韋待要教毛公先行，卻被毛公板著臉推了進去。毛公隨後跟進，扯著蒼邁的老嗓子一聲長呼：「奏樂，大賓同賀——」一時管弦絲竹大起，毛公拉著三人長身一躬：「呂公喬遷，我等同賀！」呂不韋連忙一躬到底呵呵笑道：「客套客套，不韋奉陪。」毛公一步閃到空闊處高聲道：「禮成！大賓入席——」藤杖連連指點，「公子異人，坐東面西。荊雲義士，坐南面北。薛兄老夫，坐北面南。東公之位，坐西面東——」

隨著毛公呼喝，四人也煞有介事地正衣正冠各入其座。剛剛坐定，毛公又是一聲長喝：「女賓入席，坐西面東，兄妹同案——」嬴異人心頭怦怦大跳，回身死死盯住了身後的大屏。須臾之間，只見一個纖細豐滿的紅裙少女輕盈地飄了出來，對著座中一個灑脫的拱手禮：「小妹卓昭，見過各位大賓。」一個明豔的微笑，坐到了呂不韋身邊。

嬴異人大起狐疑，莫非她便是毛公所說的「寶貝兒」？不對！毛公說「寶貝兒」是呂公找到的，若是呂公之妹，如何能深夜在一座遺棄孤莊彈箏？又何用呂公尋找？如何又能叫作卓昭？然則，若不是呂公之妹，毛公又如何喊作「兄妹同案」？此女究竟何人？嬴異人一時想不明白，驀然回身，卻見身後大屏前有一幅紅錦苫蓋著的大箏，屏後一隊隱身樂手，心下便是一亮！顯然，將彈箏者另有其人，絕非眼前這位呂公小妹，而那個「寶貝兒」若果真被呂公找到，只能是那個彈箏仙子，只能是將要彈箏者！一想到夤夜彈箏的仙子，嬴異人頓時面紅耳熱，對對面遙遙打量著自己微笑的卓昭視若無睹。

「布酒布菜——」

隨著毛公呼喝，六名少年僕人絡繹捧來酒菜。酒是每案三桶，一甘醪，一趙酒，一蘭陵酒。菜是一鼎、一盆、一盤，未上案頭，蒸騰異香已和著大廳四角四只大燎爐的烘烘熱氣彌漫開來。薛公聳著鼻頭笑道：「甚個肉香，如此勾人？老夫垂涎三尺矣！」毛公打了個響亮噴嚏笑道：「嘿嘿，這三隻異味，只怕老夫要給諸位老兄弟說叨一番也。」

「先說鼎肉！」卓昭笑叫一聲。

「好！」毛公敲打著鼎蓋，「此鼎之肉，名曰熊蒸，即蒸熊肉也。蒸熊之法，老夫首創：獵取大熊一頭，剝皮，開腹，連頭帶腳剁得五七大塊，加大顆青鹽，大火燉得熟透，皮肉卻要完整；而後得大籠密封，蒸得半個時辰，出籠後撕成巴掌大肉片兒，蘸苦酒豉汁蔥蒜末兒，人皆垂涎三尺也！」

「我也獵熊蒸熊，委實來得！」荊雲拍案笑道，「只法子不同，不如毛公猛士之風。」

「如此說來，熊有兩蒸？」薛公大是好奇。

荊雲侃侃道：「楚地熊小，得去頭腳，而後開膛，將熊肉切成兩寸許方塊，加豉汁與秫米揉透，再將切細的橘皮、小蒜、胡芹和成糝子，一層肉一層秫米一層糝子，鋪入大籠，蒸得小半個時辰，爛熟取出，切成六寸見長一寸見厚之塊肉，鋪入大盤，周圍秫米拱衛，極是上口！」

「下次吃荊雲大哥！」卓昭一聲歡叫，滿堂哄然大笑。

「細得記都記不住，甚個吃頭？」毛公嘟囔一句，叮噹一敲大陶盤蓋子，「此乃炙烤豬、木耳黑錫，誰個知道做法？」見舉座忍俊搖頭，嬴異人禁不住正色高聲：「我師廚學，無人匹敵！」話方落點，又覺不妙，伸出舌頭做了個鬼臉，逗得對面的卓昭咯咯長笑。「噫——小子有見識！」毛公眯縫著老眼認真點頭，「廚學，說得好！老夫便創他一個廚學出來，好讓廚下之道也入得百家之學，好主意！諸位以為如何？」座中幾位本來就強忍笑意，見毛公煞有介事，不禁哄堂大笑。

薛公戲謔道：「毛子廚學，只不開席，肚腸之學便要歸他人了。」

「不不不，廚下通肚腸，兩學一體，何能割據？」毛公一串快語，藤杖一頓一聲長呼，「開席——東公舉爵——」

呂不韋舉起酒爵笑道：「冬至之日，寒盡春來，乾此一爵熱酒！」

「同賀呂公，天地轉機！乾！」舉座同聲，呱的一聲飲盡。

毛公一敲鼎蓋：「東公開鼎上手——」

呂不韋哈哈大笑：「好規矩，開鼎上手！」拿起案上木盤中一支銅鉤勾住鼎蓋提起，一團熱氣頓時蒸騰撲面，「毛公熊肉，過冬暖心，諸位上手！」

「上手！」各人笑叫一句，叮噹鉤開鼎蓋，再鉤出一片肥厚的蒸熊肉，兩手撕開，一蘸手邊的蔥蒜苦酒盅大嚼起來。

「其餘盆盤，各自招呼，老夫不能光喊不吃也！」毛公嚷嚷一句，兩手大忙起來，酒肉齊動，也不理會舉座巡酒，只是埋頭大咥，片刻之間滿臉湯汁肉屑，面前的一大鼎蒸熊空空如也。及至抬頭，座中已是酒過三巡，呂不韋正笑吟吟地看著他。毛公猛然醒悟，酒爵一頓高聲道：「今日一喜一慶，故國名門才女趙姬蒙平原君舉薦，一展諸般才藝，為呂公喬遷之賀！諸位但說，歌舞樂，先來哪般？」

薛公笑道：「客隨主便，呂公為東，先說。」

「今日諸位大賓當先，不韋隨波逐流。」

荊雲笑道：「我等不善此道，還是異人公子說。」

「歌為樂首。先歌了。」嬴異人淡淡應了一句。

「好！」毛公拍案，「樂起，公主一歌——」

驟然之間，樂聲大起，曠遠悠揚，分明北秦莽原之風。隨著樂聲，大屏後飄出了柔美明亮而又高亢激越的歌聲：

雁飛山塬
聲聞於天
北溟之魚
鯤鎖深淵
我何負於上邪
獨望鄉關
秩秩斯干
幽幽南山

如竹如松
逝者長川
我何負於上邪
長困深淵——

歌聲在一聲迴旋高拔的蒼涼吟哦中戛然而止。舉座默然。嬴異人牙關緊咬，眼中淚光瑩然。良久，薛公喟然一聲歎息：「感懷傷情，悲乎！只是少了陽剛之氣，缺了高遠之志，空有憂傷，只落得困龍之歎也。」毛公理著油水黏連的大鬍鬚道：「嘿嘿，老夫聽來，只是個『潛龍勿用』，沒個指望。」見嬴異人臉色鐵青，呂不韋呵呵笑道：「歌者可能有獨遊異鄉之滄桑，見識所限，未必人人獨遊異鄉而無歸心大志。公子以為如何？」嬴異人「啪！」地一拍案：「呂公所言極是！未必人人如此！」呂不韋悠然一笑：「好，往下走了。」

「樂起——舞——！」毛公的老嗓子已經變得嘶啞，興頭卻是十足。

一片絲弦奏出了悠揚輕快的樂曲，頓時使人想到了春日的胡地草原。樂曲稍頓，一個緊身胡服的壯漢大步出場，在厚厚的地氈上飛身竄躍著捕捉那不斷啾啾鳴叫的飛燕。隨著一聲清越的鳴叫，心不在焉的嬴異人只覺眼角綠影一閃，一個綠衣女子飄出大屏從案頭輕盈地飛了過去，一幅長長的錦帶拂過嬴異人額頭，他不由自主地驚歎了一聲：「呀！飛天仙子也！」

一聲驚歎之中，絲弦之聲大起，綠紗錦帶的女子已經在大紅地氈上飄飄起舞——胡服壯漢興奮地追逐著不斷飛過眼前的燕子，綠紗燕子則飄忽無定地上下翻飛，與草原獵人盡情嬉戲。綠紗女子時而飛身掠起，時而靈蛇般貼地遊走，輕盈柔美的綠影閃電般在大廳飄飛。正在舉座賓客眼花繚亂之際，胡服壯漢一個飛步，終於抓住了飄飄飛翔的綠色錦帶——燕子被獵人捕獲！但聞一聲短促的鳴叫，正在飛掠大廳的綠紗女子神奇地隨著錦帶悠然升空，倏忽倒退飄落在胡服壯漢高高舉起的一隻手掌，驟然陀螺般飛旋起來，裙裾飄飄錦帶翻飛，整個大廳都被一片綠色籠罩。

「采——！」舉座轟然一聲呼喝。

綠紗女子單足踩在壯漢手掌之上，紅著臉拱手旋身一周，輕盈落地，毫無聲息。人們這才注意到這個女子是何等驚人的佳麗，不禁又是高聲喝得一采。恰恰面東的綠紗女子對著嬴異人粲然一笑。嬴異人心下怦然一動，暗自思量，若此女果是胡楊林彈箏之人，幸何如之！心念一閃不禁拍案高聲道：「歌舞雙絕，仙子佳麗，只不知樂技如何？」

綠紗女子明眸流波嫣然一笑：「諸般樂器大體通曉，只心下鍾愛秦箏而已。」

「便請秦箏！」嬴異人心下大動，脫口一請。

綠紗女子一笑：「公子若能和得秦歌，箏趣更濃也。」嬴異人笑道：「你自彈來，若得秦箏神韻，我自和歌。」女子微微點頭，款款從嬴異人身邊擦過，走到大屏前揭開那幅紅錦，對著碩大的秦箏肅然一躬，悠然落座。倏忽停頓，叮咚一聲箏音大起，偌大廳堂排山倒海般轟鳴起來。一曲方罷，舉座喝采，獨不見嬴異人和歌。

綠紗女子柔聲笑道：「公子意趣何在？但請評點。」

「但得其勢，無得其味也！」嬴異人慨然一歎，「秦箏者，蒼涼激越之器也。放眼天下，當真能得秦箏之氣韻者，唯蒙氏父子也，餘皆不足論。邯鄲秦箏，只在夢中矣！」

「邯鄲豈無秦箏？我來一試！」卓昭奮然一句，起身對身後的兩名女僕吩咐，「備我秦箏。」遙遙站在大廳邊門的西門老總事頓時急色，對著卓昭連連搖頭示意。卓昭渾然不解，只連催侍女備箏。毛公盯住呂不韋嘿嘿一笑：「呂公呵，天下事鬼神莫測也。」呂不韋淡淡一笑，對著侍女一揮手：「備秦箏，愣怔個甚？」回頭對毛公悠然一笑，不再說話。薛公與荊雲不禁大皺眉頭，卻又無可奈何。

卓昭少年心性嬌憨成習，原本是興高采烈地陪不韋大哥共舉家宴慶賀喬遷，理所當然地以為自己是唯一的女主。漸漸地，她卻覺得今日宴席有異，似乎一切都是為了這個秦國公子。及至綠紗女子趙姬出場，還被毛公稱為「公主」，此等感覺更是強烈。在卓昭看來，趙姬才藝過人歌舞絕倫，分明是個綠樓藝妓，縱是平原君舉薦又能如何？將此等人塞給秦國公子原是與她無涉，無可無不可，只是大肆鋪排著意撮合，將整個喬遷家宴變成了藝妓獻藝男女唱和，便覺得呂不韋有些過分，更兼對趙姬的幾分妒忌，心下大是憤懣。嬴異人冷言貶低趙姬秦箏，卓昭竟對這個鬱鬱寡歡的秦國公子驟然生出了幾分喜歡。待到嬴異人悵然若失地感歎：「邯鄲秦箏，只在夢中矣！」卓昭驟然生出好勝之心——偏教你見識一番真正名門女子的才藝！於是，有了這番奮然請箏之舉。

嬴異人細心敏感，已經從在座賓主四人的情緒變化中覺察到了其中微妙，雖然還是不清楚卓昭身分，然慮及自己畢竟是困頓公子，不當傷及大恩公呂不韋與兩位後來之師，起身一個長躬：「呂公明鑒：異人原是無心之語，不敢勞動公之未婚夫人，尚請收回成命可也。」呂不韋看看滿臉通紅的嬴異人，一陣哈哈大笑：「公子差矣！卓昭我小妹也，談何未婚夫人？公子但坐。」誰知這一說，卓昭眉頭大皺，氣沖沖笑道：「未婚夫人也罷，義妹也罷，只我做得主，與他人卻不相干也！」毛公覺得不妙，逕自打斷道：「嘿嘿，只無論哪個身分，都是女主無差。我等理當消受待客之禮。」薛公拍案接道：「此言極是！邯鄲有秦箏，老夫也是聞所未聞，不想今日如願以償！」

說話間侍女已經將一具秦箏抬來，安放在呂不韋案前三尺處。卓昭儀態從容，走到箏前凝重一躬入座，深深一個吐納，屏息心神片刻，兩手一抬，大秦箏悠然轟鳴起來，低沉宏闊如萬馬席捲草原，隱隱呼嘯如長風掠過林海，陡的一個高拔，儼然一聲長長的吟哦，箏聲鏗鏘飛濺，恰似夕陽之下壯士放歌，蒼涼曠遠，悲愴激越，直使人心弦震顫。

「十弦箏！我的秦箏！」嬴異人驟然大叫一聲，簌簌顫抖著站了起來。

箏聲戛然而止，卓昭大是不悅：「足下身為公子，不覺失態麼？」

嬴異人渾然不覺，跌出座案大步搶到了箏前，卻又突然站定，反覆端詳壓著一雙玉臂的秦箏，雙眼直勾勾盯住卓昭：「你，你這秦箏，可是十五年前在邯鄲官市所買？」

「是與不是，與你何干？」卓昭頑皮地笑了。

嬴異人突然撥開卓昭，雙手將箏身立起，右手在箏頭一拍一抽，一片箏板握在了手中，渾身顫抖道：「你，你且看也！」卓昭接過箏板端詳，只見六寸餘寬的紅色箏板底面上赫然鑲著兩行銅字——

箏如我心　一世知音

蒙武製贈異人君

「噫！」卓昭驚歎一聲又咯咯一笑，「公子若是物主，可知我幾價買得？」

「兩金三十錢。」嬴異人不假思索。

「公子既是此道中人，何能將知音信物街市賤賣？」

「其時困趙八年，唯此一物值得幾錢。」

「十五年間，公子可曾彈箏？」

「當初立誓：我箏不回，異人此生不復彈箏！」

「此箏若回，公子便當復彈？」

「市易唯信也！此箏理當屬於姑娘，異人斷無非分之想。」

「不。」卓昭一拱手，「小妹為公子道賀。」

「姑娘已得秦箏神韻，異人聽之足矣！」

「箏有靈性，波折得遇舊主，命數也。只是，我有一請。」

「異人甘效馳驅！」

卓昭咯咯一笑：「誰個要你馳驅？你只彈得一曲，入得我耳，我便還箏。」

「但憑姑娘點曲。」

「北阪有桑！」

驟然之間，嬴異人滿臉紅潮兩眼大放光芒，看得卓昭一眼，啪啪兩下裝好箏板，退後兩步對著大箏肅然一躬，入座凝神片刻，顫抖的兩手猛然掃過箏面，只聽轟然一聲，透亮的樂音頓如山泉般灑遍大廳。便在此時，大廳紅影閃過，卓昭已經輕盈起舞，舞步飛旋中響起豪放悲涼的秦歌：

北阪有桑　南山稻粱
長谷如函　大河蒼蒼
君子去也　我多彷徨
關山家園　與子共襄

蕭蕭雁羽　訴我衷腸
子兮子兮　道阻且長
雨雪霏霏　知音何傷
死生契闊　赤心皇皇

……

明亮的歌喉因秦風的高亢悲愴而滲出了幾分粗放沙啞，明快剛健的胡風舞姿因歌詞的悲涼而滲出了憂傷柔軟與飄灑，兩相融合，水乳交融，使得卓昭的舞姿與歌喉極為美妙動人，在燭光照耀下仙子起舞般動人心魄！

箏聲倏忽止息，嬴異人兩眼含淚，起身走到大廳中央，對著卓昭撲地一拜，尚未開口，已軟軟地癱倒在了紅地氈上。卓昭正在紅著臉喘息，突兀驚叫一聲，撲到了呂不韋身上。

廳中賓主盡皆愣然，一時神色各異。毛公狡黠地嘿嘿一笑，飛快地瞄了呂不韋一眼，搶步上去攬起嬴異人，粗黑的指甲已經掐上了人中穴。薛公愣怔地看看呂不韋，無可奈何地搖搖頭。荊雲沉著臉，只盯住嬴異人不放。呂不韋早已經起身離座，淡淡一笑拍拍卓昭肩膀將她推開，轉身對兩名侍女一招手：「扶公主下去歇息。昭妹，你也去歇息，不會有事。」見卓昭嘟囔著去了，呂不韋又對已經站在身後的西門老總事吩咐道：「收拾客寓，準備公子安歇。」西門老總事低聲道：「要否請老醫家？」呂不韋搖搖頭：「只熱水熱湯。」

嬴異人已經長長呻吟一聲醒了過來，對著呂不韋納頭便拜，卻一句話不說。呂不韋歎息一聲笑著扶住了嬴異人道：「夜冷風寒，公子先行歇息，有話明日再說不遲。」毛公接道：「嘿嘿，你小子好遇合，公主到手也！放心睡大覺去。」

「不！不是，公主……」嬴異人粗重地喘息著。

「公子先行歇息。」呂不韋揮手打斷，「一切事明日再說。」

「嘿嘿，便是如此，老夫陪這小子。」

荊雲目光一閃道：「此事何勞先生，我來侍奉公子。」說罷蹲身兩手一伸，將軟綿綿的嬴異人平托了起來，跟著一個領道僕人大步出了正廳。

「呂公呵，」薛公大是搖頭，「此時收手，尚來得及，三思了。」

「鬼話！」毛公嘿嘿一笑，「半坡碌礡能收手？只說如何決斷，呂公捨得否？」

「難矣哉！」默然良久，呂不韋喟然一歎，「此事牽涉尚多，非我一人一心能斷，尚須兩位助力才是。」

薛公慷慨道：「事無難處，老夫何用？呂公只說！」

「嘿嘿，老哥哥還算出采。」毛公搖頭晃腦地笑了。

「少不得借重兩公。走！隨我到書房計議。」

三人來到山腰書房，呂不韋心事重重地一一說明了此中關節。薛公毛公各出謀劃，三人直議到滿山霜霧雄雞長鳴，方才散了。

七、欲將子還兮　子不我思

霜霧尚未散盡，一輛輜車轔轔駛出倉谷溪，過了邯鄲直向北去。

三日之後的夕陽時分，輜車又回到了倉谷溪。風塵僕僕的薛公對迎在谷口的呂不韋低聲道：「卓公只有一句話：但憑昭兒之心。」呂不韋長吁一聲，吩咐西門老總事置酒為薛公洗塵，自己匆匆來到跨院客寓。

三日之間，毛公始終盯在客寓，與嬴異人形影不離。依著薛公主張，嬴異人情癡意亂，當讓他「醉臥」幾日，待諸事妥當再教他醒來最好。呂不韋卻是另一番主張，以為嬴異人此次異常與胡楊林初聞秦箏時大不相同，情癡而心未亂，重施「醉臥」之法，其心必生疑竇，於後便是隱患；加之卓昭與趙姬均在當場，嬴異人「醉臥」不起，對如此兩個女子也不好圓說，尤其卓昭至情至性，若有口無心地嚷嚷起來反倒生亂。毛公聽罷連連點頭：「嘿嘿，呂公思謀深遠，我等老兄弟只就事論事而已！呂公之心，理會得，這小子只交給老夫。」也是毛公奇思妙想，一場兒女斡旋竟做得有聲有色不著痕跡——清晨在林間活動筋骨，不意「撞見」踽踽獨行的異人，主動談及昨日酒宴秦歌，嬴異人精神陡長。毛公嚷嚷拜師，要嬴異人教他秦歌。秦歌唱得三五支，山頂便有了遙遙秦箏隨和。嬴異人心神悸動，一時突然噤聲。毛公哈哈大笑，顛顛兒爬上山頂，邀來了兀自操箏的卓昭，要請卓昭彈箏，他與嬴異人輪流和歌。卓昭大是欣然，只毛公一開口便笑得打跌岔氣，要嬴異人來操箏。如此兩人輪流操箏，時而相互校音，加上毛公的滑稽唱法攪和，竟是其樂融融。次日清晨霜霧尚在彌漫，嬴異人便來敦請毛公林間學歌，樂得毛公手舞足蹈，直將秦歌唱得怪腔怪調，一曲未了，山頭又傳來了清亮曼妙的長笑。

如此三日，毛公將這一對癡情歌手周旋得胡天胡地忘乎所以，卓昭竟一次也沒有來找呂不韋黏纏。然則，呂不韋憂心忡忡，眼看這長圖遠謀要卡在如此一個關節上，實在有些難以決斷。論得雄傑謀劃，一個女子之事委實不當亂心亂志。若是尋常一個女子，呂不韋肯定會毫不猶豫地贈給嬴異人。但是，卓昭偏偏不是如此可以毫不猶豫送人的女子。且不說自己確實鍾愛卓昭，僅是當著大義高風名動天下的卓原公當面允諾親事這一節，也不當擅自決斷。更兼卓昭任性嬌憨，呂不韋還當真拿不準，這個小妹對這個漂泊公子能否看得入眼？畢竟，卓昭不是平民女子，而是那種對等閒王孫公子根本不屑一顧的女子。唯其慮及這一難處，呂不韋在第一次聽了嬴異人傾訴之後便有了盤算：重金祕密買得一個才貌俱佳的名門女子，隆重為嬴異人舉辦婚事，以安這顆驟然喚醒情欲的騷動之心。誰知買得了趙姬，備得了縝密的宴席，卻不曾料到陡然橫生的波瀾。宴席之上，呂不韋雖然勉力保持著主人應有的雍容微笑，內心已經是一聲悲涼的歎息——人算何如天算也，命當如斯，徒歎奈何！及至薛公勸說「此時收手尚來得及」，他才悚然警悟，決意妥善處置這件難堪棘手的兒女之事，決意不教它毀了半道大謀。慮及自已面對卓原老人難以啟齒，才請薛公擔當了這個微妙的說客。薛公往返天卓莊的三日，呂不韋如坐針氈。他已經做好了最壞的準備：若是卓原堅執不贊同此事，只有與嬴異人攤開了說，一力勸他接受趙姬；若嬴異人堅執不接受趙姬，甚或癡情發瘋，他就此出世隱居，絕不重回商旅。如今，卓原老人如此的曠達，剩下的唯一難關，則是自已直接面對卓昭了。

一想到那雙蕩漾著濃濃情意的眼睛，呂不韋心中一陣莫名酸楚。

「嘿嘿，來得正好也！」毛公站在客寓門外的山道上，竹杖向山坡一指，拉著呂不韋進了茂密的胡楊林。不待呂不韋開口，毛公一陣低聲咕噥，說罷哈哈大笑。

「老哥哥把得準？」

「嘿嘿，十拿九穩也！」

「直說？」

「直說！」

呂不韋長吁一聲，良久默然，對著毛公深深一躬，轉身去了。

掌燈時分，神采飛揚的卓昭一團火焰般飄進了書房：「不韋大哥，我來也！」

明亮的銅人燈下，呂不韋正在緩慢地往一支竹簡上寫著字，低頭答應了一聲，抬手將竹簡擺好，這才回身笑道：「昭妹來了，入座說話。」「偏不坐！」卓昭粲然一笑，過來從案間拿起了幾支擺放整齊的竹簡，「又不是書吏，整日刻寫個甚？我看看。」來回著念了起來，「天生人而使有貪，貪有欲，欲有情，情有節。聖人修節，以止欲，故不過行其情也……喲！老夫子一般，還論說情欲耶！」

「情欲不當論麼？」呂不韋淡淡一笑。

「只是拘泥過分，似孔似孟，沒個揮灑！」

「人皆有根，既不能斬斷，亦無法逾越，只能聽之任之了。」

「不韋大哥，」卓昭微微皺起了眉頭一聲歎息，「我不明白，為何越是走近你就越是生疏？我所歆慕的你，原本不是這般樣子。」

「你所歆慕者，只是你心中的幻象而已。」

「不韋大哥！」卓昭一聲嬌嗔，猛然撲到了呂不韋懷中，赤裸的雙臂緊緊纏住了他的脖頸熱切地擁吻著。呂不韋彷彿一尊石雕，既不躲避也無回應，一任卓昭熱切地摟抱擁吻。漸漸地，卓昭鬆開雙手，看看淡漠的呂不韋，猛然站起來摀住臉龐哭了。

「昭妹，你我都不要騙自己了。」呂不韋一聲歎息又淡淡一笑，「最初的朦朧已經過去，一道虛幻的彩虹而已。相處有期，你覺我迂闊執一，用情淡泊。我覺你任情任性，不堪其累，使我分心過甚。平心而論，你我都覺對方美中不足，偏偏彼此又都無法改變。我之用情淡漠，不足以使你快慰心懷。你之任性熾熱，使我不能專心謀事。誠然，若是沒有意外，此等缺憾也許不難彌補。然則，今日卻實實在在地出現了如此一個癡情者。他將愛看作第一生命，不惜捨棄未來的君王大位，而只以與所愛之人相知終生為人生志趣。胡楊林一曲秦箏，撥動了他的心弦，旬日間夜夜和歌，在他心中扎下了情愛根基。人之為情欲生欲死，不韋縱然難為，孰能無動於衷？」見卓昭只靜靜地看著他不做聲，呂不韋也從案前站了起來，聲音有些沙啞顫抖，「昭妹靈慧，既有了一個與你相類之人，情愫一般地熱烈，志趣一般地相投，知音知心，莫之為甚！你我又何必要再拘泥一句承諾之言，來維持這種無望改變的缺憾？而他之於你，且不說高貴血統遠大前程，更為緊要者，他以愛你為生命之根本，沒有你，他的生命就會萎縮，就會死亡！坦誠地說，此等愛心，呂不韋永遠也難以做到。我可以做你的朋友，做你的兄長，然不敢做，也不能做為你獻出全部生命的情人與夫君！」長長地喘息一聲，呂不韋如釋重負。

「那個人是誰？」卓昭的目光如五彩流雲般不斷變幻著。

「秦國公子，嬴異人。」

「明白也！」卓昭臉龐溢滿了罕見的揶揄笑容，「我是你送給他的禮物。他活得有激情，你的權力之路便更為通達。是麼？」

「禮物？」呂不韋冷冷一笑，「將天下豪俠巨商卓原公的孫女兒做禮物送人，呂不韋有此資格麼？恕我直言，假如嬴異人不是如此熾烈，昭妹也不為嬴異人之熾烈而動心，不韋豈敢有負天地良心也！」

「我？為之動心？」卓昭咯咯笑了。

「昭妹忘了，不韋是商人，心中有衡器。」呂不韋不無詼諧。

「也是。他有勁道！」卓昭又是咯咯一笑：「可你，不以為自己懦弱麼？」

「時也命也！」呂不韋喟然一歎，「不韋無事不成，唯敗於一個情字。至少，情字當前，呂不韋從來不是英雄。」

「這便是『聖人修節以止欲，故不過行其情也』？」

「……」

「你，不覺心中很冷麼？」

「冷與不冷，因人而異也。」呂不韋搖頭笑了，「人生一世，幾無失敗之婚配，多有失敗之功業。」

「說得好！」卓昭冷冷一瞥，「我回過爺爺再答覆大人。」

「薛公專程回了天卓莊。大父有言：但憑昭兒之心。」

「……」卓昭背著身一聲哽咽，風也似的去了。

呂不韋面色蒼白，幾乎便要跌倒，勉力扶住身邊的劍架閉目凝神，總算沒有暈過去，良久睜開眼睛，毛公正搖晃著雪白的頭顱打量著他嘿嘿笑個不停。呂不韋粗重地喘息一聲道：「老哥哥，你笑得出來？」毛公扶著呂不韋進入座案，又斟了一盞涼茶放在案頭，這才大盤腿坐在對面笑道：「兄弟正心撥亂，老哥哥高興也！」呂不韋木然搖頭歎息：「撥亂正心？難矣哉！」毛公陡地拍案厲聲一喝：「呂不韋！你要翻悔！」呂不韋突然吃驚，使勁搖搖頭方覺清醒：「老哥哥，我要翻悔麼？」毛公目光炯炯地盯住了呂不韋：「嘿嘿，老夫只一句話：下筆勿改，越描越黑。你自斟酌，老夫去也！」起身竹杖一點便走。

「老哥哥留步！」呂不韋扯住毛公，「你看，我好了。」

「嘿嘿，好了？你只說，目下要緊處何在？」

「異人卓昭成婚。」

「然也！夜長夢多，越快越好。」

呂不韋思忖道：「老哥哥言之在理，只是此間關涉甚多，尚須周詳謀劃。」

「嘿嘿，老夫曉得。」毛公一頓竹杖，「你之所謂關涉，首在卓昭與趙姬之間如何衡平？其次在如何向老卓原交代此事？也就是說，如何顧全卓氏體面？對也不對？」

「不是體面，是舉族安危也！」呂不韋壓低了聲音，「老哥哥只想，秦趙血海深仇，趙國若知卓氏有女嫁於秦國公子王孫，豈能善罷甘休？」

「嘿嘿，老夫早有妙策，保你各方安穩。」

「來！入座細說。」

「嘿嘿，書房漏風處多，還是到山頭上去。」毛公篤的一頓竹杖，拉著呂不韋出了書房上了後山。風清月冷，山林寂然，兩人喁喁細語直說到四更起霧方散。

次日清晨，一騎快馬飛出倉谷溪直奔邯鄲。當晚，信陵君總管帶門客名士三十，平原君總管毛遂帶門客名士三十，兩路車馬到倉谷溪祝賀喬遷。是夜倉谷溪長夜大宴，席間呂不韋請出義妹才女趙姬獻歌舞樂以助興，一時驚動四座名士，盛讚趙姬為「歌舞樂三絕，才情天下無雙」。秦國公子嬴異人當場虔誠求婚，當眾慷慨立誓：「但妻趙女，世做趙人！若得負約，短壽夭亡！」感奮之下，呂不韋慨然應允，許諾一月之內當即為兩人成婚。舉座名士門客交口讚歎，眾口一詞地恭賀嬴異人與趙姬白頭偕老。三日之後，嬴異人在薛公陪同下與兩路名士門客高車駿馬浩浩蕩蕩地回了邯鄲。呂不韋一直送出谷口十里，方才還莊。

旬日之間，秦國質公子立志娶趙女的消息傳揚開來，才女趙姬的名聲大作，一時成為邯鄲佳話。客居趙國的名士也都紛紛到嬴異人府拜訪祝賀。信陵君與平原君也送來了豐厚的賀禮。嬴異人神采煥發日日迎送不迭，忙得不亦樂乎。諸般消息傳到倉谷溪，毛公樂得手舞足蹈連呼天意，直催呂不韋早日了事。呂不韋原想立春時節再辦理此事，毛公連連搖頭：「立春開新篇。此事是個結筆，不能過冬也！」

終於，呂不韋將送親之日定在了大寒。

清晨起來，明亮冰冷的陽光灑滿了山谷，胡楊林漫山遍野的金紅，重重庭院一片蒼涼。呂不韋從山腰書房出來，站在高高的石階上向跨院注目凝望，數十年一團春風的臉龐驟然蒼老了，深深的皺紋粗重地刻在兩鬢與腮邊，平添了幾分滄桑冷峻。

西門老總事匆匆來了：「先生，迎親車馬已經到了谷口。」

「知會毛公，請車馬稍待，我去請趙姬姑娘。」呂不韋低聲吩咐一句，下山向卓昭的跨院客寓走來。

客寓坐落在書房西南一個極為避風的小山坳裡，面對山泉溪流，四面胡楊環繞，空谷幽幽，溫暖如春，原是極好的待客之所。自那日書房一談，卓昭逕自住進了客寓，一次也沒有出來，更沒有見過呂不韋。所有需要卓昭知道的事情，都是毛公進客寓去說。而毛公每次回報，都說卓昭姑娘深明大義通達曉事，盡可放心。呂不韋心下忐忑，幾次想與卓昭再敘一次，都被毛公勸了回去。依著毛公主張，呂不韋今日也無須出面，只聽他安排便是。然則，西門老總事一聲稟報，呂不韋卻再也忍不住了——無論如何，他都要親自送走卓昭。

「啪，啪，啪。」輕輕的叩門聲在清幽的山谷分外清晰。

庭院寂寂，厚重的鐵釘木門輕輕滑開，兩名侍女抬著一張香案出來，又兩名侍女抬著那具秦箏出來，在門廳擺置停當，肅然無聲地釘在門廊不動了。一陣輕微的腳步聲，呂不韋心頭不禁猛地一顫——卓昭走來了，一身白色長裙，一件大紅斗篷，秀髮高挽，緩步悠悠，仙子般美麗，雪山般冰冷。她走到已經擺好的香案前，從侍女手中接過已經點燃的兩支大香，向北方深深一躬撲地跪倒：「爺爺，父親，孩兒今日告別了。」呂不韋一陣心悸腿軟，幾乎便要隨之拜倒，緊緊咬住牙關，終於挺住了身子。

「心別之日，為君一歌。」卓昭起身，對著呂不韋深深一躬，返身走到秦箏案前，神色平淡端莊地入座。倏忽之間，秦箏叮咚而起，山塬共鳴，空曠悠遠：

野有蔓草　清揚婉兮
邂逅相遇　與子偕樂
子惠思我　褰裳涉水
子不思我　豈無他君
唯子之故　使我不能息兮
唯子之故　使我不能餐兮

欲將子還兮　子不我思

子不我思兮　生而不能知

……

隨著冰冷的歌聲，呂不韋心底翻江倒海一般，眼前飛掠著卓昭與他相識之後的種種景象，終是一聲悶哼，沉重地倒在了門廳冰冷的青石條上。卓昭沒有絲毫的驚訝，緩緩起身逕自搖搖去了。待毛公聞訊趕來，呂不韋正被一個紅裙女子摟在懷中餵熱湯，不禁大是驚訝：「趙姬，你如何能出來？回去！」

「我是卓昭，與趙姬何干？」紅裙女子揶揄地笑了。

「嘿嘿，倒是奇也！你不恨他？」

「我愛他！甘願做牛做馬。」紅裙女子抱起呂不韋大步走了。

「天意也！」毛公一頓竹杖，不禁一陣哈哈大笑。

第六章 子楚還國

一、乾綱獨斷　策不亂法

春三月，蔡澤從蜀中回到咸陽，原本昂奮的心緒倏忽沉了下去。

還都當晚，蔡澤下車伊始便將路途中趕出來的祕密簡札派主書連夜送往王宮。在這札用了二百多支竹簡的奏疏中，蔡澤據實稟報了巴蜀兩郡在李冰治理下的長足變化，振奮人心者只在二十四字「水患平息，水利大興，蜀中富庶，幾為天府，百姓殷實，堪為根基」。僅僅如此一個喜訊，蔡澤也不會急於上書。要害處在於這札奏疏稟報了一個急待定奪的大事——楚國正在密謀奪取夷陵，進而溯江西上奪取巴蜀；李冰堅請以留駐蜀中的一萬秦軍為根基，擴充郡兵五萬，獨當一面抵抗楚國，以免秦軍主力鞭長莫及而使富庶糧倉落入敵手。秦國法度：大軍直屬國府，郡縣不成軍。李冰要建立郡兵，且是只能駐紮巴郡江防要塞而對中原大局無甚助力的水軍，蔡澤如何做得主張？然則為秦國大局計，李冰的主張確實是確保巴蜀的良謀遠圖，做為封君丞相，蔡澤實在沒有不予支持的理由。思忖再三，蔡澤終於在臨行宴席上慨然拍案：「郡守不避忌諱，蔡澤焉能知難而退乎！老夫附議你謀，並上書秦王定奪。」李冰不禁悚然動容，對著蔡澤長長一躬：「綱成君敢當越法之議，巴蜀之福也，大秦之福也！」若非如此，自來酷愛遊歷的蔡澤也不會擠著沿途造飯與紮營夜宿的零碎時光擠出這札奏疏。畢竟，這一謀劃的干係太重大了，若得實施，對秦國法度的影響也是極為深遠的。依著秦國處置政務的快捷傳統，以及老秦王對巴蜀兩郡的殷殷關切，蔡澤以為必得夤夜宣他入宮，稟報詳情商討對策。想不到的是，蔡澤沐浴更衣用餐完畢沒有回音，冠帶在書房守到五更，還是沒有回音。直到次日清晨，依蔡澤吩咐守在長史房等待王命的主書方才披著一身霜花匆匆回府。

「王命如何？」蔡澤霍然起身。

「長史昨夜進王書房，沒有出來。直到清晨內侍方才傳話，叫不要等了。」

「沒有別話？」

「沒有。」

月餘鞍馬勞頓，蔡澤原已累得腰膝痠軟頭暈目眩，聞得此言，一個哈欠還沒打完，倒撞臥在了長大的書案上，滿案堆成小山一般的竹簡嘩啦啦壓在了身上。主書趕搶步過來，蔡澤已經呼呼扯起了粗重的鼾聲。

紅日臨窗，蔡澤終於醒了過來，睜開惺忪老眼的第一句話便是：「幾多時光了？」榻邊侍女答道：「兩日兩夜，天方早晨。」話未落點，蔡澤光腳赤身衝出榻帳大嚷：「一群廢物！王命宣召也不叫醒老夫！」侍女忙不迭用一件絲棉大袍裹住他道：「大人莫急，王命宣召，我等豈敢隱瞞？」蔡澤猛然雙眼圓睜：「你說，沒有王命？」「沒有。」侍女認真地搖搖頭。「豈有此理！老夫不信！」蔡澤一把甩開侍女，「叫主書！叫家老！誰個糊弄老夫，剝了他皮！」

片刻之間，主書與家老風一般趕到。一番對答，蔡澤眼前頓時一團模糊，分不清是眼屎糊還是雲霧遮，「噫！」的一聲手舞足蹈：「天黑了！快！天狗食日！擊鼓鳴鐘，驅趕天狗……你等，為何不動？」大廳驟然屏息，僕從書吏們目瞪口呆。

「主東！」從燕國跟隨蔡澤入秦的家老驚叫一聲撲上來抱起了蔡澤放進榻帳，轉身哭聲大喝，「快！請太醫！」大約頓飯辰光，太醫令親自帶著一名長於眼疾的老太醫趕到了。一番望聞問切，老太醫道：「急火攻心，雲翳障目，而致短時失明，服藥後靜心歇息幾日自會好轉。只是日後目力有損，綱成君須得著意調養才是。」蔡澤長吁一聲老淚縱橫，一句話也說不出來。

暮色時分，家老小心翼翼來報：「老太子嬴柱前來探視，主東眼藥未除，老朽想回了他，不知可否？」蔡澤嘟囔一句糊塗，掀掉蒙在眼睛上的藥布翻身下榻搖到了前廳。

「綱成君！」嬴柱正在廳中徘徊，一見蔡澤鬚髮散亂衣褲單薄兩手兀自摸索著走來，不禁驚叫一聲大步過來扶住蔡澤，正要將自己的狐皮長袍裹住蔡澤，卻見一個侍女抱著皮裘竹杖匆匆跑來，連忙扶著蔡澤在便榻上坐好。待侍女侍奉蔡澤穿好衣裳，另一名侍女也將燎爐燒旺茶水煮好，嬴柱這才在蔡澤身邊落座，未曾開言一聲長歎。

「安國君歎息何來？」蔡澤冷冰冰一問。

「開目不能見日，不亦悲乎！」

「安國君說的是老夫？」

「綱成君目盲猶可，嬴柱心盲，何醫也！」

「太子兼領丞相府，身居中樞，何來心盲？」

「陀螺受鞭，茫然飛旋，身不由己，心豈有明？」

蔡澤竹杖啪地一頓，突然壓低了聲音：「安國君也見不到老王？」

「一言難盡也！」嬴柱緊緊擰著眉頭，肥白的臉膛被燎爐炭火映得通紅，「綱成君上書之夜，我即被急召進宮。父王半臥在榻，教長史交給我一卷書簡。我方讀罷，深感事態緊急，當即建言：事關大秦法度，當先與綱成君等一班大臣商議，再交開春大典朝會決之。誰知父王一句話也不說，揮揮手教我去了。去便去，誰料我尚未出得宮門，老內侍又追來請我回宮，在王書房外等候。一直等到次日天光大亮，老內侍又出來說要我回去候召。回府三日，刻刻在心不敢安枕，卻甚個音信也沒等來。綱成君但說，如此大事，我這個封君太子兼領丞相府卻是如在五里霧中，連來看望綱成君也擔著個心事，只怕突兀有召。領政若此，豈非是個木陀螺也！」

聽得仔細，蔡澤心中一塊石頭頓時落地。他原本所慮者，只恐老秦王繞過自己，與太子及秦國元老斷決了此事。果真如此，那便是末日到了。自己孤身入秦，以經濟之才出掌丞相，偏逢老秦王暮政之期，國事多撲朔迷離。秦中腹地的水利富民工程屢屢因政事干擾而不能破土上馬，自己的經濟才幹非但無以酣暢淋漓地揮灑，還要在自己的短場——權力斡旋中奮力周旋。多年無功，落得個庸常丞相之名，竟被嬴柱這個老太子給「兼領」了去。虛封君爵高位而脫丞相府實權，在當國大臣是實實在在的危機。當此之時，蔡澤為了挽回頹勢，才有了出使巴蜀附議李冰的慨然之舉。蔡澤的謀劃是：老秦王若與自己商議採納此策，自己便有了固土安邦之功，能在老新交替之際站穩腳跟；若老秦王不納此策，則是自己退隱之時；若老秦王繞過自己與嬴秦元老決斷，則無論納與不納，都是自己的仕途末日。唯其如此，三日未聞秦王宣召，蔡澤才急得一時失明。如今聽嬴柱一說，蔡澤如何能不如釋重負？

「陀螺之身，終歸有期，何憂之有也？」心下一鬆，蔡澤頓時活泛過來。

「我縱無憂，李冰何待？莫非要等到巴蜀丟失之日，我等才說話！」

「太子之意，促成秦王決斷？」

「正是！」嬴柱拍案而起，「君若畏難，我自擔承！」

蔡澤呵呵一笑：「你先說個請見由頭。否則，不能入宮也是枉然。」

「楚國謀蜀！莫非還有比此事更大的由頭？」嬴柱滿面脹紅。

「安國君少安毋躁。」蔡澤一點竹杖站了起來，「老王暮政，今非昔比也。一則，老王已知此事，無斷未必無思，思慮未定，我等以此事求見，自討無趣。二則，老王之心，不在此處，只怕見了也是心不在焉。」

「奇也！」嬴柱揶揄地笑了，「王心不在邦國安危，卻在何處？」

「暮政之君，大非常人也。安國君當真不知麼？」

「依你之見，還是立嫡？」

「悠悠萬事，唯此為大。」蔡澤悠然一笑。

「如此說來，巴蜀之事擱著了？」

「非也。」蔡澤詭祕地一笑，壓低聲音咕噥了一陣。

「也好。」嬴柱苦澀地笑笑，「成與不成，聽天由命也。」

蔡澤見嬴柱贊同，大是快慰，立即召來主書一陣叮囑，主書欣然去了。嬴柱半信半疑，怏怏然便要告辭回府。蔡澤來神，堅執要與嬴柱對弈一局立等消息。嬴柱笑道：「等便等，綱成君眼疾未癒，對弈免了也罷。」蔡澤頓著竹杖連聲吩咐擺棋。片刻間棋具擺好，蔡澤指點使女道：「老夫出令，你只擺子。」嬴柱驚訝笑道：「綱成君能下蒙目棋？」蔡澤呵呵一笑：「你只贏得一半子，便算高手。」嬴柱大感新奇，當即落座投子：「左四四！」蔡澤悠然一點竹杖：「右三三。」兩人興致勃勃地廝殺了起來。

落子方逾百手，主書匆匆入廳：「稟報綱成君：密件呈進片刻，長史出來宣詔，『著綱成君蔡澤並太子嬴柱，當即入宮。』」嬴柱又驚又喜，一推棋枰霍然起身拱手：「綱成君料事如神，嬴柱佩服！」蔡澤搖搖手詭祕一笑：「應對之事，卻在安國君也。」嬴柱慨然道：「在其位，言其事，何消說得！」說話間使女已經將蔡澤冠帶整齊，兩人出廳登車向王城而來。

自從秦昭王風癱，去歲秋日又移駕回了咸陽王城。自此，咸陽宮戒備森嚴。輜車一進北向的正陽大道便得緩轡走馬，短短兩里有三處查驗照身令箭的「街關」。嬴柱不勝其煩，幾次想發作都被蔡澤連扯衣襟制止了。到得王宮正門百步，輜車被衛士攔住，說只能在宮門停車步行入宮。嬴柱終於按捺不住，一步跨出車門厲聲呵斥：「豈有此理！大秦王宮幾曾有過宮門外停車？本太子緊急國務，偏要驅車入宮，誰敢阻攔！」一名帶劍將軍大步趕過來一拱手：「我等方奉將令：三更後禁止車馬入宮。敢請太子無得越法。」嬴柱又要發作，蔡澤搖著鴨步過來一扯嬴柱笑道：「春夜和風，漫步正好也，走！」不由分說拉著嬴柱便走。進得宮門，只見偌大車馬場空空蕩蕩風掃落葉如幽幽空谷一般，嬴柱不禁感慨：「自先祖孝公遷都咸陽，這宮城從來都是車馬晝夜不斷。曾幾何時，這般淒涼矣！」蔡澤低聲道：「太子若想成得正事，便請噤聲！」嬴柱長長一歎，再不說話，只默默跟著蔡澤搖上了高高的白玉階。

大殿廊下正有一名老內侍等候，領著兩人一陣曲曲折折穿廊過廳到了王書房門外。老內侍一聲輕輕咳嗽，書房大門無聲滑開，老長史桓礫輕步出來一招手，便領著兩人進了長長的甬道。蔡澤清楚地記得，這甬道原本是兩端通風中間沒有任何遮攔的，如今非但兩端封死，連甬道中間大牆也嵌入了三道暗廳，每廳都站著四名便裝劍士。甬道盡頭的門外，也站著四個年輕力壯目光炯炯的內侍。

「我王精神如何？」蔡澤在長史桓礫的耳邊低聲問了一句。

老桓礫彷彿沒聽見一般，推開書房大門走了進去。又過了兩道木屏隔門，來到寬敞溫暖的大廳，老桓礫一躬身高聲道：「啟稟我王：綱成君、安國君奉書覲見！」正面帷帳後一聲蒼老的咳嗽，桓礫回過身來道：「綱成君、安國君，這廂入座。」

兩張座案擺在白色大帳前三步處。待兩人落座，一名老內侍上前輕輕拉開了落地大帳，只剩一道薄如蟬翼的紗帳垂在三步之外。紗帳內長大的臥榻隱隱可見，一顆碩大的白頭靠在大枕上沒有任何聲息；臥榻前緊靠著一張與榻等高的大書案，書案兩頭整齊地碼著兩摞簡冊，中間一口破舊的藤箱與幾卷同樣破舊的竹簡。

驀然之間，紗帳內有了蒼老斷續的話音，實在模糊得難以聽清。兩人困惑之際，跪在榻前的一個中年內侍突然高聲道：「王曰：蔡澤答話，《質趙大事錄》從何路徑入秦？」

「臣啟我王，」蔡澤眼角一瞄，見老長史桓礫已經在案前開始錄寫，知秦昭王雖是語艱耳背，心下卻明白不亂，僅是這頭一問便直指要害，當下提著心神拱手高聲道，「此簡札乃呂不韋密使送來，老臣唯遵王命，居間通連而已。」

「王曰：綱成君之見，此件真也偽也？」

「臣啟我王：此大事錄很難作偽。根據有三：其一，行人署（註：行人署，秦國外事官署，隸屬丞相府）探事司已經祕密與公子異人之隨行老內侍、老侍女連通，查明公子異人質趙數年，每晚必記事而後就寢；其二，呂不韋乃山東商旅極有口碑的義商，扶助公子，代為傳遞，沿途沒有差錯；其三，近年來公子交遊邯鄲士林，才名鵲起，臣亦時有所聞。以常理推測，其才力當能勝任。」

帳中默然片刻，又是一陣沙啞模糊的聲音，跪伏榻邊的內侍回身高聲道：「王曰：嬴柱說話，此子才具如何？」

「啟稟父王，」嬴柱憋著氣咳嗽了一聲，小心翼翼道，「異人赴趙之時尚未加冠，而今已過而立之年，期間變化，兒臣難料。若說少時才情，蒙武將軍與異人同窗數年，或可有說。兒臣實不敢妄斷定評。」

又是一陣默然，帳中內侍突然回身：「王曰：異人籀文，師從何人？」

「籀文？」嬴柱驀然一驚，「王孫之師，皆出太子傅屬員，無人教得上古籀文。」

「臣啟我王，」蔡澤突兀插話，「呂不韋少學博雜，識得籀文，或可為師。」

帳中一聲蒼老的喟歎，接著一陣沙啞模糊的咕噥，內侍高聲道：「王曰：綱成君蔡澤，立即著行人署使趙，試探異人回秦是否可行？安國君嬴柱，太子府立嫡事緩行，待王命定奪。可也。」

一聞「可也」二字，蔡澤起身一躬，臣告辭三字尚未出口，嬴柱高叫一聲：「父王且慢，兒臣有言。」帳中一陣沉寂，蒼老的聲音突然迸出一個清晰的字音：「說。」嬴柱霍然離案湊到榻前一躬：「父王明察：楚國圖謀巴蜀，李冰急請成軍。事關邦國安危，大秦法度，尚請父王立斷！」

又是一陣默然一陣咕噥，帳中內侍高聲道：「爾等既知法度，便知當去何處。可也。」

嬴柱肥白的大臉驟然通紅，正要據理力陳，老桓礫過來一拱手低聲道：「安國君少安毋躁，君上一夜只歇息得一個多時辰，已經四更天了。」蔡澤過來一扯嬴柱衣襟，躬身一聲臣等告退，出了書房。走到門廳外，嬴柱終是按捺不住：「綱成君何其無膽，忘記你我進宮初衷麼？」蔡澤也不說話，只拉著嬴柱出了宮門登車，方才低聲道：「上將軍府，此時去得麼？」

「對呀！我如何忘了老蒙驁！」嬴柱恍然一拍車幫。

「笑？那張老黑臉可不好看。」

「不打緊！我與老將軍通家之交。走！」嬴柱一跺車底廂板，輜車轔轔上了正陽大道向南而去。

更深人靜，沿途官邸都是燈熄門閉，唯獨大道盡頭的上將軍府風燈明亮中門洞開車馬絡繹不絕。嬴柱略一思忖，吩咐馭手將車駛到偏門報號。偏門是僕役運物的進出之道，屬府中家老節制，不是軍士護衛。廊下守門老僕一聽馭手報號，立即打開了車道大門，輜車從偏院長驅直入。到得第三進停車，嬴柱領著蔡澤穿過內門來到正院。這正院第三進是蒙驁的書房與客廳，依嬴柱思謀，夜深人靜之時縱然有事，蒙驁也必然會在書房處置。不料第三進庭院卻是冷冷清清，書房雖然亮著燈光，卻只有一個文吏在靜悄悄埋頭書案，與府門情形截然兩樣。

「走，去前院。」嬴柱拉著蔡澤便走。

到得前院，嬴柱大是驚訝，第二進滿院燈火，環列東南西三面的十六個屬署門門大開，各色軍吏匆匆進出，縱是毫無喧譁，也分明彌漫出一種緊張氣息。北面的兵符堂大門虛掩，廊下四名甲士肅然佇立，激昂話音隱隱傳出，分明是在舉行將軍會議。嬴柱低聲道：「走，去兵符堂。」蔡澤搖搖頭：「將軍會議必是重大軍務，且勿唐突，還是到書房等候最好。」嬴柱思忖點頭，說聲也好，對中軍署文吏叮囑兩句，與蔡澤回到了第三進。

「多勞久候，老夫失禮也。」大約半個時辰，蒙驁終於進了書房。

「老將軍為國操勞，不勝欽佩！」蔡澤連忙起身肅然一禮。

蒙驁疲憊地笑笑，一擺手坐進了兩人對面的大案，啜了一口滾燙的茶汁笑道：「兩君夤夜前來，必有要務，但說便是。」

「巴蜀戍軍事，可是老將軍處置？」嬴柱突兀一問。

「兩君可是奉王命前來？」白鬚白髮襯著溝壑縱橫的黑臉，蒙驁沒有一絲笑意。

「老將軍，原是這般事體。」蔡澤笑著一拱手，「巴蜀戍軍，原是老夫與李冰連袂上書所請。多日不見君上會議，我等心下不安。今日老夫與安國君同時奉命入宮，末了言及此事，王曰：爾等既知法度，便知當去何處。是以前來相詢。老將軍若以為王命未曾明告知會他人，我等自當告退也。」

嬴柱拍案笑道：「如何不明？分明是要我等討教老將軍。」

「既是此事，兩君坐了說話。」老蒙驁粗重地喘息一聲，接過書吏遞過來的滾燙面巾在臉上大搓片刻，紅臉膛冒著熱氣道，「楚軍異動，漢水我軍斥候早已報來。老夫當即請命，親率五萬大軍南下夷陵布防。上書旬日，君上卻無消息。三日之前，老夫奉命入宮，方知綱成君與李冰上書。君上徵詢老夫，老夫以為：此謀不失救急良策，然卻牽涉秦軍統屬法度，不敢輕言可否。君上思慮良久，只說了一句『策不亂法，軍不二屬！』便要老夫回府謀劃，既要不亂國法，又要化解巴蜀之危。老夫思慮晝夜，卻是難也。」

嬴柱不禁大急：「如此說來，老將軍尚無對策？」

「若無對策，君上豈能將兩位支到這裡？」蒙驁淡淡一笑，「老夫召來在咸陽的幾員老將商議，也無良策，馳馬藍田大營聚集眾將謀劃。不意，一個年輕千夫長竟提出了對策：國軍郡養，長駐巴蜀。只這八個字，一經拆解，將軍們齊聲喝采！」

「好！」蔡澤欣然拍案，「這是說，由上將軍府派出大將率一班軍吏入巴蜀，徵召巴蜀精壯建成水陸兩軍；所成之軍仍是國府大軍，由上將軍府統一節制；所不同者，巴蜀兩郡提供糧餉軍資，該軍亦長期駐守巴蜀。」

「然也！」老蒙驁笑道，「據實而論，巴蜀原該有一支大軍駐守。當年巴蜀窮困，人口稀少。司馬錯奪取巴蜀，只留下了一萬軍馬駐守蜀中，其軍資糧餉全部由國府供給。一支馬隊由秦中經大散關進入巴蜀，三月才能到達，要養一支大軍實是力有不逮。而今李冰治水成功，蜀中大富。夷陵要塞也在我手多年，江水西上之航道也大有改觀，經商於入漢水江水，再溯江西上，半月便可抵達。當此之時，無論是巴蜀提供糧餉軍資，還是國府節制駐蜀大軍，都可輕易實施。時勢變化，建成大軍確保巴蜀糧倉，此其時也！」

蔡澤不禁讚歎：「此策高明也！果然是『策不亂法，軍不二屬』。」

嬴柱聽得心下鬆泛，饒有興致問：「老將軍，那千夫長甚個名字？教人想起白起！」

「呵呵，不錯。」老蒙驁一點頭，「此人叫王翦，二十餘歲。」

「代有雄傑，秦軍大運也！」蔡澤慨然拍案。

「綱成君好辭！」嬴柱大笑一陣，看看眼圈發青白頭點睡的老蒙驁，起身一拱手道，「正事已了，我等告辭。」蒙驁恍然抬頭，起身離案方一拱手，一個搖晃轟然跌倒在了案邊。兩人大驚，搶步來扶，卻聽沉重的鼾聲已經打雷般響起，亮晶晶的涎水已經滾灑在了蒙驁的白鬚上。嬴柱一把拉住疾步趕來的中軍司馬問：「老將軍今日沒得歇息麼？」中軍司馬低聲道：「五日六夜沒睡了。」說罷與書房軍吏一起將蒙驁抬上了屏後的軍榻。

蔡澤嬴柱愣怔片刻，匆匆出得府門，已是曙光初顯。方要登車，蔡澤拉住嬴柱低聲道：「今日之事，足證君上不會延誤國事。老夫之見，安國君還得收心回來，著力安頓好立嫡大事。」嬴柱歎息一聲道：「非嬴柱不著力，無處著力也。」蔡澤頗顯神祕地一笑：「綱成君但養精蓄銳，不日自有分曉。」說罷一拱手登車去了。

二、立嫡密書生發出意想不到的事端

嬴柱一覺醒來，見華陽夫人正坐在榻前，長長地打了一個哈欠道：「春睡無邊，佳人候榻，快哉快哉！」華陽夫人撫摩著嬴柱散亂的長髮咯咯嬌笑道：「老貓一般睡，三日三夜了，曉得無？該起來曬曬了，日頭正好也。」惺忪雙眼前朦朧著倒掛下來的明眸皓齒，鼻翼彌漫著撩人的溫熱肉香，嬴柱一雙手猛然探進了雪白豐腴的胸脯，抓住一對大奶子用力一扯。「疼也！」華陽夫人一聲嬌笑驚叫，柔軟的身子靈蛇一般翻轉過來，裙帶驀然散開，明豔的肉體赤裸裸壓在了嬴柱身上。嬴柱啪啪兩掌打上玉山一般的肉臀，兩手一扯光鮮勁韌的大腿，女人嚶嚀伏身，迎著長驅向上的男根大喘蠕動起來……

「勁力如何？」嬴柱親暱地拍打著女人的臉頰。

「三日大睡，老貓不虛辰光。」華陽夫人香汗淋漓笑得分外嬌憨。

「老夫老貓，小女子是甚？」嬴柱又猛然壓住了赤裸裸的肉身。

「哎喲饒命！小女子小狗子小隸奴！」

嬴柱哈哈大笑，翻身坐起將女人摟在胸前揉著：「肚腹空了，咥個甚？」

華陽夫人驚叫嬌笑著跳開：「魚羊燉！只不許咥我。」又湊上來用紅絲汗巾沾拭著嬴柱身上的汗水咯咯笑道，「聽話也，老貓起來曬暖和，阿姊園中等你多時了。」

嬴柱頓時驚訝：「她來做甚？」

「做甚做甚，能做甚？咥你也！」華陽夫人做個鬼臉，過來侍奉嬴柱更衣。

嬴柱任華陽夫人翻轉折騰著笑道：「這老阿姊甚個都好，偏是聒噪多事。」

「呸呸呸！」華陽夫人嬌嗔道，「得了便宜賣乖，想人又罵人！」

「好好好，你將魚羊燉抬到亭下，我先去陪老姊姊。」

「不消說得。」華陽夫人嫣然一笑飄了出去。

嬴柱悠悠然來到庭院甘棠林，遠遠便見茅亭下徜徉著一個高䠷婀娜的黃裙女子，遙遙一拱手高聲道：「華月夫人，別來無恙？」女子轉身笑道：「喲！好正經。你倒是有恙，大白日折騰得天搖地動，也不怕阿姊泛酸。」嬴柱呵呵笑道：「老姊姊索性改嫁了來，兩姊妹一起侍奉老夫，不亦樂乎！」華月夫人一陣咯咯長笑：「耶！老貓吃魚不忘腥，你敢娶，我便敢嫁，曉得無？不知羞！」嬴柱呵呵笑著走進茅亭，鬆軟地倚著亭柱癱坐在了青石條上。華月夫人一陣風飄了過來：「起來起來！有殼沒瓤空瓢兒一般，能坐得冰涼石條麼？來，阿姊汗巾墊了，這廂坐！」說話間一手將綠瑩瑩的絲棉汗巾折疊起來鋪在了亭下石墩上，一手扶著嬴柱坐了過來。嬴柱一番大動後原是疲憊，此刻笑得喘息咳嗽好一陣才上氣不接下氣道：「有殼沒瓤，還不是教你兩姊妹咥空了？」華月夫人輕輕撫摩捶打著嬴柱脊背嬌聲笑道：「喲喲喲，好金貴！我姊妹要做萬年藤，老兄弟可是常青樹也，若不是有事要來照應，阿姊急吼吼來甘棠林討乾醋麼？」嬴柱捉住華月夫人的小拳頭低聲笑道：「甚好事？我可不想老姊姊嫁人。」華月夫人紅了臉：「呸，沒正形！你的大事，不要聽？阿姊走了。」嬴柱連忙攬住了華月夫人豐滿柔軟的細腰：「敢不聽麼？過來說。」要摟了女人坐進懷中。華月夫人就勢抱住嬴柱，伏在他耳邊一陣急促咕噥。嬴柱頓時驚訝站起：「果真如此？你如何得知？」華月夫人坐在了旁邊石墩上頗為神祕地一笑：「車有車道，馬有馬道，你縱是太子，管得著麼？」嬴柱凝神思忖一陣搖頭道：「我不信。老姊姊萬莫多事。」「多事？」華月夫人一雙大眼瞪得溜圓，「曉得無，你倒是說話輕鬆，我姊妹沒個根，不揪心麼？」嬴柱笑道：「揪個甚心？阿姊小妹都是老夫心頭肉，哪裡沒根了？」華月夫人一撇嘴：「朝露無根水，曉得無？我姊妹要的是長遠。」

「好熱鬧也！」亭外一聲笑語，華陽夫人輕盈飄來，身後兩名侍女抬著食盒相跟。華月夫人笑吟吟起身，過來指點侍女擺置酒菜。一時妥當，華陽夫人吩咐侍女退去，與姊姊左右陪著嬴柱忙了起來。華月夫人燙酒斟酒，華陽夫人開鼎布菜，嬴柱只管埋頭吃喝。不消片時，一鼎滾熱香辣的魚羊燉和著熱騰騰的蘭陵酒下肚，嬴柱額頭冒出了晶晶汗水，頓時覺得渾身通泰。

「阿姊今來定是有事，說了麼？」華陽夫人親昵地用汗巾沾著嬴柱額頭。

華月夫人正要開口，嬴柱拍拍華陽夫人肩頭起身道：「你姊妹稍待，我片時便來。」華陽夫人欲待說話，華月夫人飛來一個眼神，嬌聲笑道：「曉得無，莫忘了來陪阿姊吃酒。」嬴柱在亭外漫應一聲，逕自大步去了。

華月夫人詭祕一笑，立即挪坐過來一陣喁喁低語，華陽夫人驚喜莫名連連拍掌：「好好好！上天開眼也。」華月夫人一皺眉道：「好是好，人回不來也是枉然。」接著一陣說叨，華陽夫人頓時愣怔。華月夫人見妹妹沮喪，噗地笑道：「我有一策，只不曉得小妹心思如何？」華陽夫人嬌嗔道：「小妹只管臥榻營生，餘事阿姊照應，原本是你的話，如今卻來難我，曉得沒好！」華月夫人摟住華陽夫人低聲道：「曉得無，這法子要老太子點頭。你不定個主張，老阿姊功夫行麼？」華陽夫人紅著臉一陣嬌笑：「至不濟三人共榻，他有個不服軟了？」「死妮子！」華月夫人一點妹妹額頭，「貪吃不顧倉空，就曉得舒坦！嗚呼了老太子，豈非沒了靠山？」華陽夫人搖手笑道：「毋怕毋怕，還有老大一個兒子也。」華月夫人大樂，兩人咯咯笑著摟做了一團。

嬴柱匆匆來到署事庭院，正待走進書房，卻聞身後一聲高宣：「駟車庶長到——」回身一看，四名壯漢抬著一張軍榻已經過了影壁，榻上靠坐著一位鬚髮雪白的老人，正是駟車庶長嬴賁。嬴柱心下一跳，大步迎過去一躬：「嬴柱見過王叔。」榻上老人竹杖啪啪一敲：「老夫今日是王使，安國君書房接命。」嬴柱心下又是一跳，伸手一指為首壯漢，說聲隨我來，領著軍榻進了正廳東面的書房。

「安國君摒退左右。」軍榻落定，老庶長嬴賁板著臉一聲吩咐。

「稟報王使：嬴柱書房素來沒有侍從。」

「好！你等出去守在門廳，不許任何人進來。」老嬴賁一聲令下，四名壯漢赳赳出門。待嬴柱掩上厚重的大門回身，老嬴賁哆嗦著雙手從軍榻坐墊下摸出一支粗大的銅管捧起：「太子嬴柱接書，只許看，不許讀。」嬴柱肅然一躬，接過銅管啟開泥封取出細長一卷竹簡展開，兩行大字赫然撲入眼簾：

大秦王命

公子異人立為安國君嬴柱嫡子　返國事另為謀劃

驀然之間，嬴柱一陣眩暈心頭怦怦大跳。勉力平息心神，抬頭看著老庶長愣怔得不知該不該說話。老庶長一點竹杖，蒼老的聲音分外冰冷：「安國君嬴柱切記：太子立嫡，為邦國公事；王族封君立嫡，卻只是王族事務。唯其如此，此後凡關涉公子異人之事，皆由老夫與安國君商議定奪，他人不得涉足。」

「嬴柱明白。」

「老夫告辭。」老庶長竹杖啪啪啪三點，四名壯漢推門進來抬起軍榻走了。

嬴柱恍然醒悟，揣起竹簡一陣風般到了甘棠苑。茅亭下兩姊妹已經是滿面酡紅，見嬴柱疾步匆匆模樣，不約而同站了起來。嬴柱過來也不說話，只擠進兩女中間兩邊一摟，突然一陣開懷大笑。兩女眼神交會，兩邊偎住嬴柱也咯咯笑了起來。

「說！姊妹咕噥，是否生了鬼謀？」

「耶！老犁頭好寬，連姊姊也劃了進來，美死你也！」

「偏不說！」華陽夫人做個鬼臉，「晚來有你消受也，曉得無？」

「瞞我沒好。」嬴柱倏忽沉下臉色，「王書未下，大姊便知消息，你姊妹豈能沒有預謀？實在說話，老父王法度森嚴，外戚私通宮廷是死罪，曉得無！我只叮囑一句：立即收手，切斷私連，否則弄巧成拙。」

「是也。」華陽夫人乖巧一笑，「夫君只說，王書可是下了？」

「知道了還問。」嬴柱板著臉從懷中皮袋掏出竹簡啪地丟在案上，「你倆看，是封君立嫡，不是太子立嫡，小心為妙！」

「喲！」華陽夫人笑了，「太子是你，安國君也是你，不一樣麼？」

「蠢！」嬴柱呵斥一聲又呵呵一笑，「太子立嫡是國政大事，須書告朝野，使人皆可知，無涉機密。王族封君立嫡，卻只是王族事務，自定君定皆是機密，局外人預聞消息抑或私舉干涉，便是觸犯法度。明白麼？」

「就事論事，原是沒錯。」華月夫人悠悠然一笑，「只這次安國君卻是危言聳聽。姊姊看來，老王以封君立嫡處置，原是權宜而已，意不在保密。權宜者，規避法度也。嬴異人未經王室法定考校，若公然立為太子嫡子，自是有違法度；老王既不想開亂法立嫡之先例，又想趁著清醒及早了結這樁大事，便出了這個權宜之策；這叫弱其名而定其實，與機密何干？」

「妙！」華陽夫人拍掌笑道，「策士之風，阿姊也！」

「老姊姊能事明理，說得原也不差。」嬴柱親暱地拍拍華月夫人，喟然一歎，「只是事關重大，國事又在非常之期，老夫尚須小心翼翼，何況你等也。」

「曉得曉得。」華陽夫人嬌笑著一手摟住嬴柱一手端起一盅熱酒，「這是阿姊請齊國方士製的乾坤酒，只此一盅也，來！」嬴柱把住一雙柔嫩的玉臂呱地吞了熱酒下去，拍打著兩個女人的臉龐曼聲吟誦：「美人醉兮，朱顏酡些。湘女可人兮，獨厚老夫。」華月夫人掙脫身子笑道：「起晚風了，莫教他受涼，小妹背起了。」華陽夫人答應一聲，笑吟吟偎住男人腋下一挺身，嬴柱肥大的身軀小山一般飄出了茅亭。

次日清晨，甘棠苑尚在胡天胡地之中，貼身侍女在榻帳外急促稟報，說駟車庶長府派主書來請太子商議大事。嬴柱一聽，顧不得兩女嬌嬌繞身，氣喘噓噓爬起來匆匆整衣鑽進輜車去了。

老嬴賁已經在專門處置王族事務的密室端坐等候，見嬴柱腳步虛浮精神恍惚渾身散發著莫名異味，大皺著眉頭冷冰冰道：「殷鑒不遠，在夏後之世。安國君可知這句老話？」嬴柱肥白的大臉頓時脹紅，尷尬入座，勉力笑道：「侄兒一時有失檢點，尚望王叔多多包涵。」老嬴賁竹杖一點長吁一聲：「老夫嘗聞：君子之澤，三世而斬。嬴氏自孝公奮起，至當今老王，恰恰三代矣！交替之時，安國君這第四代變故多出，先有太子嬴倬英年夭亡，再有蜀君嬴輝爭嫡作亂而身首異處，王族強勢日見凋零。當此之時，安國君以羸弱之軀而承大命，年逾五十而尚未立嫡，邦國之難王族之危，已迫在眉睫矣！」老嬴賁痛心疾首，竹杖直指嬴柱鼻端，「君受公器，不思清心奮發，沉湎女色而自毀其身，何堪嬴氏之後！何堪大秦雄風也！」

「王叔……」嬴柱撲拜在地大哭起來。

「起來起來，你受不得涼氣也。」老嬴賁竹杖對著身後大屏敲打兩下，一個少年內侍輕步走了出來。老嬴賁低聲吩咐：「扶安國君熱水沐浴，務使其發汗才是。」少年內侍低頭脆生生答應一聲，過來扶起嬴柱，蹲身一挺背著嬴柱軟綿綿的龐大身軀去了。

大約半個時辰，嬴柱冠帶整齊紅光滿面地到了廳中。老嬴賁竹杖一指大案淡淡道：「喝了那鼎藥膳湯再說話。」嬴柱默然入座，見案上一鼎熱氣蒸騰，鼎下銅盤中木炭火燒得通紅，鉤開鼎蓋用長柄木勺舀著啜了起來。未到半鼎，嬴柱額頭細汗涔涔體內熱乎乎一片通泰，眩暈虛浮之感頓時消散。

「謝過王叔。」嬴柱一拱手，「侄兒不肖，若不能洗心革面，願受族法！」

「功業在己不在天，好自為之也。」老嬴賁感喟一聲，拄著竹杖艱難地站了起來走到嬴柱面前，丟下一支細長的銅鑰匙，「右案這只銅匣，打開。」嬴柱移座右案，利落打開了銅匣，一隻怪異的兵符赫然在目。

嬴柱心下猛然一跳：「黑鷹兵符！王叔何意？」

「你且聽了。」老嬴賁點著竹杖，「王命：著安國君嬴柱憑黑鷹兵符領精銳鐵騎三萬，祕密開赴離石塞口。」

「我……領，領軍打仗？」嬴柱大為驚訝，一時口吃起來。

「你能打仗？」老嬴賁冷冷一笑，「整日心思都在哪裡，木樁一個！」

默然片刻，嬴柱恍然拍案：「王叔是說，要我接應異人返國？」

「要你出場，還能有甚？」

「可，邦交無門，異人能回來麼？」

「異人回國，王命另有處置，你只管接應。」

「哪，何人領軍？」

「蠢！」老嬴賁怒斥一聲，「你持兵符，還要誰個領軍？」

「我，我說的是領兵大將是誰？」

「天！嬴氏子孫竟有此等兵盲，氣煞老夫也！」老嬴賁雪白的頭顱亂顫，「持兵符者，有選將之權，不知道麼？若在戰場，老夫早一劍劈了你！」

「王叔……」嬴柱哽咽一聲，「我本嬴弱，從來沒想過做這個太子也。」

「你，你好出息也！」老嬴賁粗重地喘息一陣，黑著臉冷冷一句，「送你到家了。記住：前將軍蒙武為將，他與異人同窗情深，只怕比你還上心；你只坐鎮，一切行止悉聽蒙武決斷，保你無差。」

「謝過王叔指點！」

「且慢。」老嬴賁一點竹杖，「此次各方舉動皆為祕密事宜，消息若是外洩趙國，異人有殺身之禍。知道麼？」

「侄兒明白！」

回到府邸，嬴柱也不去甘棠苑，蒙頭大睡到暮色降臨方才起來，沐浴用膳後自覺精神尚佳，立即吩咐貼身護衛備車。正在此時，家老匆匆來報，說綱成君蔡澤來訪。嬴柱略一思忖，提著馬鞭來到了正廳。不料蔡澤對著嬴柱一番打量，呵呵一笑又告辭去了。嬴柱心下疑惑，匆匆追上道：「綱成君呵呵兩聲便走，豈有此理！」蔡澤依舊是呵呵一笑：「見君知君，何須聒噪也。」轉身搖著鴨步優哉遊哉走了。嬴柱無可奈何地一笑，大步回到後園鑽進四面密封的輜車，從後門出了府邸。

旬日之後，三萬秦軍鐵騎經北地郡祕密抵達離石要塞。由於全部路徑都在秦國境內，消息沒有絲毫走漏。大軍越過離石要塞，在河東一條大峽谷隱祕紮營，日不起炊，夜不挑燈，臨近的趙國邊軍一無覺察。主將蒙武在血戰長平時已經是前軍先鋒千夫長，穩健周密有乃父蒙驁之風，機警勇猛卻是顯然過之，擔任全軍尖刀從來沒有出過差錯，軍中譽為「鐵鷂鷹」。老嬴賁點蒙武為將，除蒙武與異人篤厚，最根本處是看中了蒙武單獨出兵的可靠及嬴柱與蒙氏一族的通家交誼。

駐定當晚，蒙武對嬴柱一陣交代，傳下將令：由自己親自率領一萬人馬原地駐守，做各路總策應；其餘兩萬人馬分解成十路輕騎，每路專分五百人前出散開探察，千五百人則埋伏要道口專司接應；若遇趙軍追殺公子，接戰騎隊當一面死力拚殺，一面以隨帶猛火油大縱明火為號，各路馬隊見火立即馳援。軍令下達完畢，兩萬輕騎銜枚裹蹄趁著夜色彌漫向廣袤的河東山塬。

如此月餘已過，眼看寒風呼嘯已是臘月隆冬天氣，各路依然毫無動靜。這一日蒙武心下不安，到嬴柱帳中道：「月餘無消息，末將總覺有異。各路輕騎所帶軍食有限，我欲撤回散出兵馬，專一只在河東峽谷守候，安國君以為如何？」嬴柱原本不諳軍事，自是贊同蒙武主張。蒙武見嬴柱沒有異議，當即下令撤軍回谷。三日之間大軍收攏，蒙武部署好各軍紮營地點，又從河西要塞調來充裕軍糧，便在河東峽谷中紮營守候，每日輪番派出斥候遊騎在百里之內耐心巡查蹤跡。匆匆又過一月，大年正月已經到了最後一日，條條路口依舊是毫無動靜。蒙武覺得蹊蹺，與嬴柱商議準備回兵。不想此時，駟車庶長嬴賁派特使送來緊急王命：蒙武軍立即分兵一半東出離石，趕赴上黨西口同時接應。

「各將聚帳！」蒙武一聲令下，二十位千夫長與兩員副將片刻便到帳中。蒙武緊急下令最得力的千夫長王翦行副將職權，率領五千鐵騎先行趕赴上黨，後續五千人馬由自己親自率領隨後跟來。軍士拔營之時，蒙武匆匆來到安國君大帳，想請年長體弱的嬴柱留守離石要塞巡查策應。不想未進大帳便聽帳內一片慌亂雜沓，蒙武即時一驚。

連日起早貪黑，嬴柱疲累已極，聞得軍情有變，正在思忖是跟蒙武馳驅上黨還是留守策應，卻聞帳外馬蹄如雨！嬴柱尚未起身，一個鬚髮灰白滿身髒污的老人踉踉蹌蹌撲了進來：「主東，出、出大事了……」

「家老！你如何來了？」嬴柱忽地站了起來。

「華陽華月兩夫人被、被廷尉府突然拘拿！」

「……」

「大道無消息。老朽私下打探，也是傳聞紛紜……」

「！」嬴柱大急，悶哼一聲轟然嘩啦地倒在了案上。

三、佳人歸來兮　春不可以殘

嬴異人婚禮大成，邯鄲士林一時傳為佳話。

呂不韋百味俱生，勉力應酬完婚禮與宴席酬酢，匆匆回到了倉谷溪蒙頭大睡。兩個晝夜過去不吃不喝不出門不理事，竟似要永遠地睡下去一般。西門老總事大是憂心，吩咐越劍無連夜請來了毛公商議。毛公聽完老總事一番訴說，也不去呂不韋寢室，逕自點著竹杖搖到了跨院客寓。

初夏時節，小庭院臥在滿山花草與莽莽胡楊林中，習習谷風陣陣鳥鳴，分外的幽靜空曠。毛公推開虛掩的大門，院中毫無動靜。毛公可著勁兒咳嗽一聲，一個總角小女僕不知從哪個角落冒到了面前：「老伯何事？忒大動靜！」

「嘿嘿，動靜不大你個小娍娍能出來？找人。」

「趙姬公主成婚了，客寓沒有人了。」

「蠢！」毛公板起黑臉，「老夫要見卓昭姑娘。」

「老伯早說也！」小女僕做個鬼臉，湊近毛公低聲嚷嚷道，「姑娘一直臥榻不起，叮囑我說來人說沒人。我說若是主東來咋說，她說這裡人早忘記了她，來人也是僕人雜事，只回沒人。我說那你吃飯咋辦，她罵我一句蠢，關上門再也沒出來。」

「幾日了？」

「今日整整六日六夜。」

「你能開得門麼？」

「能。可姑娘沒有吩咐，不敢開也。」

「蠢！要餓死人麼！」毛公竹杖重重頓在青磚地上，「老夫奉主東之命看望姑娘，開門！且慢，開門之後，快去廚下吩咐製一盅好湯備著，半個時辰後送來。」小女僕鬼個臉答應一聲，從裙帶上拿下一支扁扁長長的銅鑰匙，帶著毛公到了庭院最深處的一座青磚大屋前，咣噹咣噹撥開了門閂。大門推開，幽暗的廳中立即有一股異樣的沉悶氣息撲面而出。小女僕頓時慌亂，叫了兩聲姑娘已嚶嚶哭了起來。

「蠢！拉開帷帳，打開門窗。」毛公站在門口皺起了眉頭。

明亮和煦的陽光伴著習習谷風灑過，屋中依然寂靜無聲。毛公篤篤點著竹杖繞過大屏進了隔間寢室，一雙老眼頓時瞪直了。涼幽幽的寢室整肅潔淨四面雪白，白楊白帳白案白牆，地上鋪滿了已經有些枯萎但依然潔白的山花，一個雪白絲衣的女子靜靜仰臥在白楊白帳之中，枕旁一束火紅的山茶花將女子臉龐的微笑映得分外明豔。

倏忽之間，毛公眼眶溢滿了淚水，白頭瑟瑟顫抖著大盤腿匍然坐地，兩掌對著白楊筆直推出又緩緩收回，口中悠長地呼喚吟誦：

天佑佳人　魂兮歸來——

幼清以廉潔兮

逢離亂而未泯

入歧路守節義兮

長離殃而愁苦

魂兮歸來——

南方炎炎不可以止也

西方流沙不可以駐也
北方冰雪不可以留也
東方流金不可以居也
上天雷淵者危矣
土伯幽都者寒矣

魂兮歸來——
天地四方　返故居也
共獻歲以發春兮　時不可以淹
同飲盡歡兮　路不可以漸
佳人歸來兮　春不可以殘
魂兮歸來——
天佑汝以白芷芳蘭

嘶啞悠長的吟誦在空谷迴盪，悠悠蒸騰的白氣在廳中彌漫，在毛公大汗淋漓之時，白榻上一聲細微的呻吟，遊絲般的聲音飄盪了過來：「上蒼無處，我回來也。」

「公主金玉之身，何須如此也！」不知何時，呂不韋站在了寢室門口。

「嘿嘿，累煞老夫也。」毛公大袖拭著額頭汗水站了起來，「你老兄弟終是來了，老夫去也。」轉身對廳中捧著食盒的小女僕使個眼色，「小姊姊有功，扶老夫回去有賞。」小女僕頑皮地一笑，將食盒放到案中攙扶著毛公去了。

呂不韋捧著湯盅走到榻前道：「公主既已醒來，請飲了這盅靈芝麋鹿湯。毛公的方士之術只管得一時，固不得根本。」女子朦朧著雙眼淡淡道：「往事不堪，我早已不是公主，先生叫我本名好了。」呂不韋尷尬笑道：「趙姬之名已經被替代了，不韋慚愧，尚請見諒。」女子依然淡淡漠漠：「趙姬原非我名，我本名，叫陳渲。」呂不韋不禁一驚：「如此說來，姑娘是故陳國公主？」女子輕輕一聲歎息，閉上了眼睛，一絲淚水滲出眼簾爬上了蒼白的臉頰。呂不韋心中猛然一顫，上前扶起女子靠在大枕上，捧過湯盅一勺一勺地餵女子喝下。

「謝過先生。」女子睜開眼睛，臉上泛出了一片紅暈。

「陳渲姑娘如此自殘，不韋殊為痛心也。其中因由，能否明告？」

「先生無須自責。」陳渲淡淡一笑，「先生重金買我，其意本在那位公子。陳渲無才，不能取公子之心，反累先生失其所愛。於情於理，於長青樓規矩，陳渲皆負疚過甚。我若留世，各方多有不便，何如去也。陳渲一生至此，路雖崎嶇，身心清純如雪，自憐自痛，選了如此長眠之法，原本與先生無關。今兩公救我，小女無以回報，只求先生送我回陳國故土，桑麻隱居了我一生。先生大恩大德，但求再生相報矣。」

默然良久，呂不韋突然開口：「不韋若有他想，又當如何？」

「長青女規矩：主人生我死我，無怨無悔。」

「陳國故土一無安寧處，姑娘莫做此想。」

「如此，陳渲唯有一死相報。」

「不！我要娶你為妻！」

突然之間，陳渲一陣咯咯長笑：「異想天開也。先生只不知長青女另一規矩：終身為奴，絕棄妻願，若謀妻位，其身必滅。」

「與公子結縭，你何以沒有此說？」

「委身公子，乃主人買我之初衷，敢不從命？」

「女不為人妻，豈有此理！」

「先生且聽我說。」陳渲又是淡淡漠漠地一笑，「長青樓主圖謀長遠，方有這一規矩。先生但想，長青女若仗恃才藝美貌與主人妻室爭位，攪得主家分崩離析，長青樓焉得在巨商富豪間有萬無一失之口碑？先生若為一時躁動之心，惹來後患無窮，得不償失矣。」

「我卻不信！」呂不韋一聲冷笑，大步跨前兩手一抄抱起了女子。陳渲一聲驚叫昏了過去。呂不韋不管不顧，一把扯掉陳渲裙帶，又三兩把脫去自己衣裳，上榻赤裸裸壓在女子身上嘴對嘴地大呼大吸起來。未及片刻，陳渲嚶嚀一聲醒來，滿面脹紅地掙扎著軟癱的身子，不禁淚水泉湧。呂不韋卻瘋了一般揉搓著柔若無骨的嫩滑肉體，一句話不說只分開陳渲雙腿奮力一挺。一聲微弱的呻吟驚叫，陳渲頓時沒了聲息。

大約半個時辰，滿面紅潮汗水涔涔的陳渲睜開了眼睛，見呂不韋正盯著自己打量，不禁放聲大哭。呂不韋依然是一句話不說，下榻穿好衣裳回身猛然抱起陳渲大步出了客寓。來到山腰庭院，毛公與小女僕正在廳前笑嘻嘻眺望，旁邊的西門老總事一臉不安。呂不韋抱著一身白衣的女子赳赳大步走來，遙遙一聲高喊：「毛公、老總事，我要大婚！迎娶陳渲姑娘！」

「天意也！」毛公一陣哈哈大笑，「呂公業已心無藩籬，可喜可賀！」

三日之後，倉谷溪一片平靜溫馨的喜慶。沒有管弦樂舞，沒有高朋大賓，婚禮宴席只有四張座案——薛公毛公與呂不韋陳渲。開席未幾，旁廳宴席的西門老總事與執事僕人們輪番進來敬酒完畢，毛公薛公正要與一對新人痛飲嬉鬧，呂不韋已經是醺醺大醉了。一身紅裙玉佩的陳渲默默用大枕將呂不韋靠在座案上，離座起身肅然兩躬，親自為毛公薛公各自斟滿了三大爵百年趙酒，又在自己面前滿當當斟滿了六爵，方才粲然一笑：「趙姬去矣，呂公再生。兩公大德，陳渲當代夫君敬謝。」說罷連番舉起沉甸甸銅爵一氣飲乾，胸前衣襟竟是滴酒不沾。毛公又驚又喜，拉起薛公忙不迭舉爵急飲，酒液流淌頓時將鬍鬚胸襟淹得濕漉漉一片，一時間酒香彌漫了大廳。毛公薛公正在哈哈大笑，不意竟匪夷所思地醉了過去，頹然軟癱在大案前。

西門老總事聞訊，帶著越劍無與兩名女僕匆匆趕來，要扶幾人回房歇息。陳渲紅著臉笑道：「夫君有我，諸位但侍奉兩公回房便了。」說罷一矮身將呂不韋雙手托起，腳步輕盈滑出，舞步一般搖曳飄去。越劍無大是驚訝，一拉西門老總事跟出了大廳。

倉谷溪莊園的正廳坐落在向陽避風的山坳，寢室卻在山坡庭院的書房之後。今夜月在中天又是處處紅燈高挑，各條路徑看得分外清楚。饒是如此，越劍無兩人出廳之時，山腰石徑已經沒有了人影。越劍無心中一急，左臂一夾老總事飛身躍上了山坡庭院，進得大門掠過書房便看見了紅燭高燒的洞房。西門老總事低聲道：「莫急，先聽聽動靜。」與越劍無悄無聲息地貼近了一片紅光的落地大窗。

房內一聲粗重的喘息，呂不韋的聲音：「姑娘，你恨我麼？」

「不。」女子輕柔斷續的聲音，「你是主人。只是，委實意外。」

「假若呂不韋不是主人，你會有情於我麼？」

「不知道。」

一陣長長的沉默，又是呂不韋聲音：「陳渲姑娘，事已至此，無須隱瞞。不韋原非草率輕薄之人，強犯姑娘原是我有意為之。卓昭原是我所愛之人，卻因夜半彈箏無端巧遇，而被異人公子引為天人知音。公子為此相思成疾，以至於癲狂失心。為解難題，不韋方才踏入長青樓選得姑娘，欲以佳麗才情化解公子情癡心病。不合波瀾橫生，公子竟因秦箏認定卓昭正是胡楊林夢境中的天人知音，堅執求婚。實在說，也是卓昭姑娘稟性奔放熱辣，亦為公子熾熱動心。當此之時，不韋若不成全兩人婚配，非但嬴異人身心俱毀，呂不韋也是功敗垂成矣！」屋中響起腳步聲，呂不韋一聲歎息，「此間諸般變化，姑娘皆在雲霧之中，然卻良善寬厚，非但不以遭受陡然冷落而滋生事端，反欲以白身辭世解脫不韋之難堪。此心此情，若非毛公點破，呂不韋依舊一派混沌也。唯感念姑娘情欲有節，無奈出此下策，以破佳人冰封之心，欲救回姑娘以為髮妻，而絕非不韋以買主欺人，做禽獸之舉。此番心事，天地可鑒。呂不韋若有一句欺心之言，後當天誅地滅！」

「做則做矣，要得如此板正麼？」

「姑娘……」

「卓昭出嫁，何以冒我之名？」輕柔的聲音突兀一問。

「秦趙死敵也。」呂不韋的身影在大窗上徘徊著，「趙國若知卓昭嫁於秦國公子，必得加害於卓氏一族。雖是天下巨商，卓氏也無力對抗此等叛國滅門之罪。卓昭隱名冒名，原是避禍之策，無得有他。」

「無牆不透風，此事瞞得多久？」

「五七年之間，異人公子可望大出，其時趙國縱然知情，卓氏亦可免禍。」

「大出？這位公子要做國王？」

「不錯。公主後悔還來得及。三年後我保你進得秦王宮。」

「原來如此也！」妙曼的身影一聲輕柔悠長的驚歎，突然又大笑起來。

「笑從何來？信不得呂不韋麼？」

妙曼身影長躬撲拜在地：「先生救我於心死，實是再生大德！」

「公主……」呂不韋木樁一般矗著。

妙曼的身影膝行幾步驟然抱住了呂不韋雙腿，輕柔的聲音顫抖著哽咽著：「我不是公主，不是奴隸，我是你妻！你也不是主人，你是我的夫君！」

「我，我……」呂不韋手足無措，木訥得語不成句。

「夫君！」妙曼身影倏然長起，火紅的大袖包住了木樁般的呂不韋……

窗外的西門老總事輕輕一扯越劍無說呆看個甚？走！越劍無鬼臉笑笑，在老總事臂膊一趁，兩人悄無聲息地飛身出了庭院。

次日清晨，幽靜的倉谷溪莊園飄出了一朵婀娜多姿的紅色的雲，出入於重重庭院，搖曳在條條小徑，分派著僕人們整治庭院，指點著廚師們備炊造飯，召喚著使女們洗衣浣紗，偌大莊園顯出了一片井然有序的活泛氣象。慣常日出而作忙碌得團團轉的西門老總事第一次悠閒地抄著雙手喚起了沉沉大睡的毛公薛公樂呵呵地上山看日出去了。幾位呂氏商社的老執事也驚喜得滿莊園張羅前後品評，直是不亦樂乎。越劍無看無須幫忙照應，一騎飛出了山谷。待到日上三竿呂不韋走出庭院，莊園已經是整齊潔淨滿眼生機。藍天白雲下炊煙裊裊笑語不絕，林木山溪中鳥語花香擣衣聲聲，昨日還透著幾分蒼涼酸楚的滿院紅燈，此時彌漫出一派熱氣騰騰的喜慶。

「噫！」呂不韋揉揉眼睛，驚訝得兀自一聲喟歎。

「嘿嘿，偷著樂麼？」

「毛公薛公，」呂不韋驀然回身紅著臉嘟囔，「一覺醒來，全不對勁也。」

「天地翻覆，只怕是言不由衷也。」薛公揶揄地笑了。

「嘿嘿，你那情欲有節之道，該當再添幾句。」毛公對著呂不韋搖頭晃腦地吟誦起來，「乾之為大，無坤者虛也。山之為雄，無水者枯也。情欲有節，無愛者冷也。人世之寒熱，泰半在女子也！」

「添得好！」呂不韋一陣開懷大笑，從來沒有過的精神抖擻，見西門老總事在山坳庭院遙遙招手，兩邊拉住毛公薛公道：「走！今日痛飲，不醉不休！」

正廳中酒宴業已擺置整齊，依然是一身紅裙卻顯然比昨夜之淡漠判若兩人的陳渲正在笑吟吟給各案定爵布酒，見三人談笑風生而來，雖意味不同但卻都饒有興致地打量著她，不禁滿臉通紅羞澀地一笑，說聲兩位先生請入席，風一般飄去了。三人不約而同地大笑一陣，個個就座舉爵痛飲起來。酒過三巡，陳渲悠然進來照應布酒，又輪番與三人對飲，毛公薛公引著一對新人海闊天空地戲謔笑談，一片融融之樂前所未有。不知不覺間已到午後，越劍無匆匆歸來，說聲西商義信，遞給呂不韋一只裹紮嚴實的皮袋。呂不韋當下打開拿出一支泥封銅管啟開，抖出一卷羊皮紙展開眼光一瞄，卻是一行極為古奧的籀文，遞給相鄰的毛公薛公：「我識得不全，兩公且看。」

「好事！呂公大事成矣！」薛公驚喜拍案。

「嘿嘿，只怕未必也。」毛公嘩啦一抖羊皮紙，「只這兩句話：太子已立嫡，作速設法與公子回秦。消息人是誰？不知道！兩句話也說得不明不白：嫡子立的是誰？如何立得？老秦王王命還是太子自作主張？全不清楚！嘿嘿，只怕不能憑這一紙之言輕舉妄動。」

「老夫之見，你老兄弟這次卻是妖狐多疑也。」薛公悠然笑道，「秦趙交惡，此等事本是極端機密。消息人一定是半公半私，公事私辦。萬一走漏消息，也是個撲朔迷離，使趙國難以判定真偽。能用已經消失的古籀文密寫，足見消息人對呂公學問底細知之甚深，準定認為這兩句話足以明事，無須蛇足之筆。呂公以為如何？」

「薛公所言不差。」呂不韋折疊起羊皮紙裝入貼身皮袋，起身一拱，「兩公且隨我到書房計議。渲妹，你與西門老爹立即清理莊園，緊要物事悉數裝車。越執事，立即趕到無名谷知會荊雲義士。」說罷與毛公薛公匆匆出了大廳。

倉谷溪立即忙碌了起來。

四、峽谷叢林的蒙面馬隊

暮色時分，一隊車馬轔轔出了莊園，到得倉谷溪口分作了三路：兩輛垂簾輜車駛上了邯鄲大道，兩匹快馬箭一般馳向了西北方向的山塬。大約半個時辰，兩匹快馬進入了一道險峻的峽谷，迎面一騎飛來稟報說，荊雲義士已經在河谷叢林聚集馬隊等候了。呂不韋說聲走，一騎當先飛入了林木莽莽的大峽谷。三五里之後，峽谷漸漸開闊，淙淙水流旁高聳著大片青黃蒼蒼的胡楊林，進入林中一箭之地，朦朧月光下每株形如傘蓋的胡楊樹下都聳立著一尊黑黝黝的物事，馬罩皮甲人戴面具，鐵塔般巋然不動。待呂不韋走馬入林，黑黝黝鐵塔們突然刀光閃亮整齊一呼：「參見呂公！」

「諸位義士，」呂不韋在馬上一拱手，「中秋將至，不韋特來拜會，盤桓痛飲！」話方落點，林中又是一聲謝過呂公的歡快呼聲。喊聲方息，右前一騎沓沓走馬到中間高聲道：「壯士兄弟們！荊雲告知諸位一個重大消息：呂公業已將我等一百零三人家室全數安置妥當，每家三百金加兩百畝良田！我等既往罪責，一概從官府了結除名！自今而後，兄弟們不再是官府追拿的要犯，家小族人也不再為我等所累！此等大德大恩，我等何以為報？」

林中鐵塔們一片沉寂，驟然一陣夾雜著唏噓哽咽的雷鳴般吼聲：「追隨呂公！效忠呂公！死不旋踵！」隊前荊雲又高聲道：「呂公之意：我等護商使命業已告成，中秋之後便可各歸故里，重操桑麻耕耘。哪位弟兄若有未了之事，今晚可說明，呂公當在旬日之內理清事端，保我等安然離趙。兄弟們意下如何？」奇怪的是林中一片沉默，唯有粗重的喘息夾雜著偶然的戰馬噴鼻清晰可聞。呂不韋有些驚訝，看看荊雲正要說話，林中一人高聲問道：「荊雲大哥如何打算？回歸故里麼？」荊雲一拱手道：「兄弟既問，荊雲明說不妨：當年呂公救我出黥刑苦役，此恩不報，我心不泯！目下呂公大事正在最後一步，荊雲要送呂公安然出趙，再行離開，不能與諸位兄弟同走。」林中鐵塔們頓時一片騷動，一個聲音喊道：「大哥說得好！我等誰個不是呂公涉險犯難救於牢獄刑場？大哥不走，我等如何走得！」「對！大哥不走，我等如何走得！」「我不走！」「我也不走！」「任俠之風，豈能不報而走！」一片嚷叫聲終於匯成了一片吼叫的巨浪：「呂公不離趙，我等不離趙！」

荊雲走馬過來低聲道：「呂公，諸位兄弟同心，我也無能為力。」

「也好，我來說透。」呂不韋走馬上前幾步，一拱手高聲道，「諸位義士，呂不韋當年所為，皆是感念諸位俠義高風，憎恨官府苛政害民。倏忽十餘年，諸位與呂氏商社甘苦共嚐，櫛風沐雨歷經艱險，方保得呂氏商社龐大車隊屢遭劫難而無一次傾沒。若非如此，呂不韋豈能成事！十餘年來，義士馬隊戰死者十三人，負傷者九十六人。每念及此，不韋痛心負疚無以復加。此等流血拚殺之大功大德，報償呂不韋昔年破財救難雖百次而有餘！談何不報而走？縱是專諸、聶政、豫讓再生，誰個敢說諸位義士不報而走？」馬隊寂然林風習習，呂不韋不禁一聲哽咽，稍稍平靜心緒又道，「今日所以遣散義士馬隊，無得有他，皆因不韋行將棄商從政。政者，正也。戰國變法百餘年，各大國都是政肅法嚴，不韋將成官身，安能有私家馬隊追隨？不瞞諸位義士，今秋之內呂不韋要離開趙國西入秦國。諸位都是山東義士，各人家族與秦國或多或少都有血戰仇恨，若隨不韋入秦，心下豈能坦然？不韋心中無他，唯念諸位任俠之士，回歸故里便是各得其所，不韋也心無掛牽了。」呂不韋說罷翻身下馬，對著林中鐵塔般的馬隊深深一躬，「此心唯誠，諸位義士體諒。」

林中馬隊肅然無聲。依著戰國之風，這便是不贊同卻又幾句話說不清。荊雲見狀走過來低聲道：「呂公，我看先不說此事也罷，左右不在幾日。回頭我與兄弟們先私下說說再說不遲。」「也好！」呂不韋慨然一笑向林中一招手，「兄弟們，今夜月明風清，各國老酒應有盡有！走與不走姑且不說，我等先來個一醉方休！」

「呂公萬歲——！」林中一片歡快的呼喊。

一場豪俠夜飲直到東方發白。胡楊林中篝火熊熊酒香彌漫一架架烤羊烤豬蔚為大觀，紅木酒桶咕咚咚抬來轟隆隆滾去，騎士們卸甲摘面大陶碗酒花飛濺，叢林河谷一片呼喝笑語。呂不韋醉了，荊雲醉了，所有一百零三名騎士都醉了。直到落日西沉又是暮色，呂不韋兩騎才出了谷口，一路之上心緒說不出的百味雜陳。

這支馬隊與呂不韋實在是血肉相連。

二十年前，他初入商道與田單達成第一筆鹽業買賣之時，深深體察到了行商長途運貨的艱險。從即墨海濱的鹽場到中原大市，迢迢千餘里，一二百輛牛車，三五百號人馬，當真是談何容易。然則，行商最要害處尚不在這事務繁難，畢竟戰國之世比起春秋時期的諸侯林立關卡重重路途要通暢許多，只要有幾個精於運籌的執事與主東齊心協力，做到井然有序忙而不亂倒是不難。行商之要害，只在一個險字，險則在於盜。盜，是春秋戰國之世對游離於官府法網之外的亂民的稱謂，幾類後世所說的匪。戰國之世大戰連綿天災人禍此起彼伏，所滋生的「盜民」比春秋之世大大增多。盜民者，或是大戰之後被丟棄的傷兵無計還鄉，或是各國逃出的苦役犯（刑徒）、復仇殺人犯不敢還鄉，或是各種各色的逃逸奴隸無鄉可還無家可歸，或是大饑饉後殘留的奄奄孤兒，或是逃離本國苛政遠走他邦卻依舊流離失所。凡此人等流竄嘯聚匯於各邦國交界處的險要山川，官府鞭長莫及，窮山惡水地薄無收，狩獵亦不足以存活，成就了以劫掠商旅富豪與小國輜重糧倉為生計的盜群。

初為鹽商，呂不韋對要隘劫道者或送一筆金錢，或卸下半車一車鹽袋，或丟下幾口袋商旅路上必備的乾餅醬肉加幾桶好酒，總是求買得個路途通暢人馬無傷。然時間一長，盜們得寸進尺胃口膨脹，大盜群動輒便要五七車財貨，呂不韋不堪重負了。恰在此時，田單在即墨抗燕，呂不韋受託做起了祕密供給齊軍物資的總籌辦，無論是分散採買或是集中運送，件件都是大宗生意十分火急絕不能中途出事。開初幾次，都是魯仲連親自帶領著臨時招募的一支馬隊護送貨車。半年之後，呂不韋深感諸多不便。一是牽累魯仲連不能專一襄助田單；二是匆忙招募的騎士難免良莠不齊，幾次被盜群首領收買，若非魯仲連與幾名骨幹騎士奮力血戰，車隊便是全數被劫。

反覆思慮，呂不韋請魯仲連舉薦一個義士，重新物色遴選可靠武士，組成一支可共患難甘苦的護商馬隊。魯仲連也正在焦慮即墨戰事危機而不能脫身，聽罷連連點頭，說齊國有一個義士堪稱當世任俠，只怕你我目下財力起他不出也。呂不韋問此人何在？魯仲連說，此人被齊南百姓呼為「魚鷹游俠」，現在莒城以東百餘里的一座刑徒營服苦役；燕軍破齊後，燕將秦開奉樂毅之命，立即占領了齊國南部這座關押三萬餘人的牢獄大營，要將這些刑徒押送回燕國填充勞役。為宣示燕軍的王師仁義，樂毅通告齊人：舊齊國苛政，刑徒多有冤獄，齊人可以金錢財貨贖救罪犯還鄉，無人贖救之刑徒聽憑燕軍處置。

呂不韋笑道：「此公人望甚高，豈不早被人贖救了去？」魯仲連憤憤苦笑：「你卻懵懂！齊人鳥獸四散，財貨被燕軍大掠十之八九，誰個有重金贖救刑徒？空頭仁義，樂毅騙得誰來！」「原來如此也。」呂不韋恍然大悟，「此番你押送海船北上，我去莒城燕軍大營。」

三日之後，兩人水陸兩路分頭北上。呂不韋到得莒城，在城外難民聚居的山谷尋覓到了一個昔日富豪的田姓齊人出面，自己扮做家老跟隨，找到了燕軍大營求見主將秦開。秦開聽罷訴說冷冷一笑：「此人頑劣入骨，在刑徒營鼓噪越獄，明日正要明正典刑，不在贖救之列。」呂不韋搶前一步拱手笑道：「我家主東原與此人無甚關涉，贖救與否皆無所謂。只是我家主東深受舊齊苛政之苦，要給齊人做個表率，以示燕軍仁政無虛。此人在獄雖則刁頑不堪，昔年卻做得許多好事頗有人望，若贖救得出，齊人對燕軍自是刮目相看。將殺之際能許贖救，則更見燕軍寬厚愛人，我齊國子民擁戴無疑。老朽此言，尚望將軍三思。」秦開沉吟一陣笑道：「一個家老竟有如此說辭，難得也！如此稍待，我稟明上將軍定奪。」

次日清晨，一隊騎士護衛著一員大將飛到燕軍大營，上將軍樂毅親自前來處置這件事情了。樂毅說此人雖可贖救，然須多出一倍贖金，否則無以懲戒頑劣之民，縱有仁政依然落空。呂不韋連忙扯了扯「主東」衣襟，「主東」慨然應允了。

這個「魚鷹游俠」被抬出髒污不堪的洞窟時，已經遍體鱗傷奄奄一息了。粗通醫道的呂不韋立即清洗了魚鷹游俠的傷口，清楚地記得大小傷口共是六十六處。然後用浸透藥汁的大幅麻布將人包紮停當，抬上了鋪有三層獸皮的密封輜車，親自駕車晝夜兼程回到了陳城。商社的西門老總事已經接到消息，請來了隱居荊山的楚國萬傷神醫。大布打開，鬚髮如雪的老神醫看得一眼已皺起了眉頭：「此人內傷外傷新傷舊傷重重交疊，毒膿遍體，命在旦夕，老夫也是無能為力也。」呂不韋大急，一聲悶哼栽倒過去。片刻醒來，老神醫沉吟道：「傷不難治，毒膿難消。若得鉤吻草三枝、鴆羽一枝，或可有救。只是此物實在難覓也。」呂不韋霍然起身轉身便走。也虧了是在這南北商旅交匯的陳城，兩日之內，呂不韋居然以三千金的駭人高價從一個嶺南大藥商手中買得了兩種劇毒之物。老神醫將鴆羽入酒，再用人們聞之變色的鴆酒清洗毒膿滲溢的傷口，割去腐肉，又用鉤吻草熬成的藥汁浸布包紮新肉傷口。如此這般一月有餘，魚鷹游俠竟神奇地起死回生了。

三月之中，游俠只整日在後園林中默默徘徊，即或在呂不韋為他舉行的慶賀小宴上也是沉著黑臉一言不發。呂不韋也從來不說事體，只隔三岔五地到林中茅屋談天說地請教劍術。游俠似乎不耐聒噪，對呂不韋的談笑風生始終只是默然相對。一次終是難忍，舉著大陶碗咕咚飲盡大手一抹嘴角道：「公既贖我，又救我命，有死事但說，何須整日絮叨！」呂不韋頓時鬧了個大紅臉，肅然一個長躬到底：「君為任俠，不韋從魯仲連處聞名，心懷景仰故而救君。不韋救君，無買命復仇之心，唯願與君死生一體圖事而已。君但斟酌，若以為不韋所事當得君為便為，不當為則不為。不韋若有圖報之心，天地人神滅之！」說罷逕自大步去了。

旬日之後，一個月明風清的夜晚，呂不韋接到西門老總事急報，說從嶺南運回的皮甲在洞庭湖北岸被山盜劫走大半。呂不韋鬱悶心頭漫步後園，驀然卻見林下一人赤身跪伏路口背負帶刺荊條背上鮮血淙淙，分明正是魚鷹游俠。大驚之下，呂不韋搶步上前解開荊條扶他起身，自己卻一時喘息著說不出話來。游俠深深一躬，低沉地迸出幾句話來：「公為大義商旅，我為風塵武士，與公生死一體共圖大事，自今日始！」

沒有說一句話，兩人緊緊地抱在了一起，鮮紅的血沾滿了白麻布袍，滾燙的淚滴滿了赤裸的身子……那一夜，兩人痛飲了三大桶烈性趙酒，快語如風連綿不斷，直到紅日高掛誰也沒醉。

游俠說他的本名叫荊雲，是當年秦國商鞅的衛士荊南的後裔。商君死難，荊南安置了商君的諸般後事逃離秦國，先入墨家。老墨子死後墨家分崩離析，荊南晚年隱名居在了齊國海濱。三世以來，荊氏一族已達到三百餘口，武風不衰，代有俠士。荊雲出生，三歲開始修習武術根基，十五歲已經是一流劍士，二十一歲加冠，荊雲的劍術節操已經在齊東地帶有口皆碑了。時逢齊湣王苛政害民賦稅繁多，荊雲不堪鄉里百姓叫苦，帶領四鄉民眾交農罷耕。誰知齊湣王聞報非但沒有免賦（勞役）減稅（實物），反倒派來軍兵緝拿首犯剿滅亂民。憤怒之下，荊雲帶領荊氏一族與罷耕農人三千餘人連夜入海逃上了一座無名孤島，所有舉事鄉民無一傷亡。荊雲因此得魚鷹游俠之名。三年後，荊雲登陸採買漁船漁具，不意在即墨被官府抓獲，定為不赦終身苦役，當即黥刑刺面押到齊南刑徒營單窟關押。兩年後，成了無數綿綿蠕動在原野上的苦役犯之一。

燕軍大舉破齊，守獄齊軍惶惶大亂。荊雲極為警覺，立即策動刑徒們在一個深夜大舉暴動。殺散惶惶官兵，就要結隊逃往就近莒城尋找貂勃做抗燕義軍時，燕軍秦開部十萬輕騎風馳電掣般捲來，將萬餘刑徒封堵在山口之內。守獄燕將查出了荊雲是起事首領，許他以燕國刑徒營總領之官並滅所有刑徒罪名，條件是他說服刑徒們安心遷燕做官府終身勞役。荊雲怒斥燕將，斷然拒絕。燕將大怒，將荊雲捆在木樁上用皮鞭抽得半死，又關進了冰冷髒污的石窟。燕將不信世間有如此硬骨頭，每日十鞭，非要打服荊雲不可。雖日每血流如注，荊雲卻是一聲不出，回到石窟則極為機密地做著聯絡刑徒們暴動越獄的謀劃。若非那個傳送消息的齊人老獄吏因說夢話洩風，酷刑之下供出了荊雲，刑徒營的風暴在呂不韋到來之前已經再次爆發了……

呂不韋百感交集唏噓不已，慨然提出要與荊雲拜「刎頸」之交（註：戰國習俗，一人死，另一人得自殺〔刎頸〕跟隨，是謂同死）。荊雲默然良久，搖了搖頭。呂不韋難堪不解。荊雲說：「大義不在俗交。公圖大事，不當死便不能死，何須為全一人之義輕了性命？生若我等武士，本是個戰陣生涯，頭顱懸於腰間說丟便丟。與公刎頸，全小義而廢大義，實則不義也！」呂不韋無話可說，請荊雲出任商社總執事。荊雲又搖了搖頭說：「公所缺者非商道之才，實武士之才。譬若田單昔年經商，有兩百敢死馬隊，非但保得商路無恙，且能撐持魯仲連呼風喚雨縱橫天下。荊雲自認武才不差，定然為公謀得百人死士以濟緩急。然卻有四請，公須切實做到。」呂不韋肅然點頭。荊雲便說出了四個條件：一不參與商社任何事務，二不出席任何公開酬酢，三不對任何人洩露馬隊武士的姓名身世，四不接受除呂不韋之外的任何人差遣。

呂不韋記得，他鄭重地接受了荊雲的全部四請。

一個月後，荊雲容貌大變，一個俊秀英挺的青年永遠地消失了，站在呂不韋面前的竟是一個連鬢虬鬚面若塗炭分不清年齡的精悍漢子。呂不韋熱淚盈眶哽咽難言，虬鬚漢子卻一拱手去了。半年之後，呂不韋有了一支三十人的馬隊，兩年之後，馬隊逐漸增加到一百一十六人，從此有減無增。荊雲說，快速馬隊不若戰陣大軍，貴在精悍，百人足矣。所有這些騎士，都是荊雲祕密物色的特殊死士，不是為民獲罪而成刑徒，便是仇殺逃匿而成流民。荊雲物色一個，呂不韋周旋解救一個，數年之間整整支出三萬金之巨！

從此，呂氏商社的車隊經最初兩年的十多次實力闖盜關之後，從來沒有出過大事。荊雲不是一個草莽俠士，而是一個機謀深沉果敢明斷的首領，他不斷通過各種途徑與各色盜群結交，十多年下來，山東六國暢通無阻。呂不韋深為感慨，幾次對荊雲歎息：「兄弟大將之才也！生逢戰國之世正當其時，不若出世為將，不韋當全力襄助。」素來不苟言笑的荊雲哈哈大笑：「倘若呂公一日為相，荊雲自當為將！」一句話說得呂不韋也是哈哈大笑。

三年前商事收手，呂不韋要安置武士遣散馬隊，荊雲卻總是搖頭，這件事便擱了下來。直到呂不韋咸陽歸來，才說動荊雲，開始動手諸般安置。荊雲不聞不問，依舊恪守約定信條，恆常如一地住在峽谷叢林，整日帶著馬隊馳騁演練。今次前來，呂不韋似覺馬隊武士們有些變化，面具馬甲整齊，直與秦國的鐵甲銳士一般。本想問來，終因素來不干荊雲馬隊鋪排，也便沒有說出，只是在心頭壓著一個心思：騎士們要走在我後，該如何疏通趙國關隘放行？

「先生，老總事！」越劍無揚著馬鞭遙遙一指。

斜陽之下，一輛青銅軺車如飛而來，前廂馭手挽轠挺立雪白的鬚髮散亂飄舞，一看便是西門老總事駕著呂不韋的高車來了。這輛軺車在呂不韋圖謀入政長住邯鄲後極少使用，一則是這輛車全部青銅打造華貴講究三馬繫駕，行止太過惹眼；二則是軺車只有傘蓋而無輜車垂簾，乘者或坐或站都被路人看得清楚，如此便多了許多路途應酬。今日西門老總事親自駕著青銅軺車迎出倉谷溪，必有意外之事。

「西門老爹，何等事體？」勒馬之間呂不韋高聲一句。

「咸陽密使到了！」老總事也是剎車之間高聲一句，又抖著馬轠將車兜過喘息著笑道，「來人作派甚大，我駕出軺車迎你回去，免得他人笑我商社寒酸。」

「咸陽？密使？」呂不韋大是驚訝，「奉何人之命？有書信麼？」

「大勢派也！」西門老總事咋舌一笑，「甚都不說，只說要見呂公。」

呂不韋下馬登車笑道：「老爹也是，管他甚作派，我是我便了。走！」

五、一波三折 先機行險

夕陽時分，幽靜的河谷山道罕見地熱鬧起來。

一隊黑衣武士與一隊紅衣侍女清一色的黑馬長劍，簇擁著一輛鋥亮的青銅軺車轔轔隆隆地開進了倉谷溪莊園。遠遠看去，彷彿一團烏雲托著雨後的太陽在山谷漫遊。馬隊軺車之後，遠遠跟著一隊嘎吱嘎吱大響的牛車，每車都苫蓋著一張棕色的防雨牛皮，將高高隆起的車廂裹紮得極為嚴實，直是一座座小山在河谷蠕動。拐過一個彎道，河谷深處的山頭上一座竹樓抖動著紅色幌旗遙遙在望。青銅軺車中一聲令下，前行騎士一馬飛出搖著一面黑色小旗直奔莊園，報號之聲迴盪山谷：「遠方客來拜會呂公——！」

「敢問何方貴客？」正在忙碌的西門老總事聞報出來，實在有些不明就裡。

「咸陽客到，作速稟報呂公。」騎士勒韁圈馬絲毫沒有下馬的樣子。

老總事呵呵笑道：「大賓自遠方來，也得有個名號，否則何以稟報？」

「多事！」騎士用馬鞭一指，「你只說咸陽密使到，餘事莫問！」

「貴客稍待。」老總事一拱手匆匆回了莊園，吩咐僕役停止善後忙碌立即收拾廳堂庭院，又到山腰書房對夫人陳渲稟明請她暗中指點諸般應酬，自己備好青銅軺車出了莊園。到得大門，見馬隊軺車已經到了莊園外車馬場，後隊牛車尚在絡繹湧來，老西門連忙下車走過去對著青銅軺車一躬：「老朽乃呂公家老。我家主東訪客未歸，請大賓進得莊園稍候，老朽去迎接主東。」

「不曉得呂不韋忙了。」軺車上一個楚音極重的黃衣中年人矜持地叩著傘蓋銅柱四面打量，「以堪輿之學，此地有龍虎之象了！曉得無？」軺車左右兩名頗顯斯文的騎士連連點頭呼應。中年人又轉身盯住了西門老總事問：「呂不韋通曉陰陽之學？」見西門老總事笑笑不置可否，又驀然驚乍：「咿呀！那輛軺車上等貨色！家老用車了？」西門老總事謙恭拱手：「稟報大人：此車為我家主東之高車，尋常不用。敢請大人隨吳執事入莊歇息等候，老朽迎接主東片刻即回。」「好說了！我等等呂不韋無妨。」黃衣中年人矜持地笑呵呵下車，在武士們簇擁下進莊去了。

一路聽老總事說了諸般細節，呂不韋心中的疑雲越來越重。咸陽與他有涉者，唯蔡澤與華月夫人。蔡澤已有極為隱祕的籀文密書，再派密使顯然蛇足了。華月夫人精明能事操持祕事尤為練達，縱是不知呂不韋與蔡澤之間的祕密而要給呂不韋預聞消息，又豈能派如此一號神道兮兮的人物來做密使？果真如此，又有誰能直派密使招搖入趙？太子嬴柱麼？事關重大又是利害貼身，似有可能。然則，太子嬴柱稟性黏連少斷唯王命是從，似乎又不是獨行其是的人物。如此能是何人？老秦王麼？呂不韋心中猛然一動，連自己也嚇了一跳。以密使之勢派，似乎只能是王命。老秦王晚年多有出人意料的密行，似乎也不能排除其匪夷所思之舉——派一個善於作偽示形的祕事能臣前來，再以商事遮掩，實則給呂不韋部署嬴異人回秦之法？果真如此，必有後手。然則，秦趙斷絕邦交多年，能有何等後手？使節無用，大軍施壓也無用，甚至是令山東六國聞之變色的黑冰臺都對睡覺也睜著眼睛的趙國無計可施，老秦王又能有甚個後手？若無後手，派如此一個密使前來豈非還是蛇足？直到軺車進了火焰般的胡楊林山道，呂不韋還是理不出個頭緒來。

「山後進莊。」呂不韋輕輕吩咐一聲，軺車遠遠繞過莊園車馬場駛進了草木荒莽的山谷。這是一條完全沒有路徑痕跡的密道，看去一片齊腰深的荒草，草下卻是平整的車道。繞過山頭，軺車進入了一座草木遮掩的山洞，停好車馬，三人從山洞密道直接到了山腰的起居庭院。呂不韋吩咐西門老總事先去正廳應酬，越劍無帶領幾個僕役上山頭望樓，自己進了書房。

陳渲剛剛回來，說廳中尚算安然，進莊人馬連同牛車夫總共三十二人已經酒足飯飽，密使與兩男兩女四名隨從正在廳中飲茶。「你沒閃面？」呂不韋問得一句。陳渲搖頭一笑低聲道：「這個密使是楚人，如何卻是秦使？你須謹慎才是。」呂不韋心中猛然一亮，點點頭出了書房，進得大廳一躬：「濮陽商呂不韋見過公子。」

「哎呀不敢了。」正中座案前的肥胖黃衣人呵呵笑著一拱手卻沒有起身，反倒是主人一般虛手一請，「呂公入座說話了。」呂不韋滿面春風地坐到了下手，只笑吟吟看著黃衣人不說話。黃衣人悠然呷得一口熱茶笑道：「初入邯鄲，尚算可人。不想趙國經長平大戰，竟沒有被我大秦打得趴下，啊！」說罷見呂不韋依舊只笑不說話，逕自一陣哈哈大笑，「呂公呵，我是華陽夫人與華月夫人的胞弟，芈亓，受命前來。」呂不韋這才笑道：「敢問公子封爵？官居何職？」黃衣人矜持地笑了笑：「呂公有士商之名，何以如此世俗？秦國那爵位官職，都是要血汗憑證方得做的，誰卻歆羨了？芈亓只做個逍遙商，在秦楚間做珠玉皮革生意，強如封君封侯了。」呂不韋呵呵笑道：「不想公子貴胄卻與呂不韋有同道之好。公子若欲在三晉開闢商路，不韋可效犬馬之勞。」黃衣人大笑一陣連連點頭叫好，末了驟然湊近呂不韋低聲急促道：「實不相瞞，兩位老姊姊總想要我做做國事公差，鼓搗個封君爵位。我沒那興致，老姊姊就急。這次嘛，也是老姊姊逼我來也，說是要助她一臂之力，也給我掙得些許功勞。我要不來，還真不曉得邯鄲有大生意，有呂公這等義士了。老兄弟跟我芈亓搭手，決然無差了。兩三年謀個五大夫爵準定了！曉得無？」

「謝過公子。」呂不韋一拱手，「敢問兩夫人託公子做何生意？」

「哎呀！夫人爵比王后只差著一等，用做生意？」芈亓的大笑中有著矜持有著鄙夷也有著恍然，信手從袖中抽出一個竹筒一晃，「看看，這般生意了。」身後一武士裝束的少女立即雙手接過捧給了呂不韋。呂不韋不理會芈亓神情，默默啟開泥封掀開銅蓋，抽出一卷羊皮紙展開，兩行齊整的小字：

呂公如晤：王命祕頒，子楚立為太子嫡子。華陽夫人思子愁焦，派胞弟芈亓入趙援手，以保子楚早日歸秦，呂公亦建不世大功。華月手字。

思忖片刻，呂不韋笑問一句：「援手二字何指？」

「哎呀！如此一件大功送到面前，你卻沒事人了！」芈亓又氣又笑地站了起來指點著呂不韋，「援手便是援手！你呂不韋一個商人，能辦得如此大事？」

「公子莫急，送來大功，自有重謝。」呂不韋恍然一笑，向身後西門老總事低聲吩咐了兩句。西門老總事快步出廳，片刻推來了一輛精緻的兩輪小銅車。呂不韋一拱手道：「公子既是珠寶商路，不韋奉獻一物，敢請笑納。」老總事推過小車，噹的一聲掀開小車廂銅蓋又揭去一層紅錦——廳中光芒一閃，兩廂燈燭頓時黯然。

「哎呀！」芈亓的眼睛立刻瞪直，「南海龍珠！曉得無？魏惠王才有了！」

「寶物藏於識家。自今便是公子之物。」

「哎呀呂公！」芈亓驚乍地笑著大步走過來伏身湊到呂不韋耳旁神祕地一陣咕噥，又回身對一個黑衣武士一招手，「你過來。呂公，有他萬無一失了！」黑衣武士走過來神態穩健地一拱手：「在下芈戡，見過呂公。」呂不韋心知此人必是華月夫人當初交代給他而他卻從來沒有聯絡過的那位「黑冰臺」族侄，笑著一還禮道：「不知兩位如何謀劃？公子如何行止？」黑衣武士道：「公子住邯鄲，與在下監視平原君府，掩護呂公與子楚公子相機離趙。趙國若察覺追趕，我等斷後！」見呂不韋沉吟不語，黑衣武士有些不悅，「不當之處，尚請見教。」呂不韋思忖道：「謀劃並無不妥。只是敢請公子住在倉谷溪，不宜住邯鄲。」

「哎呀！這是何道理？邯鄲大市，不玩玩行了！」芊亓大急。

「恕我直言。」呂不韋罕見地沒有了笑容，「邯鄲『黑衣』（註：黑衣，趙國王室武士，後來成為王室直接控制的探事祕密斥候）極多。公子奢華好酒稟性外向，萬一有差，我等多年綢繆毀於一旦。敢請公子包涵才是。」

「豈有此理！」芊亓面紅耳赤地揮著大袖叫了起來，「本公子王公諸侯見得多了，車載斗量！你呂不韋見過甚了？無非害怕趙狗而已！涉世淺，好大口氣了！本公子偏住邯鄲，做一回大事你看了！」氣咻咻喘息一陣大袖一甩，「兩個老姊姊給你帶來十車秦貨，抵得你那沒用的龍珠了！走！」

呂不韋沒有絲毫氣惱，只對黑衣武士連使眼色。黑衣武士皺著眉頭低聲道：「我這族叔原本神道兮兮，癡強！在下無法，呂公再勸只怕要出事，我上心防備便是。」呂不韋無奈地歎息一聲，良久愣怔著說不出話來，聽得車馬聲隆隆遠去方才驀然醒悟，立即喚來越劍無吩咐飛馬邯鄲去請毛薛兩公。

天亮時分，毛公薛公匆匆趕到。聽呂不韋一說事體，薛公大皺眉頭，毛公勃然變色：「甚個夫人？飯桶！蠢鳥！」薛公搖搖手制止了毛公叽罵，思量道：「事已至此，最險者是這隻蠢鳥再黏上異人公子，勾連出事端。老夫有上中下三策應對：上策，毛公設謀三五日內盡快將這隻蠢鳥趕出邯鄲；中策，公子與呂公立即物色隱祕新居，盡快搬入蟄伏不出，給他來個泥牛入海，待他無趣而歸再相機而動；下策，異人公子搬遷新居，呂公原地不動應酬各方。兩位以為如何？」

「嘿嘿，你老哥哥這上策只怕不中。」毛公將大案叩得梆梆響，「沒聽說那隻蠢鳥是個癡強，身邊還有個黑冰臺侄子？要趕走，無非是酒徒賭徒市井痞子諸般人等騷擾不休，可那蠢鳥仗著財大勢大，必定是非但不走還要硬對著大鬧，屆時召來邯鄲官府，豈非將暗事做成明事？不中不中！」

薛公紅了臉道：「不中不中，你只謀劃個中的來，急吼吼有用？」

「不韋之見，下策可行。」呂不韋一番思忖道，「中策似有不妥。若兩方一齊遁去，反倒是著了形跡，只怕平原君府要先起疑心，緩急有變又不宜突兀出面，反多有不便。下策水到渠成。公子大婚時我等已經揚言公子要搬遷府邸。此正當其時也，稟報平原君也是順理成章，只要那個黑冰臺一兩月查不出蹤跡，便算過關。」

「呂公決斷甚當！」薛公當先贊成。

「嘿嘿，也中。」毛公搖晃著白頭，「要那黑冰臺小子踏勘不出，老夫倒有一法，你等放心便是。只是嬴異人那小子要否事先叮囑清楚，老夫心中無底也。」

呂不韋默然點頭，思忖片刻道：「此事不是太難，只要相煩毛公。」

「嘿嘿，對老夫也客套了？你只說個法子，甚個煩不煩！」

「卓昭冰雪聰明，只找她說明利害。」

薛公連連搖頭：「要是卓昭，該當呂公去說，毛公不管用也。」

「……」呂不韋尷尬地笑笑，一句話也說不出來。

「老哥哥懵懂！」毛公煞有介事地挖了薛公一眼，又得意地嘿嘿笑了，「如何忘了這小妮子也。中！此事老夫包攬，一定有用。」

又議得一陣將諸般細節靠實，匆匆用過中飯，三方立即分頭行事：毛公去異人府邸穩住陣腳，並聯結昔日酒徒賭友大行騷擾黑冰臺的疑兵計；薛公陪嬴異人去信陵君平原君府邸拜會，藉機請准平原君許其遷宅；西門老總事立即進入邯鄲物色新宅，越劍無則帶著一名精明少僕便裝飛馬跟蹤芈亓一行；呂不韋坐鎮倉谷溪如常應酬部署善後。旬日之間，一切安置妥當，嬴異人遷入一處出城極為便捷的隱祕宅第，最令人擔心的芈亓一行，也安然無事。

呂不韋大大鬆了一口氣，眼見秋風蕭疏行將入冬，與毛公薛公細密商議，定下了一條不著痕跡的出逃之策：秋冬之內一面緩緩疏通平原君與沿途各方關隘，一面將需要離趙入秦的諸般人士以各色名目在開春之前離開邯鄲入秦，只留下呂不韋毛公薛公嬴異人夫婦與越劍無；來春啟耕，六人六騎以踏青為名出邯鄲悄然西行，一日之內進入離石要塞，使平原君無從覺察。三人反覆計議揣摩了其中諸般細節，一致認定此策可行萬無一失。呂不韋久經商旅祕事，立即做了周密部署：毛公薛公加嬴異人夫婦，只管交結平原君信陵君府邸上下諸般人等，務必成就「秦子楚不思故國，醉心趙酒胡女」的口碑，而使信陵君蔑視平原君鬆弛。呂不韋特意叮囑最放得開手腳的毛公：「邯鄲之舉，譬如當年勾踐之示形於吳王夫差，成與不成，便看此處！半年之內，公若揮灑得萬金之數，大事底定也！」薛公搖頭道：「呂公只怕老夫小本生意做慣了不敢揮灑，錯也！此事須得有度，豪闊過甚猶不及矣！」毛公嘿嘿一笑：「老哥哥差矣！不韋老兄弟豈不知過猶不及？無非要你我另闢蹊徑，花錢而不顯銅臭，豈有他哉！我看中！老哥哥只場面定舵，鋪排大雅有我，只不韋老兄弟不要事後心疼！」三人一陣大笑。疏通西行關隘與他人分期入秦的兩件大事，呂不韋交給了西門老總事。這位元老爹撐持商社事務三十餘年，處置此等買路上路事務之老辣精到連呂不韋也自歎弗如，交給老人完全放心。

留給呂不韋須得親自處置的一件大事，只有荊雲的叢林馬隊。若如騎士們堅執之說，呂不韋與嬴異人等離趙後騎士們再散，便得先期籌得足夠一年的糧肉及諸般用品，並得時時疏通趙國的邯鄲將軍，不使其以「剿盜」為名生出事端。這一切，若是呂不韋依然在趙，自然百事皆無。戰國大商皆有護路馬隊是通行規矩，呂不韋又是長期供應趙國兵器材料的名商，任誰也不會為難。然若呂不韋帶著秦國人質突然消失，趙國豈能放過這支馬隊？一番思忖，呂不韋決意再次與荊雲會面，務在明春之前妥善安置了這支義士馬隊。

火焰般的胡楊林中，商討計議持續了一個夜晚。荊雲與十位什長終於贊同了呂不韋的新謀劃：馬隊騎士全數進入齊國即墨做騎兵，掙得官身後各人自選前程。呂不韋立即派人與齊國安平君田單聯絡齊軍接納事宜；一俟音信有定，或冬或春，馬隊便以護商之名離趙入齊。議定之後呂不韋心中大石落地，與騎士們整整盤桓痛飲一日，逐個聽了騎士們的新近家境狀況，記下了幾個人要在邯鄲了結的難題，趁著月色回到了倉谷溪。當晚呂不韋修書一封，派越劍無兼程趕赴臨淄。入冬之際越劍無風塵僕僕地趕回，帶來了田單回書：已經飛書即墨將軍接納騎士，開春之際馬隊即可東來。呂不韋倍感輕鬆，破例與即將先期入秦的夫人陳渲痛飲了一番，醺醺大醉。

冬日一天天過去，眼看河冰消融楊柳發出新枝，獨守倉谷溪的呂不韋前所未有地不能平靜。正月十五，越劍無從邯鄲報來消息：芈亓在邯鄲已經住遍了所有的上等客寓，臘月住定胡寓雲廬不再挪窩，整日與三名金髮胡女胡天胡地；原本說正月一過要回秦，近日卻說要買下三名金髮胡女帶走，正在與胡寓主東討價還價，一俟買定便走；芈亓篤信陰陽之學，上路日子選在了「龍抬頭」的二月初二。毛公薛公也是日有佳音：嬴異人新宅第賓客不斷，與邯鄲名士已經非常交好，也成為信陵君平原君兩府的座上大賓；在薛公周旋下，信陵君已經答應舉薦嬴異人給平原君，請平原君為嬴異人在趙國謀得一個大夫爵位；說定那日，信陵君哈哈大笑，說人質公子如嬴異人者，異數也！異人在平原君酒宴上興致勃勃地說到春日踏青，平原君當即欣然拍案：「二月踏青放歌，公子可與國人同遊，品我雄強趙風也。倘有中意女子野合，可破例城外露營一宿！」此言一出，舉座哄然大笑……

一切都出乎意料地順利，呂不韋心下反而不能平靜了。

正月末這一夜，呂不韋幾次從夢中驚醒，心頭怦怦直跳，裹衣而起，在燎爐前盯著紅幽幽的木炭轉起來。是高興得心潮難平麼？不是！呂不韋清楚地記得，這種心悸生平只有一次，那是田單火牛陣大破燕軍的前夕，他乘大海船親自押送猛火油與油脂松木的那一路。若說當年還摻著幾分初經大事的緊張恐懼，目下這件大事卻已經是綢繆已久處之泰然，還能是緊張恐懼麼？不是！呂不韋從來不憑神祕兮兮的邪說斷事，卻也隱隱約約地相信魂靈深處的警示——心象異常，必有異事！如此說來，謀劃中有漏洞？

怔怔凝視著發白的木炭火反反覆覆地斟酌分解著每一個細節，呂不韋依然莫衷一是。窗外霜霧彌漫，細微的刷刷聲彌漫天地如同萬千春蠶在吞桑吐絲。突然，眼前燎爐「啪！」地彈起一個爆花，一片帶著火星的炭灰打上額頭，燙得呂不韋一個激靈，心頭猛然一道閃亮——芈亓！最可能出事的環節！如此一個不倫不類的人物在邯鄲大張旗鼓地揮霍一秋一冬，以平原君信陵君之老謀深算竟不能覺察？再想回來，若你呂不韋是平原君，覺察了這天大祕密又當如何處置？

呂不韋心頭猛然一顫。

正在此時，一陣急驟的馬蹄聲敲打著凍土在峽谷中如戰鼓雷鳴。庭院戰馬尚在嘶鳴噴鼻，越劍無已經裹挾著一陣寒風衝了進來：「先生，出大事了！暮色時分，芈亓帶著一個胡女，與幾個士子模樣的醉漢出了胡寓，至今未歸！我等三人已經祕密打探了三個時辰，還是沒有蹤跡！」

一陣冰冷倏忽漫過身心，呂不韋驟然生出了一陣身臨懸崖絕境的眩暈。他牙關狠狠一咬，挺直了搖晃的身軀，心頭豁然明亮——平原君也一直在示形作偽以靜制動，眼看芈亓要拔腳回秦，悄然收網了！「不用找了，人在平原君府。」呂不韋向越劍無擺手一笑，隨即低聲吩咐幾句，兩人匆匆大步出了庭院。

此時的平原君府邸，燈火通明弦歌聲聲。

依照久遠的習俗，正月年節的最後一日是要聚酒大宴的。「年」是一個蘊涵深遠的最大節候，過法也極是漫長講究：臘月便開始敬天敬地向天地稟報年來祈禱，「年」初是舉家歡樂享受天倫，隨後幾日漸漸延及族人親戚，「年」中（後世稱為元宵節）社火，彌漫村社鄉里一團紅火，「年」末則是賓朋大聚。年末之重要在於窩冬之期真正結束，春日耕耘真正來臨，最後聚得一日共勉痛飲就此開元，顯得分外不同尋常。還在「年」初之時，平原君約定了與信陵君並一班名士在自家府邸年末聚飲。客居他鄉的信陵君無心此等應酬，推辭笑道：「你那府邸官事忙亂，要聚飲到我破園來。」平原君神祕地一笑：「還是我那裡，聚飲事小，教你看一齣滑稽戲。」信陵君淡淡一笑渾沒在意。

年末這日雨雪紛紛，午後有高車駛到信陵君府邸門前，卻是平原君門客總管毛遂親自駕車來接。信陵君不好拂意，知會一班門客名士相跟了去。進得平原君府邸，最大的第二進庭院全部搭起了牛皮帳篷，三百多張大案密匝匝擺開，百餘盞紅絲風燈懸吊一圈，照得大帳院一片通紅。身處帳中，天外雨絲雪花搖曳飛舞，帳內酒香彌漫冠帶滿座，別有一番況味。待信陵君及門客名士就座，平原君高聲宣布開鼎。酒過三巡，天色黑了下來。正在司禮高聲宣呼舞樂登場之際，平原君一扯鄰座信陵君衣襟眼神示意，信陵君起身跟著出了庭院大帳。

繞過一片冰封雪雕的大池，是第三進書房。兩人落座，侍女捧來滾燙飄香的煮茶。信陵君品茶不說話，分明是要看神祕兮兮的平原君如何抖開滑稽戲的祕密。平原君卻是篤定，對信陵君狡黠一笑，啪啪兩掌。

掌聲方落，一股醺醺酒氣裹著一個肥胖的皮裘黃巾人從大屏後搖了出來，擺得幾擺，黃巾人終於飄手飄腳地坐到了旁邊一張案前，一陣大喘氣道：「快！快送我回胡寓雲廬了。雲廬！曉得無？否則，有，有你兩老匹夫好看了！」平原君突然拍案：「芉亓！實在說話，你入邯鄲意欲何為？藉醉隱瞞無甚好處！」黃衣人猛然一個激靈：「你，你等何人？這是甚個所在了？」平原君微微冷笑：「老夫平原君趙勝。座上大賓，赫赫信陵君魏無忌。你還想如何？」

突然，芉亓肥厚的嘴巴張得酒爵一般：「你？不怕秦國了！」

「長平大戰都沒怕，怕個老之將死的嬴稷麼？」平原君哈哈大笑間突兀變臉，「若得不信，老夫立即將你這楚秦肥子塞進虎籠，扒出五臟六腑，看老秦王卻能如何？」

羋亓驟然失色，忙不迭撲地拜倒不斷叩頭：「不能不能了！兩公子大名如雷貫耳，只是此事重大，委實不能洩露，曉得無？唯求兩君明鑒了！」

平原君學著羋亓的楚音揶揄笑道：「曉得了曉得了，只你對我說我不對別個說自不會洩漏了，曉得無？」

「曉得了曉得了。」羋亓呵呵笑著，「我對你說你不對別個說，便不會洩漏了。真是！我如何想勿到此番道理了？」

一語未了，信陵君忍俊不禁，噗的一聲將一口茶噴得滿案水珠。平原君渾然無覺只淡淡一笑：「那便說了，說晚了我就對別個說了。」羋亓忙不迭搖手道：「不可不可萬萬不可，對別個一說豈不洩漏了？」平原君笑道：「你說我便不說，你不說我便說，曉得無了？」「曉得曉得，我說我說了！」羋亓哭喪著臉喘息一聲，「不！先來一大桶涼茶再說，我心烤在燎爐上，冒火了！」平原君呵呵笑道：「心燒沒事了，才說得利落了。說完了再茶，涼茶還得熱茶晾涼不是了？」「也是了。」羋亓轉著混沌的眼珠呵呵笑著，「說了無妨，實在也不是大事了。秦王立嬴異人為太子嫡子，祕不示外了。華陽夫人怕日久生變，急欲使異人早日回秦。華月夫人派我做密使，前來襄助呂不韋，要公子早日離趙回秦了。」

「呂不韋與此事何干？」一直沉默的信陵君突兀一問。

「不曉得了！老姊姊只說找到呂不韋便是大功，其他也沒說了。」

「你見了嬴異人幾次？他要如何離趙？」信陵君又追一句。

「誰見過嬴異人了！」羋亓嚷嚷著，「我是按圖索驥，他卻沒蹤跡了！能找見公子，我賴在邯鄲吃這西北風了！你不說我還想不起了，你說了我要問了！你，你，說！趙國將公子藏在何處了？你敢殺他了？說，說了！」

「坐了坐了。」平原君輕輕一推踉蹌打圈指點呼喝的芈亓，寬大的皮裘裹著黃巾醉漢頹然跌到案前。平原君跟著笑問：「既沒找見嬴異人，你為何要走了？」

「你你你甚都要問了？」芈亓驟然紅了臉吭哧起來，「我為特使，不得回國覆命了？再再再說，好了好了說也無妨了！我得了兩個女寶，要不走你搶了我找誰去了！」

「兩夫人如何選得你做密使了？」

「不曉得麼？」芈亓得意地笑了，「入秦芈氏中，我芈亓最周全幹練了！」

見信陵君一副厭惡神情，平原君硬生生憋住了笑意一揮手，大屏後出來兩個壯漢將醉醺醺的芈亓架了出去。芈亓回頭嘶啞著嗓子兀自嚷嚷著：「記住了不能對別個說了，說了便是洩漏了！涼茶涼茶，你不作數了！」

廳中一片寂然。平原君看看信陵君冷峻沉思的白髮黑臉，想笑也笑不出來了，思忖片刻問：「如何處置？君兄可有對策？」信陵君突然拍案，倏忽一臉殺氣：「扣下嬴異人！斬首呂不韋奸商！」

「好！」平原君一拍掌哈哈大笑，「英雄所見略同！六國命運又有轉機也！」信陵君長吁一聲笑道：「你是有備而出，好自為之也。只不要走了呂不韋。嬴異人只是個鞭下陀螺而已，對山東六國還有用。」平原君點頭一笑，回身揮手召過站在書房入口的府邸總管吩咐道：「家老親駕我車去子楚府邸，代我邀他來府聚飲，說信陵君要與他切磋兵法。」家老匆匆出廳，平原君對著門廳一拍掌道：「將軍請進。」隨著話音，廳外嗵嗵腳步，旋即砸進來一個鬚髮雪白皮甲胡服的老將：「末將趙狄，已等候將令多時！」平原君肅然拱手道：「老將軍，今日要務干係重大，許成不許敗，方請準趙王調來將軍。老將軍乃趙國王族謀勇雙全之驍將，定可當得大任！」趙狄赳赳挺身：「平原君但下軍令，末將萬無一失！」平原君從袖中抽出一支燦然發光卻比尋常令箭短得許多的金令箭舉起道：「老將軍帶精銳騎士三千，趕赴武安至滏口陘的各條要道，設置關卡嚴加盤查！若遇不持我令強行過關者，當即拘拿。拘拿不能，格殺勿論！老將軍，放走一人一馬，你我提頭去見趙王！」趙狄慷慨拱手，「嗨！」的一聲嗵嗵砸將出去。

「主書。」平原君輕輕一聲，一名紅衣文吏已經站在了面前。

「你持我丞相官文前往邯鄲將軍府傳令：自明日卯時起，邯鄲各門立即戒嚴盤查；將呂不韋圖影張掛，遇得此人立即拘拿！」

「為何不從今夜開始？」見書吏出廳，信陵君問了一句。

「我反覆思謀，心中有底也。」平原君悠然一笑，「一則，我數月未動，此時祕密拘拿芈亓，呂不韋毫無覺察，斷不致今夜漏網；二則，今夜適逢年末，國人晝夜出入城門川流不息，畢竟不是起戰，年末夜大軍森煞多有不便。」

「半年前呂不韋就住在城外了。」

「可嬴異人一直在邯鄲城裡，」平原君笑了，「沒有嬴異人，呂不韋單獨逃走值得幾何？此中輕重，此等奸商自己有數。君兄多慮也。」

「趙國如此篤定，無忌夫復何言？」信陵君淡淡一笑站了起來，「方才韶樂奏得極妙，一個女樂工竟能操得編鐘，我要再領略一番。」「哎呀，一個女樂工你倒是上心也！」平原君哈哈大笑一陣突然低聲問，「嬴異人來了你不在好麼？此人身價已漲，不能少了禮儀。」信陵君又是淡淡一笑：「年末之夜，小民也是圍爐聚飲，況乎異人？先前未約，夜半請人，不會來也。」「你我相請，庶子豈敢不來！」平原君覺得信陵君話味有異，紅著臉嚷了一句。信陵君毫無爭辯之意，還是淡淡笑道：「也是。來了派人知會一聲，我奉陪。」說罷逕自出門沒入了紛飛雨雪。

呂不韋兩騎飛馳邯鄲，進得西門時丑時更鼓剛剛打響。一進西門，呂不韋將馬匹交給了越劍無，吩咐他在最靠近城門的一家相熟客棧餵馬等候，自己徒步匆匆地冒著風雪到了嬴異人的新宅。西門素來是邯鄲的城防要害，靠近西門的民宅商鋪都是趙軍戰死官兵的遺屬，叫作止戈坊。每遇戰事緊急或大搜罪犯，這止戈坊都是趙軍極少光顧的地帶。呂不韋之所以贊同西門老總事的選擇，將嬴異人的新宅安置在這片外表極為尋常的民宅區，除了出城西去便捷，是芈亓與黑冰臺很難找到此處。對平原君的理由卻是：「公子好兵，止戈坊與信陵君府邸後園相鄰，能多多拜會修習。」呂不韋記得，當初平原君連問也沒問便大笑著答應了，如今想來，老謀深算的平原君分明是將計就計。所幸的是，經過西門老總事以種種義舉名義的疏通，止戈坊的國人們對這位貴公子非但不再冷眼相對，反而是一片頌聲處處給以方便。越劍無能在夜半之時進入客棧餵馬刷馬等候望風，自是這日漸疏通的功效。

匆匆走進一條小巷，幾個醉漢笑著叫著迎面搖搖晃晃撞來。呂不韋知道這是毛公示形於黑冰臺的酒徒疑兵，說聲我有急事找毛公，撥開幾人擠了過去。幾個酒徒倒是明白，一聽是找毛公，立即笑鬧著轉到巷口去了。呂不韋匆匆走到小巷最深處一座不顯眼的石門前，正要敲門，石門已轟隆拉開，毛公正一頭出來與呂不韋撞個滿懷。

「呂公？嘿嘿，巧！」

「毛公？是巧！薛公可在？」

「老夫覺得不對也！」毛公一把將呂不韋扯進門後喘息著，「方才，平原君突兀派人來邀公子聚酒談兵。老夫汗毛一乍！你說怪也不怪？」

「公子去了麼？」呂不韋聲音很低，又急又快。

「嘿嘿，能去麼？我與薛公擋了駕，說明日三人專程拜會。」

「天意也！」呂不韋長吁一聲，吩咐站在門後的自己的昔日執事目下的異人府總管，「立即關閉前門，打開兩道偏門等候；知會僕役人等立即收拾好馬匹，銜枚裹蹄，不要車輛，半個時辰內收手待命！快去！」總管嗨的一聲關了石門，轉身大步匆匆去了。呂不韋轉身一拉毛公，邊走邊說，到得第三進庭院，說得毛公已經是額頭冒汗連罵平原君陰鷙老鳥竟使得老夫吃跌。到得紅燈高照的門廳已經是滿臉脹紅，一腳踹開大門冷著臉撞了進去。

「毛公！吃醉了？」正在與薛公及幾位名士談笑鬥酒的嬴異人驚訝起身，「你不是有事走了麼？」薛公極是機警，一看毛公從來沒有過的肅殺黑紅臉心知有異，擲開酒爵過來要扯毛公到僻靜處說話。毛公不理會，竹杖噹噹敲打著門框一拱手喊道：「老夫失禮！老夫被幾個老賭徒糾纏上了，要借公子府邸賭它一夜！諸位請作速離開，免得賭鬼酒徒髒污礙眼！」廳中一陣驚愕沉默，嬴異人正要發作，十多個名士已相互看看嘴角帶著輕蔑的冷笑紛紛走了。

眼看一干人等出了庭院被總管領走，呂不韋從陰影處大步進廳，對沉著臉喘息的嬴異人與薛公低聲一句：「情勢危急，我等須立即離開趙國，遲則生變！立即收拾，半個時辰後出門！」

「甚甚甚甚也！」嬴異人驚訝莫名黑著臉霍地起身，急得分說不清，「甚是甚呀，出了甚事？好端端逃命麼！呂公呂公，你甚時怕成如此模樣？當真咄咄怪事！」

「正是逃命！」呂不韋一聲低喝，素來滿面春風的臉膛一副肅殺，「陡變之時無暇多說，除非嬴異人要客死他邦！這裡不用你管，快去教夫人收拾。」

「哎呀呂公！」嬴異人大急，「她她她，她已有三月身孕，如此逃法不是要她命麼？我不走！我陪她！要死一起死！」

「公子聽我說。」呂不韋冷冰冰站在對面，「趙姬之事我有安置，自不能教公子未來長子連同親娘斃命於不測路途。只是她須得與你先行分開，各自平安後自能聚合。」

「冰天雪地，你，你要她去何處？！」

「嬴異人！」薛公早已經理會得危機迫在眉睫，第一次厲聲喝出嬴異人名諱，「呂公商旅滄桑數十年，重然諾明大義素不負人，你竟疑心！趙姬是誰？你不清楚麼！呂公能不妥善安置？身為王孫公子未來國命所繫，緊要處如此顢頇，我等有眼無珠也！」嬴異人頓時愣怔默然，臉色鐵青喉頭一哽，一口鮮血竟「哇！」地噴了出來！毛公搶步上前，一顆大如黑棗的物事利落塞進了嬴異人口中。倏忽之間，嬴異人睜開眼睛霍然起身大步匆匆地走了。薛公說聲老夫去看，便跟了出去。

毛公一拉呂不韋低聲道：「我那是方士急救奇藥，入口即化，大約管得兩個時辰。這裡還有兩顆，你帶了應急。不借外力，我看這小子撐持不住。」呂不韋想也沒想道：「你手法嫻熟，何須我帶著？」「你也懵懂！」毛公點著竹杖，「老夫與薛公不能走也！」「豈能不走！」呂不韋大急，「我等一走，平原君要找替罪羊，老哥哥豈非坐以待斃！」「嘿嘿，你老兄弟事中迷！」毛公噹噹點杖，口中炒豆般快捷，「一是我倆老邁不善騎乘太累贅！二是邯鄲需要善後，省得你另派幹員護送趙姬！三是老夫兩人有信陵君交誼，死不了！還有個四日後告你！再說客套，拿著藥！」陡然之間，呂不韋熱淚盈眶，對著毛公深深一躬。

此時，廳外一片匆匆腳步，嬴異人拉著趙姬與薛公一道走了進來。異人已經是一身黑色勁裝外罩翻毛皮袍手持短劍，顯然準備上路。趙姬火紅長裙雪白皮裘，面色通紅腰身初現，燈光之下倍顯豐腴明豔。自各個大婚，呂不韋始終沒有再見這位趙姬。此刻，心中那個奔放美麗的少女一夜之間陡然變成了一個風韻無限的少婦，心頭不禁怦然大動，幾乎脫口喊出卓昭小妹。突然一個激靈，呂不韋死死咬緊牙關，終是平息了心緒。然而，他卻無論如何當面叫不出趙姬這個名字，稍一沉吟平靜利落地吩咐道：「夫人與老僕侍女留下，由毛公薛公安置。我帶幾名幹員與公子離趙入秦，目下便走。」

「夫人……」嬴異人哽咽一聲猛然抱住了趙姬，「你要受苦也！」

「喪氣！」趙姬紅著臉推開了一雙臂膊，點著嬴異人額頭，「大事聽呂公，萬無一失，記住了？」異人噙著淚水殷殷點頭。趙姬又回過身來，對著呂不韋略顯艱難地深深一躬，一句話不說走了。毛公點杖笑道：「嘿嘿，生離死別一般。走！我老兄弟送你等出門。」

趁著紛紛雨雪茫茫夜色，呂不韋越劍無與兩名在異人府做事的精幹執事共嬴異人五騎，出了熙熙攘攘的邯鄲西門，飛馳西北方向的武安官道。這是呂不韋早早謀劃好的一條萬不得已時的密逃路線——出武安要塞，過滏口陘峽谷，穿越上黨再東南直下安邑渡河入秦。這是一條經過反覆踏勘揣摩的路線。其間要害在三：其一，邯鄲經武安抵滏口陘只有二百餘里。秦昭王兩次攻趙大敗後上黨復歸趙國，趙軍在滏口陘至邯鄲間已經不再嚴密設防盤查，呂不韋遴選的北胡駿馬一個多時辰可飛躍這段趙國本土。其二，上黨雖名歸趙國，然卻只十萬步軍駐守，不可能做到所有要道隘口都有防守；呂不韋曾派出一個馱貨馬隊探路，全部走無人防守的隘口要道，三日穿越上黨沒有遇見一個趙軍。其三，秦軍雖退出河東郡，但魏韓兩國也無力無心派出大軍駐守這隨時有可能丟失的老本土，只在名義上設官理民，關防盤查幾乎完全放棄；出得上黨一進河東，渡河沒有障礙。呂不韋警覺即動，走得雖然倉促且又是雨雪交加，但也有一樣優勢：人少馬快沒有任何拖累，天色大亮霜霧消散前至少還有三個時辰，完全可悄然越過滏口陘進入上黨。只要進入上黨山地，平原君縱然派軍追趕，在縱橫交錯的峽谷山道中也是無能為力。

五騎越過倉谷溪谷口，前行二十里便要進入武安防區。馬隊剛剛進入一片黑黝黝的胡楊林，斜刺裡馬蹄奔騰，遙遙傳來一聲長喝：「前方虎口！勒馬慢行——！」

「勒馬！」呂不韋低喝一聲，五騎未及停穩，斜刺馬隊已經風馳電掣般隆隆捲到面前。微微雪光之下，但見人人黑鐵面具座下戰馬皮甲裹住頭身，手中戰刀一片青光，威猛森森一片殺氣。呂不韋驚訝喘息著尚未開口，當先一騎已經鐵塔般矗在了身前：「呂公！情勢有變，武安道已經重兵把守張網以待，快隨我來！」呂不韋冷冷道：「荊雲，你我有約：你當率諸位義士東入齊國。」「呂公，我等任俠操守無須多說！快走！」一黑鐵塔面具後的聲音帶著尖銳的嗡嗡振響。呂不韋卻沒有動：「荊雲，你如何知道我此番行蹤？」鐵塔面具嗡嗡又起，口氣嚴厲果決：「呂公！大義當前，瑣事何論！除非呂公自毀大計，否則不要爭執！」說罷不等呂不韋說話轉身便是威嚴不容辯駁的軍令，「呂公五騎居中，越劍無率十八騎護衛！主力馬隊各成錐形三騎陣，四周散開拱衛！哨三騎前行三里探路，吳鉤九騎斷後！沿途但以獸鳴為號，不得出聲！起馬！」

一陣隆隆如雷的馬蹄翻滾，呂不韋五騎不由分說被捲進了馬隊，狂飆般捲出了密林山岡，沒入了雨雪交加的沉沉夜幕。

六、長歌當哭兮　大義何殤

黎明時分賓客散去，平原君方才疲憊上榻，一覺醒來滿室白亮，不禁一驚，連忙下榻來到廊下，卻見北風呼嘯大雪飛揚夜來雨雪交加的開春徵候竟陡然轉向。回來再看銅壺滴漏，那支竹針正正地指著午時。喊來侍女問可曾有過軍報？侍女回說沒有。平原君吩咐備湯沐浴。熱水泡得一時，換上已經被豐腴的侍寢侍女在懷中焐得溫熱馨香的輕軟細麻布短裝，再披上一件絨毛足有三寸的白狐裘，平原君方才精神抖擻地坐在燎爐旁開始用餐。雖然已經年逾花甲，平原君趙勝卻是老當益壯雄風不減當年，每飯必大吞一隻肥羊腿六張厚胡餅三升老趙酒。今日靜候佳音，平原君分外舒心，興沖沖將專職侍飯的金髮胡女擁入懷中折騰一番而後不亦樂乎開吃。

「主君，趙狄老將軍急報！」主書急匆匆進了膳室。

「念。」平原君捧著肥大的羊腿頭也沒抬。

「我軍如令張網，日夜無獲。斥候探察：一馬隊於清晨雪霧中越過漳水，進入閼與谷口，快捷隱祕不似商旅，末將疑為呂不韋逃趙！請令定奪。」

噹啷一聲大響，肥羊腿砸在了銅鼎蓋上。平原君一把推開偎在大腿上的金髮胡女，霍然起身厲聲連串喝令：「傳令趙狄：當即飛騎插往晉陽官道守住閼與谷出口！無論何人騎隊不許越過晉陽！百騎立赴倉谷溪，莊中人等一體拘拿！胡馬飛騎整裝待命！」三道軍令出口，主書「嗨！」的一聲轉身便走，卻與大步進門的門客總管毛遂撞個滿懷。毛遂前來稟報，倉谷溪莊園與嬴異人宅第都是空無一人，谷口獵戶說昨夜多有馬蹄聲，呂不韋與嬴異人肯定已經逃走。

「豈有此理！」一聲怒喝，平原君驟然變色。

方才還心懷僥倖，他要等待倉谷溪有回音後再做決斷，以免落得臨事慌亂的笑柄。尤其是信陵君在邯鄲，每出大事，士林國人總拿信陵君與平原君比對，進而滔滔不絕地議論戰國四大公子的種種短長。自己若處處落得口碑下風，在山東六國會失了人望。四大公子以邦交合縱抗秦共保成名，若沒了六國共同認可的聲望，在趙國根基也會跟著鬆動，平原君如何能不上心？可巧信陵君昨日有言，問他何不今夜開始？他回答得那般篤定，其實是從心裡一直蔑視著這個呂不韋。一個與他多年交接兵器買賣從來都是滿面春風言不涉政只會算計錢財得失的商人，能有幾多處置大事的軍國才能？捲進邦交政事無非不自量力而已。唯其如此，平原君對呂不韋從來都是給足面子而不做實交。給足面子者，趙國需要此等兵器大商也。不做實交者，王族貴胄與俗流商賈不可同日而語也。雖說早早便盯上了芈亓疑上了嬴異人呂不韋，可他偏偏就是不收網。他要盡情戲弄這一班不知天高地厚的謀政者，要教秦國將這對兒蠢公子蠢商人的身價抬得天一般高時，再亮出他平原君趙勝手中的囚籠鑰匙，你縱天般價，也須得向我趙國來討個活人回去。火候不到，嬴異人不是太子嫡子，囚禁他殺死他徒然種惡招來天下罵名，還給秦國留下了一個隨時都可以起兵發難的藉口。平原君非常清楚，嬴異人漸漸現出儲君人選之勢，趙國便不能肆無忌憚地殺剮了之。此中要害，在於藉既定的囚居人質之便恰到好處地要脅秦國，不失時機地訂立永久盟約，確保趙國不受威脅。可嬴稷這個老匹夫太過狡詐，硬生生將個王孫人質撂在趙國不理不睬，讓趙國無處著力。要與此等老梟鬥法，自要耐得性子。你不理我也不理，是隻死老虎也要「質」在趙國，直到這死老虎變成有價值的「王」老虎。人質本意，原是以王子王孫為質押，保證出質之國不犯受質之國，若有進犯，受質國可名正言順地處死人質。當年秦國為了麻痺趙國也為了破開山東合縱，派出嫡王孫身分的公子異人到趙國做人質。可不到幾年，秦國便與趙國展開了一場曠古未有的長平大血戰。照天下公理，趙國殺死嬴異人天經地義。可趙國沒殺。因由是平原君力主不殺。後來的事實證實了平原君的洞察燭照——唯其不殺人質，秦國失義於天下而有所顧忌，列國合縱抗秦則成大義之舉，如此可保奄奄一息的趙國喘息過來。

平原君的深謀遠慮獲得了山東六國有識之士的衷心擁戴，一時與信陵君成為抗秦中流砥柱。十多年之間，平原君最充分地利用了這隻人質死虎——允准呂不韋之請，許嬴異人不出邯鄲以自由身交遊走動；贊同信陵君推波助瀾，使嬴異人成為「名士」而不動聲色；祕密探知了呂不韋居趙入秦之動機而渾然不覺。平原君等待的，正是嬴異人成為秦國關注的重要人物。終於等來了這個時日，秦趙邦交也出現了微妙的轉化：秦趙兩國的商旅之路開了，秦軍不再咄咄逼人地襲擊上黨騷擾趙國了。恰在此時芈亓入趙，平原君本能地預感到與秦國邦交大戰的時機到了。此時此刻，卻突然消失了兩個要命人物，匪夷所思也！

「胡馬飛騎！老夫親追！」瞬間愣怔平原君鐵青著臉一聲大喝。

飛揚的大雪陡然收剎，半掩紅日從厚厚的濃雲縫隙向茫茫雪原灑出刺眼的光芒。紅色胡服馬隊隆隆雷鳴般撲出邯鄲西門，風馳電掣直向西北官道。這是平原君的護衛親軍，天下赫赫大名的胡馬飛騎。騎士兩百，人皆精壯猛士馬皆雄駿無匹，人手一口趙武靈王創制的四尺長厚背戰刀，一張王弓一壺二十支鐵鏃長箭一把精鐵打造的近戰短劍；每騎士配置兩匹戰馬輪換騎乘，長途奔襲追擊最是快捷迅猛無與倫比。平原君久事縱橫，常在列國間奔走急務，行止第一要務便是一個快字。這支馬隊成軍三十年，騎士戰馬已經更換了三代，人馬盡皆年輕力壯，中原大地之內任你艱險崎嶇從來都是雷閃雷鳴朝發夕至。今日大舉出動，聲勢自是驚人，引得邯鄲國人爭相追出城來引頸觀望，眼見皚皚白雪中火焰般馬隊彌天燒去，處處一片驚歎。

一接趙狄軍報，平原君料到呂不韋是要出關與峽谷，經晉陽外山道進入秦國的河西軍離石要塞（註：晉陽，今日太原，戰國時秦趙拉鋸交相占領，秦昭王縮勢後趙國控制晉陽。離石要塞，戰國秦軍要塞，屬秦國河西守軍設防，故要塞設在黃河東岸，卻稱河西軍離石要塞）。就實而論，在此之前平原君確實想不到呂不韋會走如此一條險狹路徑。他的預料是，即或呂不韋要逃，也會走武安滏口陘上黨，從河東入秦一線。呂不韋是商人，這條路徑雖然遠了些，但卻是商旅道所熟悉的路徑，尤其是得到呂不韋曾經兩次派馬隊走這條路運貨入秦的密報後，平原君更加確信無疑。派趙狄率三千精銳騎兵守住武安之滏口陘的各處要隘，為的正是要在上黨之前的趙國老本土布下羅網，以防呂不韋萬一出逃。而今，呂不韋非但搶占得半夜先機逃走，而且走了這條只有大將之才方能想到的路徑，委實是平原君所無法預料的。蓋因此路閼與谷橫亙當前，素來險狹車馬難行，在馬服君趙奢血戰勝秦之後，其險名更是昭著天下。商旅運貨雖也圖近便，終是要車馬牛易行貨物安全，從來不走這條車不能方軌馬不能並行人入其中如同洞穴的險道。只有將兵輕騎奔襲者，才以此路為上選。根本原因只有一個——閼與谷人馬過多反而施展不開，但有一支精銳馬隊衝破阻攔，此路是入秦之最近便道。當年秦將胡傷從閼與谷攻趙，為的便是以迅雷不及掩耳之勢逼近邯鄲；馬服君輕兵奔襲閼與谷死戰截殺秦軍，為的也是這咽喉地帶最能出奇制勝。這個呂不韋竟能從此路出逃，足見其有兵家將才。毛遂急報之後平原君驟然清醒，目下已到最要緊關頭，再蔑視這個呂不韋只怕多年綢繆的保趙大計要功虧一簣。親自率領自己的胡馬飛騎追擊，是一定要在晉陽之前攔截住兩個要犯。

荊雲馬隊出了倉谷溪一路西北飛馳，晨曦初露時到了閼與谷口。

秦趙為敵後，閼與谷成為與滏口陘及武安並列的三大要塞。之所以成為要塞，在於它是邯鄲與晉陽之間的最便捷通道。秦國從河西的離石要塞出兵越過晉陽東來，若閼與失守，一日可抵達邯鄲城下。唯其如此，閼與谷出口（北）城堡始終駐紮著五千長於防守的重甲步兵；中段一道石砌長城飛架兩山，有三千配備大型弩機的弓箭營駐防；入口（南）城堡則只有兩千輕騎兵駐守，一千谷外。這是趙奢在閼與之戰後提出的三段防守謀略，當年的趙惠文王欣然贊同，從此成為閼與要塞的防守傳統。

呂不韋久聞閼與要塞壁壘森嚴，一路只疑惑這百人馬隊如何衝殺得過去。擔心是擔心，呂不韋始終沒有問得一句。他熟知荊雲的將才謀略，自己聒噪絮叨只能徒亂軍心，當此最危急關頭，放手隨他調遣才是最明智的抉擇。

大雪飛揚迷離，天地一片混沌。呂不韋突然聽得馬隊中一聲低喝，所有戰馬倏忽間變成了從容小跑。前隊哨探同時飛出一騎衝向皚皚高山，舉著一支粲然生光的金令箭遙遙高喊：「平原君令箭！百騎隊急赴晉陽要務——」喊聲未落，人馬蹤影淹沒在了茫茫雪霧之中。片刻之間，半山中一聲響亮的銅鑼接著是一吼：「馬隊過——」

飛越山口時，呂不韋才在濛濛晨曦中恍然注意到身邊馬隊一色胡服皮甲，與趙軍一般無二，心頭不禁猛然一熱。荊雲既能將平原君的金令箭打出且經過了趙軍辨認，必然是有備而來。如此一想，自己的行蹤消息與諸般謀劃荊雲也是早早留心了。既然如此，荊雲為何不說給自己？蠢也！心念一閃，呂不韋暗自罵了自己一句。荊雲若是先說了，其時胸有成算且與馬隊有遺散之約的自己能接受麼？

紛亂思緒之中，馬隊進了天下聞名的閼與「鼠穴」。馬服君趙奢將閼與峽谷叫作鼠穴，實在是名副其實。兩山綿延夾峙，谷底一線迂迴曲折，時有突出岩石磕磕絆絆的羊腸小徑，兩邊山坡陡峭林木蒼莽怪石嶙峋洞窟散亂密布，任你車馬入谷，只能一線獨行。然則，這支馬隊卻是奇特，不見任何命令也沒有騎士下馬，一進谷口馬隊便悄然成了單騎銜尾，蹄聲沓沓從容走馬，所有的路障都被極為靈巧地躲了過去。便是呂不韋嬴異人兩騎，在馬隊越劍無用一支長杆恰到好處的指點下也走得十分順暢。走到中段飛長城下已經是將近午時，飛揚的大雪將峽谷捣罩得溫暖寂靜，竟使呂不韋生出一種奇特的欣慰來。交驗令箭之時馬隊停息了片刻，還是沒有任何命令，所有的騎士都打開了挎在馬頸下的草料布袋，在戰馬的呱呱咀嚼中，騎士們也解下馬奶子皮囊與乾牛肉，無聲而快速地完成了中途戰飯。呂不韋是後來才想起這次戰飯情景的：騎士與戰馬都單列兀立不動，誰看誰都是背影，誰也看不見誰。多少年之後，每當想到峽谷大雪中的那一尊尊紅色背影，他的心都是一次猛烈的顫抖。

越過中段飛長城，谷道稍見寬闊，馬隊立即變成了時而兩騎並行時而單騎成列的小跑，前後遊動交錯如流雲飛雪，哪怕是幾步幾丈的極短的寬路也被最充分地利用著。不消一個時辰，馬隊通過了最北的出口城堡又翻過了一座不很高的山頭。前面是最後一座孤立原野的高山，翻過山頭下到坡底便是寬闊的晉陽官道。以這支馬隊的雄健腳力放馬飛馳，天黑時分抵達離石要塞該當是萬無一失。

一聲長吁尚未吐盡，身後山谷隱隱一陣沉雷滾動，方才已經見亮的天色驀然間彤雲四合昏暗幽幽。春雷暴雪，異數也！在呂不韋一閃念之間，馬隊中陡然傳出一聲低喝：「趙軍飛騎隊！越劍無三騎護人脫身！馬隊埋伏截殺！」呂不韋尚在愣怔之中，坐下駿馬已經閃電般飛向最後山頭。

一進閼與谷口，平原君便知道了前行金令箭趙軍必定是呂不韋的馬隊喬裝，一時不及申斥守將，只大喝一聲追，飛騎隊魚貫進入了峽谷羊腸道。到得中段飛長城，入口守將帶著一千騎士從後趕來，平原君惱怒呵斥：「人多何用！要的是能追上！回去！」出谷之時，北口守將又要帶重甲步軍兩千隨同追擊。平原君更是怒火中燒，喝罵一聲蠢龜追兔，一鞭抽得守將一個趔趄飛馬去了。追進谷外山頭，盤旋山道的前行馬隊已經隱約可見，平原君一聲長吁心頭頓時鬆泛，戰刀一舉傳下軍令：「咬住敵騎，出山截殺！」

平原君雖非名將，然自少年時起馳騁沙場，對趙國諸要塞地形熟悉不說，對騎兵戰法之精要也是深得要領。閼與谷外過得兩山是平坦的丘陵山塬，他的胡馬飛騎比呂不韋馬隊多得一倍，速度更是無與倫比，在如此最利於馳騁的地形中包抄對方活擒呂不韋嬴異人當是十拿九穩。若在最後一座山中包圍截殺，對方逃跑無望而做困獸之鬥，結局反倒難料。到得山塬地帶，對方要竭力逃脫而不會死命拚殺，他的馬隊便會淋漓盡致地發揮優勢捕獲獵物。說到底，呂不韋馬隊縱然在商旅中出類拔萃，然與他的沙場鐵騎相比實是不堪一擊。目下呂不韋馬隊的身影已在眼前晃蕩，還怕他逃脫麼？

眼看進入了山谷深處，斥候飛騎一馬來報：前行馬隊突然遁形不見了蹤跡！平原君立馬高坡瞭望，果然只見滿山皚皚白雪，盤山道上沒有了紅色馬隊！眼見天色幽暗彤雲四合暴雪將至，平原君斷然下令：「快馬出山！咬住後隨時截殺！他若隱藏山中，我只出山守住要道，憑暴雪困死凍死這班賊匹夫！」

不料在暴風雪到來之前，胡馬飛騎在山腰半道遭遇了詭異的伏擊。

這段山路奇特之極。一座突兀巨岩從山腰橫空而出恍如鷹鉤當頭山龜騰飛，其勢恰成一個切斷兩山的突出山嘴。一條不足一丈寬的石板道在凌空山崖下盤著巨石山嘴突然一個轉折。山嘴遮絕了兩邊視線，雙方共同可見者，只有那可容三五騎的一方凌空彎角。凌空山嘴下是深不見底的峽谷深淵。依著路面寬度，尋常車輛大可通過，便是戰馬騎士，三四騎並轡而過也是從容。胡馬飛騎接了平原君將令要快速出山，騎尉高聲號令：「三騎並行，戰馬銜尾，盡速通過山嘴彎道！」前行斥候三騎聞令即出，在六馬沓沓繞彎的剎那之間，一陣慘嚎一片嘶鳴震盪山谷，三名騎士六匹戰馬樹葉般飄向了茫茫峽谷！

「敵手伏擊！停——！」騎尉一聲大吼，馬隊齊刷刷止步。

平原君聞聲來到前隊，看得一眼山勢冷笑下令：「備用馬匹退後，三騎接踵衝殺，其餘騎士箭雨疾射山坡掩護！」騎尉躍上山坡一方大石喝令：「馬隊退後百步！三騎連環衝殺！預備——殺——」當先三騎高舉戰刀飛馬殺出，後隊騎士彎弓齊射箭雨立即封住了山嘴高坡。喊殺之中平原君來到後隊，低聲下令五十名騎士下馬徒步爬上山坡，繞過山嘴襲擊對方背後。平原君也跳下戰馬帶著兩名護衛徒步上山，要在高處鳥瞰戰況臨機決斷。兩名護衛武士匆忙找到一處堪堪立足的山石，平原君上來兩邊一看卻不禁大吃一驚——右手自己的馬隊不斷衝殺，左手山坳卻不見人馬蹤跡。饒是如此，胡馬飛騎卻是連連倒地已經有十餘騎跌進了峽谷深淵。心頭一閃，平原君大喝停止，立即下令已經上山的徒步騎士縋下山崖前後夾攻。

過得片時，山崖下一聲震盪山谷的虎嘯。一徒步騎士氣喘噓噓上山稟報說，山嘴那邊根本沒有敵騎，只有七八架裝好的弩機與一堆當道的亂石。平原君快步下山一看，只見亂石已經被搬開，弩機也正在拆卸。騎尉報說已經有四撥十二騎被弩機射中跌入深谷。平原君大皺眉頭：「既無人操持，這弩機如何發箭？」騎尉說弓弩是機發，敵騎在山嘴依次繃了四道白亮的牛筋繩，大雪白光下誰也沒在意，馬隊衝到牛筋繩便帶動機關連發三箭。平原君聽得又氣又笑，當即喝令：「三騎前行清道，全數上馬追擊，務必在暴風雪前包抄截殺！」胡馬飛騎已經被這種不齒於騎士的宵小手段激怒，聞得將令人人憤激，發一聲喊呼嘯著掠過了山嘴。

一過山嘴道路漸寬，馬隊奔馳益發加快。眼看前哨三騎已經飛過了山口，前隊十騎飛馳進入了山口。恰在此時，半山腰隆隆沉雷大作。胡馬飛騎們還沒分清是否暴雪前的雷聲，前隊十騎已被凌空翻滾的滾木擂石砸得人仰馬翻，收剎不住的後續十騎也被砸得四散閃避，隆隆湧來的主力頓時層層疊疊擠在了狹窄的山道。居中的平原君來不及叫聲散開，山腰箭雨已經呼嘯潑來。騎士們大怒，前隊吼叫著揮舞戰刀撥打飛矢，後隊喝罵著一齊彎弓對射。片刻之間，又有十多騎轟然倒地。平原君大怒，正要喊出死戰衝殺山口的命令，陡然卻見山口山腰箭雨消失滾木擂石也沒了動靜，心下一亮舉起戰刀高喊：「緩兵之計！敵騎業已逃遁！衝出山口截殺！」

一聲震盪山谷的怒吼，瘋狂的胡馬飛騎颶風般捲出了山口。此時，雷聲大做彤雲翻滾大風裹著大雪密匝匝壓下，冬日暮色頓時變成了茫茫白夜。平原君嘶聲大喊：「兩翼展開！包抄追擊！」話音落點，紅色馬隊驟然分成兩隊展開，如兩條火龍般攪進了風雪大做的無邊雪原。趙國騎士最是善於在尋常人不辨南北的茫茫草原奔馳激戰，目下這疾風暴雪的混沌天地對於這支胡馬飛騎可謂正得其所，不失方向不減速度兩馬輪換，只向著晉陽方向全力追擊。

大約半個時辰，胡馬飛騎終於在一片丘陵谷地中漸漸咬住了又漸漸超出了同樣頂風冒雪風馳電掣如同火焰般燃燒的逃遁馬隊。飛騎隊中陡地一聲虎嘯，兩條火龍隆隆聚合，攪著漫天風雪包住了一路戲弄他們的敵手。雪亮的戰刀翻飛狂舞，一場慘烈的殊死拚殺就此展開。

平原君立馬山坡看得片時，不禁大為驚訝。這支與趙軍馬隊制式完全相同的馬隊，戰法與趙軍飛騎迥然相異，竟是秦軍騎士的三騎錐。三騎錐戰法乃白起獨創，通行秦軍騎兵以來大見成效，其要害是將戰國騎兵通行的「十騎一戰」（註：十騎一戰，即十騎士為一個基本作戰單元）減低到了「三騎一戰」，騎兵作戰的變化能力大為改觀。蓋騎兵衝殺之基本方式為散兵格鬥，無論雙方參戰騎士規模多大，最終都是展開格殺，不可能像步軍那樣結陣而戰。然這種格殺又不是完全孤立的武士決鬥格殺，而是每騎之前後左右隨時都可能出現敵騎突襲的戰場格殺。唯其如此，騎士之間需要協同配合，既掩護同伴不遭突襲又可以放手搏殺，便成為戰場騎兵的最佳作戰方式。十騎雖然已經很精悍，然在煙塵彌漫殺聲震天流矢飛舞刀劍交錯的戰場，還是難以做到精妙配合。減至三騎配合，是將騎士能夠及時馳突關照的範圍定在了恰如其分的程度，格殺之流動配合大見流暢。以三騎錐為格殺最小單元，白起又創建了一整套「三」字制騎兵戰法：三個三騎錐加一個靈活策應的什長便是十騎，三錐相互協同格殺，十騎便能自成小戰場；如此向上，三十一百，三百一千，三千一萬，三萬十萬，廣闊戰場上的騎兵軍團可成收發自如進退流暢格殺協力的鐵流勁旅。若非如此，長平大戰中秦軍以等量兵力死死困住剽悍的趙軍不能突圍便成為匪夷所思的神話了。

三騎錐之奧妙，在於馬隊越小越見威力。荊雲馬隊面對倍我之敵，非但絲毫不見左右支絀，風雪戰場反倒是個難分難解之局。酣戰之中，突聞谷地一聲鵰鳴，各「錐」為戰的荊雲馬隊一聲大吼，人各亮出一口短柄鐵斧，左斧迎面猛磕敵手戰刀，右手戰刀便猛力砍殺過去。片刻之間，趙軍有多騎落馬，形勢陡然為之一變！

風雪山坡上的平原君沒有慌亂。以胡馬飛騎的戰力，縱突然吃得一虧也會迅速恢復過來，無論如何趙軍馬隊還有一百餘人，而對方只有六七十騎了，何怕死戰？只是方才這一變，平原君心中突然閃過一個疑惑——這支馬隊不藉此良機突圍竟還是原地死死拚殺，莫非呂不韋已經逃走？心念一閃，平原君藉著雪光突然看見血紅雪白的馬隊糾纏中總是閃爍跳動著兩顆黑點。凝神觀望，果見兩騎士臂膊上各裹一幅黑布，人馬騰挪也顯然有些不大靈動。平原君心中陡然一亮，對身邊兩名護衛武士低吼一聲：「看準黑布人，射其下馬，衝陣搶出！」兩武士嗨的一聲援弓搭箭，但聞隱約尖嘯穿過風雪，兩個黑點倏忽消失。與此同時，兩武士飛騎直下衝入陣中要搶射翻之人。千鈞一髮之際，被趙軍死死纏住的馬隊卻突然從不同方向飛出幾把鐵斧，砍瓜切菜般將飛來兩騎的人頭馬頭連根切去，縱是戰場亦煞是森然。

「死戰衝陣！擒殺黑布人！賞萬金——」平原君終於忍無可忍了。

趙軍騎士精神大振，吶喊一聲紛紛換馬死命衝入戰圈殺了上來。此時，被困馬隊又是一變，分明已經被射翻落馬的黑布人不見了蹤跡，拚殺騎士中也再沒有了那兩個騰挪不便的笨拙者，剩餘四五十騎圍成一個相互呼應的大圈子又廝殺起來。

看得片刻，平原君又疑惑了。這支馬隊分明已經是人馬力竭，有幾人已經在步戰了，為何依然毫無突圍之象？兩黑布人若果然是呂不韋嬴異人，莫非他們還要與馬隊同死？可分明曾經有過突圍的一線生機，為何還要同死？突然之間，平原君心中又是一亮，夾雜著被屢次捉弄的怒火一聲大吼：「脫身戰場！追殺呂不韋——！」一馬衝下山坡率先順著汾水河谷向東南飛馳而去。

如此一來形勢陡變！竭力脫身的胡馬飛騎變成了「逃亡」者，竭力死戰的荊雲馬隊變成了「追擊」者，翻翻滾滾在風雪彌漫中糾纏著廝殺著奔馳著。荊雲馬隊的戰馬縱然同樣雄駿，也比不得胡馬飛騎的兩馬輪換。一日一夜兼程奔馳又經過兩個多時辰的生死血戰，等閒戰馬騎士早已經是脫力而死了。饒是如此，荊雲馬隊竟能神奇地死命尾追糾纏，偶有騎士殺得趙軍立即飛上趙軍馬背向前追殺，全然沒有了三騎錐的陣形呼應。也正是因了如此戰法，平原君馬隊雖然不能全數全速向前追擊，荊雲馬隊的騎士也在一個個迅速減少。大約一個時辰，到得出汾水河谷距離石要塞只有百餘里時，尾追趙軍的荊雲馬隊終於銷聲匿跡了。

平原君馬隊已經只有二十餘騎，然腳力卻是未減。出了汾水河谷風雪稍減，轉折西來的趙軍馬隊依稀看見了前方幾騎影影綽綽的飛馳身影。平原君大吼一聲飛馬，馬隊驟然發力在雪原上包抄過來。正在此時，前行兩騎突然回身兀立不動，只聽低沉的噗噗之聲連響，當先幾騎趙軍突然落馬！平原君怒喝一聲放箭，趙軍馬隊引弓齊射，當道兩騎立即被紮成了紅刺蝟轟然倒地。可是，在趙軍旋風般捲上來的時刻，兩具紅刺蝟卻突然從雪地上凌空飛起，死死撲住了最前兩騎！突聞兩聲淒厲的號叫，兩騎士竟被四隻鐵鉗般的大手活活扼死。

「騎尉——！」平原君嘶聲一吼轟然倒撞下馬。趙軍騎士也驟然勒馬，被這匪夷所思的恐怖襲擊震懾得一片默然。這個親軍騎尉是老將軍趙狄的幼子，也是平原君最為器重的族侄，其所以未入軍為將而做了親軍騎尉，實是平原君為了歷練這個王族英才。騎士們都知道，他們的騎尉來日必是趙軍大將。如今突然遭此橫禍，一時愣怔不知所措。正在此時，前方沉雷隱隱，風雪之中隱約可見黑色馬隊從離石要塞方向遍地壓來，前行兩騎也不見了蹤跡。突然之間斥候哨騎一聲驚呼：「蒙字大旗！秦軍鐵騎到了！」

平原君已經醒轉，一揮手慘然笑了：「回軍。」

秦軍鐵騎也不追趕，聽任紅色馬隊隆隆東去。馬隊到得晉陽郊野已經是次日清晨，正要進城歇息休整，平原君卻突然下馬指著幾具屍體下令：「打開他等面具。」幾名騎士下馬將幾具屍體的青銅面具撬開，連同平原君在內所有人都驚得輕輕「呵」了一聲，情不自禁地倒退了一步——幾具屍體的大臉自雙眼以下全部擠成了一團，晨曦之下分外的猙獰可怖。

「自毀面容！」一個騎士驚叫了一聲。

「所有屍體面具全都打開。」平原君冰冷漠然地佇立著。

散落雪原與趙軍騎士屍體交錯糾纏的屍體被一具具剝離拖來，又一具具打開了面具。晉陽城外河谷共三十三具屍體，當面具一張一張被打開，猙獰可怖而又無法辨認的肉團臉一張一張顯露出來，騎士們不禁連連嘔吐。

平原君冷峻蒼老的臉上湧出了兩行淚水，大袖一拭回身低聲吩咐道：「曉諭晉陽令，全數收拾沿途屍體，兩相剝離，面具屍體送離石秦軍大營。」說罷踽踽獨行，逕自步履蹣跚地繞著屍體唏噓感慨不能自已。人懷必死之心，此等俠士舉世無匹矣！能使百餘俠士捨生取義者，誠大英雄也！趙勝門客三千，然有幾人當得烈士？呂不韋呵呂不韋，你一介商旅竟有如此結交死士之能，而老夫卻懵懂不得知，嗚呼！此情何傷矣人何以堪！

呂不韋驀然睜開雙眼，看見的是一副寬闊黝黑連鬢大鬍鬚的臉膛。

「荊雲？荊雲何在！」一聲驚呼呂不韋坐了起來又軟癱在了軍榻。

「呂公，我是前將軍蒙武。」軍榻邊的大鬍鬚俯身低聲道，「公子已經醒來，正在用飯，呂公也當喝得一盆羊湯暖和振作些許，醫士還要換藥療傷。你已經昏睡兩天兩夜了。」呂不韋又掙扎坐起：「將軍，我，我要見荊雲……」蒙武默然片刻向左右一揮手：「抬呂公出帳。」兩邊軍士抬起軍榻，蒙武護持著出了大帳。

暴風雪已經過去，暮色殘陽照得一片銀白世界。軍榻周圍的所有人都沉默著，腳下咯吱咯吱的踩雪聲特別刺耳。行得半里許，來到軍營內的一片避風窪地，蒙武俯身扶起呂不韋，手臂一指喉咕的一聲大響，背過了身去。呂不韋猛然跳下軍榻，踉踉蹌蹌一陣撲跌，驟然無聲地倒在厚厚的雪窩之中。老醫士一陣忙亂，面色蒼白如雪的呂不韋終於長長地吼出一聲：「荊雲！呂不韋何忍獨生也——」捶胸頓足放聲痛哭，又跌跌撞撞地爬進了窪地……白雪皚皚的山坳裡整齊擺放著十排麻布遮蓋的屍體，一座丈餘高的無字黑石巍然矗立，四周山坡密匝匝站滿了黑松林一般的秦軍騎士。沒有蒙武軍令，沒有官佐相呼，自屍體運來，三千騎士已經自發地在這裡守候了一天一夜。軍旗獵獵，戰馬悲鳴，山谷中死一般的沉寂。

呂不韋顫抖著雙手揭開了頭前第一幅麻布，大嚎一聲撲到了冷冰冰的屍體身上……良久醒來，呂不韋披散著長髮揮舞著綿袍大袖一聲震動山谷的呼嘯——嗚呼！烈士死難兮，我心淪喪。長歌當哭兮，大義何殤。荊雲等我……一頭撞上了那方黑色墓石。

三日之後，呂不韋再次醒來時，已經是身在離石要塞了。當嬴異人第一次小心翼翼地來探望他時，驚得大叫一聲跌倒在地——斜倚軍榻的呂不韋蒼白瘦削形同骷髏，一頭白髮散亂在肩兩眼只直勾勾盯著虛空一臉茫然。嬴異人費力爬出帳外又爬進蒙武大帳，只說得一句：「快！邯鄲毛公……」哽得昏了過去。

當夜，兩騎斥候飛往邯鄲，蒙武鐵騎也祕密拔營兼程南下了。

第七章  流火迷離

一、太廟勒石　捶拊以鞭王族

安國君嬴柱星夜趕回咸陽，迎接他的是一場極為尷尬的災難。家老緊急報信，說華陽華月兩夫人被廷尉府拘拿，傳聞罪名紛紜不清。嬴柱頓時急懵了過去，及至蒙武匆匆趕來，依然愣怔不知所措。蒙武吩咐亂作一團的家老衛士侍女一體退下，啜著滾燙的釅茶陪著這位王族父輩人物默默地坐著。嬴柱渾然無覺，間或一聲長吁始終沒有一句話。良久，蒙武一拱手道：「小侄之見，君伯當回咸陽。」見安國君只是歎息不語，蒙武又道，「君伯雖奉王命，領小侄策應公子離趙。然據連番探報，公子不會在三月解凍之前貿然逃趙。君伯盡可南下，小侄留離石要塞策應足矣。」嬴柱突然開口：「咄咄怪事！你說甚個因由？」蒙武思忖道：「常理揣測，內眷獲罪無非兩途，不是受夫君株連，便是私幹國事。如今君伯安然，夫人獲罪可能與國事關涉。」嬴柱皺著眉頭一副不願意相信的神色：「會否與楚國攻秦有關？」蒙武笑道：「方才也是小侄冒昧揣測，實情難說。兩夫人本是楚人，也難說沒有此等可能。」蒙武謙和持重不做反駁，倒使嬴柱沒有了羅列種種可能的興致。「難矣哉！」默然片刻嬴柱長歎一聲，「蒙武呵，我身負王命職司密行，何能擅離河西也！」蒙武一番沉吟，依舊是謙和地笑道：「依小侄之見，陡發如此大事，很可能有王命隨後召君伯還都。君伯還是準備啟程為好。」嬴柱正在沮喪地搖手搖頭，帳外馬蹄聲疾，隨之太子衛士分外響亮的報號聲：「王命特使到——」

王命簡單得只有一句話：「太子著即還都，原事交前將軍蒙武。」嬴柱來不及讚賞蒙武，坐著那輛因他病體不能長途馳馬而特製的輕便輜涼車兼程南下了。三日馳驅，到得咸陽正是午後。按照受命被召的法度，嬴柱沒有先回太子府歇息，而是先徑直奔王宮覲見。意料不到的是，老父王並沒有召見他，只有老長史桓礫出來傳了一句口命：著嬴柱到廷尉府會事。傳命之後教他回府歇息。

頭緒不明又受冷遇，嬴柱更不敢大意，當即出宮轉車趕到了廷尉府。廷尉府坐落在商君大道的中段，毗鄰當年的商君府。府邸不算高大雄闊，門前更非車水馬龍，卻有著一種簡樸靜穆的威嚴。嬴柱吩咐輜涼車停在車馬場，自己徒步進了府邸徑直來到書房等候老廷尉。這老廷尉有個咸陽官吏人人皆知的口碑，「冷面唯一堂」。「冷面」是說他從來不苟言笑。「唯一堂」則說他整日只在廳堂處置公務，從來沒有人在書房見過他。嬴柱覺得兩夫人事實在難堪，不想在廳堂與老廷尉見面，選擇了在書房等候，寧可老廷尉下堂後再會事。一個粗手大腳的女僕煮好了釅茶匆匆去了。嬴柱一盞茶尚未啜畢，女僕又匆匆回來，說老廷尉請他到廳堂會事。嬴柱搖搖頭一聲歎息，站起來去了前院廳堂。

老廷尉正在與一班部屬議事，見太子風塵僕僕入廳，禮見之後散了會議與太子單獨會事。既入公堂，嬴柱只有依著法度辦事，入座案前說得一句：「嬴柱奉命前來會事，只聽老廷尉知會事宜。」便默然靜待。老廷尉也沒有任何寒暄，重重咳嗽一聲道：「本廷尉奉命知會安國君：公子異人得密書立嫡，而密情無端洩露趙國，非但置公子於危境，且使秦國對趙邦交大陷不利；本廷尉奉命立案徹查，得人舉發：華陽夫人華月夫人指使族弟芈亓，以私家密使入趙，擅自動用黑冰臺並聯絡呂不韋，之後久居邯鄲鋪排淫靡，被趙國拘拿，供出國情隱祕；本廷尉依法拘拿兩夫人下獄，目下正在訊問之中，供詞恕不奉告。」老廷尉字正腔圓卻平板得如同念誦判詞一般，而後又是一聲重重咳嗽，「今請與安國君會事，質詢一則：安國君可曾對任一夫人提起過公子立嫡事宜？若未提起，安國君以為兩夫人如何得知密書立嫡事？」

默然片刻，嬴柱字斟句酌道：「廷尉依法查案，本君自當據實陳述。然嬴柱兼程歸來，不勝車馬顛簸，心下已是混沌不堪。請容一夜歇息，神志清明而後回覆質詢。」

「可也。」老廷尉站起身來，「以明日日落為期，本廷尉等候回覆。」說罷一拱手將嬴柱送出了廳堂，始終沒有一句私話。

回到府邸，已是掌燈時分。嬴柱顧不上饑腸轆轆，立即喚來主書、家老並幾個掌事僕役詢問消息。各方一番湊集，事情終於有了大略眉目：事發之前三日，華陽夫人的貼身侍女梅樹出府未歸；三日後兩夫人被同時拘拿，華陽夫人未做任何申辯，跟著廷尉吏走了；當晚廷尉府知會太子府，侍女梅樹做舉發證人，被廷尉府轉居監護，太子府不得私相過問。主書曾以公事名義尋找華月夫人家老，力圖得知真相，家老已經逃走不知蹤跡。此後案情訊問之情形，府中上下無從知曉。

嬴柱聽罷不得要領，只沉吟思謀著不說話。主書是個細緻周密的中年人，見家老僕役們面面相覷莫衷一是，欲言又止。嬴柱心頭一閃，吩咐幾個掌事僕役各去應事，只留下家老主書兩人說話。主書方才一拱手道：「在下冒昧一問，安國君是要救兩夫人，還是聽憑廷尉府依法論罪？」嬴柱皺起眉頭道：「也要救得才是。」主書道：「在下以為此事有三處蹊蹺不明：其一，華陽夫人素來不干政事，何以能背著安國君密謀如此重大之事？其二，兩夫人有何途徑，能得密書消息？其三，梅樹為夫人貼身侍女，素來忠心不貳，何能突兀舉發？此三事不明，施救無從著手。」所說三事，事事隱指華陽夫人可能受了華月夫人唆使。家老猛然醒悟，也立即接道：「老朽之見，華陽夫人八九冤屈，主君當設法為之鳴冤才是。」嬴柱思忖良久終是一聲歎息：「難也！兩人同罪，只救一人，如何著力？」主書便道：「此案要害，只在得知密書之途徑。誰有密書途徑，誰便是主謀主犯。以在下揣測，華陽夫人與王宮素無絲縷關聯，斷無先於安國君而得知密書之可能。」嬴柱不禁一驚：「噫！你如何曉得我知密書在兩夫人之後？」「安國君明鑒，」主書一拱手，「在下主司公務，府中日每來往官身之人均有記載。日前，在下查閱了年來所有記載，以國事法度推之：半年前駟車庶長來府那日，華月夫人恰好先行入府；那日安國君於棠棣園先見華月夫人，後在書房密室會見駟車庶長；若駟車庶長是下達密書而來，華月夫人也必是先知密書而來；據此推斷，不能排除華月夫人在飲酒敘談之時，已經先行將密書告知了安國君。若此點屬實，洗清華陽夫人不是難事。」

「依你之說，也可推斷我得密書後回頭告知了兩夫人？」

「不能。」主書鎮靜如常地看著拉下臉的嬴柱，「若得如此，安國君必然要與兩夫人共謀此事。一旦共謀，安國君至少絕不會贊同以芈亓為特使。更根本處，安國君在會見駟車庶長之後，與兩夫人只有一夜之聚，天方黎明便被駟車庶長召去，此日暮色當即出咸陽北上河西。依照常理，如此重大謀劃不能一夜急就。若安國君果真參與了謀劃，在得領軍接應公子的王命之後，也必會立即取消這一私行謀劃。安國君北上而私行謀劃照常進行，可知安國君對此事一無所知。一二三連環，無一便無二三，今無二三，也便無一。由此可知安國君並未將密詔告知兩夫人。」

「如此說來，我可擺脫廷尉府追究？」

「周旋得當，自可擺脫。」

「嗚呼哀哉！」嬴柱拍案長吁一聲，「酒飯上來，吃飽再說！」

主僕三人的這頓酒飯吃了大約半個時辰。因忌酒而不善飲酒的嬴柱破例飲了兩爵，紅著臉邊咥邊說議定了大體路子。散席之後嬴柱渾身如同散架一般，被兩名侍女扶進浴房泡進熱騰騰的大盆推拿按捏了又大約半個時辰，方才被抬上臥榻，頭一靠枕鼾聲大作。誰料夜半之時卻莫名其妙地醒了過來，再也不能入睡，幽幽暗夜中兩個夫人的影子總是在左右詭祕地晃悠。嬴柱索性裹著大被坐起，也不點燈，只盯著紅氈地上一片冰冷的月光發著愣怔，心頭只突突跳動著一個個狂亂飛舞的大字——飛來劫難，你能躲過麼？

據實而論，嬴柱實在難以預料這件突發罪案的牽連深淺。華月夫人事先知道了密書，且先於駟車庶長透露給他是事實，他拿到密書後炫耀地擺在了兩夫人面前也是事實。那個胡天胡地的秋夜裡，兩個狂放的女人將他侍奉得如醉如癡昂奮不能自已，除了忘情的大呼小叫與語無倫次的粗話髒話以及後來總在眼前晃動的兩具雪白肉體，他已經完全記不清楚自己應過甚事說過甚話了。回想起來，那天夜裡兩姊妹高興得忘乎所以，常常情不自禁地趴在他身上咯咯直笑，吞吐把玩著他總在說一件他自己也很樂意聽的事情，他連連點頭說好，兩姊妹咯咯長笑爭相向他獻媚。目下想來，除了那件當日剛剛從不同途徑得到消息且與每個人都息息相關的大事，還能有甚事喋喋不休？可是，自己連連點頭的究竟是一件甚事？若果真兩姊妹說要派私家特使入趙襄助異人回秦，如何自己連一絲一毫的記憶都沒留下？若不是此事，還能有甚事要自己點頭？他朦朧記得，兩女人一個騎在他臉上一個趴在他身上一齊呻吟著嬌笑著拍打著要他說話，他被豐滑肉體堵住的大嘴巴只能悶聲嗷嗷嗚嗚，兩個女人一時笑癱在了他身上。那時候能是甚事？若果然此事，為何非得他點頭答應？縱是兒子在他毫不知情時突兀歸來，身為父親他能不高興？那麼，便是……對了對了！嬴柱心頭猛然一顫一閃——芊亓入趙，要憑太子府令牌才能在丞相府官市署取得通關書令！

如此說來，自己豈能逃脫罪責？

然則，晚來主書一席拆解也是振振有詞。若自己以「當日發病昏迷不省人事」對應廷尉質詢，留給廷尉的很可能便是如主書一般的推理，自己很可能逃過一劫。可是，若兩夫人要減輕自己罪責，一口咬定此事得安國君首肯，自己卻如何辯解？細想起來，這兩個女人他實在把不準，肉身親暱放浪得刻骨銘心須臾不能離開，心頭卻總好像雲霧遮掩不曉得深淺。她們時常背著他抱做一團神祕兮兮地唧咕，見他來了咯咯笑著分開纏上來侍奉得他沒有一句發問的機會。依常人之心忖度，兩夫人皆無兒子，靠的是他這個太子，無論如何不當有陷他於不利境地的密謀。然則，翻過去再想，關心則亂，兩夫人眼看後繼有望，難保不會做出事與願違的蠢事；目下入獄，更難保不為了自保連帶出他這個王儲以圖減輕罪責。

果然如此，他當如何？

最佳之策，當然是周旋得兩夫人無罪，同時保住自己。若在山東六國，對於一個太子這實在是一件輕而易舉的小事。可這是秦國，如此想法簡直荒誕得異想天開！違法論罪，這在秦國是無可變更的法治國情，除非老父王力行特赦，如此洩密重罪想一體逃脫無異於癡人說夢。事已至此，必須有人為洩密事件及其帶來的嚴重後果承擔罪責。為今之計，能保住自己已經是萬幸了，何能再希圖救出兩位夫人？華陽華月啊，非嬴柱不救，實不能救也……

清晨卯時，酣睡中的嬴柱被侍女喚醒，說家老令她進來稟報綱成君蔡澤在正廳等候。嬴柱猛然坐起穿好衣裳匆匆洗漱完畢大步趕到了正廳，迎面一長躬：「綱成君想殺我也。」蔡澤大笑著連忙也是一躬：「三月未見，不想安國君成謙謙君子也。」嬴柱顧不得寒暄應酬，一把拉住蔡澤便走，到了書房掩上門又是一個長躬：「綱成君救我！」蔡澤扶住嬴柱驚訝道：「安國君何事驚慌？」嬴柱連連頓足：「兩夫人被拘拿，嬴柱豈能不受牽連？老父王火急召我卻不見我，大勢危矣！」蔡澤恍然大悟，目光連閃間長長地「啊——」了一聲，悠然一笑道：「安國君啊，有道是人到事中迷，果不其然也。」「你說甚？」嬴柱一臉懵懂驚愣，「你你你說我迷？你說我迷！我如何迷果真迷麼！」蔡澤不禁笑得前仰後合：「也也也！安國君，老夫未及早膳趕來點卯，肚腹空空，不教人咥笑得飽麼？」

「好說好說。」嬴柱拉開門一聲大喊，「酒飯！快！」

片刻間酒飯上來，蔡澤入座埋頭吃喝。嬴柱不吃不說話，一邊看著蔡澤一邊從自己座案不斷往蔡澤身邊一蹭一蹭湊來，迫切之相如同狗看著主人乞求骨頭一般。蔡澤從容吃得一陣終是不忍，擱下象牙箸笑道：「安國君如此待客，老夫如何咥得？來！坐了說話。」嬴柱迷瞪著雙眼渾然不覺：「不不不！綱成君只管咥我也咥，咥罷再說不遲。」蔡澤的公鴨嗓呱呱笑道：「罷了罷了，來，坐回去聽老夫說！」見嬴柱只癡癡盯著自己，蔡澤驀然大覺侷促，霍地起身離座一躬：「君將為萬乘之尊，安得如此惶惶亂象？請君入座，老夫自有話說。」嬴柱一個激靈方才恍然一笑，不及站起雙手撐地猛然挪動大屁股退了回去：「你只說！」

蔡澤這才落座一笑：「安國君，此事看似危局，實則十之八九無事也。」

「如何如何？何能無事？甚個根由？」

「其一，呂不韋已知羋亓出事，做好了周密謀劃。其二，公子之老內侍老侍女與呂不韋新妻並商社執事，已經在年前安然回到咸陽。其三，老夫得信，公子與呂不韋已經離開了邯鄲，只要路途不遭意外，當可安然返國。」

「這？這與兩夫人之事何干？」嬴柱依然一片混沌。

「君不聞釜底抽薪乎？」

「啊，啊，啊——」嬴柱終於明白了一些。

「另則，兩夫人事安國君未嘗預聞，本無危局，亦無須憂慮。」

「我未嘗預聞麼？」嬴柱不期然驚愕一句又連忙改口，「對對對，我未預聞。」

「是否預聞不憑君說，乃老夫推斷之事實。」蔡澤梆梆叩著大案，「若你預聞，兩夫人自會供出；兩夫人未供，可證你未嘗預聞。不是麼？」

「你你你，你如何曉得兩夫人未供？」

「兩夫人若已供出，安國君去廷尉府只怕不是會事了。」

「是也！」嬴柱長吁一聲，自己如何連如此簡單的道理也迷了心竅？以老父王執法如山的鐵石心腸，但有兩夫人供詞，自己能不連帶下獄？老廷尉會事問的正是自己是否預聞，若兩夫人供了還會那般依法質詢麼？還不早將供詞撂出教我招認了？對也對也！兩夫人甚也沒說！驟然之間，一絲愧疚漫上嬴柱心頭，不禁懇切拱手，「綱成君，兩夫人乃先祖宣太后族孫，孤身無後，唯靠嬴柱照應，敢請援手一救！」

「救？救哪個？」蔡澤白眉猛然一聳，「此案必得一人承擔罪責，周旋得當，或可解脫一人。兩人得救，只怕難於上天也。」

默然良久，嬴柱一聲歎息：「嗚呼！但得一人，夫復何言？」

「安國君存得此心，老夫便有一策。」一見嬴柱又急急湊到面前，蔡澤低聲說了起來。嬴柱邊聽邊點頭，臉上蕩開了一片近日難得的笑容。

蔡澤一走，嬴柱閉門大睡到午後方才起來，自覺神氣清爽了許多，啜得幾盞滾燙的釅茶駕著軺車去了廷尉府。公堂相對老廷尉素無閒話，徑直請安國君如實回覆昨日質詢。嬴柱回得極是簡潔：離開咸陽之前從沒有對兩夫人透露過密書，兩夫人從何途徑得密書消息，也無從得知，不敢冒昧揣測。老廷尉請他在書吏錄寫的竹簡後手書了官爵名號，平板板一拱手道：「會事完畢。安國君聽候判詞。」嬴柱一點頭告辭出門，奔王城而來。

長史桓礫正在王書房外廳歸置官員上書，按輕重緩急排出先後次序，選出最緊要者在老秦王午眠之後立即呈進。埋頭之時卻聞案前微風，一只黑色木匣已經擺在了案頭。桓礫一抬頭，見正殿老內侍已經踩著厚厚的紅地氈悄無聲息地站在了面前，淡淡笑道：「老寺公又要給人加塞？」老內侍紅了臉，一邊搖頭一邊低聲道：「看好也，太子緊急上書，莫非你老哥哥敢不接麼？」桓礫一怔，撂下手頭書簡打開了黑漆木匣，揭開了覆蓋匣面的紅綾，一個更小的古銅匣顯了出來，匣面上赫然太子府的黑鷹徽。按照公文呈送法度：太子上書長史無權打開，必須立即呈送秦王。桓礫抬手啪地蓋上木匣捧起：「老寺公知會太子，上書已經呈送，請候回音。」一見老內侍無聲地搖了出去，桓礫捧著木匣進了書房內廳。

春回之季，久臥病榻的秦昭王氣色漸漸見好，聽桓礫高聲大氣地稟報完畢，淡淡一笑：「老夫聽得見，忒大聲。開啟太子書，你念。」

「老臣明白！」桓礫心下一熱，不禁一聲哽咽。

近年來老秦王風癱在榻，非但耳背重聽，連說話也是咕噥不清了。無奈之下，桓礫與給事中（內侍總管）物色了一個極為聰敏可靠的少年內侍進了內書房，職事只有一個：終日守候秦王臥榻做「傳書侍者」。每有重臣對事，少年內侍跪伏榻側頭靠王枕聽老秦王咕噥說話，而後轉身複述給臣下。幾次下來，王族元老與蔡澤等幾位重臣大為不安，如此傳音斷事，但有差錯後果不堪設想。桓礫更是緊張莫名，每次對事都汗流浹背如同噩夢——不管是老秦王果然晚年昏聵，還是少年內侍傳音出錯，只要一兩件國事斷得荒誕不經，自己這個長年居於宮闈中樞執掌機密的長史與老給事中必然會成為「狼狽為奸蒙蔽王聽」的奸佞小人，而被朝野唾罵遺臭萬年。反覆思慮，桓礫與老給事中祕密計議籌謀，對少年內侍施行了「矐刑」，以防這個漸漸長大的內侍生出非分野心。

那是一種祕密刑罰：將新鮮熱馬尿傾於密封木桶，將人頭塞進鎖定薰蒸，直到馬尿沒了氣息；反覆幾次，人便睜眼失明——雙目如常而不可見物。幾十年後，名動天下的樂師高漸離因行刺秦始皇被判腰斬，秦始皇看重高漸離擊築才藝而特赦之，然又必須依法給予處罰，便對高漸離用了這種矐刑，從而使這種刑罰見諸史書。這是後話。

聽著少年內侍沉悶的嗚咽，桓礫在行刑密室裡捶胸頓足地咒罵自己。老給事中看他幾於癲狂，揶揄地嘲笑他「謀忠又謀正，賣矛又賣盾」，笑罷再也不請他監刑了。去年入冬之後，原本機敏聰慧清秀可人的少年內侍倏忽變得呆滯木訥，雖傳言依然無差，然那對似乎依然明亮的雙眸卻終日無神地空望著前方，黯淡的兩頰總是掛著一絲細亮的淚線，直看得桓礫心頭發顫。雖然他已經請准秦王對少年家人族人做了賜爵厚賞，可每次看見這個默默跪伏在王榻一側的少年，便生出一種難以名狀的傷痛。年關之後春氣大起，老秦王漸漸見好，今日竟能大體清晰地說話了，他如何不如釋重負熱淚縱橫？

「好好念也……」秦昭王沙啞的聲音慈和得像哄慰小兒。

「哎。」桓礫答應一聲，拭去老淚啟開銅匣展開竹簡咳嗽一聲誦讀起來，「兒臣嬴柱頓首：得奉王命立異人為嫡，不勝感喟欣慰，恆念父王洞察深遠。然，一事不敢妄斷，請父王訓示定奪：異人生母夏姬出身微賤，粗疏不足以為兒臣正妻；兒臣妻華陽夫人違法獲罪，而今下獄，夫人爵被奪，依法已非兒臣之妻；如此兒臣無妻，諸子亦無正母，嫡子異人歸來之日，若無正母在位示教似有不妥；此事該當如何處置，兒臣委實無策，懇請父王定奪示下。」收攏竹簡，桓礫補了一句，「太子書完。」一直靠著大枕閉目凝神的秦昭王良久默然，突兀道：「長史以為此事如何？」

「老臣……」桓礫一陣沉吟正要說話，秦昭王一拍榻欄：「宣嬴柱。」

正在候見偏殿呆看屋簷鐵馬的嬴柱，被老內侍帶進深邃幽暗的王書房內廳，進門撲拜在地高聲道：「春來陽生，兒臣祝父王康泰。」秦昭王淡淡一笑：「禮數倒是學得周全。坐了。」聽得王榻蒼老的說話聲，嬴柱不禁大是驚愕，接連又是撲地一拜：「嗚呼！天佑我秦，父王復聰，兒臣心感之至！」秦昭王白如霜雪的長眉皺成了一團，溝壑縱橫的老臉卻平靜如水，輕輕一抬手道：「坐了回話。廷尉府會事如何？」嬴柱膝行到榻側案前肅然挺身跪坐，將會事經過簡潔說了一遍，末了歸總一句：「兩夫人之謀，兒臣未嘗與聞，唯聽廷尉府依法處置。」秦昭王道：「你若廷尉，此案如何裁決？」嬴柱毫不猶豫接道：「坐實憑證，依律判之，首犯當腰斬。」片刻默然，秦昭王道：「你若秦王，自覺能否特赦？」

「……」嬴柱頓時吭哧不敢介面。

「今日上書，要再次大婚？」秦昭王又淡淡地追了一句。

「……」嬴柱還是吭哧不敢介面。

「嬴柱啊，」秦昭王拍著榻欄粗重地歎息了一聲，「既為國君，當有公心。無公心者，無以掌公器也。汝縱有所謀，亦當以法為本。秦之富強，根基在法。法固國固，法亂國潰。自古至今，君亂法而國能安者，未嘗聞也！君非執法之臣，卻是護法之本。自來亂法，自君伊始。君不亂法而世有良民，君若亂法則民潰千里。《書》云：王言如絲，其出如綸。誠所謂也！汝今儲君，終為國君，何能以家室之心，圖謀國法網開一面？汝縱無能，只守著秦法巋然不動，以待嬴氏後來之明君，尚不失守成之功矣！汝本平庸，卻時生亂法之心，無異於自毀根基。果真如此，秦人嬴氏安能大出於天下？惜乎惜乎！秦人將亡於你我父子也！」一字一頓，鏗鏘沙啞的嗓音在大廳嗡嗡迴響，滄海桑田在緩慢堅實地蕩蕩瀰漫，驟然收刹之下，大廳中一片寂然。

「君上……太子……太醫！」匆忙錄寫的桓礫驀然抬頭，才發現不知何時秦昭王已經坐了起來，臉泛紅潮額頭大汗淋漓雪白鬚髮散亂張開，儼然一頭行將猛撲的雄獅。一直低頭受訓的嬴柱，已涕淚縱橫面色蒼白地軟癱在了案前。

老太醫一陣忙亂，綻開心勁的秦昭王已經疲憊地昏睡了過去，蘇醒過來的嬴柱呆坐著發怔。良久，嬴柱扶案站起，對著王榻深深一躬踽踽去了。

蔡澤正在太子府書房等候，見嬴柱一副茫然的模樣不禁笑道：「安國君失魂也，要否尋個方士來？」嬴柱極是不耐地搖搖手：「綱成君好聒噪，害我無地自容也！」蔡澤驚訝地瞪起了那一對鼓鼓的燕山環眼：「如何如何？碰了釘子麼？」「釘子？是刀是劍！剜心剔骨！」嬴柱紅著臉啪啪拍案，「面對父王那番訓斥，我只恨不能鑽到地縫去。綱成君啊，嬴柱完了，完了……」說著伏案大哭。蔡澤大是難堪，過來搖著嬴柱肩膀急促道：「安國君說個明白！若果真累你吃罪，老夫立即進宮自承攛掇教唆之罪，與你無涉！」嬴柱止了哭聲歎息幾聲，將父王的訓示一句句背來，末了又是放聲痛哭。

「安國君，蔡澤先賀你也。酒來！」蔡澤手舞足蹈公鴨嗓一陣嘎嘎大笑。

「你！失心瘋？」嬴柱一驚，回身要喊太醫。

「且慢且慢！」蔡澤嘎嘎笑著坐在了對面連連拍案，「老夫只候在這裡，若今夜明朝沒有佳音，蔡澤從此不再謀事！酒來也！」

嬴柱看蔡澤如此篤定全然不似笑鬧，心下雖將信將疑，卻也當真喚來侍女擺置小宴，心不在焉地應酬著蔡澤飲了起來。未得三巡天色已黑，嬴柱正在思謀如何找個理由送走蔡澤自己好思謀對策，庭院突兀一聲高宣：「王命特使到！安國君接書——」嬴柱陡然一個激靈，翻身爬起帶倒酒案嘩啦大響只不管不顧跌跌撞撞出了書房，在廳廊下卻與悠悠老內侍撞個滿懷，兩人一齊倒地。

「嗚呼哀哉！安國君生龍活虎也。」老內侍勉力笑著撿起了地上的木匣。

「老寺公，慚愧慚愧……」嬴柱臉色脹得紅布一般。

「安國君自個看了。」老內侍雙手捧過木匣殷殷低聲笑道，「若非你緊急上書，此書今朝已發了。老夫告辭。」一拱手搖了出去。

「大燈！快！」嬴柱一邊急促吩咐，一邊已經打開了木匣將竹簡展開，兩盞明亮的風燈下兩行清晰大字：

王命：夫人獲罪，不及株連。安國君嬴柱可持此命前往廷尉府獄，探視其妻華陽夫人，以安家政。

嬴柱大步回到書房，將竹簡往蔡澤手中一塞，人只站在旁邊呼呼直喘：「老寺公說，我若不上書，此書今朝便發了。」蔡澤打開竹簡掃得一眼一聲長吁：「嗚呼哀哉！老夫險些弄巧成拙也。」一站起身一拱手告辭。「且慢且慢！」嬴柱連忙拉住了蔡澤衣襟，「綱成君莫如此說，只要得此王書，吃一頓訓斥也是值當。你只說，我果然無事了？」「安國君真是！」蔡澤有些哭笑不得，「倘若有事，老王能如此痛切一番？今日之訓，大有深意也！」嬴柱大惑不解：「有何深意？我只聽得膽戰心驚。」蔡澤正色道：「安國君膽戰心驚者，老王辭色也。老夫揣度秦王本意，似在為王族立規，非但要見諸國史，且不日會昭著朝野。左右事完，老夫去也。」搖著鴨步忙不迭匆匆走了。

嬴柱放下心來，好容易安穩睡得一夜，次日清晨乘輜車到了廷尉府。老廷尉一見王書，喚來典獄丞帶著嬴柱去了城西北的官獄。秦國法度：郡縣皆有官獄，只關押那些未曾結案定罪的犯人與輕罪處罰勞役的刑徒；一經審理定罪，一律送往雲陽國獄關押。依當世陰陽五行之說：法從水性陰平，從金性肅殺，北方屬水西方屬金。故官獄多建於城西北民居寥落處，咸陽亦不例外，只是比郡縣官獄大出許多而已。在官獄的高大石牆外停了輜車，嬴柱跟著典獄丞徒步進了幽暗的石門，曲曲折折來到一座孤零零的石條大屋前。典獄丞喚來獄吏打開碩大的銅鎖，虛手一請，守在了門口。嬴柱進屋，眼前突兀一黑，一股濕淋淋的霉味迎面撲來，不禁一陣響亮的咳嗽噴嚏。

「夫君……」角落木榻的一個身影撲過來抱住嬴柱放聲大哭。

「夫人受苦了……」嬴柱手足無措地撫慰著華陽夫人，湊在女人已經變得黏糊糊的耳根氣聲道，「莫哭莫哭，說話要緊。你如何招認？老姊姊說甚了？」

「我甚也沒說。阿姊一口攬了過去，說一切都是她的謀劃……」

「要犯分審，你如何曉得？」

「阿姊囚在隔室。前日她五更敲牆，從磚縫裡塞過來一方薄竹片。」華陽夫人伏在嬴柱懷中，悄悄從顯然不再豐腴的胸前摸出了一片指甲般薄厚巴掌般大小的竹片，哽咽著湊近到嬴柱眼前。幽暗的微光下，一行針刺的血字紅得蹦蹦跳動——萬事推我，萬莫亂說！

嬴柱一聲哽咽，大手一握從女人手心將竹片抹在了自己掌中，猛然捶胸頓足大聲哭了起來：「嗚呼夫人！家無主母，嬴柱無妻，天磨我也！夫人清白，國法無私，但忍得幾日，我妻定能洗冤歸家！噭噭噭——痛殺人也！」

「嬴柱！」突然隔牆女聲的狂亂吼叫，「你妻清白！我有罪麼！枉為姊妹骨肉，你夫婦好狠心也！老娘今日偏要翻供，任事都是你妻所做！教你清白！教你清白！」

「芈氏大膽！」獄吏高聲呵斥著走到門前，「不怕罪加一等麼！」

「法不阿貴，老娘怕你太子不成！」女人只是跳腳嘶吼，渾不理睬獄吏呵斥。

「大膽芈氏！」嬴柱沉著臉大踏步出來，徑直走到隔間囚室門前怒聲斥責，「國法當前，容得你胡扯亂攀！姑且念你與夫人同族姊妹，今日不做計較。你只明說何事未了，嬴柱以德報怨！」

女人一陣咯咯長笑：「我只想你了，想你來這裡陪我。」

「癡瘋子！」嬴柱怒喝一聲，轉身對典獄丞高聲大氣道，「待她醒時說給她聽：她的家人家事本君料理，教她安心伏法。」說罷大踏步走了。

回到府邸，嬴柱渾身散架倒在臥榻，再也沒有力氣爬起來了。

日暮時主書來報說，已經密查清楚：目下王宮謁者（註：謁者，戰國秦官，職掌傳送官府文書）芈棕是華月夫人的族叔，當年跟隨宣太后入秦，一直在魏冄屬下做主書吏；魏冄被貶黜之時，此人得秦昭王信任，留宮補了謁者王稽的職爵；此次正是向駟車庶長傳送密書的芈棕向華月夫人透露的消息。嬴柱有氣無力地問了一句：「如此，又能如何？」主書驚訝道：「安國君自當會事廷尉府，指實華月夫人與芈棕勾連犯法，方能救得華陽夫人也。」嬴柱喘息著坐了起來：「王族以護法為天職。你知會家老並府中人等，從此任何人不得過問此事。芈棕之事萬莫外洩，只聽廷尉府查處裁決。」說罷對一臉茫然的主書疲憊地揮揮手閉上了眼睛。

莫名其妙地，嬴柱病了。半個月閉門不出茶飯不思，只有氣無力地躺臥病榻，似乎連說話的力氣也沒有了。老太醫幾番望聞問切，除了嬴柱自己再熟悉不過的陰虛陽亢脾胃不和心悸虛汗等幾樣老病，無論如何也揣摩不出這種有（症）狀無（病）因的「病」究為何物，只有先開了幾劑養心安神溫補藥，而後立即報請太醫令定奪。儲君得無名怪疾，太醫令何敢怠慢，當即上書老秦王，主張請齊東方士施治。誰料秦昭王卻只冷冷一笑，咕噥了一句誰也不敢當作口書傳給太子的話：「人無生心，何如早死？秦豈無後乎！」撂過太醫令上書不置可否。

轉瞬冰消河開，啟耕大典在即。

自秦昭王風癱在榻，近年來的啟耕大典都是太子嬴柱代王典禮，而今太子臥病，啟耕大典該何人主持？在國人紛紛揣測之時，王宮頒下了一則令朝野振奮而又忐忑不安的王書：秦王將親自駕臨啟耕大典，大典之後舉行新春朝會，再於太廟勒石！且不說啟耕大典由高壽久病的老秦王親自主持已經令朝野國人振奮不已，更有多年中斷的新春朝會與聞所未聞而又無從揣測的太廟勒石兩件大事，老秦人的激奮之心頓時提到了嗓子眼——秦國要出大事了！

消息傳到太子府，嬴柱坐不住了。老父王以風癱之軀勃勃大舉三禮，他這個已過天命之年的老太子能安臥病榻？果真如此，不說老父王有無心勁再度罷黜太子，只那遍及朝野的側目而視與非議唾沫也足以使人無疾而終，其時自己何顏面對國人面對天下。素來遇事左顧右盼的嬴柱，這次不與任何人商議，夜半披衣而起振筆上書，力請代父王主持三禮，否則自請廢黜。書簡連夜呈送王宮，嬴柱守著燎爐擁著皮裘坐等回音。眼看春寒料峭中天色大亮紅日高掛，一輛輜車才嘎吱嘎吱到了府門。老內侍帶來的口書只有兩句話：「本王振事，與汝無涉。汝病能否參禮，自己斟酌。」

第一次，一股冰冷的寒氣彌漫了嬴柱全身。

那領無價貂裘滑落到燎爐燃起熊熊明火，他依然木呆呆地站著。

二月初十，咸陽國人傾城出動。

湧過橫跨滾滾清波的白石大橋，在渭水南岸的祭天臺四周，萬千老秦人觀看了盛大的啟耕大典。

嬴柱四更即起，沐浴冠帶，雞鳴時分出了咸陽南門過了渭水白石橋，於朦朧河霧中第一個守候在了進入大典祭臺的道口。紅日初升，當鬚髮霜雪的老父王被內侍們抬下青銅王車時，嬴柱無地自容了，一聲哽咽熱淚縱橫地撲拜在了車前。老父王拍了一下座榻橫欄，隨行在側的桓礫前出兩步高聲道：「秦王口書：太子代行大典，本王監禮可矣！」嬴柱陡然振作，對著老父王深深一躬，駕輕就熟地開始了諸般禮儀。祭天地祈年、宣讀祭文、扶犁啟耕、犒賞耕牛、巡視百戶耕耘、授爵先年勤作善耕的有功農戶。馬不停蹄地奔波到春日西斜夕陽晚照，才結束了這最是勞人的大典。張著巨大青銅傘蓋的王車轔轔歸城，秦昭王坐正身軀向道邊國人肅然三拱，行拜託萬民大禮時，歡騰之聲驟然彌漫四野。嬴柱禁不住又一次熱淚盈眶了。

次日清晨，接著新春朝會。

朝會者，聚國中大臣共同議決國事也。依著傳統，這種朝會一年多則兩三次，至少一次。這一次是啟耕大典之後的新春朝會。自秦昭王風癱以來，秦國已經多年沒有朝會了。這次遠召郡縣大員近聚咸陽百官而行新春朝會，實在是振奮朝野的非常之舉。清晨卯時之前，所有有資格參加朝會的官員都冠帶整齊地候在了正殿外的兩座偏殿大廳。相熟交好者低聲詢問議論幾句，問得最多的話是：「足下以為今日朝會當首決何事？」答得最多也最明確的話是：「伐交逼趙，迎還公子。」嗡嗡低語中卯時三聲鐘鳴，正殿大門隆隆打開。官員們依著爵次絡繹出廳，踩著厚厚的紅地氈踏上了三十六級藍田玉砌成的寬大臺階，魚貫進入了久違的大殿。

誰也沒有料到的是，被抬上大殿的秦昭王一句話不說，進入王座只一擺手。長史桓礫開始宣讀近日尚未發出的幾卷王書，唯一稍能引起朝臣關注者，是前將軍蒙武被升爵一級，調任離石要塞做守關副將。宣讀王書是將已決之事通告朝臣，並非徵詢商討，朝臣們聽了便是聽了，誰也無須說話，只一心等待那個真正要「會議」的軸心話題。誰知接著又是綱成君蔡澤向朝臣知會李冰平息蜀地水患的功績，桓礫再度宣讀了一卷王書：蜀郡守李冰爵封右庶長，兼領巴郡，授「五千」兵符，得調駐蜀秦軍隨時討伐苗蠻之亂。此事原是朝臣皆知，自然也不會有任何異議，人們依然在等待那個「會議」話題。

誰知等來的卻是老秦王淡淡的四個字：「移朝太廟。」

太廟勒石雖是已經預先通告的大禮之一，然則誰也沒有真正將這件事放在新春朝會之上。蓋勒石者，無一不是念功念德以傳久遠。而太廟勒石，自然是念茲念祖追昔撫今。老秦王高壽久病，憶舊念祖也是老人常情，太廟勒石也是垂暮之年的題中應有之意，做為開春大禮也不會有誰非議鋪排過甚。然則，朝會無「會」，便行此等「虛舉」，眼看是將太廟勒石看作了最重大的國事，朝臣們心下便有些不以為然。戰國之風奔放少迂腐，臣下耿耿言事蔚然成習，當下一班資深老臣先行站起詰難：「秦王多年未曾朝會，念王老病之身，臣等無意責之。今日既有朝會，便當會議迫在眉睫之國事，何能因勒石太廟而疏於國家大朝？」領頭說話者便是那個「冷面唯一堂」老廷尉。

秦昭王只有一句話：「今日朝會在太廟。勒石之後，卿等再行會議。」

如此一說，只是個先後次序之事，朝臣們再無人異議，魚貫出宮各登軺車浩浩蕩蕩地到了太廟。太廟在王城之內北面的一座小山之下，松柏蒼鬱殿閣層疊恍如一座城堡。第三進的中央大殿供奉著秦人嬴氏王族的歷代國君的木像，香煙繚繞肅穆靜謐。秦昭王車駕當先而行，到得巍巍石坊前停了車馬，被六名內侍用一張形同王座的特製座榻抬著進了太廟。隨後官員們得到的命令是：「本王已代群臣祭拜，彼等無得停留，直入大殿庭院。」朝臣們不禁一陣驚愕。

太廟者，邦國社稷也。如此重地任是國君親臨，也須前殿祭拜方能進入中央正殿庭院，等閒臣子不奉王書則根本不得進入太廟。如今既來，如何能「無得停留直入大殿庭院」？雖是驚愕疑惑，然終究只是一件關乎禮儀的事。在「禮崩樂壞」的戰國之世，在蔑視王道禮治的秦國朝臣心目中，如秦昭王這般越老越見強悍的國君能下如此書令，必然有著比禮儀更重要的因由，走便是了，說甚！

一條石板道將大殿庭院分作了東西兩片柏林。朝臣們從石板道絡繹進入庭院，見東首柏林空地中一柱紅綾覆蓋的兩丈大石巍然聳立，碑前三牲列案香煙繚繞，秦昭王的座榻已經落定在大殿與柏林之間。兼職司禮大臣的老太廟令將朝臣們分派成兩方站立：王族臣子一方，非王族臣子一方。歷來按文武成方按爵次列隊的傳統規矩今日竟被破了，臣子們又是一陣驚訝迷惑。

「太廟勒石大禮！樂起——」

老太廟令一聲號令，大殿高臺下的兩方樂隊驟然轟鳴，宏大昂揚的樂聲頓時彌漫了柏林彌漫了太廟。蔡澤聽得明白，這樂聲不是各國王室在大典通行的〈韶樂〉，而是秦風中的〈黃鳥〉，心中不禁一動，左右一瞅朝臣們也是眉頭大皺，便知今日勒石必非尋常。〈黃鳥〉是春秋時期風靡秦國朝野的一首歌謠，是老秦人追思為秦穆公殉葬的子車氏三良臣而傳唱的輓歌。至於戰國，〈黃鳥〉依然是秦國朝野最熟悉的悼亡歌。然終因此歌隱隱包含了對秦穆公殺賢而導致衰敗的譴責，從來不會在禮儀場合被當作開禮之樂。更有甚者，今日勒石在太廟，太廟大殿的正中位置供奉著赫赫穆公，開樂〈黃鳥〉，老秦王要做甚？

「老臣有話！」樂聲未到一半，王族隊首的老駟車庶長嬴賁大踏步到了秦昭王座榻前，「今日太廟大禮，如此樂聲暗含譏諷傷及先祖，是為司禮失察。臣請重奏大樂開禮，後治太廟令之罪！」話方落點，王族大臣們一聲呼應：「臣等贊同老駟車之見！」蔡澤注意到，只有默然肅立的太子嬴柱沒有開口。

「我王有書。」未等迷惑觀望的非王族臣子們出聲，秦昭王身邊的長史桓礫嘩啦展開了一卷竹簡，一字一頓地高聲念誦，「王道禮樂之論，多文過飾非之頌。不開責己求實之風，何能固我根基？昔年孝公之〈求賢令〉，歷數先祖失政之過，方能脫秦人之愚昧，開千古大變之先河。祖先之過不能及，今人之失不能議，君何以正？國何以強？卿等毋做迂腐之論，當襄助本王立萬世規矩也！」

「我王明察，臣等贊同！」蔡澤目光一掃，非王族大臣們異口同聲地一片呼喝。王族大臣們一陣寂然，終是默默認了。

「大樂重行——」太廟令悠然一喝，憂傷悲愴的〈黃鳥〉重新盪開。大臣們已經從顯然是事先準備好的王書中嗅到了一種異乎尋常的氣息——老秦王精心謀劃有備而來，責穆公而揚孝公，這太廟勒石必然大有文章，一切都只能等到勒石揭開之後再說了。人同此心心同此理，太廟柏林中一片前所未有的肅穆。

「太子代王揭碑——」

冠帶整齊的嬴柱肅然上前，雙手搭住紅綾兩角輕輕一抖，那幅殷紅的絲綾滑落到了石座的大石基上——凜凜青石歷歷白字赫然眼前。隨著太廟令一聲「太子誦讀碑文」的司禮令，嬴柱對著大碑肅然一躬，高聲誦讀起來。朝臣們的目光隨著嬴柱的誦讀聲盯著石文移動，那一個個深嵌大石的白色大字似一顆顆鐵釘砸得人心頭噗噗作響！

秦王嬴稷　勒石昭著　法為國本　君為國首　本首之道　變異相存
國之富強　根基唯法　法固國固　法亂國潰　自來亂法　自君伊始
君亂法度　國必亡焉　法亂國安　未嘗聞也　誠為此故　告我子孫
嬴氏王族　唯大護法　法度巋然　萬世可期　壞我秦法　非我族類
亂法之君　非我子孫　凡我王族　恆念此石　一年一誦　惕厲自省
亂法之君　人人得誅　生不赦罪　死不入廟　安亡必戒　毋行可悔
戒之戒之　言不可追　立此鐵則　世代不移

嬴柱高聲誦讀著，滿面通紅，汗水涔涔。

蒼蒼柏林一片肅然，朝臣們粗重的喘息聲清晰可聞。無論是因何而發，無論是因誰而起，痛切深徹的石文都像長鞭抽打著每個人的魂靈。直到嬴柱念罷最後一個字，朝臣們還是肅然默然地佇立著，連大典禮儀慣常呼喊的秦王萬歲也忘記了。

二、塞上春寒　心變情異

三月初，渭水草灘搭起了一個巨大的刑場，咸陽國人大為驚奇。

秦法雖嚴，然真正的大刑殺只有商鞅變法之初與秦惠王即位初期根除世族復辟勢力的有數幾次。從秦惠王中期到秦昭王晚期，秦之刑殺形式逐漸回復到了古老的傳統——每年一次，秋季決刑。百年下來，渭水草灘的大刑場已經變成了國人記憶中的一片落葉，除了春日踏青時憑弔講古，很少有人提及祖上所經歷過的肅殺歲月了。如今正在熱氣騰騰的春耕踏青之時，渭水草灘陡起刑場，國人不禁一個激靈！人們幾乎不約而同地想起了當年大刑殺的兩個徵候：渭水草灘與開春時節。可是，也沒聽說有甚株連大罪案生出，殺何等罪犯用得著如此鋪排？口舌流淌的議論最後沉澱為一個傳聞：老秦王行將就木之前要清算舊帳，大殺有可能危及王室的不軌人犯，為身後太子清道！在傳聞由咸陽的巷閭市井彌漫村社山野時，兩丈見方的內史書令（註：內史，秦國官職，掌京師軍政；書令，官府公文通稱，可張掛者即後來的告示）張掛到了咸陽四門城牆，赫然告知國人：春刑將決王族高爵人犯，許國人觀之，以彰法度。此令一出，國中譁然。人們自覺官府書令驗證了口舌傳聞，果真如此，秦國還能安寧麼？

施刑那日，農夫歇耕作坊停工商市關閉，整個咸陽傾城而出擁向了刑場。加上聞訊趕來的鄰近各縣庶民，幾里寬的渭水草灘人山人海。然而結果卻大大出乎人們所料，斬決的只有一個王族公子遺孀——華月夫人。儘管這個女人也算王族也算高爵，但在老秦人心目中，她卻只是個僅僅進入宮廷的楚國女閒人，縱然犯罪，殺了也便殺了，如此大鋪排實在是白耽擱一天好日頭也。但是，當老廷尉在行刑之後奉命誦讀了老秦王的太廟勒石文後，萬千人眾漸漸地鴉雀無聲了，只有掠過原野的河風抖得大旗小旗啪啪作響。陡然之間，幽谷般的沉默被漫山遍野的聲浪淹沒：「秦王萬歲！」「秦法萬歲！」「護我秦法！萬世不移！」種種呼聲春雷一般轟鳴起來。

暮色時分，當漫無邊際的人海在夕陽之下流向咸陽四門時，一首古老的歌謠在人海中轟轟嗡嗡地瀰漫開來：「南山漢桑，北山胡楊。我有君子，邦國之光。願此君子，萬壽無疆。」綿長的歌聲浪濤般此起彼伏，老秦人如飲醇酒手之舞之足之蹈之。這一日的踏青觀刑，釀成了日後永遠不能磨滅的美好記憶。

春刑次日，華陽夫人被無罪開釋了。

嬴柱本當駕車接人，想想還是派家老去了。

晚來小宴為夫人壓驚，嬴柱驀然覺得再熟悉不過的妻子變得陌生了。華陽夫人談笑風生目光流盼，頻頻與夫君把爵對飲，說了許多聞所未聞的趣事樂事，與素來嬌癡羞怯只蝸居在甘棠園小心侍奉的那個可人女子判若兩人。嬴柱說，沒有親接夫人心下過意不去。華陽夫人咯咯笑著，連說沒事沒事何足掛齒。嬴柱說阿姊就刑深為惋惜。華陽夫人笑說生死在天，阿姊將世事看得明白，死得不懵懂便值了。嬴柱說太廟勒石震動朝野，日後我等得謹慎小心才是。華陽夫人點頭笑應，只要不犯法小心個甚來，該當如何還是如何，放不開手腳，沒事反倒被人看作有事一般，曉得無？見夫人不像瘋癲之態，嬴柱心下稍安，卻總是覺得沒了那種熟悉的誘人風韻，打不起精神撫慰夫人。華陽夫人渾然無事，將笑吟吟紅撲撲的臉膛埋進了嬴柱胸前，一展細柔的腰肢將他背進了寢室。

甘棠香彌漫的春夜裡，嬴柱又一次感到了這個熟悉女人的陌生新鮮。她火辣辣地侍奉他折騰他，精力用之不竭，花式層出不窮，全然不是那個軟綿綿嬌生生靜待他用罷方士藥酒之後撲在她身上大逞雄風的細腰楚女了。酒意朦朧的嬴柱驀地一個閃念——女人在一身兩用，奮力重演著夫君最為癡心的三人嬉戲！陡然之間嬴柱熱淚盈眶，緊緊抱住了熱汗淋淋的赤裸身子，一口咬住了面前雪白的胸脯。女人渾身顫抖一陣咯咯長笑一陣嚶嚶哽咽，猛然喊出一聲阿姊，一時放聲大哭……

春寒料峭的雞鳴時分，嬴柱沒有呼喚侍女，自己下榻悄悄地給沉睡的妻子仔細裹好了絲棉大被，輕輕掩上了寢室房門，草草梳洗到了中院正廳。太廟勒石對他的震撼太大了。第一次直面因自己不肖而引起的前所未有的重大國事勒石，嬴柱實在是寢食難安。一柱將永世流傳的太廟刻石，非但是王族子孫的恥辱，更是自己這個儲君的恥辱。除非自己奮發惕厲登上君位後以皇皇政績證實自己並非不肖，這種刻於青史立於朝野萬眾皆知的口碑恥辱永遠無法洗刷。要洗刷恥辱，第一步便是不能在太子位隨波逐流再生事端。面對老而彌辣的鐵面父王，再也不能讓「庸常無斷」這四個字釘在自己身上了。自太廟勒石回來，嬴柱開始了聞雞即起三更入睡的勤奮生涯，一個月下來雖說清瘦了許多，卻也自覺精神矍鑠，另有一種未曾經受過的新鮮。首先看在嬴柱眼中者，是府中風氣為之大變。素來慵懶鬆懈卯時還不開中門的太子府，忽然變成了天色濛濛的寅時三刻便燈火大亮，中門隆隆大開，僕役侍女灑掃庭除一片忙碌，連大門前歸屬官府淨街人灑掃的長街與車馬場也打掃收拾得整齊利落一派光鮮精神。每日清晨必得巡街的咸陽內史大是讚賞，立即書令知會城內所有官署大加褒揚。各官署立即聞風向善，爭相振作門庭，一時傳為佳話。

「稟報安國君，一應公文齊備。」

看著主書備妥的卷宗筆墨，煮茶侍女捧來的滾熱釅茶，嬴柱也不說話，坐進案前開始了忙碌。太子府公文雖然不多，除了王宮長史發來的必須辦理的王書，多是些太子傅太史令太廟令駟車庶長府等一班相關官署的知會書簡。多少年來，除了老父王王書，嬴柱歷來不看那些僅僅是教他知道一番的知會公文。太廟勒石之後，嬴柱非但是每有書簡必看，且每看必有批書。不管送來的書簡是否需要他的批書，也不管這種批書是否有用，嬴柱都一絲不苟地認真批書，心下只將這批書公文當作他未來為君的磨練。不想一段時日之後，每日清晨坐在書案前便油然生出一種肅穆，心下大為感慨，益發地認真起來。

「稟報安國君，綱成君請見。」

「快請。」嬴柱抬頭擱筆起身，利落地迎到了門廳廊下。

「君別三日，刮目相看矣！」搖到庭院的蔡澤老遠拱著手嘎嘎笑了。

「朽木不堪雕，綱成君何須謬獎也。」

「老夫沒那般樂趣。」蔡澤搖頭感慨，「人有生心，夫復何言？老秦王神明也！」

「綱成君，父王又批說我麼？」嬴柱心頭猛然一緊。

「多疑成癖安國君也！」蔡澤嘎嘎一笑，「有大事，進去說。」

入廳坐定，不待嬴柱發問蔡澤念誦了一句：「奉秦王密書，安國君綱成君當即趕赴離石，禮迎呂不韋還都。」驚愕之下嬴柱不禁冒出一句：「沒有異人麼？」蔡澤故作神祕地搖搖頭：「但奉王命，只此一句。」嬴柱不禁又是一問：「呂不韋能駐離石，為何回不得咸陽？你我親迎，禮數何其大也！」蔡澤肅然道：「老秦王口書：呂不韋生死之功，兩君代本王相機禮迎，不得怠慢。」末了一笑，「你我禮數還大麼？」嬴柱略一思忖道：「你只說何時北上！」蔡澤笑道：「安國君若無不便，今日正午如何？」嬴柱啪地一拍案：「國事當先，有何不便？一個時辰後走！」「好！」蔡澤嘎嘎大笑，「老夫車馬北阪等候。」起身一拱去了。

三月十五，正是離石要塞開營的日子。

開營者，大軍解除冬日堅壁而恢復防區巡查之謂也。這是秦國西北四郡（隴西、北地、上郡、九原）駐軍的統一法度，其軍中意義如同京師民治開春之時的啟耕大典。每年從第一場大雪開始，冰天雪地的西北四郡駐軍便進入了冬營之期。城堡要塞深溝高壘，村社庶民堅壁清野，除非緊急軍情與密令軍務，大軍不會開出營壘。來春三月，隴西山地與河西高原雖然依舊是極目無邊的黃色天地，但晝夜鼓蕩的浩浩春風已經使殘雪消融河冰初解，漫山遍野的胡楊林脫盡了枯黃的葉子從樹幹滲透出晶亮朦朧的綠來。再有半月一月，陰山草原與大漠深處的匈奴胡騎便可以展蹄南下劫掠中原了。正是這種天候之差，使毗鄰北疆的秦趙燕三國有了一個共同的軍制：三月中開營，厲兵秣馬以備胡騎南下。

戰國之世，秦國關隘要塞有四處最為要害，老秦人稱為「駐軍四塞」。其一函谷關，其二武關，其三離石，其四九原。而四塞之中真正駐紮精銳主力者，唯有函谷關與離石要塞。所謂精銳主力，一是兵種齊全騎步俱有，二是大型兵器配備整齊，三是久戰沙場之師。此中根本因由，在於防守之敵不同與地形不同。函谷關面對中原魏韓兩大戰國以及隨時可能結成合縱的六國盟軍，自然是重中之重。武關主要防楚且地處山隘，只駐紮兩萬步卒。九原防守匈奴，只駐紮三萬輕裝騎兵與五千弓弩兵。離石要塞正當河西高原中段，隔著峽谷大河與東北的晉陽遙遙相望，面對戰國後期最強大的趙國，駐軍便與函谷關等同：最精銳的三萬鐵騎、兩萬重甲步兵、五千軍營工匠（工兵），各種大型兵器一應俱全。就實而論，函谷關是秦國東大門，離石要塞是秦國事實上的北大門。兩處主將也歷來都是秦軍名將。目下的函谷關守將是老將桓齕，離石守將是老將王陵。蒙武以前軍主將之職被調任離石要塞副將，爵位相同卻被看作升遷，原因便在於大軍戰將悉聽統帥調遣，而重兵要塞之主將則要獨當一面，是顯然的方面統帥。

蒙武馬隊重新趕回離石要塞之日，正逢開營大操演，軍營中殺聲震天戰馬嘶鳴一片熱氣騰騰。蒙武立即進入中軍幕府參見主將王陵，交接罷諸般軍務，又低聲對王陵說得一陣。左臂還挎著夾板的老將軍只一揮手：「該去！東南步軍營，不用我說你也認得出來。」

蒙武一拱手出了幕府，匆匆來尋呂不韋大帳。

離開咸陽時，年輕的蒙武被破例宣召入宮。座榻擁枕的秦昭王聽他仔細講述了接應公子異人的經過與百人馬隊一路死戰的慘烈情形，不禁悚然動容。蒙武清楚地看到，老秦王雪白的頭顱微微顫抖，喘息聲粗重得如同風嘯，一雙白眉聳動的老眼晶亮地閃爍著淚光。良久默然，老秦王枯瘦如柴的大手拍著榻欄一字一頓道：「其一，異人暫居呂莊，不許回太子府歸宗；其二，蒙武隨帶太醫北上救治，一俟呂不韋傷癒，立即護送還都；其三，諸般事體皆以你名，不言王命。餘事本王另做處置。」蒙武一時多有不明，卻終是鼓著勇氣只說了自己最上心的一件事：「公子與末將同年，南歸後暫住末將處膝下，以慰其顛沛之心。我王明察。」「蒙武差矣！」老秦王冷冷一笑，「情法同理，王子士子豈有二致？呂不韋破家捨生，老秦人豈能薄情？臣不負國，王不負臣，此大道也！今呂氏傷病未癒，異人先行歸宗，寧傷天下烈士之心乎！」

蒙武大汗淋漓地走了，直到宮外心頭還怦怦直跳。

雖然沒有直然責難，老秦王的告誡卻顯然暗含著對自己處置方式的不滿。不管有多少理由，棄重傷重病的呂不韋於苦寒之地而將嬴異人先行護送回來，實在是有些草率了。若非老秦王處置老到，再依著自己的想法教嬴異人先行回歸太子府認祖歸宗，當真是陷秦國王室於不義了。蒙武清楚地知道，自秦孝公開創了向東方各國求賢變法的先例，秦國在王室垂範之下生成了一種彌漫朝野的尊奉山東名士的習俗規矩。久而久之，天下有了秦國敬士的口碑。縱是那些最蔑視秦國的儒家人物，也不得不說一句：「秦雖蠻夷，敬賢尚可也！」呂不韋乃天下大商名士，在山東六國廣有結交，若僅僅是為了棄商謀官，只怕在齊趙楚魏幾個大國都可輕而易舉地做個上大夫之類的顯榮高爵。然則，呂不韋終是為了一個秦國公子破家捨財結交死士這次又幾乎身首異處，說到底，還不是看重秦國的清明強盛？對於秦國，還有何等物事比士子捨命親秦更為寶貴？秦國要的正是天下歸心，尤其是士子歸心，你蒙武為何就沒有想到這一層！將嬴異人祕密護送回咸陽，又祕密安置在自家府邸，不使異人與先期離趙歸秦的呂氏商社人等通聯消息，目下看來更是傷及呂氏家人的不妥之舉。蒙武啊蒙武，你是上將軍蒙驁之子，自己也憑著戰功做了前軍主將，目下被委以離石副將之職，實際上是要你接替老將王陵了。老秦王將獨當一面的抗趙大任交付於你，你卻在大事上如此懵懂，身為大將只知就事論事，何其慚愧也！

回到府邸，蒙武對正在擺弄秦箏哼唱秦風的嬴異人三言兩語說了進宮經過，也不管這位昔日同窗如何嘟囔，親自駕車連夜將異人送到了渭水南岸的呂莊。先行離趙歸來的一班執事、僕役及異人在趙國的老內侍老侍女，回到咸陽對呂不韋消息一無所知，終日惶惶不安，乍見異人，悽惶得放聲哭成了一片。西門老總事更是捶胸頓足，堅執要隨蒙武北上照拂主東。嬴異人頗是不耐地呵斥道：「哭甚吵甚！誰個不煩？呂公又沒死，聒噪！」皺著眉頭不再說話。

這次蒙武大有耐心，見勸阻不住，欣然答應帶西門老總事北上。老總事頓時破涕為笑，帶著蒙武去見夫人。令蒙武驚訝的是，這位天人般的新夫人聽說呂不韋傷病留在河西，只閃動著明亮的眸子緊咬著紅潤的嘴唇盯住他甚話不說，良久默然，終是低聲一句：「多謝將軍消息。」徑直出廳去了。在那瞬息之間，機警的蒙武從那對閃亮的眸子中看到了警覺看到了疑惑，心頭不禁猛然一顫。

蒙武給呂莊執事們留下了一千金，不管西門老總事如何推託，都沒能拒絕真誠和善而又執拗得寸步不讓的年輕將軍。回府途中，蒙武又順道拜訪了內史官署，請這位執掌咸陽軍政的王族大臣向呂莊派出百人輕騎隊晝夜巡視。蒙武一出示老秦王的特使密書，老內史甚也沒說派馬隊出城了。

蒙武馬隊兼程北上，堪堪將近高奴（註：高奴，戰國時秦國河西要塞，今陝西延安），卻見馬隊之前有一輛黑篷輜車轔轔疾駛。在馬隊越過輜車的剎那之間，西門老總事驚訝地噫了一聲。並騎飛馳的蒙武心中突然一亮，立即低聲吩咐一名軍吏帶三騎士換上便裝跟隨輜車。馬隊抵達陽周要塞時，一便裝騎士飛馬趕來稟報：黑篷輜車在高奴遭遇守軍盤查，得知車中女子自稱趙女，無秦人照身帖，經軍吏擔保已經過關；輜車晝夜馳驅不吃不喝，軍吏擔心車中女子出事，派特急快馬請令定奪。西門老總事恍然大悟：「夫人也！定然無差！」蒙武立即下令馬隊紮營等候，與老總事親帶十騎返程接應。次日清晨，終於在洛水東岸的土長城下看到了煙塵鼓蕩的輜車與遠遠尾隨的騎士。蒙武飛馬迎上凌空躍起，硬生生在黃塵飛揚的原野勒住了沒有馭手任性狂奔的兩匹烈馬。當老總事顫巍巍拉開車窗簾布時，一聲嘶啞的哽咽滑倒在了車旁。情急之下，蒙武一把撕開車簾，驚訝得不知所措——車中一片血紅，飛濺車廂的鮮血與散亂糾纏的紅裙裹著一張蒼白如雪的面孔，分明死人一般。

「誰懂醫道？快！」

便裝軍吏飛步趕來，猛然一聲驚呼：「身孕血崩！快請太醫！」

蒙武大驚，回頭一聲斷喝：「人安軍榻！原地守候！我接太醫！」翻身躍上那匹雄駿的戰馬風馳電掣而去……

蒙武至今還在後怕的是，假若沒有那名隨行太醫，這位顛簸馳驅三晝夜而流身血崩的新夫人當真是死活難料。假若這位夫人死了，他有何顏面再見這位有功於秦的商旅義士？如今果然要見呂不韋了，蒙武心頭難以自抑地翻翻滾滾。

呂不韋的大帳在小城堡的東南角。

走過連綿成片的軍帳區，第一眼看見的是一杆隨風鼓蕩的與主將旗幟同樣高低大小但卻沒有姓字的黑底白邊大纛旗，旗下一圈高大厚實的馬糞牆，牆外一圈人各三兵（長矛、長劍、弓弩）的重甲武士。踏著殘雪走進馬糞牆，一座渾圓大帳孤獨矗立，一層顯然是連綴起來的巨大絲棉被披掛在牛皮帳篷外，帳口釘著一張厚實得連盤旋呼嘯的寒風也奈何不得的翻毛皮包木門，看去活似一座鼓鼓囊囊的灰土堆。直到帳口，蒙武也聽不見帳中任何動靜。若不是帳頂那口冒著裊裊輕煙的竹管煙囪，誰也不會相信這毫無聲息的「土堆」中會有人。蒙武看得出，在冰天雪地的高原軍營之中，這座大帳的保暖之工是絕無僅有的。主將王陵的幕府雖則寬敞，但那冷硬粗糙的青磚地，厚實卻又漏風的石條牆，以及鐵甲鏘鏘的進出將士，無論如何也無法做到如此的嚴絲合縫，也無論如何使人想不到「溫適舒坦」四個字。

「王陵，終是父輩老將也！」蒙武不禁大為感慨。

那天日暮，匆忙將呂不韋用軍榻抬進了離石城堡，只簡略地對王陵留下了急赴邯鄲請毛公的叮囑，蒙武便率部護送嬴異人星夜南下了。在蒙武心中，自己奉命北來的使命只有一個，那便是接應護送公子回秦，公子但有意外，自己便是死罪！在呂不韋突然失心變顏而嬴異人又驚得六神無主時，蒙武全然沒有想到如何周全處置。說到底，根由在於缺少歷練沒有洞察之能。王陵對此事原本一無所知，卻偏偏能在他離開之後克盡全力，非但派出精幹斥候兼程入趙請來了毛公，且親自率領三千步卒刨雪搜山尋覓千年靈芝，以致滾溝跌成了骨折。若非老將軍極盡所能地滿足毛公之請，豈能挽回呂不韋垂危的性命？若是奉命之下，蒙武自認也能做得周全利落。然則，王陵恰恰是在既未奉命又不知情之時，以無可挑剔的諸般作為顧全了秦國敬士的大規矩，此中隱含的僅僅是精明幹練麼？非也非也。在秦國的年輕將軍中，蒙武以「承乃父縝密沉穩，而精明幹練過之」著稱，若非如此，老太子嬴柱豈能選他來做這件撲朔迷離無定數的大事？然則兩廂比較，你不得不服膺王陵老將軍的過人之處。細想起來，在昔日武安君白起的秦軍老將中，堪與王陵相比者不乏其人，父親蒙驁不消說，王齕、桓齕、胡傷、嬴豹等都是。他們的戰場之才雖各有千秋，然卻都有一個共同處：身為大將而顧及國體，每結賢士必彬彬敬之，與山東六國士子們咕噥不休的「虎狼秦風」大異其趣。後來，六國士子們每每私相揶揄，西也東也，虎狼之風究竟何在？對秦國的攻訐之辭也越來越沒有了顏色。何以如此？也許是這些老將軍比蒙武一代更深地咀嚼了山東六國鄙視秦國的創痛，也更直接地經歷了敬士帶來的益處，人人衷心認同先祖孝公開創的求賢之風。蒙武一代，則淡漠了這種「天下」之心，以致見士而不知重，見重而不明其道……

「啪！」一沉悶清晰的敲棋聲打斷了蒙武的思緒。

呂不韋與毛公正在對弈。

案前一座碩大的木炭火燎爐，大帳被烘得分外暖和。茶女靜靜地侍奉著拙樸的陶爐陶壺，俄而起身在厚厚的地氈上飄忽來去，全然沒有聲息。繚繞大帳的釅茶香氣中，只有淡漠的敲棋聲散漫無序地起落著。兩顆白頭隔案相對，恍若深山林泉間的世外高人。一顆白頭邊打下棋子邊搖晃著散亂虯結的雪白頭顱高聲吟誦：「且夫水之積也不厚，則其負大舟也無力。覆杯水於坳堂之上，則芥為之舟；置杯焉而膠，水淺而舟大也。風之積也不厚，則負其大翼也無力。故九萬里，則風斯在下矣！而後乃今培風；背負青天而莫之夭閼者，而後乃今將圖南也……」

「風也飛也，你是鯤鵬麼？」對面白頭不耐地嘟囔。

蒙武一片懵懂，老人如此認真地念誦這不著邊際的宏文究有何用？對面白頭人為何又如此沮喪不耐？聽得片刻，兩位白頭人依舊散漫敲棋時而念誦，蒙武終於走上前去深深一躬：「末將蒙武，見過呂公。」

背對帳口的白頭驀然轉過來打量一眼，又轉過身去：「呂公，將軍見禮。」

「啊啊——將軍？」盯著棋盤的白頭抬了起來，望著一身泥土的鐵甲大漢，一臉茫然地笑了，「好，王陵將軍來也，請入座。」

「嘿嘿，輸得糊塗了！」白髮散亂的老人竹杖啪啪敲著大案，「蒙武將軍！老小都分不出來，罰飲三爵！」

「嚷嚷甚？輸了棋撒氣，出息也。」

「哎哎哎！究竟誰個輸了？老夫能輸混沌人！」

「啊——想起來也，我輸我輸。」白頭呂不韋伸著懶腰長長打了個呵欠一陣大笑，「輸了好，輸了好，輸了好呵！」眼淚鼻涕一湧而出，只是不管不顧地兀自長笑。毛公霍然站起，竹杖啪啪打著棋盤：「呂不韋！你枉稱棋冠，敗在老夫之手，不想贏回去麼！」大笑聲戛然而止，呂不韋扶案站了起來，茫然盯著烘烘燎爐嘟囔著：「輸了輸了，還能贏回來？」毛公紅著臉陡然一聲大喝：「呂不韋！想不想再來！不想再來永世狗熊！」呂不韋回身點頭茫然笑著：「好好好，再來再來，輸光光怕甚？」毛公卻又突然嘿嘿一笑，過來扶住呂不韋坐到案前：「老兄弟，禮客為先，會完將軍，再來不遲。」說罷回身對蒙武一瞥，笑吟吟坐在了呂不韋身旁。

「王陵將軍見我何事？」呂不韋淡漠地笑著。

「末將蒙武，受命任離石副將，臨行受異人公子之託，特來拜會。」

「啊啊啊，蒙武。」呂不韋茫然地應著。

「嬴異人小子何在？」毛公突然拍案，「不會走路麼！」

「稟報呂公，」蒙武肅然躬身，「異人公子與公同逃同戰，負傷六處，回咸陽後先在末將府下臥榻療傷，稍見好轉堅執住到了城南呂莊；得知末將北上赴任，公子請得秦中名醫扁鵲弟子與末將一同前來為公醫治；另則，公子專門致書呂公。」蒙武從皮袋中取出銅管捧上，卻被黑著臉的毛公截了過去。

呂不韋目光驀然一閃：「將軍是說，公子沒有回太子府？」

「呂公明察。」蒙武又是肅然躬身，「末將護送公子回秦，本當立即稟報太子，然公子卻堅執要末將說他留在了離石療傷，不教父母知曉他回到了咸陽。末將問其故，公子答說：呂公性命之憂，異人安可獨享富貴哉！念及同年同窗情誼，末將成全了公子心意，只對秦王與太子覆命說，呂公與公子已經接應回秦，皆在離石療傷。是故公子一直未曾拜會父母。」

呂不韋默默點頭，淡漠木然的臉膛第一次漾出了一片舒展的笑容。毛公恰恰抬頭將一方羊皮紙啪地拍到案上：「好！小子尚算有心也！」呂不韋瞥得一眼羊皮紙喟然一歎，一句話不說只默默點頭。

蒙武去了，大帳中一片沉寂。呂不韋輕輕一聲歎息又是悠然一笑：「毛公啊，異人能有此番心意，不韋雖死足矣！」正在飛快眨眼的毛公突然拍案一陣大笑：「嗚呼哀哉！你老兄弟沒看出此中蹊蹺麼？」呂不韋堪堪舒展的臉膛倏忽一片陰沉：「老哥哥是說，異人有假？」毛公神祕兮兮地一笑：「嘿嘿，假中有真，真中有假，小假大真，真假交混，妙哉妙哉！」呂不韋心緒陡然低落，又是一副茫然神色：「輸了，賠了，而已，何須驚怪？」「錯也錯也！」毛公連連拍案，「誰輸了賠了？大贏也！你混沌還有個底麼？」「好好好你說，我好了好了！」呂不韋突然焦躁起來，直瞪瞪看著毛公。

「嘿嘿，嚷不嚷都沒跑，終歸大好事也！」毛公也直瞪瞪盯住呂不韋雙眼，「你可聽好，其一，那位秦國的扁鵲弟子早做了太醫令，嬴異人小子剛回咸陽，請得來麼？其二，這封皮書之筆法近乎嬴異人，卻決然不是嬴異人。莫忘了，老夫可是那小子老師也！其三，異人果真深明大義，如何能棄公先去？既棄公先去，如何能突兀回到呂莊？其四，這個蒙武可是秦軍有為大將，縱是敬公而拘謹，也不當滿面憂思欲言又止……嗚呼哀哉！你老兄弟究竟進耳朵沒有也！」

呂不韋兩眼發直默然不語，良久突然拍案：「說！四假可證何事？」

「天也！老兄弟終是醒了，醒了！」毛公揮著竹杖手舞足蹈地在帳中胡亂蹦了兩圈，呼呼喘息著大盤腿坐下壓低了聲音，「老夫不會看錯：假後有真！」見呂不韋只目光爍爍不說話，毛公掰著指頭連珠開說，「不奉王命太醫令不能北來，此其一。無得授意，不會有人為那小子代筆，以蒙武將軍之持重也不會自承信使，此其二。小子原本未回呂莊，便是不想回呂莊，不想回而能居住蒙氏府邸，必是蒙武贊同。兩人一致又能突兀搬回呂莊，絕非那小子與蒙武忽然轉向，必是上意所迫，此其三。蒙武對呂公敬重有加卻又心事重重欲言又止，除卻歉疚之心，背後必有隱情，此其四。凡此等等，可見背後總有上手操持。上手者何人？不是太子便是秦王！老夫看秦國老太子平庸，隱身而操此事者，必是老秦王嬴稷！你老兄弟說，是也不是？」

良久默然，呂不韋淡淡漠漠地笑了：「秦有今日，天意也？人事也？」

「沒勁道！不與老夫大飲兩爵？」毛公黑著臉嘟囔一句。

「我，我只瘦困，想睡，睡……」喃喃未了，呂不韋軟軟倒臥在了地氈上。

「小女子出來！」毛公嘿嘿笑著用竹杖敲了一下棋盤，對剛剛掀開後帳簾布的侍女板著臉低聲吩咐，「扶呂公進帳，扒去衣物使之安臥。記住守在帳口，不許任何人任何動靜叫醒驚醒呂公！」健壯的侍女答應一聲抱起呂不韋進了後帳，毛公對悄無聲息的煮茶女一揮竹杖做個鬼臉匆匆出帳去了。

帳中鼾聲大起……呂不韋忽然化做北溟之魚，鯤鵬飄遊茫茫蒼穹，翼若垂天之雲，扶搖直上九萬里，俄而又化鴻毛一羽，背負青天隨風遨遊蒼蒼塵寰便在眼底，蓬間雀嘰嘰喳喳議論著溪邊蜩鳩嘟嘟囔囔嘲笑著，忽見日月大出而爝火不息，大光小光灑遍天地塵寰，鴻毛一羽飄飄忽不知所終，俄而出得雲翳，天邊山岳突兀化為雲端大字——無己無功無名，鯤鵬鴻毛蓬間雀溪邊蜩鳩山岳白雲滄海大地忽然交融成一片漫無邊際的混沌世界……

三月前的風雪血戰之後，呂不韋的鐵石心志突然崩潰了。

當毛公冒著漫天大雪趕到離石要塞時，呂不韋正躺在冰冷空曠的中軍幕府奄奄待斃。毛公對王陵大發脾氣。王陵賠著笑臉解說歷來軍營規矩：凍傷者需以寒涼緩解，不能驟然暖帳，何敢慢待功臣義士？毛公連連呵斥行伍粗疏不解心醫。王陵始終不回一句。毛公沒了脾氣，立即轉請設置暖帳救人。王陵一聲令下，軍士在頓飯辰光築起了一座馬糞牆包雙層牛皮再加連綴絲棉被的密閉暖帳。毛公有備而來，立即將重金聘請的齊國方士邀入暖帳施法，一番運功運氣再加神祕丹丸救心，面色鐵青白髮散亂形同骷髏的呂不韋神奇地醒了過來。

次日，毛公打發了方士，開始了自己的培本固元療法。聽說要千年靈芝安神救心，王陵二話不說親率三千步卒入山，一連十日，終於在大雪覆蓋的深山密林刨到了一株極為罕見的古靈芝。毛公高興得嘿嘿直笑，對著王陵一個大拜叩頭，驚得白髮老將軍顧不得臂膊骨折連連對拜。為滾溝負傷的王陵正骨之後，毛公終日守著呂不韋形影不離了。一月之後呂不韋漸漸清醒，茫然的眼神空洞無處著落，但總算是能夠聽話說話了。

一番揣摩，毛公開始了他的攻心救心法。

王陵依著吩咐，抬來了血戰僅存的馬隊劍士越劍無。

身負十三處刀箭重傷的越劍無，被王陵安置在另帳獨居。然越劍無不吃不喝更堅執拒絕治傷，見醫者入帳便要咬舌自盡。直至毛公到來，越劍無才冷冷說了四個字：「我等呂公。」不再開口。毛公也只一句話：「呂公死活，盡在越義士也！君自思量。」騰騰去了。從那一日開始，越劍無才開始了療傷進食，雖經一月依然不能下榻。被抬進來的越劍無一見枯樹白髮的呂不韋，一聲呂公便放聲痛哭。原本茫然枯坐的呂不韋噫的一聲驚叫踉蹌撲來，抱住越劍無哭作了一團。毛公冷眼旁觀，呂不韋捶胸頓足地哭喊著：「劍無劍無，不該瞞我當初！早知你等義士備死，呂不韋何能有此蠢舉也！任俠烈士去矣，呂不韋雖九死不能贖罪啊！」

越劍無卻驀然打住，拭去淚水一拱手道：「呂公之言差矣！劍無所哭者，公之失魂失形也，非我等劍士也。任俠劍士生於天地，不求碌碌苟活，唯求死得其所！呂公謀事存志節，待士有大義，我等人懷必死之心，非僅圖報呂公，更求名揚天下！若呂公耿耿不能釋懷，視我等之死為一己罪責，豈非玷污我等任俠求死之風？此番心境，原非劍無私撰。呂公請看，劍無可曾背錯一字？」話方慷慨，越劍無已經刷地撕開胸前，扯下一方血跡斑斑的羊皮遞過。呂不韋顫抖著雙手接過，不忍卒睹。毛公接過一看，薄韌的白羊皮上血字歷歷，分明與越劍無所念一字不差，下方赫然一片已經變黑的斑斑印記，無疑是百名劍士的手印指印！

「呂公，確是荊雲義士手筆。」

呂不韋雙手接過撫在胸前，對著越劍無深深一躬。

「今日事畢，劍無去也。」在這剎那之間，挺身跪坐軍榻的越劍無將一口短劍猛然插入了肚腹，一股鮮血噴濺大帳與呂不韋白衣之上，越劍無平和地笑著，「呂公，你非俠者，不能輕生求死，珍重……」

那一夜，呂不韋抱著越劍無冰冷的屍體坐到天亮，雖然一句話沒說，旁邊的毛公卻看到了呂不韋蒼白的臉膛有了一絲紅暈。直到三日後將越劍無安葬到了馬隊劍士的谷地，呂不韋才扶著毛公的肩膀長歎了一聲：「學無止境，呂不韋自認知人，不想竟如此無知也！」

自那日起，毛公開始了與呂不韋的對弈。在淡漠茫然的棋盤敲打中，毛公向呂不韋點點滴滴地敘說了各方事變：薛公沒能趕來，老哥哥護送趙姬到天卓莊去了；雖說平原君並未大張旗鼓地拘拿「事秦黨」，但卻在暗地裡搜尋嬴異人留下的妻子；薛公以為，只有將趙姬送回卓氏故里並恢復「卓昭」本名，在民多胡風嫁娶尋常的趙國，平原君才無法追究這筆秦妻帳；目下料想已經安置妥當，邯鄲該當無事了。嬴異人小子傷得不能動彈，又發熱，他請蒙武將這小子送回了咸陽，想必開春之後這小子便要來接你回秦了。西門老總事也捎來了消息，呂莊上下人等都好，陳渲日夜祈盼只等著你呂公歸來入政。總之統之，只要你呂不韋平安無事，結結實實的一件大事便做成了。

但是，無論毛公如何喋喋不休地絮叨，呂不韋都茫茫然心不在焉。毛公清楚呂不韋心結，每日敲著棋子曼聲吟誦莊子的〈逍遙遊〉，每念到「若夫乘天地之正，御六氣之辨，以遊無窮者，彼且惡乎待哉！故曰：至人無己，神人無功，聖人無名。」抑揚頓挫反覆吟誦，常常引得呂不韋木然盯著他也不由自主地跟著念誦起來。

念歸念，說歸說，呂不韋終是沒有真正地清醒振作過來。毛公頹喪了。也許，他只能將呂不韋送到這一步，呂不韋能否恢復雄風，只有天意了。那晚，毛公將一卷密封的羊皮紙書簡交給了那位終日默默卻誠實可信的茶女，叮囑待呂不韋真正清醒時交給他。便在他陪著呂不韋下最後一局棋的時候，蒙武來了。

毛公看到了一線顯然的光亮！果然，呂不韋鬆心了。

像一隻蒼老狡黠的土撥鼠，毛公連日出沒在冰雪軍營之間，旬日之後才回到了呂不韋的保暖大帳。呂不韋已經清醒過來，面色紅潤了，臉膛也蕩出了久違的微笑，見毛公風塵僕僕滿面髒污卻又神祕兮兮地溜進帳來，不禁一陣哈哈大笑：「老哥哥也！通了通了！原是不韋求人太切，凡事以義責人。人皆義士，何有世事矣！」

毛公驚訝地瞪著一雙老眼，提著竹杖繞著呂不韋直轉圈子，突然站定嚷了起來：「羊肉酒飯！咥飽肚子再說！前心後心沒得分，餓死老夫也！」呂不韋看得樂不可支，轉身連呼酒肉飯上齊，坐在對案饒有興味地看著毛公大舉饕餮。

「當真？」毛公撂下割肉刀突兀抬頭。

「當真。」呂不韋坦然點頭。

「其理何在？」毛公第一次沒了嘿嘿笑聲。

「權力公器之道，自有法度準則。」呂不韋平和的面容又彌漫出往昔的一團春風，「以義行之，則公器化為私道。不韋執拗於『義本』，原是以風塵商旅之道求權力公器之道。不容些許負義之行，於公器之道實為偏執。以此心入仕途，終將大毀也。異人離我回秦，於義於情有差，而於法度無礙。不韋耿耿不能釋懷，猶鯤鵬未得大風，不能高天遠觀也！」

「嘿嘿，有進境，好！」毛公啪地摔下擦拭油嘴的帛巾，「老兄弟，若是猝然喪子，你會如何？能如這般撐持過去麼？」

「老哥哥此說，不知所云也。」呂不韋自嘲地笑了，「生平無女運，先妻十載尚無一子一女。邯鄲欲妻，又被天奪。只怕是應得一句老話，財旺人虧，子女還在糊塗國也！」

「嘿嘿，只怕未必。你目下沒有娶妻麼？」

「你說陳渲？」呂不韋目光驟然一亮又釋然搖頭，「原是不得已，笑談耳耳。」

「是也是也，笑談罷了。」毛公嘿嘿一陣站起身搖到帳外，拖進一只口袋用竹杖指點著，「明日開始一月之內，老夫要你這白頭變黑！看好這藥！否則啊，嘿嘿，你我老兄弟便負了人心也。」

呂不韋大笑：「老哥哥自己鬚髮如雪，倒是來醫我這白頭？」

「嘿嘿，懵懂！」毛公悠然甩著白頭，「老夫年逾花甲，你幾多大？白當其年為老，白不當年為病。老不可醫，病可醫。曉得無？」

「好好好，曉得曉得。無非吃藥，隨你也。」呂不韋一陣笑聲未了，軟倒在榻大放鼾聲。毛公喚來侍女一陣叮囑，又點著竹杖搖出了暖帳。

倏忽之間河凍消開春風變暖，新葉勃發的胡楊林綠蓬蓬覆蓋了溝壑縱橫的莽莽高原。四月中開始，呂不韋的一頭白髮眼看著日復一日地變黑，到了五月來臨，形同白髮骷髏的呂不韋又變成了一團和煦春風的瀟脫士子。從來沒見過昔日呂不韋風采的王陵蒙武應毛公之邀踏進久違的馬糞牆圈時，遠遠看見帳外迎候的豐神士子，恍若隔世，驚訝得連連感歎！慶賀小宴上，得意的毛公矜持地點著竹杖宣布了對呂不韋的解禁令，來者不拒地與每個頌揚者勸飲者接踵痛飲，宴席未散已酩酊大醉了。

安置好毛公，王陵恭敬地邀呂不韋到幕府商議南下回秦事宜，將呂不韋請上了一輛軍營罕見的青銅軺車。蒙武親自駕車，駛向了小城堡外的河谷軍營。夕陽晚照之下，冬日血戰逃亡的冰雪天地已經是萬綠覆蓋遼闊山塬，呂不韋極目四望，不禁萬千感慨。入得軍營深處，但見營帳連綿旗幡獵獵炊煙裊裊戰馬蕭蕭，勃勃生機令人怦然心動。驀然之間，軺車駛過營區進入了一片幽靜的谷地，呂不韋心頭頓時迷惑——主將幕府如何能在這裡？

「東公——」一聲蒼老的哭喊，一個白髮老人踉踉蹌蹌地撲了過來。

「西門老爹！」呂不韋飛身下車，跪地抱住了跌倒的老人。

「東公……」老人哭聲搖著呂不韋臂膊，「夫人等你，她苦也！」

「夫人？」驚愕的呂不韋恍然醒悟，「你說是她，她也來了？」

「老朽粗疏，害東公大事也！」老人捶胸頓足斷斷續續敘說了經過，只抹著眼淚反覆絮叨，「我只說夫人在莊，誰想她能自家北上？老朽何其蠢也！」

「西門老爹莫得自責。這是上天罰我，不韋認了。」呂不韋扶起老人，目光癡癡盯著前方窪地的馬糞高牆與黑色帳篷，突然拔腳飛步大跑了過去。

一模一樣的馬糞牆，一模一樣的絲棉被帳，這裡卻清幽孤寂得令人心顫。呂不韋突然止步，心跳得怦怦大響，眼前一黑扒著馬糞牆軟了下去……倏忽醒來，眼前一片紅光！呂不韋屏住氣息睜開眼睛，一個紅裙女子擁在身旁，裙裾正搭在自己臉上，一雙溫熱細膩的手靈巧地婆娑在胸膛，雪白的胸脯與脖頸在濛濛紅光之中分外潤澤豐腴。

「陳渲！」呂不韋霍然坐起將女子攬在了懷中。

「夫君……」陳渲滾燙的淚水灑滿了呂不韋的胸膛。

這一夜，兩人都沒有睡意，裹著大被擁著燎爐挑著銅燈直坐到東方發白，娓娓侃侃纏纏綿綿，一番磨難使兩人都生出一種咀嚼不盡言說不清的再生心境。陳渲說，若非蒙武隨帶太醫，她便暴亡中途了；若非西門老總事著意尋來毛公對她施行固本培元療法，她也恢復不了元氣；她沒能侍奉夫君倒添了諸多累贅，實在是心有愧疚。呂不韋撫慰說，你懷了一次身孕，是呂門最大功臣，我還沒有想過自己會有兒子，值乎值乎愧疚甚來！陳渲撫著呂不韋蓄起的鬍鬚說，夫君變了，柔和的圓臉變成了稜角分明的方磚，不怒自威我卻不怕。呂不韋拍打著陳渲豐腴的身段說，我妻也變了，一個原本身輕如燕纖細窈窕做掌上舞的少女，倏忽變做了一個珠圓玉潤的可人少婦，真是我妻了。陳渲紅著臉笑說，她原本以為自己不會生子，少女時的舞技磨練太嚴苛了，直到倉谷溪呂不韋強使她初經人事，她才第一次來了女紅；此次歷經大變，知道了自己能夠身孕，她高興得渾身發抖，日後要給呂不韋多多生一群兒子女兒，哪怕變成一隻醜陋的老母雞。呂不韋哈哈大笑說教你生，猛然將陳渲壓在了大被中，兩人滾作一團笑作一團盡皆大汗淋漓氣喘吁吁。呂不韋說，天道有常人事不測，欲求不成，不求反就，他無論如何沒想到已有婚約的卓昭嫁給了異人，而買來應對異人的陳渲卻成了他妻，目下想來竟是顛倒得有趣。陳渲說，其實她第一眼就看出了其中奧妙：那位公子以死心求卓昭，卓昭則是猶可猶不可並不執一，主人屬意卓昭卻也並非不可變更；她則第一次便不喜歡那位公子，而喜歡買她的主人。呂不韋大奇，舞女耶巫女耶？你個小女子有先知之能？陳渲說，公子癡情卻沒有義根，卓昭美豔卻無志節，主人稟性堅實情心淵深，非等閒心志所能體察激盪，她只喜歡主人這等深情之士。呂不韋搖頭說，既然喜歡主人，為何要閉門辭世？陳渲說，嫁出卓昭後主人不能自拔，我怕主人送我重回綠樓，寧在主人身邊死去。呂不韋緊緊抱住了陳渲低聲耳語，我要你你也沒想拒絕，可是？陳渲大紅著臉說，若非主人強為，便是等閒武士也近不得我身。呂不韋促狹笑道，可你已經奄奄一息了，拒絕得何人？陳渲嬌嗔說，我若病體不能護身，綠樓生涯豈有處子清白？甚法偏不說！呂不韋又是哈哈大笑，命數命數，你個小女子天生是我妻奴也，縱藏身綠樓，也被主人挖了來！陳渲嬌笑著叫了一聲好主人，猛然將呂不韋撲倒，貪婪地喘息起來……

次日過午，窪地一片車馬轔轔之聲。毛公與西門老總事陪著蒙武親帶三車百騎來迎接護送呂不韋夫婦回歸離石城。呂不韋與陳渲攜手迎出馬糞牆，對著三人逐一躬身大拜，蒙武與老總事手足無措，逗得毛公手舞足蹈不亦樂乎。陳渲執意敬了每人一大碗自釀的馬奶酒，才許蒙武下令拆帳裝車。夕陽暮色時分，車馬轔轔出了窪地，出了軍營。到得離石城下，卻見兩人立馬以待遙遙拱手：「呂公別來無恙乎！」

「綱成君？安國君？」呂不韋驚訝得幾乎不相信自己的眼睛。

「正是老夫不差！我等恭候大駕月餘矣！」蔡澤尚在嘎嘎大笑，嬴柱已經當先下馬，遠遠迎著呂不韋軺車深深一躬。呂不韋連忙整衣下車肅然一拜：「不韋尺寸辛勞，何敢當安國君如此大禮也。」嬴柱搶步過來扶住呂不韋道：「公存我子，功在社稷，安得不拜？公但上車。」說罷順勢將呂不韋扶上軺車，回身牽住馬轡一招手，「呂公穩坐。」一圈馬轡便徒步牽馬進城。離開窪地帳篷時，呂不韋已經堅執謝絕了蒙武駕車，如今自己夫婦雙雙坐於傘蓋之下，卻教太子牽馬前行，不禁大為不安，本當躍身下車，卻見旁行蔡澤連連搖手，只好歎息一聲了事。

三、別辭難矣　聚散何堪

南風吹拂田野泛黃的五月，蒙武要親自護送呂不韋南下了。

安國君嬴柱與綱成君蔡澤已經先行回秦。因由是呂不韋的一句話：「如此聲勢朝野側目，不韋何以面對秦國父老？兩君不先，我無顏歸秦也！」蔡澤嬴柱此時才掂出老秦王口書中「相機」二字的意味，商議一番，不勝感慨地先行回秦了。兩人離去之後，呂不韋每日五更即起拉著陳渲跑馬練劍，旬日之後自覺精力體力大見好轉，方才贊同了王陵蒙武的月末南下以避路途酷暑的主張。

行程一定，呂不韋立即派出快馬信使去請薛公。三日之後，薛公安然抵達離石要塞。當晚，王陵蒙武在中軍幕府擺開了盛大的餞行軍宴。粗豪奔放的秦軍將領們舉著大碗川流不息地與呂不韋五人痛飲，到得三更，雖然馬奶酒溫熱勁爽如邯鄲甘醪一般，五位大賓依然是醺醺大醉地被軍士們抬回了帳篷。

直到次日午後，呂不韋帳篷方才有了動靜。陳渲直為自己的醉酒酣睡過意不去，呂不韋卻笑道：「睡得好也！你不是飲得多，七八碗而已，是你尚未完全復原。若不大睡一番，如何熬得路途顛簸？」兩人正在說話，毛公點著竹杖搖了進來當頭一拱手道：「夫人呵，老夫要借呂公一晚，特請恩准也。」陳渲紅了臉連忙一禮：「恩公笑談，原是我北來多有攪擾，何敢當恩公一請？你等議事，我到旁帳去。」說罷便走。「錯也錯也。」毛公竹杖一伸攔住陳渲，「老夫邀呂公山河口品茶，不在大帳，你自方便。」呂不韋原本想明日將要上路，毛公薛公年事已高，今晚不再攪擾。目下見毛公鄭重其事，霍然起身笑道：「正當月中，山河口明月定是看得。夫人，隨後送三桶酒來。」毛公又是一伸竹杖：「呂公且慢。老夫倒是好酒，只薛公已經說定今日只品茶，酒免了也罷。」「也好！」呂不韋回身對陳渲一笑，「教茶女到山口去。」毛公嘿嘿笑了：「何時忒般多事？薛公已經先到山口了，用你鋪排？人去便了。」拉著呂不韋出了大帳。

出得離石城堡東門，是赫赫大名的山河口。

離石城兩山夾峙，城東山口正對大河。山口東側高岡上立著一座粗樸的石亭，石亭下一座大石刻著斗大的三個字——秦河塞，大石背面是十六個大字：收我河西，雪我國恥，變法功業，斯世永存！老人們說，這是當年商君收復河西之後的勒石銘文，「秦河塞」是商君親書，背面頌辭是秦孝公的褒獎令。因了常有國人遊客來石前憑弔，上郡郡守請準秦王，將大石亭內外修葺一番，大石亭外另建兩座茅亭供憑弔遊客打尖歇息。時下五月大忙，往來遊客絕跡，山河口分外的空曠遼闊。呂不韋與毛公趕到時正是初夜，一輪明月掛上藍汪汪的山口，深邃的峽谷中河濤隱隱如雷，一道鐵索大板吊橋飛過幽幽太虛般的大峽谷挽住了河東群山融進了茫茫河漢，兩岸軍燈如繁星在天遙遙相望，谷風習習萬木森森刁斗聲聲馬鳴蕭蕭，塞上月夜如夢如幻。

「呂公，對岸百里之外便是趙國了。」薛公遙遙指著河東蒼茫難辨的沉沉高原，「長平大戰之前，對岸軍營可是趙軍紅旗也。」

「嘿嘿，東南是魏國。」毛公狠狠點著竹杖，「只可惜魏國王族無能！丟了河西竟連安邑也不要了。若是……嗨！不說也罷！」

「不韋小邦之民，無可憂心了。」呂不韋淡淡一笑。

「嘿嘿，將入大邦而生天下之心，老兄弟魚龍之化也！」毛公顯然不高興了。

「山河變色，君子傷懷。」呂不韋喟然一歎，「然則，春秋之世諸侯千餘，戰國之世邦國三十餘，歸併統合之勢，何曾以君子情懷而變易也！不韋不如兩位老哥哥學問淵深，久為商旅奔走列國，對天下苦難稍多體察。以不韋觀之，華夏激盪五百年，終將一統山河。天下不一，戰國不休。兩公皆洞察幽微之士，尚對邦國疆土之消長耿耿不能釋懷，入秦新政難矣哉！」

「錯錯錯也！」毛公連點竹杖，「入秦歸入秦，老夫終是魏人！不許想之念之麼？」

「但說故國，此公便硬。」薛公無奈地笑了，「匹夫遭罪而愛國，毛公一奇也。不用睬他，來，這是老夫自家炒的春茶，嚐嚐如何？」說著拉起呂不韋進了茅亭，從茶爐上提起陶壺注茶，嫻熟利落不輸茶女。隨著熱氣蒸騰撲開，茶香頓時彌漫了山口茅亭。

「好茶也！」呂不韋大聳著鼻頭，「莫急，逢澤芒碭茶！可是？」

「評鑒品物，無出呂公之右，佩服。」

「嘿嘿，不就是一鼻子看中了你的甘醪麼？老夫不信邪！」毛公搖進茅亭端起茶盅咕的大吸一口，燙得丟下陶盅哈氣連連，見薛公呂不韋哈哈大笑，點著竹杖嚷道，「老夫偏認是巨野山澤茶！你能品出泥土腥濃淡來麼？」

「毛公考校，何敢逃遁？」呂不韋悠然一笑，「所謂評鑒品嚐，無非經多見廣善加揣摩而已，豈有他哉！孔子若不周遊列國遍考各國典籍，如何能辨認出上古防風氏屍骨？逢澤巨野兩大澤，一西一東相隔五百餘里，雖同為上古大河改道遺留之積水，然歷經數千年沉積，自成不同水土。巨野山澤汪洋，多有山溪活水注入，葦草茫茫山水激盪多霧少陽，水氣清甜山土紅黏，茶樹肥碩而茶葉有幽幽清香。逢澤雖與芒碭山相連，卻無活水注入，歷經沉澱而水質黏厚，四野之土多有鹹濕鹵鹼之氣，是故茶樹瘦高而茶葉勁韌，茶木之香中有隱隱厚苦，且最是經煮，與巨野茶之清香甘甜大異其趣也。老哥果真品嚐不出？」

「嘿嘿，老夫飲來，天下茶葉一個味，只河水最好！」

「嗚呼哀哉！」薛公連連拍案，「老夫親採親炒容易麼？暴殄天物也！大煞風景也！」

呂不韋不亦樂乎：「毛公倒是不差也，煮茶以河水最佳！九原河水為上河，離石河水為中河，大梁河水為下河，也是各有千秋！」

「著啊著啊！還是老夫高明！沒有河水，何來茶香？」毛公紅著臉嚷嚷起來。

薛公呂不韋同聲大笑，毛公也嘿嘿笑了起來，抓過案上一塊醬牛肉就著滾燙的釅茶大嚼起來。薛公看得眉頭直是一聳一聳，苦笑著搖搖頭與呂不韋品啜起來。飲得幾盅，薛公輕輕歎息一聲：「遙想當年，呂公不期走進甘醪薛，恍如夢中矣！」呂不韋慨然笑道：「三五年滄海桑田，使我二十年商旅黯然失色，政道之難可見一斑也！若非兩公襄助，呂不韋豈有今日？入得秦國，我等富貴榮辱一體，定然做他幾件大事。」薛公思忖道：「公之入秦，任重道遠。自老秦王到異人公子，呂公要周旋三代，可謂難矣！目下情勢，異人雖為公之根基，然有老太子嬴柱與老秦王在前，公便須得有勾踐十年生聚之韌力耐力，且戒躁動之心。」呂不韋悚然警悟：「薛公金石之言。不韋輕言躁動，慚愧也！」薛公搖搖手笑道：「今日邀公到此，原是要說幾件想到之事，卻與呂公方才之言無涉，公但聽下去便了。」呂不韋笑道：「來日方長，隨時可說，今夜不妨賞月品茶，塞上月夜難得也。」薛公搖頭一歎：「垂垂老矣！不說過後便忘了，還是想起便說的好。」呂不韋依稀看見薛公眼中淚光閃爍，不禁慨然拍案：「薛公但說！不韋洗耳恭聽。」

薛公品啜著醇釅的逢澤茶，對呂不韋侃侃說開。薛公以為，目下秦國以老秦王為第一樞要。據各方徵候，老秦王大約還有三五年壽期。歷來古訓是暮政多變，唯有把準老秦王的一貫政風，方能從容應對。幾年來，薛公多方搜求典籍傳聞，對這位老秦王做了一番仔細揣摩，斷言秦王嬴稷的為政稟性是：「唯法無情，殺伐決斷之鋒銳，為歷代秦王之最。」薛公意味深長地說了兩個故事：

秦昭王三十八年，秦軍在閼與首次敗於趙軍。宣太后一身承決斷失誤之罪自裁謝國，實際決斷國事的丞相魏冄卻沉默避罪。正在盛年的嬴稷鬱悶無以排解，病了。秦中百姓聞之，許多農戶買來黃牛殺了祭天，祈禱秦王早日康復。秦王病癒，百姓又買牛宰殺以塞禱（註：塞禱，古禮之一，就是實現當初祈禱時對上天許諾的報酬，後世謂之「還願」）。王宮護軍將（郎中）閻遏、公孫述到函谷關軍務途中多次看到，回到咸陽晉見時當頭興沖沖一句：「我王德過堯舜！曠古明君！」秦昭王陡聞如此頌詞驚訝莫名，頓時沉下臉問：「兩位所言何謂也？」兩人繪聲繪色地將百姓為秦王買牛祈禱塞禱的見聞說了一遍，末了又是一番讚頌：「堯舜為君，未聞百姓為之祈禱也。今我王臥病百姓祈禱，病癒百姓塞禱，王得民之愛心過於堯舜！」秦昭王陰沉著臉默然沉思，良久突然拍案：「下書各郡縣徹查里（註：里，秦國村制單位，五家為鄰，五鄰為里，一里二十五家。後世所謂鄰里，即縮語也）

社，核實祈禱者並里正、鄰長姓名報來。」王書下，郡縣鄰里莫不以為將獲厚賞，當即逐一登錄星夜上報。三日後，一道王書飛赴郡縣：凡買牛祈禱塞禱之民戶，各罰銅甲兩副！所在鄰里之里正鄰長各罰上好鐵甲兩副！後有非法祈禱者罪加三等！此令一出，舉國皆驚，報信的兩位郎中更是羞愧難言。後來，秦昭王章臺避暑時心緒頗好，隨行護衛的閻遏便問秦王：「百姓為我王祈禱塞禱，王不獎掖反予懲罰，末將委實不明。」秦昭王頓時斂去了笑容：「身為郎中，如此懵懂乎！百姓祈禱塞禱，固愛我也！然秦法無此律條，若本王以仁愛心許之，相沿成習，人人以法外之行邀功，法度何在？國法不立，亂亡之道也。何如去仁愛罰祈禱，而歸於大治！」

長平大戰次年，秦中三縣大旱而生饑荒。丞相范雎上書：請開王室五處山澤園林，準許饑荒者進入王室五苑，採集山果野菜以活民。秦昭王斷然拒絕，一席話說得范雎啞口無言：「我秦法鐵則，有功而賞，有罪而誅。若開五苑，百姓有功無功者俱各得之，有功者何榮？無功者何羞？與其發五苑而亂，不如棄五苑而治！應侯莫做此想也。」後來，秦昭王開官倉「賞救」有功之民，硬是不發無功庶民一絲一縷，秦人莫不為之悚然動容。

這便是秦昭王，鐵心行法敢與天地民心一爭，寧落無情之名，不做亂法之君。

秦昭王一生，多遇不世雄才。宣太后羋氏、穰侯魏冄、武安君白起、應侯范雎，哪一個不是亙古罕見的強勢人物？君強臣強，政見多有摩擦而秦國卻始終沒有內亂。薛公以為此中根本因由，在秦昭王對權、法、術三者爐火純青的融合。尤其是罷黜魏冄、賜死白起、軟解范雎三件事，件件在他國都可能釀成巨大災禍，尤其是白起之死幾乎是一場驚濤駭浪，偏偏在秦國卻安然無事，不亦怪哉！此中根基，在秦昭王總是依法行權，步步有法度為據，敢於掃滅任何違法強勢。白起三違王命，大敵當前，卻因秦昭王一次錯斷而執拗到底，拒不率軍應敵，若是尋常君王，可能是無所措手足了。秦昭王卻斷然下書，處死了秦國長城一般的天下戰神，又許厚葬廣祭以安民心。此中膽識何其了得！及至晚年，秦國國勢大跌，強臣大才凋零，秦昭王當真成了孤家寡人。當此之時，這位老王潛心蟄伏以靜制動，但求政事依法度運轉，而不求重振雄風，竟能在十多年間使秦國風波不生，何嘗不是天下奇聞？開春以來，誅殺華月夫人，太廟勒石護法，凡此等等，一則老秦王政風稟性使然，一則也是後繼平庸的無奈之舉也。

「明此老王，刻刻在心，秦國事可為也。」薛公歸總一句。

「薛公拆解，明心醒志，永生不忘也！」呂不韋大是驚歎，一躬之下見毛公瞇縫著老眼一臉神祕，轉身一拱手，「敢問毛公，入秦何以應對？」

「嘿嘿，老夫沒那番細發絮叨。」毛公霍然站起點著竹杖，「你只記得十二字，『秦法在前，只宜事功，不宜事學。』保你無事！」

「事學？」呂不韋始而迷惑既而釋然一笑，「若做官不成，事學也是一途。」

「錯也！罷官事學，要老夫饒舌？」

「毛公以為不韋非事學之才？」

「嘿嘿，日後自家揣摩去了。」毛公搖晃著碩大的白頭，顯然不願多說。

「好！我記得便是。」呂不韋回頭笑道，「薛公方才說老秦王只有三五年光景，據何論斷？占星術麼？」

「人過七十，老病不久。」薛公只淡淡一笑。

「天機不可洩露。老哥哥能說給你麼？」毛公神祕兮兮地套用一句占星家的成語，呂不韋與薛公大笑起來。看看月到中天，呂不韋慨然道：「我車帶來三桶老酒，不若搬來飲了，醉別河西！」毛公當即喊一聲好跳了起來：「半日飲茶，鳥淡鳥淡！我來搬酒！」「老兄弟少安毋躁。」薛公沉沉一句，見毛公沮喪地站住，起身點著竹杖笑了，「呂公莫非要改明日行期？」呂不韋道：「三桶老酒而已，何能誤了行期？」薛公搖頭道：「好酒老夫也帶了，只一罈。要得痛飲，我等回倉谷溪。」呂不韋未及答話毛公嚷嚷起來：「好啊好啊只我蠢，竟聽話沒帶酒來！一桶便一桶強如鳥淡茶！我去拿也！」一連跑帶顛打開薛公車廂又是一陣嚷嚷，「分明一罈如何說一桶，糊塗糊塗！」抱起一只陶罈顛了回來。

薛公已經擺開了三只大碗，毛公撕開罈口罩布拔開罈口泥封咕咚咚倒酒，堪堪三碗滴酒皆無，不禁哭笑不得：「喲喲喲！我說你甘醪薛如何這般促狹，只會做小碗買賣麼？活活饞殺人也！」薛公哈哈大笑：「買賣不賠便好，大小碗何干？來！一人一碗！」

「真想與兩位老哥哥重回倉谷溪也。」呂不韋笑了。

薛公舉起了酒碗：「今日一飲，醉別河西！」

毛公舉起了酒碗：「此酒金貴，老兄弟趁心趁意！」

呂不韋舉起了酒碗：「好！醉別河西！咸陽再飲！」

叮噹一聲三碗相碰，三人咕咚咚一氣飲乾。毛公嘿嘿一笑點著竹杖搖出了茅亭，仰天對月長歎：「醉別河西矣！東望倉穀！他年他鄉兮，魂兮歸來——！」薛公笑道：「一碗便醉，三桶還有行期麼？」呂不韋釋然點頭：「薛公說得是。走，回去睡他兩個時辰。」

明月西沉，車聲轔轔，三人誰也不再說話。回到離石城堡，薛公毛公下車對著呂不韋深深一躬，逕自回自己帳篷去了。呂不韋一路思忖今日夜談，一拱手也回了帳篷。

次日寅末，一輪紅日初上山巔，茫茫山塬在遙相呼應的牛角號中蘇醒了。呂不韋帳前早已經車馬齊備，想到兩公年長昨夜晚歇，直到卯時三刻蒙武前來會馬，呂不韋才吩咐西門老總事去請薛公毛公。片刻之間，西門老總事匆匆趕回，繞過蒙武走到呂不韋身邊低聲道：「稟報東公：事有蹊蹺，兩公不在帳中，案上有一書簡。」說著從大袖中拿出了一支銅管。呂不韋心頭猛然一跳，連忙啟開銅管抽出羊皮紙，不禁愣怔了——

呂公臺鑒：老朽兩人不能隨公南去，至為憾事。遇公至今，感公大義高才，快慰平生也！老朽魏人，不當入秦，非為卑秦，實為念魏矣！故國孱弱，士民凋零，我等逃趙之士欲謀重振魏風，成敗在天，但盡人事耳。酒後不忍辭，未與公酣暢痛飲，唯留他年之念也。薜毛頓首。

啪的一鞭，呂不韋快馬飛出了營區。

山河口的清晨一片空寂，金色陽光鼓蕩著幽幽峽谷巍巍吊橋，遼闊無垠的河東蒼茫茫與天相接。是傘蓋軺車還是胡楊白雲悠悠飄進了深邃的碧藍，恍然化作兩張撲朔迷離的笑臉，又驟然消失在明淨澄澈的黃色山塬……

呂不韋癡癡佇立著，一任河風拍面熱淚縱橫。

四、執一不二　正心跬步

蔡澤很是鬱悶，入伏深居簡出，終日在燕園輕衣散髮臥石獨飲。

入秦十年一事無成，身居高位無處著力，蔡澤不明白如何一步步滑落到了如此境地。當年初入秦國，一席說辭逼范雎去國，就任秦相天下矚目，何等風采。然蔡澤終究是計然派名士，做大官是為了做大事，絕不會空落落吊只金印晃盪作罷。可在老秦王暮政之期為相，蔡澤卻總是在雲霧裡飄盪，身不著地心不探底。老秦王巡視關中，自己提出了「明法、整田、重河渠」的富秦策，老秦王是欣然允准了的，可在清查府庫賦稅稍增之後，最大的關中河渠工程卻被擱置了。老秦王只有淡淡一句話：

「李冰入蜀治水需舉國支撐，秦中稍緩可也。」然李冰治蜀大見功效之後，老秦王又將蔡澤相職交安國君嬴柱代署，封給蔡澤一個綱成君高爵專一處置太子立嫡事，關中河渠石沉大海了。蔡澤大惑不解，卻也無可奈何。立嫡完了又是北上河西，呂不韋沒接得成功，回到咸陽又成了待事散官。雖說還是可以過問相府政事，終是自覺無聊不願介入。蔡澤百思不得其解，以老秦王之明銳，如何連丞相府事權都弄得如此模糊不清？如何將自己這樣的相才重臣變成了一事一辦的特使有一搭沒一搭地用著？屢次想向秦王上書請事，好教老秦王清醒，可仔細一想，十幾年來秦國還確實沒有什麼越過他的軍國大事，主動請事豈非自討無趣？也屢次想辭秦而去到他國施展，可一想到山東六國更是死氣沉沉，連信陵君那般大才都被逼得久居他國而不能任事，況且他這等無根士子？如此下去，不說與商鞅相比，便是與張儀魏冄范睢相比也是不能了，只怕最終只能與甘茂這般無功弱相比肩了。仔細一想，連甘茂也比不得。甘茂無大才卻有大運，一身兼將相大權位極人臣，風雲戰場縱橫宮闈何事沒有經過？自己這般不死不活平庸無奇的閒人生涯能比得甘茂了？

「知我者謂我心憂，不知我者謂我何求！」蔡澤不禁一聲長歎。

「駕言出遊，以寫我憂。」林中傳來諧謔的吟誦。

「唐舉麼？出來！」蔡澤搖搖晃晃站起一陣大笑，「你再相我，是否閒死命也！」

林木大石後轉出一人，懷抱一個小圓木桶悠然笑了：「嘗聞勞死，今卻有人閒死，命數之奇，唐舉焉能盡知也。」

「呂不韋？嗚呼哀哉！想死老夫也！」

「何如醉死好？」呂不韋拍打著紅木桶，「綱成君好口福，百年蘭陵！」

蔡澤煞有介事地接過木桶拍拍嗅嗅：「嘖嘖嘖！楚人有百年佳釀？」

「計然名家不知楚地物產，綱成君也算一奇。」呂不韋坐到樹下光可鑒人的大青石板上，悠然一笑，「楚人立國八百餘年，生計風華向來自成一體，與中原爭高下。只怕楚熊部族以山果釀酒時，殷商西周還只有粟米酒也。諺云：楚人好飲，寧為酒戰。楚宣王為天下盟主，號令列國以美酒為貢，趙國主酒吏以次充好，楚國大舉起兵討伐趙國，明說只要五百桶趙國老酒。你說，天下為酒大戰者，捨楚其誰？楚人能沒有好酒？」

「說得好沒用，老夫先嚐了再說。」蔡澤半醉半醒地嘟囔著扒拉酒桶銅箍，卻無處下手，更來一連串嘟囔，「甚鳥桶？沒有泥封沒有木蓋，混沌物事如何裝得進酒了？沒準是個嶺南光葫蘆老椰子！」

「老椰子光葫蘆一個樣麼？」呂不韋笑著接過精緻的紅木桶，一邊開啟一邊指點，「中原酒罈用泥封，楚人酒桶用木封。綱成君且看：最外面一層木蓋，旋轉即開；封閉桶口者是軟木塞，頭小尾大，長途運送顛簸激盪則更見密實；用這把銅旋錐旋轉嵌入軟木，趁力拔起，開，開，開！」一語落點，只聽「嘭嗡！」一聲大軟木塞離桶，一陣酒香頓時瀰漫林下。

「噫——好香也！」蔡澤聳著鼻頭大是驚歎連忙捧過一只大碗，「快來快來！」

呂不韋屏住氣息懸空高斟，但見殷紅一線黏滑似油，入得白陶碗一汪澄澈嫣紅清亮無比。「琥珀珠玉，何忍飲也！」蔡澤驚歎端詳如鑒賞珍寶，不期舌尖小啜，猛然一個激靈咕咚咕咚兩大口飲乾，咂摸回味良久驀然長吁一聲，「有得此物，天下焉得一個酒字！」

「人各所好，此酒合綱成君脾胃也。」呂不韋笑道，「就實說，各擅勝場而已。趙酒雄強，秦酒清冽，燕酒厚熱，齊酒醇爽，魏酒甘美，一方水土一方口味罷了。」

「嗚呼哀哉！先生倒是海納百川也。」蔡澤的公鴨嗓嘎嘎大笑。

「酒之於我，商旅辨物而已，原不如好飲者癡情執一。」呂不韋謙和地微笑著，「綱成君但喜此酒，不韋可每月供得一桶，多則無可搜尋了。」

「你說甚？每月一桶？」蔡澤朦朧的老眼驟然睜開啪啪連拍石板，「好好好！老夫此生足矣！但有此酒，束之高閣鳥事！」

「萬物之道，皆有波峰浪谷。」呂不韋應得一句適可而止，微笑地看著面紅耳赤酒意醺醺的蔡澤。

「啊！對也對也！你幾時回來？路途順當麼？」蔡澤恍然大悟。

呂不韋哈哈大笑：「呀！你接我回得咸陽，忘記了？」

「老夫沒醉！」

「只不爛醉便好。」呂不韋見蔡澤神態確實有五七分清醒，侃侃說了一遍回來的情形。一個月前，蒙武帶兩百馬隊護送呂不韋一行安然回到咸陽。抵達北阪松林塬時，駟車庶長府一位郎官專車傳令：呂不韋身涉王族事務，可按郡守縣令入京禮遇住進驛館，以便官事。呂不韋笑問若有宅邸可否自決？屬官答曰可。呂不韋告辭蒙武繞城而過，回到了渭水之南的新莊園。無所事事的嬴異人高興得無以言說，當晚與呂不韋飲酒敘談直到四更。依著嬴異人主張，呂不韋當在次日立即拜會太子府，商定他認祖歸宗日期。呂不韋卻勸異人莫得心躁，只管養息復原便是。次日，呂不韋擺布莊中事務：屬於家計的事務一律交夫人陳渲掌管，西門老總事只管外事；呂氏商社的一班老執事也同樣分成兩班，善處內者歸陳渲，善處外者歸西門老總事，其餘僕役侍女人等則由陳渲與老總事商議分配。不消三五日，莊園內外整肅潔淨秩序井然，莊園上下對夫人心悅誠服。呂不韋第一次有了家的感覺，心下舒坦，埋頭書房讀起了《商君書》。嬴異人心下惴惴卻又無所事事，整日徜徉在園林中癡癡彈弄秦箏，誰也不去理睬。

旬日頭上，安國君府派家老送來一札，請呂不韋過府敘舊。呂不韋如約前往，安國君沒有著太子冠帶，也沒有在國事廳接待，而是夫婦設家宴待客。席間安國君嬴柱除了再三表示謝意與勸飲，很少說話，倒是華陽夫人關切地將子楚情形問了個備細。暮色時分呂不韋告辭，嬴柱執意送到府門看著呂不韋登車遠去方才回身。此後兩旬，沒了動靜。

「你也急了？」蔡澤嘎嘎一笑，似乎有些幸災樂禍。

呂不韋淡淡一笑：「我來找你對弈，不高興麼？」

「啊哈！當真不要老夫指點？」

「成事在天。不韋只將人交給太子便是，他不急我急甚來？」

「蠢也！那是太子的事麼？太子做得主，能等得一月？」

「便是老秦王也一般，聽其自然。」

「嘿！你呂不韋沉得住氣也！」蔡澤頗是神祕地壓低了聲音，「想在秦國立足，老夫給你支個法子。你要走了，老夫好酒不就沒了？」呂不韋大笑道：「四海之內，不韋只要活著，少不得你綱成君好酒，有沒有你那法子一個樣。」「錯！老夫偏說！」蔡澤忽地從大石板上滑到了呂不韋身邊，噴著濃郁的酒氣，「我等都是山東士子，不相互援手成何體統？老夫明說，藉著老秦王尚能決事，立即上書請見，請老秦王直接下書，使異人公子認祖歸宗，大行加冠正名禮，明其嫡王孫身分！」

「遲早之事，如此急吼吼好麼？」呂不韋淡淡一笑。

「蠢也！」蔡澤拍著石板，「遲早之事那是嬴異人！你卻如何？不想自家全身之策？公子可拖，你不可拖！如今公子心急，你正好推出他前頭出面，老秦王豈能不准？可你呂不韋卻反而勸公子莫急，當真怪矣哉！」

「順其自然，不能全身了？」

「不能！」蔡澤呼呼大喘，「老秦王高年風癱，命懸遊絲，縱能保得幾年性命，可誰能保得他始終清醒？你不在老秦王生前立定根基，若其一朝歸去，安國君那肥軟肩頭撐得秦國強臣猛士？其時……咳！口滑口滑，不說也罷！」

「我沒聽見，綱成君再說一遍。」

「好啊！沒聽見好，沒聽見好！」蔡澤嘎嘎笑了起來。

「來，擺棋如何？」

「好！擺棋！」

濃陰之下微風輕拂，悠長的蟬鳴中棋子打得啪啪脆響。一局未了，蔡澤橫臥石板大放鼾聲。呂不韋笑了笑起身，喚來遠處大樹下的童僕照料蔡澤，悠然去了。

嬴異人散漫地撫弄著秦箏，心下煩躁沮喪極了。

「我生多難矣！我欲何求？」轟然秦箏伴著一聲吟唱，嬴異人不禁熱淚縱橫。生身於卑賤侍女，孩童時他便覺到一種異樣的冰冷。府中師吏對他的嚴厲似乎總是夾雜著輕蔑，侍女內侍們對他的粗疏中也似乎總是流露著輕慢。少年之期好容易遇到了志趣相投的蒙武，卻被突然派去趙國做人質。十多年苦難屈辱的人質生涯，幾乎徹底泯滅了他對生的樂趣，那時候，他最為憎恨的是這王子之身，無數次地對天發誓，來生再也不做王族子孫！偏在此時，呂不韋撞了出來，他懵懵懂懂成了王孫名士，錦衣玉食地過上了在秦國也沒有享受過的風光歲月。正在他亢奮地品咂這夢幻般的榮耀，全副身心要與呂不韋建不世功業之時，胡楊林的那個夜晚，上天又突如其來地將一個神祕知音砸到了他的心弦。眼看神女無望身心即將崩潰，趙姬卻又神奇地成了他的新婚妻子。與趙姬成婚，嬴異人第一次真正嚐到了人的生趣，第一次知道了女人美妙，前所未有地沉浸在一種極為新鮮的激情與享受之中。趙姬是個拿得起放得下如火焰般熱烈奔放的女子，非但沒有因為與呂不韋的「兄妹情誼」而對他有稍微的淡漠，反而對他「寧失王孫，不失佳人」的心志如醉如癡。在兩人忘情地燃燒之時，呂不韋卻突然將他們生生分開。那一刻，嬴異人又一次對自己的王孫之身生出莫名憎恨。離趙回秦，身中三劍四箭而大難不死，上天總該折磨人盡也。誰料回到咸陽，又被冷冰冰撂在這郊野孤莊無人理睬，連蒙武這個少年至交都不敢留他。匆匆搬到呂不韋新莊，還是沒有理睬他。太子是他父親，老秦王是他大父，他們都不知道自己回到了咸陽？斷無可能！如此說來，他們是有意遺忘自己了。王族無情，宮廷無義，自古皆然，夫復何言？上天啊上天，你將嬴異人倏忽寒冰倏忽烈火地反覆煎熬，卻終歸如此拋開，無聊之至，不覺可笑麼？

在轟轟然散漫無序的秦箏中，嬴異人的心徹底冰冷了。漸漸地，一切物事都從心田消失，唯有美豔的趙姬鮮活地向他嬌笑著。嬴異人清楚地記得，他與趙姬在邯鄲度過了短短四十三個晝夜零一日再零三個時辰，只吃了三十八頓飯，其餘時光都揮灑在了那座庭院的每個角落，銘心刻骨至此盡矣！每每心念及此，嬴異人都是無可名狀地怦然心動。縱是在開肉剜出箭頭的療傷之時，只要趙姬面影在眼前一閃，心中便會漫過一層強烈的暖流，一切傷痛都消失得無影無蹤……

夕陽西下，嬴異人抱起秦箏，木然走出了池邊柳林，走進了自己的小庭院，片刻之後，提著馬鞭背著長劍一身便裝一頭散髮，大步出了幽靜的院門。

「敢問公子要去何處？」迎面而來的西門老總事大是驚愕。

「西門老爹，我被拘禁了麼？」

「公子哪裡話來？老朽前來知會，呂公要與公子議事。豈有他哉！」

「事已至此，議得何來？」嬴異人冷冰冰一句便走。

「老朽得罪，公子不能。」素來平和安詳的西門老人一步跨前，當頭一躬，「公子身為嫡王孫，蒙武將軍以官身交公子於呂莊，若不辭而去，呂公何以向秦國說話？」

「老西門豈有此理！」

「公子有失唐突，老朽卻不能失職。」

「你！你有何職？一個老奴罷了！讓道！」

「公子縱然殺了老朽，也不能不辭而去。」老人不溫不火卻也寸步不讓。

嬴異人面色鐵青突然一聲怒喝：「呂不韋！你藏到哪裡去了——！」

「誰在說呂不韋藏了？」林外一聲熟悉的笑語，本色麻布長衣的呂不韋已經到了面前，打量著嬴異人裝束不禁又氣又笑，「公子成何體統，要做俠士遊麼？」

「我不要體統！我要去趙國！找趙姬！」嬴異人頹然坐倒在地哽咽起來。

默然良久，呂不韋走過去低聲道：「公子進去說話，林下蚊蟲多也。」

嬴異人抹著眼淚默默進了庭院，坐在廳中木呆呆不說話。那個跟隨嬴異人二十多年的老侍女聞聲趕來卻不知所措。呂不韋擺手示意，老侍女輕步出廳守在了廊下。呂不韋回身一拱手道：「公子已經生死劫難，但請明告，為何大功告成之時突生此等魯莽舉動？」嬴異人冷冷道：「自欺可也，何須欺人？這也叫大功告成？回秦無人理睬，父母如棄敝屣！」呂不韋恍然，長吁一聲肅然一躬：「公子如是想，不韋之過也。原以為經此生死大劫，公子已是心志深沉見識大增，必能明察目下情勢，洗練浮躁心緒，是以未能與公子多做盤桓徹談，尚請公子見諒。」嬴異人面紅過耳，搓著大手嘟囔道：「何敢怪公？我是耐不得這般清冷，更怕沒人理睬，活似當年做人質一般……」

「公子居呂莊而感孤寂，不韋之過也。今日你我煮茶宵夜。」呂不韋心頭已然雪亮，連日沉心書房思慮長遠，卻忽視了嬴異人耐不得清冷孤寂的恆久心病，日後永遠不能忘記這個關節！思忖間對廊下老侍女一招手，「老阿姊，拿上好茶葉來煮！看你茶工如何？」

老侍女對呂不韋最是景仰，聞言忙不迭作禮，笑應一句不消說得，輕快利落地進了正廳。片刻茶香彌漫，呂不韋一聳鼻頭驚訝道：「噫！香得炒麵糊一般，甚茶？」老侍女殷勤笑答：「蒙武將軍送公子的，說是胡茶。」呂不韋嘆羨笑道：「呀！茶飲南北，還當真沒品過胡茶也，回頭我向蒙武將軍討個路數，買它一車回來。」一心不在焉的嬴異人陡地振作，恍然大悟般連連揮手：「快拿胡茶！全送呂公！我喝甚茶都一個樣，暴殄天物！」神情異乎尋常地興奮。呂不韋笑道：「一桶便了，全數豈不掠人之美？」嬴異人慨然拍案：「呂公何解我心矣！異人只恨這胡茶不是河山社稷！」呂不韋肅然拱手道：「此乃咸陽，不是邯鄲，公子慎言。」嬴異人眼中淚光閃爍，喟然一歎：「異人一生多受嗟來之食，幾曾有物送人也！呂公能將未婚之妻忍痛割愛，成我癡心，此等大德，何物堪報？」

「公子差矣！」呂不韋倏忽變色，「趙姬乃我義妹，豈有他哉！」

「情事之間，公卻迂腐也！」嬴異人罕見地抹著淚水大笑起來，「秦人趙人皆出戎狄胡風習，男女之情愫無羈絆，唯愛而已。婚約之言，只中原士人看得忒重罷了。當日異人已經看出，趙姬與呂公並不相宜。趙姬多情不羈，呂公業心持重，縱是婚配亦兩廂心苦。否則，異人縱是癡心鍾情於知音，也不會與公爭愛！窈窕淑女，君子好逑。異人當日捨生求婚於呂公，非不知公與趙姬婚約也，而在看準呂公趙姬不相宜也。然天下多有此等人物，明知不相宜亦死不鬆手，生生釀得萬千悲情。公之明銳，在於知心見性，不為淺情所迷，亦未為婚約諾言所牽絆。痛則痛矣，卻是兩全！唯公有此等大明，異人方心悅誠服，決意追隨也！時至今日，異人不敢相瞞：此前呂公之於我心，政商合謀之一宗買賣耳，成則成矣，於後卻是難料也；自與趙姬婚配，異人不止一次對天發誓：此生若得負公，生生天誅地滅！」

嘭噗一聲悶響，茶盅跌碎草席，滾燙的茶汁將呂不韋的白衣濺得血紅。

「先生燙傷！」抱來茶桶的老侍女驚叫一聲，連忙伏身擦拭。

呂不韋渾然不知所在，聽任老侍女擺弄著。嬴異人的率性剖白像一陣突如其來的風暴深深震撼了他。應當說，這位王孫公子對男女情事的眼光與見識，是呂不韋遠遠沒有預料到的，今日驟然噴湧，當真令他驚愕不已。在呂不韋看來，嬴異人不惜丟棄大業而癡情求婚，除了因胡楊林夢幻對歌而生出的知音傾慕之情，便是不知道他與卓昭的婚約實情，而相信卓昭只是他的義妹。如今看來，嬴異人非但知道實情而且見微知著，連他自己好容易才理得清楚的與卓昭之間的心隔也是洞若觀火，實在令他有些難以言說的滋味兒。倘若當初果真回應了火熱的卓昭而與她未婚先居，此事將何以了之？依嬴異人說法，若不是「奪情」成功而對他心悅誠服，兩人之間便只是一宗於後難料的買賣而已。果真如此，卓昭反倒成了呂不韋與嬴異人真正結為一體的熱膠？自己的深遠謀劃倒是憑著一個女子才變得真正堅實起來？上天晦暝，如此令人啼笑皆非也！一時之間百味俱在，呂不韋回不過神來。然值得慶幸的是，嬴異人信誓旦旦，終生不會負他，長遠謀劃總是不會無端岔道了。說到底，目下還是大事當緊。

心念及此，呂不韋回過神來笑了笑：「此事已過，公子日後莫再提說。我只是不明：公子既信得不韋，如何卻這般沒有耐心？」

「沒有趙姬，回到秦國我也只是個棄兒……」

「非也。」呂不韋長吁一聲搖搖頭，「公子念情，表象也。根基所在，是對回秦大局失了信心。公子大事絕望者，唯情而生死也。若是公子已經認祖歸宗冠帶加身，縱然念妻，亦非此等淒絕之象。公子參詳，可是此理？」見嬴異人長歎一聲默默點頭，呂不韋笑了，「恕我直言，公子雖秦國王孫，對乃祖乃父以至秦國政風，卻不甚了了。長此以往，即或身居秦宮，公子之心依然還是趙國人質，與秦國秦政，與父母之邦，依然陌生如同路人，何以擔得大任執得公器？」

「說甚？我對秦國陌生？」嬴異人的笑有著分明的揶揄。

「我且問你，毛公薛公何以沒有入秦？」

「你回咸陽時說，我師隨後入秦。」

「不。他們永生不會來秦了。」

「甚甚？永生不會來秦？我卻不信！」

呂不韋也不分辯，只從邀薛公來河西說起，備細敘說了山河口話別之夜薛公毛公的說法，尤其是兩人對老秦王為政稟性的剖析更說得點滴不漏，直說到綱成君蔡澤的鬱悶與目下秦國秦政的種種「亂象」。嬴異人聽得驚愕愣怔，良久默然。

「兩公不入秦，公子以為根由何在？」呂不韋終於入了正題。

「謀劃故國大事，也是名士常心。」

「綱成君身居高位而無所適從，根由何在？」

「名士謀功業。無事徒居高位，任誰都會彷徨鬱悶。」

「國中種種亂象，公子如何說法？」

「雄主暮政，鮮有不亂。大父風癱，豈能整肅？」

「公子差矣！」呂不韋意味深長地搖頭一笑，「三答皆人云亦云，遠未深思也。」

「三答皆錯？我卻不服！」嬴異人論戰之心陡起，「先說兩公，除非留書所說不是實情，斷無另外根由！」

「兩公留書非關虛實，只是宜與不宜也。」呂不韋輕輕歎息一聲，「毛薛之心，其實便是山東士子之心：對秦法心懷顧忌，深恐喪失自由之身。自來山東名士少入秦，商鞅變法前如此，是因了秦國貧窮孱弱野蠻少文，或情有可原。商鞅變法後，秦國風華富庶不讓山東，強盛清明則遠過之，然卻依然如此，根由何在？便在『憚法』二字！秦法嚴明，重耕戰，賞事功，舉國唯法是從；然拘禁言論，士流難得汪洋恣肆，除非大功居國而能言事，在野則言權盡滅。如此情勢，一班士人但無絕世大才必能建功，輒懷忌憚，不敢入秦。薛公毛公者，坎坷之士不拘形跡，放言成性，不通軍旅，入秦縱做你我之謀士門客，亦不得盡情施展其奇謀之能矣！蓋秦國法網恢恢，凡事皆有法式，他國能出奇制勝之謀，在秦國則大半無用。士無用則無聊，何堪居之？譬如公子，短暫寂寥尚且不能忍耐，況乎年年歲歲也！」

「也是。」嬴異人恍然點頭，「呂公一說，我明白了過來，邯鄲遇公之後實在舒暢，士林汪洋，交遊論戰，比在咸陽舒暢多矣！」

呂不韋道：「然秦國終是秦國，執一者整肅，自有另外一番氣象。」

「好！此事我服。再說綱成君，能有甚根由？」

「綱成君之事，來日再說不遲。」呂不韋笑了，「目下我只問公子：聽得毛公薛公故事，你我回秦後謀略該當如何？」

「願公教我。」嬴異人恭恭敬敬地一拜。

「公子請起。」呂不韋大袖一扶，「公子少學，以何開篇？」

「自荀子出，秦國蒙學以〈勸學〉開篇。」

「積土成山，風雨興焉。」呂不韋點頭吟誦一句。

嬴異人一字一頓地念了起來：「積水成淵，蛟龍生焉。積善成德，而神明自得，聖心備焉。故不積跬步，無以至千里；不積小流，無以成江海。騏驥一躍，不能十步；駑馬十駕，功在不捨。鍥而捨之，朽木不折；鍥而不捨，金石可鏤。蚓無爪牙之利，筋骨之強，上食埃土，下飲黃泉，用心一也。蟹六跪而二螯，非蛇鱔之穴無可寄託者，用心躁也。是故無冥冥之志者，無昭昭之名；無惛惛之事者，無赫赫之功。故君子結於一也……」

「好！」呂不韋拍案，「這節，公子可悟得其中精義？」

「執一不二，沉心去躁。」

「在秦國，這個一字何指？」

「……」

「在你我，這個心字何意？」

「……」

嬴異人木然良久，不禁又是一躬：「願公教我。」

呂不韋鄭重道：「荀子〈勸學〉，大謀略也！自與毛公薛公河西話別，不韋反覆思忖，你我回秦謀略只是八個字：執一不二，正心跬步。這個一，是秦國法度。凡你我看事做事，只刻刻以法度衡量，斷不至錯也。這個心，是步步為營不圖僥倖。連同公子，目下秦國是一王兩儲三代國君，及公子執掌公器，十年二十年未可料也。如此漫漫長途，心浮氣躁，可能隨時鑄成大錯，非步步踏實不能走到最後。雖則如此，秦國後繼大勢已明，只要公子沉住心氣，事無不成！」

嬴異人緊緊咬著嘴唇，雙眼直愣愣盯著窗外黑沉沉的夜空，心頭卻在轟轟作響，趙姬啊趙姬，你等著我，嬴異人一定用隆重的王后禮儀接你回來。

五、豐京廢墟的遠古洞窟

嬴柱正捧著一卷竹簡發愣，鼻端飄來一陣撩人心神的異香。「整日窩書房，曉得多辛苦了。」一雙玉臂柔柔地抱了過來。嬴柱拍拍胸前那雙細巧的手一聲歎息：「老之將至，其言昏矣！你說父王這王書我如何揣摩不透？」身後女子吃吃笑道：「不曉得夫人可以看麼？」嬴柱不禁一笑，伸手將女子攬了過來用竹簡輕輕拍著她臉龐：「牢獄一回規矩了？考校考校你，看了。」順手將竹簡插進了女子雪白鼓脹的胸脯。女子一陣咯咯嬌笑：「褻瀆王命也，曉得無？」嬴柱兩手伸進女子胸衣揉弄笑道：「食色性也，與王道何干？快看！看不出名堂受罰！」

華陽夫人咯咯笑著從胸前抽出竹簡展開，眼光一掃跳了起來拍手笑叫：「如此好事為何不說？該受罰！」嬴柱沮喪地一笑：「立嫡事早明，有甚說頭？」「早明早明，好你個蠢也！」華陽夫人將竹簡連連點著嬴柱玉冠，「那是密書，這是明書！那是駟車庶長行事，這是父母行事！那是遙遙無期，這是秋分便行！你當真掂量不得輕重了？」嬴柱不耐地擼過啪啪敲在頭上的竹簡嘩啦展開：「有甚不同？一個樣！你只說，這句『該當處置者早日綢繆，當密則密』所指何來？」

「曉得了？聽我說。」華陽夫人偎到嬴柱身邊笑了，「夫君明察：秋分給子楚行加冠大禮，距今尚有兩月，老父王定然是提前知會夫君了。知會之意，自然是要你我先做預備了。而當密則密，一則是莫得大肆鋪排聲張，二則麼，對了，定然是不要先行知會子楚與呂不韋。」

「笑談！」嬴柱連連搖頭，「父王很是看重呂不韋，曉得了？」

「老父王暮政，本來就不依常規行事，曉得了？」

「好好好，那你再說『該當處置者早日綢繆』何意？」

「這我卻明白，早想對你提說又怕你說我找事，曉得了？」華陽夫人破例地沒有了經常掛在臉上的嬌憨笑容，「敢問夫君，原本立嫡何子？」

「公子傒呵。」

「傒兒目下何在？」

「問得多餘。不在府中修習麼？」

「子楚立嫡加冠，必得回府居住。以傒兒之浮躁乖戾，年又居長……」

「夫人是說，父王所指處置綢繆者便是此事？」

「我想得多日，府中唯此事須得預為綢繆，除此無他了。」

默然一陣，嬴柱長吁一聲頹然靠在長案扯起了長長的鼾聲。華陽夫人悄悄起身從書房大屏後拿來一領布袍給嬴柱輕輕蓋好，無聲地飄了出去。日色西斜，嬴柱醒了過來抹抹嘴角濕漉漉的口涎，飲了一大盅涼茶，出了書房逕自向後園的雙林苑去了，直到三更時分方才回到了書房。

五更雞鳴，一車一馬出了咸陽東門轔轔直向函谷關。

上將軍蒙驁對嬴柱父子的突然到來很是驚訝。秦國法度：太子不奉王命不得入軍。嬴柱是老太子了，又與蒙驁有通家之好，突兀入軍不怕涉嫌違法麼？雖則如是想，蒙驁畢竟久經滄海，當即在狹窄簡樸的中軍幕府擺下了洗塵軍宴，四面帳門大開，雖說山谷涼風習習穿堂，伏暑燠熱之氣一掃而去，可甲士軍吏身影歷歷可見，宴席情形也盡人皆知。

「安國君如何知道老夫在函谷關？」一爵洗塵酒後蒙驁高聲大氣地笑了。

「不在藍田大營，上將軍能去何處？」嬴柱也是高聲大氣地笑著。

「安國君若去崤山狩獵，老夫許你三百弓馬。」

「既非狩獵，亦非出使。嬴柱此來，本是王命也。」

「早說也！」蒙驁哈哈大笑著回身一揮手，「軍吏甲士退帳，斂上幕府！」

「不需不需，我受不得燠熱悶氣，如此正好。」

「也好！若不關涉機密，安國君盡說無妨。」

「這是六子傒，老將軍可還記得？」

「自然記得也。只是多年不見，公子更顯凜凜之氣了。」

「此子好武，我欲送他軍旅歷練，老將軍以為如何？」

「入軍何消說得！」蒙驁慨然一句又目光一閃，「記得公子傒曾因功得簪裊（註：簪裊，別稱「謀人」，秦國第三級軍功爵。秦爵第二十級最高）爵，依照法度，可直做千夫將，或移做軍吏，不知安國君與公子何意？」

未等嬴柱開口，嬴傒霍然起身一躬：「稟報上將軍：嬴傒爵位並非戰功得來，今入軍旅，願效當年白起先例，直入行伍軍卒，憑斬首之功晉升！」

「好志氣！」蒙驁拍案讚歎，立即高聲喚來中軍司馬吩咐，「依法登錄嬴傒軍籍，隱去王族名分，分發函谷關將軍麾下，即刻辦理！」

「嗨！」中軍司馬挺身一應回頭赳赳高聲道，「公子軍中姓名，秦傒！若無他事，即刻隨我去函谷關將軍幕府。」

「嗨！」嬴傒赳赳應得一聲回身大步出帳。

「且慢！」嬴柱一招手站了起來走到帳口，解下黑色繡金斗篷默默地給兒子披在了肩頭，又解下腰中一口短劍塞在了兒子手中。嬴傒覺察到了父親的雙手微微顫抖，斑白的兩鬢頃刻間蒼老了許多，心頭不禁猛烈地一跳。瞬間猶豫，嬴傒咬著牙關回過神來笑道：「父親，這般物事軍卒不宜。」又給父親繫上了斗篷挎好了短劍，深深一躬，「君父老矣，善自珍重！」猛然回頭大步赳赳地去了。

「……」嬴柱一個趔趄，卻被身後的蒙驁恰到好處地扶住了。

「說起王族送子，還得算先祖惠文王硬氣也。」蒙驁只慨然一句打住了。

嬴柱長吁一聲：「驁兄，我心苦矣！無由得說……」

這一夜，蒙驁與嬴柱在山風習習的石亭下說到了天亮。兩人雖交誼日久，促膝晤談的機會卻是極少。此次機會名正言順，兩人皆無顧忌，說起來滔滔不絕。嬴柱從來相信這位縝密沉穩的老將軍，當年將嬴異人交給蒙府與蒙武同窗共讀，而今又將嬴傒交到蒙驁軍中歷練，咀嚼個中滋味，一時不勝唏噓。蒙驁遇戰陣軍事縝密多思，遇人交卻又豪爽坦誠，聽嬴柱唏噓訴說大笑連連，說嬴柱這太子做得最輕鬆也最辛苦，輕鬆者強君在前，辛苦者不得心法也。嬴柱第一次聽蒙驁慼言國事，便問何謂不得心法？蒙驁說，遠觀者清，不得心法便是賣矛賣盾猶豫彷徨自家煎熬；要得心法只十二個字，自顧做事，子孫名位順其自然。嬴柱聽過許多人謀劃開導，但要他對子孫順其自然者，還只有蒙驁，一時不禁大是感慨，送嬴傒入軍的傷懷之情減輕了許多，興致勃勃地問起了蒙驁的軍爭謀劃，是否要重新與六國開打了？蒙驁一陣沉吟而後反問，安國君若是秉政，軍爭大略將如何擺布？嬴柱頓時吭哧囁嚅，父王如日中天，秉政之事從來沒想過。蒙驁歎息一聲，終究還是忍不住直言責難，既為邦國儲君，當光明正大地思謀國事，老王縱是萬歲亦終有謝世之日，若嬴氏子孫盡如安國君之心，秦國豈非下坡路也！嬴柱自感慚愧，坦誠地向蒙驁請教。蒙驁說得老實，目下蜀巴兩郡已成富庶之地，秦國已經緩過勁來，他謀劃在三年之內新成軍二十萬，五年內再成軍二十萬，使秦國總兵力恢復到長平大戰前的六十萬。

蒙驁啪啪拍著粗大的軍案：「老王歇兵，一則是等待邦國恢復元氣，一則是等待盛年新君。若非如此，大軍成勢如何按兵不動？不爭而預爭，風癱而綢繆身後，老王聖明也！」嬴柱大是驚訝：「老將軍是奉命擴軍？」蒙驁神祕兮兮地搖頭一笑：「老夫何曾奉命擴軍？說的是謀劃，謀劃！」

「啊——」嬴柱恍然大笑，「明白明白，只是謀劃，只是謀劃也！」

笑聲中曙光初現，遼闊的桃林高地已經是淡淡霞紅。趁著清晨涼爽，嬴柱與白髮蒼蒼的蒙驁告別了。素來乘車上路呼呼大睡的嬴柱這次卻無論如何也沒了睡意，一路看著綠沉沉的原野車馬行人川流不息的官道，嬴柱扎扎實實地嗅到了秦國土地上蒸騰而起的勃勃生機，多日鬱悶的心緒第一次舒暢了明亮了。

天中明月，池中碧水，石板上一張草席，磚灶中一籠驅蚊青煙。呂不韋正在後園宵夜，突然聽見一陣急促的腳步聲，剛剛從草席坐起，西門老總事已經到了身邊。

「東公，莫胡有音信了！」老西門微微顫抖著來了。

「莫胡！甚音信？」呂不韋倏地站了起來。

西門老總事急促道：「暮時一黑犬入莊，嗖嗖四處搜嗅。僕役四圍驅趕，黑犬卻如靈猿一般躲閃逃開。老朽得報前去，黑犬不知從何處躥出圍著老朽四下直嗅，嗅得片刻便蹲伏老朽面前嗚嗚低吼，前爪直打脖子。老朽一端詳，黑犬頸毛中隱隱一道細繩，大膽伸手觸摸，黑犬一動不動。老朽在黑犬頸下長毛中一陣摸索，摸得一根皮繩綁著一支寸許長小指般粗細的竹管，解下打開一看，只有一行小字：初更隨墨獒豐京谷口。我叫一聲墨獒，黑犬倏地立了起來，便知是送信人派這隻靈獒前來帶路。老朽猜測不出何事，決意先行試探再報東公。天黑之後，老朽帶了一個武僕撐了一隻小舟，去了豐京口，誰知卻是小莫胡……」

「先說人在何處？」呂不韋拍著大芭蕉扇有些不耐。

「老朽未敢貿然教她回來，人還在豐京口。」

「走！接她回來。」

「東公，華月夫人被刑殺，秦法連坐，這這這好麼？」

「當初送莫胡給華月夫人便是錯，不接回來更錯！莫胡又不是芈氏老族人，秦法連坐，還能坐了僕役？呂不韋若連歸來義僕也不敢收留，擔待何在！」呂不韋邊說邊走，幾句話說罷已經到了後園門邊。

「東公莫走了，輕舟在園池碼頭。」

「倒是懵了。」呂不韋兀自嘟囔一句，跟著西門老總事便走。

這座新莊建在渭水南岸的山塬之下，外邊看去平淡無奇，實則大有奧妙。最特異處便是出行通道隱祕便捷，人車馬舟皆可從任何角落直出莊園。後園水池雖只有二十多畝水面，卻是水深三丈，經過一條極是隱祕的山洞暗渠直通渭水。呂不韋的輕舟有四名強壯水手，園池山洞不張帆也是輕快如陸車。從一片林木葦草中進得渭水，輕舟鼓起了一面白帆，藉著風力向上游破浪而來。大約半個時辰進得豐京谷水口，明月之下山林幢幢峽谷幽幽，往昔三面山頭專門給夜舟指航的風燈全然沒有了。

站在船頭的西門老總事啪啪啪連拍三掌，叫了聲墨獒。片刻沉寂，山坡林木中一陣輕微刷啦聲，一雙綠幽幽的眼睛驟然閃爍在岸邊黝黑的山岩。西門老總事吩咐一聲靠岸，小船輕盈地盪了過去。西門老總事吩咐水手原地等候，頭前帶著呂不韋上了岸邊山道。碩大威猛的墨獒正昂頭蹲伏道中，見兩人上岸扭頭飛躥出去。西門老總事低聲道：「墨獒去報信了，只怕走不到『王道』門便有人來了。」

「豐京谷還有人？」呂不韋不禁有些驚訝。

「幾個傷殘老僕與當初買來的胡女無處可去，莫胡領著他等狩獵採集度日。」

「莫胡原本胡女，倒是有擔待也。」

正在說話間，王道廢墟城門在朦朧月色下巍然矗立眼前。呂不韋油然想起第一次在這裡與風姿綽約的華月夫人相見，不禁一聲歎息。正在此時，一條黑影從廢墟城門中倏地撲出，兩人一驚之間，黑影已經蹲伏在呂不韋腳下，綠幽幽的光芒夾著哈哈喘息，石雕般一動不動。兩人未及開口，廢墟城門中又倏地飄出一團紅影撲在了呂不韋身上！

「先生……」

「莫胡，苦了你也！」呂不韋輕輕拍著懷中簌簌顫抖的肩頭。

「莫胡誤事，當受懲罰！」紅影猛然撲拜在地。

「哪裡話來？」呂不韋扶起莫胡笑了，「華月夫人自觸秦法，誰卻管得了她？」

「不。」莫胡連連搖頭，「若是我在，定然有信給先生，如何能使那顢頇使者入邯鄲而先生還不明就裡？荊雲大哥與馬隊義士如何能去？先生何能九死一生……」

「豈有此理！」呂不韋一聲呵斥，「顢頇者壞事，我縱事先知曉便能免禍麼！從今日始不許如此想頭！要說有罪，呂不韋第一個。我不謀事，荊雲馬隊義士何能慘死？」

「先生莫傷心，我錯了……」莫胡泣不成聲。

「莫胡呵，你是荊雲大哥的義妹，從今後是我呂不韋的親妹。走，跟我回家。」

莫胡沒有動。呂不韋恍然笑道：「你個小頭領莫擔心，豐京口的胡女僕役全回去，傷殘者養其終生，健旺者做事，西門老爹正愁新莊沒有人手也。」

「先生……」莫胡哽咽了。

「還有事麼？」呂不韋親昵地撫摩著莫胡的散亂長髮。

「先生容留那些兄弟姊妹，莫胡深感大恩。只是，莫胡不能回去……」

「莫胡！這是為何？」呂不韋大是驚訝。

「先生！」莫胡一聲哭喊，猛然轉身風也似的去了。

西門老總事大皺眉頭：「莫胡忒煞怪！與老朽也是在這裡會面片刻便去。噫！墨獒沒走？」蹲伏的黑犬胸腔中發出一陣低沉的嗚嗚，站起來搖著沉重粗大的尾巴，又低頭舔著呂不韋的腳面。呂不韋不禁悚然動容，輕輕一拍黑犬碩大的頭：「墨獒，你領路，我等去找莫胡姑娘。」話方落點，眼前一道黑影噌地躥出，邊走邊回頭，曲曲折折地將呂不韋兩人領到了一座黑黝黝的山洞前。「汪汪汪！」三聲大叫，墨獒箭一般躥了進去。

片刻之間，一盞風燈掛在了洞口，四名女子抬著兩口大棕箱走了出來，為首者對呂不韋深深一躬：「莫胡姊姊說，這兩口大棕箱交給先生，請先生恕她不歸之罪。」

「敢問小姊姊，莫胡姑娘可是叮囑你等隨我而去？」

「是。可我等不能隨先生留秦。」

「卻是為何？」

「莫胡姊姊要回陰山草原，我等決意護送莫胡姊姊。」

「且慢且慢。」西門老總事搖搖手，「莫胡劍術騎術俱佳，要得護送麼？」

女子頓時默然，相互看看卻沒了話說。呂不韋大是起疑，揮手斷然道：「老夫要見莫胡姑娘！」

說罷大步便走。幾個女子滿臉通紅，連忙搶在洞口前攔住撲地拜倒：「先生不能！莫胡姊姊有苦難言，乞先生體察！」呂不韋生氣道：「莫胡是我送出，有苦也是因我而起，我豈能不管？姑娘讓開！」正在此時，一道黑影從洞中忽地躥出，墨獒對著女子汪汪兩聲，回頭一口咬住了呂不韋衣襟便扯。呂不韋說聲走，墨獒回身進洞撒腿去了。四女無奈，舉著風燈跟了進來。

這座山洞寬闊深邃而又曲折無規則，兩壁時有各式小洞嵌入山體，顯然是天然洞窟又做了人工修葺。洞中腳地角落隨處可見各色腐朽的木桶，隱隱彌漫出一種似酒非酒的香氣。呂不韋猜測，此洞很可能是當年西周王室的酒窖。如此一座大洞小洞反覆交錯的洞窟，若非靈異的墨獒搜嗅領道，呂不韋縱是進來也無所適從。走得片刻，墨獒回頭一望，嗖地鑽進了左手一座小洞。呂不韋疾步跟進，幽幽燭光下朦朧可見洞角草席上一片紅影，走近端詳，呂不韋不禁大為震驚！一個紅裙女子縮做一團瑟瑟顫抖，臉上一副淡黃色的竹皮面具，散亂長髮中顯出的耳鬢之際白得毫無血色……

「莫胡！」呂不韋驚叫一聲，伏身抱起女子回頭便走，嗡嗡話音不斷在山洞迴響，「西門老爹留下善後，立即將豐京口遺留人等送回新莊，若有未了之事，當即妥善處置。我先輕舟回莊醫治莫胡！」

濛濛曙色之中，輕舟飛進了新莊後園的大池。呂不韋將莫胡抱進自己的庭院，吩咐僕役人等不許對任何人提及今夜之事，而後立即喚來正在灑掃庭除的陳渲匆匆說了經過。陳渲端詳片刻道：「此女……久傷未治又多居陰濕之地，氣血兩虧神志昏迷。我先給她灌下一碗靈芝湯再沐浴更衣，夫君只管請來名醫便了。」

呂不韋指指莫胡頭上的面具道：「夫人若是有底，最好不請太醫。」

「我修過女醫，已經瞧出了幾分奧祕，該當無差。」陳渲紅著臉一笑，「那你去忙了，只派個懂藥的執事聽我吩咐便可，若無異常，晚來當有起色。」

呂不韋忐忑不安地去了，坐在書房神不守舍。素來沉穩謙遜的陳渲說得三分便有十分，用不著擔心。呂不韋心下激盪難平者，是對莫胡的境遇及其可能牽涉的種種未知人事的祕密。莫胡是荊雲舉薦到身邊的，莫胡既然已經知道了荊雲一班義士的慘烈，她的面具與荊雲烈士們的面具是否關聯？驀然想到原本可以不死但卻義無反顧剖腹自裁的越劍無，呂不韋心頭一陣劇烈震顫。西門老爹當初說，莫胡是荊雲的義妹，便難保不是愛著荊雲的情人，也難保不是荊雲馬隊某個義士的胞妹，她若也要隨荊雲而去，呂不韋何以面對隱身毀容全部慘死的任俠烈士？不！莫胡絕不能死！

午後時分，西門老總事滿頭大汗來報：豐京谷統共十六名遺留僕役，全數乘船回到新莊；只有那只墨獒守著華月夫人的墓園不走，誰也勸說不動；一個胡女說，若是莫胡在，也許能將它領走，華月夫人死後，墨獒只聽莫胡一個人號令。

「西門老爹，豐京谷之事莫對任何人提起。」

「老朽明白。」

「荊雲可曾說起過莫胡與他？」

老西門搖搖頭：「荊雲義士只有一句話：先生得此女，堪託生死。」

「老爹想想，莫胡可與哪位義士長相相似？」

老西門思忖一陣又搖搖頭：「馬隊義士無人有真面目，委實看不出也。」

「華月夫人機謀頗多，老爹還是帶幾個人將豐京谷仔細踏勘一遍。」

「好！老朽今夜便去。」

倏忽暮色降臨晚霞照窗，一使女來報說夫人有請。呂不韋起身便走，匆匆來到起居庭院，等候在廊下的陳渲將他領進了一間四面帷帳的小房。臥榻懸著白色紗帳，隱隱可見帳中安臥的纖細身影。陳渲低聲道：「人已然無事，只怕要昏睡一兩日了。」呂不韋道：「如此帷帳四布，不怕熱出新病麼？」陳渲紅著臉一笑：「你知道甚來？回房說。」拉著呂不韋到了自家寢室。

陳渲說，這個莫胡姑娘有半年前的舊傷，然目下之險是分娩血潰，若非及時帶回，只怕此刻已沒命了。那副竹面具已經摘去，臉上並無破損之象，只發現鬢角髮際處有一片秦半兩大的烙印，大腿根刺有兩個似字非字似圖非圖的青色印記，教人觸目驚心。陳渲幽幽唏噓，說她記得陳楚兩國多有大商貴冑給自己的女奴烙印刺記，可這莫胡姑娘是陰山胡女，何以竟有此等烙身印記？

「夫人能記得印記圖形麼？」呂不韋臉色鐵青。

「髮際處分辨不清，腿根處記得。」陳渲蘸著茶水在案上畫了起來。

「猗氏！古籀文！」

「猗氏？是楚國巨商猗頓氏麼？」

「對！」呂不韋咬牙切齒，「這個部族素有惡癖，決然無差！」

「那分明是說，莫胡曾經是猗頓族的女奴。」

呂不韋一陣思忖：「荊雲義士曾經在齊國刑徒營做苦役，會否在那裡結識了吳越囚犯，逃出後受託救走了莫胡？說不清，還是等她醒來慢慢再問。」

「我看，當緊是尋找那個孩童，她分娩剛剛兩日……」

「呀！糊塗！」呂不韋一跺腳拔腿便走，來到大池邊卻見輕舟已去，吩咐另來一隻平日進咸陽運貨的小船，跳上去說聲豐京谷便下令開船。貨船笨重，逆流上溯一個時辰方到豐京谷口。正要棄舟登岸，卻聞山道腳步匆匆，西門老總事抱著一個包袱正迎面而來。

「老爹所抱何物？」

「一個棄嬰！還活著，火炭一般滾燙！我正要輕舟先送回莊。」

「好極好極！我便抱回，你踏勘完後回來再說。」一說罷接過包袱跳上輕舟，四名水手八槳盪起，小船箭一般順流直下。

回到新莊，呂不韋立即將嬰兒抱給了正在守候的陳渲。陳渲又驚又喜，忙不迭給嘴唇已經青紫的嬰兒針灸灌藥，片刻間嬰兒哇的一聲哭叫，兩人才高興得笑了起來。陳渲又是一番清理呵護，忙碌得不亦樂乎。看著妻子手忙腳亂卻又興奮得咯咯直笑，呂不韋眼前油然浮現出卓昭身影，她若是她，會如此麼？

夜半時分，西門老總事歸來說，查遍了豐京谷人能進去走動的所有廢墟洞窟與華月夫人的庭院，沒有發現可疑物事，只是這豐京谷太大，最好是莫胡傷病痊癒後再帶人仔細搜尋，盲目尋去只怕是一月兩月也沒有眉目。呂不韋笑著擺手連呼天意，說找回了這個嬰兒，其餘物事與我何干，不用勞神費力，只催西門老總事說如何找到這個嬰兒的。

西門老總事說，這個嬰兒發現得頗是稀奇。他帶著兩個胡女正要去華月夫人常去消暑的一個山洞查找，卻見一道黑影閃電般掠進那座酒窖洞窟。有個胡女叫得一聲墨獒，另個胡女說她看見墨獒好似叼著一隻活物。老西門心下一動，帶著兩個胡女提著風燈進了大洞。兩個胡女邊走邊喊，墨獒墨獒，你在哪裡？快出來呵。洞中卻是毫無動靜。老西門猛然想起這隻神異墨獒送信時對他的氣味似乎很熟悉也很信任，站在洞中高聲道，墨獒出來，老夫是莫胡派來的，你看護的物事我等不會動的。如此說得三遍，一道黑影倏地從一個小洞鑽了出來，蹲伏在老西門腳下低沉地嗚嗚著。老西門從皮袋中拿出呂不韋從洞中抱走莫胡時丟在草席上的一方汗巾，墨獒黑黝黝的大鼻子一聳，站起來搖了搖尾巴向大洞深處走去。老西門跟進一座小洞，不禁大是驚奇！小洞腳地鋪著一層厚厚的茅草，一個全身紅紫斑斑的嬰兒赤身裸體躺在一方髒污的小棉被上，旁邊臥著一隻乳頭脹鼓鼓的野羊。牆角處有一輛已經變作朽木形狀卻依稀可見的接軸古車，黑糊糊的車身還有濺上去的點點血跡。一時間，三個人都愣怔了。

「墨獒，棄嬰還活著！你義犬也！」老西門大是讚歎。

墨獒粗大的尾巴動也不動，只淡漠地瞅了瞅老總事。

一個細心的胡女叫了起來：「野羊兩奶鼓脹，嬰兒沒吃奶！」

「墨獒，野羊奶終究難養活人，老夫抱走他如何？」

墨獒猛然一扯老西門手中的汗巾，汪汪兩聲大叫。老西門心頭一亮，搖搖汗巾指指嬰兒：「墨獒，他是她的嬰兒麼？」墨獒又是汪汪兩聲。剎那之間老西門不禁老淚縱橫，緊緊抱住了碩大的狗頭：「墨獒啊墨獒，老夫定然將他抱回去交給她，養活他！你，也跟老夫去了。」墨獒的大頭蹭了蹭老西門胸膛，綠幽幽的大眼中濕漉漉一片，搖搖尾巴再也不做聲了。

老西門說，墨獒直跟著他走到谷口，聽見呂不韋說話才回身跑了。臨走時他們不見墨獒，找到了華月夫人墓園。墨獒果然孤零零地蜷在墓碑前，綠幽幽的大眼一片汪汪，任誰勸說也不起身。呂不韋聽得萬般感慨，良久默然無語。

三日後，莫胡終於完全清醒了過來，臉膛也重新泛出了紅暈。

這日午後，呂不韋吩咐西門老總事守在內莊門口，任何人來訪只說自己進咸陽城去了，安頓妥當與陳渲一起到了後園僻靜的病室。靠在臥榻大枕的莫胡一見呂不韋淚水盈眶，掙扎著要起來行禮。呂不韋連忙上前摁住笑道：「今日只說說閒話，姑娘要多禮，我只有走了。」陳渲也過來笑道：「姑娘只管靠著說話，一切有我。」說著話拉開帷帳打開窗戶煮好釅茶，又捧來一盅湯藥教莫胡喝下，方才笑道：「你等說話，我喚小茵子來照料，我還有事忙了。」說罷喚進一個伶俐女童匆匆去了。見莫胡只噙著眼淚哽咽，呂不韋笑道：「莫胡呵，莫歉疚。我說過，你是我胞妹。做嫂者，照拂小姑病榻有何不可了？」莫胡哽咽道：「先生高義大德，莫胡不配。」呂不韋幽幽歎息一聲：「難矣哉！若是姑娘別有隱情，不韋自不勉強。若說配與不配，姑娘卻是言重了。上天生人，原本一等，若非世道不平，何有個高低貴賤？荊雲大哥與馬隊義士哪個沒有非人經歷，可他們都是呂不韋的生死至交，情同骨肉，何論配與不配？」莫胡一陣默然，驀然抬頭，說起了她被先生送人後的經歷。

莫胡說，自她到了豐京谷，便做了華月夫人的內事家老。華月夫人有個族人在王室書房做書吏，職司王書繕刻。華月夫人因而預先得知嬴異人立嫡密書。這是莫胡後來才知道的。華月夫人與華陽夫人密商謀劃，是華月夫人有意告知莫胡，並教莫胡設法告知呂不韋預先綢繆。可派自己族弟為「特使」趕赴邯鄲，華月夫人卻瞞過了莫胡。當莫胡正要發出信鴿時，卻偶然從一個貼身侍女的口中知道了「特使」一事，頓時心生疑惑，對華月夫人的虛虛實實難判真假，深恐錯報消息壞了大事，決意親自北上說個備細。

正在此時，華月夫人卻派莫胡帶著六名精幹僕役冬日南下，來春辦理三件大事：一是在吳越採炒震澤春茶；二是去荊山置辦楚國式樣的玉具珠寶，並用荊山玉為子楚打磨三套銘文玉佩；最要緊的一件事，是按照華陽夫人的圖樣，採買正宗楚絲，在郢都給子楚縫製地道的四季袍服冠帶各六套。華月夫人反覆叮囑，這是她與華陽夫人給子楚歸秦預備的賞賜大禮，於呂公也是光彩之事，非莫胡不能辦好。莫胡不好推託，在臘月末啟程了。輕舟一發，莫胡與僕役們約好二月十五在震澤最大茶場會面，而後立即單騎飛馳兼程趕赴邯鄲。其時呂不韋與西門老總事恰好不在倉谷溪，行程緊迫的莫胡趕到了馬隊營地找到了荊雲。住得三日，倉谷溪仍是空空蕩蕩，莫胡只好將諸事說給荊雲匆匆南下了。二月與僕役們會齊，三月底春茶裝舟北運，莫胡去了荊山，玉具珠寶定好又去郢都。一等事體往返辦完，已經到了六月酷暑天，回到咸陽已經是七月底了。豐京谷的淒涼使莫胡大為震驚，本欲立即尋覓呂不韋，但遺留姊妹們的慘狀卻使她不忍猝然離去。

「此等大變，莫胡實在沒有想到……」

「莫胡呵，往事過矣！不說也罷。」呂不韋長歎一聲，「我只想問得一事，你可說便說，不可說便不說，且莫為難。你是分娩之身，那個嬰兒，可是荊雲大哥之後？」

驀然之間莫胡如被電擊，喉頭咕嚕一響頹然倒在了榻上。陳渲恰好趕到，輕柔嫻熟地一陣施救，莫胡哇的一聲哭喊出來：「先生！我兒還在麼？」呂不韋一個眼色，陳渲輕步飄出，片刻抱來了一個火紅的繈褓笑吟吟遞到榻前。莫胡瑟瑟顫抖著抱過嬰兒，看著繈褓中紅潤酣睡的小臉，瘋癡般顛弄著繈褓又哭又笑。陳渲一邊溫婉勸慰，一邊接過繈褓給嬰兒把尿餵藥，莫胡這才漸漸平靜下來。

莫胡說，她一家都是楚國巨商猗頓氏買來的奴隸。父母是猗頓商社的海船苦役，在她八歲那年雙雙歿於海風沉船。小小的她被猗頓氏的一位公子看中，要收她做烙印的侍榻女奴。她說，只要公子帶船出海撈回她父母的遺骸安葬，她便烙印入室，否則寧死不做烙印女奴。兩年過去，那位公子並未出海，卻見她長成了亭亭玉立的少女，便在一個漆黑的夜晚給她灌了迷藥，給她烙了女奴印記。便在她痛不欲生不吃不喝只要餓死自己的時日，也是一個漆黑的夜晚，一個功夫神奇的黑衣蒙面人破門而入，連殺三名看守劍士斬斷鐵鏈將她救了出去。這個蒙面人將她帶到了陳城郊野的一片密林營地，給她看了父母出海前給一個義商留下的刻畫竹簡。那片竹簡上畫著一個除了她絕不會是別人的小女孩，旁邊畫著一片草地一匹奔馳的黑馬；又帶她到隱祕的山坳看了一座奇形怪狀的黃土堆，說這便是她父母的安葬地，只因沒有救她出來，所以簡陋葬埋，只等救出她後辨認而後重新安葬。清明時節打開了墳墓，啟開了薄片棺木，父母屍身非但沒有腐爛，反倒是大睜著兩眼如活人一般。莫胡哭得死去活來，生生要跳進墓坑與父母同去，若非那個蒙面人死死抱住又多方救治，她即或當時不死回來也哭死了。

一個月後，她被那位大哥專程送到了陰山草原，託付給一個林胡族頭領，要頭領請一個中原士子教她認字讀書，說好她長大了來接她。那個頭領叫來了他的一群女兒，板著臉對女兒們說，他又有了一個新女兒，誰敢欺侮她就殺了誰！從此，她在草原開始了騎馬讀書看牛羊的生活，快樂逍遙中卻總覺得空落落的。五年後，那個蒙面人果然來了，問她願不願意跟他到中原去。她沒說一句話撲到蒙面人懷裡哭了。後來，她知道了這個蒙面人叫荊雲，密林馬隊的騎士們都叫他大哥。她心甘情願地為他們洗衣做飯，又跟著輪流進炊房當值的騎士修習劍術。荊雲也是每月一次一日進炊房造飯，與她漸漸便相熟了起來。荊雲說她有靈氣，埋汰在炊房忒可惜，堅執教她單帳居住，只教騎士們認字讀書。很快，莫胡明白了這是一支護商馬隊，最多的事是四處探聽道路消息，最大的事是護送商隊不被搶劫。莫胡不甘整日坐帳讀書教書，尋找種種藉口到荊雲帳篷幫他料理雜事，實在沒事便跟著斥候騎士們出去探路。她靈慧聰穎，各國各地的文字話語一學便會，竟成了馬隊騎士們人人鍾愛的小「通人」。

後來，她隨著馬隊到了邯鄲郊野的密林營地。有一次，荊雲問她願不願意給他景仰的一個高士做貼身女僕？莫胡只說了一句話：「大哥教我做事，不須問我願不願意。」半月後，她跟著一個白髮蒼蒼的老人到了邯鄲胡寓……離開荊雲，莫胡驀然覺得自己深深愛慕著那個始終蒙面的荊雲大哥。從豐京谷南下的時日，她心神不寧，總有一種不祥的預感，覺得自己再也見不到荊雲大哥了。北上臨別之日，心潮實在不能自已，她終於從空蕩蕩的倉谷溪飛馬衝進了密林營地。那一夜，她纏著荊雲終夜飲酒，兩人說了許許多多的話，邊飲邊說，荊雲終於醉了。她幾乎沒有絲毫猶豫羞怯，從容脫去了自己與荊雲的全身衣物，緊緊抱著荊雲鑽進了大被之中……

「天意也！荊雲義士有後了！」呂不韋喜極而泣跳了起來。

「莫胡呵，你兒子該有個好名字也！」陳渲咯咯笑了起來。

「請先生賜個名了。」莫胡紅著臉低了頭。

「不不不！莫胡自己起！父母命名，善莫大焉！」

莫胡思忖一陣低聲道：「我生他時，那個洞中有輛接軸古車，就叫荊軻如何？」

「荊軻！好！荊軻！」呂不韋拍案大叫。

襁褓中的嬰兒哇的一聲大哭，響亮得屋中嗡嗡震響不絕。陳渲驚訝笑道：「喲！這小子哭聲厲得緊！曉得無，準是個硬種兒了！」三人一齊大笑起來。

六、冠禮之夜的兩代儲君

仲秋時節，一道王書突然降臨新莊，合府上下立即忙碌起來。

王書說的是：秋分之日，公子異人於太廟行加冠大禮，一應先禮著呂府操持。王書是老長史桓礫親自前來頒讀的。接書人指定的是公子嬴異人與義商呂不韋。王書宣讀完畢，老長史寒暄幾句，留下了太廟一班禮儀屬官去了。當晚，呂不韋與西門老總事並陳渲莫胡一道，商議莊園人手房屋的擺布。四人都是理事能者，說得一陣鋪排妥當：呂不韋只管照料公子的三日沐浴齋戒大禮，太廟禮儀官員的飲食起居由老西門帶原商社的幾名執事處置，一干本莊僕役與事務盡交陳渲莫胡。

議罷正要散去，莫胡老大不高興地嘟囔道：「今日這王書將先生指稱為『義商』，忒煞怪也。人說君心難測，老秦王當真連那墨翟也不如了。」呂不韋不禁笑道：「莫胡能聽王書了，好！西門老爹，你以為今日事如何？」老西門思忖道：「老朽以為，今日事名實不符有些蹊蹺，然從實在處揣摩，還是情勢大好。」「情勢大好？說說了。」呂不韋饒有興致。老西門笑道：「依著尋常法度，我莊尚是民居，便是咸陽內史府派一名書吏前來傳令，也算得國人望族的禮遇了。即或涉及王族公子而須得秦王下書，派一名內侍前來頒書也都是破例了。今日頒書之人，卻是極少出面的老長史，聽說此人是老秦王暮年最信任的實權大臣。最要緊處，公子加冠大禮前不回太子府，留在我莊由東公主持前禮，太廟官員只是操持事務。此中用意老朽也看得不透，只從實處說，老秦王對東公是王族大臣之禮遇。義商兩字，若照法度說也是實情，東公畢竟還，還沒做大臣。老朽冒昧，東公明察了。」素來寡言的老西門說完這前所未有的長篇大論，額頭涔涔汗水。

「說得好！老爹大有見識也！」

呂不韋拍案讚歎轉而笑了，「莫胡這一抱怨，倒是要叮囑幾句：要告誡莊中上下人等，日後莫得私下議論國政，更不得抱怨國君，有話只對我說可也。記住，這是秦國，不是山東六國。」莫胡紅著臉肅然一躬道：「先生叮囑，銘刻在心！」西門老總事也連連點頭：「該當該當，明日老朽便給執事僕役們立下這條規矩。」

次日，呂不韋新莊開始了加冠禮的禮前忙碌。

遠古之時，華夏各部族有各種形式的「成丁禮」。就實說，便是在男子女子長到一定年齡且已具備了正常身體、學會了基本生存技能時，氏族以特定的禮儀承認這個男子或女子成為氏族正式成員，是謂「成人」。進入禮制發達的西周，成丁禮化為天下第一大禮——士冠禮。其時所謂士，是享有國人資格的所有男女。士冠禮，是給長大成人的男子加冠女子盤髮插笄，從而認定其成人身分的禮儀。因其涉及天下每一生靈，故被視為天下第一禮。春秋以至戰國，禮儀大大簡化，各國亦多有不同，然士冠禮卻大體沿襲了古老的傳統，只是因被加冠人身分不同而繁簡程度有差異罷了。嬴異人是王族子孫，更是已經確定的太子嫡子，雖已年過三十，然因少年為質曾提前大禮（秦人二十一歲加冠），這再次補辦的士冠禮便成了秦國王室正式承認其身分的第一道禮儀，自然是分外鄭重。

實質而言，士冠禮不是家禮，而是公禮。公者，鄉社亭里也，氏族邦國也。也就是說，士冠禮是群體承認個體的禮儀，而不是家長承認子女的禮儀。唯其如此，士冠禮不由家長動議，也不由家長主持，家長與加冠者一樣都是士冠禮中的嘉賓與當事人；以加冠者身分不同，士冠禮分別由有德行的鄉老、族長以至國君或特定大臣動議主持。

士冠禮是莊重的成人禮儀，其操持過程也是分外講究的。士冠禮分為兩大禮程，第一程是預禮，第二程是正禮。預禮即正式加冠前以禮儀規定的程序做好準備事務，大要環節為：

筮日：以占卜確定冠禮日期。

筮賓：在參禮賓客中占卜確定一人為正賓。

約期：商定冠禮開始的具體時辰。

戒賓：邀請正賓與所有贊冠賓客。

設洗：加冠者禮前沐浴與當日特定梳洗。

第二程是正禮，即加冠之日的禮儀程序，完整的次序是十項：

陳服器：清晨開始陳設禮器、祭物與相應服飾。

迎贊者入廟：加冠者家長迎賓客進入家廟。

三加冠：始加布冠，意為冠者具備衣食之能；二加皮冠，皮冠亦稱武冠，意為冠者具備基本武技；三加爵冠，爵冠亦稱文冠，意為冠者基本具備知書達理之能；三冠連加的禮意在於激勵冠者由卑而尊不斷進取，是謂「三加彌尊，諭其志也！」

賓醴冠者：正賓為加冠者賜酒祝賀。

冠者見母：加冠者正式拜見禮儀確定的母親，未必是生母。

賓賜表字：正賓為加冠者賜以本名之外供尋常稱呼的稱謂，這個稱謂叫作「表字」，以與父母所取名區別。加冠之後「表字」代「名」，只有父母國君可呼其本名，禮意在於崇敬父母為冠者所取之名。是謂「冠而字之，敬其名也！」這一程序到春秋時已經少見，戰國以至秦、西漢，世事風雷激盪，這種一人兩稱的繁瑣程序已經大體消失，或以變通形式取代，人多以本名現世。諸如蘇秦因是洛陽人而承襲周禮，加冠時取表字「季子」者，已經很是罕見。東漢伊始，士紳貴胄的尊儒禮之風漸盛，本名外取字的古禮重新恢復，一時蔚為風習。這是後話。

見家人：加冠者以成人身分正式禮見所有長幼家人。

見尊長：加冠者以成人身分正式拜見鄉老族長大夫或國君。

醴賓：主家宴請參禮賓客。

送賓歸俎：送走賓客後，從陳設祭物的禮器（俎）中取出三牲乾肉，按賓客人數分割成若干份，這便是「俎肉」，而後派家人將俎肉送到所有賓客家中，其禮意在於使所有的賓客都與加冠者同享上天賜予的恩德。至此，士冠禮完成。

兩大禮程之外，尚有一個極為重要的部分要在預禮階段熟悉，那便是各個環節的法定禮辭與動作程序。所有參與冠禮者，都必須事先熟悉這些禮辭，熟悉所有與己相關的動作程序，以在輪到自己參禮時言行準確如儀。譬如最要緊的「三加」之禮：第一次加緇布冠，授冠者須得右手持冠後，左手執冠前，雙手捧冠高誦：「令月吉日，始加元服（註：元服，元，頭也首也，元服，頭首之服，即冠）！棄爾幼志，順爾成德！壽考唯祺，介爾景福！」第二次加皮冠，要等受冠者卸去緇布冠並重新梳髮後，授冠者以同前動作執冠高誦：「吉月令辰，乃申爾服！敬爾威儀，淑慎爾德！眉壽萬年，永受胡福！」第三次加象徵文事的爵冠，授冠者須得高誦：「以歲之正，以月之令，咸加爾服！兄弟俱在，以成厥德！黃耇無疆，受天之慶！」正賓向受冠者賜酒祝賀時須得高誦：「甘醴唯厚，嘉薦令芳！拜受祭之，以定爾祥！承天之休，壽考不忘！」德行主持者為受冠者賜表字時須得高誦：「禮儀既備，令月吉日，昭告爾字！爰字孔嘉，髦士攸宜！宜之於嘏，永受保之，曰伯某甫！（註：伯某甫，此處為禮儀規定的代用語。古人排行，長子為伯，依次為仲、叔、季。伯某甫是一個不確定的表字，伯為排行，某為某個具體字，甫為對男子的尊稱；第一字可以加冠者排行取代）」如此等等繁瑣細緻，一有差池非但越矩違禮，且累及加冠者終生受人譏諷，是以司禮者都須得是精熟禮儀的德行之士。春秋時期的孔子聲名大作，很大程度得益於他對各種繁瑣古禮的精通。戰國之世儘管禮儀大大簡化，然特殊人物的特殊禮儀也是不能草率的。

嬴異人的士冠禮正是如此。

秦昭王的加冠王書呂不韋事前並不知曉，旬日之間要預備好諸般禮前事務，便在熟悉古禮的太廟令也非易事，何況呂不韋一個商人。但是，呂不韋卻沒有絲毫難色而坦然奉書。照實說，呂不韋原本是處置繁難事務的罕見大才，二十餘年大商生涯從來沒有出過調度鋪排之失。以西門老總事為首的幾個商社老執事個個更是理事能手，陳渲莫胡也都是多經滄桑的女中奇能之士，士冠禮儘管繁雜細緻且為商旅之士所陌生，卻也難不住這班能事之才。一經商定大略，各方揣摩規矩之後井井有條的鋪排開來，旬日之內竟是諸般妥當毫無差錯，連專門前來襄助的太廟令一班屬員也大為驚歎。

秋分這日，清晨分外晴朗，深邃碧藍的天空掛著一輪嫣紅和煦的太陽，可謂是秋高氣爽。卯時首刻，一隊騎士吏員護衛著一輛青銅軺車轔轔出了新呂莊北門，整肅地上了橫跨渭水的白石長橋，不疾不徐地進了咸陽南門，從中央王街北上，終於進了王城最深處的太廟。

王城在整個大咸陽的中央正北。王城北城牆的背後是一片數百畝的王室園林，園林北面才是真正的咸陽北城牆。出得北門三里之遙，突兀拔起一道林木蒼茫的高地，這是聞名天下的咸陽北阪。太廟坐落在王城北端園林的最高處，四面松柏森森終年常青，秦式宮殿的短飛簷從茫茫綠色中大斜伸出，遠處看去直是靠著北阪高地巍巍矗立的天上城闕。這太廟雖只有一座主殿，不似王宮那般層層疊疊，然整體布局卻是宏大簡約深邃肅穆，任誰到此也會油然生出敬畏之心。

一過王城宮殿區進入蒼蒼園林百步，迎面是兩柱黑色巨石立成的禁門。門內是太廟禁苑，任何人不奉王書不得入內。進得禁門百步，蒼蒼松柏與高達三丈的龜龍麟鳳四靈石刻夾峙著一條十丈寬的黃土大道，盡頭一座六丈高的藍田玉石坊，正中鑲嵌著「太廟」兩個斗大的銅字。進了石坊，經過梯次三進庭院，便是巍巍然高踞於三十六級階梯之上的太廟正殿。

當車馬進入已經灑水淨塵的黃土大道，遙遙一片冠帶佇立在石坊之下。青銅軺車上的嬴異人低聲問：「前方一片何人？一個不識得。」車旁走馬的呂不韋低聲道：「最前是公子父親安國君，身後四人自東至西，分別是綱成君、駟車庶長、太廟令、太史令，其餘人等皆太子府屬員。你只記住父親便是。」嬴異人目力頗好，遠遠看見為首冠帶者胖大臃腫鬚髮花白，與他少時離秦時的父親判若兩人，心頭不期然一陣酸楚。

正午時分，「三加」禮成。待主持冠禮的駟車庶長賜嬴異人表字為「子楚」，太廟中一陣歡呼。呂不韋心下明白，這個表字只是變通之法而已。依照禮儀，表字是本名字意的彰顯，不能與本名毫無關聯。而「子楚」與「異人」恰恰風馬牛不相及。這是他經過安國君嬴柱與老駟車庶長事先商議好的，為的是使異人在邯鄲改的這個名字有名正言順的依據，以使華陽夫人不至於說嬴異人在搪塞她。

表字確定，嬴異人飲了做為正賓的太廟令的賀酒，又鄭重祭拜了祖先神位，冠禮車馬轔轔出了太廟向太子府而來行見母禮儀。「見母」於平民冠禮原是簡單，因其禮儀場所在家廟或族廟，受冠者只需將祭品中的乾肉裝入籩豆（形如豆狀的竹器），提著下堂出東牆進入母親的房屋拜見，獻上乾肉，母親拜祭品而受之；冠者拜送母親回房，母親以成人禮回拜兒子，至此見母禮成。然對於嬴異人這般王子，冠禮在太廟進行而女子不入太廟，自然變通為回府見母。

車馬駛入府前廣場停穩，預先已經肅立等候在門廳外的太廟司儀一聲高誦：「冠者子楚回府見母——！」一青銅軺車中的嬴異人被一名太廟令屬員以贊冠者身分扶下車來，在贊冠者導引下肅然進府。太子嬴柱以主人身分禮請駟車庶長、太廟令與呂不韋等進入正廳飲茶歇息等候。

華陽夫人早已經做了精心準備，事先從甘棠園搬到了方便禮儀的第三進東廂大屋。聽得府門外車馬喧呼之聲，華陽夫人早早站在了東屋大窗下。片刻之間，一人挽著籩豆進了庭院，一身土黃色楚服，頭上一頂四寸黑玉冠，身材適中面色黧黑步履沉穩端正，除了秦人特有的細長眼睛與略顯瘦削，堪稱得英挺厚重。「此子強於乃父，天意也！」華陽夫人一聲長吁，軟倒在了厚厚的地氈上。

「冠者子楚，拜謁母親——！」太廟贊冠吏一聲高誦。

華陽夫人端正了一番自己的頭飾玉佩，在侍女攙扶下款款跨過門檻到了廊下，對著階下庭院中跪地低頭雙手捧舉籩豆俎肉的嬴異人，極是優雅地躬身一拜，口中柔和念誦道：「咸加爾服，我子成人。子今敬母，母以子福。」一念罷，雙手從嬴異人頭頂拿過籩豆，輕輕一拍嬴異人肩頭，楚語柔聲笑道，「子楚，苦了你也。晚間娘與你說話，兄弟姊妹也晚來見禮，曉得無？」嬴異人叩頭一拜肅然起身誦道：「承天之慶，子楚加冠。自今以降，孝悌立身。恭送母親！」接著低頭低聲一句，「子楚曉得了，謝過母親。」華陽夫人微微一笑，端正矜持地躬身回拜了兩拜，親切低語一句：「當心風寒，秋風涼了。」被侍女攙扶著轉身進廳中去了。

「夫人俠拜，見母禮成——！」

俠拜者，夫妻間女子兩拜之謂也。周禮：凡女子於丈夫行禮，女子拜兩次，丈夫回拜一次，此謂俠拜。士冠禮中母親以俠拜禮對加冠兒子，禮意表示母親對加冠成人的兒子如對夫君一般禮儀。見母之後，冠禮車馬轔轔進入王城，進行這次士冠禮的最要緊一項——見尊長。

遠觀王城，今日如常。然車馬魚貫進入巍峨的宮城石門，立即發現了車馬廣場與正殿區域的異常：兩隊斧鉞儀仗整肅排列，一副六丈寬六寸厚的紅地氈使通往正殿的三十六級藍田玉臺階在秋日的夕陽下一片燦爛。更令人驚詫的是，殿口平臺上的兩只大鼎燃起了粗大的煙柱，在車馬場遙遙看去，竟似紫煙裊裊如天上宮闕。一時間，非但嬴異人驚愕，連經常出入王宮的太子嬴柱與駟車庶長也大感意外。依著法度禮儀，非朝會與大典，正殿前大鼎不能舉香。今日除了太子嫡子嬴異人加冠，國中並無禮儀大典，這大鼎舉香儀仗紅氈便分外有了一種莊重肅穆。

「冠者嬴異人覲見！贊冠大賓隨同上殿——」

正在眾人驚愕之際，三聲長呼鼓蕩迴響，迭次從殿中傳到高階平臺再傳到殿階，整個車馬廣場都被內侍們這種久經訓練的尖亮聲浪覆蓋了。隨著聲浪，一名年輕內侍將嬴異人等領上了紅地氈，及至高階盡頭，白髮蒼蒼的內侍大老恰恰搖到了平臺口，將參禮者們默默領進了大殿。這時，呂不韋才驀然一陣猛然心跳。老秦王有可能在加冠之日召見異人，這是呂不韋能夠預料到的。然則，老秦王會在正殿以坐殿大禮召見，卻是大大出乎呂不韋意料之外的。老秦王以耄耋之年風癱之身，已經多年不在大殿舉行任何禮儀，今日竟能在王孫加冠之日親自坐殿，其間意蘊實在大有揣摩處。更令呂不韋百味俱生處在於，他設想過種種晉見老秦王的情景，甚至想到過老秦王死前不會召見他，他將終生與這位使山東六國蒙受摧毀性劫難的雷電之君不能相見，唯獨沒有設想過會在咸陽正殿以大賓之身晉見老秦王……

「異人麼？近前來，大父看看！」方入大殿，各人尚未以在冠禮中的各自身分行禮參見，殿中響起了蒼老沙啞的笑聲，一切禮儀都被這突如其來的隨意湮沒了。太廟令與駟車庶長眼神一交，分別向嬴柱呂不韋示意就座等待。

「大父！」嬴異人一聲哽咽，大步上了王臺。

「尚可尚可。」秦昭王瞇縫起白眉下的一雙老眼打量著肅然挺立的王孫，不禁一聲歎息，「磨難成人也。子為人質二十餘年，難矣哉！」

「大父當年質燕，於戰亂中九死一生！異人小苦，不敢當磨難二字！」

「未逢戰亂，未必小苦也！」秦昭王慨然一歎，「大父當年為質，尚有娘親照拂。孫兒少年孤身，於強敵異邦居如囚犯，國無音書，家無親情，衣食無著，逃生無門，便是庶民，亦為磨難，況乎王孫公子矣！」

「大父……」嬴異人撲地拜倒，不禁放聲痛哭。

大殿中一片默然一片哽咽，眼見秦昭王兩道雪白的長眉聳起，呂不韋心下不禁一跳。只怕嬴異人這臨機動情要壞大事。正在忐忑之間，卻見秦昭王長吁一聲親切慈和地笑了：「異人呵，抬起頭來，這廂入座，拭去眼淚，聽大父幾句老話。」嬴異人哭聲立止肅然跪坐進王座右下長案，秦昭王蒼老平和的聲音在大殿迴盪起來，「磨難成人，磨難毀人，成於強毅心志，毀於乖戾猥瑣。子今脫難歸宗，當以儒家孟子大師之言銘刻在心，將昔日磨難做天磨斯人待之。莫得將所受折磨刻刻咀嚼，不期然生出憤世之心。果真如此，嬴氏不幸也，家國不幸也！」

「大父教誨，孫兒永生不忘！」

「好！回頭將你的質趙札記靜心整理一番，大父可是要教人念來聽也。」

「孫兒謹記在心。邊讀書邊整理，刻寫成卷上呈大父批點。」

秦昭王點了點頭，目光瞄向殿中：「不韋先生來了麼？」

呂不韋從最後排的大案站起肅然一躬：「濮陽商賈呂不韋參見秦王！」

「先生大賓，恕老夫身殘不能還禮，敢請近前就座說話。」

立即有一名內侍將呂不韋導引到王臺左下的長案前，恰在秦昭王左下六尺處與嬴異人遙遙相對。呂不韋就座抬頭拱手行禮，恰與老秦王凝視的目光相對，頓時感覺到一股平和而又肅殺的深邃目光籠罩住了心神，素來沉穩的他心頭竟是一震。

「先生於嬴氏有大功，老夫不敢言謝。」

「不韋不期而遇公子，稍有襄助，原是圖謀與秦通商之私心，不敢居功。」

「先生坦誠不偽，君子之風也！」秦昭王拍案喟然一歎，「然先生因異人之故，於商旅業已耽延多年，索性在秦國做官如何？」

「不韋愧不敢當。」

「先生過謙了。從小官做起如何？」

「但能做事，我心足矣。」

「宣書。」秦昭王淡淡一笑，目光一閃瞌睡般瞇縫了過去。

坐在王案左後側的老長史桓礫站了起來，打開一卷念道：「秦王書命：義商呂不韋有大功於秦國王室，今任呂不韋上卿之職，襄助丞相總領國政，爵位待定。」

「異人謝過大父！」嬴異人興奮難抑，作禮拜謝之後卻見大殿中一片默然，對面呂不韋也是安坐不動，不禁愣怔了。正在此時，秦昭王睜開老眼笑了：「先生不接王書，可是有說？」「秦王明鑒。」呂不韋離案站起肅然一個拱手禮，「在下一介布衣商旅，圖謀入秦經商，原本是看重秦國法度嚴明，商事誠信過於山東。唯其如此，商事耽延之後在下亦願在秦國效力。然則，秦為法治大國，以事功為官爵依據。依秦國法度：不韋襄助公子，只對安國君府有些許功勞，而非對邦國有功，不當以高官顯爵賜封。在下不畏高位，然卻不想位非其功，是以不敢奉書，秦王明察。」秦昭王枯瘦的手指叩著書案悠然一笑：「先生之說也是一理也。然先生亦自認對太子府有功，做右太子傅如何？」呂不韋還是肅然一拱：「太子傅為國家大臣，並非太子府屬官，在下不敢奉書。」

「先生何其狂狷也！」嬴異人心頭大跳，額頭滲出了涔涔細汗。他雖久離秦國，卻也知道大父老王的冷峻肅殺，呂不韋兩次辭官且振振有詞地駁回大父，非但自毀，且必然累及父親與自己，當真是瘋了！不行，我要說話！要以「期盼先生教誨」為名，替他接下太子傅。

「坦蕩率直，先生有秦人之風也！」正在此時，秦昭王罕見地哈哈大笑起來，「先生便說，老夫該如何封賞於你？」

「在下願從做事開始，修習秦法，以圖日後事功而居高位。」

「好！先生可人也！」秦昭王慨然拍案，「本王書令：呂不韋為太子府丞，俸祿由王室府庫支付。散……」一語未罷頹然臥案，一雙長長的白眉頓時拉成了細長的縫隙，粗重的鼾聲跟著在大殿蕩開。

一班人出得王宮，天色已經全黑。依著士冠禮程序，接下來是最後一項，醴賓。但當太子嬴柱以禮相邀時，綱成君蔡澤卻亮著公鴨嗓嘎嘎笑了：「安國君，老夫肚腸早癟了也！冠禮可變通，還是各人自家回去咥飯實在。醴賓免了，俎肉回頭送來便是！」幾位大臣異口同聲相和，嬴柱父子為難起來。呂不韋見狀過來拱手笑道：「不韋方才已經受命做了太子府丞，此事聽我如何？」嬴柱如釋重負恍然點頭：「對呀！我竟糊塗了，聽先生處置便是！」呂不韋回身笑道：「諸位大人勞碌一日，冠禮醴賓只有乾肉，還要如禮如儀地諸般講究，如何咥得實在？大人們回府歇息用飯，俎肉由不韋親自恭送上門。」蔡澤揶揄笑道：「好好好，呂不韋這太子府丞倒是做得像模像樣也。告辭！」回身登車去了。老駟車庶長卻沉著臉瞪了蔡澤一眼，回頭一拱手道：「今日大殿拜官之事，實出老夫意料之外。望先生實言相告，何以不做上卿太子傅？」

「老庶長以為呂不韋大殿之言是虛？」

「虛不虛先生自知。老夫只是覺得委屈了先生。」

「老庶長恕我直言。」呂不韋肅然拱手，「在下決意入秦，是要在秦國站穩根基。不韋願效白起事功得爵之風範，而不想以人得官。除此無他意。」

「好！當得秦人！老夫心安矣！」老駟車庶長高聲讚歎一句，回身一拍嬴異人肩頭，「子楚啊，小子有命，好自為之！」回身去了。

呂不韋正要拱手告辭，嬴柱卻摁住呂不韋雙手笑了：「先生已是自家人，忍心棄我父子獨去麼？」呂不韋笑道：「在下無他意，只是想依法度從三日後開始理事。」「不！」嬴柱壓著呂不韋雙手不容辯駁，「法不禁善。先生當自即刻掌事！走，你我同車回府！」不由分說拉起呂不韋上了青銅軺車。

太子府燈火通明中門大開，見嬴異人車馬歸來，門廳內外一聲整齊地高誦：「恭賀公子冠禮大成！」呂不韋被嬴柱父子前後夾著進了正廳。燈燭之下宴席齊備，華陽夫人冠帶玉佩禮服錦繡正在廳中肅然等候，見呂不韋入廳，過來行了兩拜之禮：「先生功德，善莫大焉，嬴芈氏沒齒不忘。」呂不韋連忙躬身一拜：「在下些許寸功，何敢當夫人拜謝？不韋已經是太子府丞，日後聽候夫人差遣。」「如何如何太子府丞？曉得勿搞錯了！」華陽夫人一連聲嚷嚷，見夫君嬴柱連連眼神示意，回頭高聲大氣一揮手，「府中上下人等都給我聽好了：勿管先生何職何官，日後只許稱先生做先生，不許叫府丞！誰但越矩，重重責罰！曉得無！」內外僕役侍女「嗨」的一聲應命，華陽夫人這才回身恭敬笑道，「先生請！今日慶賀我子加冠，先生便是大賓，當為首座了。」呂不韋正要辭謝，見嬴柱連連搖手，無可奈何地笑笑，被華陽夫人親自領到了東首與今日冠者嬴異人並排正座，嬴柱與華陽夫人卻在西面兩座主位陪了。

飲得三爵，嬴異人肅然起身正式拜見了父母。華陽夫人拭著淚水吩咐侍女捧來了一只銅匣，親自打開取出一方晶瑩的黑玉笑道：「子楚啊，這是奉書之日你父與母親刻就的立嫡信符。左半歸你，右半明日交王宮長史典藏了。」

「母親！」嬴異人跪地再拜，雙手顫巍巍接過玉符，端詳著這只鷹形玉符上自己的生辰刻字、父母名諱與太子府徽記，不禁熱淚盈眶。但為王子王孫，每人都有一方如此這般的身分玉符。所不同者，所有庶子玉符的右符都由家族做檔保存，只向掌管王族事務的駟車庶長府報知登記即可；各家族嫡子的右符則須交駟車庶長府專檔典藏；唯獨太子嫡子的右符必須交由王室典籍密存，任何人不奉王書不得查看。這嫡子信符是他永遠的血統身分，是將他與生母的血肉關聯割開的法刀，如同烙在奴隸臉龐的火印一般永遠不能磨滅。

「子楚啊，莫愣怔了。這廂才是母親為你備下的冠日大禮，快來看了！」

嬴異人恍然抬頭，這才看見華陽夫人正站在案後兩口大棕箱旁向他招手，連忙起身走過去又是一躬：「子楚謝過母親。」華陽夫人笑道：「忒多禮毋曉得累了？過來，打開，拿開苫布！」燈光之下錦緞燦爛珠玉奪目，嬴異人頓時手足無措。華陽夫人指點道：「這是四季楚服八套，連帶八副荊山玉佩，都是正宗楚錦楚工了。來，穿上秋服，教你父親與先生品評一番了！」說話間一個眼神，兩名侍女從箱中捧出了秋服。華陽夫人同時利落地為嬴異人除去了上下通黑的冠日禮服，兩侍女立即過來給嬴異人換上了一件土黃色的楚袍，掛上了一套晶瑩溫潤的玉佩，大廳中頓時鮮亮起來。

「好！」呂不韋拊掌讚歎，「楚服楚玉，公子神氣大增也！」

「果然鮮亮精神！不枉……」嬴柱突然打住了。

華陽夫人驟然紅了眼眶道：「阿姊在天有靈，今日當安息也！」回頭一抹淚水又笑了，「子楚曉得無？我拎得清，楚服雖好，做不得常服，咸陽終歸是秦國，我兒終究是秦人了。只要子楚心裡當真有我這個母親，我也便知足了。」一番話說得珠圓玉潤，眼中淚水卻斷線似的撲簌簌掉了出來。嬴異人看得心酸，躬身一拜慨然道：「子楚認祖歸宗，自當尊天地禮法而克盡人道。若對母親稍有不敬，天誅地滅！」華陽夫人帶著淚水咯咯笑道：「好了好了，有心便好，何須當真一般了。來，我兒敬先生一爵！」拉住嬴異人到了呂不韋面前。

這場家宴直到三更方散。嬴柱要請呂不韋到書房夜談，呂不韋堅執告辭，說三日後再來當值。嬴杜笑道：「理個甚事？先生莫將府丞當真，有事便來，沒事多多歇息，日後有得大事做！」呂不韋笑也不回說，辭別登車去了。嬴柱送出大門回來，全然沒有睡意，對華陽夫人叮囑幾句，將嬴異人喚進了書房。

「異人呵，今日大禮你做何想？為父很想知道。」

嬴柱靠著座榻大枕，啜著滾燙的釅茶，打量著熟悉而又陌生的兒子，開始了二十餘年來父子之間的第一次對話。嬴異人顯然有些拘謹，思忖斟酌道：「冠禮之隆，異人實在沒有想到。父親苦心，兒沒齒不忘。」嬴柱搖頭笑道：「冠禮事是你大父親定，並非為父安排。你質趙之時已經提前加冠，原本無須後補加冠大禮。你大父這般鋪排，實在是用心良苦，你可揣摩出一二？」嬴異人一陣思忖終是搖頭。「秦國之難，此其時也！」嬴柱長歎一聲坐了起來，「大父之心，在於藉你再次加冠大禮向天下、向朝野昭示：秦國社稷後繼有人也！依著尋常法度，太子尚未即位，嫡王孫無須早早確定，更無須大肆鋪排其冠禮。你大父所以如此，全在為父這個太子……」嬴柱哽咽一聲，見兒子不知所措的模樣，搖搖手示意他無須緊張，喘息一陣又平靜開口，「為父身患先天暗疾，難說哪一日會撒手歸去。你，才是秦國真正的儲君。明白麼？」

「父親！」嬴異人難耐酸楚，不禁撲地拜倒哭出聲來。

「起來起來。」嬴柱淡淡一笑，「秦自孝公以降，歷經惠王、武王、大父四任三代雄強君主，方得大出天下。你大父之後，王子雖多，不見雄才。你伯父與為父先後兩任太子，都是嬴弱多病之身，以致你伯父病死於出使途中。為父雖挺到了今日，心下卻是清楚，我時日無多矣！死生有命，壽數在天，為父不恨己身短壽，生平唯有一憾。」

「父親何憾？兒一力當之！」

「為父終生之憾：身後諸子無雄強之才也。」

「父親明察，」嬴異人頓時羞愧低頭，「兒確是中才，有愧立嫡承統。」

「你中才倒是事實。然你稟性尚算平和，亦無乖戾之氣，守成可也。」嬴柱又是一陣喘息，「為父要叮囑你者，自今而後要預謀兩事：一是尋覓強臣輔佐；二是務須留下一個出類拔萃的兒子！否則，弱過三代，秦國要衰微了。」

「強臣之選，父親以為呂不韋如何？」嬴異人精神陡然一振。

「試玉之期，尚待後察。」嬴柱啜著釅茶恢復了平靜，「你大父曾密書黑冰臺，備細查勘了呂不韋，以為此人棄商助你，顯然是要圖謀入政。秦國渴求大才，然大才須是正才，如商君如張儀如范睢，益多益善也！若是只求高官而不務實幹，抑或雖有小才而無正性，譬如甘茂身兼將相權極一時，卻促成武王輕躁滅周而橫死洛陽，此等人為害也烈。呂不韋究竟何等人才，你大父顯然並未吃準。今日大殿三封兩改，你不覺其中奧妙麼？」

「父親是說，大父在試探先生？」

「為君難矣！」嬴柱喟然一歎，「求才須防偽劣，廟堂須防奸邪，雷電殺伐，春雨秋風，法度權斷，機謀節操，缺一破國喪廟也。難乎難乎，不亦難哉！」

「父親明徹如此，如何要滅自家……」

「明徹？你說為父明徹麼？」嬴柱一陣大笑，「異人啊，記住了，當國莫懷旁觀之心。為父時而能說得幾句明徹之言，根由便是沒有當事之志，而寧懷旁觀之心也。隔岸觀火，縱然說得幾句中的之言，又有何用？」

嬴異人低頭思忖。嬴柱喘息不語。良久默然中，父子兩人誰也沒有看誰，眼眶卻都是濕漉漉的。綿綿秋雨已經在黎明最黑暗的時刻刷刷落下，城頭刁斗和著雄雞長鳴迴旋在茫茫雨霧之中。嬴異人終於站了起來，將父親背回了甘棠苑，對著始終在燈下等候父親的母親深深一躬，轉身大踏步去了。

國家圖書館出版品預行編目資料

大秦帝國．第四部，陽謀春秋／孫皓暉著．-- 初版．-- 臺北市：麥田出版：家庭傳媒城邦分公司發行，2013.02
冊；　公分．--（歷史小說；48-49）
ISBN 978-986-173-875-8（上冊：平裝）
ISBN 978-986-173-876-5（下冊：平裝）

857.7　　　101027946

歷史小說 48
大秦帝國　第四部 陽謀春秋（上）

作　　者／孫皓暉
責任編輯／黃暐勝　吳惠貞　林怡君
校　　對／洪禎璐

副總編輯／林秀梅
編輯總監／劉麗真
總 經 理／陳逸瑛
發 行 人／凃玉雲
出　　版／麥田出版
104 台北市民生東路二段 141 號 5 樓
電話：(886)2-2500-7696　　傳真：(886)2-2500-1966；2500-1967
部落格：http://blog.pixnet.net/ryefield
發　　行／英屬蓋曼群島商家庭傳媒股份有限公司城邦分公司
104 台北市民生東路二段 141 號 2 樓
書虫客服服務專線：(886)2-2500-7718；2500-7719
24 小時傳真服務：(886)2-2500-1990；2500-1991
服務時間：週一至週五 09:30-12:00・13:30-17:00
郵撥帳號：19863813　　戶名：書虫股份有限公司
讀者服務信箱 E-mail：service@readingclub.com.tw
歡迎光臨城邦讀書花園　網址：www.cite.com.tw
香港發行所／城邦（香港）出版集團有限公司
香港灣仔駱克道 193 號東超商業中心 1 樓
電話：(852) 2508-6231　傳真：(852) 2578-9337
E-mail：hkcite@biznetvigator.com
馬新發行所／城邦（馬新）出版集團【Cite(M)Sdn. Bhd.】
41, Jalan Radin Anum, Bandar Baru Sri Petaling,
57000 Kuala Lumpur, Malaysia.
電話：(603) 9057-8822　傳真：(603) 9057-6622

封面設計／小子設計
印　　刷／一展彩色製版有限公司

■ 2013 年 2 月 1 日　初版一刷　　Printed in Taiwan.

定價／ 450 元
著作權所有・翻印必究
本書如有缺頁、破損、裝訂錯誤，請寄回更換
ISBN 978-986-173-875-8

城邦讀書花園
www.cite.com.tw
書店網址：www.cite.com.tw

本書經北京世紀文景文化傳播有限責任公司正式授權，同意經由城邦文化事業股份有限公司麥田出版事業部出版中文繁體字版本。非經書面同意，不得以任何形式任意重製、轉載。